Lotus und Lilie

MIEKE MOSMULLER

LOTUS UND LILIE

Dialog zwischen einem Buddhisten und einem Christen

Roman

OCCIDENT VERLAG

Aus dem Niederländischen
von Holger Niederhausen

Band MM 4

ISBN 978-3-946699-15-6

Internet: www.occidentverlag.de
E-Mail: info@occidentverlag.de
Grafische Gestaltung: Carina van den Bergh
Umschlagabbildung: Ad Kroese, Den Haag

‚Herr, gewähre mir die Gelassenheit, die Dinge anzunehmen, die ich nicht ändern kann,
den Mut, die Dinge zu ändern, die ich ändern kann,
und die Weisheit, den Unterschied zu erkennen‘

Franziskus von Assissi

Baarle-Nassau, März 2021

Eine kleine Apologie

Dieses Buch schrieb ich 1996, das dritte in einer Reihe von vier Romanen, worin ich versucht habe, die vier Wesensglieder des Menschen zu personifizieren. Deshalb konnte ich keine Namen geben, es war mir unmöglich, dem Selbstbewusstsein, dem Bewusstsein, dem Leben und dem Leib die richtigen Namen zu geben, sie wurden mir erst am Ende des vierten Buches bewusst.

Obwohl nun diese Wesensglieder in jedem Menschen da sind und sie in bestimmten Verhältnissen zueinander stehen, kann man sie auch für sich erleben und dann ist das Glied, in dem das Bewusstsein lebt, die Seele, ein rein weibliches Erleben. Aber man muss dieses Weibliche nicht mit einer im Irdischen lebenden Frau vergleichen wollen, denn diese erfährt nicht eine solche Übermacht des Seelischen, wie wenn man die Seele für sich beschreiben will.

In jedem Menschen ist es das selbstbewusste Ich, das der Herrscher ist, das sich selbst läutert und erzieht. Es ist die Seele, die erlebt und tief fühlend ist, aber teils auch begierdenvoll und egoistisch, mit Meinungen und Emotionen. Es ist der Lebensleib, der weisheitsvoll den physischen Leib organisiert und lebendig hält und es ist der Leib selbst, der zwar korrumpiert ist, aber doch der Träger und Tempel für die übrigen Glieder ist.

Ich bin selbst eine Frau und bin selbstbewusst genug, um zu wissen, dass der Leib ein vergängliches Kleid ist, wodurch ich mich als Mensch fühle und nicht als Gender.

Lesen Sie dieses Buch bitte in dieser Art, dass Sie alle Personen, die miteinander in Wechselwirkung stehen, selbst sind. Ich habe meistens nicht die übliche Redensart von 'Leser und Leserinnen' usw. verwendet, weil das hier fehl am Platz wäre.

So weit meine Apologie. Die Frau ist ebenso sehr eine selbstbewusste, geisttragende Person wie der Mann. Sowohl Frau als Mann haben sich zu überwinden. Das habe ich versucht in vier Romanen zu beschreiben.

Trotzdem sind es auch Personen, die in späteren Romanen die vier- oder sogar mehrgliedrige Wesenheit zeigen.

Mieke Mosmuller

Wie lange war er nun schon krank? Eine Woche, zehn Tage ... Gestern schien es besser zu gehen, die Grippe war überwunden. Aber jetzt ... fühlte er sich erneut fiebrig ... Gerade kam einer seiner Mitarbeiter, ein Freund ... vielleicht musste der doch einen Arzt rufen. Stechender Schmerz beim Husten ... müde ... War dies nun doch die Krankheit, die er schon so lange hatte kommen fühlen? Müde war er ... vielleicht lebensmüde ... Verzweiflung?

Das letzte halbe Jahr fiel ihm alles schwer, es war ein neues Gefühl, diese Schwere. Es waren der Druck und die Last der Kultur, der Menschen um ihn herum – Menschen, denen er auf ihrem schwierigen Weg beistehen wollte, Menschen, die mit derselben Schwere kämpften, die er damals nicht kannte ... noch nicht ... War es Mutlosigkeit? Musste er erkennen, dass Dutzende von Jahren schwerer Arbeit keine einzige Wirkung gehabt hatten? Nichts? Alles hatte er gegeben – immer wieder und wieder ... Mitleid ... mit dieser Blutlosigkeit, dieser Verkrampfung, der Einsamkeit, dem Mangel an Erfüllung ... aus welcher Quelle auch immer ... War er, der das Licht der Aufgehenden Sonne in sich trug ..., der den Auftrag hatte, das hierher zu bringen ... war er selbst ein Mensch der Untergehenden Sonne geworden? Ein Bewohner des Abendlandes ... jahrzehntelang ... Nacht wurde es immer mehr im Abendland ... Nacht. Er hatte für den Sonnenaufgang gelebt ... nach der Nacht ... er musste kommen, das war die Natur ... Ewige Nacht schien sich niederzusenken, angsterweckende Finsternis ... die Zeit verstrich, die Zeit des Sonnenaufgangs kam, aber es blieb Nacht ... ewige Nacht?

Der Wunsch zu sterben ... ließ ihn gehen. Fort aus der Bedrohung, in der kein Mittel anzuschlagen schien. Man trank sein Wort, seinen Rat, sein Vorbild, seine Liebe – wie durstige Geschöpfe tranken sie ... Aber der Durst wurde größer, immer größer. Seine Gaben waren zu klein ... der Macht dieses Geistes der Untergehenden Sonne nicht gewachsen ... Er selbst war dem wohl gewachsen. Sein Meister ...

Einst, in einer Zeit, die so lange zurücklag, dass die Erinnerung daran einen anderen zu betreffen schien, hatte er in der Aufgehenden Sonne gelebt, sich darin gesonnt. Sein Meister ... trug sie in sich, er hatte ihn geführt ... Schwer war seine Kindheit gewesen – Disziplin ... nie verließ ihn diese mehr, sie hatte ihm Standfestigkeit gebracht, wie die eines uralten Baumes im Sturm ... Ja ... er selbst war wohl aufgewachsen ...

Dann ... als die Liebe zu seinem Meister einen Höhepunkt erreichte ... schickte er ihn weg, für immer. Fortgezogen war er dann, mit der aufgehenden Sonne im Rücken ... die Augen auf das Abendland gerichtet, auf die sich senkende Finsternis.

Nie wieder war er umgekehrt, Gehorsam machte das unmöglich. Sein Vaterland ... seine Muttersprache ... waren fast vergessen ... Warum kamen die Erinnerungen nun so stark herauf? Natur ...

Ein Hustenanfall unterbrach seine Gedanken, warf ihn zurück ins Jetzt. Er wollte aufstehen, um Wasser zu holen ... zu schwach, keine Kraft ... Nach der Hotelrezeption läuten ... es musste ein Arzt kommen ...

Eine wohltuende Wärme durchzog ihn. Fieber ... sterben ... noch jung und doch ach so alt. Es war gut so ...

Beklommen wurde er wach. Mit Mühe kam er hoch, lehnte sich gegen die Mauer. Luft ... Atem ... Auf den Wellen des mühsamen Atems wogten Gedanken. Keine Beherrschung darüber ... Lebensstrom ... der Atem traf auf einen Widerstand - beklommen ... freies Ausatmen ... Sterben!

Hunderte von Menschen waren zu seinen Vorträgen gekommen, jeden Abend waren die Säle voll, in dieser Stadt, in anderen Städten, anderen Ländern ... Mit der aufgehenden Sonne im Rücken, den Blick auf die fallende Finsternis gerichtet, sah er mit Erschütterung die Menschen, die nichts mehr zu sehen schienen ...

Inseln in einem Ozean ... keine einzige Verbindung, *keine* ... Ein Ozean von Liebe ... aber ein jeder war davor geflüchtet – auf seine eigene Insel – sein Königreich. Tausende, Millionen Königreiche ohne einen einzigen Untertan ... keine Minister, kein Hofnarr – niemand ... Geflüchtet vor dem Wasser ... festen Grund unter den Füßen ... frei! Frei, weil *allein*

Und er selbst? Auch auf einer Insel? Darauf gezwungen ... ja. Seit Dutzenden von Jahren ging er von Ort zu Ort ... aber jeder König nahm ihm im Hafen seine Güter ab und schickte ihn weg, manchmal freundlich, manchmal mit Gewalt. Hatte er je einen Fuß von Bord setzen dürfen? Jawohl ... zumindest ein einziges Mal.

Ein echtes Kind des Abendlandes war sie ... eine Frau, noch jung ... schick, modern, etwas frech sogar ... auch hochmütig ...

Es war schon ein paar Jahre her, dass sie in dem Institut, wo er sich im Sommer aufhielt, einfach so in sein Zimmer kam. O ja, sie hatten schon einen Termin ... Er hatte Hunderte von Terminen mit Menschen, jung und alt ... Er war erschüttert gewesen – an Erschütterung gewohnt durch das, was er bei all diesen Menschen sah ... Nun war er erstaunt über das Sonderbare ... ein flottes Mädchen mit einer energischen Haltung ... beim Hereinkommen war sie schüchtern, ruhig. Noch nie ..., wirklich noch nie hatte er so einen Widerspruch zwischen dem Äußeren und dem Inneren gesehen. Erschüttert ... und gerührt war er gewesen. Er sah den Streit ... in einem Blick sah er ... hatte er gesehen.

Ein Mädchen, aufrecht, die Brust nach vorne, fast herausfordernd ... eine strahlende Hemmungslosigkeit ... gezügelt durch eine außergewöhnlich starke Hand ... Ein Drang sich zu manifestieren ... eine glänzende Königin in einsamer Pracht auf einer ausgedehnten Insel. Ihre Strahlen reichten bis zu den äußersten Stränden, ja noch darüber hinaus über den Ozean ... zu anderen Inseln. Weggeschlagen wurden sie, diese Strahlen ... gezügelt durch die fernen Könige ... Hunderte, tausende ... Feinde.

Er war in ihren Hafen gefahren, wie immer ... Sie kam und betrachtete seine Gaben ... Erschüttert hatte er zugesehen ... Sie hatte ihm Geschenke geboten, ihm die Hand gereicht, um an Land zu kommen ... und ihm Obdach für die Nacht geboten. Und mittlerweile hatte sie sich entschuldigt für ihre Einsamkeit, für ihre bescheidenen Gaben.

Äußerlich sah er Verstand und Versuchung ... aber ihre Insel war reich und sanftmütig, voller Verlangen nach Güte. Da war kein Schimmer von Erotik oder Koketterie – da war nur das Verlangen, von ihrer Warmherzigkeit zu schenken.

Sie blieb lange im Institut, und er ließ sie schwere körperliche Arbeit verrichten ... in der Überzeugung, dass sie lernen musste, die Arroganz ihres Leibes zu überwinden ...

Bei jedem Gespräch schenkte sie ihm mehr – er zeigte ihr nichts von dem, was er sah, wissend, dass sie warten musste ...

Nie haftete er an etwas, auch nicht an ihr. Der Abstand zwischen ih-

nen war groß ... er war der große Lehrer, sie eine Anfängerin. Aber sie empfing ihn, sie war die Erste, die den Mut hatte, ihn zu empfangen.
Und als sie fortging, zu ihrem weit entfernten Zuhause, fühlte er Wehmut.

Sie blieb bei ihm, als Wehmut. Auf seine Insel gezwungen, wurde er von Wehmut berührt. Dann war sie kurz bei ihm, ein aufrichtiges Menschenkind mit einem leidenschaftlichen Verlangen nach dem Guten. Zum ersten Mal fühlte er Zeit ... die Dauer der Zeit. Tage, Wochen, Monate ... Nie schaute er in die Listen der Anmeldungen für den Sommerkurs, nun tat er es ... Er sah ihren Namen ... Er fühlte die Ermahnungen seines Meisters – keine Anhänglichkeit, niemals. Wohl Liebe und Mitleid ...

Nein, es war keine Anhänglichkeit, schon gar keine Verliebtheit. Es war Hoffnung ... Ein Mensch, eine junge Frau, die ihr Freiheitsstreben mit einer Suche nach Güte verband. Wenn *sie* in der fallenden Finsternis hatte aufwachsen können ... dann gab das Hoffnung! Dann musste es Nahrung für hungernde Seelen geben, Nahrung, die er offenbar nicht sah, nicht kannte ...

Hoffnung ...

Nein ... sterben durfte er nicht ... Beim Abschied in diesem Jahr hatte sie ihn angeschaut, sie war besorgt ... Den Abstand zwischen ihnen ignorierend sagte sie: ‚Werden Sie gut für sich selbst sorgen, Meister?'

Sein Lächeln hatte seine Rührung maskiert ... Er hatte einfach genickt, wie ein Gelöbnis. Nun drohte er dieses Gelöbnis zu vergessen ... aber hatte ein Mensch Macht? Macht über Leben und Tod?

Kein einziger ... Dennoch hatte er soeben die Hoffnung gefühlt, Kraft, Lebenswillen ...

Aber sein Atem ...

Sein Freund musste jetzt kommen, er fühlte sich matt ...

Sterben ...

Hatte er geschlafen? Oder verlor er fiebrig das Bewusstsein? Wehmut ...

Die Wehmut, die sie in ihm war, brachte ihn zurück zu der großen Wehmut, dem großen Abschied.

Schon sehr jung war er von zu Hause weggeschickt worden, um einem geistigen Ziel zu dienen. Seine Mutter war eine Erinnerung, sie hatte ihn gehen lassen. Erinnerung an Wärme ... die er danach nie mehr gefühlt hatte.

Sein Meister ... trat Jahre später in sein Leben – die Zeit dazwischen war leer und kalt gewesen. Disziplin ... Zucht ... Vorbereitung auf die Begegnung mit dem Meister. Wehmut ... der große Abschied ...

Das Land der Untergehenden Sonne war eine einzige große Fremde für ihn gewesen. Die Sprache war unverständlich, der Umgang war es ebenso. Mühsam hatte er mit den Vertrauten seines Meisters Kontakt geknüpft ... Im Laufe vieler Jahre war er Leiter einer spirituellen Bewegung geworden, Lehrer ... Er wurde geachtet und geehrt – aber kein König empfing ihn auf seiner Insel ... außer sie ... Er blieb ein Fremdling, wie all diese Menschen ihm so fremd waren ...

Hast, Sorge, Eigensinnigkeit – Abstand. Angst ... sie hatten vor nichts so viel Angst, wie vor sich selbst ... Sie auch.

Nächstenliebe nannten sie das hier ... auf der Flucht vor sich selbst. Angst vor dem führenden Geist – aber sie wussten es nicht, wollten es auch nicht wissen. In seiner Schule wurde wie in einem Kloster gelebt. Regelmaß, Ordnung, Disziplin und Achtung voreinander. Äußerlich schien es erfolgreich ... aber er sah die Leere hinter der Fassade. Nach ein paar Wochen ging man nach Hause und nahm das gewohnte Leben wieder auf ... aber auch während des Aufenthaltes waren die Disziplin und der Respekt äußerer Schein. Man verhielt sich ... man *war* es nicht! Und sie, das außergewöhnliche Mädchen? Ja, sie hatte gelitten unter der Kluft zwischen dem Verhalten und der innerlichen Selbstsucht ... Sie hatte versucht, sich entsprechend zu benehmen – und fühlte die Unechtheit dessen. Sie stellte ihm Fragen ... vorsichtig wies er sie zurecht, immer wieder. Schmerzlich fühlte er sein Fremdsein, sein Unvermögen, in ihrer eigenen Sprache mit ihr zu sprechen – auch wenn sie beide gut Englisch sprachen. ‚*Oh Lord ... grant me the serenity to accept the things I cannot change*' ... war es veränderbar? Konnte er die Kinder des Abendlandes verstehen? ‚*Grant me the courage to change the things I can!*' Dutzende von Jahren an Gesprächen, Unterricht, Vorträgen – hatte es einen Sinn? ‚*Grant me the wisdom to know the difference*' ... Liebte er die Menschen nicht? Gab es keine Freunde? Doch, ja ... er liebte sie innig. Die Trennung war jedes Mal so schmerzlich ... auch wenn er sich nicht daran hängte ... Freunde? So viele ... Aber seine Worte, seine Lehren, seine Einsicht ... es kam nicht an, nicht hinüber, er blieb außerhalb von ihnen, auch wenn sie noch so sehr ihr Bestes taten.

Müde war er, außer Atem ... erschöpft. Aber *sie* hatte ihn verstanden, auch wenn sie ihm ebenso wenig folgen konnte ...

Er streckte seinen Arm nach dem Telefon aus – und ließ ihn wieder sinken. Seine Kräfte waren aufgebraucht ...

Er hätte sich umdrehen müssen ... Sein ganzes Herz verlangte nach der aufgehenden Sonne. Gehorsam zwang ihn, sich nach der Dämmerung zu richten. Er hatte sich daran gewöhnt, sich von seinem Verlangen abzuwenden. Ein Sohn des Frühlings war er – und musste im Herbst leben ...

Durfte er sterben ... wohltuende Hingabe – aber versäumte Pflicht? Immer heftiger wurde der Husten, immer lebendiger seine Gedanken. Sie waren nicht mehr zu bezähmen, sie galoppierten ihm voraus wie eine Meute durchgehender Pferde, durch die er mitgeschleift wurde ... Vergessene Erinnerungen an seine Kindheit ... Bilder einer überwältigenden Natur. Angst vor den Lehrern, Einsamkeit. Ein unsichtbarer Meister als mächtiger Führer ... Auserkoren, ihm zu begegnen, sein Schüler sein zu dürfen ...

Kalte Schauder ließen seinen Leib erzittern, dann wieder Wogen warmer Benommenheit ...

Als schließlich sein Freund kam, gab der Meister keine Antwort ... Gemeinsam mit dem Mann von der Rezeption kam er ins Zimmer und fand den Meister bewusstlos auf seinem Bett ...

Er stand vor einem Tor ... einem geschlossenen Tor. Soweit er schauen konnte, reichte das Tor, es gab nirgendwo ein Oben oder Unten, ein Links oder ein Rechts. Es war nichts in ihm als das Verlangen, durch dieses Tor gehen zu dürfen ... Zugelassen zu werden ...

Er stand vor einem Tor ... einem geschlossenen Tor. Soweit er schauen konnte, reichte das Tor, es gab nirgendwo eind Oben oder Unten, ein Links oder ein Rechts. Es war nichts in ihm als das Verlangen, durch dieses Tor gehen zu dürfen ... Zugelassen zu werden ...

Er klopfte, es erklang kein Laut, seine Finger fanden keinen Widerstand. Dicht, geschlossen ... Er wiederholte seine Bewegung, nichts ... Dann klopfte er zum dritten Mal ...

Das Tor blieb dicht – aber langsam wurde er durchsichtig, wie durchscheinende Haut, wie die Bindehaut eines Auges ... Ja ... Auge wurde das Tor, Auge um zu sehen ... die Aufgehende Sonne, weit weg, weiter als der Horizont reichte ... ihre sanften, milden Strahlen warfen Licht auf den Pfad, einen Weg, wie Menschen ihn gehen, gepflastert mit Edelsteinen und Diamanten ... mündend in ein kristallenes Meer von Wohlgesonnenheit ... Nicht still waren die Steine ... sie erklangen in einer jubelnden Symphonie, einmal sanft und tröstend, dann wieder traurig und mahnend ... O, wie stark wurde sein Verlangen, sich damit zu vereinigen ... aber das Tor blieb geschlossen ...

War er es selbst, der auf diesem Weg gegangen war? Die aufgehende Sonne im Rücken, das geschlossene Tor vor sich? Da ... in der Ferne war seine Jugend ... in glänzender Harmonie. Wo war seine Einsamkeit, seine Angst ... Seine Mutter hatte ihn in Liebe getragen und geboren, ihn mit ihrer Mütterlichkeit umhüllt – bis er sich als auserkoren erwies und sie ihn abtrat ... Klosterschule, schweigender Buddha ... Das große Streben danach, nicht mehr zu streben. Der kleine Junge wollte so gerne seinem Lehrer gefallen ... Lektionen unzufriedener Mönche, einen hölzernen Stock in der Hand ... Diese Stöcke tanzten auf den Rücken der Jungen ... Er machte nicht mit, war stets gehorsam.

In dunklen Ecken und Gängen griffen sie ihn, um ihn für seine Bravheit zu strafen. Er, der Verlierer, wurde durch die Mönche verhöhnt und noch einmal verprügelt. So lernte er, wie in dieser Gemeinschaft zu leben war. Mitmachen und stark sein ... keinen Moment Ruhe, keinen Kummer wegen des schmerzenden Rückens ... Nun erklang da, in der milden Strahlung der aufgehenden Sonne, sein eigener Wille. Härte hatte er gesucht, das Aushalten von Entbehrungen ... niemals aufgeben, nie Selbstmitleid ... Stärker als alle anderen musste er sein, stärker in

Körper und Geist ... und die Schwäche für das Mitleid mit dem anderen bewahren ...

Immer war da die Anwesenheit des Unsichtbaren Meisters, des Führers der Gemeinschaft. Seine Güte und seine Strenge waren legendär ... Die Mönche lehrten sie, dass die Stockschläge von ihm kamen ... er sah und wusste alles. Nur die am höchsten Entwickelten durften in seiner Umgebung verkehren ...

Auf dem mit Edelsteinen gepflasterten Pfad sah er einen Diamanten mit vielen funkelnden Facetten. Die Begegnung mit dem Unsichtbaren Meister! Einmal war er noch vor dem Morgengrauen von seiner Matte geholt und in ein anderes Gebäude geführt worden ... Auf dieses durften sie nicht einmal die Augen richten! Niemals wieder setzte er danach einen Fuß in das Gebäude der Mönche ... Der Meister hatte ihn als Schüler auserkoren – ein anderes Leben brach an. Er lernte die Liebe kennen. Sein Meister brachte seine angeborenen hellsichtigen Gaben zur Blüte, weihte ihn in die Stufen auf dem Pfad der Vervollkommnung ein, in die große Lehre des Buddha. Was in der Schule Regeln gewesen waren, die durch die Angst vor dem Stock des Lehrers ins Verhalten eingegraben wurden, wurde hier Tapferkeit ... Was Schwäche und Sanftheit gewesen war, wurde hier Liebe und Mitleid. Man ehrte und beneidete ihn ...

Sein Tor als Auge sah diesen Diamanten, seinen eigenen höheren Willen ... sein Streben, der beste, der liebste Schüler des Meisters zu sein ...

Aber selbst dieses Streben musste zur Ruhe kommen ... So hatte er selbst den Großen Abschied gewollt ... auch wenn es nichts gab, worunter er *so* gelitten hatte ... Er wurde in die hereinbrechende Finsternis geschickt, wohin er das Licht der Aufgehenden Sonne bringen musste ...

Seine Härte, zu Tapferkeit geworden, verbarg seine Emotionen hinter einem Lächeln. Seine Sanftheit, zu Liebe geworden, hielt seine Schritte westwärts gerichtet ...

O Verlangen! Vereinigen wollte er sich mit diesem Diamanten auf seinem Pfad ... seinen geliebten Meister sehen ...

Hinter sich fühlte er Ermahnung ... ‚Richte deinen Blick auf die untergehende Sonne und kehre nie wieder um!'

Wie hatte er diese Worte vergessen können, bezaubert von der Schönheit und Seligkeit seines eigenen Lebensweges ... Die Finsternis ... lag in seinem Rücken ... Die ermahnende Stimme seines Meisters ... ‚Kehre nie wieder um!' Nun musste er zurück, auf den Weg hinter seinem Rücken ... Wohin ... Finsternis, Einsamkeit ... Klopfendes Herz, saugender Strom ... eine sanfte Hand, so sanft ...

Wo war sie? Er hatte sie nicht gesehen ... Der Pfad im Morgenrot ... *sehen* wollte er seinen Willen, um sie zu finden ...

Kehre nicht wieder um! O nein, nicht mehr zurück ...

Die Sonne stand hoch am Himmel, Mittsommertag ... Breit war der Pfad, umsäumt von herrlicher Blüte ... Die Umgebung war reich von lebendiger Weisheit ... die Blüte des Lebens ... Sommermonate in den Bergen, Herbst und Winter in Städten, großen und kleinen.

Ein schönes Haus, keine Sorgen um Alltäglichkeiten, Hotels ... Hunderte, Tausende von Menschen auf der Suche ... Gottsucher, Glückssucher, jeder für sich. Täglich viele Gespräche, eines nach dem anderen ...

Die Töne schwollen an, zogen sich wieder zurück, schwollen an und brachen ausgelassen los ... Die Tür seines Zimmers öffnete sich, ein Mädchen kam herein. Obwohl er nie wieder umgekehrt war und so seinen Blick stets auf die hereinbrechende Finsternis gerichtet hielt, bekam er nun das Geschenk der aufgehenden Sonne in einem Menschenherzen.

Sein Lächeln verriet nichts von seiner unbändigen Freude ...

Er hatte seine Schritte westwärts gerichtet, um ihr zu begegnen. Ein Mädchen, ein Kind noch ... Dutzende von Jahren jünger als er. Äußerlich ein Kind dieser fremden Kultur, gekleidet in Jeans und T-Shirt.

Die Tapferkeit war Härte und Frechheit geworden, ihre Verehrungskraft lebte in einer dicken Schale hochmütiger Arroganz. Aber ihr Herz war so schön wie der Tagesanbruch selbst ...

Sie blieb stehen, musste ihn gegen das Licht anschauen. Höflich wartete sie, bis er ihr mit einer Gebärde zeigte, dass sie sich setzen konnte.

Seine Gemütsruhe nahm ihre Unsicherheit war. Das Zimmer war mit zartem Licht erfüllt, mit ihrer Empfänglichkeit. Sie saß still da, die Augen etwas niedergeschlagen, aufrecht, die Hände auf ihren Beinen gefaltet.

Sie wusste nicht genau, warum sie gekommen war, sie suchte etwas und fand es nicht. Er nahm ihr Suchen in sich auf. Er sah in ihrem Gemüt eine Lebenslust, die ihn tief rührte. War das die Suche nach dem Dasein, die nach Buddhas Lehre Schritt für Schritt abgelegt wurde?

Zum ersten Mal fühlte er etwas, was Zweifel ähnelte. Das Mädchen schien eine Verkörperung der Lebenslust zu sein ... Sollte man sie dazu anregen, diese zu überwinden? Er sah in ihrer Jugend die Versuche dazu ... eine harte Vaterhand ... die hatte sie geformt, aber sie zugleich abgehärtet und außerhalb ihrer selbst versetzt ... Nächstenliebe nannte man das in dieser Kultur – wenn man außerhalb von sich selbst stehen konnte ...

Sicher ... aber dann musste das ein freier Schritt sein und nicht eine Flucht vor sich selbst ... Er fühlte tief mit diesem Kind mit ... sie wollte seine Schülerin sein, er würde ihr Lehrer werden ... zum ersten Mal in diesen Jahrzehnten würde sein Unterricht Früchte tragen ...

Sie bemerkte nicht, was er in ihr sah. Er ließ sie jede Woche zu sich kommen und mit seiner ruhigen Milde lehrte er sie die Bescheidenheit. Nie zuvor wurde sein Unterricht so vollkommen empfangen.

Dennoch war es wie Saat auf den Felsen, es konnte keine Wurzeln schlagen.

Jährlich sah er sie wieder, sie wurde erwachsen, sie wurde stark – aber fand keinen Zugang zu sich selbst ... Sie liebte ihn wie einen Vater, sie folgte all seinen Anweisungen treu ... und sie veränderte sich. Aber sein Wahrheitssinn ließ ihn erkennen, dass sie sich durch das Leben veränderte, nicht durch seinen Unterricht. Sie lernte die Lehre von Buddha durch und durch kennen, aber es blieb eine Lehre, wie sehr sie auch übte. Und er wusste nicht einmal, ob er deswegen trauern musste ... Lebenslust!

Um sie herum gab es viele andere Schüler, alle geringer als sie, wenn sie auch kundiger, ruhiger, edelmütiger oder was auch immer waren ... Für jeden von ihnen hatte er eine spezielle Herangehensweise gehabt, je nachdem was er wahrnahm. Vielen wunderschönen Seelen war er begegnet, dankbar war er dafür. Aber seine Machtlosigkeit war von Tag zu Tag gewachsen. Sie nahmen, was er zu geben hatte ... aber sie suchten nur die Freiheit ... echte Zusammengehörigkeit war ihnen fremd, so fremd wie für ihn ihr Freiheitsstreben war ...

Die Sonne schien strahlend ... lockte ihn durch das Tor ...

Machtlosigkeit ließ ihn verlangen nach ... seinem Meister!

Er hörte dessen Stimme: ‚Kehre nicht wieder um!' War er umgekehrt? Die Stimme erklang hinter ihm, mahnend. Er musste umkehren, sich abwenden von dem Tor ... er fühlte das Pochen eines Herzens – *seines* Herzens?

Wiederum fühlte er den saugenden Strom, eine sanfte Hand beruhigend – wie eine flehentliche Bitte ...

Die Zeit ist noch nicht gekommen!

Er öffnete die Augen. Das Zimmer war groß, eine hohe Decke ... Gold ... ein goldener Glanz strahlte bis in die fernste Ecke ... Gold, sich vertiefend zu Rot ... auch zu Blau abkühlend ... War er zugelassen? Lag das Tor nun hinter ihm? Diese Innigkeit ... Harmonie ... Noch fühlte er das Pochen des Herzens, schwach ... Die Aufgehende Sonne ... nein ... ein anderes Sonnensystem, unverdorben durch die sündige Erde? Sein Auge suchte einen Mittelpunkt, woher kamen die Strahlen ...? Er schloss seine Augen ...

Das Schlagen des Herzens wurde fast unerträglich. Eine sanfte Hand ... beruhigend ...

Erneut öffnete er die Augen. Das Zimmer war groß und hell und weiß. Ein Klinikzimmer ...

Er fühlte eine sanfte Hand an seinem Puls. Neben seinem Bett stand ein Arzt, ein langer, magerer Mann in einem weißen Kittel, das Stethoskop um seinen Hals. Die aufgehende Sonne erleuchtete seine Gestalt. Mit Mühe richtete er seinen Blick zu den Augen dieses Mannes ...

Kurz schloss er sie wiederum, öffnete sie wieder. Ein anderes Sonnensystem ... Die klaren blaugrauen Augen des Arztes schienen so scharf wie eine Lanze, eine fast nicht zu ertragende Klarheit schien daraus, in einem goldenen Mantel ... Dennoch flehten diese Augen, strahlten von einem verzweifelten Gebet. Er fühlte eine sanfte Hand an seinem Puls, sah die Sorge in dem Gesicht seines Arztes.

Er brachte die größte Kräfteanspannung auf, um diesen Mann trösten zu können ... Er flüsterte:

‚Es ... wird ... alles wieder ... gut!'

Mit sanfter Hand untersuchte der Arzt ihn, hörte seine Brust, seinen Bauch ab. Noch immer hatte er kein Wort gesprochen.

Er sah die scharf gezeichneten Gesichtszüge des noch jungen Mannes, ein kräftiges Gesicht, ernst, streng. Aber nicht kalt ... ‚The most wondeful sunset child' durchschoss es ihn.

Ja ... Abendrot. Die Ruhe des Abends, nach einem langen, langen Tag ... Er wollte etwas sagen, wollte Kontakt mit diesem Arzt ... aber es fiel ihm nichts ein – er fühlte sich auch so müde ...

Der Arzt richtete sich auf und sah ihn direkt an, ließ erneut die unerträgliche Klarheit über ihn niedersinken.

Was rührte ihn so ... zuviel Kraft ... nein, er war nicht hilflos, dieser Arzt ... Sein Blick wurde sanft, seine Hand berührte den Arm des Meisters. Zum ersten Mal erklang da seine Stimme ...

‚Sie sind sehr krank ... Sie liegen auf der Intensivstation der Universitätsklinik. Es besteht keine Gefahr mehr ... aber vorläufig müssen Sie völlige Bettruhe halten. Ich komme im Laufe des Vormittags wieder und werde dann beurteilen, ob die Schläuche heraus können, Sauerstoff, Infusion und so weiter.' Sein Blick wurde noch sanfter. ‚Ich bin dankbar ...'

Ungewohnte Worte ... Schwach fühlte er sich, nicht imstande, die Freundlichkeit zu beantworten. Ein Lächeln ... das war alles, was er aufbringen konnte.

Der Arzt drehte sich langsam um und ging weg. An der Tür blieb er kurz stehen, nickte und verschwand.

Er fühlte keinen Körper ... wo einst sein Körper gewesen war, war nun Glück ... Er war verkörpert in Glück ... Genesung ... Er würde genesen, ja ... er wünschte das mit seinem ganzen Willen ... Glück ...

Der überwundene Tod hatte ihn mit dem größten Sinn des Abendlandes in Berührung gebracht ... Begreifen konnte er es nicht ... er fühlte es, wie eine mächtige Ermahnung. Nichts hatte er von den Menschen hier verstanden, überhaupt nichts!

Er fiel in einen tiefen Schlaf, aus dem er manchmal kurz geweckt wurde durch eine Schwester oder einen Bruder, die an der Infusion drehten, die Temperatur nahmen ... oder den Arzt, der den Auftrag gab, ihn in die Abteilung zu verlegen ...

Die Sonne stand schon hoch am Himmel, als der Arzt zum dritten Mal an seinem Bett erschien. Obwohl er offenbar eine durchwachte Nacht hinter sich hatte, sah er frisch und aufgeweckt aus.

Er gab dem Meister die Hand und nannte seinen Namen. Seine Augen waren ruhig, voller Wärme und Freude.

Er, der Patient, hatte nach dem stundenlangen Schlaf schon wieder etwas Kraft. Er schlug seine Augen auf und sagte bedächtig:

‚Sie haben mein Leben gerettet ...'

Zu seiner großen Verwunderung und Rührung erschien eine Röte auf den Wangen des Doktors. Er schüttelte den Kopf.

‚Nein ... ich habe nichts tun können als nur verzweifelt abzuwarten. Warten ... Sie haben viel zu spät einen Arzt verständigt.'

‚Dennoch war Ihre Geduld mein Heilmittel ... Ich habe nicht gemerkt, dass es so ernst war ... Es ist zu schnell gegangen ... Wissen Sie ... Sie sind ein guter Doktor, ein echter Arzt.'

Noch immer war Glück sein Leib. Er liebte diesen Arzt ... weil er seine Liebe fühlte ... die Liebe hatte ihn zurückgerufen. Zurück zur gefürchteten Dämmerung ... um ... dort ... Glück zu finden.

‚Heute Nacht habe ich gefühlt, wie ohnmächtig ein Arzt sein kann ... ich habe wirklich nichts tun können.'

‚Auf dem Boden der Ohnmacht findet man die Macht ...'

Fast unmöglich schien es ihm, zu diesem Arzt so zu sprechen. Er fühlte, wie sein Geist in Fernen reichte, die er, der doch ein Meister war, nur vermuten konnte. Trotzdem schien der Arzt sich dessen im Ganzen nicht bewusst ... Wieder schien es, als ob eine Röte seine Wangen färbte. Es nahm ihm seine Strenge, gab ihm etwas Kindliches. Er schwieg.

Ach, er kannte diesen Arzt gut, so gut! Er sammelte seine ganze Leibeskraft, hob seinen Arm, streckte seine Hand nach ihm aus. Der Arzt lächelte, nahm seine Hand in beide Hände und drückte sie fest. Sein Glück wurde Glückseligkeit ... Ein Freund!

Er lag wach im Bett. Eine Schwester brachte ihm zum ersten Mal etwas zu essen. Die Kanüle war entfernt worden ... Er fragte:

‚Wer ist mein behandelnder Arzt?'

‚Der Stationsarzt, mein Herr.'

‚Ich meine den großen blonden Arzt, der eben hier war.'

‚Oh, der! Das ist der Professor.'

Natürlich ... Er fühlte Triumph in seinem Glück. Gerechtigkeit! Herrschte in diesem Krankenhaus Gerechtigkeit? Ein echter Arzt an der Spitze! Er erschauerte. Professor!

Am Ende des Tages war sein Zimmer voller Blumen, und er hatte bereits vier Besucher gehabt. Abends durfte er keinen Besuch mehr haben. Anordnung des Professors ...

Er hatte ihn nicht mehr gesehen ... verlangte so nach ihm. Vielleicht war er nach Hause gegangen ...

Als er um neun Uhr schlafen gehen wollte, öffnete sich plötzlich die Tür. Da stand er ...

‚Darf ich Sie noch kurz stören?', fragte er vorsichtig.

Der Meister erhob sich. Stören! Er wies auf einen Stuhl.
,Setzen Sie sich kurz? Ich bin schon seit Stunden allein.'
,Sie müssen ruhen ... es ist ein Wunder, dass Sie sich so schnell erholen.'
Er nahm einen Stuhl und setzte sich. Nun waren seine Züge scharf vor Ermüdung. Er legte seine müden Hände übereinander in seinen Schoß. Schweigend sahen sie einander an. Nach einiger Zeit sagte der Meister:
,Wie kommt ein Professor dazu, einem Patienten so viel Aufmerksamkeit zu schenken?'
Der Arzt lachte zum ersten Mal in vollen Zügen.
,Nicht einfach einem Patienten – einem Meister, wie ich mir habe sagen lassen ...'
Der Meister schüttelte den Kopf.
,Gegenüber Ihnen fühle ich mich nicht als Meister ...'
,Das kommt durch Ihre abhängige Position im Moment.'
,Nein, nein! Ich weiß sehr gut, wen ich gegenüber habe.'
Der Arzt dachte, dass er seinen Status eines Professors meinte, und schwieg. Auch er fühlte Glück ... Dankbarkeit für die Genesung dieses Mannes, der so gelassen da lag, ganz und gar Milde, wie es schien ...

Am folgenden Morgen um viertel nach Zehn kam der Arzt erneut herein, aber jetzt wirklich als Professor, mit einem Gefolge von Ärzten und Krankenschwestern.

Er hatte gut geschlafen und lag, in seinem Glück badend, in seinen Kissen. Aufmerksam beobachtete er seinen neuen Freund. War er ein Freund ...?
Man stellte sich um sein Bett herum, der Professor direkt neben ihn. Er blickte mit Verwunderung auf die Ruhe dieses Mannes. Er war wirklich völlig eins mit sich selbst. Er machte keinen Gebrauch von seiner Autorität, aber lies diese ebenso wenig unbenutzt. Einer von den jungen Ärzten, die den Patienten gestern vollständig untersucht hatte, gab dem Professor einen Bericht seiner Befunde. Er musste das in Englisch tun, weil der Patient es sonst nicht verstehen konnte ...
Der Professor hörte aufmerksam auf all die Tatsachen, die er längst kannte, bezog den Patienten stets in das Gespräch ein und stellte dann einige sehr direkte Fragen.

Ein König ... aber dieser lebte nicht allein auf einer Insel – er hatte einen großen Hof und es wurde ihm mit Ehrfurcht gedient ...

Zum ersten Mal in all den Jahren sah er einen Menschen, der wirklich kommunizierte ... Er achtete nicht auf das, was gesagt wurde, auch wenn es seinen eigenen Krankheitsfall betraf ... nein, er ging auf in dem, was er schaute. Er war wie ein Fels, dieser große, hagere Mann ... wie eine Felswand ... die sich jedes Mal öffnete und hinter deren grauen Außenseite sich ein strahlendes Edelgestein zeigte, funkelnd im Licht, jedes Mal verfließend und aus dem einen das andere werdend ...

Atemlos lag er da ... schaute eine neue Welt, eine Burg von Edelstein hinter dieser grauen Wand – dem strengen, scharf geschnittenen tragischen Gesicht ... Shamballah ... nein, ein Meister ... ein Meister im Abendland, das keinen Geistesreichtum kannte. In seiner Kultur wäre dieser Mann als kleiner Junge in ein Kloster gebracht und zum Meister geformt worden. Jetzt, in seinem vierzigsten Jahr, wäre er langsam gereift für eine Berufung in der Welt. Aber er war in einer un-spirituellen Kultur geboren. Er war sich seiner Meisterschaft absolut nicht bewusst ... dennoch war sie entwickelt ... wie war das möglich ...? Er stand über den anderen und wusste nichts davon – die anderen ebenso wenig. Etwas davon wurde gefühlt und äußerte sich in der Ehrfurcht, mit der man ihm begegnete – aber das konnte auch Angst vor seiner Strenge sein, vor seiner grauen, harten Außenseite ...

Seine sanfte Hand legte sich auf seine Schulter, die kräftigen Augen sahen ihn an.

‚Sie erholen sich gut ... aber ich behalte Sie vorläufig noch im Bett. Sie dürfen ein paar Mal aufrecht sitzen, die Beine über dem Bettrand ... aber noch nicht heraus. Und nicht mehr als zwei Besucher am Tag. Ich komme später noch einmal bei Ihnen vorbei.'

Dies war Liebe auf den ersten Blick ... Der erste Augenaufschlag hatte ihn diesen Mann lieben lassen ... Keine Anhänglichkeit ... Dieser Gedanke kam von selbst in ihm auf. Keine Anhänglichkeit ... In seiner Gelassenheit rührte sich etwas von Aufsässigkeit. Er würde anhänglich werden! Zum ersten Mal in seinem Leben würde er an etwas hängen, quer gegen alle Regeln! Dieses Mal würde er sich einer Trennung widersetzen ... er würde die Liebe aufblühen lassen, sich mit ihr vereinigen, kein Zuschauer mehr sein! Verwundert war er Zuschauer ... dieser Gedanken und Gefühle. Was war der Unterschied zwischen seiner bisherigen Liebe und der Liebe, die er jetzt entfalten wollte? Er seufzte und nickte dem Professor zu.

‚Ich freue mich auf Ihren Besuch ...'. Er sagte es leise, zögernd.

Das Gefolge verließ sein Zimmer, der Professor als Letzter. An der Tür drehte er sich nicht mehr um ...

Noch immer bestand sein Körper aus Glück – aber nun war da etwas Bitteres ... ein Gefühl von Verlassenheit, von Angst vor unbeantworteter Liebe. Die Sucht nach Dasein ... leidenschaftliches Verlangen nach physischer Anwesenheit eines Menschen ...

Fünfzig Jahre strenge Übung ... *ein* Mensch machte diese zunichte? Trennung von seiner Mutter ... Stockschläge ... Schlägereien ... nichts Edles hatte es da gegeben als nur die Regeln, die mit Hilfe der Angst ins Verhalten geprägt wurden ... Die Mönche waren roh und stumpf, gemein und rachsüchtig. Gequetschte Rippen gehörten ebenso zur täglichen Kost wie der Reis und der Tee ... Dann war er aus dieser Hölle in den Himmel hinübergebracht worden. Der Meister war eine Verkörperung der Regeln ... er hatte ihn an die Hand genommen und war mit ihm den Pfad emporgeschritten. Je höher die Gaben, desto härter die jungen Jahre ... so musste es sein. Er hatte sich mit seiner Ehrfurcht an den Meister gehängt, aber musste sich jedes Mal wieder lösen, bis schließlich der große Abschied gekommen war. Nie hatte er an der Richtigkeit seiner Erziehung gezweifelt ... Später, hier im Abendland, war er dafür sogar innig dankbar geworden. Verwöhnten, selbstsüchtigen Menschen begegnete er hier, Entbehrungen nicht gewachsen ... jeder kleine Rückschlag führte zu Depressionen ... Er war dankbar, dass er die Ungerechtigkeit kannte, die Missgunst – um damit vollkommen fertig zu werden ...

Sein Freund kam ihn besuchen, der Mann, der ihn in seinem Hotelzimmer todkrank angetroffen hatte. Sie gingen nun schon seit Jahren miteinander um, der Mann war Doktor der Philosophie, ein echter westlicher Wissenschaftler, der seine Zuflucht in der östlichen Weisheit gesucht hatte. Er begleitete ihn auf allen seinen Reisen, fuhr ihn überall hin, sorgte für die Hotels und bot ihm seine Freundschaft an. Dennoch gab es Abstand zwischen ihnen, die Freundschaft verlief ganz äußerlich. Er war der Meister, und Doktor Stern war ein geschätzter

Schüler ... ein König auf einer Insel, der ihn freundlich empfing, ihm gab, was er nötig hatte, nahm, was er brauchte ... aber der ihm nie an Land hielf ... nie. Auch jetzt nicht, nach einer drohenden Trennung. Er brachte von der hiesigen Abteilung einen reich bestückten Obstkorb mit, erzählte etwas von seinen Erlebnissen mit diesem oder jenem, berichtete von den Reaktionen auf die Krankheit des großen Führers ... und ging wieder.

Er blieb einsam zurück. Nein, man sollte sich nicht an etwas hängen wollen ... man würde immer enttäuscht zurückbleiben. Aber der Mann, auf den er wartete ...

Er musste lange warten. Der Tag schleppte sich vorüber ... Er musste liegen, liegen, liegen. Er versuchte zu meditieren, aber ihm fehlte die Kraft. Lesen ging auch nicht. Das Essen schmeckte nach nichts ... Das Fenster bot Aussicht auf einen langweiligen Innenhof mit hässlichen Luftschächten. Ab und zu kam eine Schwester oder ein junger Arzt, jeder in sich selbst verschlossen ... ein schönes Spitzenhöschen unter einer transparanten Uniform.

Kopfschüttelnd blieb er zurück ...

Konnte er sich von dem Verlangen, diesen Mann wiederzusehen, losreißen? Ja ... das konnte er – wenn er es wollte. Er wollte nicht, er wollte den Schmerz des Verlangens hegen – wie das Einzige, was der Mühe wert war, um dafür zu leben. Verlangen ... alles Leid entspringt aus dem Durst nach Dasein. Warum war er nicht gestorben ... das ging nicht, er musste diesem Mann noch begegnen, den Sinn der Kultur sehen, in der er so lange gearbeitet hatte ... und selbst Verlangen fühlen ...

Es war schon nach neun Uhr, als der große Arzt schließlich kam ...

‚Darf ich noch hereinkommen?', fragte er zögernd.

Die Echtheit seiner Verlegenheit rührte so sehr ...

Der Meister nickte.

‚Die Stunden sind hier wie Jahre ...'

‚Ich hatte eher kommen wollen ... aber dann hätte ich nur einige Minuten bleiben können. Nun ist die Arbeit vorbei.'

Er nahm einen Stuhl und setzte sich. Der Meister lächelte.

‚Darf ich noch so spät Besuch haben?', fragte er verschmitzt.

Der Professor setzte sich bequem hin und sagte:

‚Ärzte dürfen immer kommen ...'

Er legte wieder seine gelehrten Hände übereinander auf seine Beine und schaute einige Zeit schweigend darauf.

Der Meister ließ seine Anwesenheit ganz zu sich durchdringen. Hier saß ein Mensch, an den er sich hängen wollte, an den er sich schon gehängt hatte! Wohltuend war die Ausstrahlung dieses Mannes, der da so bescheiden saß ...

Der Professor sah auf und fragte einfach etwas, um das Gespräch zu beginnen.

‚Wie lang waren Sie schon in der Stadt?'

‚Zwei Wochen glaube ich. Nun habe ich auf einmal Urlaub.'

‚Sie sind ein beliebter Mann ... all die Blumen und das Obst ...'

Der Meister lächelte. Sogar in seiner Unsicherheit war er echt. Sie wollten miteinander über die tiefen Rätsel des Daseins sprechen, aber wurden in den Blumen und dem Obst gefangen ...

‚Ich habe Ihre Überlegenheit bewundert, heute Morgen ...'

Der Arzt schlug seine Augen nieder und sagte:

‚Ein außergewöhnlich strenger Professor – so kennt man mich.'

‚Es ist gut, dass Sie so streng sind. Strenge fehlt in dieser Kultur.'

Der Professor sah auf, der Blick verwundert. Der Meister sagte:

‚Echte Strenge meine ich ... Härte gibt es genug. Streben nach Macht auch ... aber Sie sind ein echter Leiter.'

Der Arzt sah ihn weiter an, aber er sagte nichts. Auch sein Mut war echt! Warum kam er eigentlich ... er verhielt sich nicht wie ein Arzt, sondern wie ein Besucher.

‚Was ich Sie gestern fragte, frage ich Sie nochmals: Wie kommt ein Professor dazu, nach einem langen Arbeitstag noch einen Patienten zu besuchen?'

Der Doktor schaute noch immer ... und sagte schließlich:

‚Ich habe hier gesessen, als Sie zu sterben drohten ... ich habe zu einem lange vergessenen Gott gebetet ... dass er Sie schonen sollte ... auf dass ich mit Ihnen sprechen dürfte. Jetzt darf ich Sie sprechen ...'

Kannte dieser Mann keine ‚Pose'? War er in jeder Geste, in jedem Worte wahrhaftig?

Der Meister beantwortete seinen Blick mit Milde und fragte:

‚Wo finden Sie das Licht, um die hereinbrechende Finsternis zu erleuchten?'

Der Professor zog die Augenbrauen hoch, er fasste die Frage wörtlich auf. Er sah um sich, es dämmerte in der Tat ...

Die Hand des Meisters lag neben dem Lichtschalter.

‚Das Licht ist in Ihrer Reichweite.', sagte er.

Der Meister brach in ein fröhliches Lachen aus, seine Stimme schallte durch das Zimmer.

‚Ich meine die Frage bildlich! Aber Ihre Antwort ist zweifellos adäquat ... meistens liegt das, was man sucht einfach in Reichweite!'

Er sah, dass der Professor zweifelte, ob er verspottet wurde, und beeilte sich hinzuzufügen:

‚Ich wollte Sie nicht in Verlegenheit bringen ... verzeihen Sie mir.'

Das Verlangen nach Freundschaft, nach Vertrautheit, hing wie eine fast unerträglich geladene Atmosphäre im Zimmer.

Sie waren beide dadurch gelähmt ... aber die Lähmung war echt.

Nach einer Weile stand der Arzt auf und gab ihm eine feste Hand.

Ich sehe Sie morgen, sagte er freundlich und verließ das Zimmer.

Morgen ... sie müssten jede Minute ihres Zusammenseins nutzen, ja auskosten ... und sie ließen die Zeit vorbeigehen, sie vergeudeten sie achtlos. Morgen ... würde er es anders machen.

Um viertel nach zehn kam der Arzt, nun nicht mit seinem ganzen Gefolge, aber zusammen mit der Oberschwester. Er stellte sich neben das Bett und sagte zur Schwester:

‚Würden Sie dem Herrn bitte helfen, ich will ihn untersuchen.'

Die Schwester begann, ihn auszukleiden, aber er wehrte sie ab und sagte:

‚Lassen Sie nur, ich kann es am besten selbst tun.'

Der Arzt schüttelte den Kopf und sagte trocken:

‚Natürlich können Sie es selbst ... aber Sie dürfen es noch nicht.'

Er gab sich den routinierten Händen der Pflegerin hin. Dann beugte der Arzt sich zu ihm hinüber und beklopfte seine Brust, seinen Rücken und hörte ihn ab. Sein Körper war noch immer Glück ... und wiederum fühlte er den Triumph des Erkennens. In den Handlungen des Arztes lebte etwas, was er vorher nicht geschaut hatte. Immer sah er in dem Gebaren der Menschen, auch von sich selbst, das Tierreich ausgebildet. Manchmal mächtig groß, manchmal ängstlich klein ... der Tiger, der

Hase ... In den Händen dieses Mannes lebte etwas ... es ähnelte dem Licht, etwas Unbekanntem. War es der Strom, der aus diesem grauen Fels brach ... immer lichter, lichter ... Seine Gebärden waren sichtbare Liebe? War er ein Mensch? Was war ein Mensch ... verstrickt in Asuras ... in satanisch-diabolische Macht ... Aber nicht ... dieser Mensch ...

Der Arzt richtete sich auf, der Meister fiel zurück in die Kissen, noch schwach.

‚Es ist viel besser ... aber noch nicht gut genug. Es sitzt noch ordentlich Flüssigkeit in Ihren Lungen – es kann auch nicht anders sein. Trotzdem geht es schon sehr gut.'

Er wandte sich zur Schwester.

‚Heute darf der Herr mit Hilfe zur Toilette, im übrigen noch Bettruhe. Ich will hier keine schnelle Mobilisation ... und auch keine Verlegung in ein anderes Zimmer.'

Seine Stimme klang befehlend. Die Schwester nickte höflich, aber der Meister sah hinter ihrer Höflichkeit Flammen von Ärger. Der Arzt störte sich nicht daran ... Ignorierte er es oder bemerkte er es nicht?

‚Gehen Sie nur, Schwester, wir sind fertig.', fügte er noch hinzu.

Sie ging.

‚Sie haben sie gegen sich aufgebracht ...', sagte er vorsichtig.

Der Professor lachte, ging auf die andere Seite des Bettes und setzte sich.

‚Denken Sie? Es ist der Machtkampf zwischen medizinischer und pflegerischer Fürsorge. Man muss auf alles bedacht sein ... sonst komme ich heute Abend und Sie liegen in einem Zimmer mit fünf anderen Männern.'

‚Wenn es sein muss, ertrage ich es wohl ...'

‚Ja, ja. Sie unterschätzen den Ernst Ihrer Erkrankung – und diese Mädchen haben davon gar keine Ahnung. Ich muss es schon so machen. Wie fühlen Sie sich?'

‚Ach ... tatsächlich schwach. Aber sehr dankbar für Ihre gute Fürsorge.'

Der Arzt stand auf und sah ihn an.

‚Heute versuche ich früher zu kommen. Dann müssen wir mal sprechen. Vielleicht wollen Sie mir von Ihrer Arbeit erzählen ...?'

Als er weg war, kam die Oberschwester. Er sah zu, wie sie eine Reihe von Eintragungen auf der Karte am Fußende seines Bettes machte. Sie sagte nichts.

‚Sie bestrafen mich doch nicht für die Behandlung durch den Professor?', fragte er verschmitzt, unschuldig.

Sie sah auf, lachte ihn an.

‚Er ist ein schwieriger Mann ... Er kümmert sich um Dinge, die außerhalb seiner Befugnis liegen. Wenn ein schwerkranker Patient aufgenommen wird, habe ich keinen Platz. Und wehe, wenn ich ihn verlege, dann ist der Teufel los.'

‚Ich bitte nicht um eine Vorzugsbehandlung ...'

Sie wurde ruhig und sagte:

‚Sie können da nichts machen – und er wird wohl wissen, was er tut ...'

Noch bevor er zu warten begann, öffnete sich an diesem Abend die Tür. Er war müde, der Arzt, seine Züge waren scharf und ernst. Der Meister sah es, und es erfüllte sein Glück mit Tragik ... Er sagte:

‚Ich wollte, ich hätte die Macht, *Sie* einmal zur Ruhe zu zwingen! Wann entspannen Sie sich?'

Der Arzt hob die Schultern.

‚Entspannen finde ich Unsinn. Es ist nichts so ermüdend wie Nichtstun. Man wird lahm und unzufrieden davon. Arbeiten und entspannen brauchen sich nicht Feind zu sein. Die Spannung kommt nicht von der Arbeit – sondern von dem ... Ärger mit den Menschen. Entschuldigen Sie meine Ausdrucksweise.'

Das ausgelassene Lachen des Meisters erfüllte den Raum.

‚Die Oberschwester hat ein Sündenbuch über Sie aufgeschlagen. Sie pfeifen auf Regeln ... nicht wahr?'

Er setzte sich.

‚Ja ... keine Regeln. Aber ich erscheine unzufriedener als ich bin, jetzt. Ich arbeite hier gerne und halte sehr viel von meinen Mitarbeitern – meistens.'

Triumph! Dieser Mann brachte jedes Mal wieder ein triumphierendes Gefühl zustande ... Ein Rätsel war dieser Mann für ihn ... das Rätsel des Menschen? Aus seinem warmen Gefühl heraus sagte er spontan:

‚Ich freue mich den ganzen Tag auf Ihren Besuch ...'

Der Arzt lächelte. Er war hübsch, wenn dieses Lachen durchbrach. Außerordentlich hübsch. Der Meister fühlte Stolz, weil er diesen Mann kennen durfte ... Der Arzt sagte:

‚Es geht mir genauso ... Erzählen Sie mir doch einmal etwas über sich. Sie kommen aus dem Fernen Osten. Wie kommt es, dass Sie in Europa arbeiten?'

Der Meister sah ihn an. Was für eine Frage! Was machte er hier eigentlich ...

‚Ich bin hier, weil ich gelernt habe zu gehorchen. Das ist hier im Abendland eine vergessene Tugend – selbst Kinder gehorchen nicht. Aber ich erhielt einst den Auftrag, die aufgehende Sonne ... nein ... das kann ich nicht ... meine Schritte westwärts zu lenken und nie wieder umzukehren ... Ich bin bis zu einer gewissen Höhe eingeweiht durch einen spirituellen Lehrer – in Ihrer Kultur sind das sonderbare Dinge – und ich habe ihm gehorcht. Darum bin ich hier – und bleibe ich hier, auch wenn ich meinen Auftrag nicht erfülle ... Ich reise von Oktober bis Juni durch viele Länder ... die übrigen Monate wohne ich hoch oben in den Bergen, wo ich Leiter in einem Institut bin, einer spirituellen Schule ... Meister nennt man mich ... Ein Meister ohne Schüler, auch wenn Tausende von Kursteilnehmern kommen ...'

‚Ein Meister ohne Schüler?'

‚Mir fehlt ein Bindeglied ... man hörte mich und versteht mich, aber man tut nichts damit! Und ich habe nicht die Macht des Meisters im Osten, dem man absolute Hingabe und Gehorsam schuldig ist. Für ein paar Wochen will man sich wohl der Disziplin unterwerfen – als eine Art alternativer Ferien. Es ist eine andere Art von Nicht-Müssen. Unverbindlich, interessant ... Verstehen Sie?'

Die letzte Frage war überflüssig. Sein Verstehen lag schließlich wie ein liebevoller Arm um ihn herum ... Er fuhr fort:

‚Jetzt erscheine ich wohl unzufrieden ... So ist es dennoch nicht. Ich kann vielen Menschen Trost bieten, das wohl. Und ich lebe für ein gro ßes Rätsel ... der Mensch! Aber Sie! Sie sind noch so jung und haben schon die Spitze erreicht ...'

Der Professor blieb ruhig er selbst. Ein Lächeln glitt über sein Gesicht.

‚Ich habe hier studiert ... auf dieser Abteilung bin ich Famulus gewesen. Am Ende musste ich dann zum Professor kommen ... Er fragte, ob ich Internist werden wollte – als ich ‚ja' sagte, hatte ich unmittelbar einen Platz als Assistent ... nach meinem Examen konnte ich direkt anfangen. So ist es mir immer ergangen ... Ich promovierte während meiner Spezialisierung, wurde nach einigen Jahren die rechte Hand des Professors ... und als er emeritierte, stellte er mich als seinen Nachfolger vor. Er lobte mich immer für meine Autorität bei den Mitarbeitern und den Studenten, für meine Sanftheit gegenüber den Patienten und für meinen Mut, selbstständig neue Ideen zu entfalten ... Es war niemand gegen meine Berufung ...'

Der Meister hörte nicht nur seine Worte, er sah die natürliche Bescheidenheit. Eine kräftige Persönlichkeit mit einer seltsamen Art selbstlosen Selbstbewusstseins. Die Selbstlosigkeit hatte etwas Selbstverständliches, etwas Östliches, während sein Selbstbewusstsein dieser Natur widersprach ... Zwischen beiden, wie aus einem Paradox, blühte seine Ruhe – diese machte ihn so vollkommen echt. Er stellte eine Frage, um das, was er schon wusste, zwischen ihnen beiden offenbar zu machen.

‚Sind Sie Junggeselle?'

Erneut erwärmte ein Lachen das ernste Gesicht.

‚Sie sagen es!', antwortete er, dadurch zeigend, dass er durchschaute, warum der Meister dies fragte.

Der Meister seufzte. Er hatte ein neues Leben begonnen ... mit einem Mann, der ihn wirklich zu verstehen schien. Wohltat lebte in seinem Glück ... Der Arzt musste gehen. Er stand auf und sagte:

‚Morgen früh kann ich nicht kommen, ich muss eine Vorlesung halten. Ich habe dem Abteilungsarzt aufgetragen, für Sie zu sorgen. Die Medikation wird verändert, Sie bekommen etwas, um die Flüssigkeit los zu werden ... Morgen Abend komme ich wieder selbst.'

‚Muss ich wirklich all diesen Kram einnehmen?'

Der Meister sagte mit Absicht ‚Kram', weil er fühlte, wie sein Körper die Medikamente als Abfall behandelte. Der Professor zog die Augenbrauen hoch und sagte:

‚Kram?!'

Der Meister fühlte die Ambivalenz des Arztes. Er verstand sehr gut, was mit dem Wort ‚Kram' gemeint war, aber stand doch auch auf der Seite seiner vertrauten Wissenschaft. Er sagte etwas kühl:

‚Dieser ‚Kram' hat Ihr Leben gerettet!'

Aber der Meister schüttelte den Kopf.
‚Nein, nein ... Ihr Gebet hat mich zurückgeholt ... nicht Ihre Chemikalien ...'
Es war ein Wagnis. Konnte ihr so zartes Liebesband dies aushalten?
Der Professor stand da, totenstill, schweigend. Seine graublauen Augen drangen tief in den warmen Blick des Fremden. Der Meister sah die Liebe mit der Wissenschaft kämpfen. Der Arzt beugte sich zu ihm, griff seine Hand und drückte sie fest.
Dann lachte er und sagte:
‚Ich werde überlegen, ob wir etwas von diesem Kram streichen können! Haben Sie noch mehr kritische Randbemerkungen?'
Das Lachen des Meisters donnerte bis auf den Gang. Er sagte frech:
‚Das Essen taugt auch nicht. Durchgekocht und gargedämpft, eingefroren und mit magnetischen Wellen erhitzt, um danach lauwarm aufgetischt und mit Gabeln und Löffeln gegessen zu werden, die nach Abwaschmittel schmecken ... Püree aus einem Bündel schlaffe Möhren und einer nicht zu definierenden Fischsorte in einer Ummantelung von Zwiebackkrümeln. Damit der Kranke möglichst lange schwach bleibt?'
Der Arzt setzte sich wieder, perplex.
‚Noch mehr? Sie sind jetzt doch damit beschäftigt ...'
‚Die Luft ist verdorben ... es müsste kräftig gelüftet werden, jeden Tag die Fenster auf ...' Er bekam Mitleid mit seinem Freund und sagte: ‚Aber der Arzt ist der Beste, den es gibt ... ich genieße Ihre Kundigkeit, ihre Liebe für das Fach ...'
‚Auch wenn dieses Fach aus dem Verabreichen von Kram besteht?'
Der Meister nickte.
‚Die Qualitäten des Arztes sind viel mehr von Belang für die Heilung, als die Mittel, die er benutzt!'
Der Arzt sah ihn an, sein Gesicht drückte ein tragisches Verlangen aus. Nach einiger Zeit des Schweigens sagte er:
‚Ich glaube, dass ich einen echten Freund gefunden habe ...'
Er stand wieder auf, verabschiedete sich mit einem Händedruck und verließ aufrecht das Zimmer.
Der Meister blieb in tiefer Einsamkeit zurück. Zum ersten Mal hatten sie ein echtes Gespräch geführt – aber der Gegensatz zwischen ihrem jeweiligen Hintergrund hatte direkt die Hauptrolle beansprucht. Dennoch hatte das Verständnis gesiegt ... Er wollte diesem Mann seine Zu-

neigung zeigen ... warum ging das so schwer ... Morgen ...

In dieser Nacht stand er wiederum vor dem Tor ... Jetzt aber wollte er nicht hindurch. Er sah seinen Pfad, wie er ihn gegangen war ... ein Pfad aus Edelstein, beschienen von Morgenlicht. Er drehte sich um, so dass er seine Vergangenheit im Rücken hatte.

Vor ihm erstreckte sich eine atemberaubende Landschaft ... es war traurig und einsam – ein Pfad wand sich durch die Ebene, die in die Dämmerung gehüllt war. Der Pfad bestand aus scheinbar toten, einander umarmenden Zweigen – voller Dornen. Einst mussten diese Zweige Rosen getragen haben ... nun waren sie dürr und alt – aber die Dornen waren scharf wie immer. Wie ein gewisser Trost ... wuchs und blühte hier und da eine Lilie zwischen den Dornen, als ob sie sich in ein Dornenkleid hüllen wollten ... Sein Blick wurde in die Ferne gezogen ... Da, noch fast unsichtbar, wie eine leise Ahnung, schimmerte vage ein Licht ... stärker wurde es, immer stärker. Hoch ... auf einem Berg, wohin sich der Pfad hinaufschlängelte ... lag eine Burg von leuchtendem Gestein in mächtiger Pracht. Das vielfarbige Licht ging auf wie die Sonne ... und erleuchtete die armselige finstere Landschaft ... Ein Diamant mit unendlich vielen Facetten, strahlend aus sich selbst heraus ...

Als er wieder wach war, wusste er, dass er seinen Freund gesehen hatte – und den langen, schwierigen Weg zu ihm hin ... Fremd war ihm dieser Pfad, unbekannt das Ziel ... Er wurde davon wehmütig gestimmt ... Die aufgehende Sonne schien ihm warm in den Rücken ... aber seine Schritte waren westwärts gerichtet, barfüßig auf einem dornigen Pfad ... zu einem Fremden ... auf dem Weg.

Der Abteilungsarzt besuchte ihn und setzte alle Medikamente außer den Antibiotika ab. Er durfte dreimal für eine Stunde aus dem Bett ... alles im Auftrag des Chefs.

Er wurde wieder untersucht – und sah die gedankenlose Routine in den geschickten Händen des jungen Mannes. Er fragte:

‚Arbeiten Sie hier gern?'

Ohne aufzuschauen antwortete der Arzt:

‚Ja, sicher. Es ist auch eine Art Triumph, hier arbeiten zu dürfen. Die Klinik hat seit jeher einen besonders guten Namen. Nur die besten Ärzte bekommen hier einen Ausbildungsplatz, und die Professoren haben immer internationale Namen ...'

‚Auch dieser junge Professor?'

Der Mann richtete sich auf, sah an ihm vorbei in die Ferne und sagte: ‚Sicher ... gerade er. Aber nun ja, er macht auch nichts anderes als arbeiten. Wir dürfen ihn auch jederzeit zu Hause anrufen und um Rat fragen ... er ist allein – man fragt sich, was das für ein Leben ist.'

Der Meister sah, wie der junge Mann da stand und laut dachte. Plötzlich wurde er sich dessen bewusst und besann sich.

‚Also!', sagte er, ‚Ich gehe dann mal weiter. Es geht gut mit Ihnen. Bevor sie es merken, sind Sie entlassen ...'

Mit diesen Worten verließ er zusammen mit der Schwester das Zimmer und ließ den Meister einsam zurück. Entlassen ...

Es wurde spät an diesem Abend, erst gegen halb zehn kam er endlich. Der Meister bekam einen Schock, als er ihn sah. Zum ersten Mal kam er ohne weißen Kittel. Er sah jünger aus, in seiner blauen Jacke und dem weißen Hemd ... aber zugleich strenger ...

‚Sie kommen nicht als Arzt ...'

Der Mann nahm einen Stuhl vom Fenster weg und setzte sich. Er legte seine freundliche Hand auf den Arm des Mannes im Bett.

‚Nein ... ich komme jetzt nicht als Arzt. Ich finde es schön, so noch kurz bei Ihnen zu sitzen.'

‚Habe ich Sie nicht beleidigt, gestern?'

Der Professor schaute aufrichtig erstaunt und sagte:

‚Mit Ihrer Kritik meinen Sie? Nein ... ich bin nicht so fanatisch. Sie haben vermutlich zu hundert Prozent Recht. Aber das Einzige, woran ich etwas verändern kann, ist die Medikation – und das habe ich mit Überzeugung getan ...'

Der Meister fühlte, wie das Gespräch wieder in den leichten Strom der Alltäglichkeit hinabzufließen drohte. Den Pfad mit den Dornen musste er hinauf – wollte er diesen Mann je wirklich erreichen ... Wo war nun all seine Weisheit, seine Überlegenheit ... Konnte ein Mensch wirklich ein ganzes Leben voller Disziplin in Stücke brechen? Es kam auch durch seine liegende Haltung. Er setze sich höher in die Kissen. Unmittelbar sprang der Professor auf, um ihm zu helfen. Wieder sah er sein wundersames Verhalten ... kannte dieser Mann keine Routine ...? Er lachte und sagte:

‚Ich muss eine etwas höhere Stellung suchen, um mit Ihnen auf dasselbe Niveau zu kommen ... Ich habe heute den ganzen Tag mit all diesen lieben Menschen zu tun gehabt, die mich anrufen und besuchen kommen ... aber trotzdem habe ich noch zuviel Zeit, um meine Gedanken und Gefühle zu betrachten. Ich freue mich den ganzen Tag auf diese halbe Stunde am Abend ...'

Der Professor saß entspannt da, als hätte er alle Zeit der Welt. Er sagte:

‚Glauben Sie mir, ich auch. Und ich bin verwundert. Ich liebe mit meinem ganzen Herzen die Rationalität ... aber was ich jetzt mit Ihnen erlebe ... kann ich auf diese Art ganz sicher nicht erklären ... Wie kann man nur jemanden, den man noch nie gesehen hat, wiedererkennen? Dennoch bin ich dessen sicher, ich erkenne Sie. Erkenne ich mich selbst in Ihnen? Nein, bestimmt nicht – es ist gerade das so ganz Andere, was ich erkenne ... ich erkenne *Sie!*'

Ein Schauer zog durch das Glück des Meisters. Einfach so, plötzlich, kam da die so sehr ersehnte Begegnung. Was war dieser Mann doch geradeheraus! Er schaute in seine blauen Augen und sagte:

‚Ihre spirituellen Gaben setzen sich schließlich doch durch ... Sie leben im Rationalen und lieben es, aber die Liebe kommt nun einmal aus einem nicht-rationalen Gebiet. In diesem Gebiet liegt auch unser Wiedererkennen ...'

Der Professor schenkte ihm seinen ehrlichen Blick. Er gab ihm seine volle Aufmerksamkeit, ohne durch ein Vorurteil das Verstehen unmöglich zu machen.

‚Spirituelle Gaben ... ich habe sie verkümmern sehen – und schließlich zu Grabe getragen. Vergessen ... Ein verstockter Materialist bin ich nicht ... nein, das glaube ich nun wirklich nicht. Aber an das Unerklärbare glaube ich ebenso wenig. Etwas ist unerklärbar durch die Beschränkung des menschlichen Geistes – die Unerklärbarkeit liegt nicht in der Erscheinung selbst ...'

Nun zog der Meister erstaunt die Augenbrauen hoch. Nein ... hier konnte er ihm nicht folgen. Hochmut des westlichen Wissenschaftlers? Sein Herz schaute nur Aufrichtigkeit, Wahrhaftigkeit. Er meinte, was er sagte. Dieser Mann war ein Rätsel für ihn – er wollte es ergründen!

Er schüttelte den Kopf und sagte:

‚Manchmal muss man nur anschauen ... nicht ergründen wollen. Im Wahrnehmen finden Sie das Wunderbare der Schöpfung. Das Denken bringt meist auf einen Irrweg ...'

Der Mann sagte nachdenklich:

‚Ohne Begriff ... würde ich nicht leben wollen. Lass mich dann nur strebend Fehler machen ... ich finde die Wahrheit wohl wieder – wenn Wahrheit mein Streben ist!'

Der Meister schwieg. Sein Gemüt war in Aufregung. So wurde nie zu ihm gesprochen. Dieser Mann verwendete die typische Sprache der untergehenden Sonne ... und doch reichte sein Geist in Fernen ... sprach sein Mund die Sprache eines Eingeweihten – eingeweiht in für den Meister unbekannte Gebiete ... Er schlug einen Augenblick die Augen nieder vor diesem Meister im Lande der Dämmerung ...

Langsam füllte die Kammer sich mit goldener Wärme, hoch darüber streckte sich Himmelsblau aus ... in der Tiefe war es warm ... wie in Schamesröte. Ein Mensch ...

Er wohnte in einem Palast ... Nein, König war er nicht, der andere war größer ... Die Wände waren von beweglich warmer Glut, überall war Rhythmus, wogend ... durch die Fenster in unbändige Freude ausbrechend ... dann wieder sich zusammenziehend ... zu glückseliger Bitterkeit, Schmerz ... Manchmal wurde die Wärme so unerträglich ... dass es feurig hell wurde, hell ... so atemberaubend ... aber die Not wurde Ton ... konnte man *in* diesen Ton, die Tiefe hineingehen ... fand man ... Leben. Inmitten von sanfter Milde ... Trost ...

Ein Heer von Finsternis belagerte den Palast! Gedrängte Horden! Die Wände zogen gerade, straff in alle Ecken ... Keine Geheimnisse mehr ... alles nackt!

Licht ... scharf und schmerzvoll. Schienen in den Wänden, damit der Rhythmus zerstört wurde ... und schließlich schwieg ... Stille ... Tod.

Ein neuer Palast ... hell und nützlich ... kühl und streng. Sinnvoll ... schön ... unbeweglich still. Finster ... kahl und allein. Stark bis in alle Ewigkeit, unantastbares Bild.

Lange lag er mit angehaltenem Atem im Bett. Sein Körper war nicht da ... nur angehaltener Atem war er in tiefer Traurigkeit. Nie hatte er Glück gekannt ... auch wenn es noch gestern sein Körper war.

Ausatmung ... Zusammenklang mit dem Universum – eine lebenslange Übung ... Jetzt stockte der Atem ... krank war er vom Atem ... der angehalten blieb und bleiben musste ...

Er erwartete seinen Freund nicht – es war Wochenende. Er durfte dreimal zwei Stunden aus dem Bett und empfing seinen Besuch nun am Tisch beim Fenster. Die Maisonne erleuchtete den Innenhof, sogar die Gitterroste hatten etwas Strahlendes. Er genoss das Sitzen auf einem Stuhl, die Gleichwertigkeit, die dadurch in der Begegnung mit seinen Besuchern zurückkehrte. Doktor Stern besuchte ihn täglich treu und begann schon Pläne für die kommenden Wochen zu machen. Konnte der Meister seine Reise fortsetzen? Oder sollte er noch länger Ruhe halten? Er wusste es selbst nicht, er würde es seinen Doktor fragen ...

In der Dämmerung saß er am Tisch beim Fenster. Er vermisste seine Meditation, er vermisste seinen Freund. Mit kranken Lungen durfte man nicht meditieren – und sein Freund hatte frei ...

Aber er kam ... unangekündigt kam er doch! Es war Samstag, aber für ihn war es kein freier Tag.

‚Ach! Sie sind noch auf ...', sagte er überrascht, sogar gerührt, und nahm gegenüber von ihm Platz.

Der Meister sah in der Dämmerung seine jungenhafte Verlegenheit. Er war beeindruckt von dem sitzenden Meister ...

Sie saßen schweigend einander gegenüber. Dann sah er den Professor forschend an und fragte:

‚Was haben Sie mit Ihrem Glück getan?'

Der Mann gegenüber von ihm sah auf, verlegen, verwundert und nicht begreifend.

‚Was sagen Sie?'

Der Meister sah ihn weiterhin an. Er benutzte nun all seine Kraft, um seinen Freund zu erreichen ...

Auch er konnte streng sein ... Er wiederholte:

‚Was haben Sie mit Ihrem Glück getan?'

Mit dieser Frage befreite er den anderen von seiner Strenge. Der Professor wurde ein Junge ... Er nahm sich seine Frage ernst zu Herzen, saß einige Zeit mit niedergeschlagenen Augen da, um zu überlegen. Dann blickte er auf und wiederholte die Frage:

‚Was habe ich mit meinem Glück getan ... Wenn ich es hätte behalten wollen ... wäre ich doch nur in Trauer versunken ... das eine gehört doch zum anderen ... Das Leid war zu groß, die Einsamkeit auch ... Ich habe mich hochgehalten, darüber hinaus ... all meine Gemütskräfte in meinem Beruf entfaltet ... ich glaube, dass es so sein musste ...'

Es war wie eine Apologie ... Der Meister sagte:

‚Ich habe keinen Vorwurf im Sinn – meine Frage entspringt aus einem Gewahrwerden. Sie sind ein heldenhafter Mann, ein Krieger ... sanftmütig und doch streng. Aber Sie *leben* nicht mehr. Sehen Sie die untergehende Sonne, hören Sie die Vögel? Fühlen Sie das Glück der Freundschaft? Ihr Herz trägt eine Rüstung ... ein Herz wie ein Ritter ... stark im Gefecht, aber nie in Ruhe, immer wachsam ...'

Er, der andere, warf die Rüstung von sich ... und nahm das edle Haupt in die so sanften, selbstbewussten Hände.

Fast unerträglich war es, das Leid und die Einsamkeit ansehen zu müssen. Er hatte ihm diese bewusst gemacht – und nahm damit eine große Verantwortung auf sich. Ein Held in der untergehenden Sonne, der sich der unentrinnbar hereinbrechenden Finsternis bewusst werden sollte ...

Ein nicht-eingeweihter Eingeweihter ... Er wollte ihm seine ganze Weisheit schenken, einen Arm voller Blumen, Körbe voller reifer Früchte ... es stand ihm schließlich zu ... Doch nur Gott konnte so seine Weisheit einem Sterblichen offenbaren. Er selbst musste die Nacktheit und die Einsamkeit ansehen und konnte wie ein Bruder nur dann und wann etwas von seiner Weisheit übertragen ... Wie sollte er je die Kraft finden, in ein oder zwei Wochen von diesem Mann Abschied zu nehmen ... Dennoch würde der Augenblick kommen, er musste seine Arbeit fortsetzen, beide mussten sie das.

Seine Lungen wurden wieder gesund ... von Tag zu Tag fühlte er seine Atmung freier werden, und mit jeder Einatmung gewann er etwas von seiner Lebendigkeit, von seinem natürlichen Wohlbefinden wieder. Er gewann auch das Gewahrwerden seines Körpers wieder, sein Glück musste davor weichen, es blieb auf sein Herz beschränkt. Er nahm seine intensiven Meditationen wieder auf und erlangte langsam die Harmonie zwischen Geist und Körper wieder zurück. Damit wuchs auch seine Überlegenheit, er wurde wieder mehr und mehr Meister ... Er fühlte, wie die Arbeitslust in ihm kribbelte – und sehnte sich danach, aus der Klinik weg zu dürfen. Nur der Abschied, der damit zusammenhing, machte, dass er überhaupt nicht auf Entlassung drängte. Dennoch fragte er eines Tages:

‚Was denken Sie, Doktor? Wenn ich nach Hause darf, kann ich dann meine Reise fortsetzen? Oder finden Sie, dass ich Ruhe halten muss?'

Der Arzt saß gegenüber von ihm am Tisch. Von Tag zu Tag wuchs ihre Freundschaft. Er sah ihn forschend an und antwortete:

‚Ich denke, dass Sie das selbst sehr gut wissen ... aber wenn Sie meinen Rat wollen: Ich finde, dass Sie besser zu Ihrem Haus in den Bergen gehen könnten, um sich zu stärken, so dass Sie in den Sommermonaten Ihre Arbeit dort tun können ...'

Der Meister nickte und fragte:

‚Wann muss ich fort?'

Der Arzt brach in ein herzliches Lachen aus.

‚Zum Glück höre ich noch immer einen kleinen Rest über Ihren Lungen – das kommt, weil Sie keinen ‚Kram' schlucken wollten, dadurch dauert es länger. Aber in ein paar Tagen, sagen wir fünf, ist es trotzdem wohl so weit ...'

‚Und was dann?' Der Meister sah in fragend an. ‚Können Sie diesen Sommer nicht einmal einen langen Urlaub nehmen? Sechs Wochen oder vielleicht noch länger? Dann sind Sie mein Gast in den Bergen ... Sie können dann sehen, was ich da alles tue – und wir können unsere Freundschaft vertiefen.'

Er sah die Antwort in den Augen seines Freundes, bevor er die Worte hörte. Der Mann zögerte keinen Augenblick, nickte und sagte:

‚Ja ... lassen Sie mich das einfach einmal tun, einen langen Urlaub nehmen ... Ja, ich werde kommen!'

‚Wie werden Sie sich fühlen als nüchterner Wissenschaftler in einer spirituellen Schule, als Freund des Meisters?'

Der Professor schwieg ... und sagte schließlich:

‚Es geht um das Letztere ... das Erstere nehme ich in Kauf.'

Der Meister lächelte.

‚Sie sind und bleiben streng ... kein Wort der Beruhigung. Fühlen Sie gar nichts für einen geistigen Weg?'

‚Ich empfinde mein ganzes Leben als einen ‚geistigen Weg'. Ich empfinde auch meine nüchterne Wissenschaft als einen geistigen Weg ... Wenn Sie mir die Ratio Ihrer Lehren zeigen können, werde ich Ihnen gerne folgen.'

‚Es hat wohl etwas, diese Treue gegenüber der Ratio. Sie sind ein standfester Mensch ... und außergewöhnlich streng!'

Der Professor seufzte tief.

‚Das Wort verfolgt mich ... streng. So langsam ist es eine Art Schimpfwort geworden. Dennoch will ich so sein, muss ich so sein. Finden Sie mich hart?'

‚Überhaupt nicht. Ich empfinde es auch absolut nicht als Schimpfwort, für mich ist es ein Kompliment. Ich bewundere Sie, wenn Sie hier an meinem Bett stehen, mit dieser Menge von Mitarbeitern. Sie sind ganz und gar Aufmerksamkeit, Sie erstrecken diese auf die ganze Gruppe ... ruhige Aufmerksamkeit. Ich sehe, wie Sie Ihr ganzes Wesen in dieser Aufmerksamkeit hingeben ... und dann von Ihren Mitarbeitern erwarten, dass sie einen Bruchteil davon ebenfalls zeigen ... Ja, darin sind Sie sehr streng. Aber ich genieße das, ich finde das aufrichtig und berechtigt. Sie sind ein Meister ...'

Er empfing das Kompliment mutig – oft ist dies ja noch viel schwieriger als das Einkassieren von Kritik.

Er fühlte sehr gut, dass der Meister sich danach sehnte, seine Weisheit mit ihm zu teilen, ihn als seinen Schüler anzunehmen. Vielleicht sollte das auch so kommen ... er würde es dort wohl sehen, diesen Sommer ... Er sagte:

‚Ich will nicht von vorn herein Ihrem Weg abweisend gegenüberstehen ... durch Sie habe ich mich an Gott erinnert ... vielleicht darf es nicht dabei bleiben ... ich sehe auch – Ihre Wahrhaftigkeit ... Geben Sie mir Zeit!'

Der Meister genoss diesen Mann wie die schönste Natur, die wunderbarste Musik. Er wunderte sich jedes Mal wieder über die Echtheit. Er war so ehrlich wie reines Wasser ... sogar der höchste Eingeweihte, den er gekannt hatte – sein Meister – war nicht so offenherzig gewesen. Er war umhüllt gewesen mit mystischer Weisheit. Dieser Mann hier schien dagegen vollkommen durchsichtig, nichts kam verzerrt hervor ...

Dennoch fehlte ihm etwas, er war zu ernst, zu abstrakt ... er lebte größtenteils in einem Land, wohin ihm der Meister nicht folgen konnte ... in einer kahlen und kalten Winterlandschaft – die doch manchmal so wunderschön schien ... Er sagte:

‚Ich verlange und erwarte nichts ... als Ihre Freundschaft, wie Sie mir diese jetzt geben. Der Abschied wird leicht sein, jetzt, wo wir uns auf den Sommer freuen können!'

Nein ... der Abschied war nicht leicht. Als er bereit war, abzureisen, kam der Professor um persönlich Abschied zu nehmen. Einen Moment standen sie regungslos einander gegenüber. Der Arzt legte seine sanfte Hand auf den Oberarm seines Freundes und drückte fest dessen Hand.

Worte waren nicht nötig ...

Die Reise war lang und ermüdend. Doktor Stern saß am Steuer und sprach unaufhörlich. Er liebte seinen Meister innig und genoss es, ihn all diese Stunden so dicht neben sich zu haben.

Der Meister war gutmütig und hörte treu allen Geschichten zu ... doch am Abend war er erschöpft und froh, dass er allein in seinem Hotelzimmer war.

Sein Lebensgefühl hatte sich völlig verändert. Er dachte zurück an die Zeit vor seiner Krankheit ... und verglich sie mit jetzt. Er hatte sein Leben in den Dienst der Liebe für die Menschen gestellt – aber wusste jetzt, dass er nun erst einem Menschen begegnet war, den er wirklich liebte.

Davor war die Liebe eine Selbstverständlichkeit gewesen, eine natürliche Gabe ... Er war reich an Liebe ... Dies war anders ... vielleicht sogar nicht in Ordnung, nicht zulässig ... Oh, es war nicht von irgendeiner leiblichen Anziehungskraft die Rede ... das war es nicht. Nein, es war eine intensive Verbundenheit mit der Person, eine gewaltige Bewunderung für seine Qualitäten ... und ein schmerzliches Verlangen nach seiner Anwesenheit! So hatte er schließlich noch nie mit einem Menschen gesprochen ... noch nie war ein Mensch ihm so begegnet.

Einmal zu Hause genoss er das Wiedersehen mit seinen Mitarbeitern. Seine Sekretärin, die Haushälterin, der Gärtner ... aber auch die beiden Ärzte, die einen Kurs in spiritueller Medizin gaben. Jeder zeigte ihm seine Zuneigung. Er fühlte etwas von Scham ... er hatte diese Menschen doch unterschätzt ... Jetzt, wo er seinem neuen Freund begegnet war, erkannte er etwas von dessen innerer Schönheit in all diesen Menschen – wie war es möglich, dass er das nie zuvor gesehen hatte?

In ihrer Einsamkeit hatten sie alle etwas Schönes, ein schönes Verlangen ... War er, der Unbefangene, in ein Vorurteil, ein unbemerkt gesponnenes Netz verstrickt? Stets hatte er zwei Arten von Menschen gesehen ... Menschen, die sich in Passivität der Führung eines Meisters hingeben wollten – und Menschen, die selbst Meister sein wollten ... das konnte einerseits in sklavische Untertänigkeit und andererseits in gewalttätige Herrschsucht ausarten. Diese zwei Kategorien fallen nicht mit dem Weiblichen und dem Männlichen zusammen ... Früher hatte er keine Frauen außer seiner Mutter gekannt ... Sie hatte ihn dem Kloster übergehen, im Kloster waren nur Männer ... erst als er erwachsen war, begegnete er wieder Frauen. Oberflächliche Untertänigkeit, Intrigen, äußerlicher Schein ... so sah es aus ...

Aber dann kam er in den Westen, und er begegnete herrschsüchtigen Frauen und sklavischen Männern ... Frauen, die durch ihre wache Aufmerksamkeit das Leben übersichtlich organisierten, während ihre verträumten intellektuellen Ehepartner sich auf eine frühe Demenz vorbereiteten ...

Aber es gibt auch Männer mit echten Herrschernaturen, zu denen die Frauen in ängstlicher Verehrung aufschauen ... Ein einziges Mal sind sie einander gewachsen, der Mann und die Frau ... Dann werden sie Kameraden ... oder bittere Feinde ... Nein ... hier im Westen läuft alles chaotisch durcheinander, es gibt keine natürliche Ordnung mehr ... Sie machen einander das Leben zur Hölle, die Männer und die Frauen ... in einem nie endenden Machtkampf. Überall sah er Wettbewerb – wie ein Wesensmerkmal der westlichen Kultur ... Keine Ruhe, um einander zu bewundern, sondern fast nur, um einander zu bekämpfen.

So hatte er die Menschen gesehen ... Aber er war beeindruckt des fremden, so kräftigen Elementes in seinem Freund ... dass er es jetzt in einem blassen Flackern in all diesen Menschen ebenfalls sah – die er trotz allem unterschätzt hatte.

In den Herrschern hatte er die Angst als Motiv des Herrschens erkannt, die Sklaven wurden in ihrem Sklaventum ebenso von Angst getrieben ... auch wenn diese eine andere Farbe hatte. Er hatte darüber gestanden, er kannte beide Ängste durch und durch – zumindest hatte er das geglaubt. Nun war ihm seltsam zumute ... *ein* Mann hatte sein Leben der Übung zerstört ... was überwunden schien, kam mit der Kraft eines eingeschlossenen Teufels zum Vorschein ... Hatte er die Macht, diesen Teufel wiederum einzusperren? Ja ... aber er wollte nicht! Es hatte einen großen Weisen gegeben, der überall die Sinnlosigkeit von Übung gepredigt hatte ... was man hier zu überwinden schien, kam dort mit neuer Kraft zum Vorschein. Gefangen in einem Kräftefeld ... alles ist Meinung! Nein, er hatte das nicht unterschreiben können ... der Pfad wurde durch strenge, disziplinierte Übung gegangen. Aber jetzt ... er zweifelte, an allem!

Alles war neu ... wie eine Landschaft nach einem frischen sommerlichen Regenguss.

Er hielt noch einige Wochen Ruhe. Seine Haushälterin umsorgte ihn wie ein Kind ... Er machte kurze Spaziergänge durch den Garten, sprach mit dem barschen Gärtner über das Wetter und über das Unkraut, nahm hier und da an einem Kurs im Institut teil, debattierte mit den Ärzten über ihre berufliche Sichtweise, trank ein Tässchen Tee mit seiner Sekretärin und diktierte ihr einen Brief für seinen Freund, eine etwas formelle Einladung, in den Sommermonaten sein Gast zu sein ... und wartete jeden Tag wie ein Junge auf die Antwort. Sie kam umgehend und umfasste nur einige Zeilen, eine Bestätigung, ein Datum und einen Zeitpunkt für die Ankunft, gefolgt von einem kurzen freundlichen Gruß ...

Der Sommer kam näher, und es wurde im Institut geschäftiger. Er nahm seine Arbeit wieder vollständig auf. Er fühlte sich jung und stark, gereinigt durch seine schwere Krankheit, nun völlig genesen. Die Schüler trugen ihn auf Händen, er fühlte sich geliebt und verehrt ...

Dann kam an einem Tag die empfängliche Königin in sein Zimmer hinein, er hatte sie beinahe vergessen ...

Sie war schön, das Mädchen ... Er sah, dass sie sich beherrschte, um ihn nicht zu umarmen. Er stand auf und streckte seine Hände nach ihr aus. Sie fasste sie fest und sagte spontan:

‚Ich war so besorgt, Meister! Sie sind so krank gewesen ...'

Er fühlte ihre Liebe, erinnerte sich, wie er sie in seinem Todeskampf gefühlt hatte ... Er lächelte ihr zu und bot ihr einen Stuhl an.

‚Mein Kind ... es ist gut, dich wiederzusehen. Ich zweifelte, ob du kommst ...'

Sie errötete, aber sah ihn mit festem Blick an. Sie nickte.

‚Es war seltsam ... Vor zwei Jahren verlor ich meinen Geliebten ... er machte Schluss ... Jetzt, im Frühling, hörte ich von einer Freundin, dass er mich nicht vergessen konnte – und ich beschloss, zu ihm zu gehen. Es würde bedeuten, dass ich nicht mehr hierher käme ... Er war dagegen, das war eine der Bruchstellen zwischen uns. Wenn ich zurückginge, würde ich von ihm aus nicht mehr hierher dürfen, das wusste ich sehr gut ... Aber an demselben Tag rief Ihre Sekretärin an und erzählte, dass Sie beinahe gestorben wären ... ich hatte Kontakt mit ihr gehalten, ich war schon voriges Jahr so unruhig ... Sie sahen schlecht aus, Sie waren so anders ...'

‚Du bist nicht zu diesem Mann zurückgekehrt?'

Sie schlug ihre strahlend blauen Augen nieder.

‚Nein ... ich bin jetzt hier.'

‚Willst du dieses Jahr mein Gast sein, Kind? Ich will, dass du im Institut das schönste Zimmer bekommst, dass du dich hier geborgen fühlst.'

Wenn sie bei ihm war, fiel ihre ganze selbstbewusste Frechheit von ihr ab. Sie errötete schnell, es machte sie rührend schön.

Sie sagte verlegen:

‚Ich kann es sehr gut bezahlen, Meister. Mein Studium geht gut voran, ich habe im zurückliegenden Jahr eine Assistenzschaft gehabt und damit genug verdient ...'

Er lächelte und sagte warm:

‚Natürlich. Aber du tust mir einen Gefallen, wenn du mein Gast bist. Ich werde dich intensiv begleiten, wenn du das willst. Du hast große Qualitäten.'

Sie vertrug es nicht, gelobt zu werden ... sie begann sich sehr zu schämen und stand innerlich in Brand.

‚Hast du deine Meditation fortgesetzt?', fragte er freundlich.

Sie schüttelte den Kopf.

‚Dann nimm deine Versuche wieder auf. Lass deinen Geist auf der Ausatmung hinaustreten und finde Frieden mit deinem Platz auf Erden in der Einatmung. Mache deine Übungen in Hingabe und Bescheidenheit ... und betrachte deine Gedanken, so vollkommen wie möglich, ohne Beteiligung. Komm nach drei Tagen wieder zu mir.'

Er sah, wie seine Autorität sie sanft machte. Sie gehörte nicht zu den sklavischen Typen, ebenso wenig zu den Herrschern. Sie besaß Mut ... aber ihr Mut war verhärtet. Mit Absicht sprach er streng zu ihr, es milderte ihren Mut ... Sie saß ihm aufrecht gegenüber, den Kopf leicht gebeugt. Ein Mensch mit einem ungeheuren Verlangen nach Güte ...

Die Tage danach sah er sie verschiedene Male in Gesellschaft von Freunden und Freundinnen und betrachtete erschüttert den Kontrast. Sie war ausgelassen und fröhlich, hatte das höchste Wort ... ihre zu enge Jeans mit dem winzig kleinen Pullover hoben ihre vollkommenen

Formen herausfordernd hervor ... Es schien unmöglich, dass sie das bescheidene, liebevolle Kind war ...

Nach drei Tagen saß sie wieder bei ihm. Er nahm sich Zeit, um sie in sich aufzunehmen. Sie trug dieselbe Kleidung, aber diese schien jetzt unauffällig. Sie war still und bescheiden ... Tief, tief in ihrem Inneren schaute er den Quell ihrer Schönheit ...

‚Mein Kind ...', er begann langsam zu sprechen. ‚Wie kommst du voran?'

‚Ich kann mich nicht konzentrieren, Meister. Meine Gedanken fließen reichlich und sind viel stärker als das Bewusstsein von meiner Atmung ...'

Er schwieg eine Weile. Schweigen hatte eine große Wirkung. Sie legte ihre Hände gefaltet in ihren Schoß und richtete ihren Blick darauf.

‚Mädchen ... es gibt einen zu großen Kontrast zwischen deinem innerlichen Verlangen und deiner äußerlichen Lebensweise. In den folgenden drei Tagen musst du dich in Einsamkeit zurückziehen. Du nimmst an den Kursen und Meditationen teil, und sonst bleibst du in deinem Zimmer oder du machst allein einen Spaziergang. Drei Tage Schweigsamkeit. Dann kommst du zu mir zurück ...'

‚Darf ich mit niemandem sprechen?'

‚Nur das Allernötigste. Niemand braucht etwas von deiner Aufgabe zu merken.'

Er stand auf, zum Zeichen, dass sie gehen konnte. Sie gab ihm schweigend die Hand und ging ...

Er fühlte Schmerz aufgrund seiner Meisterschaft ... Sein Herz schlug für dieses Kind ... und doch musste er Meister sein. Er sehnte sich nach seinem Freund, mit dem er so ganz und gar in der Wirklichkeit sein konnte, so ehrlich und aufrichtig ...

Sein innerliches Leben war wieder wie vor seiner Krankheit. Sein Gemüt war ruhig und für die Welt um ihn herum geöffnet. Die Wirbel von Gedanken, die er während seiner Krankheit gehabt hatte, waren wieder verschwunden, und seine innerliche Schweigsamkeit trat wieder an deren Stelle. Sein Blick war oft unergründlich ... aber ergründete, was der Verstand nicht begreifen konnte. Er fand das Wesen des Loslassens wieder, das Durchschauen der Nichtigkeit der krampfhaften Verlangen der eigenen Seele ... Er nahm seinen Standpunkt außerhalb von dieser persönlichen Selbsttäuschung wieder ein.

Als das Mädchen nach drei Tagen zu ihm zurückkam, sah er etwas von Aufsässigkeit unter ihrer stillen Bescheidenheit. Sie setzte sich, ohne auf seine Geste einer entsprechenden Einladung zu warten.

Er beantwortete dies mit einem langen Schweigen. Sie schlug unter seinem schweigenden Blick schließlich ihre Augen nieder und wartete ... Ihre Seele beruhigte sich, schmiegte sich an ihre äußerliche Bescheidenheit ...

Er ergriff das Wort.

‚Was hat das Schweigen dich gelehrt?'

Ohne ihn anzusehen sagte sie:

‚Der erste Tag war schrecklich. Ich wollte immer nach draußen, zu den anderen. Ich wurde böse davon ... warum musste das sein? Ich will nicht schweigen! Ich fühlte es als Strafe ... und ich will Ihnen bekennen, dass ich daran dachte, nicht zu gehorchen und doch zu plappern ... Aber ich hielt durch, lag fast die ganze Nacht wach. Noch nie habe ich so unter meinen Gedanken gelitten, es schien, als ob das Schweigen zu einem Ausbruch eines riesigen mentalen Geschwätzes führte ... Am zweiten Tag fiel mir das Schweigen weniger schwer, aber das Gewahrwerden meiner vollkommen unkontrollierten Emotionen und Gedanken war fast nicht zu ertragen. Am dritten Tag wurde es auch von innen etwas stiller.'

Sie hatte nur mit einem Wort ihre Aufsässigkeit erwähnt. Er sagte:

‚Wie entwickelte sich dein Ärger?'

Sie schaute auf. Die Augen waren jedes Mal wieder des Staunens wert ...

‚Mein Ärger ... ich war ... fühlte mich eingesperrt in meinen Schädel, so ungefähr ... aber ich will natürlich trotzdem tun, was Sie sagen, sonst hat es alles keinen Sinn, dann kann ich gleich nach Hause gehen, nicht wahr?'

Er schenkte ihr sein unergründliches Lächeln und sagte:

‚Halte die kommenden drei Tage in Schweigsamkeit aus und sieh auf deine Emotionen und deine Gedanken ... ruhig, ohne dich über das aufzuregen, was du siehst. Halte Abstand ... und komm dann zu mir zurück.'

Sie wurde schlaff und sackte etwas zusammen. Sie wollte fragen: Ist das wohl gut für mich? Aber so etwas fragte man einen Meister nicht. Sie fragte:

‚Darf ich Sie fragen, was Ihre Absicht mit dieser Aufgabe ist?'
‚Nein', sagte er einfach. ‚Es gibt keine Bedeutung, nur Loslassen von jeder Bedeutung.'
Er ließ sie gehen.

So glitt er von einem Tag in den anderen, mühelos zu dem Tag der Ankunft seines Freundes. Nein, sein Verlangen nach ihm hatte sich in die allgemeine wiedergefundene Ruhe entspannt ...
Als das Auto mit Chauffeur vorfuhr, um ihn zum Bahnhof zu bringen, wo sein Freund mit dem Zug ankam, schickte er den Chauffeur sogar allein hin, weil gerade ein Problem mit einem der Schüler entstanden war ...
Er wartete auf ihn, auf der Terrasse seines Hauses sitzend.
Schließlich klingelte die Rezeption, dass der Herr in der Halle wartete.
Er ging den Weg zum Institut ruhig, ohne Hast, und betrat die Halle ...

Er saß mit seinem Rücken zur Tür und wartete an einem Tischchen.
Der Meister war vollkommen unvorbereitet auf die Wirkung, die von dem Anblick dieser Gestalt ausging.
Es war Betriebsamkeit in der Halle, es gab viele ankommende Gäste, überall standen Gruppen von Menschen und sprachen. Da, inmitten von ihnen, saß er und niemand bemerkte ihn. Der Meister sah diesen kerzengeraden Rücken, das kurz geschnittene blonde Haar, die reservierte Haltung. Ja, Zurückhaltung ...
Der stolze Wissenschaftler hatte es schwer mit seinem Entschluss, hier einige Monate zu bleiben. Die Ehrfurcht vor dem Meister, die er spürte ... ein Guru? Hier war das etwas ganz anderes als in der Schlichtheit der Begegnung im Krankenhauszimmer.

Ruhig nahm der Meister seine eigene Gemütsbewegung wahr. Seine Emotionen waren nur vergleichbar mit der Liebe zum Meister ... Kurz fühlte er Verwirrung – aber auch davon wusste er Abstand zu nehmen. Es wurde stiller in der Halle, man wurde der Anwesenheit des großen Meisters gewahr ... Der Professor merkte diese Veränderung auf einen Blick ...
Er sah seinen Freund! Seine Augen strahlten, seine Zurückhaltung löste sich.

Der Meister empfing ihn mit offenen Armen, legte seine Hand auf den Oberarm des Arztes und drückte seine Hand.
Zusammen liefen sie nach oben, die Übrigen blieben unter dem Eindruck zurück.

‚Verzeih mir, dass ich nicht da war, um dich zu empfangen ... das Leben ist hier überaus geschäftig. Aber es wird ausreichend Zeit sein, einander zu begegnen. Ich habe in meinem Haus das schönste Zimmer für Dich bereitmachen lassen. Wir werden abends zusammen essen – und mittags ist durchweg Zeit für einen Spaziergang durch diese großartige Berglandschaft.'
Zusammen gingen sie den Weg zum etwas tiefer gelegenen Chalet. Er fühlte den geschmeidigen Schritt seines Freundes neben sich, er bewunderte seine entspannte Haltung. Der Professor sagte, ihn von der Seite ansehend:
‚Ich laufe neben einem großen Meister ... wie soll ich mich zu dir verhalten? Man verehrt dich ... ich verehre keine Menschen.'
Der Meister lächelte.
‚Keine Menschen ... also etwas anderes?'
Der Mann dachte nach, sagte dann:
‚Früher sicher ... meine Eltern, meine Lehrer, die Natur ... Gott, Unseren Lieben Herrn ... ja. Aber nicht als ... nicht in Untertänigkeit. Das sehe ich hier. Deine Schüler sind dir untertänig.'
‚Man höre den Professor! Ich meine, da im Krankenhaus dasselbe gesehen zu haben, mein Freund. Du als absoluter Meister, deine Studenten als zahme Lämmer um dich herum ...'
Der Professor brach in Lachen aus und sagte:
‚Nein, Meister ... du siehst darin deine eigene Situation. Meine Schüler stehen um mich herum, um etwas von mir zu lernen, sie wissen, dass ich mein Fach beherrsche. Und zweifellos haben sie Furcht vor meiner scharfen Zunge. Obwohl ich diese erst spät einsetze, das versichere ich dir. Deine Schüler verehren dich als Person, als Verkörperung der Wahrheit, des Buddhismus – oder so ähnlich.'
‚Du hast dich gut vorbereitet, nicht wahr?'
Sie kamen zum Haus des Meisters. Sein Freund bewunderte die großartige Lage. Er wurde der Haushälterin vorgestellt, dann brachte der Meister ihn zu seinem Zimmer.

Das schönste Zimmer des Hauses, eine herrliche Aussicht auf die Bergketten.

‚Ich habe eine Reihe von Büchern für dich bereitlegen lassen, in der Bibliothek im Institut stehen noch viel mehr. Ich selbst lese sie nicht, aber du wirst wohl ein Bedürfnis danach haben ... Ich lasse dich nun in Ruhe. Willst du um sieben Uhr mit mir zu Abend essen? Danach halte ich einen Vortrag im großen Saal, ich würde es sehr schätzen, wenn du kommst – aber ich erwarte es nicht.'

Der Professor richtete seinen hellen Blick auf seinen Freund und sagte herzlich:

‚Ich nehme beide Einladungen an, von Herzen!'

Der Meister ging zu seinem Meditationsraum und setze sich. Er versank in die Stille der Großen Einsicht ... aber immer wallten Emotionen auf, sich in das Kleid des Gedankens hüllend. Ruhig sah er sie kommen und gehen ... Ein Rätsel war ihm dieser Mann, es war, als ob der Kern seines Wesens sich stets seinem Schauen entzog. An dessen Stelle trat ein fast unerträgliches Verlangen nach seiner Anwesenheit, nach seiner Aufmerksamkeit, seiner intensiven Art des Verstehens. Es gelang ihm, das Verlangen als eine Tatsache wahrzunehmen – aber die Tatsache verwunderte ihn ...

Wundersamen Fremden begegnete er hier in der Fremde. Er dachte an das Mädchen ... Sieben Tage hatte sie sich in Schweigsamkeit und im Wahrnehmen von Emotionen und Gedanken geübt. Als sie wieder zu ihm gekommen war, hatte sie gesagt, dass sie sich reingewaschen fühlte wie nach einem frischen Bad. Er hatte sie wegen ihres aufgeweckten Mutes bewundert, mit dem sie diese für sie so schwere Übung vollbracht hatte. Er hatte einige Meditationen mit ihr gemacht und war erstaunt gewesen über die Hingabe und den Enthusiasmus, womit sie üben wollte. Ihre Lebenslust richtete sich jetzt auf das Meditieren, und er sah, dass es gut war ... Sie konnte mit ebenso viel Feuer seine ernsthafte Schülerin sein, wie auch eine flotte moderne junge Frau, die leidenschaftlich nach einem Freund für das Leben suchte ...

Er speiste mit seinem Freund im Speisesaal des Instituts. Er wollte ihn sich an die Atmosphäre gewöhnen lassen ...

Die Mahlzeit war sehr gut und die Atmosphäre im Saal war von einer lichten Erhabenheit.

‚Du stehst auf einem Podest, Meister! Und ich dabei ...', bemerkte der Professor.

‚Du hast es auch schwer damit ... Du kannst es doch ertragen, dass man in der Entwicklung höher steht als ein anderer?'

Sein Freund aß bedächtig weiter, blickte dann auf.

‚Ich glaube ehrlich, dass ich mich noch nie mit diesen Fragen beschäftigt habe. Höher in der Entwicklung ... für mich sind die Menschen gleichwertig, ich sehe keinen Unterschied.'

‚Das kannst du doch nicht ernsthaft meinen! Siehst du keinen Unterschied zwischen dir selbst und – sagen wir mal dem Abteilungsarzt?'

‚Einen Unterschied im Niveau der Ausbildung, natürlich. Vielleicht auch noch einen Unterschied im Milieu, aber das finde ich eigentlich schon nicht mehr relevant.'

‚Kann der Abteilungsarzt Professor werden?'

‚Natürlich, ich war auch einmal Abteilungsarzt.'

‚Ja, aber dieser, die Person, auf die ich abziele.'

Der Professor sah ihn an, verwundert, sagte dann trocken:

‚Nein, dieser nicht. Er setzt sich nicht zu hundertzwanzig Prozent ein.'

‚Ist das nicht ein Unterschied in der Entwicklung, das Vermögen, sich mit so viel Energie einzusetzen?'

‚So sehe ich das nicht. Vielleicht hatte ich mehr Glück während meiner Erziehung ...'

Der Meister lachte sein herzliches Lachen.

‚Glück! Ist das nicht das Geschenk deiner Entwicklung?'

‚Du willst auf Schicksal hinaus? Auf Reinkarnation?'

Der Meister schlug vor Freude mit seiner Hand auf den Tisch und rief:

‚Genau!'

Sein Freund lachte mit der ansteckenden Freude des Meisters mit. Aber danach sagte er doch:

‚Ich habe mein Denken noch nicht in diese Richtung bewegt. Ich lasse es als eine Möglichkeit ... Aber damit ändert sich noch nicht meine Idee der Gleichwertigkeit aller Menschen. Sogar wenn der Abteilungsarzt weniger weit in der Entwicklung sein sollte als – ich, lässt ihn das doch nicht weniger wert sein? Ich kann absolut nicht auf ihn verzichten! Wir können schließlich nicht alle Professor werden ...'

Nun schwieg der Meister eine Weile, ernst.

‚Es scheint, als ob du alles andersherum denkst als ich ... und dann trotzdem denselben Punkt erreichst. Für mich sind alle Menschen ursprünglich eins, aber jetzt, hier, nicht gleichwertig. Es gibt Meister ... und es gibt Schüler. Für dich sind alle Menschen verschieden ... aber jetzt, hier, gleichwertig ... verbirgt sich in jedem Schüler ein Meister ...'

Der Professor schmunzelte und sagte:

‚Es erfordert ein entwickeltes Unterscheidungsvermögen, um zu verstehen, dass es nur scheinbare Gegensätze sind, mein Freund. Ich sehe in den Säuglingen eine große Gleichheit ... der Unterschied kommt erst durch die Jahre ...'

Dies war so ein Moment, wo das Wesen seines Freundes sich da hoch, weit weg zurückzog. Fließender Diamant ... ein Pfad voller Dornen bis dorthin ...

Der Meister bereitete sich selten vor, wenn er einen Vortrag halten wollte. Er versenkte sich in eine bestimmte Stimmung und ließ sich dann inspirieren. An diesem Abend hatte er das Leben seines Freundes im Herzen ... Er öffnete sein Gemüt für die Inspiration und schilderte in Wort und Gestalt die Tragik der westlichen Entwicklung. Persephone ... Als er ausgesprochen hatte, stand er noch einige Zeit da, kam wieder zu sich selbst ... und verließ den Saal.

Er ging nach draußen, auf die Freitreppe. In der hereinbrechenden Finsternis schaute er hinauf, nach den ersten Sternen. Er lebte in der glückseligen Hingabe an das All ... in der berauschenden Liebe für alle Geschöpfe ... in dem leidenschaftlichen Verlangen nach Befreiung seines Freundes.

Langsam kamen die Menschen aus dem Saal in die Halle, manche gingen scheu an ihm vorbei in den Garten.

Er wartete auf seinen Freund ...

Eine junge Frau, Königin an Hingabe, kam auf die Freitreppe.

O ja! Sie war die einzige, die nicht ängstlich war, sie blieb neben ihm stehen ...

Ein unbeschreibliches Gefühl von Erfüllung, von Glück, durchzog ihn. Er sah in einer Vision ein Bild aus seiner Jugend: die Umarmung von Wissen und Leben ...

Langsam wandte er sich ihr zu und sprach mit den Worten des Schicksals:

‚Mädchen ... mein Freund ist noch im Saal. Willst du ihn bitten, ob er zu mir kommt? Ich warte hier auf ihn.'

Das Mädchen nickte und ging hinein.

Er kam nach draußen. Zum Zeichen, dass er da war, legte er seine Hand auf die Schulter des Meisters. Zusammen liefen sie in den Garten.

Er schwieg.

Der Meister hatte sich in seinem Vortrag ganz für seinen Freund gegeben. Nun wartete er gespannt die Wirkung davon ab. Aber er fühlte nur Schweigen neben sich. Ein großer Mann, aufrecht, aber in sich gekehrt, schweigend.

‚Dein Schweigen macht mich unsicher, mein Freund. Gib mir dein Urteil über das, was du gehört hast.'

Noch immer schwieg er ... aber bevor es wirklich unerträglich wurde, sagte er:

‚Du bist ein Meister, das erkenne ich jetzt. Du kennst die Tragik meines Lebens besser als ich selbst. Seit Jahren hat mich nichts mehr so berührt wie deine Erscheinung, deine Worte.' Er blieb stehen und fragte:

‚Meister, darf ich dein Schüler sein?'

Der Meister schüttelte lächelnd den Kopf.

‚Nein ... dafür bist du selbst zu sehr Meister. Aber ich will dir gern den Weg zur Wiedervereinigung weisen. Es würde die Krone meiner Arbeit sein!'

‚Aber ich habe jetzt gesehen, dass deine Entwicklung, deine Einsicht viel tiefer reicht als meine! Du warst so unentrinnbar wie eine Naturkatastrophe ... ein Wirbelsturm, ein Erdbeben! Ich brauche keine weiteren Beweise deiner Meisterschaft.'

‚Du irrst dich, mein Freund. Du hast nicht mich gesehen – sondern die Kraft und Macht, wodurch ich inspiriert wurde. Verwechsle diese nicht mit meiner Person ...'

Wieder blieb der Professor stehen und fragte verwundert:

‚Du hast doch diese Inspiration empfangen?'

‚Ja, indem ich mich selbst opferte.'

‚Warum sah ich dann dich ... nur auf einem viel höheren Niveau als jetzt?'

‚Das ist eine Illusion der äußeren Erscheinung. Äußerlich bin ich es.'

‚Nein ... ich sah gerade dich ... *gerade* dich! Was ich in unseren Gesprächen innerlich so fesselnd finde, das sah ich nun vierzig-, hundertfach!'

‚Auch in Gesprächen bin ich oft inspiriert ... Die Begrenzung der Persönlichkeit löst sich auf und opfert sich der Großen Einsicht.'

‚*Das* hätte nicht derartig deine Merkmale gehabt ...'

Der Meister klopfte ihm auf den Rücken und sagte freundlich:

‚Ich habe dir gesagt: Du bist selbst ein Meister. Ich bewundere dein selbstständiges Urteil ... auch wenn ich meine, dass du daneben liegst!'

Sie erreichten die Terrasse des Chalets und setzten sich draußen noch etwas hin. Der Meister sagte:

‚Ich werde dich ab morgen in den Übungen und Meditationen unterweisen. Du musst bei den gemeinsamen Meditationen aber nicht mitmachen.'

‚Warum nicht?!'

‚Du bist zu stark ... deine Andacht ist vollkommen, aber du würdest dich nicht hingeben wollen. Das würde uns stören.'

Der Meister sah, dass er betroffen war. Er saß da, auf einmal voller Verlangen, von ihm zu lernen, und musste jetzt hören, dass er nicht mitmachen durfte.

‚Zu stark! Das scheint wie eine Beleidigung ...'

‚Ich werde nie eine Beleidigung im Sinn haben, mein Freund!'

‚Dann Kritik. Muss ein Mensch schwach sein?'

Der Meister schwieg. Nein, nicht schwach ... aber sanftmütig, voll Mitleid und bereit zum Opfern des Ego ... Er sagte:

‚Auch keine Kritik. Warum würdest du in einer Gruppe meditieren wollen, wenn wir es auch zusammen tun können? Dieses Vorrecht bekommt nur ein Einziger ...'

‚Stört mein Denken die Gruppe? Ist es das, was du meinst?'

Der Meister lachte.

‚Du gibst nicht auf, wie? Würdest du dein Denken an einen für dich nicht zu begreifenden Klang hingeben wollen?'

‚Nein.'

‚Nun, darum kannst du nicht dabei mitmachen.'

Noch gab er nicht auf.

‚Könnte deine Hingabe auch meine Konzentration stören?'

Der Meister tat einen tiefen Seufzer.

‚Du entziehst dich mit deinem Denken dem Gruppenerleben.'

‚Dann kann meine Anwesenheit euch ebenso wenig stören!'

‚Komm, Sokrates! Wir gehen schlafen ... Morgen kämpfen wir weiter.'

Der Professor stand auf. Er schaute empor zum Himmel, der nun mit Sternen übersät war. Kurz schien es, als ob er bereits in Meditation versank ... Dann wandte er sich zu seinem Freund, den er nun als Meister erkannte. Er sagte dankbar:

‚Ich werde hier jede Minute benutzen, um etwas von diesem Naturgeist zu finden, der durch dein Wesen spricht. Du wirst zufrieden sein ...'

Er ging auf sein Zimmer.

Der Meister saß noch lange in tiefer Meditation.

Am folgenden Vormittag gab er Kurse und führte Gespräche mit Schülern. Sie sahen einander erst beim Mittagessen, das auf der Terrasse des Chalets serviert wurde.

‚Wie hast du den Vormittag verbracht?', fragte er den Professor, der frisch und munter aussah.

‚Ich habe mich etwas orientiert ... bin durch diese prächtigen Gärten spaziert, ein kleines Gespräch mit dem Gärtner geführt, über Unkraut und heilkräftige Pflanzen. Danach habe ich die Bibliothek besucht, ein wahrer Lustgarten des inneren Lebens! Allein dafür könnte ich hier Monate bleiben ... und dann war es schon Zeit für das Mittagessen.'

Sie aßen vergnügt zusammen. Der Meister erzählte von dem Gang der Dinge in seiner spirituellen Schule. Er musste fortwährend dafür sorgen, dass das Institut nicht in einen kulturellen Urlaubsort entartete. Darum gab es strenge Regeln. Wer hier Lehrling sein wollte, verpflichtete sich, an den vorgeschriebenen Kursen und Meditationen ohne Ausnahme teilzunehmen, und man musste sich für die kurze Zeit hier der Autorität des Meisters hingeben. Das brachte lange nicht jeder Gast fertig, es gab regelmäßig Anlass zu Problemen. Sie wollten frei sein und in Freiheit lernen. Aber dann wurde es ein Hotel statt einer Schule. Auch sah er strikt auf den Umgang der Menschen miteinander. Respekt voreinander und ein Bewusstsein der gegenseitigen Abhängigkeit waren elementare Forderungen.

‚Wie bewahrst du diese Ordnung?', fragte der Professor neugierig.

‚Indem ich Maßregeln ergreife, wenn sie gestört wird. Bei Versäumnissen ohne Angabe von Gründen folgt zuerst eine Ermahnung durch Doktor Stern. Das zweite Mal kommt der Sünder zu mir, und beim dritten Mal muss er abreisen.'

Der Professor lächelte und sagte:

‚Und ich? Ich bekomme eine Vorzugsbehandlung?'

‚Du bist hier als mein Freund ...' Der Meister sah ihn mit seinen dunklen Augen lange an. Die blauen Augen hielten stand, wurden mild in diesem Blick ...

Er nahm ihn mit zu seinem Meditationsraum und ließ ihn auf einem Stuhl Platz nehmen. Es schien ihm vorerst unmöglich, diesen stolzen Mann auf dem Boden sitzen zu lassen. Er selbst setzte sich auch auf einen Stuhl.

Er gab ihm Anweisungen zur Haltung und sagte dann:

‚Nun werden wir zuerst auf unsere spontan aufkommenden Gedanken schauen. Spanne dich nicht an, sondern richte die Aufmerksamkeit nur auf das, was sich spontan zeigt.'

Während einiger Minuten saßen sie so, dann sagte der Meister:

‚Was wirst du gewahr?'

Der Professor sah auf und sagte ruhig:

‚Nichts.'

‚Nichts? Du siehst doch wohl deine Gedanken, deine Emotionen?'

Aber er schüttelte den Kopf und sagte:

‚Es gibt keine Gedanken, wenn ich sie nicht selbst denke. Ich denke nicht einfach so etwas, ich denke nur, was ich denken will. Wenn ich also nach etwas Spontanem schaue, dann ist da nichts. Leere.'

‚Das gibt es nicht! Das Innere rührt sich immer!'

Der Meister sagte es nachdrücklich, aber begann doch zu zweifeln. Die ruhige Klarheit seines Freundes bewies ihm die Unmöglichkeit davon, dass er seine eigenen Gedanken nicht sehen würde.

‚Du wirst doch wohl einmal durch Emotionen oder Gedanken gestört?'

‚Ja ... natürlich, wenn auch selten. Aber wenn ich aufmerksam werde, dann nicht! Ich sehe wirklich in die Leere.'

Der Meister saß still, sprachlos. Dieser Mann erreichte in drei Minuten, wofür ein anderer länger als ein Leben brauchte? Oder *hatte* er es bereits?

‚Gut!', sagte er unerschütterlich. ‚Wir machen eine Atemübung.'

Er machte ihm vor, wie man auf der Ausatmung in das All hinausgehen konnte, wie man sich in der Einatmung seines Platzes auf Erden bewusst wurde. Nach einigen Minuten fragte er:

‚Was wirst du gewahr?'

Der Professor sagte langsam:

‚Bei der Ausatmung fühle ich ein ungeheures Verlangen nach weiter, *weiter !* Ich kann sehr lange ausatmen auf diesem Verlangen ... es ist als ob ich in Schluchzen ausbrechen sollte, mich von allen Sorgen, von allen Qualen befreien ... Aber dann kommt die Einatmung wie eine Notwendigkeit und damit die Glückseligkeit der ... Wohltat des Daseins.'

‚Aufkommende Gedanken?'

‚Kein einziger. Nur die Gewahrwerdungen und Gefühle, die ich beschreibe.'

Der Meister konnte dem nur sein Schweigen hinzufügen.

‚Morgen machen wir weiter.', sagte er nach einer langen Stille. ‚Hast du Lust auf eine Wanderung nach oben?'

Der Professor nickte und stand auf.

Sie wanderten zusammen den Bergpfad empor. Immer wieder wies der Meister auf seine geliebten Ausblicke hin, auf den wolkenlosen Himmel, auf die blühenden Blumen an den Böschungen. Bei jedem Schritt schien das Herz seines Freundes weiter zu werden, sanfter, offener.

‚Siehst du dies alles jetzt wirklich, mein Freund?'

Der Professor blieb stehen, um zu Atem zu kommen. Er hob leicht seine Schultern und antwortete:

‚Ich sehe es ... und ich bin glücklich, überglücklich hier zu sein. Aber trotzdem – bin ich hier, während all dies Schöne dort ist, weit außerhalb von mir. So war es früher nicht ... Ich *war* die Luft, die Sonne, die Blumen ... Ein Mensch *muss* wohl hinaus, hinaus aus dieser bezaubernden Welt, um sich selbst zu finden, um auf seinen eigenen Beinen stehen zu können. Aber ich leide unter dem Abstand, mein lieber Freund, und ich beneide dich fast um dein Eins-Sein!'

‚Versuch einmal wahrzunehmen, zu schauen, zu hören, zu riechen ... ohne einen Gedanken zu formen. Du musst das doch können ...'

Der Professor versank in das Wahrnehmen. Dann sagte er:

‚Sicher ... das kann ich. Aber es verändert nichts. Ich sehe, höre, rieche sehr klar ... aber alles bleibt außerhalb von mir.'

‚Dann setz dich hier.' Der Meister wies auf einen Felsblock. ‚Dann werde ich dich unterweisen.'

Sie setzten sich. Der Meister streckte seine Hand nach dem Himmel aus und sagte:
‚Sieh den Himmel ... Bleibt er auch nur einen Moment gleich? Sieh den Vogel, jetzt fliegt er hier ... dann wieder da. Die Sonne steht noch hoch, gleich geht sie unter, das Licht wird dämmrig ...' Er wandte seinen Blick einem kleinen Wasserfall zu, der ein Stück weiter die Felsen entlangstürzte. ‚Sieh das Wasser ... ist es jemals einen Moment sich selbst gleich? Und hier, diese prächtigen Blumen – gleich verlieren sie ihre Frische, ihre Blätter, die Saat weht fort ... um vielleicht irgendwo anders zu keimen. Siehe, mein Freund! Sieh, dass alles der Veränderung unterworfen ist ... nichts bleibt, wie es ist, alles ist vergänglich ...'
Schweigend saß sein Freund da und schaute. Der Himmel, die Vögel, das Wasser, die Blumen ... Der Meister fühlte seine Rührung, als er sagte:
‚Alles ist vergänglich ... Sterben! Aber hier mein Meister, der Fels, auf dem wir nun sitzen? Der bleibt doch sich selbst gleich? Heute, morgen, nächstes Jahr ...'
‚Länger als das Wasser, als die Luft, die Wärme, sicher ... länger. Aber nicht für immer ...'
Der stolze Gelehrte saß totenstill neben ihm, die feinen Hände lagen auf seinen Beinen, der Kopf war etwas gebeugt ... die Gemütsbewegung war überwältigend. Sein Herz war wie ein Fels, der im Bewusstsein der Vergänglichkeit zerfloss. Eine rührende Hilflosigkeit überkam ihn. Ein ewiges Werden und Wieder-Vergehen ...
‚Aber dennoch ...', sagte er zögernd, wie ein Kind, ‚ist da etwas ... Der Körper eines Menschen bleibt auch niemals sich selbst gleich, ist in einem fortwährenden Werden und Vergehen ... dennoch bleibe ich derselbe Mann, ich werde kein anderer, ich behalte dieselbe Form und Identität. Was ist das dann?'
‚Vergängliche Form, mein Freund! Einmal wirst du auf der Schwelle des Todes stehen und durchschauen: meine Form ist vergänglich ... Kontempliere diesen Augenblick, mein Freund, diesen Moment des Sterbens ... und du wirst die Illusion deiner Identität erfahren.'
Unterwies er ihn zu schnell? Er fühlte, wie sein Stolz wiederkehrte, wie er sich zu wehren begann.
‚Es gibt einen Widerspruch in deinen Worten, mein Meister.'
Der Meister fühlte einen Anflug von Ärger ... Dieser unverbesserliche

Stolz des Abendländers! Aber er schwieg und machte seinem Freund eine Gebärde weiterzugehen.

‚Alles ist im Werden und vergänglich ... *Geist* muss es sein, der das bewerkstelligt ... Geist hält auch meinen Leib in einer gleichen Form ... Die unendliche Verschiedenheit in menschlichen Formen muss dann aus unendlich verschiedenem Geist entspringen. Identität, Entität, Essenz ...'

Der Meister seufzte tief. Plötzlich wurde er gewahr, dass die Leere im Bewusstsein seines Freundes, wenn dieser den Blick nach innen kehrte, eine andere war als die seine. Bei ihm entstand Leere spontan, durch mühelose Andacht ... das Ich verschwand wie ein sanftes Verstreichen einer Illusion ... Aber bei diesem Mann neben ihm entstand die Leere durch ein sich kraftvoll ausbreitendes Ich, das jede Falte wegstrich. Es war beinahe eine diabolische Umkehrung ... Und doch war er so ruhig, so rein ... Ein Rätsel ... Er sagte:

‚Mein Freund ... mache die Kontemplation von Vergänglichkeit nachher, heute Abend, morgen früh ... Lass das Urteilen so viel wie möglich los, gib dich deiner Kontemplation hin. Arbeite hart ... morgen unterrichte ich dich weiter.'

Der Professor wurde wieder sanft, er beugte das stolze Haupt sehr leicht und sagte:

‚Wenn ich mein Urteil loslassen muss ... wie soll ich dann feststellen, ob es richtig ist, was geschieht?'

‚Das, mein bester Freund, ist nun die Hingabe an die Autorität des Meisters. Er nimmt den Platz des Urteils ein, damit der Schüler sich davon befreien kann. Vertrauen in den Meister ist darum der erste Schritt.'

‚Aber ich kann kein Schüler von dir sein, nach deinen früheren Worten ...'

Wieder seufzte der Meister tief. Er legte seine Hand kurz auf die Schulter seines Freundes und sagte nachgebend:

‚Von diesem Augenblick an bist du mein Schüler. Wir werden sehen, ob du das sein kannst ...'

‚Warum sollte ich das nicht können?'

‚Es wird außergewöhnlich schwer für dich sein ...'

‚Warum?'

Einigermaßen streng sagte der Meister:

‚Weil du das Fragen unterlassen müssen wirst!'
‚Gibt es einen Schüler ohne Fragen?'
Das Lachen des Meisters schallte durch die Berge. Er stand auf.
‚Fragen ist nicht dasselbe wie Fragen!', sagte er kryptisch.
Der Professor wurde wieder still. Es gab viel, um darüber nachzudenken ... Heute Abend gab es die gemeinsame Mahlzeit und dann den Abendvortrag, dem er beiwohnen würde. Sie liefen zurück zum Chalet. Es würde noch etwas Zeit zum Nachdenken sein ...

Als er auf seinem Zimmer war, setzte sich der Professor auf einen Stuhl vor die geöffneten Türen seines Balkons. Er schaute zum Himmel. Vergänglichkeit ... ein fast unerträglich kräftiges Gefühl von Devotion kam über ihn, in ihn. Zum ersten Mal seit seinen Jugendjahren hatte er heute das stolze Haupt gebeugt ... vor dem Meister, vor der Wirkung seiner Unterweisung ... Er gab sich an dieses Gefühl hin, das Blau löste sich vom Himmel, kam in ihn, über ihn ... Nein, kein Stolz mehr, sondern bescheidene Hingabe an die göttliche Natur, die ihm durch den Meister zugänglich gemacht worden war.
Hingabe ... Er konnte ein Schüler sein!
Er ging nach drinnen und nahm das neue Testament, das von seinem Freund dort hingelegt worden war. Lieb war das, dieses Dokument der abendländischen Zivilisation hier hinzulegen ... Er schlug es auf, und sein Auge fiel auf die Worte: Ihr habt doch Augen: seht ihr denn nichts? Ihr habt doch Ohren: hört ihr denn nichts?
Ein Aufruf ... an ihn.

An diesem Abend hielt der Meister einen Vortrag über Augen, die nicht sehen, weil der Geist urteilt ... über Ohren, die nicht hören, weil der Geist strebt ...
Beim Mittagessen traf der Meister einen Mann an, der seine Gelehrtheit abgelegt zu haben schien. Wohl war er noch in korrekter Stadtklei dung gekleidet ... und saß ebenso stolz aufrecht wie immer. Aber in der Gebärde seiner Hände lebte Sanftheit, sein Augenaufschlag war mild und voll Dankbarkeit.
‚Hast du viel zu tun gehabt?', fragte er den Meister.
Dieser holte tief Atem und sagte:
‚Die tägliche Arbeit ... und ein Ordnungsproblem.'

‚Du meinst, dass ein Schüler gerügt werden musste?'

‚Ja ... es ist jemand hier, der Unruhe sät, Menschen gegeneinander aufhetzt und dann den Aufruhr genießt.'

‚Hast du ihn weggeschickt?'

‚Nein, so einfach ist es nicht. Sieh mal, dieser Mann kommt zu mir, und ich schaue mir dann zuerst an, ob er wirklich Schüler ist oder er hier etwas anderes sucht. Im zweiten Fall ist es einfach, dann schicke ich ihn weg. Aber dieser Kerl will wohl wirklich etwas lernen, nur rührt sich seine Natur.'

‚Was hast du gemacht?'

‚Ihm links, rechts, links um die Ohren geschlagen.'

Der Professor verschluckte sich, blickte auf und schaute in die vor Vergnügen funkelnden Augen des Meisters.

‚Dein Verstand glaubt alles! Nein ... auch wenn ich es manchmal gerne täte, wirklich. Und die Frauen ... nun ja, die wollte man schon einmal lehren, ihre Schönheit im Zaum zu halten ... Nein, ich meine es bildlich. Ein paar zutreffende Bemerkungen und dann Dienst.'

‚Dienst?'

‚Es gibt nichts, was Abendländer so schlimm finden, als während der Ferien ihr eigenes Bett zu machen oder einen Teller abzuwaschen. Dieser Kerl muss nun eine Woche lang alle Betten machen.'

‚Es scheint fast, als ob du Gefallen am Strafen hast.'

Der Meister lachte laut auf.

‚Man muss den Humor davon einsehen ... aber das sehen sie nicht. Dann ist es eine Strafe, ja, und dann lache ich innerlich, weil dieser Mann die Betten seiner Feinde machen muss.'

‚Ich würde das nie tun, ich würde es entschieden verweigern!'

Der Meister sah ihn an, ernst jetzt.

‚Dann weißt du noch immer kein Schüler zu sein ...'

Sie gingen zum Meditationsraum für den Unterricht.

Der Meister sagte:

‚Mein Freund ... dieses Mal werden wir die Meditation auf dem Boden sitzend üben.'

Er legte zwei dünne Kissen auf den Boden. Er fühlte kurz leichten Widerstand bei seinem Freund, aber dieser ermahnte sich, zog seine

Jacke aus, lockerte seine Krawatte und setzte sich unerwartet gelenkig mit gekreuzten Beinen auf das Kissen.

Der Meister sah ihn lächelnd an und fragte:

‚Was hast du gelernt?'

Der Professor saß entspannt aufrecht, in der richtigen Haltung, die Augen etwas niedergeschlagen. Er besann sich auf seine Erfahrungen und sagte:

‚Devotion ... die Kontemplation der Vergänglichkeit hat mir ein bisher ungekanntes Gefühl von Devotion gegeben – Dankbarkeit auch, weil ich lebe, für meine Gaben, meine Freundschaft mit dir. Nur ... die Gefühle werden so stark, dass ich mich zu verlieren scheine ...'

‚Hab keine Angst, mein Freund ... In dem Raum, der da entsteht, liegt die größte Weisheit verborgen. Wir werden die Unterweisung fortsetzen. Kontempliere jetzt kurz die Vergänglichkeit und sei dann wieder gewahr. Schärfe deine Aufmerksamkeit für die aufkommenden Gedanken und Gefühle.'

Der Meister sah zu, während sein Freund sich nach innen kehrte. Er liebte seine Haltung, die buchstäbliche Aufrichtigkeit ... und sah nun zugleich seine Innigkeit. Es war, als ob er ohne Mühe bis zum tiefsten Wesen der Meditation vordrang. Nach einigen Minuten fragte er ihn nach seinem Gewahrwerden. Ohne seine Haltung zu verändern, sagte er:

‚Wieder wurde ich bis ins Tiefste von meinem Fühlen blau ... Tiefe Bescheidenheit und Dankbarkeit. Die Gefühle kommen wie mächtige Wellen auf und ebben wieder ab ...'

‚Aufkommende Gedanken?'

‚Kein einziger.'

‚Das ist doch nicht möglich!' Selbst er, der Meister, sah immer Gedanken kommen und gehen ...

‚Es ist so ... Natürlich könnte ich meine Gefühle in Gedanken kleiden – aber mein Gewahrsein, meine Andacht verhindert das. Ich müsste dann meine Aufmerksamkeit bewusst benutzen, um meine Gefühle in Gedanken umzusetzen – das wäre nicht mehr spontan. Spontane Gedanken habe ich nicht, wohl spontane Gefühle.'

Der Meister fühlte ein tiefes Gefühl von Ehrfurcht vor diesem Mann aufkommen, der so eine innerliche Disziplin hatte. Die Frage war nur, ob man diese haben musste. Sie stand schließlich der Spontanität völlig im Wege ... Er sagte:

‚Versuch einmal, jede Anspannung zu unterlassen und dennoch andächtig zu sein.'

Der Professor nickte und versank wiederum in Meditation. Als der Meister ihn darüber fragte, antwortete er:

‚Gerade die Entspannung macht, dass keine Gedanken aufkommen. Ich bin wirklich nicht krampfhaft damit beschäftigt! Wenn ich keinen bewussten Gedanken bilde, dann schaue ich in eine Gefühlswelt, das Denken ist sogar als Möglichkeit vollkommen vergessen ... Mein Meister, du müsstest doch verfolgen können, was da geschieht?'

Auch wenn wirklich kein Hauch von Kritik in seinen Worten lag, fühlte der Meister dennoch seine Unzulänglichkeit. Nein ... er konnte ihm nicht folgen. Glauben musste er ihm wohl, diesem innig aufrichtigen Freund, aber damit hörte es auf. Er sagte streng:

‚Ich weiß nicht, ob ich das können muss – ich kann es nicht. Lass uns einfach annehmen, dass du mühelos die wahre Meditation realisierst – ich habe immer gesagt, dass du eigentlich kein Schüler bist!'

Der Professor schlug die Augen auf und sah den Meister an. Er fühlte Trauer aufkommen, weil er ihn offenbar nicht verstand ... Und er selbst war zu unerfahren, um den Begriff zu finden. Immer fühlte er sich wegen seiner fehlenden Schülerschaft zurechtgewiesen. Seine Augen waren groß und weit, so blau, wie seine innerliche Devotion, als er sagte:

‚Lehre mich dann, Schüler zu sein!'

Der Meister war vollkommen aus der Bahn geworfen. Und er wusste nicht, wodurch ... Er betrat durch das Blau dieser Augen, die keine Schuld zu kennen schienen, eine Welt von Gefühlen, die er nicht kannte. Unbefangene Unwissenheit bei einem Mann, der wegen seiner Gelehrtheit international bekannt war ...

Seine Meisterschaft schien auseinandergetrieben zu werden wie eine Herde von Schafen, denen der Hirte fehlte ... Er fühlte sich angerührt durch etwas, was ihm fremd war. Und er besaß nicht die Aufrichtigkeit, um seine Erschütterung zu zeigen ... Erneut sagte er streng:

‚In den kommenden zehn Minuten machst du die folgende Kontemplation: Besinne dich auf den Tod, erst allgemein, dann stellst du dir so lebendig wie möglich vor, dass du selbst stirbst, den Abschied von deinen Geliebten, deine letzten Gefühle ...'

Dann machst du zehn Minuten die Meditation auf der Atmung, wie wir das gestern getan haben. Nach zwanzig Minuten komme ich zurück.'

Er stand auf und verließ das Zimmer.

Der Professor blieb zurück. Seine Gefühle waren klar, ganz und gar nicht verwirrt. Er fühlte den Schmerz der unmöglichen Fragen, die er seinem Meister stellte, und den Abgrund, den es zwischen ihnen beiden – manchmal – gab. Aber er wollte exakt ausführen, was der Meister ihm aufgab. Er richtete seinen Rücken auf und besann sich auf das Thema, das ihn immer schon beschäftigte: den Tod.

Noch nie hatte er sich sein eigenes Sterben vorgestellt ... Nun kamen sehr wohl Gedanken auf. Sein Sterbebett ... alles wurde intensiver, wenn man vor dem Abschied stand. Die Sonne, die durch das Fenster ihr Licht auf den Tisch warf ... die Gegenstände im Zimmer ... Nie mehr nach draußen, nie mehr an die Arbeit ... Geliebte – es gab keine. Er würde in Einsamkeit sterben, wie er gelebt hatte. Ein einziger Freund, aber der würde nicht an sein Bett kommen. Eltern, Brüder und Schwestern ... auch nicht. Der Meister! Er würde da sein! Er fühlte den scharfen unerträglichen Schmerz des Abschieds. Er liebte den Meister, wie er noch nie einen Menschen geliebt hatte. Seine Eltern wohl ... aber diese Liebe war eine erwachsene Liebe, eine Liebe für das Denken, das Fühlen, den Humor ... ja sogar die Autorität. Wie er jetzt hier sitzen musste, niedrig auf dem Boden, die Beine gekreuzt, in Hingabe an eine Anordnung. Sterben ... war Abschied, war Loslassen. Er fühlte, dass er mehr am Leben hing, als er gedacht hatte ...

Atmen ... aus – Sterben ... ein – Leben. Verweilen zwischen Aus- und Einatmung, zwischen Hingabe und Andacht ...

Als der Meister zurückkam, traf er seinen Freund in tiefer Rührung an. Er fragte jetzt nichts, er sah genug.

Als sie geraume Zeit schweigend den Bergpfad emporgelaufen waren, fragte der Meister:

‚Wie fühlst du dich, mein Freund?'

Der Professor antwortete nicht direkt.

‚Wie wenn ich mich nach einer schweren Krankheit erhole. Oder man könnte auch sagen, wie nach einer kräftigen Tracht Prügel. Vollkommen klar, aber auch vollkommen gelockert ... und durchzogen von Gefühlen von Wohltat und Scham, von Ruhe und grenzenloser Energie.'

‚Kein Vorwurf?'

‚Vorwurf an wen?'

‚An mich ...'

Der Professor blieb stehen, mit vor Erstaunen großen Augen.

‚Wie sollte das denn gehen!? Was für ein Unsinn!'

‚Ich bin hart zu dir gewesen, vorhin ...'

‚Hart? Du hast mir genau das gezeigt, was ich brauchte ... Wie kann denn ein Meister seine meisterlichen Taten bedauern?'

Der Meister wusste nur zu gut, dass es überhaupt nicht meisterlich gewesen war ... Er hatte ihm einen irritierten Stoß gegeben, weil er ihn seine Machtlosigkeit fühlen ließ. Aber er, sein Freund, betrachtete so etwas als eine Unmöglichkeit – so ein Gedanke kam bei ihm nicht auf, weil er selbst so rechtschaffen war. Er sagte:

‚Eine Tracht Prügel ist nicht angenehm ...'

‚Manchmal eine Wohltat – und auch nötig.'

Schweigend liefen sie weiter. Der Professor leicht und frei, mit erhobenem Haupt ... Der Meister schwer vor Scham, aber voller Liebe zu seinem meisterlichen Schüler.

Abends beim Abendessen sah er wiederum die unschuldige Zartheit in seinen Händen ... und im Kontrast dazu das stolz erhobene Haupt, das sich seinem Schauen zu entziehen schien. Die Augen zeigten dieselbe Unschuld wie die Hände ... aber die Haltung und die Form des Hauptes ... was für eine selbstbewusste Kraft! Einst hatte er gedacht: selbstbewusste Selbstlosigkeit – soweit das möglich war. Nun irritierte dieses Selbstbewusstsein ihn manchmal, sehr leicht und sehr schmerzlich. Scham darüber ließ ihn fragen:

‚Wie fühlst du dich jetzt?'

‚Noch immer wie nach einer Tracht Prügel – auch wenn ich die nie bekommen habe. Alles, was festgerostet war, ist losgerissen ... und sucht nach einem freieren Gleichgewicht. Meine Sinne sind so gefühlvoll, dass die Eindrücke fast schmerzhaft sind. Und ich lebe inmitten eines Wirbelsturms von Emotionen ...'

‚Das ist dir nicht anzusehen.'

‚Sie sind da ... und ich sehe zu, wie du es mich lehrtest.'

‚Bist du glücklich?'

‚Was ist Glück ... ich begreife, das ich lebe, von Moment zu Moment ... ja, das ist wohl Glück, auch wenn es weh tut.'

‚Was tut weh?'

‚Vergessenes Verlangen ... Der Mensch ist ein strebendes Wesen. Als Junge verlangte ich heftig nach der absoluten Schönheit, der absoluten Wahrheit ... Ich verlor mein Vertrauen an deren Existenz und versuchte, aus der Güte zu leben – aber ohne das Fühlen zu sehr zuzulassen. Jetzt, wo meine Gefühle befreit sind, wogt das alles wieder herauf.’

‚Streben ist Leiden, Leiden kommt durch das Streben ... Erlöse das Streben!’

Der Professor legte sein Besteck nieder.

‚In den vergangenen zwei Tagen habe ich mehr gestrebt als je zuvor – anhand deiner Unterweisung.’

Der Meister schüttelte lächelnd den Kopf.

‚Das ist gerade Entspannen von allem Streben.’

‚Aber ein Mensch muss doch vorwärts?’

‚Sicher, mein Freund. Vorwärts zum Ursprung.’

Am dritten Tag saßen sie wiederum einander gegenüber im Meditationsraum. Der Professor trug keine konventionelle Kleidung mehr ... Er saß federnd auf seinem Kissen, das Haupt stolz erhoben, die Augen auf den Meister gerichtet, von dem er Unterricht erwartete.

Dieser sah ihn ernst an und fragte:

‚Mein Freund ... hast du je dein stolzes Haupt gebeugt?’

Er sah, dass seine Frage tief traf ... aber er glaubte aufrichtig an die Notwendigkeit davon. Der Mann gegenüber von ihm wandte seinen Blick nicht ab, als er fragte:

‚Ich verstehe deine Frage nicht?’

Der Meister wiederholte seine Worte mit demselben Ernst:

‚Hast du je das stolze Haupt gebeugt?’

Der Professor beugte den Kopf, tief betrübt, und sagte:

‚Warum fragst du mich das, mein Meister? Hast du an den vergangenen Tagen nicht gesehen und gefühlt, dass ich das jedes Mal wieder tue?’

Der Meister fühlte Leid wegen seines Ärgers. Aber er sah in dem Haupt die Haltung des Selbstbewusstseins, den Hochmut der materialistischen Wissenschaft ... Er sagte:

‚Natürlich ... ich sehe das ja auch jetzt. Aber ich ziele auf mehr als das. Ich denke an deine Wissenschaft ... begreifst du jemals, dass man auf diese Art nie wirklich etwas wissen kann? Beugst du je dieses stolze Denken vor ... Gott?’“

Der Mann sah auf, tief gerührt vor Betroffenheit, und sagte:
‚Was erwartest du von mir? Dass ich meine Liebe zur Ratio aufgebe?'
‚Nein. Ich wünschte, dass diese Liebe dich lehrt, die Grenzen der Ratio kennen zu lernen.'
Der Professor fühlte sehr genau, dass es eine Kritik an seinem Wesen war, die er einstecken musste.
Diese Kritik machte ihn nicht böse, weil sein Respekt vor dem Meister in diesen drei Tagen sehr groß geworden war. Nein, vielmehr brachte sie ihm Zweifel an seiner Lebensweise, an demjenigen, wofür er sich so bis zum Äußersten einsetzte. Erneut beugte er tief das Haupt, nicht weil er die Augen seines Meisters nicht mehr ertrug oder weil er seine Hingabe zeigen wollte. Er beugte das Haupt wegen seiner Gemütsbewegung, als Äußerung des aufgekommenden Zweifels an der Erhebung seines Denkens ... Er hatte die Devotion kennen gelernt, wollte nun sein Denken dem widmen ... So saß er lange, in der Haltung eines Büßers, ganz in Hingabe an das Gefühl, wie in tiefem Gebet ... bis die Stimme des Meisters ihn rief.
‚Mein Freund ... du bist der beste Schüler, den ich je hatte. Du hast das Vermögen, den Unterricht unmittelbar zu realisieren, zu einer Wirklichkeit zu machen. Sei nicht entmutigt!'

In dieser Nacht hatte der Meister einen beängstigenden Traum. Er kam in seinen Meditationsraum, wo der Professor bereits auf seinem Kissen saß, um unterwiesen zu werden, in stolz aufgerichteter Haltung.
Der Meister stellte sich vor ihn und schlug ihm mit der flachen Hand hart ins Gesicht. Der Professor ertrug den Schlag mutig. Dieser Mut ließ einen gewaltigen Zorn in dem Meister auflodern, und er schlug ihn erneut und wieder und wieder ... bis er um Gnade flehte und den Kopf hängen ließ ...
Schweißgebadet und vollkommen in Panik wurde er wach. Flüchten wollte er vor den Gefühlen, die der Traum in ihm zurückgelassen hatte. Er ging in Meditation und sah ihnen mutig in die Augen. Aber sie wollten ihm nicht ihre wahre Natur enthüllen und blieben um ihn und in ihm, bis er seinem Freund beim Frühstück unter die Augen treten musste.

Er saß bereits da und wartete auf ihn. Sein Gesicht und die Arme waren schon etwas braun, sein blondes Haar leicht gewellt. Er saß angelehnt und schaute nach den Bergen. Als er den Meister hörte, sprang er auf, um ihn zu begrüßen. Den Augen fehlte die gewöhnliche strenge Konzentration. Sie waren unschuldig, mit einem weiten Blick.

‚Meister!', sagte er enthusiastisch. ‚Was für ein Vorrecht, dir jeden Tag begegnen zu dürfen!'

Der Meister drückte seine Hand und setzte sich. Er brachte den Mut auf, seinen Freund direkt anzusehen. Der asketisch schöne Kopf stand noch ebenso kräftig auf seinem Rumpf ... Und doch war alles anders. Die Zartheit der Hände lebte nun auch in der Haltung des Kopfes, es sprach eine tiefe Ehrfurcht aus seinen Augen.

Und diese Ehrfurcht ... war für den Meister unerträglich. Er verdiente sie schließlich nicht ... Wie konnte ein Meister solche unbewussten Gefühle in sich tragen – schließlich liebte er diesen Freund innig, der so tapfer versuchte, Schüler zu sein ... Ein Pfad voller Dornen führte zu einer Burg von strahlendem Edelstein ... Hatte er ein zweites Leben erhalten, um ein zweites Mal eine Illusion zu zersprengen? Das erste Mal die Illusion des Ego, das zweite Mal die Illusion des Meister-Seins!

Und doch ging dieser Mann seinen Einweihungsweg anhand *seines* Unterrichts. Aber er würde all diesem in Gelassenheit in die Augen sehen und damit sich selbst seine Meisterschaft beweisen ...

Während des Essens war er schweigsam, und er fühlte, wie sein Freund ihn suchte ...

‚Bedrückt dich etwas?', fragte der Professor schließlich.

Der Meister nickte und sagte:

‚Ich fürchte, dass ich zu streng für dich bin, mein Freund. Mein Verlangen, dein Meister zu sein, ist groß ... aber immer fühle ich auch meine Ohnmacht ... und dann fasse ich dich zu hart an.'

Der Professor schüttelte den Kopf.

‚Ich verstehe, dass es schwer für dich ist ... ich war dein Arzt, du hast mich in einem ganz anderen Verhältnis kennen gelernt. Aber du drängst mir nichts auf, ich bitte selbst um deine Unterweisung ... und du gibst mir genau das, was ich brauche. Ich kann den Schmerz der Entwicklung sehr wohl vertragen, wirklich ...'

Der Meister blickte, in einem mutigen Versuch der Aufrichtigkeit seines Freundes zu entsprechen, auf und sagte:

‚Ich weiß nicht, ob du lernen musst, das stolze Haupt zu beugen. Ich weiß es nicht. Ich finde wohl, dass es sein muss ... aber zweifle dann doch. Du hast etwas, dem man nicht nachfolgen kann, etwas Einzigartiges – ich ... liebe das mit meinem ganzen Wesen, auch wenn ich nichts davon begreife. Kann *ich* dein Meister sein ...?'

Die Sonne stand hoch am Himmel und ließ ihr grelles, heißes Licht auf ihre Häupter nieder strahlen. Ihre Kraft konnte mitleidlos sein ...

Der Professor sagte:

‚Ob ich es lernen musste oder nicht – ich habe es jetzt gelernt. Ich weiß nun, wie und warum ich mich beugen muss ... aber ich weiß auch, wie ich mich aufrichten muss. Vorerst werde ich das weiter tun, mein Meister. Bis ich sicher weiß, dass das Haupt *immer* gebogen sein muss ...'

Es sprach eine große Autorität aus diesen Worten. Der Meister zog die Augenbrauen hoch und nickte langsam, bekräftigend. Zum ersten Mal kam in ihm der Gedanke von einer Möglichkeit auf, dass der eine Meister etwas von dem anderen Meister lernen musste ...

An diesem vierten Tag verlief die Unterweisung ganz anders.

Als sie saßen, fragte der Meister:

‚Hast du Fragen an mich?'

Der Mann nickte und begann zu sprechen.

‚Am ersten Tag habe ich die Vergänglichkeit kontempliert, am zweiten Tag mein eigenes Sterben, am dritten Tag lernte ich, den Verstand vor der Weisheit zu beugen. Nun drückt etwas auf mir, eine schwere Last ... Wohin ich auch sehe und höre, nach draußen oder nach innen, überall höre ich die schweigende Stille des Todes ... unbewegliche Starre, außerhalb von mir und in mir. Der einzige Lebende bin ich. Und ich bin allein, um mich herum nichts als der Tod. Wenn ich das Haupt beuge ... ist da Leben, panta rhei, Glückseligkeit und Betrübnis. Richte ich mich dann auf, dann ist da nichts ... als nur mein erhobenes Haupt – ich selbst. Beuge ich es danach wieder, dann ist da Leben, aber ich verfließe darin, unterscheide mich nicht mehr von panta rhei.

Und ich werde auch nicht gewahr, wo mein Selbstbewusstsein bleibt, wie es sich umformt, wenn ich das Haupt beuge. Lehre mich das, Meister.'

‚Der Verstand will begreifen, will sich alles zu Eigen machen, will fassen, packen. Das gibt Selbsterleben, mein Freund. Wenn man den Verstand entspannt, wenn man ihn vor Gottes Weisheit beugt ... dann fließt das Selbsterleben fort, geht auf im Ganzen, wie die Welle im Meer vergeht ... Gib dich selbst daran hin, du erwachst auf einem höheren Plan.'

‚Ich finde eine andere Welt, der Preis, den ich bezahle, bin ich selbst ... kehre ich zurück in mein gewohntes Bewusstsein, dann finde ich da den Tod ... Und doch hat dieser Tod etwas Schönes, etwas Reines. Er ist verlässlich – auch wenn ich mit ihm allein bin. Ich habe wirklich nichts anderes um mich als ihn – und doch ist da mein Platz. Hilf mir, das zu verstehen!'

Der Meister schwieg. Kein einziges Wort rief irgendein Wiedererkennen hervor. Ihm gegenüber saß ein Fremder, der eine unbekannte Sprache sprach. Wieder fühlte er seinen Ärger aufkommen. Er würde ihm eine außergewöhnlich schwere Übung aufgeben ... Aber zugleich sah er das Traumbild von heute Nacht ... es formte seinen Ärger in Milde um ... Er sagte:

‚Mein Freund ... es ist die ewige Dualität des Ich und des Anderen ... Das Ich lebt durch die Gnade des Todes des Anderen. Kontempliere heute noch dreimal zehn Minuten die Verletzlichkeit. Breite deine Arme weit aus für das Andere und öffne dein Herz. Denk daran, wie du dich rühren, berühren lassen kannst, ohne dich wehren zu wollen. Kontempliere so das Mitleid. Dann jedes Mal zehn Minuten Meditation.'

Der Professor nickte und beugte das Haupt leicht in Andacht ...

In dieser Nacht litt der Meister unter Schlaflosigkeit. Stets wurde er durch das Traumbild gequält, es durchdrang ihn immer wieder mit Gefühlen von Schuld und Reue. Er fragte sich gequält, wo seine Gelassenheit geblieben war. Dieser Mann brachte ihn so in Rührung ... Einmal im Krankenhaus, damals hatte er das Wesen des Nicht-Anhaftens, der Loslösung bezweifelt. Als er wieder hier war, zu Hause in den Bergen, hatte er seine Erleuchtung wiedergefunden ... Aber nun geriet er wiederum in Verwirrung. Er fühlte eine Liebe für diesen Mann, die größer und intensiver war als jemals. Es gelang ihm jetzt, diese Liebe ohne Anhaften aufblühen zu lassen. Er setzte seine Gefühle in kräftige Unterweisung um. Aber immer wieder erstaunte ihn dieser Schüler. Er stellte ihn vor Rätsel, die unauflösbar schienen, die keine Verbindung mit seiner Weisheit zu haben schienen ...

Er war ein Schüler wie kein anderer ... Ohne ein einziges Widerwort führte er die Anordnungen aus, gewissenhaft und andächtig und sehr diszipliniert. Er realisierte die Übungen scheinbar mühelos. Und der Meister sah von Tag zu Tag die Verwandlung. Dennoch hatte er das Gefühl, dass er selbst über seine Kräfte arbeitete, dass er etwas zu vollbringen suchte, wozu er keine Macht hatte. Das würde er, der Professor, nie tun ... er arbeitete sich zuerst völlig in etwas ein und brachte es dann erst in die Praxis – und erwartete das auch von anderen. Aber dem Meister vertraute er darin völlig ... er prüfte ihn nicht, er schenkte ihm seine volle Zuwendung. Und das quälte den Meister ... Er schaute diese Gefühle von Scham, Schuld und Reue an ... Gefühle, die schon so lange überwunden schienen ...

Wieder begegneten sie einander beim Mittagessen. Es war der fünfte Tag. Der Himmel war bewölkt, die Atmosphäre drückend ...

‚Du fragst mich oft', sagte der Professor, ‚ob du nicht zu streng bist. Dadurch habe ich über das Strengsein nachgedacht. Ich weiß, dass du mich streng findest, ich *bin* es. Aber du findest dich selbst auch streng ... ja, du bist es! Und doch sind wir so verschieden ... du bist so mild, so freundlich, so gelassen. Ich dagegen bin fast scharf anspruchsvoll ... hier nicht, aber dort ... im Krankenhaus. Zwei vollkommen verschiedene Arten von Strengsein. Und dennoch glaube ich, dass deine Strenge den anderen viel tiefer ergreift. Bei mir läuft alles über die Einsicht, das Verständnis. Ich erwarte von jemandem nie etwas, was er nicht zuerst als wahr oder richtig einsehen kann ... daher kommt die Schärfe. Dir dagegen muss man aus einem Gefühl von Vertrauen gehorchen, aus Ehrfurcht, Respekt vor deiner Weisheit und einem Verlangen nach Teilhabe daran. Nicht die Einsicht überzeugt, sondern die Kraft der Wirklichkeit deiner Meisterschaft. Wenn man diese erkennt, gehorcht man, ohne die Einsicht zu verlangen. Du weißt, dass diese Einsicht in einer ganz anderen Form im Nachhinein kommen wird, als eine Wirkung der Übungen. Du legst einem diese Übungen ohne weitere Erklärung auf ... und ich fühle dann in dieser Auferlegung, dass du – zu mir jedenfalls – außergewöhnlich streng bist. Die Art zu sprechen, dein Verhalten, wie du aufstehst ... all das duldet keinen einzigen Widerspruch und verweist mich auf die Pflicht, im Üben meinen ganzen Einsatz zu geben. Es ist nicht möglich, die Stunden morgens träumend zu verbringen ... auch wenn du nicht da bist.'

Schon beim Hören fühlte der Meister die Neigung, sich zu verteidigen. Es kam ihm vor, als wenn er wie ein autoritärer Meister geschildert würde ... Und doch war es Wort für Wort wahr, auch wenn er sich dies noch nie so genau klargemacht hatte. Der Professor fügte noch hinzu:

‚Ich bin streng im Denken, du bist streng im Willen ...'

‚Vielleicht passt mein Ansatz dir nicht?'

‚Es sind nur Überlegungen, mein Freund, Kontemplationen. Ich sollte mich in die Verletzlichkeit vertiefen ... Diese hängt mit Menschen zusammen ... Die Wolken, die Vögel verletzen einen nicht. Die Menschen verletzen. Darum habe ich heute Morgen mit – bildlich – ausgebreiteten Armen mit Menschen gesprochen. Mit dem Gärtner ... der meckert ständig. Vor allem über die zwei Ärzte, die hier Kurse geben. Die kommen dann zu ihm, um die Morphologie der Pflanzen anzuschauen. Er erzählte mir, wie sie dann – nach ihm – vollkommen phantastische Vorstellungen haben, mit vielen gewichtigen Worten sagen sie nichts. ‚Mit ihrem ‚Schreibtischdenken' meinen sie, etwas über Pflanzen zu wissen!', meckerte er. Aber vor dir hat er den größten Respekt, Meister. Und ich fühlte, mit meiner offenen Brust, viel mehr sein Gemüt als die Bedeutung seiner Worte. Eine bunte Palette von Stimmungen ... ein besonderer Mensch ... aber er tat mir nicht weh, auch wenn ich mich verletzbar machte. Dann habe ich mich in den Garten gesetzt und habe unsere Beziehung überdacht. Ich mache mich auch darin vollkommen verletzbar, versuche überhaupt nichts zu verbergen oder mich gegen etwas zu schützen ... Wie das Kind seinen Eltern zugewandt ist, so fühle ich mich dir gegenüber, mein Meister.' Er sah ihn direkt an und sagte: ‚Zum ersten Mal in meinem Erwachsenenleben weiß ich, was Liebe ist.'

Mit Mühe überstand der Meister diese Aufrichtigkeit. Er hielt diesem klaren Blick stand, der keine Aggression zu kennen schien ... Er wollte die Augen vor dieser Unschuld niederschlagen ... aber hielt stand und fühlte sich mit Ehrlichkeit durchtränkt. Er sagte sanft:

‚Auch ich hatte die echte Liebe für den Mitmenschen glaube ich vergessen. Liebe für alle Wesen ... das wohl. Aber Liebe für die Person ... deren Existenz ich als eine Illusion ansehen musste ... ist das Liebe für eine Täuschung ... oder ist *das* erst das echte Leben? Deine Existenz gibt mir Rätsel auf ...'

‚Die fünfte Übung ist die schwerste. Darum werde ich bei dir bleiben, während du sie tust. Ich werde dich leiten.'

Sie saßen im Meditationsraum. Draußen fielen die ersten Tropfen auf die Fliesen. Der Professor wartete.

‚Am zweiten Tag hast du dein eigenes Sterben kontempliert. Du hast die Loslösung erfahren. Nun werden wir diese Erfahrung vertiefen. Stell dir vor, dass du langsam die Macht über deinen Körper verlierst. Dein Wille findet kein Gehör mehr in deinem Körper. Er wird schwer. Hab keine Angst, jetzt, wo du keine Macht mehr hast, die Augen aufzuschlagen, wo dein Atem stillsteht ... So schwer sind deine Arme und deine Beine, dass sie nicht mehr deinem Willen gehorchen ...'

Er schwieg einige Zeit.

‚Die Wogen deines Willens werden flach, immer flacher, unsichtbar faltenlos. Kein Wille rührt sich mehr ... Bleibe so in Frieden, ohne Angst, bis ich dich rufe ...'

Er sah die tiefe, klare Glückseligkeit des sich befreienden Bewusstseins. Freie Unwissenheit ...

Er ließ ihn fünfzehn Minuten in diesem Zustand verweilen – und rief ihn. Etwas unwillig kam er zurück. Der Meister sagte:

‚Wiederhole diese Übung heute Abend und morgen früh, nicht länger als eine Viertelstunde. Außerdem begleitest du mit einem kontinuierlichen Gewahrsein alle deine Handlungen, jede Handlung, wie gering oder unbedeutend auch immer. Morgen Mittag erwarte ich einen ausführlichen Bericht über deine Erfahrungen. Ist das deutlich?'

‚Ja ... Meister.'

Die Wanderungen durch die Berge waren fröhlich und unkompliziert. Sie waren einfach zwei Freunde, ein kleiner dunkler Mann und ein großer blonder ... Sie teilten ihre Freude über die Landschaft, führten lange Gespräche und konnten auch stundenlang schweigend gemeinsam verbringen.

Der Meister sah, wie die große Andacht seines Freundes seine Glieder durchdrang ...

Am sechsten Tag erzählte der Professor dem Meister folgendes:

‚Beim ersten Mal, als ich die Übung machte, warst du bei mir, und ich fühlte mich durch deine Leitung beschützt. Ich habe versucht, deine Worte direkt zur Wirklichkeit zu machen. Eine große Klarheit und wohltuende Freude waren das Geschenk ...

Am zweiten Tag musste ich die Übung allein machen ... es war nach dem Vortrag, auf meinem Zimmer. Ich habe die Übung genau so gemacht wie mittags ... aber als ich meinen Willen sich entspannen ließ, kam ein unerträglich werdendes Leid in mir auf, schmachtender Durst, sich verkrampfender Hunger ... Ich wollte stoppen, aber fühlte kräftig deine Worte, und ich hielt durch, obwohl das Verlangen nach der einen oder anderen Erfüllung nicht auszuhalten war ... Es kam keine Erlösung, und nach ungefähr einer Viertelstunde habe ich gestoppt.

Das dritte Mal war heute früh, noch vor dem Frühstück.

Ich fühle während des Kontemplierens jedes Mal meinen Leib verschwimmen ... dann richte ich mich auf meinen Willen, der dann gerade sehr stark fühlbar wird. Mit diesem Willen verstehe ich mein Fach, löse ich die Probleme ... dieser Wille sollte sich nun entspannen. Wiederum beruhigte ich den Willen, aber ohne aktiv zu werden, weil sonst da wieder Wille wäre ... Der Wille legte sich wie der Wind ... Aber als er ganz zur Ruhe gekommen war, ging der Prozess weiter ... Es kehrte sich das innerste nach außen, drehte sich um – und anstatt von *mir* auszugehen, kam er nun auf mich zu ... Sturm kam auf ... Wo mein Atem einst war, raste der Sturm, Blitze verbrannten meine Augen, Donner ließ meine Ohren bersten ... Die Erde wich unter mir, kein Halt mehr, nichts!

Gerade als ich dachte, dass ich zugrunde gehen würde ... wurde alles ruhig ...'

Erschöpft schwieg er. Sein Gesicht war grau ...

Der Meister beherrschte sein Gemüt und fragte ruhig:

‚Und danach?'

‚Danach war alles anders ... Das Wasser war plötzlich Wasser, die Luft war Luft ... beim Frühstück war meine Orange eine Orange. Verstehst du mich? Die Sonne schien strahlend nach dem Unwetter von heute Nacht, und ich weiß jetzt erst, dass die Sonne *Sonne* ist! Aber ich fühle mich einsam ... und ich weiß ebenso jetzt erst, dass einsam *einsam* ist! Ich verlangte nach dir, aber du warst beschäftigt – und weiter gibt es niemanden in meinen Leben ... In bitterer Einsamkeit habe ich die Stunden verbracht, als einzigen Halt den Auftrag, meiner Handlungen gewahr zu sein ... Das ist mir nicht ganz gelungen, nicht in einer völligen Kontinuität.'

Der Meister nickte beruhigend und sagte neckend:

‚Es sei dir vergeben ... ich bin schon zufrieden.'
‚Wie beurteilst du meine Erfahrungen, Meister?'
‚Als einen Durchbruch von ... sagen wir mal: Erleuchtung. Du hast einen Strahl der geistigen Welt aufgefangen.'
‚Wird diese Erfahrung sich wiederholen?'
Der Meister machte eine abwehrende Gebärde und sagte:
‚Nur wenn nichts in dir ist, was eine Wiederholung verlangt oder erwartet ... oder was Angst davor hat.'
Ein langes Schweigen brachte beide Männer zur Ruhe.
Schließlich sagte der Meister:
‚In den nächsten fünf Tagen wiederholst du jeden Tag eine Übung, in aller Andacht und Hingabe, mindestens dreimal pro Tag, jedes Mal für zwanzig Minuten. Daneben versuchst du eine völlige Kontinuität des Gewahrseins deiner Handlungen zu erwerben. Jeden Mittag werden wir die betreffende Übung zusammen machen.
Nach diesen fünf Tagen werde ich dich im achtfachen Pfad der Vervollkommnung von Gautama Siddharta unterweisen ...'

Der Meister meditierte täglich zusammen mit seinem Freund. Von Tag zu Tag fühlte er stärker die Kraft, die Disziplin und den feurigen Einsatz, mit dem der Professor seine Übungen machte. Und er fand nicht heraus, ob er das jetzt als richtig oder nicht richtig beurteilen sollte ...

Während einer Wanderung in den Bergen – es waren inzwischen ein paar Wochen vergangen – fragte der Professor:

‚Mein Freund ... was hat die Frau für eine Bedeutung in deinem Leben?'

Der Meister bekam leuchtende Augen und gestikulierte fröhlich um sich herum.

‚Sieh dich um! Mutter Natur! Sahst du je eine schönere Frau?'

Der Professor wollte eine andere Antwort und fragte:

‚Die menschliche Frau, die Frau als Person – wurdest du je durch eine Frau verführt?'

Er fühlte den Humor neben sich, der Meister konnte sich wirklich in Humor verwandeln. Er bekam als Antwort:

‚Täglich, mein Freund! Hier im Westen ist es doch unmöglich, dem zu entkommen? In meiner Kultur dient die Frau dem Mann und darüber hinaus beschäftigen sie sich miteinander. Hier sind sie alle *selbst* Königin, alle! Freche Schönheit, unentrinnbar ...'

Der Professor brach in Lachen aus und sagte:

‚Du weichst mir aus! Ich will wissen, ob du je ... du verstehst mich doch gut!'

‚Nein ... ich meine: ich verstehe dich schon, nein, ich bin nie verliebt gewesen. Ich halte mich außerhalb dieser Gefühle, ich gehe auf in meiner Natur ...'

Wieder fühlte der Professor ungeheuren Spaß neben sich, als der Meister fragte:

‚Bist du in den Bann einer Frau geraten?'

‚Mach dich nur lustig! Für mich ist es etwas vollkommen Neues ... Seit dem zweiten Tag sitze ich abends neben einer jungen Frau – beim Anhören deiner Vorträge. Ich nehme jedes Mal denselben Stuhl, sie sitzt meistens schon ... Dann nicke ich ihr zu und sie schaut ... mit den schönsten blauen Augen, die ich je gesehen habe. Groß, blau, fragend ... Zuerst machte es mir nicht viel, so ein Mädchen neben mir. Aber durch das Üben wurde ich immer empfänglicher für Schönheit. Ich fühle sie neben mir ... rieche den Blumenduft um sie herum, sehe ihre gebräunten Arme mit den feinen schönen Händen. Wenn ich sie anschaue, errötet sie wie ein Kind ...'

Der Meister klopfte ihm lachend auf den Rücken und sagte:

‚Junge ... du bist verliebt!'

‚Ich finde das Wort nicht groß genug ... Wir haben nur ein paar Worte gewechselt, am ersten Abend, als sie mich holen kam, weil du draußen wartetest. Damals habe ich sie kaum wahrgenommen. Aber jetzt ... sie hat so etwas Liebes, etwas Bewegliches, auch Hilfloses. Man würde ihr ein gutes Leben geben wollen, für sie sorgen ...'

‚Ja wirklich. Du bist verliebt.'

‚Aber dann ohne dass mein Körper spricht ... obwohl ...'

‚Warum sprichst du nicht einmal ein bisschen mit ihr? Ihr habt dieselbe Nationalität. Ich kenne sie sehr gut – und ich verstehe *sehr* gut, was du meinst. Sie ist die schönste Frau, der ich hier begegnet bin, und damit meine ich nicht nur das Äußerliche ...'

‚Ich weiß es nicht ... ich muss auch wieder nach Hause, weißt du, zurück zu dem schweren, ernsten Leben – ich kann sie nicht mitnehmen, in meinem Leben ist kein Platz für eine Frau. Sie würde ihr Leben damit verbringen, auf mich zu warten ...'

‚Solche Dinge entscheidet man nicht mit vernünftigen Erwägungen. Hier entscheidet das Herz! Gestehe dir selbst doch einmal ein bisschen zu, mein Freund. Du bist doch viel zu streng ... Wenn das Leben dir Blumen schenkt ... dann sieh sie zumindest an!'

Schweigend liefen sie weiter. Auf dem Rückweg fragte der Meister:

‚Hast du je etwas mit einer Frau gehabt?'

‚Nein.', sagte der Professor. ‚Ich wollte das nicht.'

Als sie nach dem Abendvortrag zusammen nach Hause gingen, sagte der Professor:

‚Ich habe ein Gespräch mit ihr gehabt.'

Der Meister verwandelte sich wieder in Fröhlichkeit.

‚Und?', fragte er.

‚Sie studiert Medizin, in einer anderen Ecke meines Landes ... Es ist ein Mädchen, ein Kind ... sie war vollkommen überwältigt, dass ich sie ansprach – und zugleich doch so spontan ... So schön ...'

‚Du bist verliebt, mein Junge!', lachte der Meister.

Es dauerte lange, bis der Professor einen zweiten Versuch unternahm. Aber eines Abends sagte er zum Meister:

‚Ich habe etwas von deiner Neckerei angewendet ...'

‚Was meinst du?'

‚Heute Abend habe ich mich auf einen anderen Platz im Saal gesetzt. Sie war noch nicht da ... Ich fühlte mich trotzdem etwas schuldig, als ich sah, wie sie erschrak. Sie sah sich um, sah mich – und kam verdammt noch mal direkt auf mich zu!'

Der Meister grinste:

‚Ja, an Mut mangelt es ihr nicht!'

‚Sie stand da vor mir, mit einem hochroten Kopf, die Augen groß und blau ... das prächtige dunkle Haar wie eine Aura um ihr Haupt ... Ich erschauerte davon, so rührte sie mich. Und sie fragte, warum ich jetzt hier säße.'

‚Was hast du gesagt?'

‚Die Wahrheit – dass ich sie prüfen wollte – ob sie sich nun auch neben mich setzen würde ... Ich schämte mich, als ich ihre Verlegenheit sah. Aber sie setzte sich tapfer und fragte, ob ich sie lächerlich fand ... Was für eine Ehrlichkeit! Ich habe ihr das gesagt und sie gebeten, morgen früh eine Wanderung mit mir zu machen ...'

‚Und sie sagte ja?'

Der Professor nickte. Der Meister konnte es nicht lassen zu necken. Er sagte:

‚Du weißt, dass sie eine Strafe kriegt, wenn sie etwas versäumt? Du bekommst auch eine Strafe, denn du bist der Anstifter!'

Der Professor lächelte und klopfte dem Meister auf die Schulter.

‚Dann eben Strafe ... denn es lohnt sich.'

‚Mit Verliebten ist nichts anzufangen!', rief der Meister aus, aber wurde dann ernst und sagte:

‚Junge, sag ihr nur, dass sie meinen Segen hat. Ihr habt alle beide meinen Segen ...'

Am folgenden Tag war er etwas spät beim Mittagessen. Der Meister wartete schon und sagte:

‚Es geht ganz schief mit dir! Denk daran, dass du deine innerlichen Übungen nicht sausen lässt!'

‚Nein, nein ... ich werde heute Mittag extra mein Bestes tun. Es war so gut heute Morgen ... Wie du dir meine Entwicklung anhörtest, so hörte sie sich mein Leben an – ich fühlte mich so empfangen ... Immer spürte ich ihr Verlangen, dass ich ihr ... meine Liebe zeigen würde. Aber ich konnte das doch nicht, habe es sie allein im Gespräch so gut wie möglich fühlen lassen ...'

‚Warum denn doch nicht ...'

Der Meister hatte damals, an jenem Abend nach dem ersten Vortrag, die Verbundenheit dieser beiden gefühlt ... Wissen und Leben ... Aber dieser große Mann würde noch lange brauchen, um zu einer Tat zu kommen ...

‚Ich habe sie lieb, Meister, so lieb ... Jedes Mal, wenn ich ihr beim Klettern eine Hand gab oder wenn ich sie stützte, überkam mich eine tiefe Rührung ... Durch das Üben bin ich mir jeder Handlung so intensiv bewusst ... ich fühle ihr feines Skelett, ihre zarte Haut ... Aber ich will keine grobe Erotik! Dies ist gut, so zart, so unschuldig ... Beim Abschied stand sie mir gegenüber, sie ist einen Kopf kleiner als ich ... sie sah zu mir auf, ich streichelte ihre Wange ... und musste mich dann umdrehen und weggehen ... Findest du es gut, wenn ich morgen mit ihr zu Mittag esse?'

‚Du bist mir keine einzige Verantwortung schuldig, Junge. Wenn du unsere Mittagsstunden nur respektierst ... Ich weiß, dass es gut ist ...'

Als sie auf ihren Kissen saßen, sagte der Meister an diesem Mittag zum Professor:

‚Ich gebe dir die erste Übung des achtfachen Pfades zur Vervollkommnung. Jetzt, wo dein Gemüt in Rührung gerät, wirst du diese Übung brauchen. Wie du stets deiner Handlungen gewahr bist, musst du nun deiner Gedanken gewahr sein. Fortwährend, in Kontinuität. Sieh streng darauf, dass sie wahrhaftig sind. Steh dir selbst keine unwahren oder unnötigen Gedanken zu ... Verstehst du mich?'

Der Professor sagte verwundert.

‚Ich dachte, dass du gerade für Spontanität der Gedanken wärst?'

‚Du bist ein Mann, der sich selbst nun einmal in der Hand hat. Für dich lege ich strengere Maßstäbe an ...'

‚Gut, ich werde mein Bestes tun.'

‚Du musst diese Übung eine Woche lang machen und nach echter Kontinuität streben.'

Danach gingen sie zusammen in Meditation.

Das Mädchen kam einmal pro Woche für persönlichen Unterricht zum Meister. Als sie dieses Mal kam, war sie nervös ... sie versäumte schließlich immer die Kurse ... Wie stand der Meister zu der Freundschaft mit seinem Freund?

Er saß in seinem Stuhl, als sie hereinkam. Ruhig und mild sagte er ihr, sie möge sich setzen. Er sah sie aufmerksam an. Sie veränderte sich durch den Umgang mit seinem Freund, ihr natürlicher Adel kam mehr zu seinem Recht.

Sie saß wie immer aufrecht, die Hände gefaltet in ihrem Schoß, den Kopf leicht gebeugt. Es schien ein gewisser Kern in ihrem Inneren zu kristallisieren ...

‚Und, mein Kind? Wie geht es?', fragte er freundlich.

Sie errötete ... Mit unsicherer Stimme sagte sie:

‚Sind Sie nicht böse über mein Versäumen? Ich kann nicht ‚nein' sagen ...'

‚Hat er dir nicht gesagt, dass ihr meinen Segen habt? Aber arbeitest du wohl noch an deinen Übungen?'

‚Ja, Meister. Aber ich bin schnell abgelenkt. Ich habe nicht viel Anlage dazu, glaube ich.'

‚Du bist noch so jung. Es kommt auf Beharrlichkeit an, nicht auf das Resultat in diesem Moment.'

Eine ganze Welt von Gemütsbewegung umhüllte sie. Beide waren sie gerührt durch Liebe für denselben Mann. Schließlich sagte der Meister:

‚Mein Kind ... einen gemeinsamen Freund zu haben, gibt ein besonderes Band!'

Mit diesen Worten ließ er sie gehen. Sie fühlte seinen Segen wie eine Wohltat in sich ...

‚Darf ich dir eine kritische Frage stellen?', sagte der Professor einmal beim Abendessen. Der Meister zog fragend die Augenbrauen hoch.

‚Sieh mal ... ich bin hier jetzt täglich hart am Arbeiten und ich fühle, wie mein innerliches Leben sich verwandelt. Aber was ich vermisse, ist der religiöse Aspekt ...'

Der Meister legte erstaunt sein Besteck nieder.

‚Das religiöse Element? Der ganze Weg ist doch religiös?'

‚Davon gehe ich aus, ja ... Aber ich vermisse Gott, wie ich Ihn von früher kenne.'

‚Du meinst Gott als Person?'

‚Nein ... nicht die kindliche Vorstellung, nicht ein Bild ... Schau, ich habe früher religiöse Gefühle in der Kirche gehabt, bei der Kommunion, beim Hören des Evangeliums. Diese Gefühle vermisse ich hier. Ich suche sie, indem ich jeden Abend im Evangelium lese, und dann kommen sie stark auf, dank der vergrößerten Empfänglichkeit meines Geistes – also doch durch deinen Unterricht. Aber wenn ich das unterlassen würde, dann hätte ich sie nicht. Das verwirrt mich. An welchen Gott wende ich mich eigentlich, indem ich deinen Weg gehe? Das will ich doch gerne wissen ...'

‚Es ist der Weg Buddhas, das weißt du. Er führt zu Befreiung von Samskara, zu Erlösung vom Leiden, zu Vereinigung mit dem Urgrund, in dem alles ruht und aus dem alles entspringt, zum Absoluten.'

‚Ich fühle tiefe Verehrung und Zuneigung für das, was ich in den Augenblicken der Meditation und auch darüber hinaus erfahre. Und vielleicht bin ich einfach nur befangen durch einen Jugendtraum ... das wäre möglich. Aber ich sehne mich nach einer bestimmten ... Essenz in diesem Absoluten, einem Kern, den ich dann Gott nennen würde ... verstehst du?'

‚Nein ... Es gibt keine Essenz. Nicht in dir, nicht in mir, nicht im Absoluten. Es gibt nur Ursache und Folge, ein Zusammengehen von zusammengehörenden Erscheinungen – ohne Essenz.'

Der Professor aß wieder weiter, es schien, als ob er zufrieden war.

Nach der Mahlzeit jedoch sagte er:

‚Ich glaube, dass ich das nicht hinnehmen kann.'

‚Es hat doch keinen Sinn, die Wahrheit nicht hinnehmen zu wollen?'

‚Alles Wahrheitsgefühl kommt gegen deine Wahrheit in Aufruhr – während ich ansonsten völlig zufrieden mit der Schülerschaft bin. Aber ich vermisse Gott – die Macht, die Kraft und die Herrlichkeit ...'

‚Warum kannst du das Absolute nicht ‚Gott' nennen?'

‚Weil es nicht Gott ist. Gott ist absolut, aber zugleich Essenz, das muss so sein ...'

‚Es ist das Verhaftetsein an Samskara ... aus dem heraus du jetzt sprichst. Erst wenn du das Verlangen nach Essenz völlig loszulassen verstehst, findest du die Befreiung und das Aufgehen im Absoluten.'

‚Mein Meister ... vergib mir, dass ich dies sage ... aber dann zweifle ich wirklich, ob ich diese Befreiung wohl will!'

Der Meister war betrübt. Sein bester, liebster Schüler zweifelte! Er sagte, mit gebeugtem Kopf:

‚Es tut mir leid ... dass meine Unterweisung nicht klar genug ist. Lies einmal ein Buch über den Buddhismus und vergleiche es mit der christlichen Mystik. Vielleicht siehst du dann die Übereinstimmungen ...'

‚Ich will dir keinen Kummer machen, aber ich will auch ehrlich sein! Ich muss dich an meinem Zweifel teilhaben lassen, versteh mich doch!'

Der Meister nickte und sagte:

‚Natürlich mein Freund. Ich nehme dir nichts übel. Mich verlangt nur nach deiner Erleuchtung. Ich werde es überdenken und dann wieder mit dir darüber sprechen. Wir werden schon einen Weg finden ...'

‚Wie geht es mit deinem Mädchen?', fragte der Meister.

Nach der Mahlzeit saßen sie immer noch eine Weile zusammen. Nach ihrem ernsten Gespräch hatten sie eine ganze Zeit lang geschwiegen.

Der Professor saß nach hinten gelehnt und genoss den Moment. Er lachte und sagte:

‚Mein Mädchen ... ich liebe sie. Aber es gibt keine Verbindung zwischen dem Leben hier und zu Hause – es klafft ein Abgrund dazwischen. Am liebsten würde ich sie mit nach Hause nehmen ... aber ich kann mir da kein Leben mit ihr vorstellen. Sie könnte da studierten, sie würde es gut bei mir haben ... aber ich kann mir kein sexuelles Verhältnis denken. Ich habe da kein ... nun, Bedürfnis vielleicht schon, aber ich ... ich fürchte die Veränderung, die dadurch entsteht ...'

‚Was meinst du denn, mein Freund?'

‚Unsere Liebe ist jetzt so rein ... oh, ich beweise ihr meine Liebe sehr wohl, mit einer einzigen Liebkosung ... und sie, sie lässt mich ... ich schätze das ganz besonders ... sie könnte mich zu mehr verführen, sie hat genug Erfahrung mit Männern.'

‚Du bist ein Asket ... das muss doch nicht sein!'

‚Es ist keine Absicht oder so ... ich kann einfach nicht dazu übergehen.'

‚Was willst du dann? Sie hier lassen? Dich von ihr trennen?'

‚Nein ... ich weiß es nicht. Seit meine Augen geöffnet sind, fühle ich mich so anders. Die erste Frau, die ich sehe ... in sie habe ich mich direkt verliebt!'

‚So musst du das nicht sehen ... Fühlst du denn nicht, dass du ihr Meister bist, mein Freund? Du bist ihr Lehrer, nicht ich. Das ist eine Realität, es hat keinen Sinn, allerlei Überlegungen darüber anzustellen.'

‚Es sind keine Überlegungen ... willst du denn, dass der Meister mit dem Schüler ins Bett geht? Das scheint mir doch nicht das Ziel zu sein.'

Der Meister lachte lauthals.

‚Du nimmst das Leben nicht als Wirklichkeit ... du denkst, du könntest alles in der Hand haben! Sieh mal ... ich bin euch einzeln begegnet. Aber in einem bestimmten Augenblick habe ich gesehen, dass du ihr Meister bist und dass sie dir dienen soll ... Sie soll dienstbar sein, bis du sie zu dem Punkt gebracht hast, von dem aus sie sich selbst verwirklichen kann. Du wirst streng sein, mein Freund ... und sie wird lernen zu gehorchen.'

Der Professor zog ein hässliches Gesicht und sagte:

‚Hier im Westen geht das wirklich nicht so. Der Mensch ist frei in seinem inneren Leben, nicht gebunden an die Autorität eines anderen! So ein Verhältnis würde ich nie wollen – und sie ist doch auch nicht der Typ dafür ... Sie hat einen gehörigen eigenen Willen! Wie du das siehst – das ist nun genau, was ich nicht will, und es würde durch ein sexuelles Verhältnis ... hervorgerufen werden.'

Wieder lachte der Meister herzlich.

‚Wir sprechen eine andere Sprache! Wenn du in deinem innerlichen Leben frei bist – warum unterwirfst du dich dann meiner Gewalt, wenn wir zusammen den Pfad betreten?'

‚Tue ich das?', fragte der Professor trocken.

Der Meister wurde ernst und fragte:

‚Tust du das?'

‚Ja ... aber ohne mein eigenes Urteilsvermögen aufzugeben. Daraus entspringt auch meine Frage über die Religion. Wenn ich mich blind unterwerfen würde, dann kämen solche Fragen nicht auf.'

Der Meister nickte und sagte:

‚Sie braucht dir doch ebenso wenig blind folgen? Es würde sich ein natürliches Verhältnis zwischen euch entfalten ... Warum willst du alles so in der Hand haben!'

Nun lachte der Professor und sagte neckend:

‚Da liegt nun *meine* Meisterschaft!'

In dieser Nacht saß der Meister lange in seinem Meditationszimmer. Er bezweifelte seine Meisterschaft ... Die Macht von Samskara hatte noch Einfluss auf ihn ... Seinem Freund gelang es jedes Mal wieder – ohne das zu beabsichtigen –, ihn in Verwirrung zu bringen. Gott als Essenz des Absoluten ... Natürlich hatte das Absolute eine Essenz ... nämlich, dass es so frei von Essenz war wie der Himmel ... Er verstand nicht, was sein Freund vermisste ... in der Glückseligkeit der absoluten Vollkommenheit vermisste man nichts ...

Vielleicht war er womöglich wohl sein ‚schlechtester' Schüler ... ein Mann, der konsequent auf dem Verstärken des Ich beharrte? Dennoch war das nicht möglich, er war schließlich selbstlos – obwohl selbstbewusst ... Er war zu sehr ein Denker ... Er hatte die erste Übung des Pfades gemacht und darüber berichtet. Keine Mühe hatte es ihn gekostet! Er dachte schließlich immer schon nur das, was er denken wollte! Der Meister hatte ihm viele Fragen gestellt, um dahinter zu kommen, ob er wirklich seine Vorstellungen beherrschte ... und hatte keine Schwäche gefunden. Er hatte seine Gefühle von Unbehagen so ruhig wie möglich angeschaut. Warum Unbehagen? War nicht unbändige Freude mehr am Platz?

Dann hatte er ihm die zweite Übung gegeben: die Handlungen in Übereinstimmung mit den richtigen Vorstellungen verrichten. Er wusste jetzt schon, dass diese Fertigkeit auch bereits vorhanden war ...

*

‚Welche Metamorphose macht mein Ich während des Fluges über den Abgrund durch?'

Der Meister verstand die Frage nicht. Sie hatten zusammen meditiert ... Sein Freund sah sein Unverständnis und erläuterte seine Frage:

‚Immer schneller erreiche ich in der Meditation einen Zustand von Leere ... Keine aufkommenden Gedanken und Emotionen mehr ... das Ich entspannt ... aber dann werde ich in zunehmendem Maße der Kraft meiner Andacht, meines Gewahrseins gewahr ... Ist das nicht eine Metamorphose des Ich?'

Der Meister war still und schüttelte den Kopf.

‚Nun?', fragte der Professor. ‚Was meinst du?'

‚Dein Erleben ... entzieht sich meinem Schauen. Gewahrsein des Gewahrseins ... vielleicht, vielleicht nicht. Was erlebst du an den *Dingen*? Der Luft, den Bäumen, den Vögeln?'

‚Essenz ... die Luft wird *Luft* ... kein Traum mehr, sondern Wirklichkeit ... ebenso die Bäume ... alles. Und ich selbst ... gehe in diesen Essenzen auf ... ich werde Luft, Baum, Vogel ... Was geschieht mit meinem Ich, unterwegs von mir zu dem anderen?'

Wieder schüttelte der Meister den Kopf. Es lag vielleicht an der Art des Fragens ... aber es blieb eine unverständliche Sprache, die sein Freund jetzt sprach ... verworrenes Zeug – und doch gesprochen von einem bestimmt nicht verwirrten Geist ... Er sagte:

‚Ich nehme an, dass deine Erfahrungen mit den meinen übereinstimmen, auch wenn du dich anders ausdrückst. Deine Unwissenheit löst sich in der Entspannung des Ich auf und entfaltet sich als Weisheit, als echtes Wissen. Du kommst dann in die Essenz des Absoluten, wonach du mich neulich fragtest ... in ein rein religiöses Erleben.'

‚Aber die Essenz der Luft ist ganz anders als die eines Vogels ... es gleicht dem, was ich als Begriff, als Idee kenne ... Alles wird wesentlich, wirklich.'

‚Aber strömt doch zusammen in eine umfassende, absolute Vollkommenheit?'

Der Professor zuckte leicht mit seinen Schultern und sagte:

‚Es wird wohl Unerfahrenheit von mir sein ... ich werde mein Fragen vorläufig ruhen lassen.'

‚Versuch einmal ohne jede Anspannung zu meditieren. Tu einmal absolut gar nichts, zehn Minuten lang ungefähr.'

Nach einiger Zeit fragte der Meister nach seiner Erfahrung. Er antwortete:

‚Ein tiefes Gefühl von Demut überkam mich ... für mich ist Nichts-Tun eine Strafe! Aber ich hörte und sah, was sonst meiner Aufmerksamkeit entgeht ... der Vogel, der so schön flötet, Stimmen in der Ferne, die Kirchenglocke im Tal, das Sonnenlicht vor mir auf dem Boden ... Immer verschwommener wurde die Umgebung, eine Farbe erschien ... violett-rosa, sehr zart ... und wogende Kraft um mich.'

‚Schön ... und du selbst? Wo warst du?'

Der Professor gab nicht sofort Antwort.

‚Nirgends ... und überall.'

‚Ist dies dieselbe Erfahrung wie die anderen Male?'

‚Nein.'

‚Also gut, dann meditierst du fortan ohne jede Anspannung. Dreimal pro Tag während zwanzig Minuten tust du überhaupt nichts.'

Der Professor nickte schweigend. Er wusste, dass sie einen bedeutsamen Punkt erreicht hatten.

‚Warum bist du mein Schüler geworden, mein Freund?', fragte der Meister.

Der Professor sah ihn nachdenklich an und antwortete:

‚Du weißt, ich habe den Glauben an das absolut Schöne, an die absolute Wahrheit verloren – obwohl ich nun wieder anders darüber zu denken beginne. Aber ich wollte für das Gute leben ... habe versucht, so aufrichtig wie möglich zu sein, mich in das Elend meiner Patienten zu versetzen ... ihnen ein Ohr und Verständnis zu schenken ... Aber trotzdem blieb es alles ziemlich abstrakt, ich gebe mir Mühe, mir alles vorzustellen ... verstehst du? In dir bin ich jemandem begegnet, der *wirklich* gut ist. Milde und voller Mitgefühl ... So voll, so wirklich wollte ich sein. Darum bin ich dein Schüler.'

Der Meister nickte zustimmend. Sie saßen hoch oben in den Bergen, im Gras. Überall um sie herum blühten Blumen ... Insekten summten in der Mittagshitze des Sommertages. Der Himmel über den Bergspitzen war tiefblau. Der Urlaub ging zuende, es waren nur noch einige Wochen ... Oft dachten beide an den Abschied, der nun einmal immer näher kam. Oh, es würde kein bleibender Abschied sein ... aber wohl für lange Zeit ...

‚Wie sind deine Gefühle für dein Mädchen?', fragte der Meister vorsichtig.

Sein Freund spielte mit dem Gras. Er blickte auf und sagte:

‚Für sie hege ich Gefühle, die mir vorher unbekannt waren. Rührung, Zärtlichkeit, Bewunderung ... auch Respekt. Sie ist so sonnig, so lebendig, so kindlich auch. Mein Herz sehnt sich nach ihr, in einem unbändigen Verlangen ... manchmal ist sie so ausgelassen, dass ich sie ein bisschen zur Ordnung rufen muss – und dann versinkt sie in einem maßlosen Gefühl von Schuld und Nichtswürdigkeit ... Ein Blick, eine Geste von mir kann schon so einen Effekt haben ...'

‚Das sind die Folgen einer autoritären Erziehung, Junge. Sie ist ein gefühlvolles Mädchen. Wie kriegst du sie dann wieder auf die Beine?'

‚Ziemlich ungeschickt ... mein Respekt für sie ist dann in Disharmonie mit ihrem Mangel an Selbstachtung. Ich weiß nichts anderes zu tun, als ihr das geradeheraus zu sagen. Das hilft auch wohl ... Aber sonst ist alles vollkommen.'

‚Du nimmst sie also mit?' Der Meister sah ihn fröhlich an.

‚Das weiß ich nicht ... Sie ist fünfzehn Jahre jünger, ein Mädchen. Was soll sie mit so einem alten ernsten Kerl machen. Hier ist es gut, hier würde es gehen ... Aber dieses Leben hier ist doch eine Illusion!'

Der Meister sagte streng:

‚Du leidest an Wucherungen deines Intellekts. Hör doch auf dein Herz!'

‚Wer sagt, dass mein Herz in der Wahrheit ist? Du kannst einen Traum nicht dein Leben am Tage bestimmen lassen ...'

Der Meister schüttelte seufzend den Kopf.

‚Ist unser gemeinsamer Weg vielleicht auch ein Traum?'

‚Nein ... mein Meister! Ich bin hier wirklich ein anderer Mensch geworden. Diese Veränderungen werde ich da drüben behüten und behalten ...'

‚Hast du deinem Mädchen gesagt, wie sehr du sie liebst?'

‚Nein ... noch nicht. Sie fühlt meine Liebe sehr wohl ...'

Der Meister seufzte wiederum und dachte: das arme Kind ...

Es war ein großartiger Abstieg. Sie liefen durch Wälder, dann wieder entlang von Feldern und prächtigen Aussichten. An den schönsten Punkten blieben sie stehen oder setzen sich zu einer Pause. Dann wies der Meister seinen Freund auf die Details hin oder übte mit ihm das Sich-Verlieren in der Schönheit.

In solchen Momenten gab es keinen Zweifel, keinen Unterschied zwischen Ost und West, es gab nur Glück des Zusammenseins. Beide hatten einen echten Freund gefunden, der dem anderen völlig zugeneigt war.

Der Meister fühlte die große innerliche Kraft seines Freundes mit, der Professor verlor sich durch die mitreißenden, leidenschaftlichen Worte und Gebärden des Meisters in der Schönheit der Natur. Durch das Meditieren in völliger Entspannung, und das dreimal pro Tag, fiel es ihm immer leichter, sich selbst loszulassen. Mit derselben Kraft, die in seiner Aufmerksamkeit lebte, gab er sich nun an das Andere hin. Seine Sinne wurden immer empfänglicher, immer reicher an Eindrücken. Was ihm vorher entging, fiel ihm nun auf ... und die Eindrücke blieben nicht nüchtern abstrakt, sondern wurden immer mehr von lebendiger Kraft durchzogen.

So wurde er auch mit jedem Tag für die lebendige Anwesenheit seines Mädchens empfindsamer. Wenn er in ihre Augen schaute, berührte ihn die volle Zartheit ihrer Seele, und dann erschauerte er vor Rührung. Wenn er während einer Wanderung kurz seine Hand in ihren Rücken legte, dann war es, als ob die schlanken Wölbungen unter seiner Hand ihm ihre volle körperliche Schönheit offenbarten. Dann wallten Urkräfte in ihm auf ... die er mit seinem kräftigen, zurückkehrenden Selbstbewusstsein dennoch jedes Mal beherrschte.

Wenn sie lachte, sang die Sonne selbst in seinem Gemüt ... Und abends im Bett jauchzte es in ihm, weil er die Gefühle der Liebe kennen lernte. Er fühlte Kraft in sich, sie in seine Arme zu nehmen und sie über die Berge und durch Täler zu Fuß zu seinem Haus in der Stadt zu tragen ...

Es war ein heißer Tag im August. Der Vormittag war strahlend gewesen, aber zur Mittagszeit drohte ein Unwetter. Zum ersten Mal aßen die Freunde drinnen zu Mittag.

Der Professor war still, in sich gekehrt. Es war, als ob sich in seinem allzeit strahlenden Inneren nun auch Wolken zusammenballten ... Der Meister versuchte, Kontakt mit ihm zu kriegen ... dann sah er wohl kurz auf, gab höflich Antwort – und versank wieder in sich selbst. Schließlich fragte der Meister geradeheraus:

‚Was ist los, mein Freund?'

Nun blickte der Professor entschlossen auf und antwortete:

‚Ich stehe an einem Wendepunkt, Meister. Die Übungen führen mich zu einer Klimax – und mein Verhältnis zu dem Mädchen geht darin mit ... Heute Morgen habe ich ihr meine Liebe erklärt ... so aufrichtig und leidenschaftlich ich das konnte ...'

‚Habt ihr euch geliebt?', fragte der Meister zögernd.

Der Professor machte eine abwehrende Gebärde und sagte:

‚Nein. Ich habe sie nicht einmal geküsst. Aber bei einer nächsten Begegnung werde ich das nicht mehr ... vermeiden können.'

‚Warum solltest du auch?'

‚Weil ich zweifle ... ich habe ungenügend im Griff, was mit mir geschieht. Das liegt mir nicht, davon halte ich nichts, das weißt du.'

‚Und du weißt, wie ich das finde.'

Der Professor nickte und sagte:

‚Ja. Aber ich weiß nicht, ob ich dir da folgen will. So kann ich auch nicht hinnehmen, dass die Seele keine Essenz ist, dass keine ewige Individualität besteht. Wenn sie, in ihrer Schönheit und ihrem Verlangen nach Güte, nur ein mehr oder weniger zufälliges Zusammentreffen von Umständen ist, dann lass mich in Gottesnamen in Unwissenheit zugrunde gehen! Das *kann* ich nicht hinnehmen!'

‚Das brauchst du auch nicht. Sie ist die Verkörperung einer reinen Qualität, des Weiblichen im schönsten Sinne ...'

Der Professor klopfte böse mit seiner Hand auf den Tisch und sagte:

‚Inmitten von all diesem schönen Weiblich-Sein lebt eine unvergängliche Individualität! Das ist in all dieser Vergänglichkeit der wesenhafte Kern. Diesen liebe ich, und mit ihm gehe ich nicht ins Bett!'

Trotz der Drohung, die wie eine unbestimmte Atmosphäre zwischen ihnen hing, musste der Meister lachen. Er sagte:

‚Ich liebe dich innig, Junge. Auch wenn du lebenslang gegen den Strom schwimmen willst, bist du immer noch mein bester und liebster Schüler. Noch nie bin ich einem Mann, einem Menschen begegnet, der so willensstark ist. Ich weiß selbst langsam nicht mehr, ob ich wohl wollen soll, dass du diesen Willen aufgibst ...

Was ich dir auch für Aufgaben stelle ... er scheint nur noch kräftiger zu werden. Wenn es *das* ist, was du mit Entität, mit Individualität meinst ... dann würde ich wohl auch wollen, dass diese unvergänglich ist ... Und doch ist gerade dieser Wunsch die Quelle alles Leidens ...'

‚Dann umarme ich das Leiden und lasse es nie mehr los!', sagte der Professor, noch immer böse, obwohl doch ein Lächeln in seiner Stimme erklang ...

Im Meditationsraum blieb der Professor stehen und sah sich um, als ob er alles zum ersten Mal sah. Der Meister blieb auch stehen.

‚Was geht in dir vor, mein Freund?', fragte er.

‚Ich habe das, was ich hier sehe, innig lieb – und ich hasse es von Herzen.'

‚Mich auch?', fragte der Meister lächelnd.

Die blaugrauen Augen ruhten lange auf ihm.

‚Dich auch ... nein, meine innige Liebe gilt dir ... mein Hass gilt der Verwirrung, die dein Weg in mir zuwege bringt. Glückseligkeit, Erfüllung, Klarheit ... und Verlust meiner selbst. Ich verliere mein ursprüngliches religiöses Gefühl, ich verliere meine Ratio, ich verliere alles, woran ich hänge.'

‚So muss es sein, mein Junge ...'

‚So muss es gar nicht sein! Wir setzen uns jetzt hier und ein Mal hörst du mir zu.'

Der Meister setzte sich auf sein Kissen und sagte, ermahnend:

‚Ich höre fortwährend auf dich ...'

‚Jetzt höre gut!', sagte der Professor unbeirrbar. ‚Du gehst jetzt in deine übliche Meditation. Ich gehe mit dir mit.'

Beide machten einen Versuch. Aber der Professor war zu böse, um sich entspannen zu können ... und der Meister fühlte diese Spannung mit.

Nach einiger Zeit sagte der Professor:

‚Fühlst du den Kern von Ärger in der Leere?'

Der Meister nickte und wartete ab.

‚So will ich einen Kern von Güte finden ... keine umgestülpte Leere, die Güte zu sein scheint ... sondern einen Punkt von Güte, der die Leere immer mehr auffüllen soll. Wie das Ego sich in Bosheit aus dem Absoluten absondert, so muss es auch eine gute Absonderung wählen können – und in diesem Guten unvergängliche Egoität finden können!'

‚Unmöglich, mein Junge, unmöglich. Diese Absonderung ist das Böse, die Güte in der Absonderung eine Illusion, böser Schein ...'

‚Was haben meine Taten für einen Sinn, wenn deren Träger, der Wille, sich in einem All-Guten auflöst ... so *will* ich es nicht!'

Der Meister konnte ein Lächeln nicht unterdrücken. Ein Kind war er noch ... in Aufstand gegen den Vater ... Aber Rat wusste er auch nicht. Er fragte:

‚Hat das Studium der christlichen Esoterik dir keine Antworten gebracht?'

‚Nein ... es gibt keine Untermauerung, keine deutliche Wegweisung. Die Schriften sprechen das Gemüt an, wie du das auch tust. Immer geht es um das Aufgeben des Egoismus. Dem will ich auch nachstreben, darum geht es nicht ... es spricht mich gerade an. Aber ich will dann ein *höheres ‚Ego' finden* – und nicht alles verlieren! Auf dem christlichen Weg wird dann noch eine Erfüllung mit Christus verheißen ... obwohl ich das auch vage finde. Ob du es nun Christus nennst oder das Absolute ... Ich habe hier unschätzbar viel gelernt – und doch bin ich unzufrieden, sehr unzufrieden!'

Der Meister nahm den Sturm gelassen auf. Er betrachtete ihn als ein Sich-Rühren des Ego, das noch nicht einfach so loslassen wollte. Es musst nur kräftig ausbrechen, danach würde es wohl wieder besser gehen.

Aber in dieser Nacht träumte der Meister von dem Sturm. Zuerst schien sein Haus stark genug ... aber immer stärker rüttelte der Wind an Fenster, Türen, am Dach ... helle Angst kam auf ... Bäume krachten, immer stärker wurde der Wind ... ein großer Wirbel nahm alles mit, alles! Nirgendwo war sein Freund ... nirgends ... War er der Sturm, der alles vernichtete ...?

Er erschien nicht zum Mittagessen, am folgenden Tag. Der Tisch war für zwei Personen gedeckt ...

Der Meister rief seine Haushälterin und fragte:

‚Hat der Herr gesagt, dass er hier zu Mittag essen würde?'

‚Ja, Meister. Er ist heute Morgen direkt nach dem Frühstück weggegangen, ich dachte, in die Berge ... Aber er würde vor dem Essen zurück sein.'

Der Meister wartete noch eine halbe Stunde, aß dann widerstrebend ein wenig und begann, hin und her zu gehen. Die Meditationsstunde nahte, dann musste er doch bestimmt da sein! Er fühlte Ärger aufkommen ... aber wusste zugleich, dass dieser nicht am Platze war. Sein Freund verhielt sich immer korrekt, vergaß nie etwas ...

Er lief ein Stück den Bergpfad hinauf und wieder zurück, versuchte zu meditieren, legte sich auf sein Bett, die Zeit verstrich ...

Schließlich wusste er, dass etwas nicht in Ordnung war. Die Sonne stand schon längst tief über den Bergspitzen, er saß auf der Terrasse und wartete. Sein Gemüt war schwer in der Erwartung seines nächtlichen Traumes, der nun ans Licht kommen würde.

Der Professor kam die Terrasse herauf. Sein Gesicht war bleich und verschwitzt, seine stets so ruhigen Augen waren verweint. Sein Hemd war schmutzig, seine Arme aufgeschürft. Er sah aus, als ob er einen Sturz gehabt hätte. Aber er aß schweigend und löschte seinen Durst. Schließlich fragte der Meister:

‚Mein Junge ... mein Freund! Was ist mit dir geschehen?'

Der Professor sah ihn mit traurigen Augen an und sagte:

‚Meine Unruhe ist zur Verzweiflung geworden ... was ich dir in letzter Zeit gesagt und dich gefragt habe, ich komme nicht weiter. Ich habe mich hier verändert, ich habe gelernt, mich selbst zu verlieren ... und doch treffe ich in mir Selbstsucht an, größer als je zuvor! Ich habe diese Selbstsucht geschaut, in einem ... grässlichen Bild ... ich kann so nicht leben, in einem Versuch zur Vervollkommnung, der in Absonderung von der Wirklichkeit vollzogen wird. Ich will zurück zu meiner Arbeit, zu meinen Patienten, meinen Schülern. Lass mich dann nur abstrakt sein, ich tue zumindest etwas für sie, auch wenn es mit ‚chemischem Kram' ist. Ich will mich einsetzen, meine Kräfte entfalten – ob sie nun aus meinem Ego kommen oder nicht – und ich kann nicht leben mit dieser Weisheit von Ego-Losigkeit, die den Menschen als ein Wesen ohne Individualität sieht, nur mit einer Schein-Entität, die Ego heißt! Ich kann es nicht! Es gibt eine Kluft zwischen dir, Meister des Ostens – und mir, Professor im Westen. Lass mich die Umformung meines Ich in das Höhere miterleben, lass mich sehen, wo ich bleibe – und ich folge dir ...'

Der Meister sah ihn mit feuchten braunen Augen an. Er ging weg, das war ihm deutlich, es sei denn, dass er eine Antwort auf diese eine Frage hätte ... Er sagte:

‚Freund ... ich kann dir da nicht folgen ... Ich verstehe deine Frage, aber ich verstehe nicht, warum du diese Frage hast. Ich verstehe dein standhaftes Festhalten an dem Ich nicht, du, der du doch so selbstlos bist. Es ist mir ein Rätsel ... Ich sehe in dir etwas, was ich über alles liebe – aber was ich nicht kenne und auch nicht durchschauen kann. Ich schaue darauf hin, wie auf eine Burg von funkelndem Edelstein, schön, aber unzugänglich ... es lebt in dir, in deinem Blick, deinem Verhalten, deinem Schritt ... Ich suche nach dem, wovon dies die Verkörperung ist ... aber ich finde es nicht ... Geh nicht, mein Freund! Lehre mich, dich zu kennen!'

Der Professor schüttelte den Kopf.

‚Dafür bin ich zu weit gegangen ... bin ich zu sehr dein Schüler geworden. Wäre ich nur dein Freund, dann könnte ich bleiben. Nun muss ich mich lösen – glaube mir, ich kann es fast nicht. Du bist mein einziger Freund, das bleibst du, für immer ... Wir werden einander wieder sehen. Gott wird unsere Leben bis zu diesem Moment behüten ... Aber ich muss allein weiter, herausfinden, was Religion ist, was Gott ist, was das Ego ist ... Ich werde von jetzt an ohne Unterlass suchen ... und meine Suche wird bei dir enden.'

Der Meister beugte das Haupt.

‚Du bist hart, mein Junge ...'

‚Hart ... ja, aus Schwäche. Aus Ohnmacht ...'

‚Dein Mädchen?!'

‚Von ihr habe ich soeben Abschied genommen – für immer. Sie wird ein guter Arzt werden, einen netten Jungen finden, Kinder bekommen. Ich werde diesen Traum nie vergessen ... aber stets wissen, dass es ein Traum war ...'

‚Du bist hart ...', sagte der Meister kopfschüttelnd.

Der Professor stand auf, half seinem Meister hoch.
‚Ich muss gehen.', sagte er.
Er legte seine Hände auf die Schultern des Meisters, seines Bruders ... und sagte ihm Lebewohl ...

Der Meister schaute ihm nach, er sah, wie das Licht sein Leben verließ. Dieser Mann hatte ihn aus dem Tod zurückgeholt, um ihn die Liebe und die Einsamkeit erkennen zu lassen. Leidenschaftliche Liebe zu einer Person ... Einsamkeit durch Verlassenwerden ...

Der Meister rief Doktor Stern zu sich und übergab die Leitung in seine Hände: Er würde sich für unbestimmte Zeit zurückziehen, er fühlte sich nicht gut ... Doktor Stern war seinem Meister sehr zugetan und fühlte das tragische Geschehnis, auch wenn mit keinem Wort darüber gesprochen wurde. Er hatte seinen Meister vermisst, in den letzten Wochen, weil dieser all seine freie Zeit mit diesem Arzt verbracht hatte ... Er hatte mit heftigen Gefühlen von Missgunst gekämpft ... aber er hatte sich überwunden ... Und nun fühlte er tiefe Betrübtheit wegen des Kummers seines Meisters. Er nahm die Leitung auf sich und tat das mit Weisheit und Respekt ...

Der Meister saß den ganzen Abend und die ganze Nacht auf seinem Meditationskissen. Er kämpfte einen höllischen Kampf ... Warum begriff der Mensch seinen Reichtum erst, wenn er verarmt war? Warum wusste er erst, was Leben war, wenn er auf der Schwelle des Todes stand? Er war ein Meister ... hatte Dutzende von Jahren in voller Hingabe an die Befreiung von Samskara gelebt. Leiden kommt aus dem Hang nach dem irdischen Dasein ... Er litt nun, wie nie zuvor ... durch den Hang nach diesem Mann ...

Das Schicksal, Karma ... Nein! Nein! Das Leid entsprang dem Hang nach dem Dasein dieses anderen ... Dieser Abschied war eine Tatsache, die ebenso zum Leben gehörte, wie ihre Begegnung vor einigen Monaten. Man durfte sich nicht darin verlieren ... sondern in Gemütsruhe darauf schauen ... Er machte einen Versuch, aber sah nur einmal mehr, dass dieser Freund einzigartig war ... ein Mann wie kein anderer, ein Meister über den Meistern ... und doch in Unwissenheit getaucht ... Er selbst hatte ein zweites Leben bekommen, um diese Meisterschaft zu erfahren ... und er hatte sie nicht genügend geschätzt ... nie hätte er ihn als Schüler annehmen dürfen, niemals. Das war kein Karma ... das war ein Beurteilungsfehler, der gerade aus seiner Meisterschaft hervorging, aus der ‚Weisheit von Egolosigkeit'.

Denn ein Ego hatte er, dieser große Meister des Westens ... Es war stärker als bei jedem anderen ... darum hatte er ihn als Schüler genommen, um ihn zu lehren, davon abzusehen. Das hatte er nicht tun dürfen, das war kein Karma, sondern gerade gegen das Karma. Das war es ... Gegen das Karma, auch wenn er selbst nicht verstand, was er jetzt dachte – es war richtig gedacht. Er musste dies festhalten ... dieses Leid entsprang nicht aus dem Karma, sondern aus einem Vergehen gegen das Karma ... Seinem Vergehen. Eine Burg von Edelstein ... dort weit weg auf einem Berg ... der Pfad dahin voller Dornen ... Er hatte seine Füße schonen wollen, er hatte keinen Schritt auf diesen Pfad gesetzt ... Nun stand er darauf ... wie eine Lilie inmitten von Dornen ... Hinter ihm war das Tor zur aufgehenden Sonne ... vor ihm lag der Pfad mit Dornen ... in Richtung des Abendrot ...

The most wonderful sunset-child ... Nichts verstand er von ‚sunset', nicht einmal einen Versuch hatte er gemacht. Dutzende von Jahren im Westen, hatten ihm keinen Begriff für das Abendrot gebracht. Krampfhaft brachte er die aufgehende Sonne, und sprach er über die ‚Wirklichkeit'.

Nichts wusste er von ‚Wirklichkeit'. Er hatte gelehrt, die Erscheinungen ohne Sympathie oder Antipathie zu betrachten, ohne Vorurteil. *Das* war sein Vorurteil geworden! Nur Mangel hatte er hier gesehen, Mangel an Brüderlichkeit, Mangel an Liebe, Mangel an Mitgefühl ... das waren Tatsachen ... aber nirgends hatte er die Qualität des Abendrots gesehen – bis er deren Verkörperung in diesem Arzt begegnete, dem Professor. Jahrzehnte von Nachlässigkeit waren ihm nun zum Verhängnis geworden ... wenn er das Talent des Westens in all diesen Jahren erforscht hätte, dann hätte er diesem großen Mann in seiner Selbsterkenntnis helfen können ... Nun hatte er ihn nur dazu angeregt, dieses unbekannte Talent von sich zu werfen. Er hatte ihn sich gleich machen wollen, oh Hochmut! Er hatte den Mund voll gehabt von ‚Hochmut der Wissenschaft' ... blind war er für den Hochmut des unerkannten Vorurteils gewesen ...

Oh, hart war er, der Professor. Aber er war schließlich ein guter Heilmeister. Er würde keinen Eiter wuchern lassen ... Das Geschwür öffnen!

In Gefühlen tiefer Demut saß der Meister auf seinem Kissen ...

Und er merkte nicht, dass er nach einiger Zeit aufstand und auf seine Knie fiel, in ein Gebet um Hilfe, um Einsicht, um Rat ...

So saß er da lange, in Verzweiflung kniend ... Ohne Unterlass suchen ... hatte sein Freund ihm gelobt. Auch er würde suchen ... in dieser Suche würden sie dennoch vereinigt bleiben ... Er würde nach dem Licht suchen, das im Abendland aufgeht!

Nüchtern zog er am folgenden Morgen in die Berge, auf den Wegen, die noch den Duft und den Geschmack ihrer Freundschaft trugen ... Nein, er würde sich nicht von dem Leid abkehren, sondern dieses fühlen, durch und durch. Jeder Augenaufschlag war ihm eine Träne, jedes Lied eines Vogels eine Trauermelodie ... Der Morgentau lag wie dicke Tränen auf den Blättern, die steigende Sonne erleuchtete mitleidlos alle bekannten Ausblicke. Ein Prophet der Leere war er, der die Leere nun erst kennen lernte. Leer waren die Pfade, leer die Felsblöcke, leer die blaue Luft, kahl die Blätter, kühl die Blumen ... Scharf war das weiße Sonnenlicht, allem fehlte die Essenz. Essenz ... Sein zweites Leben hatte eine Essenz gehabt ... jetzt erst kannte er wirklich die Leere ...

Er setzte sich in das Gras, mit dem der Professor immer spielte. Wie ein Kind hatte er daran gerochen, es betastet, es gepflückt und geflochten ... Dann hatte der Meister gedacht: dieser Mann ist ein begnadetes Menschenkind. Was er auch versucht, er kann es. Er konnte sogar Kind sein, wenn er das wollte. Und der Vater hat das Kind nicht begriffen ...

Er weinte, schluchzte es heraus, schlug mit seinen Fäusten auf die Erde ... Sein Herz zerriss vor Verlassenheit und Kummer ... Es gab Leid, das kein Karma war ... Wo war er wohl? Noch unterwegs? Oder schon zu Hause ... würde er auch Kummer haben? Ja ... sicher ... aber er konnte ihn in Arbeitslust umsetzen, in Mitgefühl mit den Kranken, in Strenge für seine Studenten ... Sein Ego würde sich mächtig entfalten ... und eine Wohltat für die Umgebung sein – vorausgesetzt, dass man sich nicht an ihm ärgerte ...

Er aß nicht zu Mittag, er nahm kein Abendessen, er verbrachte eine zweite Nacht wachend. Manchmal sackte er kurz weg ... aber dann warf er sich auf die Knie, fühlte den Schmerz des Bodens ... und wachte. Er wollte sich wie ein Mönch in seiner Zelle kasteien ... Büßen für den Hochmut ...

‚Sie müssen etwas essen und trinken, Meister!'

Seine Haushälterin hielt ihn auf, als er bei Sonnenaufgang das Haus verlassen wollte. Er gab sich ihrer Fürsorge hin und aß ein Brötchen und trank etwas Tee. Nein, er durfte nicht sterben ... er musste dies fühlen. Das Leid verband ihn mit seinem Freund ... Gott wird unser Leben behüten, bis wir uns wiedersehen ...

‚Sie müssen auch etwas schlafen.', sagte sie danach und steckte ihn in sein Bett.

Weinend fiel er in den Schlaf und wurde auf einem klatschnassen Kissen wieder wach ... Es wurde geklopft ... die Haushälterin kam herein.

‚Da ist ein Anruf von der Rezeption ...'. Sein Herz machte einen Sprung. ‚Da ist eine junge Frau, die Sie zu sprechen wünscht, eine Freundin des Herrn ... Wollen Sie sie empfangen?'

Er kam hoch. Natürlich ... es litt noch jemand unter der Abreise ...

‚Lade sie nur zum Abendessen ein. Dann bin ich nicht so allein ...', sagte er.

Verlegen betrat sie die Terrasse und blieb stehen. Der Meister war gebrochen und alt ... Er saß mit seinem Rücken zu ihr und starrte in die Ferne.

‚Meister ...', sagte sie leise.

Langsam stand er auf und drehte sich um. Seine milde Gelassenheit war nun zu tiefem Schmerz umgewandelt. Sprachlos stand sie da.

‚Komm Kind, setzt dich zu mir.' Er schob einen Stuhl nach hinten.

Sie setzte sich. Er legte ihr eine Hand auf den Kopf ... und setzte sich dann neben sie.

‚Tja, Mädchen ...', sagte er. ‚Es ist nicht viel übrig vom Meister ... als nur Kummer. Und du, mein Kind?'

Ihre Augen standen voller Tränen, aber er sah, dass ihr Kummer ihm galt. Sie vergaß ihre eigene Einsamkeit beim Sehen der seinen ... Sie sagte:

‚Ich nehme seinen Abschied nicht hin. Das dürfen Sie auch nicht tun ...'

‚Was meinst du, Kind?'

‚Dass es nicht geht. Er liebte Sie ... und mich. Ich finde mich damit nicht ab.'

‚Das hat doch keinen Sinn. Du kannst dich nicht gegen den Strom des Lebens auflehnen, Mädchen.'

‚Dieser Abschied ist gegen den Strom ... ich nehme es nicht hin ...'

Verwundert sah er auf. Nein, er würde nicht *noch* einmal über westliche Weisheit hinwegsehen!

‚Was meinst du, Kind?', fragte er erneut.

‚Es ist etwas schief gegangen ... das muss wiederherzustellen sein. Man darf es nicht akzeptieren, wenn der Sinn aus seinem Leben fortgeht. Das kann nicht das Ziel sein. Noch nie hat mich jemand so geliebt wie er – und ich konnte ihm auch etwas bedeuten. Ich werde kommendes Jahr hart für mein Doktorexamen studieren – und dann gehe ich in die Hauptstadt, um bei ihm weiter zu studieren. So werde ich es machen!'

Der Meister fühlte sein Gewohnheits-Urteil: Das ist das Ergreifen des Ego ... Aber er verwarf den Gedanken zunächst ... und fragte, lächelnd jetzt:

‚Und, mein Kind ...? Was findest du, dass dein Meister tun müsste?' Er sah ihr Zögern und fügte hinzu: ‚Sprich frei heraus, Kind ...'

Sie saß aufrecht auf ihrem Stuhl, suchte nach Mut, um zu sagen, wofür sie gekommen war. Man verwies ihr immer ihre Unbesonnenheit ... nun hatte sie zu wenig davon ... Sie warf alle Scham von sich, wandte sich dem Meister zu und sagte, zuerst zweifelnd, aber immer entschlossener:

‚Sie dürfen sich damit nicht abfinden, Meister. Dies darf so nicht gehen ... wenn Sie wüssten, mit wie viel Ehrfurcht er über Sie sprach ... Wissen Sie nicht, was falsch gelaufen ist? Sie können diesen Fehler doch wieder gut machen? Sie können doch zu ihm gehen und es aussprechen?'

Der Meister machte eine abwehrende Gebärde.

‚Du kennst ihn nicht, wie ich ihn kenne ... Du hast ihn nie gesehen, wie er da im Krankenhaus war. Hier war er sanftmütig und zart, voller Devotion ... Dort war er ein echter Professor, ein Meister seines Faches ... Seinen Patienten sehr zugetan – aber für seine Studenten überaus streng. So kennst du ihn nicht ...'

Sie seufzte leise und erschauerte.

‚Ja, Meister, so war er hier manchmal auch – zu mir ... Sehr kurz nur, ein strenger Blick, ein ermahnender Finger an meiner Wange ... Wenn er diese Kraft wirklich einsetzen würde, dann würde man in den Boden versinken wollen ... Aber Sie können ihn doch wohl überzeugen, dass es so nicht gut ist?'

‚Nein, mein Kind. Er hatte eine große Frage ... ich kann ihn erst wiedersehen, wenn einer von uns auf diese Frage die Antwort gefunden hat. Aber du ... du sprichst, als ob du weist, was schiefgegangen ist ...'

‚Nein, Meister ... aber es gibt wohl etwas, was ich nicht verstehen konnte ... ich denke, dass das etwas damit zu tun hat ...'

Sie wurde verlegen von seinem traurig fragenden Blick und schlug ihre Augen nieder. Sie kehrte sich etwas in sich, um weiter sprechen zu können.

‚Wissen Sie ... Sie haben mich damals zu ihm geschickt, in den Saal ... Sie sagten immer, dass ich die Sonne in meinem Herzen habe ... manchmal sehe ich dadurch etwas ... ein Bild ... Ich sah ihn da sitzen, in nachdenklicher Haltung, tief angetan von Ihrem Vortrag. Ich dachte an den Denker von Rodin ... aber auf einmal sah ich die vier Fakultäten ...'

‚Was sagst du?'

‚Die vier Fakultäten, Theologie, Jura, Medizin und Philosophie, die wie in einer großen Beratung zusammen das menschliche Denken ... komponieren. Es war Musik und doch auch Bild ... und ich wusste: Dies ist das Denken von diesem Mann, der hier sitzt ... ein menschliches Denken nach Gottes Ebenbild, eine Vollkommenheit im Denken ... Und ich wusste, dass ich seine Schülerin sein wollte ... aber ich dachte auch, dass er Ihr Lehrer wäre ... weil das, was ich sah, die Krone Ihrer Weisheit war ... ist. Später hörte ich von ihm, dass er Sie als seinen Meister betrachtete und ich dachte: Dann habe ich mich geirrt.'

Der Meister saß da und sah sie verwundert an. Er fragte:

‚*Was* ist dann das menschliche Denken, mein Kind?'

‚Meister ... es ist das Vermögen zu verstehen. Es ist das, was durch Ihre Übungen zu der Ruhe des Absoluten zurückgeführt wird.'

‚Was meinst du nur, Mädchen?"

Sie seufzte tief. Wie sollte eine so unbeholfene Anfängerin wie sie dies einem Meister nur verdeutlichen?! Sie sagte:

‚Bei Ihnen ist alles Wahrnehmung, Meister. Wir lernen von Ihnen, vollkommen offen und unbefangen durch Gedanken wahrzunehmen. Wir sehen, dass Sie darin ein Meister sind und dass Sie daraus Weisheit, Liebe und Mitleid schöpfen. Wir erreichen etwas davon, indem wir lernen, uns außerhalb von uns selbst zu begeben und nach außen und nach innen zu schauen, nach dem, was so in uns aufkommt. Aber er, Ihr Freund, trägt in diese Leere ein neues Element hinein, eine neue Gestalt, einen *neuen* Menschen. Das ist sein Vermögen zu verstehen ... darum lieben Sie und ich ihn so sehr, weil er versteht. Und dieses *Verstehen* entsteht nicht von selbst, sondern er erschafft es jedes Mal aus freiem Willen, aktiv. Er ist es selbst, dieses Verstehen.

Bittest du ihn, dies in das Absolute fortfließen zu lassen, dann bittest du den Neuen Menschen, sich zu verleugnen ...'

Sie errötete heftig ob ihres Mutes, dies alles zu sagen. Die Worte wallten als Kraft in ihr auf, und sie gab sich daran hin ... aber trotzdem ...

Der Meister schaute sie noch immer unablässig an. Es begann etwas zu dämmern ... sehr vage fühlte er etwas. War es dem Menschen möglich, einen Schimmer von etwas aufzufangen, was er absolut nicht kannte? Er konnte den Worten des Mädchens klar folgen, aber es war, als ob sie von einem vollkommen unbekannten Land sprach. Es musste ein schönes Land sein, er hatte es schließlich in der Ferne liegen sehen, am Ende des Dornenpfades ... Sie war offenbar da gewesen ... Er sagte nachdenklich:

‚Es muss wohl wahr sein, was du sagst, mein Kind. Ich weiß, dass ich ihn nicht da kennen gelernt habe, wo er wirklich groß ist. Ich habe nur eine Art Abbild davon gesehen ... und die Früchte genossen. Wie finde ich den Zugang?'

‚Das weiß ich nicht, Meister. Ich denke, dass Sie lesen müssen, vielleicht westliche Philosophie oder so etwas – und dann versuchen, das zu verstehen. Ich weiß es nicht ...'

Der Meister wurde von Grauen erfüllt. Er las selten ... früher hatte er Schriften memorieren müssen, man musste den Text wörtlich nachsprechen können ... Gedächtnistraining war das ... Aber lesen, um den Verstand zu üben, den konzeptuellen Geist ... der gerade entspannt werden musste ... Er schauderte und schwieg. War dieses Mädchen ein Engel ... oder eine diabolisch schöne Gestalt? Heilte sie ihn oder verführte sie ihn? Eine Prophetin der untergehenden Sonne ... sollte er auf sie hören? Oder war sie gekommen, um seine Not zu lindern, um ihn zu trösten?

Sie saß neben dem Meister und versuchte zu fühlen, was in ihm vorging. Aber er konnte völlig unergründlich sein ... Plötzlich fühlte sie ihre Einsamkeit und den Kummer über die Abreise des Professors in vollem Umfang. Sie wandte ihren Kopf ab, um ihre Tränen zu verbergen.

Aber der Meister sah, was seine Gedanken zuwege brachten, und er schämte sich ... Er stand auf und legte eine tröstende Hand auf ihren Kopf, streichelte unbeholfen das prächtige dunkle Haar.

Er fragte nochmals:

‚Was soll der Meister denn nun tun, mein Kind?'
Sie sagte leise, ihre Tränen schluckend:
‚Kämpfen, Meister! Ihre Arbeit hier wieder aufnehmen, uns Ihre Weisheit lehren und nach dem suchen, was daran noch mangelt ... Und dann zu ihm gehen und nie mehr von ihm scheiden!'
So saß sie da, leise schluchzend, die Hand des Meisters auf ihrem Kopf ... Sie fühlte seinen Kummer, den schmerzlichen Zweifel des Professors – und ihre eigene Einsamkeit ...

Als sie weg war, ging der Meister zum Zimmer seines Freundes.
Alle war aufgeräumt ... nur seine Bücher, aus der Bibliothek des Instituts, lagen noch auf dem Tisch. Der Meister nahm sie eins nach dem anderen in die Hand. Die Bibel, Johannes Tauler, Thomas von Aquino, ein Werk über Buddha, die Bhagavad Gita.
Er legte sie alle zurück, nahm dann Thomas von Aquino wieder auf. Texte in Latein und Deutsch. Seine Augen fielen auf eine Zeile: ‚*Wenn das Denkende und das Gedachte ein und dasselbe sind, dann ist das Wort der Begriff und ein Abbild des Geistes, aus dem es hervorgeht.*' Er verstand nicht, was da stand ... und doch hatte er hier die Antwort auf die Frage... Er nahm das Buch mit zu seinem Meditationsraum, setzte sich und las diesen Satz wieder und wieder ... und er dachte: Ich habe nur ein Gedächtnis ... ich kann diesen Satz fehlerlos nachsprechen – verstehen tue ich ihn nicht. Ich werde tun, was das liebe Kind sagt ... ich werde kämpfen, ich werde streben ... bis ich diesen Satz durch und durch verstehe ... Lass mich dann keine Befreiung in diesem Leben finden ... lass mich den *konzeptuellen* Geist durch und durch untersuchen ... bevor ich nochmals irgendjemandem raten werde, davon abzusehen ... Wenn das Denkende und das Gedachte dasselbe sind ... Das Denkende ... ist der menschliche Geist ... das Denkende ... ist heute zum ersten Mal da, jetzt in diesem Moment ... vorher gab es nur Gedanken ... kein Denkendes. Ein Leben lang habe ich dem Streben gewidmet, kein ‚Denkender' zu werden. Da liegt schließlich die Quelle allen Irrtums ... man muss in Hingabe an das ‚was ist' leben, nicht an das, was man *denkt*, dass ist. Aber nun werde ich denken ... bis ich verstehe ... Wenn das Denkende und das Gedachte dasselbe sind ... Er fühlte Ohnmacht wie ein wehmütiges Gefühl in seinem Körper ... er war hierfür zu dumm ... Er warf sich auf seine Knie und beugte sich tief vornüber

... Entgegen seines bisherigen Lebens wollte er nun gehen, streben und denken, kämpfen und leiden ... nur wegen des Verlustes eines Geliebten ... Eine große Macht zog an ihm und rief ihm zu: Samskara! Du klammerst dich an Samskara! Befreie dich selbst! Mache nicht mit bei dem Greifenwollen nach etwas, was nicht zu dir gehört! Sieh, was geschieht ... sieh den Wirbelsturm des Ego! Befreie dich!

Und er ... betete um Rat, er wusste nicht einmal, zu wem er bitten sollte. Er sah sich selbst, auf seine Kissen gekniet ... und er wusste, dass er einem Kampf entgegen ging ... einem innerlichen Kampf mit allem, was ihm lieb war ... und was er nun um dieses einen Menschen willen verlassen wollte, den er mit menschlicher Liebe geliebt hatte ... Wie sollte er noch Meister sein, wo er nun alles bezweifelte ... musste er seine eigene Lehre verwerfen? Nein ... diese Lehre litt nur an ernsthafter Einseitigkeit ... was?!

Um Mitternacht stand er auf und ging zu Bett.

Am folgenden Morgen um sechs Uhr nahm er die Leitung des Instituts wieder auf.

Sie nahmen jeden Abend zusammen das Abendessen ein, auf der Terrasse seiner Wohnung. Er war ihr dankbar für ihre Anwesenheit, für ihren Respekt vor ihm. Nein, sie wies seinen Weg nicht ab, im Gegenteil. Sie setzte ihre ganze sonnige Energie ein, um ihn zu trösten, wo sie nur konnte. So vergaß sie ihre eigene Einsamkeit ... Er war wie ein guter Vater für sie, immer voller Aufmerksamkeit für ihre Worte und mild in seinem Urteil.

Seine Hand auf ihrem Kopf entspannte ihre Nervosität, gab ihr das Selbstvertrauen, das sie so vermisste. Er erzählte ihr von seiner Jugend und sie ihm von der ihrigen. Beide hatten sie Verständnis entbehrt, waren sie durch körperliche Strafen und innere Einsamkeit abgehärtet. Nur hatte die Erziehung bei ihm eine spirituelle Grundlage gehabt, während bei ihrer Erziehung die Triebfeder Egoismus – und sei es liebevoll – gewesen war. Sie hatte gerade ihren Eigenwillen, ihre Eigensinnigkeit entfaltet. In diesen bedeutsamen Jahren, wo die Seele sich entfaltet, war er in tiefer Devotion für den Meister zur Meisterschaft gewachsen ... Sie dagegen hatte sich mit Gewalt der äußeren Autorität widersetzt – aber hatte doch immer wieder den Kampf verloren, weil sie nun einmal ein heranwachsendes Mädchen war, das sich vor der harten Hand des Vaters beugen musste ...

Bei dem Meister fand sie nun ein ganz anderes väterliches Prinzip ... eine milde Hand auf ihrem Kopf, eine Liebe, in die kein einziges körperliches Element eindrang, ein tiefes Vertrauen in ihr Verlangen nach dem Guten ...

Aber die Zeit war kurz ... Schon bald musste sie nach Hause abreisen, um dort ihr Studium fortzusetzen. Sie sehnte sich auch danach, die Zeit konnte ihr nicht schnell genug gehen. Aber sie musste Abschied nehmen von ihrem Meister, mit dem sie in so einer kurzen Zeit eine innige Freundschaft gewonnen hatte. Sie wusste, dass er sie vermissen würde ...

Es wurde still in dem Institut in den Bergen. Es gab noch einige Herbstkurse. Dann brach die Zeit an, um auf Reisen zu gehen. Monatelang würde er wieder in Hotels wohnen, sie würden von der einen Stadt in die andere ziehen, von dem einen Land in das andere ... Das Programm war reich gefüllt, überall warteten Menschen auf sein Kommen.

Die letzten Wochen in seinem Haus in den Bergen waren für ihn eine Zeit tiefer Besinnung. Er lebte in einem strengen Rhythmus, schlief wenig, aß mäßig und meditierte viel. Es kam ein anderes Element in seine Kontemplation ... Er widmete seine Zeit täglich einige Male *diesem einen Satz*: Wenn das Denkende und das Gedachte ein und dasselbe sind ... Und er merkte, dass er weiter kam. Von Tag zu Tag wurden die Worte lichter, begreiflicher. Noch immer blieb es eine rätselhafte Sprache ... aber er begann zu fühlen, was das war, *das Denkende* ... und er begann zu sehen, was es für verschiedene Gedanken gab. Oft dachte er an die Worte des Mädchens: Sie müssen lesen ... Er kam nicht dazu. Wenn *ein* Satz ihn schon so viel Mühe kostete ...

Auf seinen Wanderungen durch die Berge vermisste er seinen Freund am heftigsten. Dann dachte er: Wenn ich gleich zu Hause bin, dann rufe ich ihn an! Aber einmal zu Hause, brachte er den Mut nicht mehr auf ... Er wusste schließlich, dass er eine Abweisung bekommen würde ... es hatte keinen Sinn.

Nachts lag er oft wach. Dann stand er auf und ging zu seinem Meditationsplatz. Sein Kissen benutzte er nicht mehr, er saß direkt auf dem harten Boden oder lag verzweifelt auf seinen Knien. Es war, als ob er sein Leid auch körperlich fühlen wollte, einen steifen Rücken, schmerzvolle Knie. Er fühlte, dass er alt wurde, auf dem Weg zu seinem sechzigsten Lebensjahr ... Musste er nun noch mit Studieren beginnen? Wie er sich auf seine Knie warf, um das Leiden zu fühlen ... so würde er sich auch zwingen können zu lesen ...

So kämpfte er sich durch manche schlaflose Nacht, bis er einen Willen in sich fühlte, den Widerstand zu überwinden ... jetzt!

Er stand auf, kleidete sich entschlossen an, nahm seine Schlüssel und lief den Pfad zum Institut. Die Nacht war finster, es gab keinen Mond ... Er ging in das Institut und lief direkt zur Bibliothek.

Er machte das Licht an ...

Wände voller Bücher, alte und neue. Es gab eine spezielle Kommission, die dafür sorgte, dass die Lektüre so komplett wie möglich war. Alle klassischen Werke standen da, sowohl religiöse, als auch philosophische ... Es war ein Zugeständnis an den westlichen Geist mit seinem unersättlichen Hunger nach Wissen ... Aber der Meister selbst hatte hier nichts zu suchen ...

Es standen lange Tische da, mit untergeschobenen Stühlen. Alte Stühle mit hohen Lehnen ... Hier saßen sie tagsüber, die Studierköpfe ... Stapel von Büchern, Stift und Papier ... als ob man damit einen Schritt weiter kam.

Sollte er hier ein Buch finden ... ein Gefühl von Panik beschlich ihn ... Draußen war es erden-finster ... Und hier ... war alles tot ... elektrisches Licht, Tausende, Millionen sinnloser Gedanken, aufgezeichnet in dämonischen Schriftzeichen, von allem Leben befreit ... Rücken an Rücken auf Regal über Regal ... Diese Tische, auf denen viele fleißige Hände geschrieben hatten ... die Stühle mit dem Rückenlehnen vorüber ... die toten Studierköpfe ... Eine Grabkammer ... Alle Türen waren geschlossen, die Fenster auch ... Jahrtausende toter Gedanken ...

Ein Karteikartensystem, in dem der Leichnam in Stücke zerfiel ... Verrückt waren sie, diese Studierköpfe ... außer dieser eine ...

Er wollte weglaufen, Angst stieg hoch bis an seine Kehle ... die Finsternis von draußen drang drohend nach innen ... Tod, Tod, Tod ... Ihm wurde schwindlig ... *weg* von hier! Aber wie versteinert blieb er stehen, sich an einem dieser strengen Stuhllehnen festklammernd ...

Sanft wurde das Licht ... beweglich ... es warf Strahlen nach draußen, der Finsternis entgegen ... diese musste vor dem sanften Zwang weichen

... Schön waren die alten Bücherschränke, von Hand war das kostbare Holz bearbeitet ... lebende Hände, bleibende Schönheit ... Ledereinbände mit Goldaufdruck in den Regalen, aber auch fröhliche moderne Farben ... ein Schatz an Geistesgut, Jahrhunderte von menschlicher Intelligenz ... die Tische, an denen so viele nach Weisheit hungernde Seelen gearbeitete hatten ... die Liebe zur Weisheit modelliert in Tausende von Menschenhänden ... Die Stühle, jetzt leer ... aber zum Sitzen einladend ...

Sanftes, bewegliches Licht ... Leben ... Die Leere des unwissenden Intellekts ... wurde erfüllt von ... von ... Er hörte seinen Namen ... nicht den Namen des Meisters ... dennoch seinen Namen, unbekannt, aber so vertraut ... Das Licht bündelte sich ...

Er fand sich selbst auf den Knien wieder, das Haupt vornüber auf den Boden gebeugt ... sich mit den Armen schützend ...

Draußen war es stockfinster, drinnen schien das elektrische Licht. Alles war still und leblos ...

Mit seinem unbekannten Namen in seinem Herzen stand er langsam auf. Er sah sich um, freimütig nun. Sein Blick glitt an den Reihen von Büchern entlang ... und blieb auf einem alten ledernen Band ruhen, braun mit einem schwarzen Rand ... Aufrecht und sicher lief er hin und nahm es aus dem Schrank. J.W. von Goethe, Naturwissenschaftliche Werke. Die *Metamorphose* der Pflanzen ...

Er schrieb einen Brief für den Bibliothekar, dass er das Buch ausgeliehen hatte, öffnete ruhig die Tür und lief zurück nach Hause.

Die erste Stadt, die er besuchte, brachte ihm eine Begegnung mit einem seiner Brüder, einem Meister, der im fernen Westen ein Meditationszentrum leitete. Sie besprachen ihre Erfahrungen miteinander und gaben einander Unterricht. Er fragte seinen Bruder um Rat und empfing die Antworten, die er selbst auch gegeben hätte, noch vor einem halben Jahr ...

Täglich widmete er eine Stunde dem Kontemplieren dieses einen Satzes und dem Lesen des Buches aus der Bibliothek. Es war ihm jedes Mal sonderbar zumute, wenn er so mit dem Schreiber über etwas mitdenken musste, was für ihn selbstverständlich war ... Und er entdeckte, dass diese Weisheit zwar selbstverständlich war, aber dennoch nur halbbewusst. Durch das Lesen wurde er sich eines Traumes bewusst ... manchmal flößte ihm das Grausen ein ... aber dann kam unabänderlich die Erinnerung an den sanften Zwang des Lichtes ... dann fühlte er erneut seinen Namen ... und wusste sich für einen kurzen Augenblick glücklich.

Jeden Monat schrieb er einen Bericht an das Mädchen ... und bekam umgehend einen Brief zurück. Sie arbeitete hart und würde mit Sicherheit ihr Ziel erreichen. Sie hatte sich für das nächste Studienjahr schon für einen Studienplatz in der Hauptstadt eingeschrieben. Er schrieb ihr von seinem Goethe-Studium, und sie reagierte mit großem Interesse. Aber von ihrem besten Freund hörten sie nichts ...

Wenn das Denkende ein und dasselbe ist wie das Gedachte ... In schlaflosen Stunden erschöpfte er sein Verständnis ... In dieser Ausschöpfung fühlte er manchmal ‚*das Denkende*', seine eigene schwere Anstrengung, etwas zu verstehen, was ihm so wesensfremd war ... Das musste ‚das Denkende' sein. Und wenn er dann seine vertraute Meditation machte und in Entspannung seine Gedanken verfließen sah ... dann wusste er: Jetzt ist das Gedachte nicht dasselbe wie das Denkende ... Und auch wenn er mit jeder Faser wusste, dass diese Einsicht in Widerspruch zu allem stand, woran er geglaubt hatte ... wusste er es dennoch sicher ... es gab schließlich kein ‚Denkendes', aber wohl ein Gedachtes ... Er lebte in zwei Welten ... seiner *alten* Welt, wo alles vertraut war und von wo aus er Unterricht gab ... und einer *neuen* Welt, die all das Alte auf tönerne Füße stellte ... Das Neue warf das Alte um – ohne es zu entthronen ... Das Alte behielt seinen Glanz und seine Glorie, aber verlor das Fundament – und wurde so zum Schein ... Er bezweifelte jedes Wort seines eigenen Unterrichts und litt heftig darunter. Er umarmte das Leiden wie seinen besten Freund und verbrachte Nächte wachend auf seinen Knien ... Die Feurigkeit seiner Hingabe richtete sich nun auf das Leid des Zweifels, auf die Angst vor der Unwahrheit ... Er sprach tagsüber mit Kraft aus, was er nachts in verzweifeltem Ringen bezweifelte. Und es gab niemanden, mit dem er dies teilen konnte ...

Es wurde Winter, es wurde Frühling ... es wurde Mai. Alles erinnerte ihn an seine schwere Krankheit, an den Arzt, der ihn behandelt hatte.

Seine nächtlichen Kämpfe hatten ihn diesem Mann näher gebracht. Er entdeckte schließlich ‚das Denkende' in sich selbst ... es war vorher nicht da gewesen ... aber jetzt war es da, jedes Mal, wenn er versuchte, diesen eine Satz zu verstehen. Und dann wusste er: dieses ‚Denkende' lebt in meinem Freund in einer großen Entfaltung ... eine Burg von Edelstein, von mir durch einen langen Pfad von Dornen getrennt. Ich bewege mich auf diesem Pfad vorwärts, mit geschundenen, blutenden Füßen. In Hochmut habe ich diese Burg umstürzen wollen, unduldsam wie ich für das mir Unbekannte war ... Nun stolpere ich dahin, eine Lilie zwischen den Dornen ...

Er fühlte große Freude, als er an die Ankunft seiner Freundin dachte, das dreißig Jahre jüngere Mädchen, das ihm zugeneigt war, als wäre sie seine Tochter. Nach ihrem Examen würde sie kommen, sie würde das Zimmer seines Freundes erhalten, in seinem Haus ... Er würde mit ihr arbeiten, wandern und ruhen – und sich vorbereiten auf das Wiedersehen mit seinem Freund ... denn er fühlte, wie er einer Versöhnung entgegenwuchs ...

Er holte sie am Bahnhof ab. Als er sie aus dem Zug steigen sah, stieg ein Lächeln in ihm auf. Schön war sie, dieses Kind. Sie hatte wie immer ihre Jeans an, die etwas weniger eng saß als zuvor, darüber einen Pullover, der ihren Hals und ihre Schulter zeigte. Aufrecht und schlank, das dunkle Haar etwas kürzer geschnitten ... Sie war eine reife junge Frau geworden ...

Als sie ihn sah, warf sie ihre Taschen nieder und rannte auf ihn zu. Vergessen war das Meister-Schüler-Verhältnis. Vater und Tochter umarmten einander ...

Er nahm ihren Kopf zwischen seine beiden Hände und sah sie prüfend an. Er sagte:

‚Mein Kind ... du bist stark geworden, dieses Jahr!'

Sie errötete und beugte den Kopf. Sie konnte nun einmal kein Kompliment ertragen ... Der Chauffeur nahm ihre Taschen und fuhr sie ‚nach Hause'.

Sie saß hinten, neben dem Meister, und erzählte lebhaft von ihrem Examen, das sie mit Lob bestanden hatte, von der Reise mit dem Zug und von ihren Zukunftsplänen. Ihre Sonnigkeit erwärmte auch den alten Mann neben ihr ... so dass er von Zeit zu Zeit ihre Hand fasste und drückte. Eine goldene Seele hatte dieses Mädchen ...

Auf der Terrasse stand der gedeckte Tisch, wie seit jeher.

Sie konnte ihre Freude kaum im Zaum halten und sagte:

‚Ach Meister! Wie habe ich mich hiernach gesehnt! Ich habe das ganze Jahr drinnen gesessen, im Hörsaal, im Krankenhaus, in meinem Zimmer. Und jetzt ... dieser prächtige Ort, in Deiner Anwesenheit!'

Er klopfte ihr auf den Rücken, brachte sie zu ihrem Zimmer und sagte, dass sie in einer halben Stunde essen würden.

Er setzte sich derweil an den Tisch und ließ die Wirkung des Mädchens in sich zu. Nein, verlieben würde er sich nicht mehr, aber es war wohl ein Kind, das innig geliebt werden konnte. Ihre Lebenslust sprudelte wie Schaum über den Rand eines Bierglases ... drang als warme Tiefe in die Umgebung. Nicht jeder konnte das vertragen, es weckte Liebe, die sehr leicht zu körperlich wurde. Zu Hause hatte sie viele Schläge bekommen, gerade deshalb ... Die Schläge hatten ihr wohl etwas mehr Form gegeben ... aber ihr glücklicherweise nichts von ihrer Lebenslust geraubt ... Er konnte diesen Vater trotz allem sehr gut verstehen ...

Der Mann da weit weg im Krankenhaus ... er war der Mann für sie. Er würde sie auf die richtige Art lieben, er würde sie bewundern und respektieren, er würde ihr Zärtlichkeit und Sanftheit geben ... aber er würde auch in passenden Momenten streng zu ihr sein, so dass noch genug Form in ihre Beweglichkeit kommen würde ... Sie musste diese Form zuerst von außen bekommen, dann sich diese zueigen machen ... und dann konnte sie ihren eigenen Weg betreten ... Er sah das alles klar vor sich, es offenbarte sich in seinen Gefühlen der Liebe zu ihr. Er wusste, dass ein schwerer Weg vor ihr lag ... der Weg der Liebe ...

Er saß noch ganz in ihre Nachwirkung gehüllt, als sie schon wieder neben ihm stand, frisch nach Seife duftend.

Am Tisch fragte sie:

‚Und Meister? Wie ist es nun mit Ihnen? Ich habe nur immer über mich selbst gesprochen ...'

‚Jetzt wo du da bist, ist alles gut, Kind ... Auch ich habe hart gearbeitet in diesem Jahr. Ich habe getan, was ich absolut nie gewollt habe ... ich werde dir, wenn wir zusammen meditieren, davon erzählen. Außerdem habe ich die Absicht, zu ihm zu gehen, nach deinem Beispiel ... im Herbst, wenn hier die Saison vorbei ist. Ich habe für den Winter nur drei Kurse verabredet, die übrige Zeit will ich bei euch in der Stadt verbringen ... wenn alles gut geht. Doktor Stern wird dafür sorgen, dass ich dort Arbeit habe, vielleicht können wir da einige Kurse veranstalten ... aber zuerst muss eine Versöhnung zustande kommen ...'

‚Sie hatten doch keine Uneinigkeit mit ihm?'

‚Keinen Streit, nein. Aber wohl buchstäbliche Uneinigkeit, im fundamentalsten Sinne des Wortes. Ich verstehe ihn jetzt ... ich muss nur noch den Mut finden, ihm unter die Augen zu treten ...'

Sie sah ihn erstaunt an.

‚Sie haben doch keine Angst vor ihm?'

‚Doch ... ich habe Angst vor dem allerersten Moment. Wenn er mich abweisen würde ...'

‚Er weist Sie nicht ab!'

‚Bist du sicher, dass du selbst nicht abgewiesen wirst?'

Sie beugte ihren Kopf und errötete tief.

‚Nein ...', sagte sie leise. ‚Ich habe auch Angst davor ... aber das ist etwas anderes, für Sie gilt das nicht!'

Er lächelte und sagte:

‚Mein Kind, er ist plötzlich abgereist und sagte, dass er Kontakt suchen würde, wenn er reif dafür wäre. Ich habe nie mehr etwas gehört ... er hat seinen Weg in seiner Arbeit gesucht, und er kommt sehr gut ohne mich zurecht. Aber ich nicht! Er hat mir ein Rätsel aufgegeben, dass mit meinem ganzen Leben zu tun hat. *Er* hat mit meinem ganzen Leben zu tun ... Sein Leben ist ohne mich noch reich genug ... aber mir ist alles genommen, meine ganze Lebenserfüllung, wie sie war, ist ins Wanken geraten – und zerfallen!'

Sie sah ihn an, einen leichten Verweis in ihren Augen. Sie sagte:

‚Dachten Sie denn, dass er überhaupt kein Mitgefühl hat? Dass er dies alles nicht versteht? Dass er Sie weg schicken könnte?'

Der Meister schüttelte den Kopf.

‚Kind ... er ist hier auch abgereist, radikal! Ich werde gut gewappnet sein müssen.'

Sie nickte. Sie verstand nun doch gut, was er meinte. Sie selbst hatte keine Uneinigkeit mit ihm gehabt, alles war gut gewesen – er war bei ihr nicht fortgegangen, weil es zwischen ihnen nicht gut gewesen wäre ... Das war beim Meister ganz anders ...

Am folgenden Mittag nahm er sie mit zu seinem Meditationszimmer. Zum ersten Mal kam sie dorthin ... Tief unter dem Eindruck der geweihten Atmosphäre setzte sie sich auf den Boden. Kissen gab es nicht ...

‚Was hast du im zurückliegenden Jahr an deiner Meditation getan, Kind?', fragte er.

‚Nichts, Meister.', sagte sie aufrichtig. ‚Ich habe nur studiert ...'

Er lächelte und sagte:

‚Ich beginne zu glauben, dass auch *das* Meditation sein kann ...'

Sie sah ihn verwundert an und er sagte:

‚Ich habe mich fast das ganze Jahr mit der ersten Hälfte *eines* Satzes beschäftigt ... von Thomas von Aquino. ‚Wenn das Denkende und das Gedachte ein und dasselbe sind' ... Ich bin so dumm, dass ich diesen jetzt erst ein bisschen zu verstehen beginne.' Er lachte mit Selbstironie. ‚*Das Denkende* ... man kommt dahinter, was das ist, wenn man so etwas Unbegreifliches zu begreifen versucht ... Das Gedachte dagegen wellt einfach so spontan auf, meist aus der Wahrnehmung, dem Sehen, dem Hören ... oder aus der Erinnerung ... Passivität ist das ... Dann ist das Denkende und das Gedachte bestimmt nicht dasselbe ... da *ist* überhaupt nichts, was denkt ... Erst wenn man versucht zu *verstehen* ... gerade das tut, was ich mein ganzes Leben versucht habe, zu vermeiden, auszutreiben, gerade nicht zu entwickeln ... dann ist ‚das Denkende' in einem ... Was man *dann* denkt ist eins mit dem Denkenden, es geht schließlich daraus hervor ... Das ist unser Freund, Mädchen ... eine Verkörperung von ‚dem Denkenden' – eine Verkörperung des Ego!'

Das Mädchen blickte erschreckt auf ihn. Seine Naturkraft lebte in diesen Worten. Sie verstand sie nicht ganz, aber fühlte wohl das Paradox darin. Zum sechsten Mal verbrachte sie bei ihm ihre Sommerferien, sie hatte über das Ego genug gelernt, um zu wissen, dass es als die Quelle von allem Leid gesehen werden musste ... Und nun ... ‚eine Verkörperung des Ego' ... dieser große, ehrliche Mann?

Der Meister hatte sein Gefühl für Humor nicht verloren ... er lachte über ihren Schreck und sagte:

‚Nein, mein Kind! Ich behaupte absolut nicht, dass er der Teufel in Person ist, aber das war nun genau das Rätsel. Durch ihn habe ich gelernt, dass es ein Ego gibt, das jungfräulich ist ... nicht angerührt durch Samskara ... *Davon* ist er die Verkörperung – jedenfalls ... zumindest sein Kopf ... und seine Hände ... Reine Kraft ist das ...'

Durch die lauschende Anwesenheit des Mädchens wurde sein Verständnis geschärft ... ja, er würde ihm mit diesem Verständnis unter die Augen treten können ...

Er leitete ihre Meditation auf seine alte, vertraute Weise. Danach versuchte er zusammen mit ihr, diesen einen Satz zu verstehen. Aber sie bekam es nicht in den Griff, musste erkennen, dass die Worte bedeutungslos waren ... Als sie schließlich nach über einer Stunde aufstehen durfte, war sie todmüde. Aber er nahm sie mit in die Berge und half ihr, ihr Herz wieder mit der Kraft der Natur zu füllen ...

So gingen die Wochen vorbei. Sie arbeiteten hart zusammen, und oft war sie müde. Der Meister kannte kein Innehalten und schien blind und taub für ihre jugendliche Sorglosigkeit. Sie fühlte sich oft wie ein störrischer Esel, der angetrieben wurde ...

Nur nachts in ihrem Bett hatte sie Ruhe. Diese Ruhe war dann besonders wohltuend. Sie genoss dann ihre ermüdeten Glieder, die nun endlich liegen durften, die Freiheit ihrer Gedanken, denen sie nun freien

Lauf ließ. Er war immer lieb zu ihr, der Meister ... aber sie musste mit in seiner nie nachlassenden Hingabe für die innerliche Entwicklung, es war undenkbar, dass sie ‚nein' sagen würde ... Sie verwunderte sich über den leidenschaftlichen Einsatz ihres so gelassenen Meisters. In der Meditation beschritt er jedes Mal die zwei entgegengesetzten Wege: den der tiefen Entspannung – und der intensivsten Anstrengung.

In den ersten Tagen war sie steif von Muskelkater gewesen, durch das Sitzen auf dem Boden und das Klettern in den Bergen ... und sie hatte Kopfschmerzen von den Emotionen und dem angestrengten Denken gehabt. Sie durfte dagegen keine Aspirin nehmen – diesen ‚chemischen Kram' – es würde von selbst vorübergehen. Und es ging vorüber ... sie begann, diesen Meister immer besser zu verstehen, sah, wie sehr er seinen körperlichen Entbehrungen gewachsen war. Er erzählte ihr von den tanzenden Bambusstöcken der Mönche, die ihre Missgunst und ihren Ärger auf den Rücken und den Hosen der Jungen ausließen ... Davon, wie er auf dem kahlen Boden schlafen musste, auf dem Bauch, weil die Rückseite stets weh tat ... Dann genoss sie ihr weiches Bett, das Essen, wenn sie Hunger hat, das kühle Wasser, wenn sie durstig aus den Bergen kam. Sie lernte leibliche Dankbarkeit von ihm ...

Auch sprach er mit ihr über ihren Vater.

Es war nicht ihre Art, Groll zu hegen, sondern sie versuchte zu verstehen, warum dieser Mann, der sie doch eindeutig sehr liebte, ihr gerade, als sie in der Pubertät war, oft eine Tracht Prügel gegeben hatte ... Vorsichtig versuchte der Meister, ihr bewusst zu machen, dass sie durch ihre Erscheinung und ihr Verhalten sehr stark die körperliche Liebe erweckte. Was sollte ihr Vater da tun? Er konnte schließlich nicht darauf eingehen, nicht einmal in Gefühlen oder Gedanken ... Sie musste das als die Kräfte des Schicksals sehen, die unbewusst in ihnen beiden wirkten. Sie forderte ihn heraus, er wurde rasend ... Er sah, dass sie doch etwas unglücklich von seinen Worten wurde. Sie sagte:

‚Ich tue das nicht mit Absicht, das Erregen der körperlichen Liebe. Ich weiß wohl, dass es Frauen gibt, die damit bewusst arbeiten – aber das will ich überhaupt nicht.'

‚Es ist deine Natur, mein Kind. Es ist schon genug, wenn du dir dieser ein bisschen bewusst wirst ... Du brauchst dich dagegen nicht zu widersetzen.'

Sie saß still bei ihm. Sie kannte ihre Anziehungskraft auf Männer natürlich, sie hatte sie immer genossen und auch Gebrauch davon gemacht. Aber der Gedanke, dass sie darum von ihrem Vater Schläge bekommen hatte, ließ sie schwindlig werden. Durfte sie denn nicht richtig sie selbst sein ...

'Wenn ich mir dessen zuviel bewusst werden, Meister ... dann kann ich nicht mehr spontan sein, dann wage ich nicht mehr, mich zu zeigen ...'

Der Meister stand auf und legte seine Hand auf ihren Kopf.

'Mein Kind ... die Wahrheit darf nie lähmend wirken. Nimm meine Worte, und was sie in dir zuwege bringen, einfach zu dir – und lebe weiter!'

Sie wollte etwas sagen, aber zögerte ... und sagte es dann doch:

'Meister ... dann müssen Sie das auch so machen ...'

Er setzte sich und sah sie fragend an.

'Sie haben durch Ihren Freund etwas eingesehen ... aber diese Wahrheit darf nicht lähmend wirken ... ich meine ... Sie müssten Ihre Kurse und Vorträge mit Ihrem alten Feuer geben ... Wir brauchen das so sehr!'

Der Meister sah vor sich hin, schweigend. Einsam war er gewesen, immer ... von niemandem empfangen ... Dieses Mädchen hatte einen gewaltigen Mut ... den Meister zurechtweisen ... und sie erlöste ihn aus seiner Einsamkeit.

Er wandte sich zu ihr, die Augen sanft.

'Du bist ein liebes Kind ... wirklich sehr lieb. Ich werde deinem Rat folgen.'

'Meister ...?', fragte sie zögernd. Sie wollte ihn schon längst etwas fragen. 'Sie sind Buddhist ... was bedeutet Christus für Sie?'

Der Meister lachte ein bisschen, nickte nachdenklich und sagte:

'Wir sehen ihn als einen von den großen Meistern, als einen Eingeweihten ... nicht als Gottes Sohn ... so könnten wir nicht denken ... dann hätte sich das ganze Universum in *einem* Menschen verkörpert ... Und dann diese furchtbare Folter ... nein.'

Sie sah ihn weiter an, erwartete doch noch andere Worte. Er sagte:

'Aber nun ... weiß ich es nicht mehr so sicher ... wie ich nichts mehr sicher weiß. Es ist die Frage der Person, der Entität ... die Essenz des Bruches zwischen dem Professor und mir ... Vielleicht ist diese Essenz Christus selbst ... ich weiß es nicht ...'

Sie schauderte. Sie verstand nicht richtig, was er mit Person und Entität meinte ... aber fühlte in der Tiefe etwas, was Schauder erregte ...

Intensiv und tief war die Stille um sie herum. Ihre Heiligkeit konnte nicht mit neuen Worten angetastet werden ... Sie legte einen Keim in die Seele der beiden Menschen, eines älteren weisen Mannes und einer jungen Frau, der noch ganz zur Blüte kommen musste ...

Mit kräftiger Hand nahm er die Leitung des Instituts auf und entfaltete seine volle Aufmerksamkeit und Hingabe, wie er das zuvor immer getan hatte. Die Schüler wurden durch die Veränderung von Ehrfurcht erfüllt. Einige konnten die Kraft nicht ertragen und reisten ab. Aber die meisten taten ihr Bestes, um hier zu lernen, was zu lernen war.

Im September reiste sie nach Hause, um von da aus in die Hauptstadt umzuziehen. Lebhaft nahm sie Abschied. Sie würde ihm schreiben, wie das Wiedersehen verlief ... er selbst würde später kommen ...

In den darauf folgenden stillen Wochen nahm er das Studium der Metamorphose der Pflanzen intensiv auf. Er lebte in zwei Welten ... eine, worin die Dinge sich selbstverständlich offenbarten, und eine, in die man sich selbst zurückzieht, um aus eigenem Antrieb Gedanken über die Dinge zu formen. Nach ein paar Wochen erhielt er einen kurzen Brief des Mädchens. Sie schrieb:

‚Er hat mich herzlich empfangen und in seinen Schutz aufgenommen. Wir verbringen alle freie Zeit zusammen ... aber sind nicht Mann und Frau. Sein Standpunkt hat sich nicht verändert. Komm rasch, er verlangt nach dir!'

Er fühlte sich nicht ermutigt. ‚Sein Standpunkt hat sich nicht verändert'. Und doch verlangte er nach einem Wiedersehen?

Er schob seine Abreise noch etwas hinaus. Die zwei mussten erst einmal eine Zeit zusammen sein ... Außerdem gab es Scherereien mit der Stiftung, die das Institut finanziell verwaltete. Abendländer haben es immer mit dem Geld ... auch wenn mehr als genug zur Verfügung steht. Ganz gegen seine Gewohnheit beschäftigte er sich damit und löste die Uneinigkeit auf, indem er ein paar Befehle gab und einige Dinge glattweg verbat. Als er mit sich allein war, lachte er innerlich darüber ... er hatte die Rolle des ‚Direktors' gespielt und es war ihm gut von der Hand gegangen. ‚Das Denkende' in ihm kam ihm manchmal gut zustatten, es fügte seiner Weisheit nüchterne Überlegung hinzu ...

Er machte noch eine Vortragsreise im November ... Danach sammelte er sich, trennte sich zum ersten Mal seit Jahren von Doktor Stern ... und reiste in die Stadt, wo er so krank geworden war.

Er nahm ein Zimmer in dem ihm bekannten Hotel und ging zu Fuß zu dem Haus des Professors. Nein, er wollte sich nicht im voraus anmelden, er musste es einfach so wagen.

Es war Samstag, einer dieser dunklen Tage, die der Weihnachtszeit vorausgehen. Er fand den Platz und betrachtete das Haus. Es passte zu dem Professor wie ein gut sitzender Mantel ... Ein altes Stadthaus, breiter Giebel, hoch ... Eine große, hohe Tür, ein Namensschild an der Wand: Prof. Dr. so-und-so, Internist. Es brannte Licht im Flur, aber sonst war es dunkel im Haus.

Er fühlte sich wie ein kleiner Junge, der bei einem Freund klingeln musste. Er konnte sich nicht vorstellen, dass dann die Tür aufginge und dass er da stehen würde ... Diese Titel auf dem Namensschild machten Eindruck, vor allem weil es ein bescheidenes Schild war ... Er klingelte ... es kam niemand. Noch einmal ... die Tür blieb geschlossen. Vielleicht war er im Krankenhaus, oder mit seinem Mädchen aus ... Er hätte doch anrufen sollen ...

Er lief um einen Block, klingelte noch einmal ... nichts. Dennoch wusste er, dass er kommen würde. Er setzte sich auf die Fensterbank, dann wurde ihm kalt, er lief etwas hin und her, lehnte sich gegen die Mauer. Ein schönes Bild war das ... der Professor ging wie gewohnt seinen Gang, und er erstarrte vor Kälte, während er wartete. So war es ...

Es kamen Autos vorbei, Radfahrer und Fußgänger. Kein Professor ... Es wurde still ... Samstagabend. Ein Radfahrer betrat den Platz, auf einem hohen Herrenfahrrad. Er lachte über seine eigene Aufregung ... er war auf einmal ein Kind! Er sah das Zögern in der radelnden Gestalt, dann das Erkennen! Er machte einen Sprint, dieser Professor ... schmiss sein Fahrrad gegen die Fassade und umarmte ihn ...

Tausend Eindrücke überwältigten den Meister. Diese große, geliebte Gestalt, die starken Arme, der frische Duft ... die hohe Stirn, der forschende Blick ... sie brachten Tränen in seine Augen, in seine Kehle. Er gab sich der kräftigen, männlichen Begrüßung hin.

Der Professor öffnete die Tür vor ihnen, stellte sein Rad hinein, zog seine Jacke aus ... Tausend Eindrücke ... Eine geräumige lichte Halle, ein Flur mit Zimmern zu beiden Seiten, am Ende eine große Küche. Eine breite Treppe aus dunklem Holz führte nach oben. Strenger Ernst und geschmackvolle leichte Schlichtheit in einer wunderbaren Harmonie ...

Noch immer hatten sie kaum etwas gesagt. Er wurde an den Tisch gebeten, sie saßen einander gegenüber. Überwältigende Wärme ... und unerträglich helles Licht ... ein Farbenspiel ... noch größere Aufrichtig keit, Aufgerichtetheit ... Wenn diese Wärme nicht da wäre, würde er vor Scham zugrunde gehen ... wegen der eigenen Verträumtheit, Bequemlichkeit, und Dösigkeit ... Seine ersten Worte:

‚Soll ich etwas zu essen für dich machen, zu trinken? Dir ist kalt ...'

‚Gleich ... jetzt nicht. Ich will dich zuerst hören ... genießen, dass ich hier sein darf!'

Der Professor sah ihn sanft an und sagte:

‚Ich schäme mich für meine Härte, letztes Jahr ... Ich hätte weiser sein müssen ... ich habe dich so vermisst!'

Der Meister schüttelte den Kopf und sagte:

‚Du hast richtig gehandelt, mein Junge ... Es war nötig ... Ich hätte dich niemals begriffen, wenn du nicht so ein harter Heilmeister gewesen wärst.'

‚Ach ... ich habe oft gezweifelt ... ob ich dich anrufen sollte, oder vielleicht sogar zu dir fahren. Aber ich hatte keine Antwort auf meine Frage ... und musste doch noch warten. Ich habe hart gearbeitet, gesucht und schließlich gefunden ... Und dann war da auf einmal das Mädchen ...'

‚Wo ist sie nun?'

‚Sie hat Wochenenddienst in der Kinderklinik ...'

‚Hast du ... wie ist es mit deiner Liebe zu ihr?'

Der Professor schwieg eine Weile. Der Meister genoss seine Anwesenheit, die der ganzen Existenz Intensität verlieh ...

‚Als ich sie wiedersah ... Sie wartete auf dem Flur vor meinem Zimmer, bis ich sie hereinrufen würde – ich mache immer persönlich Bekanntschaft mit neuen Mitarbeitern ... Ich hatte viel zu tun, und ich hatte ihren Namen nicht richtig gelesen es war eine vollkommene Überraschung. Sie war natürlich sehr nervös und unsicher. Mein erster Impuls war, sie in meine Arme zu nehmen und sie nie, niemals mehr gehen zu lassen ... Aber gleich kam wieder der alte Zweifel, die Verstandesüberlegung – die meine Reaktion dämpfte. Seit diesem allerersten Tag sind wir immer zusammen gewesen ... Jeder Tag war ein Fest, Frühling ... Ich liebe sie mit allem, was ich habe ... Aber ... natürlich wuchs auch die körperliche Anziehungskraft, bei ihr, aber auch bei mir. Urkräfte sind das ... mit denen ich mir keinen Rat wusste. Ich wollte dem nicht nachgeben ... und habe ihr ein paar Mal ordentlich meine Meinung gesagt ... Das war nicht ehrlich, sie musste büßen für etwas, was ich in mir selbst nicht bekämpfen konnte – weil es zu stark war. Und wirklich, Meister, diesen Zorn kannte ich nicht von mir ... ich hätte ihr etwas tun können! Nun ja, das gibt zu denken, nicht wahr? Ich habe mich mir selbst kräftig vorgenommen und gesagt: Entweder du brichst völlig mit ihr oder du nimmst die volle Verantwortung auf dich.' Er sah seinen Freund an. ‚Ich habe das Letztere getan. Sie wohnt hier, und ich werde sie heiraten.'

Der Meister hatte tiefe Rührung aufkommen fühlen. Ein prächtiges Liebespaar ... Aber sein Freund sprach weiter.

‚Sie schenkt mir das größte denkbare Glück ... sie hat so viel Liebe für mich, dass ich mich manchmal dafür schäme – weil ich doch wohl einmal böse auf sie bin und sie ist das nie ... Dann bin ich ein echter Herrscher, ein Kerl, der der Boss ist ... sehr streng, oder unbeherrscht wütend. Das will ich nicht sein ... wirklich nicht! Es überkommt mich. Da muss noch etwas geschehen.'

‚Und sie, wie reagiert sie darauf?'

‚Vollkommen erschüttert. Sie gibt sich unmittelbar hin, sie kämpft nicht. Sie beugt ihren Kopf und gelobt Besserung. Dann bin ich natürlich auch unmittelbar entwaffnet ... und schäme mich.'

Der Meister sah nun einmal immer und überall den Humor ... Er lachte:

‚Tja, Junge ... du kommst nicht darum herum, deine Männlichkeit kennen zu lernen. Es ist wie du sagst: ein Kerl, der der Boss ist ... Aber du weißt auch, dass du so eigentlich nicht bist. Und sie ... ist auch nicht so brav, das weißt du sehr gut. Ihr entkommt den Kräften des Schicksals nicht, da musst du hindurch. Ein Mensch bekommt, was ihm zusteht. Du weißt, dass ich sehe, dass sie eine kräftige Vorgehensweise braucht ... und wenn du es noch so verabscheust, sie bekommt sie. Dass sie nicht lebenslang unter dem Daumen gehalten werden wird, verdankt sie deiner Freiheit ... du wirst dich deiner Herrschsucht entringen und lernen, diese vollkommen bewusst zu dosieren.'

Er sah, dass der Mann gegenüber von ihm erschauderte. Er erschauderte vor sich selbst.

Er stand auf und sagte:

‚Komm mit in die Küche, jetzt werde ich etwas zu essen für dich machen. Ich selbst habe gerade in der Stadt etwas gegessen, ganz einsam, weil sie nicht zu Hause ist.'

Die Küche war groß und altmodisch, aber blitzsauber. Er wärmte Suppe auf, machte ein frisches Brot mit Käse und setzte Tee auf – der Meister trank selten Kaffee.

Der Meister fühlte sich wie ein Landstreicher, der bei einem reichen Herrn in der Küche empfangen wurde. Er bewunderte die Handlungen seines Freundes. Er selbst konnte nicht einmal Tee aufsetzen ... Er aß und trank genüsslich, und ihm wurde wunderbar warm. Hin und wieder plauderten sie etwas.

Später, als sie wieder einander gegenüber im Zimmer saßen, wurde das Gespräch ernst. Der Professor fragte:

‚Meister hast du eine Antwort auf meine Frage gefunden?'

Es war merkwürdig, wie diese Fragen wirkte. Der Meister wusste, dass auch der Professor eine Antwort gefunden hatte ... dennoch wurde ihm diese Frage gestellt ... als wäre es ein Examen, eine Zulassungsprüfung.

Er wusste, dass diese Frage mehr war als ein Versuch zu einem Austausch von Ideen. Es war ein Geschehen, eine notwendiger Ausgleich. Seine Abreise damals basierte auf einer tiefen, tiefen Wirklichkeit. Ihre Wiedervereinigung musste von derselben Wirklichkeit aus begründet werden. Wäre das nicht möglich, dann würde er ihn nicht wegschicken, aber die Freundschaft würde einen anderen Charakter haben ... *Diese* Wirklichkeit lebte mit voller Intensität in der Frage. Darum fühlte er eine tiefe Hingabe an diese Wirklichkeit, als er sagte:

‚Ja, mein Freund.'

Der Professor wartete einladend.

‚Ich habe die Antwort in einem Satz gefunden, den ich in einem Buch von Thomas von Aquino las, das auf deinem Nachtschränkchen lag ... ‚Wenn das Denkende und das Gedachte ein und dasselbe sind, dann ist das Wort der Begriff und ein Abbild des Geistes, aus dem es hervorgeht." Er schwieg.

Der Professor nickte zustimmend. Der Meister fragte:

‚Verstehst du diesen Satz?'

‚Natürlich.' Er nickte wieder.

Tja ... anderthalb Jahre täglich eine Stunde Nachdenkens über die Bedeutung dieser Worte ... und dieser Mann verstand sie direkt? Er fragte:

‚Kanntest du diesen Satz?'

Der Professor schüttelte den Kopf. Der Meister seufzte tief und sagte:

‚Was soll ich noch weiter sagen ... Du bist die Verkörperung dieses Satzes – und ich wollte dich lehren, gerade das abzulegen. Ich war dabei, dich zu enthaupten ...'

‚Und die Frage der Individualität?'

Ja, der Professor war streng ... Er hatte schließlich nur die Hälfte der Antwort erhalten ... Der Meister seufzte erneut und wandte den Blick ab. Er fragte sich, wie das arme Mädchen es in *dieser* Kraft aushielt ... Er erwischte sich bei einem Anflug von Antipathie und streifte sie wieder ab, als ob er eine Wespe totschlug – etwas, was auch völlig gegen seine Natur ging ... Er sagte:

‚Freund ... ich bezweifle meine eigene Lehre ... Mehr habe ich dir nicht zu sagen ... Vielleicht gibt es eine Möglichkeit ... eine Individualität zu sein, die sich von Leben zu Leben als eine Entität entwickelt ... Manchmal denke ich, dass *du* eine Individualität bist, das muss wohl so sein, auch wenn ich es trotzdem nicht wirklich fassen kann. Und ich ... als ich mich durch diesen Zweifel in einem schweren Kampf befand ... fühlte mich bei meinem Namen gerufen – einem unbekannten, so vertrauten Namen ... Seitdem denke ich manchmal, dass *ich* das bin, wirklich bin. Verstehst du?'

Er sah auf, in die klaren, ach, so sanften Augen seines Freundes. Ja er verstand ... Der Meister wollte fragen: Und du? Wie fandest *du* die Antwort? Aber er schwieg, er konnte doch seinen Meister nicht zur Verantwortung rufen ... verwundert sah er seinen Gedanken – dieser wallte aus der Tiefe der Wirklichkeit auf. Er der Meister ... saß seinem Meister gegenüber ... aber die Meisterschaft des Professors bestand darin, dass er sich keiner Meisterschaft bewusst war. Seine blaugrauen Augen waren ganz und gar Erkennen, dankbare Erkennung. Und aus dieser Dankbarkeit heraus sagte er:

‚Auch ich, Meister, habe meinen Namen gehört ... Es geschah in den Tagen tiefer Einsamkeit ... Meine Ferien verbrachte ich in dem Haus meiner Eltern, diesen Sommer. Ich wurde hin und her geworfen zwischen meinen Erinnerungen an meine Jugend, meinem Leben jetzt und den herrlichen Wochen bei dir in den Bergen ... Ich ging zu dem Kloster in der Gegend, um da ein wenig in der Kapelle zu sitzen, das gab mir schon immer Ruhe und eine besonnene Stimmung. Da traf ich einen Menschen, einen Mann ... ich kann darüber nicht sprechen, *so* ... besonders war es ... Dreimal bin ich ihm begegnet, und er hat mir in nur wenigen Worten meinen Weg gezeigt. Seitdem habe ich die Antwort ... aber es ist keine Antwort, die ausgesprochen werden kann ... sie muss getan werden, sie muss Wirklichkeit werden.'

‚Du kannst mir die Antwort nicht geben?'

‚Etwas kann ich wohl darüber sagen ... Ich darf meinen Weg nicht im Wahrnehmen mit den Sinnen suchen, nicht in meinen Gefühlen, nicht einmal in meinem religiösen Verlangen ... Ich muss mich außerhalb des

Gebietes der persönlichen Sympathien und Antipathien versetzen, um so die Objektivität zu erreichen – wie ich das in dem wissenschaftlichen Denken gewohnt bin. Strenge Objektivität, sich selbst verbieten, aus Sympathie oder Antipathie zu urteilen, nur das Wesen der Dinge sprechen lassen – wie ich das von dir lernte, aber nun *denkend*, in voller Aktivität ... Und dann nicht dabei stehen bleiben, sondern mich *noch* einmal lösen, nun von dem Denken selbst, und dieses objektiv anschauen. Es ist eine doppelte Abstraktion, eine doppelte ‚Negation' ... zuerst ein Sich-Lösen von der Selbstliebe, dann ein Sich-Lösen von dem daraus entstandenen objektiven Denken. Erst in dem, der ich *dann* noch bin, in einer Art doppelten Leere, aber einer, die vollkommen bewusst ist, kann mein religiöses Verlangen erfüllt werden – buchstäblich erfüllt, die Leere wird voll ... Eine Leere, die geleert wird, wird voll ...'

Der Meister wollte fragen: erfüllt durch was? Aber er schwieg ... stellte diese Frage nicht, aus Ehrfurcht vor diesem ‚was' ... Er sagte:

‚Hat dieser Mann *das* alles gesagt?!'

‚Nein ... er hat nur ein paar Worte gesagt ... aber diese fielen als kräftige Saat in den umgegrabenen Boden ... Es wächst und blüht in mir ... Das ist Glück, Meister!' Kurz schwieg er und sagte dann ruhig: ‚Da, mein Freund, in dieser doppelten Leere ... erst da ist das Denkende und das Gedachte dasselbe und also ist da das Wort der Begriff und ein Abbild des Geistes, aus dem es hervorgeht.'

Es wurde dem Meister zu mächtig. Dieser Mann spielte mit Begriffen, die für den Meister kaum zu fassen waren. Er fühlte eine machtlose Leere ... In diese Leere krochen Angst und Zweifel. Nein ... kein Zweifel an seinem Freund, sondern an sich selbst, Angst vor der Größe eines solchen menschlichen Geistes ... Dennoch rettete ihn auch jetzt die Liebe. In die Leere starrend fragte er:

‚Wie soll es nun mit unserer Freundschaft weiter gehen ...?'

Lachfältchen legten sich um die Augen des Professors. Er sagte:

‚Musst du das noch fragen?'

‚Sag es mir! War meine Antwort befriedigend?'

‚Warum fragt ein Meister nach dem bekannten Weg?'

‚Weil ihm – dir gegenüber – die Meisterschaft entfällt.'

‚Na, na ... das muss doch nicht sein ...' Der Professor schüttelte den Kopf. ‚Ich finde, dass ich mehr erhalten habe, als ich verdient habe, Meister. Du bist gekommen, du hast mir dein Verständnis gegeben ...

Befriedigend? Mehr als das!'

Sie sprachen noch etwas weiter, die Intensität lies langsam nach. Gegen Mitternacht bat er, ein Taxi rufen zu dürfen, aber der Professor bestand darauf, ihn mit seinem Auto selbst zum Hotel zu bringen ...

Lange bedachte der Meister in dieser Nacht seine Gedanken und Gefühle. Sie hatten verabredet, einander morgen wieder zu begegnen ... Er sehnte sich danach ... und fürchtete es. Das, was als ein unbekanntes Element in der Ferne geschimmert hatte, war nun in den Vordergrund getreten. Er hatte sich verändert, der Professor ... Einst hatte er ihn den Kopf beugen lassen – ‚enthaupten' hatte er das jetzt genannt. Der Kopf war nun noch mehr erhoben, aber das Herz war weit ... und warm. Man fühlte sich wie eine Null, ein Nichts, verglichen mit ihm.

Man sollte auch nicht vergleichen ... das verdirbt die Freundschaft.

Morgen würde er Doktor Stern anrufen, dass er in dieser Stadt ein Appartement für ihn besorgen solle. Er würde hier vorläufig bleiben ... und endlich einmal lernen, Tee aufzusetzen. Er würde viel allein sein ... aber es gab hier genügend Interesse für seinen Unterricht, es würde schon etwas zu tun geben ... Er blieb hier für seine beiden Freunde, den Professor und seine Frau ... und um von ihm zu lernen, den Westen zu verstehen ...

Unerwartet war dennoch das Wiedersehen mit dem Mädchen. Sie erwarteten sie, und doch überraschte sie sie noch mit ihrer Ankunft.

Er saß mit seinem Freund am Tisch. Mittags hatten sie eine Stadtwanderung gemacht und in einem Restaurant etwas gegessen. Sie hatten nahezu ununterbrochen gesprochen – und waren noch nicht fertig, als die Haustür ins Schloss fiel. Der Professor sprang erfreut auf und kam kurz danach mit seiner Frau zurück ... Zum ersten Mal sah er sie zusammen ...

Sie war noch schöner geworden, soweit das möglich war, sie trug nun einmal keine Jeans, sondern einen Rock mit einem Pullover. Sie war müde, aber strahlend ... und vornehm durch eine gewisse Bescheidenheit, die in ihre Haltung hineingekommen war ....

Sie flog ihm um den Hals. Kurz zögerte er, ihre Umarmung zu beantworten, aber sein Freund sah lachend zu ...

‚Was sind Sie lange weg geblieben!', sagte sie, während sie sich setzten. ‚Darf ich dabei sein? Ihr habt sicher so viel zu besprechen!'

‚Es ist gut, Kind. Alles ist gut ...'

Der Professor ging in die Küche, um letzte Hand an die Mahlzeit zu legen.

Der Meister sah sie an und sagte:

‚Es geht gut, das sehe ich.'

Sie nickte und sagte:

‚Ja ... alles im Leben mit ihm ist groß, man lebt auf einmal in einer Wirklichkeit ... ich bin noch immer jeden Tag erstaunt ... er ist genial und diszipliniert, wissen Sie ...'

Er kam herein und streichelte ihr über den Kopf. Er sagte:

‚Und sie muss mit ... es ist ein schweres Leben für dieses fröhliche Mädchen.'

Der Meister war gerührt. Unter den leichten Worten fühlte er das Schicksal dieser beiden Menschen ... sie war sicher die einzige Frau, die neben ihm leben konnte ... Sie war stark und konnte dennoch Ehrfurcht haben. Er sah, wie durch den Umgang mit ihrem Mann ihr innerer Adel hervortrat. Und ihm gelang es, in das gewöhnliche Leben ‚einzutauchen', ohne den Kopf zu verlieren. Es war viel mehr Lebendigkeit in ihm hineingekommen, auch mehr Männlichkeit.

Sie blieb nicht lange bei ihnen, sie war müde, weil sie die Nacht durchgearbeitet hatte. Der Meister sah den Abschied, wie sie sich für einen Moment ganz ihrem Mann hingab, wie er sie berührte ... es ließ ein Gefühl in ihm entstehen, das er nicht kannte, eine scharfe Wehmut ... er sah die Liebe, wie sie *wirklich* zwischen Menschen sein kann ... aber er sah auch das Männliche und das Weibliche und fühlte Schmerz ob dieser Trennung in die Geschlechter ... Ein junges Mädchen, ganz und gar sanfte Hingabe – und ein großer Mann mit einer kräftigen Überlegenheit. Er fühlte, wie Liebe durch Gegensatz entstand ... und in diesem allgemeinen Gegensatz des Männlichen und Weiblichen wurde er einen Kern gewahr, der damit nichts zu tun hatte ... Individualität? Liebe, die über die Gegensätze hinausgeht? Diese Wehmut blieb den ganzen Abend bei ihm, und erst als er allein auf seinem Hotelzimmer war, konnte er ihr richtig in die Augen sehen ...

‚Oh Wehmut!', fragte er. ‚Enthülle mir dein wahres Antlitz ...' Als ob sie ihre Schleier ablegte, fühlte er ihre Veränderung ... immer war für ihn der Segen aus dem Gewöhnlichen gekommen ... Ein Hahn, der krähte, ein Hund, der in der Ferne bellte ... darin offenbarte sich die Wirklichkeit mit einer Tiefe und einer Leere ... so unendlich ... so viel größer als in den Gedanken von Menschen ... Leer waren die Worte, die Gedanken, verglichen mit der Fülle dieser tiefen Leere ... keine Vorstellungen von einer idealen Welt ... es ging um das, was *ist*. Nun, heute Abend, hatte er etwas Ideelles gesehen, *ein Ideal – in der Wirklichkeit von dem, was ist?!*

Er hatte sie gesehen, wie sie zu ihm aufsah, und ihn, wie er sie beschützte ... auch hatte er gesehen, wie das entarten konnte, wenn es extrem wurde. Wie sie sich dann vor ihm beugen müsste ... noch extremer führte das – nicht bei diesen beiden, sondern im Allgemeinen – zu Martern und Martyrium ... Das Niederste, zu dem der Mensch hinabsinken kann ... Das alles gehört zu der Welt dessen, ‚was ist'. Aber darin hatte er etwas gesehen, ‚was sein könnte', und er hatte zugleich gesehen, dass das auch wirklich entstehen würde, in naher Zukunft ... dass es im Keim schon da war, auch wenn es noch nicht *war* ... Er wusste nicht genau, *was* das war ... es entzog sich seiner Wahrnehmung. Aber er hatte wohl ein Vermuten. Liebe war es ... von dem Ewigen in dem Mädchen für das Ewige in dem Mann ... *nicht* von dem ewig Weiblichen für das ewig Männliche ... sondern von dem Nicht-Weiblichen für das Nicht-Männliche ... und umgekehrt. Er fürchtete, dass er ein Ideal gesehen hatte ... ein Ideal, das es wirklich *gab*, das existierte wie auch der krähende Hahn und der bellende Hund ... Warum Furcht, warum Wehmut?

Ein Liebespaar ... und die Liebe kam aus erhabenen ideellen Höhen ... Zu schön, um wahr zu sein? Das Gewöhnliche war schließlich erhaben genug ... Oder war manchmal das Erhabene ... auch ‚gewöhnlich', konnte es in das Gewöhnliche hineinfließen wie Wasser in die Erde ...? Und doch war es nicht dasselbe wie das, was er als Glückseligkeit in dem ‚was ist' kannte ... Es flößte Furcht ein ... Furcht vor der Individualität und vor dem, was das bedeutete ... Dann ist Karma nicht nur Ursache und Folge ... sondern dann lebt darin ein Kern, der Verantwortung trägt, der beurteilt wird und der das Urteil fühlen wird ... Dann muss es einen Meister der Individualitäten geben ... Wehmut ... um des Unerreichbaren davon willen ... auch ein Ideal ... um danach zu streben, es dann vielleicht nicht verwirklichen zu können ... Dann bleibt es im Erhabenen, es wird nicht Teil von dem, ‚was ist', und der Schuldige ist dann der Mensch ...

Er bedauerte fast sein Vermögen, zu erfahren, was *ist* ... es brachte ihm die Realität eines Ideals und damit die Pflicht, nach Verwirklichung zu streben ...

Am folgenden Morgen saß er im Speisesaal des Hotels an einem einsamen Frühstück. Ein langer Tag lag vor ihm, ein Abend, eine Nacht, wieder ein Tag. Er würde seinen Freund am Donnerstag wieder sehen – jetzt war es Montagmorgen. Sein Entschluss, einige Monate in dieser Stadt zu bleiben, wurde nun sehr konkret. Er ging wie ein Tourist in die große Stadt, ging in verschiedene Läden und wunderte sich über den überflüssigen Reichtum. Dennoch war es auch etwas zum Bewundern und Genießen. Er nahm das Mittagessen in einem Café, schaute amüsiert nach den Menschen um ihn herum. Als er bezahlen musste, fühlte er, wie fremd das Geld für ihn war ... Er lebte wie ein Priester, ohne Mangel und ohne Besitz. Doktor Stern hatte ihm Geld für die ersten Tage mitgegeben, auch einen Bankpass, um an einem Automaten Geld abzuheben. Er fürchtete dies jetzt schon ... wenn nun nur in Englisch darauf stand, wie man so einen Apparat bedienen musste ...

Er ging zu seinem Zimmer, verrichtete seine Meditation, notierte eine Reihe von Fragen, die er dem Professor stellen wollte, telefonierte mit seiner Sekretärin und mit Doktor Stern und las ein paar Sätze Goethe.

Es hatte angefangen zu regnen, es wurde schon dunkel ... Er würde einfach hier im Hotel essen ...

Gegen halb sechs wurde an seine Zimmertür geklopft. Überrascht rief er ‚Enter!?' Das Mädchen kam herein!

Sie hatte feuerrote Wangen vom Radeln in der Kälte, ihre blauen Augen glänzten. Er war gerührt, sie zu sehen, sie hatte seine Einsamkeit gefühlt ... Aber er sagte:

‚Aber Kind! Darfst du das denn?'

Sie zog ihren nassen Mantel aus und sagte erstaunt:

‚Wieso?'

‚Ich will keine Schwierigkeiten mit deinem Mann ... du musst doch für ihn sorgen ...'

Sie umarmte ihn lachend und sagte:

‚Nun, Meister, so schlimm ist es nun auch wieder nicht! Ich habe ihn nach Ihrer Adresse gefragt, und er sagte nichts dazu, dass ich Sie besuchen wollte. Er kommt doch erst gegen acht Uhr nach Hause.'

‚Na dann los ...' Er musste es nun einfach genießen. ‚Dann bestelle ich etwas Warmes für dich ...'

‚Ich fragte mich, wie es Ihnen hier ging ... Wir haben so lange keinen Kontakt gehabt. Seit ich hier in der Stadt bin, ist es aus mit dem freien Studentenleben.'

‚Du musst mir noch erzählen, wie es nun ist, Kind ... du siehst außergewöhnlich gut aus.'

‚Das ist das Glück, Meister. Er war *so* lieb, als wir einander wiedersahen ... aber ich habe es schwer gehabt, weil ich beinahe nicht mehr diesen lieben, fröhlichen Freund von damals in ihm sehen konnte. Er war der Professor, so ganz. Ich kenne davon inzwischen einige ... die haben einen Beruf ... aber er *ist* es wirklich, wissen Sie. Es war so anders ... Dennoch bat er mich jeden Tag zu sich nach Hause, und wir sprachen sehr viel und arbeiteten auch zusammen ... ich traute mich nicht aus der Form zu kommen.'

‚Und wie war es bei der Arbeit?'

‚Auch fremd ... er sagte, dass er mir keine Spezialbehandlung geben würde ... aber ich fühlte dennoch seinen Blick auf mir. Er erwartete optimalen Einsatz ... Langsam habe ich mich daran gewöhnt und konnte seine Nähe genießen. Ich fühlte seine Liebe, aber er äußerte sie nicht ...'

‚Aber ... wie ist da dann doch Veränderung hineingekommen?'

‚Ich bin ein paar Mal störrisch geworden ... Einmal ‚en publique' ... damals habe ich ihm einmal gezeigt, dass ich bei den Männern beliebt bin. Nun, einmal zu Hause, bekam ich dafür ein fürchterliches Donnerwetter ... Und später, viel später, habe ich noch einmal aus Verzweiflung meine Künste gezeigt ... da waren wir allein. Ich wusste überhaupt nicht, dass ich das tat, ich war das Gewohnte müde ... Da wurde er so wütend, dass ich dachte, ich würde eine Tracht Prügel bekommen – er sagte das sogar. Aber er schüttelte mich nur durch ... Ach, Meister, ich bin noch nie so unglücklich gewesen. Verstehen Sie das?'

Der Meister nickte. Er fühlte ihre Ohnmacht, ihren Ärger.

‚Dennoch wusste ich, dass es eine Äußerung seiner Liebe war ... und kurz danach hat er mir diese wirklich erklärt und bewiesen. Seitdem wohne ich bei ihm – und es hat mich noch nichts enttäuscht, kein

Augenaufschlag, keine Handlung, kein Gedanke. Nichts ...'

Der Meister stand auf und legte seine Hand auf ihren Kopf. Er sagte:

‚Wisse, dass du einen großen Schatz in Verwahrung bekommen hast, mein Kind. Geh damit äußerst sorgfältig um ... Lass es *nie* gewöhnlich werden, kein Moment darf Routine sein ... Dein Respekt vor ihm ist am Platze, seine Strenge dir gegenüber ebenso. Aber lass das nie in Furcht oder Abneigung gegen ihn entarten, Kind. Arbeite an deiner Entwicklung, so dass diese gleichen Schritt mit der seinigen hält. Du bist eine Frau, die genug Mut hat, um wirklich neben ihm zu stehen. Gebrauche diesen Mut!'

Sie wehrte sich nicht. Er nahm ihren Mantel und sagte:

‚Und nun geh nach Hause, um deine Pflicht zu erfüllen, Kind. Du bist immer willkommen beim Meister – vorausgesetzt, dein Besuch geht nicht auf Kosten deiner Pflicht.'

Sie errötete und stand auf. Er war nicht leicht für eine selbstbewusste junge Frau, solche Worte anzuhören und sie in sich aufzunehmen ... Einst hatte sie schließlich geglaubt, einen ganz gewöhnlichen Freund zu heiraten ... mit dem sie sich um die Macht hätte streiten können ...

Er half ihr in ihren Mantel und klopfte ihr väterlich auf den Rücken. Sie sagte:

‚Kommen Sie morgen Abend zu uns essen?'

Er zögerte, wollte ihnen nicht zur Last fallen ... aber sie fügte hinzu:

‚Ihr Freund lädt sie ein.'

Er brachte sie nach unten und blickte ihr gerührt nach ...

Um sieben Uhr klingelte er an dem stattlichen Haus. Sie öffnete die Tür und bat ihn ins Zimmer.

‚Ich habe eine englische Zeitung für Sie gekauft, dann können Sie die lesen, während ich in der Küche bin ...'

Sie wies auf einen Stuhl am offenen Kamin. Er fühlte sich willkommen ... Um viertel vor acht hörte er den Professor nach Hause kommen. Würde das seltsame Gefühl von Aufregung über eine bevorstehende Begegnung je nachlassen? Es war ein Gefühl von spannender Erwartung.

Er legte die Zeitung weg und stand auf, als er hereinkam.

‚So ... wir fragen uns, wie es dir wohl gehen muss ... allein in dieser fremden Stadt. Es scheint mir etwas lang bis Donnerstag.'

Der Meister lachte sein selbstironisches Lachen und sagte:

‚Es ist mir nicht unangenehm, Freund. Ich meine: deine Einladung. Ich muss noch erwachsen werden, merke ich. Ich habe mir überhaupt nie klar gemacht, wie sehr ich im äußerlichen Sinne von anderen abhängig bin. Aber ich kann mich gut anpassen, es gelingt mir schon. Es ist eine schöne, gesellige Stadt, die Menschen sind geradeheraus und humorvoll. Aber ich bin natürlich froh, wenn ich ein paar Menschen kennen lerne. Ich darf nicht von euch abhängig sein ...'

‚Weißt du noch, dass du einmal zu mir sagtest: Du darfst nicht so viel Überlegungen anstellen, folge deinem Herzen! Nun, tu das dann selber auch ... Wir finden es beide besonders schön, dass du da bist. Also keine Bedenken!'

Der Meister gab sich hin ... Er nahm seinen Freund in sich auf, wie er da saß, in einem strengen Anzug, aber ruhig und entspannt sich am Kaminfeuer wärmend. So war das Leben gut ... Menschen, die beieinander sind, weil sie das wollen. Er genoss die schlichte Schönheit dieses Zimmers, das Geklapper in der Küche, das sanfte Licht der Schirmlampe.

‚Kommt ihr an den Tisch?', fragte sie.

Der Professor stand auf und ging zum Esstisch, wo seine Frau dampfende Schüsseln hinstellte. Er legte seinen Arm um ihre Taille und klopfte ihr dann ermutigend auf die Schulter ... Der Meister sah, wie er ihre Fürsorglichkeit genoss – er, der immer allein gewesen war ... Sie blickte zu ihm auf und streichelte seine Wange.

Sie setzten sich, aßen und sprachen fröhlich über die Dinge des Tages. Nach dem Essen sagte sie:

‚Ich räume auf. Sprecht ihr nur miteinander ...'

Der Meister war wiederum unsicher. Musste er das junge Paar nicht allein lassen? Aber der Professor sah sein Zögern und sagte:

‚Nun, Meister! Lass es dir doch gefallen ... Wir müssen doch dringend über das Meditieren sprechen ...'

‚Dafür würde ich Donnerstag kommen, wenn sie Nachtdienst hat!'

Der Professor setzte sich wieder an den Kamin und winkte ihm. Er sagte:

‚Du darfst nur fort, wenn du genug hast. Andernfalls setzt du dich einfach hierher und schlägst dir alle Bedenken aus dem Kopf ...'

Der Meister setzte sich und nahm sich vor, nun ohne jede Reserve die Freundschaft hinzunehmen.

Er lachte und sagte:
‚Ich habe in diesen paar Tagen mehr vom Westen in mich aufgenommen, als in den vergangenen zwanzig Jahren. Ich habe mich davor geschützt … indem ich mich nie hineinbegeben habe. Nun muss ich wohl, und ich finde es nicht unangenehm. Ich sehe eine ganz andere Seite der Menschen … die jetzt nicht meine Schüler sind. Ich esse jeden Tag in demselben Café zu Mittag, und heute setzte sich ein junger Kerl zu mir an den Tisch, ein Student. Er hat mir in einer halben Stunde sein ganzes Leben erzählt … kein einziges spirituelles Interesse … Solchen Menschen bin ich noch nie begegnet. Es war ein frischer Kerl, völlig begeistert vom Leben und seinem Wissen …'
Der Professor nickte. Er kannte sie schließlich, die Studenten.
Das Mädchen brachte Tee und blieb zögernd stehen. Ihr Mann zeigte auf einen Stuhl und sagte:
‚Noch jemand, der denkt, dass er zu viel ist … Komm her und halte deine Ohren gut offen. Es gibt sicher etwas zu lernen.'
Sie errötete und setzte sich. Der Meister sagte:
‚Gestern und heute habe ich den Versuch gemacht, vom Denken aus zu meditieren – wie du sagst. Aber dann komme ich doch wirklich in Schwierigkeiten. Denken und Meditieren ist etwas sehr Verschiedenes. Wenn man denkt, dann lebt man im Wissen, im Verstand. Damit löst man sich aus dem kosmischen Zusammenhang, nicht wahr … Das finde ich schon sehr schwer – man sucht schließlich Vereinigung … Aber wenn man darin dann noch stillstehen soll, sich konzentrieren soll … dann fühle ich mich wie ein Verbündeter des Bösen. Du musst es mir noch einmal erklären.'
Der Professor hörte so intensiv zu, dass seine Andacht fast fühlbar war …
‚Du hast vollkommen Recht, Meister. Das ist auch bestimmt nicht die Absicht. Die Emanzipation vom Kosmos wohl … man muss auf seinen eigenen ‚Menschenbeinen' stehen lernen. Das tut man, indem man sich im Denken Mühe gibt. Aber *dann* geht es nicht mehr um das Wissen, sondern um die Mühe, die man aufgewendet hat. Diese Mühe ist Kraft, sie beginnt man zu ‚sehen'. In dem Moment ist das Denken nicht mehr das, was du ‚weißt', sondern es ist dein *Einsatz*, deine Anstrengung. So lernt man, das Denken anzuschauen, rein, wie es ist. Dieses Anschauen, darum geht es.'

Der Meister saß erstarrt. Irgendwie wurde er durch diese Worte gewaltig getroffen, während er sie nur vage verstand. Man konnte so etwas nur verstehen, indem man es tat ... er würde es tun, gleich. Aber dann musste er es noch einmal hören. Er sagte:

‚Kannst du es noch einmal sagen?'

‚Schau ... wenn ich meine Fachzeitschriften lese, dann bin ich damit beschäftigt, Informationen zu sammeln und die Fakten in Zusammenhang mit dem zu verstehen, was ich schon weiß. Das ist Verstandesarbeit. Wenn ich dann aber meine Andacht von dem, was ich weiß, wegführe und darauf richte, wie ich vorgegangen bin, dann ist das keine Verstandestätigkeit mehr, sondern anschauendes Urteilen. So kann ich in der Sprechstunde im Gespräch und der Untersuchung Informationen über einen Patienten sammeln und diese so zu einer Diagnose kombinieren ... Das ist die gewohnte Arbeit, Verstandesarbeit mit einem Hauch Intuition, ganz in der Ferne. Aber wenn dann dieser Patient bei lebendigem Leibe auf der Untersuchungsbank liegt, nackt ... dann muss eigentlich die anschauende Urteilskraft tätig werden. Dann sehe ich enge Pupillen, eine blasse Haut, blasse Schleimhäute, Haut über Knochen, dürres und schlaffes Gewebe ... dann kombiniere ich nichts, sondern sehe eine Ausbildung von Angst! Und dann steht man da in seinem weißen Kittel mit all seinem Verstandeswissen ... mit leeren Händen. So ist es auch, wenn man in der innerlichen Übung das Denken als Wissen loslässt – nachdem man es *zuerst* in *Aktivität* gebracht hat. Dann ‚weiß' man nichts mehr, aber man schaut an ... Ist es so deutlicher?'

Der Meister war gerührt ... Das Bild des arbeitenden Professors hatte ihn tief getroffen. Einerseits dieser strenge Wissenschaftler, andererseits die menschliche Ohnmacht im Anschauen des Lebensleides eines solchen Patienten. Tränen traten in seine Augen. Der Professor sprach leise weiter:

‚Nun weiß ich, dass du immer in dieser Anschauung lebst ... aber ohne diese starke Urteilskraft, die aus dem aktiven Denken entspringt ...'

Der Meister schlug die Augen nieder vor dieser ungeheuren Klarheit. Er schwieg noch immer. Aber der Professor hatte noch nicht ausgeredet.

‚Deine Anschauung entspringt aus einem Verzicht auf die Emanzipation aus dem Kosmos – die meine beruht gerade darauf. Das ist für dich so schwer ...'

Er geriet in Treibsand. Seine alte Meisterschaft trieb unter ihm fort und dennoch schoss sie Pfeile ab ... Pfeile von Abscheu und ... Hass gegen das stolze Selbstbewusstsein ... das er doch so innig liebt. Er saß etwas zusammengesunken und schweigend in seinem Stuhl, während sein Freund ihm aufrecht gegenüber saß. Das Mädchen saß feinfühlig zwischen ihnen ... Sie hielt den Atem an ... Als ob er nichts merkte, sagte der Professor:

‚Du hast Verstandesbegriffe – wie wir sie in unserem Beruf ansammeln. Und du hast anschauliche Begriffe. Darum müsstest du eigentlich Arzt sein ...' Er stand auf, schenkte Tee ein und legte etwas Holz auf das Feuer. Dann drehte er sich um und sah zum Meister. Er sagte:

‚Durch deinen Unterricht in den Bergen habe ich diese Anschauung gelernt ... es ging damals nur auf Kosten des Verstehens. Aber als ich einmal meinen Weg gesehen hatte, kehrte der volle Wert deines Unterrichts zurück. Ich bin durch dich ein anderer Mensch geworden ... und war dadurch vorbereitet ... Ich kann jetzt auch dein Freund sein, wenn du weiter deinem eigenen Weg folgst. Du brauchst mir nicht zu folgen, Meister, wirklich nicht!'

Es wurde dem Mädchen zu mächtig, und sie stand auf. Mit einer Gebärde seiner Hand hielt der Professor sie zurück.

‚Ich muss abwaschen', wandte sie ein.

‚Setz dich. Der Abwasch steht gleich auch noch da, wir machen ihn dann zusammen.'

Sie setzte sich. Der Meister blickte auf und wunderte sich darüber, dass dieser Mann in *einem* Atemzug so viel Liebe und so viel Strenge äußerte ...

Er sah seinen Freund an und sagte:

‚Wie sollte ich dir nicht folgen wollen ... jetzt, wo ich dich einmal gesehen habe ...'

In seinem Hotelzimmer setzte er sich auf einen Stuhl und ließ seinen Gefühlen freien Lauf. Er war außergewöhnlich unzufrieden über seinen eigenen Charakter. Er lernte sich in Hassgefühlen für etwas kennen ... und er wusste, dass diese Gefühle da waren, weil er sich als der Geringere fühlte. Und weil er sich auf einen Weg begeben musste, der ihm ein Staunen nach dem anderen bringen würde – dennoch musste er. Denn er wollte es. Er fühlte sich schwach, dumm und hässlich. Wo war der große Meister. Er fühlte sich außerhalb der Realität. Treibsand ... Die überwältigende Schönheit der Natur hatte sich in eine beleuchtete, geschäftige Einkaufsstraße verwandelt ... aus seiner zentralen Position war er zu einem winzigen Fleckchen in der Peripherie geschleudert worden ... oder vielleicht hatte er sich da immer schon befunden, mit einem kleinen Kreis von Anhängern um ihn. Hatte er nun etwas von den Worten des Professors verstanden? Ja ... dass er aufs Neue beginnen musste, dass er noch nicht einmal geboren war, vielleicht nicht einmal konzipiert ...

Er warf sich auf seine Knie und verfluchte den luxuriösen Teppich ... Er betete zu einem fremden Gott ... alles war fremd ... er betete um Demut und Geduld, um Verträglichkeit ...

Als er am folgenden Morgen wach wurde, fühlte er sich selbst vollkommen fremd. Er war beim Erwachen durch einen Traum gegangen, der ihn als Stimmung nicht losließ ... Er wohnte in einer Villa am Rande einer großen Stadt, er war mit einer Frau verheiratet, die eine wichtige Position in der Regierung bekleidete. Er selbst war genau wie seine Frau im Westen geboren und aufgezogen worden ... er hatte eine Stelle als Gärtner und sorgte für den Haushalt ...

Es war der erste Tag, den er ganz allein verbrachte. Es gab zu wenig Ablenkung, um ihn aus seiner Entfremdung zu befreien. Das einzige, was er tun konnte, war, darauf zu schauen und hoffen, dass er sich selbst wieder fand. Aber der Traum blieb wie eine Wirklichkeit um ihn, während seine Vergangenheit, seine Jugend in der aufgehenden Sonne, seine Einweihung, ein Traum schienen. Er telefonierte lange mit Doktor Stern, auch wenn es nur deswegen war, um seine eigene Stimme zu hören. In zwei Wochen käme er und würde den Umzug in sein neues Appartement organisieren. Über die Weihnachtstage blieb er bei ihm ...

Abends ging er ins Kino. Er ließ sich überwältigen durch die Farben und Klänge. Millionen von Bildern in rasender Folge ... Er verirrte sich in die Mechanik und verlor dadurch den Inhalt der Geschichte. Endlich wieder auf der Straße, sah er noch immer Bilder von Marionetten. Die Stockschläge aus seiner Jugend waren ausgesprochen sanft gewesen, verglichen mit der Prügel, die er soeben gehabt hatte. Amüsement nannte man das ...

‚Ist mein Weg der verkehrte Weg?', fragte er den Professor, als sie am folgenden Tag einander gegenüber am Tisch saßen.

Die Augen seines Freundes wurden so sonderbar grau und betrübt, wie einer der vielen Regentage in diesem Land ... Er schüttelte langsam den Kopf und sagte:

‚Ich verstehe dich nicht, Meister. Wirklich nicht. Du hast so unglaublich viel zu bieten. Wie kannst du nur so etwas fragen!'

‚Ich sage meinen Schülern immer, dass sie im Fragen sorgfältig sein müssen. Eine Frage muss wie ein Gebet sein ... Nicht einfach so aus dem Stehgreif gestellt, sondern wohlüberlegt und aus einem tiefen Bedürfnis. Ich versuche natürlich auch selbst, nicht gegen diese Ermahnungen zu sündigen. Ich würde diese Frage nicht stellen, wenn ich sie beantworten könnte, ich würde sie auch nicht stellen, wenn ich sie *nicht* beantworten könnte. Ich bitte um deine Hilfe dabei.'

Der Professor schämte sich leicht über seine Zurechtweisung. Er war überempfindsam bei Mutlosigkeit durch unberechtigte Selbstkritik ... Er nickte und sagte:

‚Sag mir dann deine Gedanken darüber ... dann gebe ich dir danach die meinen.'

‚Ich kann es nicht, Junge, wirklich nicht. Ich habe es schwer ... Ich bin dabei, Abschied von meinem alten vertrauten Dasein zu nehmen – weil ich dieses Neue kennen lernen will, warum habe ich sonst ein neues Leben erhalten? Ich *kann* nicht bei dem Alten bleiben. Aber wie muss meine Haltung gegenüber dem Alten sein? Diese muss ich bestimmen ... Ich fühle mich fremd ... Ich vermisse auch unseren alten Kontakt, wie er früher war. Du warst so ein fantastischer Schüler, Junge. Nun finde ich dich als ein Meister wieder ... ein Meister in etwas Fremdem ... Und doch fühle ich mich davon angezogen, ich will es suchen ... Aber was habe ich all meine Schüler zu lehren versucht? War es verkehrt, was ich tat, was ich tue? Ich war befreit ... das einzige, was mich bedrückte, war, dass es nicht gelang, euch Abendländern diese Befreiung zu vermitteln. Manchmal wohl einigermaßen, meistens nicht. Nun bin ich auch diese Befreiung los ... Ich verstehe wohl etwas von deinem Weg, jetzt. Etwas ... aber sag mir, ist mein Weg ein verkehrter ...'

Der Professor schämte sich tiefer. Seine Augen klarten auf und wurden hell blau. Er sagte:
‚Meine Oberflächlichkeit steht in einem schrillen Kontrast zu deiner Tiefe ... Mein Weg zieht dich aus dieser Tiefe an die Oberfläche ...'
‚Wie ein Ertrinkender, der aus dem Meer gerettet wird ...?'
Der Professor beugte den Kopf und schwieg eine Weile. Dann sah er auf und sagte:

‚Du hast mich damals in die Tiefe gezogen, Freund. Tief, tief in das Unterbewusste gelangte ich ... und das einzige Bedenken, was ich hatte, war, dass ich nicht mehr dabei war ... während das für dich nun gerade die Essenz war. Da, in dieser Tiefe, wurde mein Ich durcheinander geworfen, ich wurde in etwas Allumfassendes umgestülpt und war nicht mehr. Das finde ich gefährlich, ja. Wenn das ein bleibender Zustand wäre, dann wäre mein Ich vielleicht für immer verloren.'
‚Das ist unser höchstes Streben.'
‚Und für mich das größte Greuel ...'
‚Ist mein Weg ein verkehrter Weg?' Der Meister sah ihn an, lächelnd jetzt.
‚Für mich schon, ja. Jedenfalls als definitiver Weg. Deine Übungen haben mich gelockert, auch bescheidener gemacht. Wenn Devotion ein notwendiger Untergrund für mein Streben ist – und das ist so – dann waren die Übungen bestimmt notwendig. Ja ... ich habe gelernt, das stolze Haupt zu beugen – das habe ich nicht mehr verlernt, auch wenn man es mir vielleicht nicht ansieht. Ich habe die bestürzende Relativität meines Wissens angeschaut ... Glaube mir ... das ist auch ein furchtbarer Kampf, auch eine Entfremdung von dem Alten. Wenn man sein Haupt nicht beugen kann, dann kann man diese Relativität niemals sehen. Aber – ich meine wohl, dass ich mein Ich aus deinen Händen gerettet habe, verzeih mir den Ausdruck. Ich glaube, dass dein Weg verkehrt ist, ja. Ich glaube, dass es ein Weg zurück zum Paradies ist. Aber das Paradies ist nicht mehr das Paradies. Man muss wagen, sich zu entwickeln, vertrauen, dass in dieser Entwicklung, wie sie ist, neben den bösen auch gute Kräfte wirken. Ich denke, dass man sich diesen guten Kräften widersetzt, wenn man die Entwicklung zurückfedern lassen will.'
‚Sind diese Kräfte, die zum Paradies zurück wollen, denn nur schlecht?'

‚Nein ... nicht, wenn sie gebraucht werden, um auf die richtige Art vorwärts zu kommen. Darum sage ich, dass ich so viel von dir gelernt habe ... es war gut, Meister. Die Wahrheit selbst ist letztlich dennoch der größte Meister ... die hat mich rechtzeitig von dir weggeholt ...'

‚Deine Worte sind hart, Junge.'

Der Professor schüttelte abweisend den Kopf und sagte:

‚Nimm sie doch objektiv, Meister ... Wie soll ich dir meine Dankbarkeit und meine Ehrfurcht zeigen und trotzdem deine Frage beantworten?'

Der Meister nickte. Er fühlte Kraft in sich selbst, eine Art Kern in einer reifen Frucht ... Nimm sie doch objektiv ... es war schwer, ein ganz gewöhnlicher Mensch zu werden, einer, der gute Dinge tat, aber auch verkehrte ... Wenn es einen Meister der Individualitäten gab, dann würde sich jeder Mensch ihm gegenüber verantworten müssen ... er selbst würde es müssen, weil er ihn aus Unwissenheit bekämpft hatte ... oder hatte er gewusst, was er tat? Er geriet in Gedanken von Schuld hinein und sackte etwas zusammen.

Der Professor sah ihn an, er tat ihm so leid ... Er stand auf, ging zu ihm, legte die Hand auf seinen Rücken. Er sagte:

‚Ich habe es ganz verkehrt gesagt, glaube ich ... Du bist mein einziger Freund, Meister, ich bewundere dich und verehre dich, dich und deinen Unterricht. Aber es kann doch sein, dass der Osten nicht ohne weiteres den Westen befruchten kann? Dass der Westen sich zuerst bereit machen muss? Versteh mich doch!'

‚Was hat mein Weg dann für eine Bedeutung für den Osten? Für mich selbst ...'

Die Hand auf seinem Rücken wirkte wohltuend. Er fühlte etwas wie einen Schluchzer in seiner Brust ... als ob der Kern auskeimen wollte ... War das sein Herz? Sein Herz war doch weit ... nun schien es eine kleine gebündelte Kraft ... Er war in der Jugend seines zweiten Lebens ... neben ihm stand sein Meister ... seine Hand zog ihn groß ... erziehende Hände waren immer hart ... diese nicht ... jetzt nicht. Sein Freund nahm seine Hand weg. Er setzte sich wieder gegenüber von ihm und sagte:

‚Ich würde dich nie überzeugen wollen, dass du meinen Weg zu gehen hast, nie. Es gibt offenbar etwas in dir selbst, das das will. Das wird auch die Wahrheit selbst sein, Meister ... Sie wird uns letztendlich über den Wert unserer Wege belehren ... Wir haben es da doch mit Realitäten zu tun, nicht mit philosophischen Liebhabereien. Komm, Meister! Wo ist deine Vitalität? Lass uns doch unser Zusammensein genießen! Komm mit, ich zeige dir etwas von der Stadt ...'

Er stand auf. Der Meister erhob sich ebenfalls. Er richtete seinen Rücken auf. Das Leben war schließlich gut zu ihm. Wenn es Wahrheit gab, dann würde sie ihn leiten. Gab es sie nicht, dann machte es auch alles nichts ...

Am Sonntag ging er zum Hochamt. Es gab keine wirkliche Kathedrale in dieser großen Stadt, nicht einmal eine besondere Kirche. Im Hotel fragte er, wo er am besten hingehen konnte ...

Es saßen nur eine Handvoll Menschen da, aber die Orgel spielte mit lauter Überzeugung und es sang ein Kirchenchor.

Er saß etwas abseits und ließ alles tief auf sich einwirken. Der Kirchenbesuch war ein Teil seiner ‚Exkursion in den Westen'. Die hohen Gewölbe, das sparsame Licht, die Musik ... die unverständlichen Worte des Priesters, das Klingeln der Glocke, das laute gemeinsame Beten. Er fühlte die Eindrücke wie fremde Wogen in sein Gewahrsein hineingleiten. Dennoch berührte es ihn nicht unangenehm ... aber er bekam stets das Bild eines Schädels ... er saß in einem Schädel ... die Fenster waren seine Augen ... sie sahen in das Nichts ... Er war ein Fremdling, ein Passant. Der Sinn der Worte, der Handlung, entging ihm völlig ...

Draußen schüttelte er sich wie ein Hund. Er zog die kalte Winterluft tief in seine Lungen ein und atmete seinen warmen Atem als Dampf aus. Er bekam eine Vision von einem warmen Wohnzimmer, wo ein gedeckter Tisch auf ihn wartete ... Nein, er war allein ... Er würde einen Sprachkurs besuchen, wenn er die Menschen verstehen könnte, wäre es schon besser ... In einem Café trank er eine Tasse Kaffee, auch gegen seine Gewohnheit. Er kostete den bitteren Geschmack, nahm viel Zucker und Milch ... und trank kleine Schlücke. Man wurde aufgeweckt davon, man bekam Lust, etwas zu unternehmen, alles sah besser aus ...

Aber er musste doch wieder in die Kälte hinein, besuchte ein Museum, lief noch etwas und ging dann zu seinem Hotel. Er begann, eine Abneigung gegen sein Zimmer zu entwickeln, den unpersönlichen Luxus, das Doppelbett, den Fernseher, die Minibar, die Fußbodenheizung im Bad

... Isoliert und airconditioned ... Abends sehr teuere ausgewählte Mahlzeiten, die wie unerwünschte Elemente in seinen Körper hineinkamen. Er trank ein paar Gläser Wein abends, um schlafen zu können ... und fühlte dann wiederum, dass das auf eine verkehrte Art Frieden gab ...

Er suchte Zuflucht in der Meditation ... aber fand diese nicht befriedigend, weil er Menschen vermisste ... seine Freunde wollte er nicht immer mit seiner Anwesenheit belasten – obwohl sie ihm absolut nicht das Gefühl gaben, dass er eine Last wäre.

‚Wo isst du heute Abend?' Es war die Stimme des Professors. ‚Kommst du zu uns?'

‚Fragst du das, weil du weißt, dass ich einsam bin?', fragte der Meister.

Der Professor lachte herzlich und sagte:

‚Wäre das schlimm? Nein, Freund ... es dauert mir zu lang, bis ich dich wieder sehe.'

‚Und deine Frau?'

‚Die hat nichts zu sagen, das weißt du.', grinste der Professor.

‚Sei dann mein Gast hier, heute Abend. Die Küche ist vortrefflich, ihr werdet es genießen.'

Er legte auf und bestellte heiter einen Tisch im Restaurant. Warum sollte er den Luxus hier nicht ein bisschen genießen? Das Zimmer war eigentlich sehr schön, geschmackvoll eingerichtet und mit allen Bequemlichkeiten versehen. Er nahm ein warmes Bad und genoss die warmen Kacheln unter seinen bloßen Füßen. Danach ruhte er ein Stündchen unter der frischen, lockeren Bettdecke. Sie wussten hier den Körper wohl zu verwöhnen ... es machte einen faul ...

Um sieben Uhr traf er seine Freunde in der Halle. Der Anblick dieses prächtigen Paares war rührend. Er trug seinen strengen Anzug, wie immer, aber sie hatte einen schwarzen Rock an, der ihre vollkommenen Formen bescheiden betonte. Sie war keine stattliche Schönheit, sondern eine zarte Blume in vollem Leben, der Kelch voller Erwartung nach ihm dort neben ihr geöffnet, ihrer Sonne ...

Das Restaurant war sehr besucht, dadurch wurde die allzu vornehme Atmosphäre gesellig. Wie ein echter Gastherr bot er ihnen ein umfangreiches Menü an ... und lachte vor Freude über seine eigene Geschmeidigkeit, mit der er sich in diesem Luxusleben zu bewegen lernte.

‚Ich fange an, wirklich Gefallen daran zu finden ... ich habe allerlei Pläne für die kommenden Monate. Nach Weihnachten bekomme ich die Schlüssel meiner Wohnung ... Doktor Stern hat ein ganzes Programm für Kurse aufgestellt, die Anmeldungen strömen herein ... Ich werde einen Kurs in eurer Sprache besuchen, und ich denke daran, etwas Mathematik zu machen ... um meinen schwerfälligen Verstand etwas zu erziehen. Und ihr? Was macht ihr an den Festtagen?'

‚Wir gehen zu unseren Eltern ... mein Vater ist böse, dass ich einfach so bei ihm eingezogen bin, ohne ihn überhaupt vorzustellen. Aber wenn er ihn sieht, wird der Ärger vorbei sein.', sagte das Mädchen.

‚Wieso?'

‚Er folgt jährlich Vorlesungen bei ihm, Fortbildungen. Ich freue mich auf sein Gesicht ...'

Sie saßen stundenlang am Tisch, führten ein lockeres Gespräch und lachten viel. Der Meister hatte alle Gelegenheit, die Liebe zu genießen, die zwischen seinen beiden Freunden blühte. Er selbst wurde darin aufgenommen. Er bewunderte die Höflichkeit dieses Ritters gegenüber von ihm ... und die ungekünstelte Ehrfurcht, die seine Frau ihm entgegenbrachte.

War es Glück, was er fühlte, als er wieder allein oben saß? Die Wärme dieser zwei Menschen erfüllte ihn ganz und ließ ihn vor Positivität glühen. Er fühlte sich wie ein kleines Kind, das durch seinen Vater und seine Mutter herrlich verwöhnt worden war. Es wartete jetzt kein trostlos harter Boden, auf dem seine blau geschlagenen Rippen ganz besonders wehtun würden ... sondern ein Bett von Federn und Daunen, in dem er in die Wärme untertauchen könnte ... ein Leib, umhegt durch die Wärme von zwei echten Freunden.

Er bezog sein Appartement, eine geräumige Etage mit Aussicht auf den Fluss, der durch die Stadt floss.

Doktor Stern nahm eine Haushälterin für ihn in Dienst, eine Dame die etwas Englisch sprach und die für den Meister sorgen würde. Es schien großes Interesse für seinen Unterricht zu geben ... Es wurde ein Raum in der Innenstadt gemietet, wo der Meister Vorträge, Kurse und eine Sprechstunde geben könnte.

An zwei Abenden pro Woche besuchte er seine Freunde. Er aß dann mit ihnen und dann arbeiteten sie zusammen. Der Professor versuchte, ihnen Stück für Stück Verständnis für das nahe zu bringen, was er ‚Denken' nannte. Das war nicht das spontane Aufwallen von Gedanken, aber auch nicht das abstrakte Denken, wie es sich in der Wissenschaft entfaltet. Was dann?

Diese Abende waren Höhepunkte in seinem Leben. Obwohl das Thema nicht aufhörte, ihn in Verwirrung zu bringen, war die wundersame Harmonie in diesem ‚Triumvirat' für ihn eine Art Lebenserfüllung. Jeder der drei hatte eine ausgesprochene Eigenart ... aber diese kollidierte nicht mit den anderen, sondern harmonierte ... Wenn im Leben sonst nichts sich der Mühe wert erweisen sollte, dann wäre *dies* für ihn dennoch der Sinn des Daseins ... Wohl fühlte er oft, dass diese noch so ganz junge Frau nach etwas greifen musste, was sie kaum erreichen konnte. Ihr fehlte die Weisheit der Jahre, aber auch die spirituelle Erfahrung der beiden Männer. Sie konnte oft nicht mehr tun, als ihnen voller Hingabe und Andacht zuzuhören. Sie nahm alles tief in sich auf und wurde nur unsicher, wenn sie etwas gefragt wurde. Am liebsten hörte sie still zu. Aber ihr Mann rief sie oft zu Aktivität auf ... dann geriet die ruhige Harmonie kurz ins Wanken. Dann sah sie, wie der Professor sie aus ihrer passiven Hingabe aufweckte, um ihre Entwicklung selbst in die Hand zu nehmen. Er verstand ihre Unsicherheit dann sehr wohl, aber fand dennoch, dass sie diese überwinden musste. Dann fand der Meister ihn streng, zu streng ... Aber sie hatte so viel Mut ... sie überwand dann ihr anfängliches Zögern und machte einige Schritte. Und dann musste er zugeben, dass die Strenge seines Freundes doch berechtigt war. Er brachte damit ihre schlummernde Entwicklungskraft in Gang ...

Der Meister hängte sich leidenschaftlich an seine zwei Freunde – und er gab sich keinerlei Mühe, um sich gegen diese Anhänglichkeit zu wehren. Er hatte eine Aufsässigkeit, eine Rebellion gegen seine alten Auffassungen entwickelt. Wenn ein Mensch eine ewige Entität war ... warum sollte man sich dann nicht mit seiner eigenen Entität an ihn hängen? Das war schließlich etwas *anderes* als Habsucht ... Nein, diese zwei Menschen waren nicht sein Besitz ... aber er liebte sie mit seinem ganzen Herzen.

Sie besuchte ihn regelmäßig, wenn sie aus der Klinik kam. Er fand es herrlich, sie zu sehen, aber hatte doch immer seine Bedenken. Er blieb der Meinung, dass sie zu sehr ihren eigenen Weg ging, dass sie direkt nach Hause müsste, um ihre Pflicht zu erfüllen.

Aber sie schob diese Einwände unbesorgt beiseite. Sie durfte gehen, wohin sie wollte ... sogar wenn sie zu spät nach Hause kam, merkte sie nichts von Ärger. Der Meister fand, dass es nicht darum ginge ... das machte ihre Verpflichtung, ihm zu dienen nur noch größer ... Dann zuckte sie abwehrend mit den Schultern. Der Meister hatte altmodische Auffassungen ...

Der Professor besuchte ihn sehr selten. Er arbeitete hart und wollte seine spärliche freie Zeit seiner Frau widmen. Nur als sie Dienst hatte, kam er ein einziges Mal.

So stand er an einem dieser langen Winterabende plötzlich vor seiner Tür ... Der Meister fühlte sich wie ein Kind, voller Erwartung ... Er liebte diese große selbstbewusste Gestalt, die hohe Stirn, die klaren, forschenden Augen. Er nahm seine Entwicklung innerlich sehr scharf wahr. Dieser Mann ging mit kräftigem, sicherem Schritt einer selbstständigen Einweihung entgegen ...

Während er Tee aufsetzte – das hatte er inzwischen gelernt – stand der Professor vor dem Fenster und blickte auf den breiten Fluss, der so unermüdlich durch die Innenstadt strömte.

‚Du hast immer das schönste Plätzchen, Meister ... ob es nun in den Bergen ist oder in der Stadt ...'. Er drehte sich um und setzte sich.

‚Was führt dich her?', fragte der Meister.

Der Professor hob die Augenbrauen und sagte:

‚Verlangen nach deiner Gesellschaft ... ich finde, dass ich viel Glück habe ... ich habe eine prachtvolle Frau ... und einen besten Freund.'

Der Meister lächelte und sagte:
‚So fühle ich mich auch ... auch wenn diese prachtvolle Frau die deine ist ...'
‚In zwei Wochen muss ich eine Woche ins Ausland, für einen Kongress. Willst du ein bisschen auf sie aufpassen? Sie fragte, ob du dann abends zu ihr essen kommst. Sie ist schnell einsam, fühlt sich dann etwas verloren ...'
Der Meister nickte bekräftigend.
Sie tranken Tee. Der Professor sagte:
‚Wie geht es dir?'
Es war eine ganz gewöhnliche Frage ... die den Meister tief rührte. Er wusste nämlich sehr gut, dass es absolut keine konventionelle Frage war. Es war eine Frage nach seinem tiefsten Wesen. Es war, als ob aller Schein, alle Trivialität von ihm abfiel. Er kannte das Gefühl durch und durch, es war schließlich ein fast bleibender Zustand, der zu seiner Meisterschaft gehörte. Aber jetzt blieb in dieser unergründlichen Weite dennoch etwas von ihm selbst erhalten. Dieses ‚Etwas' wurde von dem Professor angesprochen. Eine Sekunde in der Ewigkeit, ein Atom im Universum, eine Eigenheit ...
Er antwortete nicht unmittelbar ...
‚Ich bin heiter, voll guten Mutes ... Glücklich sogar. Aber im Grunde ist da Verwirrung ... ein zerbrochenes Gleichgewicht gibt Chaos ... Der Meister ist kein Meister mehr ... und muss trotzdem als Meister auftreten. Und doch habe ich in dem, worin ich ein Schüler bin, mehr Meisterschaft als meine Schüler ... Ich bin ein Mann, der dem Alter entgegen wächst ... und doch ist ein Kind in mir geboren, du bist dessen Vater davon, mein Junge, es streckt die Händchen nach dir aus ... es will erwachsen werden, *wird* es auch werden. Weißt du ... einst stand ich außerhalb von mir selbst, war eins mit dem anderen. Ich stand außerhalb meines Körpers ... und war ihm unbewusst verfallen ... Jetzt ... werde ich eins mit meinem Körper ... das gibt ein Gefühl von Wohltat, von Glück ... aber *etwas* muss draußen bleiben, das ist das bewusste Denken. Das muss außerhalb bleiben ... Ein Kind ist es ... Dieses Kind ist oft allein, ungeschickt, unbeholfen. Es verlangt nach einem Vater, einem Erzieher ... Hilf mir, mein Junge!'

Der Professor war nun ganz und gar Sanftheit. Seine Augen waren sanft und rund, seine Hände lagen voller Hingabe auf dem Tisch. Er fühlte seine große Verantwortung. Indem er auf den Unterricht des Meisters eingegangen war und sich dann entzogen hatte, hatte er Chaos in seine Ordnung gebracht. Chaos ist nötig, um zu Entwicklung zu kommen, Befruchtung ist sonst nicht möglich ... Aber er hatte Anteil an diesem Chaos ... das legte ihm Verantwortung auf. Er sagte:

‚Sag mir, Freund ... versäume ich etwas? Helfe ich dir ungenügend?'

Der Meister schüttelte den Kopf.

‚Nein ... aber ich bitte dich um Verständnis für meine Unbeholfenheit. Ich ging immer nach draußen, trat aus mir selbst hinaus in das Gewahrsein, in die Welt außerhalb von mir. Nun beginnt sich *in* mir etwas zu rühren ... nicht die gewohnten Gefühle und Gedanken, die ich ... von denen ich mich befreit habe. Nein, etwas Kindliches, dass ich manchmal fürchte, weil ich es selbst bin. Ich ... nicht ein veränderlicher Prozess von Ursache und Folge ... sondern ein standfester Punkt, der Verantwortung trägt ... aber der auch *alles* zu wissen scheint ... als wogten lang vergessene Erinnerungen herauf. Es beängstigt mich ... weil es milde und streng ist ... wie du, der Vater ... Ich meine ... ich weiß natürlich, dass du nicht wirklich der Vater bist, aber als Bild ist es dennoch richtig ...'

Erinnerungen aus einer vergessenen Vergangenheit ... ist *das* nicht eigentlich der Erkenntnisprozess? Tritt man nicht in jeder Bekanntschaft, ob das nun mit einem Menschen ist, oder mit einer wissenschaftlichen Tatsache, einem Bekannten entgegen? Einem intimen Freund von ‚früher'? Der Professor fühlte geistige Verzückung bei den Worten seines Freundes. Der Meister verstand es! Weil es in ihm selbst Wirklichkeit wurde und weil er im Gewahrsein *so* geöffnet war ... Ach, ihre Zusammenarbeit war das Schönste, das Befriedigendste, was es auf Erden gab ...

Der Meister besuchte seine Freundin in der Woche darauf täglich. Er liebte es, mit seinen Vorstellungen zu spielen ... und phantasierte, dass er abends, nach seiner Arbeit, zu seiner Frau nach Hause kam. Darin war nichts Schlimmes, keine Untreue gegenüber seinem Freund, es war nur unschuldige Phantasie, ohne körperliche Vorstellungen ... Um sechs Uhr ging er zu ihr, dann war sie schon vollauf in der Küche beschäftigt. Immer gab es da eine Zeitung für ihn, die er beim Kaminfeuer lesen konnte. Nach dem Essen wuschen sie zusammen ab. Zuerst war er darin ungeschickt, aber er lernte schnell ... Danach spielte sie Klavier, wie es ihre Gewohnheit war. Er saß dann wieder beim Feuer und lauschte ihrem fast professionellen Klavierspiel. Sie brachte ihm Liebe zu dieser typischen Musik der ‚Mitte', der europäischen Musik, bei. Das Klavierkonzert von Brahms wurde sein Lieblingsstück ...

Schließlich setzte sie sich zu ihm ...

‚Weißt du noch', sagte er, ‚wie wir danach verlangt haben, ihn wieder zu sehen? Denkst du noch manchmal daran?'

Sie stellte ihre Teetasse mit einer zierlichen Geste auf den Tisch. Sie sah ihn an und antwortete:

‚Daran denke ich jeden Tag ... jedenfalls wundere ich mich fortwährend über mein Glück. Ich kann es einfach nicht fassen, dass so ein Mann mich heiraten will ... aber das behalte ich für mich, denn das kann er nicht haben. Ich habe ein Leben wie eine Prinzessin ... ich habe alle Freiheit, genug Geld und einen Mann, der es schön zu finden scheint, ‚mit mir zu sprechen'.'

Der Meister bekam ein unbehagliches Gefühl. Er sagte:

‚Ist das alles?'

Sie schaute erstaunt. Er war ein bisschen böse. Warum?

‚Warum sind Sie böse?'

Der Meister hob einigermaßen spottend die Schultern. Er sagte:

‚Böse ... Du bist mir zu oberflächlich. Ein Leben wie eine Prinzessin. Weißt du denn, mit wem du es zu tun hast?'

Seine Worte berührten sie nicht, noch nicht. Selbstsicher saß sie da, die Prinzessin. Sie sagte, das schöne Haar nach hinten streichend:

‚Darf ich nicht froh mit dem sein, was ich habe? Danach haben Sie doch gefragt?'

‚Nein, danach habe ich nicht gefragt. Ich sehe eine schöne Frau, die wie eine schnurrende Katze in der Sonne liegt und sie genießt. Wenn es ihr langweilig wird, dann springt sie fort, auf der Suche nach einem Spiel. Das sehe ich. Und das ärgert mich.'

Sie schwieg. Was wollte er von ihr, worauf war er aus? Er sagte:

‚Du bist schön, du bist intelligent ... du hast den besten Mann. Er findet alles gut, trägt dich auf Händen. Genieße das einfach, herrlich selbstzufrieden ...'

Nun empörte sie sich. Sie schaute böse und sagte bissig:

‚Sie wissen sehr gut, dass es so einfach nicht ist! Dass das Äußerste von mir gefordert wird, dass ich fortwährend arbeite muss, tagsüber in der Klinik, abends an meinem Studium oder an meiner innerlichen Entwicklung. Dass scharf auf mich aufgepasst wird, dass er eine zornige Art hat und mir regelmäßig ein Donnerwetter gibt ... dass ich dann klein werde, wie ein Kind, in die Ecke gestellt ... Das würde keine Frau ertragen! Darf ich dann nicht ein bisschen genießen, wenn ich frei bin, und froh sein über all das Gute, was auch da ist! Ich finde Sie nicht ehrlich!'

Er schüttelte störrisch den Kopf.

‚Nein, mein Kind. Auch das ist alles pure Selbstsucht. Wenn ein stolzes Mädchen auf die Knie geht, wenn sie etwas auf den Kopf bekommt ... Ärgerlich ja, aber verdient, oder nicht? Ein notwendiges Gegengewicht zu der Glückseligkeit. Natürlich fügst du dich ihm, du kannst ihm nicht das Wasser reichen! Aber *weißt* du, mit wem du es zu tun hast? Denkst du darüber wohl einmal nach?'

Sie war nun wirklich böse. Wütend! Sie sagte:

‚Sie können ja damit gar nicht aufhören, dass ich nach meiner Arbeit noch Tennis spiele oder zu Freunden gehe, statt ‚meinem Mann zu dienen'. Beklagt er sich darüber bei Ihnen? Das glaube ich trotzdem nicht. Wenn es nach Ihnen ginge, dann ginge ich hier rückwärts und gebeugt aus dem Zimmer ... er ist *auch* ein ganz gewöhnlicher Mann ...!'

‚Das ist er nicht! Ihr seid hier nicht konsequent ... Du glaubst leidenschaftlich an das Bestehen einer ewigen Persönlichkeit, aber du hast *keine* Lust, die Konsequenz hinzunehmen! Das ist nämlich die, dass die eine Persönlichkeit eine höhere Entwicklung hat als die andere. Du kannst deinem Mann nicht das Wasser reichen. Nicht weil du eine Frau bist, das hat damit nichts zu tun ... Du musst einmal darüber nachdenken! Du hast Respekt vor ihm, ja. Vor seiner schicken, großen Erscheinung, seiner Krawatte und seiner scharfen Zunge, dagegen kommst du nicht an. Du musst dich beugen. Aber *weißt* du, mit wem du es zu tun hast?!'

Sie kam zur Besinnung. Der Meister hatte eine schneidend scharfe Einsicht ... Ihr Respekt für ihren Mann beruhte sicher zu einem Teil auf körperlicher Lust und Unlust. Sie hatte Angst vor Schlägen, aber forderte diese dennoch gerne heraus, so war sie als Kind schon gewesen. Sie brauchte einen überlegenen Kerl neben sich, sie hatte immer solche Männer gehabt. Nur war dieser Mann gerecht, das machte ihren Respekt doch aufrichtig ... Wusste sie, mit wem sie es zu tun hatte?

Bestimmt nicht so deutlich, wie der Meister ... aber doch wohl ein bisschen. Sie sah, dass er eine fast übermenschliche Energie hatte, eine Disziplin, um den Tag schon vor Sonnenaufgang mit Meditation zu beginnen und ihn nach Mitternacht auch wieder so abzuschließen. Er konnte ganz im Moment leben ... hatte nach einem langen Arbeitstag seine Augen und Ohren offen für sie ... Das wies auf eine große Geisteskraft. Das wusste sie sehr wohl ... aber was sollte sie damit machen? Was wollte der Meister bloß ... Sie hob hilflos ihre Schultern. Ihr Ärger hatte sich gelegt. Sie sagte:

‚Ich weiß es wohl ein bisschen ... manchmal kann es mich auch überfallen, dann fühle ich mich viel zu gering, um seine Frau zu sein. Was wollen Sie nur sagen, Meister?'

‚Ich habe dich diesen Sommer hart angefasst, mein Kind. Das weißt du wohl noch. Ich wollte dir zeigen, wie dein Leben sein würde ... das sagt mehr als Worte, nicht wahr. Aber offenbar hast du doch Worte nötig. Ihr habt keine Veranlagung, direkt in der Wirklichkeit zu lesen ...'

Sie erinnerte sich ihres ermüdeten Körpers, wie er sie hatte arbeiten lassen ... Sie hatte sich nichts gefragt, damals ... Er sagte:

‚Ich sehe ein Leben voller Entbehrungen in der Ferne. Seine Geisteskraft wird geprüft werden, Mal um Mal. Er braucht eine Frau neben sich, die das verstehen wird und die ihre eigene Entwicklung dadurch befeuern lassen wird, die nicht sich selbst sucht, die kein Kätzchen in der Sonne sein will ... sondern die *alles* ergreifen will, um zusammen mit ihm Kräfte zu sammeln. Du gehst mit ihm einem Leben voller Ernst entgegen. Du musst das wollen, sonst lebst du zu Unrecht an seiner Seite und bekommst dein Glück unverdient ... Richte dich auf, mein Kind. Und sei seine Frau!'

Sie saß aufrecht in ihrem Stuhl, mit ihrem Mut überstand sie seine Worte. Eine Röte färbte ihre Wangen, sie schlug ihre Augen nieder. Ihre innerliche Schönheit blühte auf, alle unwichtigen Details fielen von ihr ab ... Man würde sie hassen wegen ihrer Aufgabe ... aber sie nahm diese nun, mit ihrem vollen Willen, auf sich.

Am nächsten Abend fragte sie:

‚Mit wem habe ich es zu tun, Meister? Wer ist er, neben dem ich lebe?'

Der Meister stand auf und stellte sich neben sie. Er legte eine freundliche Hand auf ihren Kopf. Er sagte:

‚Mein liebes Kind ... ich bereue meine scharfen Worte von gestern.

Ich war verärgert und sah nur Negativität. Kannst du mir verzeihen?'

Sie sah zu ihm auf und sagte:

‚Das brauchen Sie nicht zu tun ... es war nicht unberechtigt. Ich war wohl verletzt ... aber später, im Bett, fühlte ich doch, dass Sie Recht hatten. So oberflächlich, wie Sie mich gestern schilderten, bin ich nicht ... aber es ist natürlich schon etwas davon wahr. Es ist gut, dass Sie so ehrlich sind, das ist doch erst echte Freundschaft?'

Er streichelte ihr Haar und setzte sich wieder.

‚Aber Meister ... wer ist er?'

Der Meister sah sie an, seine Augen waren so mild ... Er sagte:

‚Mein Kind ... Ich kann dir das nicht sagen ... aber ich habe viel gesehen ... als ich nach meinem Todeskampf zu mir kam ... später in Träumen und in Bildern ... Zuerst habe ich nicht verstanden, was ich sah, weil ich keine Möglichkeit dazu hatte ... Später wohl, immer deutlicher. Ein gewöhnlicher Mann ... eine nette Karriere, ein ziemlich standfester Charakter, vielleicht etwas schwierig dann und wann, aber auch sehr lustig ... intelligent, ein großes Begriffsvermögen. Davon gibt es viele, nicht wahr?'

‚Überhaupt nicht!', protestierte sie. Er lachte und fuhr fort:

‚Was ist denn daran so besonders? Seine Mitarbeiter respektieren ihn, er hat eine große Autorität ... aber das ist auch nicht so einzigartig, stimmt's?'

‚Sie beschreiben nur die Außenseite ...'

‚Und die ist bei ihm sehr schön ... *sehr* schön. Es gibt keinen einzigen Anlass, noch weiter zu suchen, findest du nicht?'

‚Ich brauche nicht zu suchen ... es ist doch klar.'

‚Was?'

Sie lachte. Ja, was? Alles, was man sah, war Außenseite ... Und doch ... Sie sagte:

‚Es ist, als ob er nie *nicht* da ist. Seine Aufmerksamkeit scheint fast kontinuierlich zu sein ... Und das ist keine abstrakte Aufmerksamkeit ... bestimmt nicht. Er sitzt nie in sich selbst, während man dennoch das Gefühl hat, dass er ganz da ist, eins mit sich selbst. Manchmal kann er einem mit großen träumerischen Augen folgen, dann ist er eins mit den Gefühlen, die jemand hat ... dann wieder ist er klar und wach – dann droht auch seine Strenge ... Und es gibt kein Vorurteil, er urteilt nach dem, was sich zeigt.'

‚Ist das so besonders?'
‚Ja ... das kommt nicht vor. Zumindest nicht in meiner Erfahrung ...'
‚Auch nicht bei dem Meister?' Schalkhafte Augen glitzerten ihr entgegen.
‚Nein ... auch nicht bei Ihnen. In Ihnen ist wohl etwas Vergleichbares ... bei Ihnen scheint es überhaupt kein Urteil zu geben – und doch wird man manchmal verurteilt. Das kann manchmal *sehr* stark sein ... aber es ist, als ob es außerhalb von Ihnen vor sich geht, während *er* selbst urteilt. Das gibt ihm etwas Einsames – und macht auch, dass ich wirklich Angst vor ihm haben kann. Man steht dann gegenüber ... individueller Rechtschaffenheit, man wird angenommen oder verworfen. Und er nimmt das Urteil auf sich, nicht als ein Dolmetscher der Wirklichkeit, sondern als *seine* individuelle Einsicht in die Wirklichkeit. Nun ja ... verstehen Sie mich?'
Er verstand sie. Nein, oberflächlich war sie nicht, er müsste sich einmal tief schämen. Verurteilen, ja ... Aber nun sagte er:
‚Du bist sehr deutlich, mein Kind. Wissen wir nun, mit wem wir es zu tun haben?'
Sie lachte ihm zu und sagte:
‚Ist es vielleicht *Liebe*, Meister? Nicht die schwammige täuschende Selbstgenügsamkeit ... sondern die übermäßige Willenskraft, die sich selbst nicht sucht. Diese Liebe ist nicht einmal immer angenehm, denn sie legt dem anderen doch auch Verantwortung auf. Ich verstehe jetzt, was Sie meinten, Meister. Ich empfange diese Liebe ... und das geht nicht einfach so! Dem muss etwas gegenüberstehen.'
Der Meister kam wieder zu ihr und streichelte wie ein Vater ihr Haar. Er sagte:
‚Du bist ein wunderliches Geschöpf, mein Kind. Dein Gemüt ist so groß ... Es scheint mir schwer, in so einem schönen Frauenkörper zu wohnen. Menschen schätzen dich immer falsch ein, wenn sie dich sehen, das muss für dich wohl ein Leidensweg sein.'
‚Ach Meister ... Sie wissen, dass ich das dennoch zum Teil selbst bin ... ich weiß sehr gut, dass ich nicht nur wegen dieses schönen Körpers so viel aufs Dach bekommen habe – sondern auch weil ich mich entsprechend benommen habe ... oder gerade nicht! Mein Vater behandelte mich wie ein Mädchen, wie eine Bedienung sogar. Dann saß der Herr Doktor auf seinem Stuhl und wollte nicht mehr aufstehen. Wenn er

dann fragte: Willst du die Zeitung holen? dann tat ich das. Aber wenn er schlechte Laune hatte, dann fuhr er mich an: Hol mir die Zeitung! Und dann sagte ich: Mach es selbst! Nun, dann stand er auf jeden Fall auf ...'

Der Meister sah die Szene vor sich und lachte darüber. Sie sagte entrüstet:

,Lachen Sie nur! Ich fühlte mich als Mädchen von Fünfzehn in meinem aufblühenden Frausein gepackt. Er stellte sich gewöhnlich mit seinen großen Füßen darauf. Es gibt nichts Schlimmeres als in diesem Alter so physisch angefasst zu werden.'

Der Meister prustete vor lachen. Er sagte:

,Sieh doch einmal dieses Bild! Daran kannst du gesunden Selbstspott lernen ... so ist doch das ganze Leben? Und glaub mir, man bekommt nichts unverdient. Sieh den Humor davon ein und du bist davon befreit.'

,Ja, ja.', sagte sie sauer. ,Was hat so etwas nun für einen Sinn gehabt? Ich bin nur noch stolzer geworden. Ich gab keinen Mucks!'

Er beugte sich zu ihr hinüber und kniff sie in die Wange.

,Lach jetzt einmal, mein Kind! Du liebst doch deinen Vater?'

,Ja ...'

,Nun ... dann lache! Du bist eine Prachtfrau. Und die ,Form', die dein Vater dir gab, die ziert dich, glaube mir.'

Nun lachte sie auch.

,Was für ein Gespräch! Sie schauen wirklich sehr anders auf diese Dinge ...'

Er setzte sich.

,Lerne, über dich selbst zu lachen, mein Kind. Alles geht vorbei ... auch Schmerz, wo auch immer.'

Sie widersprach ihm:

,Nein, Meister! Nicht alles geht vorbei ...'

Nicht alles geht vorbei ... was war denn bleibend? Alles in fortwährender Veränderung ... das hatte er gelehrt und so konnte man es auch erfahren. Nur im Zustand der Befreiung konnte von Unveränderlichkeit die Rede sein ... da war alles, wie es einmal war und wie es immer sein würde ... Sie meinte das nicht, sie kannte diesen Zustand nicht ... Sie meinte etwas, was inmitten der fortwährenden Vergänglichkeit blieb, etwas was *selbst* immer in Entwicklung war, aber was als Träger dieser Entwicklung dennoch bleibend war: die Individualität! Jedes Mal stieß er wieder darauf, auf diesen Unterschied zu seiner Lehre ... wodurch *alles* anders wurde. Er fühlte ein intensives Verlangen nach Sicherheit auf diesem Gebiet.

Auch wenn es schon weit nach Mitternacht war, er verrichtete seine zweifache Meditation. Einerseits versank er in einfaches Gewahrsein und fühlte sich aufgenommen in den ewigen Zustand von Befreiung ... Andererseits spannte er sein Verstehen bis zum Äußersten an und fühlte, wie er sich in einen Strom von Streben verwandelte ... Nun nicht ein Mitgleiten, sondern ein gegen den Strom schwimmen. Eine gewaltige Anspannung des Ich, das dadurch stärker und stärker wurde ...

Am letzten Abend, bevor der Professor wieder nach Hause kam, blickte er zurück auf die hinter ihnen liegende Arbeit. Sie hatten gegessen, aufgeräumt und Musik genossen. Nun saßen sie mit einem Tee beim Kaminfeuer. Er sagte:

‚Du bist eine vortreffliche Gastgeberin, mein Kind. Und ein sehr guter Gesprächspartner. Ich habe besondere Abende gehabt.'

Sie errötete und lachte ihn an.

‚Es war für mich auch sehr schön, Meister. Ich habe keine Einsamkeit gefühlt ... Und ich preise mich glücklich, dass ich Sie so gut kennen gelernt habe. Haben Sie immer schon gewusst, dass dies so kommen würde? Oder ist das für Sie auch eine Überraschung?'

‚Nein ... ich habe das nicht gewusst. Doch bist du mir von der ersten Begegnung an aufgefallen, du bist total verschieden von deinen Altersgenossen, ganz anders.'

Sie schwieg. Sie hatte nun einmal nicht so eine hohe Meinung von sich selbst. Aber er sagte:

‚Doch, Kind! Ich meine es wirklich. Arbeite hart an deinen innerlichen Übungen ... dann wirst du immer besser sehen, wer du eigentlich bist.'

‚Meinen Sie Ihre Übungen? Oder die meines Mannes?'

Er lachte sein polterndes Lachen.

‚Ich meine natürlich seine Übungen! Schufte dich ab im Verstehen, Kind. Je schwieriger der Inhalt, desto größer die Anstrengung. Es geht nicht mehr um das Sitzen auf dem Boden oder um die Atmung. Es geht darum, gewahr zu werden, dass man sich *innerlich* anspannt. Es scheint, dass man *da* sich selbst findet ...'

‚Und Sie finden heute, dass man sich suchen soll, statt sich von sich selbst zu befreien?', fragte sie schlagfertig.

Er zog die Augenbrauen hoch und sagte:

‚Mein Kind ... es ist nicht mehr die Frage, was ich finde ... ich würde schon gerne wollen, dass ich beim Alten bleiben könnte. Aber ich bin hierzu getrieben, wie mit einer natürlichen Notwendigkeit. Wenn man so einen Menschen kennen lernt wie deinen Professor ... dann werden Ideale in einem geboren – und wenn man kein Mörder sein will, dann hat man sie zu hegen, als wären es die eigenen Kinder ... hegen und großziehen ...'

‚Was sind denn diese Ideale?'

‚Es sind Strahlen des individuellen Geistes ... in den Idealen findet man eine letzte Abspiegelung dessen, wer man eigentlich ist, des eigenen, wirklichen, tiefsten *Namens* ... Ach, Mädchen ... manchmal sehe ich es unvermittelt, als ob die Sonne ihr Licht darauf wirft ... Dann wieder kommt der Zweifel ... aber nie mehr werde ich aufgeben ...'

Sie blickte gerührt zu ihm. Seine unergründliche Milde hatte sich plötzlich in leidenschaftliche Erkenntnis verwandelt. Sie fühlte, dass sie Zeuge von etwas Großem war ...

Als er an diesem Abend Abschied von ihr nahm, überfiel ihn eine tiefe Melancholie. Er war wieder allein ... Morgen kam der Professor nach Hause, dann waren sie wieder zusammen – und er hatte keinen von beiden.

Aber einmal zu Hause, folgte er energisch seinen eigenen Ratschlägen. Zum ersten Mal ließ er seine vertraute Meditation aus und dachte ausschließlich: Wenn das Denkende und das Gedachte ein und dasselbe sind, dann ist das Wort der Begriff und ein Abbild des Geistes, aus dem es hervorgeht.

Probeweise schaffte er seine eigene ‚meisterliche' Meditation ab. Er hatte eine Ahnung davon bekommen, dass er mit der einen Form des Meditierens die andere unwirksam machte, und beschloss, einen Monat lang nur eine Denkmeditation zu verrichten. Er erlegte sich dreimal pro Tag eine Viertelstunde Denken über diesen einen Satz von Thomas von Aquino auf ...

Am ersten Tag ging es ... Aber danach begann ein fast unerträglicher Verlust seiner vertrauten Hingabe an das All ... Er vermisste seine Meditation wie ein Kind die Mutter vermisst. Nach einer Woche war er vollkommen in Trübseligkeit getaucht. Das Leben war öde und langweilig, gehetzt und laut. Seine Kurse waren Routine, die Gespräche mit Schülern erschöpfend. Er fühlte sich wie ein ganz gewöhnlicher Mann, der über sein eigenes Maß hinaus Unterweisung gab ... seine Worte waren leer und unecht ...

Aber echte Freundschaft überbrückt Raum und Zeit ... und eines Abends verkündete die Türklingel unerwarteten Besuch.

‚Mein Freund!', rief der Meister aus, als er den Professor sah. ‚Ein Engel wäre nicht willkommener gewesen!'

‚Seit wann glaubst du an Engel?', fragte der Professor trocken, während er seinen Mantel auszog. Der Meister schlug ihm auf die Schulter und sagte fröhlich:

‚Ich gehe regelmäßig zur Kirche. Da sehe ich sie dargestellt. Manchmal wünschte man, dass so ein Engel einem eine Botschaft brächte ...'

Seine Depression wich vor der Freundschaft ... Geschäftig lief er hin und her, um Kaffee für seinen Freund aufzusetzen. Danach setzte er sich zu ihm.

‚Was führt dich hierher?'

‚Ein Abend alleine ... und fortwährende Gedanken an dich.'

‚Ich dachte, dass deine Gedanken deine Jünger wären und du ihr Meister?'

Der Meister trank seinen Tee. Wie jemand abends Kaffee trinken konnte, war ihm ein Rätsel ... Er sagte:

‚Ja, Junge. Ich brauche dich ... brauche dich sehr. Ich habe seit zwei Wochen keine Sitzmeditation mehr gemacht ... ich habe nur diesen einen Satz kontempliert und meditiert. Es ist, als ob diese Meditation mit jedem Tag schwächer wird. Manchmal sitze ich einfach da und döse ... kein Gewahrsein und kein Denken! Alles wird flach und leer ... ich bekomme davon Angst und werde trübselig ...'

,Warum machst du das denn?' Der Professor sah ihn erstaunt an.

,Weil ... ich denke, dass unsere zwei Wege doch nicht zugleich begangen werden können. Vielleicht wohl nacheinander, aber nicht gleichzeitig. Ich strenge mich bis zum Äußersten an, um einen Satz zu verstehen, fühle, wie ich mein Ich damit verstärke – und lasse es dann im Gewahrsein völlig verstreichen, oder andersherum ... Wenn man ein Haus bauen will und man legt Stein auf Stein ... dann wird man doch danach nicht mit derselben Präzision die Steine wieder fortnehmen? Dann sollte man lieber aufhören zu bauen ...'

,Es sei denn, dass es um das Bauen und Abbrechen geht ... und nicht um das Haus.'

Der Professor sah ihn an. Seine Antwort kam wie eine Notwendigkeit ... aber wie musste man das nun sehen? Der Meister dachte nach, sagte dann:

,Willst du sagen, dass ich beide Meditationen weiterhin tun soll?'

Der Professor schüttelte den Kopf und sagte:

,Ich will nichts sagen ... ich denke mit dir mit. Ich selbst mache deine Übungen noch immer. Ich finde, dass sie ein Gefühl von *Devotion* und ein Vermögen zur *Hingabe* geben, die auf keine andere Art zu erreichen sind. Nur darf es nicht dabei bleiben, es muss in die Entspannung *An*spannung hineintreten. Aber durch den Kontrast wird das Erleben *viel* stärker. Ich hätte nicht gewusst, wo ich die Ehrfurcht hätte lernen sollen, Meister. Durch diese Kraft komme ich viel schneller vorwärts.'

Die braunen Augen des Meisters waren feucht. Er sagte leise:

,Warum hast du mir das nicht früher gesagt?'

,Ich weiß es nicht ... es ergab sich nicht. Und es kann sein, dass es für dich anders liegt. Vielleicht musst du einige Zeit von der Entspannung absehen, um wirklich deine Kräfte im Denken bündeln zu können. Das könnte sein.'

Der Meister beugte betrübt seinen Kopf.

,Du darfst mich nicht so schwimmen lassen, Freund. Leite mich! Sag mir, was ich zu tun habe!'

,Dies ist kein Weg auf der Basis von Autorität, Meister ... sondern auf der Basis von Einsicht. Wenn man ihn versteht, weiß man auch, was man tun muss. *Daraus* holt man die Motivation, nicht aus dem Befehl des Meisters.'

‚Hilf mir dann, zur Einsicht zu kommen! Mir ist schwer um's Herz, mein Junge. Ich verliere alles, was ich hatte ... meine Befreiung verliere ich. Ich hatte von mir selbst Abstand genommen ... Meine Liebe zu dir wirft mich zurück in mich selbst ... aber da finde ich Schwäche, Flachheit und eine verkehrte Aufregung.'

Der Professor fühlte wieder, wie verantwortlich er war ... Er war sein Schüler geworden ... und hatte seine Lehre bezweifelt ... Er sagte:

‚Gut ... Mach dann deine Denkübung, bis du die Grenze deiner Konzentration erreicht hast ... Tritt dann außerhalb deiner selbst und blicke auf das, was da ist, bis deine Konzentration, dein Gewahrsein nachlässt. Höre dann unmittelbar auf, also achte darauf, dass du nicht wegträumst ... Gib dir keine Dauer vor, sondern lass diese von der Kraft des Augenblicks abhängen. Gib dir auch keinen verpflichtenden Zeitpunkt vor, sondern höre auf dein Bedürfnis.'

Der Professor sah, wie ihm das Herz in die Hose rutschte. Er fragte:

‚Was geht in dir vor?'

‚Es ist so kahl ... so kalt, so streng. In der Übung, die du mir gibst ... *wo* finde ich da die Sonne?'

Der Professor lächelte. Er sagte:

‚Mein Freund, die Sonne geht unter ... Genieße die Abendstille, wohlverdiente Ruhe ... Gehe in die Nacht, singe ‚Hymnen an die Nacht', stehe vor Tagesanbruch auf, wenn es noch dunkel ist ... Entzünde das Feuer deines Willens und wärme dich daran und erleuchte dich an der Glut ... Die anderen geben sich willenlos an den Gang des Daseins hin ... Aber du bist frei, weil du dem Leben voraus bist. Frei!'

‚Und die Devotion?'

‚Nachher ... wenn es wieder Tag ist und die Sonne mit ihren Strahlen beleuchtet, was nicht durch dich geschaffen ist ... dann wundere dich und gib dich in Ehrfurcht hin ... Aber schaffe nun zuerst selbst, erschaffe dich selbst!'

Der Meister sah auf, in die feurigen Augen seines Freundes. Noch immer unterschätzte er ihn. Fragen musste man ihn, und er zeigte einem seine verborgene Geisteskraft. Nein, man entfesselte diese Geisteskraft ... indem man fragte.

Seine Mutlosigkeit nahm zu. Die Tage waren grau ... In diesem Land schien wenig Sonne, dicke graue Wolken oder dichte massive Lüfte ließen einen nach Wärme, nach Farbe verlangen. Die Stadt war geschäftig und oft schmutzig, obwohl man manchmal schon die prächtigen Gebäude genießen konnte, das fließende Wasser des Flusses, die Möwen darüber, die weiße Brücke ...

Er sprach dieselben Worte wie früher, aber sie wiesen auf gestorbene Gedanken ... Zweifel lebte in allem, ja er schien in Zweifel verkörpert zu sein. Er bezweifelte seinen alten Weg, aber auch den neuen ... Ein Niemandsland von Zweifel war nun sein Zuhause ... Er fühlte die tröstenden Versuche von Doktor Stern, der nicht geradeheraus Fragen stellte, aber durch Liebe zu seinem Meister dennoch sehr viel fühlte. Nach den Begegnungen mit seinen Freunden sehnte er sich, wie ein Verirrter in der Wüste nach einem Brunnen verlangt. Sie gaben ihm Wärme durch ihre Fürsorglichkeit, ihre Gastfreundschaft. Er löschte seinen Durst, indem er mit ihm sprach, ihn verstand und ermutigte.

Eines Abends hatte er in dem neuen Institut in der Stadt einen Vortrag gegeben. Früher weckte ihn das auf, gab es ihm Kraft ... Nun erschöpfte es ihn, weil er jedes Wort bezweifelte. Er lehnte das Angebot von Doktor Stern, ihn nach Hause zu bringen, ab und blieb noch kurz da, in Einsamkeit ... Verärgert rief er ‚Ja!', als erneut geklopft wurde. Der Professor!

‚Wie kommst *du* hierher!', rief er aus, in einer Mischung von Freude und Widerwillen. Er durfte nicht daran denken, dass er den Vortrag gehört hatte!

‚Ich habe im Saal gesessen. Du hast viele Hörer ...'

Zum ersten Mal seit vierzig Jahren errötete der Meister. Er sagte säuerlich:

‚Du wirst dich wohl für diesen ‚Meister' geschämt haben.'

Er verwünschte die Aufrichtigkeit des Professors ... der keine Antwort gab.

‚Nun?', sagte er hart. ‚Hast du dich geschämt?'

‚Ich brauche mich nicht zu schämen ... *du* musst dich schämen!'

Seine Stimme klang streng. Der Meister sah auf und blickte in scharfe graue Augen. Er fühlte sich in einem Feuer brennen ... oh ja, er schämte sich durchaus! Warum? Er fragte:

‚Warum bist du böse, mein Junge ... Kannst du keine Schwachheit des Meisters ertragen?'

‚Schwachheit! Das ist etwas anderes ... du bist nicht schwach, du bist mutlos! Schämst du dich nicht?!'

‚Doch ... siehst du das denn nicht? Ich schäme mich von dem Punkt an, wo ich wach werde, bis ich wieder in den Schlaf falle – *wenn* ich einschlafe ... Ich schäme mich für meine Vergangenheit, für das Jetzt ... für die Zukunft. Ich schäme mich vor dir – der alles besser kann ... Hättest du mich mal sterben lassen, der Tod wäre sicher weniger gnadenlos gewesen als dieses neue elende Leben.'

Er sah den Professor an und sah, dass dessen Wut nur noch zunahm. Von ihm hatte er keinen Trost zu erwarten ... Ihm fiel eine Frage ein:

‚Warum muss ich mich schämen? Was meinst du eigentlich?'

Der Professor stand noch immer. Hoch über ihm aufgetürmt wie eine mahnende Säule ... Seine Augen blitzten wie ein Schwert, als er sagte:

‚Du musst dich über deine Wankelmütigkeit schämen! Wenn du weiter Kurse geben willst, dann *gib* sie! Oder höre damit auf. Du hast doch verdammt nochmal genug zu schenken, sogar wenn du in Bezug auf bestimmte Kernpunkte zweifelst, kannst du trotzdem noch deine Lehre von Liebe und Mitleid verkünden ... aber tu das dann leidenschaftlich und nicht so lau wie jetzt! Und geh hier dann nicht auch noch in Selbstmitleid getränkt Trübsal blasen!'

Der Meister wandte seinen Blick ab. Er suchte in seiner Erinnerung. Hatte er in den letzten zwanzig Jahren je so ein Donnerwetter einstecken müssen? Nein ... ein Meister stand schließlich überall darüber – oder außerhalb ... Er konnte es auch gar nicht ertragen. Er wollte diesem Kerl da sehr wohl einen Dämpfer geben ... was dachte er denn! Er hatte ihm dieses elende Leben eingebrockt, in dem er lebend sterben musste ... den Tod während des Lebens, langsamen Verfall, träge Auflösung. Und dieser Kerl stand da so hoch, so stark ... Der Hochmut eines Menschen, der meint, Gott verwandt zu sein ... Er würde ihm einmal eine Lektion geben! Er sah auf. Aber bevor er etwas sagen konnte, sagte der Professor:

‚Richte du deine Wut lieber auf dich selbst, Meister! Ich verstehe durchaus, dass du es schwer hast ... aber was ich hier heute Abend mitgemacht habe, das geht nicht! Du bist ein Schatten deiner selbst. Schweig oder sprich! Aber steh nicht da, um zu murmeln!'

Er fühlte die Worte wie harte Schläge, links und rechts um seine Ohren ... sein Kopf sauste und kreiselte. Er stand auf, stellte sich ihm aufrecht gegenüber. Wie war er klein ... Man musste in jeder Hinsicht zu diesem Kerl aufblicken ... Seine Wut nahm einen anderen Charakter an ... die Kraft blieb, aber der Hass fiel wie eine Last ab ... wie Sandsäcke von einem Luftballon ... Er holte erleichtert Atem ... Noch immer glühten seine Wangen, seine Ohren ... aber seine Brust wurde weit. Sein Freund sah ihn schweigend an, seine Augen noch immer scharf, streng jetzt. Er wurde ein wehmütiges Gefühl in seinem Bauch gewahr ... ein Gefühl intensiver Bescheidenheit. Ein Junge stand seinem Vater gegenüber, oder seinem Meister ... Aber er war ein Mann von fast sechzig Jahren, selbst ein Meister ... Doch sein Widerstand war verebbt ... Gelassen ertrug er diese Standpauke ... als eine Freundschaftsgeste ... so etwas war nur in echter Freundschaft möglich ... Er sog Luft in seine Lungen, atmete sie langsam aus. Mut ... Er sagte:

‚Gut ... gut. Ich werde mich besinnen. Schweigen oder sprechen ... ich werde nicht mehr murmeln.' Ein Lachen stieg in ihm auf. ‚Du murmelst nicht! Was *kannst* du jemanden verprügeln – mit Worten!'

Aber der Professor lachte noch lange nicht. Er fühlte all zu gut, wie sein Freund ihm entwischen wollte ... indem er alles zugab. Erneut sagte er streng, unerschütterlich:

‚Wenn es nötig ist, tue ich es noch einmal. Ich fand deinen Vortrag schlecht. Aber was ich noch schlimmer finde, ist, dass du dich selbst heruntermachst. Das ist eine bewährte Methode, der Kritik zu entkommen. Meine Frau ist darin ein Meister ... aber bei mir ist sie da verkehrt, mein Urteil wird dadurch nur schärfer. Wenn du *weißt*, dass du unter deinem Maß arbeitest, dann kannst du Kritik erwarten. Steh sie dann auch durch und versuche nicht, sie dadurch zu mildern, dass du dich selbst herabsetzt.'

Es gab drei Möglichkeiten, dieses wehmütige Gefühl, das zu unerträglichen Ausmaßen anschwoll, zu überwinden. Entweder man schlug diesem Kerl auf's Maul ... nun, das tat ein Meister nicht, ein Freund ebenso wenig ... Oder man ging auf die Knie ... und dann bekam man garantiert zum dritten Mal Schläge ... oder man suchte dieses Fünkchen Mut und versuchte, es zur Wohnung zu machen ... für das gekränkte Selbst ... Dann konnte man seinem Freund in die Augen sehen, und wenn diese noch so streng waren ... dann war man ebenso groß, auch wenn man einen Kopf kleiner war ... dann erfüllte man seine Erwartungen. Er schloss die Augen ... Mut! und öffnete sie wieder. Mit schlotternden Knien und schwachen Händen stand er Auge in Auge mit sich selbst. Mut! Er sah in die strengen grauen Augen und sagte:

‚Freund ... Junge ... du hast vollkommen Recht. Warum bist du Internist geworden, du müsstest Chirurg sein! Komm, lass uns dieses Gebäude verlassen und die frische Luft aufsuchen.'

Er jubelte innerlich, als er ganz leise Lachfältchen um die Augen des Professors sah. Seine Hand kam auf ihn zu, klopfte ihm auf die Schulter. Er sagte, streng noch:

‚Ich komme nächste Woche noch einmal einen Vortrag hören.'

Sie machten einen langen Spaziergang durch die erleuchtete Stadt. Er lief neben einem Arzt ... mit Berufsgeheimnis. Das, was heute Abend zwischen ihnen vorgefallen war, würde unter ihnen bleiben ... als ein tiefes Geheimnis ... Er hatte einen Freund, den ersten in seinem Leben. Jemanden, der ihm vollkommen aufrecht entgegentrat und ihn damit von seiner Mutlosigkeit befreit hatte. Er würde das Feuer jetzt entzünden, er würde seiner Schwachheit zuvorkommen. Zweifel entsprang aus Faulheit ... *arbeiten* würde er!

Und er arbeitete. Er besann sich auf die Frage: Was ist in meiner Lehre, das über alle Zweifel erhaben ist?

Er ließ den Streitpunkt der Entität, der Essenz, außerhalb der Betrachtung – da lag schließlich der Kern seines Zweifels. Aber ein Teil seiner Lehre enthielt diesen Streitpunkt nicht, machte darüber zumindest keine Aussage. Er vertiefte sich mit all seiner Leidenschaft in diesen Teil: den ursprünglichen *achtfachen Pfad* von Gautama Buddha. Er war Teil des Unterrichts gewesen, den er als Junge empfangen hatte. Der Pfad als solcher war mit seiner Meisterschaft verwachsen. Nun präparierte er ihn frei, er versuchte, ihn aufzunehmen, als wäre er vollkommen neu. Das war an sich eine Herkulesarbeit ... Aber der Professor hatte ihn böse gemacht ... und in seinem Ärger hatte er seine Willenskraft wiedergefunden. Es war nicht so schwer, darin den ‚guten Willen' anzusprechen ... Mit diesem Willen stürzte er sich in das Ergründen des Pfades. Er würde ihn für den Abendländer erschließen, aber so, dass dieser sich selbst nicht verlor, sondern gerade fand ...

In der nächsten Woche würde er wieder zuhören ... es gab nächste Woche nur einen Abendvortrag – dann würde er also da sein.

Der Saal war voll. Auch wenn seine Vorträge ‚unter dem Maß' gewesen waren, sie gaben offenbar trotzdem noch einiges ...

Er fühlte eine angenehme Nervosität, wie ein Wille, es sehr gut zu machen ... Er sah seinen Freund nicht, vielleicht war er nicht da ... Aber auch dann würde es nicht umsonst sein, letztlich ...

‚Jeder Mensch baut in seinem Leben eine Wohnung ...', begann er, ‚eine Unterkunft, worin er sich sicher und geborgen fühlt. Er beginnt klein, mit unsicheren Gebärden ... aber im Laufe der Jahre bekommt das Haus ein festes Fundament ...' Er wartete einige Zeit, um die Phantasie der Zuhörer anzuregen. ‚Diese Wohnung ist aus dem Material gebaut, das wir ‚Meinung' nennen, ‚Auffassung'. Jeder Mensch baut sich ein festes System daraus und wohnt darin. Es ist einem so eigen, dieses Haus ... es ist einem teuer. Es ist einem ebenso sympathisch und selbstverständlich nahe wie der eigene Leib. Der eigene Leib ist ein Tempel ... die eigenen Meinungen sind das Haus, die Wohnung ... man zimmert es selbst, mit dem Material, das man bekommt, durch Erziehung, Unterricht – aber auch durch Sympathie und Antipathie und durch sein Wahrheitsgefühl.

Die Seele wohnt in einem Tempel – aber *lebt* in dem eigenen Haus. Der Leib ist verletzlich, die eigenen Meinungen sind es auch.

Verletzungen des Leibes muss nicht jeder Mensch ertragen, nicht jeder wird mit Schlägen aufgezogen oder gerät in Kriegsgewalt. Dann stirbt der Körper während des Lebens, langsam aber sicher, bis er schließlich den Elementen zurückgegeben wird. Verletzungen der Wohnung, der eigenen Meinungen, sind unentrinnbar. Kein Mensch kann das vermeiden ... und dadurch ist das Haus ein lebendiges Haus, wird es kein starres Gerüst, sondern bleibt in einer fortwährenden Metamorphose. Je mehr man imstande ist, seine Meinung von gestern durch die Geschehnisse von heute zu berichtigen, desto lebendiger ist das Haus ... Der Körper lebt auch, aber er verändert sich nur innerhalb der einmal angenommenen Form. Jene Wohnung dagegen kann ihre Gestalt verändern, sie kann von einer unansehnlichen, unharmonischen Hütte zu einer vollkommenen Gestalt werden ... der Form nach nicht dem Tempel gleich, der der Körper ist, sondern als Gestalt ein lebendiges, schönes Abbild des Geistes, ein Körper, in dem der Geist wohnen kann, weil dieser mit jenem bis in die entlegensten Winkel einförmig ist.

Sie sind selbst der Baumeister dieses neuen Tempels, liebe Zuhörer! Lassen Sie Ihren Geist nicht unter einer zu kleinen, nicht passenden, baufälligen Wohnung leiden ... Reinigen Sie Ihr Haus, bauen Sie es aus ...

Das Leben lehrt Sie, Ihre Meinungen zu berichtigen, manchmal mit harter Hand. Dadurch bauen Sie Ihr Haus um, Sie müssen es. Aber Sie können auch in Freiheit wirken ... Stellen Sie sich einmal außerhalb Ihrer eigenen Meinungen ... Hören Sie auf Ihren Mitmenschen, als ob dieser Ihren Lieblingsgedanken ausspricht – auch wenn Sie sich selbst davor ekeln sollten. Machen Sie sich los von Ihrem geliebten Haus und schauen Sie es einmal von außen an, als wäre es das Haus eines anderen. Sie werden vielleicht erschrecken ... Sie werden es hässlich finden, nicht vollendet, baufällig. Sehen Sie, dass das die Realität ist, dass Sie eine Ruine lieben und träumen, es wäre Ihr Palast ... Machen Sie sich auf diese Weise bereit für die Wahrheit. Ihre Meinung darf nicht länger auf dem beruhen, wie Sie etwas sehen – sondern darauf, wie es ist!

Ihre Meinungen sind das Baumaterial für den Tempel Ihres Geistes ... Sorgen Sie für das beste Baumaterial, werfen sie das morsche Holz, den verrosteten Stahl, die spröden Steine hinaus, und suchen Sie Amethyst, Rubin, Diamant ... Scheuen Sie sich nicht, ihre Füße auf den dornigen Pfaden zu verwunden, während Sie arbeiten. Seien Sie nicht zufrieden mit Quarz und Kalk ...

Wenn Ihre Meinungen reine Spiegelungen dessen, was ist, sind, dann haben Sie sich von Ihren Neigungen befreit, dann sind Sie von sich selbst befreit. Aber derjenige, der da außerhalb dieses Bauwerkes steht, der Baumeister ... das erst sind Sie selbst!'

Er schloss kurz seine Augen. Zum ersten Mal in seinem ganzen Leben hatte er Worte gesprochen, die er zuvor gedacht hatte. Nicht dass er jetzt eine auswendig gelernte Geschichte erzählt hatte. Nein ... sondern er hatte den Inhalt vorbereitet und sich nun, in diesem Moment, inspirieren lassen, um es so gut wie möglich zu sagen.

Er öffnete seine Augen wieder, nickte kurz und verließ den Saal.

Doktor Stern suchte ihn in seinem Zimmer auf. Er sagte:

‚Meister! Ihre Sprache heute Abend! Was für eine Verzückung und Klarheit. Nächste Woche werden die Stühle nicht reichen.'

Der Meister machte eine abwehrende Geste und sagte:

‚Nur ruhig, bester Freund. Es ist die Frage, ob der Meister dies nächste Woche wieder kann. Aber du hast es genossen, das freut mich.'

‚Genossen! Es gibt mir eine gewaltige Lust, daran zu arbeiten. War es *‚die richtige Meinung'*, die Sie lehrten?'

‚Natürlich. Wir werden versuchen, den Sinn und die Bedeutung des Pfades ins Bild zu bringen.'

Es klopfte. Der Meister grinste. Sein Herz saß in der Kehle ... Der Chef stand vor der Tür!

Der Professor kam herein, sein Gesicht unergründlich. Er gab Doktor Stern die Hand, der sich dann bescheiden zurückzog. Er wandte sich dem Meister zu und sagte trocken:

‚Ich bin zufrieden mit dir. Gar nicht übel. Ich habe wieder etwas gelernt!' Nun lachte er sein fröhliches Lachen und gab seinem Freund kräftig die Hand. ‚Du bist ein Meister! Was für eine Kraft, dies so ins Bild zu bringen, dass man seine beiden Wohnungen in sich selbst gewahr wird. Ein zweiter Mensch ... eine holprige Geistgestalt.'

‚Nun, nun. Das ist bei dir nicht schwer, Junge. Du bist mein Vorbild, durch dich weiß ich, dass das Haus des Geistes eine Burg, ein Tempel von Edelstein sein kann ...'

Er blickte zu dem ‚Jungen', der ein wenig verlegen von diesem Lob wurde.

‚Siehst du denn die morschen Balken und den verrosteten Stahl nicht, Meister?'

‚Sehr selten, Freund.'

‚Letzte Woche auch nicht?'

Der Meister war gerührt. Wie konnte ein Professor so sehr das Kind in sich bewahrt haben ... Hatte er unter seiner eigenen Strenge gelitten? Er sagte:

‚Auch letzte Woche nicht. Was du heute Abend gesehen hast, ist das Resultat deines blitzenden Stahls. Kein Fleckchen Rost ... Und die blauen Flecken, die ich nach dieser Tracht Prügel mit deiner kräftigen Holzkeule hatte ... ach, die sind wieder geheilt. Kein morsches Holz!'

‚Du hast mit einem grauenhaften Urmenschen zu tun, glaube ich', lachte der Professor, ‚mit Keulen und Degen bewaffnet. Schön, so ein Freund.'

Sie lachten zusammen ...

‚Wo ist deine Frau?'

‚Sie hat Dienst, sonst wäre sie mitgekommen. Wir arbeiten beide hart ... die gemeinsamen Abende sind für uns beide sehr kostbar. Der Tag muss erst noch kommen, dass ich meinen Mantel anziehe, während sie zu Hause ist, und sage: Bis dann, Mädchen, ich habe etwas Besseres zu tun! Nein ... dieser Tag wird nicht kommen.'

‚Müsst ihr nicht auch ein gesondertes Leben haben?'

Der Professor sah ihn ungläubig an?

‚Das meinst du nicht ernst? Wenn das Zusammensein zur Pflicht werden sollte ... dann ist es verkehrt. Wir leben den ganzen Tag gesondert – und verlangen nach dem Wiedersehen, abends. Ich hätte nie gedacht, dass neben meiner Arbeit und meiner Meditation so eine Lebenserfüllung möglich wäre. Ich trage ihre Sonne in meinem Herzen ... kein Mensch ist so aufgeweckt und energisch wie sie – und doch so voller Hingabe an den anderen, an mich. Ich muss nur meine Männlichkeit bezwingen, meine Hand ist manchmal *zu* streng. Dann bekommt sie es auch mit dieser Keule – und das darf nicht sein!'

‚Ich kann mir das schon vorstellen', sagte der Meister tröstend. ‚Sie hat es fast ebenso hart nötig wie ich ...'

‚Wo bleibt dann die Freiheit?'

‚Sie wird dadurch erweckt. Man setzt einen flinken Schnitt, und der ganze Mist läuft heraus. Ein Chirurg also, nicht wahr?'

Der Professor lachte säuerlich. Er sagte:

‚Ich hoffe es. Ich habe Angst, dass ich die Betäubung vergesse ...'

Neben einem polternd lachenden Meister verließ er das Gebäude. Sie liefen durch die Abendluft, die leicht den Duft von nahendem Frühling verbreitete ...

An einem Nachmittag im März kam vollkommen unerwartet der Professor vorbei. Es war für ihn noch Arbeitszeit, der Meister erschrak und dachte, dass etwas Ernstes wäre ...

‚Freund! Du erschrickst mich! Was ist?'

‚Sei nicht beunruhigt ... Ich brauche einen Freund zum Reden.'

Der Meister schenkte ihm Tee ein und wartete ab.

‚Meine Arbeit sitzt nicht mehr so angegossen wie zuvor, Meister. Ich fühle mich genau wie du meiner alten Überzeugung entwachsen, während die Neue da absolut kein Platz hat. Mein Denken wird in sich selbst immer stärker ... solange ich nur hübsch innerhalb des wissenschaftlichen Systems denke, bleibt es kühl und übersichtlich. Aber in dem Moment, wo ein lebender Kranker in mein Blickfeld tritt, beginnt mein kräftiges Denken sich zu bewegen ... durch das intensive Mitfühlen, vermute ich. Dann habe ich nichts mehr von meiner Gelehrtheit – und doch muss ich damit arbeiten. Nun gibt mir das noch mehr Möglichkeiten ... Es gibt natürlich Menschen um mich, die mich nicht gern haben – aus welchen Gründen auch immer. So habe ich einen Kollegen, mit dem ich regelmäßig zu tun habe, der mich schon jahrelang nur duldet ... Er kann mein großes Wissen und meine Einsicht, meine Energie und meine hohen Ansprüche nicht ausstehen. In der Hierarchie des Krankenhauses steht er unter mir ... er ist, was wir einen ‚Superspezialisten' nennen, er ist Onkologe, Spezialist auf dem Gebiet bösartiger Krankheiten. In diesem Gebiet weiß er natürlich mehr als ich, ich kann da nicht überall mithalten. In den Beratungen mit ihm spielt er das gerne aus ... nun ja, ich bin darin geschickt, das will ich zugeben. Ich fange alle Bälle auf und schlage sie zurück, auch wenn ich nicht alles weiß ... Er trägt mir selbst seine Faktenkenntnis an, nun, dann weiß ich es natürlich auch ... und ich gewinne immer, *immer*. Ich muss wohl ... schön ist es nicht. Aber man muss doch, in meiner Position, dafür sorgen, dass man die Überlegenheit behält, besonderes bei so jemandem.'

Nun ist in der letzten Zeit noch etwas zu dem Problem hinzugekommen. Der Mann fühlt haargenau, dass ich in meiner Berufsüberzeugung wanke. Er fordert all das von mir, wovor es mich ekelt. Und doch muss es sein ... Heute Mittag war ich in einer ungewöhnlich guten Stimmung und dachte: Komm, ich gehe zu ihm. Es muss doch zu besprechen sein! Nun ... das war es nicht! Er griff mich regelrecht an wegen meiner Zurückhaltung hinsichtlich onkologisch-wissenschaftlicher Untersuchungen und hielt mir vor, ich sollte lieber mit der ‚Mistel' arbeiten. Weißt du, was das ist?

Der Meister nickte.

‚Sicher. Viscum album. Sie wächst auf Bäumen, es sieht aus, als ob es Nester sind, aber es ist fremdes Wachstum *auf* der Kraft des Baumes. Mistel ... Du kennst es sicher ...'

‚Woher weißt du das?'

‚Ach ... ich kenne mich bei den Heilpflanzen selbstverständlich gut aus. Aber diese kenne ich durch andere Wege, ich habe sie vor noch nicht allzu langer Zeit kennen gelernt. Durch mein Studium der Metamorphose der Pflanzen stieß ich auf den Namen eines Mannes, der sich mit diesem Werk beschäftigt hat.'

‚Wer ist das?'

‚Der Name ruft schon das Unwichtige auf und verhüllt das Wesen. Du kennst den Namen ... ich darf nicht daran denken, dich vielleicht zurückschrecken zu sehen. Ich belasse es bei einer Umschreibung und nenne ihn: den großen Meister des Abendlandes. Es gibt tatsächlich nur *einen* ... Stets sah ich in dir einen Meister des Abendlandes. Dieser ist noch größer.'

Der Professor sah ihn lächelnd an. Seine Augen blitzten vor Vergnügen.

‚Das ist ein nettes Rätsel ... ich komme schon dahinter. Ich gelobe dir, dass ich den Namen würdig erkennen werde.'

Der Meister beantwortete sein Lachen.

‚Erzählst du weiter?'

‚Ja ... dieser Mann will sich also einen Namen als Wissenschaftler machen, während er sehr mittelmäßig ist. Ich neckte ihn mit dieser Mistel ... dass ich darüber eine Untersuchung vorhätte ... Er wurde rasend! Ich hatte keinen Frieden, sondern Krieg! Dann habe ich die weiße Fahne ausgestreckt und ihm seine Untersuchung zugesagt – unter meiner Leitung wohlgemerkt. Er war still – aber ich habe jetzt damit zu tun, mit einer Zusammenarbeit auf einem Gebiet, auf das ich überhaupt keine Lust habe. Ich werde all meine Qualitäten einsetzen müssen, um die Leitung zu behalten. Verstehst du?'

‚Natürlich ... Das Ganze ist ein Bild für deine Position dort. Du musst mit aller Macht an deinem Faktenwissen arbeiten, während dein Herz da nicht mehr liegt. Es wird eine Prüfung für dich sein. Du wirst von deiner eigentlichen Aufgabe abgehalten, fürchte ich. Musst du so weitermachen? Wir könnten gemeinsam eine gewaltige Schule für Spiritualität gründen ...'

Der Professor lachte und sagte:

‚Ich kann meine Arbeit nicht entbehren, ich bin Arzt ... ich will handelnd auftreten, nicht nur innerlich. Ich muss einfach zusehen, mich zu retten. Aber was mich verwirrt, ist, dass ich dies habe geschehen lassen. Die Neckerei war unpassend, das hätte ich nicht tun dürfen ... Ich bin weniger gleichgewichtig, Meister. Meine alte vertraute Überlegenheit über mich selbst wankt manchmal gefährlich. So habe ich am letzten Samstag völlig meine Beherrschung verloren ... gegenüber meiner Frau.'

Der Meister hob fragend die Augenbrauen.

‚Hast du sie geschlagen?'

‚Nein, nein. Gerade so nicht ... aber es fehlte nicht viel. Ich habe sie geschüttelt und fühlte, wie meine Hände Werkzeuge von Zorn wurden, wie ich sie schlagen würde ... Dann habe ich sie nach oben geschickt, weit fort von mir, und habe meine Wut im Aufräumen des Durcheinander ausgelebt – wir hatten Gäste gehabt. Sie hatte mit diesem Mann, meinem Kollegen, geflirtet, dass es nicht mehr schön war. Auf der einen Seite entkam ich auch selbst nicht der Bewunderung ihrer atemberaubende Schönheit. Diese glänzte wie nie zuvor, ein Glanz von Lust ... aber wirkte natürlich ganz und gar auf die Erotik. Ich wurde wieder Mal mit meiner eigene Männlichkeit konfrontiert ... Ich fühlte, wie sehr ich sie als ‚meins' betrachtete ... sie darf sich so nicht benehmen, absolut nicht ... ich erwarte Würde von ihr. Wirklich, Meister ... ich kenne mich selbst nicht mehr. Ich dachte wirklich: Gleich, wenn sie weg sind, dann lege ich dich über das Knie, Mädchen! Es war noch gerade ein Schimmer von klarem Denken übrig, wodurch ich es letztlich nicht getan habe. Was für ein Sturm!'

Der Meister konnte nicht umhin, den Humor daran zu sehen ... Er brach in Lachen aus und sagte:

‚Nimm es mir nicht übel, Junge. Ich sehe den Ernst sehr wohl ... aber du musst da durch. Es ist die Sexualität, die ihren Zoll fordert ... Du bezahlst nun einmal einen Preis für das Entfesseln dieser Kräfte. Aber du hast lange genug mit ihr in ‚Keuschheit' gelebt ... um sicher sein zu können, dass ihr dies überwinden werdet ... im Laufe der Zeit. Inzwischen musst du dich selbst etwas verspotten, nicht wahr. Du lernst in jedem Fall eine verborgene Tiefe der Welt kennen!'

Der Professor lachte erleichtert mit.

‚Das kann man wohl sagen! Ach, wir kommen dadurch wohl weiter ... Ich habe begriffen, dass ich zu viel Ernst von ihr verlange. Samstag heiraten wir, wie du weißt. Ich wollte Montag wieder an die Arbeit! Das ist doch nicht gut ... ich gehe mit ihr nun ein Woche auf Hochzeitsreise und werde ihr zeigen, dass dieser alte Professor wohl weiß, was Erotik ist ... und er ihr dennoch nicht verfällt, das ist die Herausforderung.'

Der Meister seufzte.

‚Du wirst schon zurecht kommen ... du und dein Mädchen'

Die Hochzeit wurde in der Kirche im Geburtsort des Mädchens vollzogen. Der Meister war einer der Trauzeugen ...

Sein Gemüt wurde mitgeführt von den Bildern und den Klängen ... Ein prächtiges Liebespaar ... so ein stattlicher, selbstbewusster Mann mit dem schönsten Mädchen ... Die Handlungen des Priesters, der Raum gefüllt mit Tönen in Harmonien ... und Menschen, sehr vielen Menschen.

Der Meister freute sich auf die Begegnung mit den beiden Elternpaaren. Seine Eltern waren ruhige, etwas reservierte Menschen, die schon betagt waren ... der Professor war schließlich das Jüngste von acht Kindern. Ihre Eltern faszinierten ihn am meisten. Der Vater war ziemlich klein und schien eine Verkörperung gebündelter Energie. Die Mutter war eine schöne blonde Frau, folgsam ...

Während des Empfangs blieb der Kontakt auf einen Händedruck beschränkt. Aber abends im Hause des Dorfarztes, des Vaters der Braut, sprach er mit ihnen.

Er hatte mit der Braut getanzt ... in einem für ihn so fremden Musikmaß. Aber sie hatte mit ihrem musikalischen Genie die Führung übernommen und ihn in ihren Armen mitgeführt. Er hatte sich hingegeben ... und den leichten Rausch gefühlt, den das Tanzen mit so einer schönen Frau mit sich brachte ...

Danach stand er am Rand und schaute zu, als der Vater der Braut sich neben ihn stellte und ihn ansprach.

‚So. Sie sind also der Mann, von dem meine Tochter so viel erzählt hat. Sie scheint eine Anlage dazu zu haben, Freundschaft mit ‚Leitern' zu schließen.'

Der Meister brach in Lachen aus. Er fühlte die enorme Willenskraft des Mannes neben sich. Ungezügelte Willenskraft ... aber ungewöhnlich sympathisch. Er blickte dem Doktor in seine scharfen braunen Augen und sagte:

‚Sie ist eine außergewöhnliche Frau, Doktor. Ich denke, dass Sie sehr stolz auf sie sind.'

Der Doktor lächelte.

‚Unter uns gesagt – und geschwiegen: Ja! Aber sie darf nicht so viel gelobt werden ... Woher kennen Sie ihren Mann?'

‚Er war mein Arzt, als ich in diesem Land krank wurde und ins Hospital kam. Sie begegneten einander in meinem Institut in den Bergen.'

‚Ein echter Zeuge der Beziehung also ...'. Der Doktor zog an seiner Pfeife. ‚Sagen Sie einmal ...', er wies auf den Professor, ‚was halten Sie nun von so einem Mann! Noch genauso frisch und klar wie heute Morgen. Trinkt keinen Tropfen Wein, überschreitet kein Maß ... Wie komme ich zu so einem Schwiegersohn?'

Sie werden wohl wissen, dass er nicht gerade ein langweiliger Kerl ist, nicht wahr? Er braucht keinen Wein, um lebendig und frei zu sein.

Der Doktor brach in Lachen aus und schlug dem Meister auf die Schulter.

‚Das sitzt! Ich mag Sie, auch wenn Sie ein Guru sind ...'

Er lief zu seinem Schwiegersohn und begann, mit ihm zu verhandeln ... wenn er schon nichts trinken wollte, dann musste er zumindest eine Pfeife mit ihm rauchen. Kurz danach rauchte der Professor eine Pfeife ...

Später sprach der Meister mit den Eltern des Bräutigams. Die Mutter sprach ihn an:

‚Sind Sie ein Freund meines Sohnes?'

Mein Sohn ... es musste schön sein, so einen Sohn zu haben ... Gerührt sagte er zu ihr:

‚Ja, liebe Frau. Ich preise mich glücklich, sein Freund zu sein. Ich habe sein meisterliches Können am eigenen Leibe erfahren – und seitdem sind wir Freunde. Ich kenne die Braut auch schon seit Jahren.'

Der Vater mischte sich in das Gespräch:

‚Wir hatten nicht mehr erwartet, dass er heiraten würde. Jetzt, wo ich sie gesehen habe, verstehe ich, dass er so lange gewartet hat. Sie hat die richtige Haltung ihm gegenüber ... Er ist ihr Freund, aber sie hat doch Respekt vor ihm. Das ist schön zu sehen – in dieser Zeit ...'

Er sprach noch mit anderen, mit Familie und Freunden. Braut und Bräutigam kamen regelmäßig, um zu sehen, ob er nicht verloren ging ... Er fühlte die Liebe dieser beiden, und sie rührte ihn sehr.

Als sie schließlich abfuhren, ging auch er weg ...

Oft gingen seine Gedanken in ihre Richtung, die Woche darauf.

Sie genossen ihre Hochzeitsreise, und er fühlte, dass es gut war.

Er arbeitete hart, um den zweiten Schritt des Pfades in Worte zu bringen. Er hatte seinem Freund versprochen, darüber in der folgenden Woche einen Vortrag zu halten. Verwundert stellte er fest, wie klar und kräftig dieser zweite Schritt sich ihm offenbarte.

'Vielleicht haben Sie in den zurückliegenden Wochen versucht, das schönste und beste Material zu sammeln, um Ihre Wohnung zu bauen ... Das Schönste ist nicht schön genug ... das Beste ist nicht gut genug. Ein langes Leben reicht nicht aus, um das Baumaterial zu verschönern. Dennoch dürfen Sie nicht warten mit dem Bauen ... Sie selbst sind der Baumeister, aber suchen nach dem wahrhaftigsten Bauplan, damit Ihre Wohnung ein Tempel wird, Ihres Geistes würdig. Die Formen und Konstruktionen sollen ein Abbild Ihres Geistes sein, ohne Verfinsterung, ohne Unwahrhaftigkeit, ohne Instabilität ... Sie machen eine Wohnung für den himmlischen Menschen!

Lassen Sie die Form und den Zusammenhang Ihrer Meinungen eine getreue Abspiegelung dessen sein, der Sie eigentlich sind, und lassen Sie diese nicht durch was auch immer verzerren! Nicht durch Ihre Sympathien, Ihre Vorliebe. Nicht durch Ihre Antipathie oder Ihre Angst. Nicht durch das, was Sie gelernt haben und ungeprüft angenommen haben. Nicht durch Gewohnheitsgedanken oder Lieblingsideen. Lassen Sie jedes Zusammengehen von Meinungen in Ihnen sein wie eine in Liebe geschlossene Hochzeit zwischen zwei Wesen, die wirklich zu einander gehören. Lassen Sie dieses Zusammengehen in aller Frühlingsfrische jedes Mal aufs Neue voller Erstaunen zustande kommen. Ein wahrhaftiges Urteil ist ein Wunder, das sich einfach so in jeder Sekunde vollziehen kann. Staunen Sie!

Ihre Vorstellungen, Ihre Meinungen, stehen auf sich selbst. Sie werden im Urteil zu einer Verbindung mit der wahren Wirklichkeit – und zu einer gegenseitigen Verbindung. Wenn Sie vor einem in Blüte stehenden Kastanienbaum stehen, dann ist das Gewahrwerden dieses Baumes, so intensiv und vollkommen wie möglich, ohne dem einen Namen zu geben, die richtige Meinung. Wenn Sie denken: dies, vor dem ich hier stehe, ist – dann formen Sie ein Urteil, wodurch Ihr Gewahrwerden in das Sein aufgenommen wird. Wenn Sie denken: dieser Kastanienbaum steht schon in Blüte, obwohl es noch so früh im Jahr ist – dann formen Sie ein sehr kompliziertes Urteil, das eine vollkommene Abspiegelung der Wirklichkeit sein kann. Wenn es Ihnen dann gelingt, diese Abspiegelung nicht nur Abspiegelung von etwas außerhalb von Ihnen sein zu lassen, sondern zugleich ein wahrhaftiges Abbild Ihrer selbst – dann haben Sie Hand an den Eckstein Ihres Tempels gelegt. Aber zugleich haben Sie Kräfte entfaltet, die Ihrem Tempel das Vermögen schenken, in sich selbst, aus sich selbst, zu wachsen. Wie der tote Boden lebende Pflanzen aus sich hervorbringt, in dem der Keimling durch das warme Sonnenlicht dazu aufgeweckt – so kommt Ihr Bauwerk von Meinungen, die zu Urteilen geformt wurden, unter dem Einfluss des Lichtes Ihres Geistes zu beweglichem Leben. Ihre Wohnung wird eine lebendige, wachsende, aufblühende Wirklichkeit, worin Ihr Geist sich metamorphosiert. Das, meine lieben Zuhörer, ist ‚*das richtige Urteil*'.'

Er hatte sie nun im Saal sitzen sehen, sein Freunde. Seine Liebe zu ihnen hatte ihn in Verzückung gebracht ... Verwundert hatte er seine Gedanken in Bildern angeschaut und sie in Worte gehüllt. Es kümmerte ihn nicht, dass er wie ein Prediger gesprochen hatte ...

Es war Zeit, richtig, ohne Bedenken, zu sprechen. Sie besuchten ihn in seinem Zimmer. Sie waren noch schöner und kräftiger als sonst, leicht gebräunt und warm vor Liebe füreinander ...

Der Professor sah ihn lange an, seine Augen waren sanft und blau, voller Gefühle. Er sagte:

‚Meister!' Er sah ihn weiter an, ohne etwas zu sagen.

Der Meister wurde etwas verlegen und sagte:

‚Junge ... mein Glück ist groß ... Der Pfad, der *so* als eine Lehre in meiner ganzen Seele lebt ... wird von einer Inspiration durchzogen, die mir fremd ist, aber die mir das höchste Glück verschafft. Ich sehe nun, wie sehr es eine leere Form war ... Eine schöne Form, das schon, aber nur Form und dadurch doch zu Verfall verdammt. Ich spreche nicht für andere, ich spreche vorläufig für mich selbst. In mir war der Pfad zur Form erstorben – und wurde nun durch Inspiration zum Leben erweckt. Ich danke dir, dass du so streng warst, mein Freund!'

Der Professor senkte den Kopf. Dieser große, kräftige, liebe Freund ... Er war so gerührt, dass er sich vor der Größe beugte, die sich in diesem Meister, der so eine schwere Aufgabe hatte, aussprechen wollte. Er fühlte sich als ein Mensch, in sich selbst und an sich selbst überlassen. Einsam in der harten innerlichen Arbeit, noch nicht reif befunden für die Gnade, die er bei dem Meister nun mitfühlte. Gott erbarmte sich seines Kindes, des Meisters. Er selbst musste aufrecht stehen, immer aufrecht stehen ... Bei ihm wuchs und erblühte kein Urteil aus dem Zusammengehen von Vorstellungen. Er hatte sie aktiv zu formen und musste sie selbst zusammenbringen. Er wusste, dass die Hand Gottes ihn einmal berühren würde ... dann würde es so werden, wie der Meister es heute Abend geschildert hatte.

Bis zu jener Zeit war er allein ... und musste unter Gottes Aufsicht selbst zeigen, was er wert war.

Er fühlte die Gnade, die der Meister empfing – und fühlte seine eigene innere Verlassenheit. Aber sein Inneres war wie ein Ritter ... er ließ keine Missgunst zu, sondern freute sich an der Gnade seines Freundes, einer Gnade, die sich dadurch doch auch bis zu ihm erstreckte.

Der Meister schaute das Herz seines großen Freundes und sagte:

‚Junge ... ich habe etwas in dir lieb gewonnen, was mir fremd war und mir Angst machte. Nun erblicke ich es immer deutlicher. Was ich heute Abend schilderte ... es ist die Anschauung von dir als Denker. So sieht dein Inneres für meinen Blick aus. Ich weiß, dass es sich vor deinem inneren Auge noch verbirgt, weil es reifen muss. Dein Weg ist hart und streng, wie du selbst ... Wen ich lieb habe, den züchtige ich – das sagt dein Gott ... der vielleicht auch mir Gnade schenkt ...'

Der Professor sah auf, seine Augen waren feucht. Er sagte:

‚Du bist gut zu mir, Meister ... Darf ich noch etwas fragen, etwas hinzufügen zu dem, was du heute Abend gesagt hast?'

Der Meister nickte.

‚Mir ist, schon beim Zuhören, vor Augen getreten, was das ‚richtige Urteil' ist. In deiner Sicht vollzieht sich dieses Urteil ... es formt sich anhand von Wahrnehmungen von außen und Aktivität im Entfalten des Denkens von innen. Es hat Leben in *sich*. Der Denker liefert die Aktivität, aber Form und Inhalt kommen als Natur hinzu. Doch kenne ich das Denken auch anders ... Ich kann auch aus mir selbst einen Gedankengang entwickeln. Dann halte ich mich auch an die äußere Wirklichkeit, aber meine Aktivität muss dann dennoch viel kreativer sein. Denk nur an das Aufstellen eines Planes für die Untersuchung und Behandlung eines Patienten. Der Patient ist ‚gegeben'. Aber was ich tun werde, beruht trotzdem auf der Kreativität, die sich im aktiven

Denken entfaltet. Man kann es sich natürlich ‚einfallen lassen', aber so arbeite ich nicht. Ich gehe wohlüberlegt und bewusst vor, ‚sehe', was mir einfällt, und überlege, ob das in eine rationale Verbindung gebracht werden kann. Es ist das In-die-Hand-Nehmen von Aktivität und Kreativität und das bewusste Führen aller Gedanken und Gefühle in einen klaren und übersichtlichen Plan. Das ist Kontrolle über das Denken, verstehst du ...'

Der Meister hatte sich auf das Äußerste angestrengt, um zu verstehen ... was er nicht kannte, aber wovon er inzwischen wusste, dass es dies gab: Nicht nur so vollkommen wie möglich sich bemühen, etwas zu verstehen, sondern selbst den Gedankengang in geordneter Weise in die Hand zu nehmen. Er sagte:

‚Du meinst: die Gedanken nicht schweifen lassen, sondern sie wohlbewusst nebeneinanderstellen, in einer logischen, organischen Verbindung?'

Der Professor brach in Lachen aus und sagte:

‚Es fehlt dir nicht an Intelligenz!'

Der Meister machte eine abwehrende Gebärde und maulte:

‚Hör auf ... ich bin der dümmste Meister, den es gibt! Gib mir einmal ein Beispiel ... wie machst du das, selbst denken?'

Der Professor ging zum Büro und nahm das Erstbeste, was er sah, einen leeren weißen Umschlag.

‚Schau', sagte er, ‚man kann das Denken am besten anhand eines praktischen, aber menschlichen Gedankens üben. Nicht an der Natur, der Religion oder der Philosophie – da wird man leicht abgelenkt durch das Gefühl, und die Gedanken entziehen sich auch oft dem rationalen Überblick. Dies ist eine bewährte Übung ... forme Gedanken über dieses ‚Ding' ... rein sachlich und geordnet, keine Phantasie oder Träumerei ...'

Der Meister lachte sein herzliches Lachen und rief aus:

‚Ach! So kenne ich dich wirklich! Ich werde es tun, Junge, um ein ganz kleines bisschen so zu werden wie du ... Muss es lange dauern?'

‚Nein, so kurz, wie es bündig bleibt. Sobald das Abschweifen oder die Unsachlichkeit beginnt, hörst du auf ...'

Inzwischen hatte die dritte Anwesende, das Mädchen, dies alles tief in sich aufgenommen. Sie hatte die intensive Verehrung für die Inspiration des Meisters und die Demut ihres Geliebten gefühlt ... Seine Bescheidenheit in der Selbsterkenntnis, seine Einsamkeit – und das Verständnis des Meisters dafür.

Sie dachte: Auch wenn ich in meinem Leben nie mehr etwas von Belang miterleben würde, wäre es jetzt schon mehr als der Mühe wert gewesen ... Sie war Zeuge von tiefer, echter Freundschaft ... auch wenn sie selbst einsam war ...

Aber ihr Mann fühlte auf einmal ihre Anwesenheit und legte beschützend seinen Arm um ihre Taille, klopfte ihr auf die Hüfte und zog sie an sich. Sie gab sich seiner Wärme hin, musste davon fast weinen ... Wenn er sich so in sie hineinfühlte, so gut zu ihr war ... dann fiel eine Last von ihr ab. Dann fühlte sie selbstständige Kraft in sich.

Schon in der Nacht machte der Meister seinen ersten Versuch. Er probierte, nüchterne Gedanken über diesen Umschlag zu formen. Doch innerhalb weniger Sekunden schon wurde er zu fernen Orten mitgenommen, zu denen dieser Umschlag geschickt wurde, und wurde er von Vorstellungen über seinen Inhalt benebelt ... Er fand sich selbst in Träumereien wieder, machte erneut einen Versuch und noch einen ... und gab es schließlich auf. In den Tagen darauf erging es ihm nicht besser.

Am Tisch bei seinen Freunden beklagte er sich.

‚Das Leben ist viel zu schön ... um seine Gedanken an einem weißen Papier mit zugefalzten Ecken und einem gummierten Rand zu verflachen ... Was kann so ein Umschlag nicht alles enthalten! Darum geht es doch? Die Umhüllung ist nur eine rein nützliche Erfindung ...' Es zeigten sich Lachfältchen um die Augen des Professors ... Doch der Meister meckerte weiter: ‚Und wohin schickt man die Umhüllung ... Wo kommt sie an, wer weiß, was sie unterwegs alles mitmacht ... Und dann nur an holzfreies Papier denken, an eine Adressierung, einen Absender, einen Platz für eine Briefmarke. Nein ... darin kann ich nichts sehen. Das ist doch Pedanterie ...'

Nun lachte der Professor über das ganze Gesicht. Die Aufsässigkeit des Meisters amüsierte ihn. Er sagte:

‚Herrlich, wenn du so eine Phantasie hast! Es muss bei dir innerlich unglaublich farbenfroh sein! Ist es dir gelungen, einige Gedanken selbst hintereinander zu stellen?'

‚Nein. So weit komme ich überhaupt nicht. Dieser Umschlag beginnt in mir zu denken ... Ich könnte eine Kurzgeschichte darüber schreiben. Aber selbst meinen Gedankengang bestimmen ... nein. Ich weiß auch nicht, ob ich das will.'

Er war noch immer widerspenstig. Sie war langweilig gewesen, diese Übung. Der Professor sah seine Frau an und fragte:

‚Du machst diese Übung auch regelmäßig. Sagst du einmal etwas darüber?'

Sie lehnte sich zurück und dachte nach. Dann sagte sie:

‚So schlimm ist es nun auch wieder nicht. Ich habe Mühe damit, jeden Tag daran zu denken –'

‚Ich nicht!', sagte der Meister böse.

‚Aber wenn ich mich dafür hinsetze, dann gelingt es schon ein bisschen, ein paar selbstständige Gedanken kriege ich schon gedacht. Dann schweife ich ab, oder ich weiß nichts mehr.'

Der Meister sah seinen Freund an und fragte:

‚Und du? Du kannst sicher stundenlang weiterdenken? Bis du dir an den Atomen des Papiers den Kopf zerbrochen hast?'

Der Professor lachte freiheraus und sagte:

‚Du kennst meine Veranlagung, ja. Komm ... diese Übung hat einen Sinn, vielleicht kann dieser Sinn dich begeistern?'

‚Einen Sinn! Ein Weg zu Nüchternheit und Nützlichkeit. Ist das der Sinn? Den Meister aus seiner Glückseligkeit holen, indem man ihn in ein eiskaltes Bad wirft?' Er beruhigte sich und sagte ruhig: ‚Was ist der Sinn?'

‚Natürlich nicht der Inhalt deiner Gedanken. Sie dürften auch phantasievoll sein, wenn du – ich meine ‚man' – die Kraft hast, über die Phantasie Meister zu bleiben. Es geht um den eigenen Einsatz, um das In-der-Hand-Haben des eigenen Denkens, um die Meisterschaft darüber. Das ist nun einmal in der Nüchternheit leichter zu entwickeln. Später lebt diese Meisterschaft auch in der Phantasie. Aber nun ist man selbst der Maurer, der Zimmermann, während man zugleich auch den Plan beherrscht. Man hat die Weisheit, aber man hat auch das Tun. Der Plan hat zu tun mit der Essenz des Objekts, über das man nachdenkt. Im Tun kräftigt man sein eigenes Sein. Man macht es stärker und stärker, in einem bestimmten Moment wird man das Selbst innerlich gewahr. Dann sagt man gerührt: Ich bin! Man weiß von diesem Moment an, dass man im Denken *sein* kann, dass es wirklich ein Leib sein kann, ein Geistleib.'

Der Meister schwieg. Er konnte es sich nicht vorstellen ... Aber er fühlte, dass er seinem neuen Meister nicht folgen konnte, wenn er sich nun schon abschrecken ließ ... Also würde er es wieder probieren. Er sagte:

‚Gut, Junge ... ich werde es tun. Ich werde dieses Martyrium in Angriff nehmen ... Inzwischen habe ich den Begriff ‚*Essenz*' einigermaßen hingenommen. Nun kommst du mit einer zweiten, noch schwierigeren Aufgabe: das *Sein*! Ich fand das Sein als einen Zustand unveränderlicher Ewigkeit, jedes Mal wenn ich in Befreiung von meinem Ego das Gewahrsein realisieren konnte ... Du findest das Sein *in* deinem Ego?!'

‚Ja ... und doch auch nein. Um Meister über das Denken zu sein, über den Gang darin, muss man von seinem Egoismus absehen können und daraus nur die Willenskraft mitnehmen, mit der man sich an die Gesetzmäßigkeiten des Objekts hingibt. Man tritt mit seinem Willen heraus aus seinem egoistischen Selbst, hinein in das Denken. Dieses wird dadurch so sicher, so kräftig, dass man darin ‚Sein' gewahr wird. Man ist es selbst, aber gerade dank dieses Heraustretens aus sich selbst ... Nun, ich weiß nicht, ob du mich verstehst ...'

Der Meister sah, was er meinte. Er war es schließlich selbst, der Professor ... Er sah den Menschen sich erheben, aufstehen, auf eigenen Beinen stehen. Er richtete sich auf, dieser Mensch ... Er fühlte Angst vor Hochmut, durfte ein Mensch sich so hoch aufrichten ...? Aber in demselben Moment sah er die Hand ... der Mensch richtete sich auf, weil er an die Hand genommen wurde ... durch die *Aufrichtekraft* selbst ... Hochmut wäre es, diese Hand zu verweigern! Einmal hatte er, der Meister, diesen Menschen das Haupt beugen lassen ... Dummheit war das ... Jene Hand erhob das Haupt schließlich ... eine Schande war es, es dann trotzdem beugen zu wollen ... Er atmete tief ein und wieder aus. Er wurde bei seinem wahren Namen gerufen ... er würde dem Gehör schenken ... Er nickte und sagte:

‚Mein Freund ... ich verstehe dich!' Und ohne genau zu wissen warum, fügte er hinzu:

‚Salomo und Hiram ...'

Später erzählte der Professor über seine Arbeit.

‚Meine Zusammenarbeit mit dem Onkologen hat begonnen. Wir haben diese Woche zusammen Stunden mit dem Führen von Bewerbungsgesprächen zugebracht. Wir brauchen zwei Assistenten für die Dauer eines Jahres. Ein Kandidat, eine Frau, wurde von uns beiden bevorzugt. Den anderen habe ich gegen meinen Wunsch angenommen ...'

‚Warum?', fragte der Meister erstaunt?

‚Weil mein Kollege das so gerne wollte. Er muss schließlich vor allem mit ihm arbeiten. Es ist ein brillianter Junge, mit ausgezeichneten Referenzen. Aber knochenhart ... Sogar während seiner Bewerbung fühlte ich Spott auf mich zukommen.'

‚Dann hättest du ihn abweisen müssen!', sagte seine Frau empört.

‚Vielleicht ... aber ich konnte es nicht. Zum ersten Mal in meinem Leben bekam ich das Gefühl, ein langweiliger Narr zu sein. Er fühlt meinen Ernst, meine spirituelle Veranlagung – und schlägt gnadenlos zu!'

‚Und doch nahmst du ihn an!' Seine Frau sah ihn mit großen blauen Augen an. Er lachte und sagte:

‚Es musste sein ... er war der Beste. Ich werde schon zurechtkommen ...'

Zu Hause setzte sich der Meister immer noch eine Weile auf einen Stuhl. Dann ließ er die Eindrücke des Tages nachklingen ... Es gab so viel, um dankbar dafür zu sein. Er genoss seine schöne Wohnung am Wasser, die gesellige Geschäftigkeit in der Stadt. Die selbstbewusste Freundlichkeit des Professors und die liebliche Unbefangenheit des Mädchens. Er sah, wie kräftig die Entwicklung des Professors war und wie seine Frau neben ihm zu ihrem Recht kam. Und er selbst ... fühlte, wie der Westen in seine Seele und sein Blut eindrang – weil er es zuließ. Er hatte sich heute Abend beklagt ... aber er wusste, dass es doch gut war. Er vermisste seine vertraute Meditation, aber holte aus diesem Mangel die Kraft, um zu denken. Denken, denken, denken ...

An einem schönen Frühlingsmittag kam das Mädchen unerwartet bei ihm vorbei. Sie war seit langer Zeit nicht mehr bei ihm gewesen ... Aber er sah unmittelbar, dass etwas nicht in Ordnung war. Sie sah blass und ängstlich aus. Erschrocken setzte er sie auf einen Stuhl, schenkte ihr Tee ein und fragte:

‚Mein Kind! Sag mir, was los ist?'

Sie saß aufrecht, die Hände im Schoß, die Augen niedergeschlagen. Sie begann zu erzählen.

‚Sie wissen von diesem neuen Assistenten meines Mannes, diesem brillianten jungen Doktor ... mit dem er so viel Ärger hat. Ich kann das einfach nicht verstehen, Meister. Er ist so gut in seinem Fach, hat so eine große Autorität – und gegen diesen Jungen ist er scheinbar machtlos ...'

‚Komm, komm! Er erzählt mir auch davon, Mädchen. Er hat die Sache wirklich in der Hand. Aber es bleibt ärgerlich, wenn jemand es auf einen abgesehen hat.'

‚Warum sollte dieser Junge es auf ihn abgesehen haben? Ich finde das Unsinn ... und nun erst recht, wo es sich zeigt, dass ich ihn kenne.'

‚Kennst du ihn?'

Sie sah auf und nickte.

‚Ja ... ich habe ein halbes Jahr lang eine Beziehung mit ihm gehabt, vor ein paar Jahren. Er war meine große Liebe, damals ... Aber wir hatten innerlich zu wenig gemeinsam – ich wurde unzufrieden, er unglücklich ... und schließlich machte er Schluss. Ich habe ihn nie mehr gesehen – bis jetzt.'

Der Meister sah etwas, was er nicht sehen wollte ... Sie hatte doch nicht ... Sie sagte:

‚Er ist überhaupt nicht so hart, kein Mistkerl, Meister ... Ich begegnete ihm und wir haben zusammen etwas getrunken ... mein Mann kam ... und verbot mir weiteren Kontakt. Er war wütend, Meister ... ich durfte absolut keinen Kontakt mehr mit ihm haben ... Ich fand es lächerlich.'

‚Lächerlich?!' Der Meister wurde böse. Sie schlug wieder ihre Augen nieder und sagte:

‚Ja ... das geht doch zu weit? Aber er war so böse, dass ich mich nicht mehr traute. Sie wissen, wie er sein kann ... er drohte mit ... ich weiß nicht mehr ... Ich kam in Verwirrung, begann, an ihm zu zweifeln ...'

‚Zu zweifeln?!'

‚Ja ... Er ist gut zu mir, ich liebe ihn ... aber er ist auch so streng, Meister. Ich habe das stets für Liebe gehalten, fand auch, dass ich das verdiente. Aber jetzt nicht, jetzt finde ich es idiotisch ... Ich bin ein freier Mensch, ich *lasse* mir nichts verbieten! Aber ich muss dennoch gehorchen, weil ich Angst vor ihm habe, ich kann nichts gegen ihn ausrichten ...'

Der Meister fühlte Wut in sich auflodern. Da saß sie, die unterdrückte Schönheit ... Aber sie sprach weiter:

‚Heute ... setzte er sich in der Kantine zu mir. Ich dachte nicht im Traum daran, ihn wegzuschicken.'

‚Wer?'

‚Dieser junge Arzt, mein alter Freund ... Ich habe mich völlig umgekehrt, wie seit jeher mit ihm gesprochen und gelacht ... Dann sah ich plötzlich meinen Mann hereinkommen – und wieder weggehen. Er hat uns gesehen ...'

Sie begann zu weinen. Der Meister saß wie versteinert. Sein Herz schlug für seinen Freund ... Er wurde nicht verstanden, nicht einmal von seiner eigenen Frau. Wie konnte so ein Mädchen so einfältig sein! Als ob der Professor auch nur etwas von Machtentfaltung in sich hatte ... Er hatte es schwer mit diesem selbstgefälligen jungen Doktorchen ... eine Null, ein paar große Töne, ein Super-Intellekt und sonst nichts. Dieser große, ernsthafte Mann, der so viel Liebe in sich trug, musste sich durch so einen Wichtigtuer verspotten lassen ... und dann auch noch miterleben, dass seine Frau nicht auf ihren alten Geliebten verzichten konnte ... ‚Ich bin ein freier Mensch' ... Er stand auf und begann, hin und her zu laufen. Er sagte:

‚Bist du nun völlig verrückt geworden? Was denkst du dir eigentlich! Geh zu diesem Kerlchen, geh dich beklagen, dass du so einen großen Mann geheiratet hast – den du nicht wert bist! Du kannst ihm nicht das Wasser reichen, du einfältiges Mädel!' Er stellte sich vor sie, beugte sich vor und griff fest ihr Kinn. Schluchzend sah sie zu ihm auf. Nein, er hatte kein Mitleid ... Er sagte:

‚Hast du vergessen, neben wem du lebst? Du kriegst alles, *alles*! Und du gibst nichts! Überhaupt nichts! ‚Ich darf doch wohl dies, ich darf doch wohl das' ... du darfst das nicht wollen! Weißt du wohl, was dieser Mann zu ertragen hat? Muss dies nun auch noch dazu kommen? Halte dich da raus!'

Er ließ sie los und setzte sich wieder.

‚Ich traue mich nicht nach Hause.', sagte sie leise. ‚Er ist zuhause.'

‚Dann geh unverzüglich! Und begreife, was du getan hast!'

‚Ich *habe* nichts getan. Ich finde es übertrieben ...', sagte sie störrisch.

Er musste sich beherrschen. Kurz angebunden sagte er:

‚Du wusstest, dass du in diesem Mann nicht einfach so einen Freund haben würdest. Du hast ihm zu gehorchen, bedingungslos. Er bittet dich so etwas nicht unnötig!'

Sie kam zu sich. Schamröte färbte ihren Hals, ihre Wangen, ihre Ohren. Sie begriff, was sie erwartete. Ängstlich fragte sie:

‚Was wird er tun, Meister? Ich habe Angst vor ihm ...'

Grausam sagte der Meister:

‚Wenn du meine Frau wärst, dann holte ich meine Reitgerte vom Dachboden und legte sie über deinen schönen nackten Rücken!'

Es gab keine Reitgerte, und er hatte keine Peitsche ... und er hatte noch nie ein lebendes Wesen geschlagen, keine einzige Mücke! Aber seine Worte trafen sie hart. Sie sagte unglücklich:

‚Dann werde ich mal gehen ...'

Sie ging.

Er kam nicht davon los. Er fühlte den Sturm mit, der zwischen seinen Freunden sich entlud. Er hoffte, dass dieser Sturm nichts verwüsten würde. Es würde tüchtig Prügel bekommen, das Mädchen ... Keine Schläge, aber harte Worte ... Oder würde sie Schläge bekommen? Nein ... auch wenn das gut für sie wäre! Aber er fühlte vor allem mit seinem Freund mit. Er würde sie nicht schonen – aber das würde ihn dennoch belasten ...

Er würde tief enttäuscht von ihr sein – und ihr wieder vergeben. Aber wer vertiefte sich in ihn? In seine Gefühle? Er musste immer überall darüber stehen ... und bekam dann den Vorwurf, dass er über allem stand, dass er zu streng war.

Der Meister schlief nicht ... er wachte mit seinem Freund, war mit seinen besten Gefühlen bei ihm.

Allmählich öffnete sich sein Herz auch für sie, für seine Freundin. Er war hart zu ihr gewesen ... und zu Hause würde sie das nochmals erfahren.

Der Professor würde sie an den Rand des Abgrunds führen – und sie da zurücklassen, bis sie wirklich einsah, warum er so gehandelt hatte, wie er es getan hatte. Nun fühlte der Meister ihr Grauen und ihre Einsamkeit. Sie war ein junges Mädchen, oft sorglos ... und dennoch wurde von ihr Ernst erwartet, Verständnis für das ungewohnte Leben ihres Mannes. Dieses Mal hatte sie ihn nicht aufbringen können ... das musste er, der Meister, doch verstehen. Sie war in einer Kultur aufgewachsen, in der nicht gelernt wurde, mit Respekt zu dem Höheren aufzuschauen. Trotzdem war sie dazu imstande ... nur jetzt nicht. Junge Leute wollten ein tolles, einfaches Leben ... sie hatte sich für den Ernst entschieden. Musste er mit diesem Kind nicht mitfühlen ... dass sie dem Ernst einmal entfliehen wollte ... allemal, wenn sie jemandem begegnete, mit dem sie eine ganz andere Zukunftsperspektive gehabt hatte. Dieser Junge hatte *sie* zweifellos auch verspottet wegen ihrer Heirat mit diesem langweiligen, strengen Professor. Wie sollte so ein Mädchen das ertragen? Ihr Mann hatte dafür sicher mehr Verständnis als er, der Meister ... Er würde sie strafen, das wohl ... aber unterdessen würde bei ihm das Bewusstsein der Schwäche und Ohnmacht seiner Frau vorhanden bleiben. Er musste sie wohl lehren, ihm in dieser Art von Situationen zu gehorchen ... aber er würde das mit allem Respekt für ihre Freiheit zu tun versuchen. Der Meister sah nicht, wie das zusammen gehen konnte, er hatte ein Leben lang für die und aus der Autorität gelebt. Der Professor hatte dazu ein anderes Verhältnis. Freiheit war für ihn nicht: tun, wonach einem der Sinn stand ... sondern: den Sinn so in die Hand nehmen, dass dieser Liebe zu dem gewann, was man tun musste. Nicht einer Autorität folgen und auch nicht tun, wonach einem der Sinn stand ... Der ‚Sinn' musste selbst zur Autorität werden – nicht als eine blasse Theorie ... sondern als eine lebenskräftige Praxis! So würde er seine Frau anpacken ... versuchen, diesen eigenen ‚Sinn' in ihr zu wecken, der eine Liebe zu ihrer Pflicht hatte ... Den anderen Teil ihres ‚eigenen Sinns', die echte Eigensinnigkeit, würde er zur Gelassenheit erziehen. Und er, der Meister, fühlte wirklich mit diesem Kind mit ... Sie lebte schließlich neben einem Mann, in dem dies alles zur Wirklichkeit geworden war ... Er wurde darum geliebt und gehasst, verfolgt und verspottet. Sie musste neben ihm standhalten, in dem Sturm ...

Am folgenden Tag hatte er frei. Noch immer waren seine Gedanken und Gefühle bei seinen Freunden. Er streifte etwas durch die Stadt, nahm zu Hause das Mittagessen, das durch seine Haushälterin zubereitet worden war. Während er aß, ging das Telefon. Es war sein Freund!

‚Meister ... du hast wohl gehört, dass wir einige Schwierigkeiten gehabt haben ...'

‚Ist es gut gegangen?', fragte der Meister hastig.

‚Ja ... natürlich. Sie ist heute zu Hause geblieben. Ich musste arbeiten, es ist so viel zu tun, ich kann nicht einmal zwischendurch kurz zu ihr. Sie hat es schwer gehabt, mein Freund ... Willst du heute Mittag nicht kurz nach ihr schauen? Mein Herz ist schwer ...'

‚Mit aller Liebe, Junge ... ist es wirklich gut?'

‚Es wird immer gut sein ... ich will am Telefon nicht darüber sprechen. Ich sehe dich noch. Sie geht erst noch einkaufen, nach drei ist sie zu Hause.'

Der Meister legte auf. Es wird immer gut sein ... was für prächtige Worte ...

Sie machte ihm die Tür auf und stand verlegen vor ihm. Sie war ein anderer Mensch geworden ... sie hatte einen Kokon abgelegt ... Ihre Schönheit schien jetzt erst völlig entfaltet. Keine hochmütige Oberflächlichkeit nun ... sondern mutige Tiefe ... violett ...

Sie tat einen Schritt zur Seite, um ihn herein zu lassen. Er sagte:

‚Ich dachte, vielleicht kommt sie noch ... nun komme ich zu dir.'

Sie nahm seinen Mantel, hing ihn auf und ging ihm voran zum Wohnzimmer. Sein Gemüt schaute die Sonne ... verkörperlichtes Licht in wunderschönen Formen. Sie war bescheiden gekleidet ...

Im Wohnzimmer fasste er sie bei den Schultern. Sie stand mit gebeugtem Kopf vor ihm, hatte seine Härte noch nicht vergessen. Er sagte:

‚Und, mein Kind ... hat er dich gestraft?'

Sie errötete, schämte sich wegen dieser Frage, die für den Meister ganz normal war. Er legte seine Hand auf ihren Kopf ... Sie sah auf und nickte.

‚Ist es gut gegangen?', fragte er.

Wieder nickte sie, ihre Augen glänzten vor Tränen. Sie sagte leise:

‚Ja ... es tat weh, sehen zu müssen, was ich ihm mit meinem albernen Benehmen angetan habe ... Aber er ist stark ... und er war streng ...'

‚Hast Du Schläge bekommen?'

Ihre Farbe wurde noch tiefer. Sie dachte an die Peitsche des Meisters ... Sie schüttelte den Kopf.

‚Nein ...'

Er dachte, dass sie wohl welche bekommen hatte. Sie sah aus wie ein Kind nach einer gründlichen Wäsche. Sie sagte:

‚Nein, Meister. Seine scharfen Worte, seine Haltung, sein Verhalten ... sind beredt genug. Und zuletzt bat er mich, mich auf meine Art zu leben zu besinnen ... ich habe sehr wohl gemerkt, dass er damit nicht mehr so gut zurechtkommt wie zu Beginn ... Sie haben das immer schon gesagt. Aber anstatt nun auf seinen Rat zu hören, wurde ich doch noch aufsässig, sogar nachdem er mich so hart angepackt hatte ...' Sie seufzte und sah zu Boden. ‚Ich bin ein Idiot, Meister. Ich habe es so weit getrieben, dass er ... mich nun zwingt, jeden Tag nach meiner Arbeit direkt nach Hause zu kommen, hier die Arbeit zu tun, die liegen geblieben ist, für das Abendessen zu sorgen und an meinem Examen zu arbeiten. Ich darf nicht mehr Tennis spielen gehen, nicht mehr ausgehen ... und ich werde täglich die Erniedrigung fühlen. Ich muss meinem Mann dienen, bis er sagt, dass es genug ist ...'

Der Meister strich ihr sanft über die Wange. Er fühlte tief mit ihr mit. Er sagte:

‚Aber ist es ganz in Ordnung gekommen ... ist der alte vertraute Kontakt wieder da?'

Sie nickte und sagte:

‚Ja, wir sind einander noch näher gekommen ... auch wenn er mir Respekt eingeflößt hat ... es scheint Hand in Hand gehen zu können, Vertrautheit und Respekt. Ich fühle mich geheilt von einer elenden Krankheit – ich wusste nicht einmal, dass ich sie hatte ... Ich habe das Leben doch als ein Spiel gesehen, es ging um Gewinnen oder Verlieren ... man musste dafür sorgen, dass man immer auf der Gewinnerseite war ... vor allem in der Beziehung mit Männern.'

‚Ich dachte, dass du dem mit deiner Hochzeit entwachsen wärst ...'

‚Zum Teil ... aber tun, was ein Mann sagt, ist ‚being a loser' ... und dieser Junge hat diese Seite noch einmal kräftig in mir wachgerüttelt. Gestern Abend habe ich das Unsinnige dessen gefühlt. Es geht überhaupt nicht um Gewinnen oder Verlieren ... ich habe überhaupt nicht verloren ...'

Der Meister nickte. Nein, sie hatte nicht verloren ...

Wettbewerb, Rivalität, Macht ... Dämonische Mächte, die Spiritualität unmöglich machen. Sie kriechen überall hinein, nisten sich ein, wo auch nur die kleinste Lücke ist ... und machen die Liebe kaputt. Die Liebe, die der Pfeiler sein muss, auf dem geistige Entwicklung ruht. Sie hatte das gut in Worte gebracht ... Das Merkwürdige war, dass ihr Mann, der doch so ‚mächtig' war, ganz und gar nicht nach Macht strebte. Er hatte noch nie Rivalität von ihm ausgehen gefühlt. Und der Meister selbst? Ja ... er hatte davon noch etwas ... durchaus. Gerade gegenüber diesem großen Freund, der so völlig selbstständig seinen Weg ging ... Aber es waren nur kleine Splitter, die mit nicht allzu viel Mühe zu entfernen waren. Er würde sie entfernen, jetzt!

Er meditierte. Wenn das Denkende und das Gedachte ein und dasselbe sind, dann ist das Wort der Begriff und ein Abbild des denkenden Geistes, aus dem es hervorgeht. Fast zwei Jahre war dies seine tägliche Arbeit ... und noch wusste er die Worte nicht zu verwirklichen. Eine schwache Vorstellung, das schon. Hier lag der Kern der Rivalität mit seinem Freund ... Er *war* dieser Satz, ganz und gar! In jenen ersten glücklichen Tagen in den Bergen, in denen er sein Lehrer sein durfte ... hatte er schon gemerkt, dass dieser Mann eine außerordentliche geistige Fähigkeit hatte. Rivalität, weg damit! Sie war ein Stachel in ihrer Freundschaft ... Darum war er böse auf diese junge Frau gewesen ... er musste seinen Ärger auf sich selbst richten.

Er fiel auf seine Knie ... ließ die Gefühle stark aufkommen und bekämpfte sie, mit aller Macht. Sie war eine Frau, ein Mädchen ... er war ein Mann, ein großer Meister. Er wollte ihrem Vorbild unbefangener Hingabe folgen ...

Es dauerte einige Tage, bevor er ihm wieder begegnete. Es war ein regnerischer Frühlingsabend, das Mädchen hatte Nachtdienst. Die beiden Männer saßen am Tisch, zu Hause bei dem Professor. Der Meister fragte beiläufig:

‚Wie geht es euch jetzt? Habt ihr den Sturm gut überstanden?'

Der Professor richtete seinen hellen Blick auf den Meister, Lachfältchen gaben bereits die Antwort. Er sagte:

‚Sehr gut, Meister. Ich bin mir natürlich bewusst, dass wir eine ziemlich ungewöhnliche Beziehung haben ... Der Altersunterschied spielt eine Rolle, der Unterschied in der Position ...'

‚Und vor allem der Unterschied in der Entwicklung!'
Der Professor machte eine abwehrende Geste.
‚Ach ... ich weiß nicht, ob der nun so groß ist ... Sie hat Qualitäten, die mir mangeln ... Ich könnte nicht so gehorsam sein, ich würde zu stolz sein ...'
‚Das ist sie auch ... sie muss sich selbst auch überwinden ...'
‚Das ist es, was ich meine. Ich bewundere sie, dass sie das kann. Sie hätte sich auch aus dem Staub machen können.'
‚Hättest du es auch anders machen können? Mehr aus der Gleichwertigkeit heraus?'
Der Professor hob die Schultern und sagte:
‚Theoretisch schon ... aber in dem Moment nicht. Ich war wütend ... ich dachte: Ich mache nicht viele Worte, wenn sie nach Hause kommt, bekommt sie eine ordentliche Tracht Prügel und dann ist alles gesagt. Aber sie kam nicht ... und als sie schließlich vor mir stand ... ach, da war alles anders ... ich könnte meine Hand nicht gegen sie erheben ... Aber böse war ich wohl, und sie hat es gewusst ... Und als ich mich dann später besann ... nun, da schämte ich mich tief. Natürlich hätte es anders laufen können. Mit ruhiger Überlegung, ohne Ärger ... ohne diese abscheuliche Strenge. Aber ich konnte es nicht besser, sie auch nicht. Es wird nicht mehr geschehen, Meister. Sie ist eine fantastische Frau ... ich danke Gott, dass sie bei mir ist, und bleibt ...'
‚Du hast ihr eine Strafe gegeben?'
Der Professor schaute erstaunt. Der Meister sagte:
‚Sie sagte, dass sie nicht mehr weg darf, nach der Arbeit.'
Sein Freund zuckte mit den Schultern und sagte:
‚Ich ärgere mich tot an diesem Wort ... Strafe! Ich finde sie überaktiv, es ist nicht gut ... Ich habe es monatelang mit angesehen, sie macht immer weiter! Nun will ich das nicht mehr ... Das Leben ist so schon schwer genug, auch für mich. Ich habe ihre Anwesenheit auch nötig ... Das ist doch keine Strafe!'
Der Meister nickte verständnisvoll. Er fragte:
‚Wie ist es jetzt auf deiner Arbeit? Mit diesem Onkologen und seinem Assistenten?'
‚Mit dem Onkologen ist es mühselig. Er akzeptiert meine Autorität nur mit Mühe ... aber mit diesem Jungen ist das Problem gelöst. Sie hat

ihn noch einmal gesprochen und ihm gesagt, dass sie keinen Kontakt mehr will ... danach war er total aus dem Häuschen – ich wurde von ... Rührung ergriffen. Ich sah auf einmal seine Unschuld, seine Schelmenhaftigkeit – und er war offen für ein Gespräch. Wir haben beide einen Schritt zurück gemacht. Ich glaube, dass ich in ihm einen Freund gewinne ...'

Der Meister blickte zu seinem Freund. Wenn das Denkende und das Gedachte ein und dasselbe sind ... Dieser Mann war *eins* mit seinem eigenen Sein, es schien keinen Platz, keine Lücke zu geben, wo sich Dämonen einnisten konnten ... Er kannte von sich aus keine Feindschaft. Wer nicht gegen ihn war, war sein Freund – konnte sogar sein bester Freund sein ... Ohne seine eigenen Worte ganz zu durchschauen, sagte der Meister:

‚Junge ... du musst dein Licht auf dein eigenes Sein scheinen lassen ... deine Gedanken umkehren und auf den Denkenden richten ... du bist ein großer Mann. Es wird Zeit, dass du dich selbst siehst!'

Mit Mühe empfing der Professor dieses Lob, aber er ertrug seine Gefühle von Abwehr. Selbsterkenntnis wurde ihm geschenkt – diese musste man von Herzen annehmen!

Ein großes Verlangen erfüllte den Meister. Der Zeitpunkt der Abreise nach den Bergen nahte ... er würde dann wieder vier bis fünf Monate Meister sein! Er sehnte sich danach, dass seine Freunde kämen und dass der Professor zusammen mit ihm Unterricht geben würde. Er besprach die Idee mit Doktor Stern, und dieser fand immer alles gut ... Nun musste er noch den Professor fragen und er schob es hinaus ... Er wollte kein ‚nein' hören! Aber eines Abends ergab sich die Gelegenheit. Sie hatten zu dritt gegessen ... als das Mädchen fragte:

‚Meister ... wir wollten in den Ferien gern ein paar Wochen zu Ihnen kommen.'

Der Meister sah, wie der Professor wegen des Eifers seiner Frau kurz schlucken musste und wie sie selbst dadurch erschrak. Er fing diese Berührung in seinem Herzen auf und sagte freundlich:

‚Ich kann mir nichts Schöneres vorstellen, mein Kind! Ich hatte euch fragen wollen, aber vielleicht wolltet ihr lieber zusammen wegfahren ... Außerdem ... habe ich eine Frage an dich, mein Freund ...' Das Zögern in seiner Stimme reizte den Professor. Er sagte:

‚Du hast doch keine Angst vor mir? Ich kann mir nicht vorstellen, dass ich zu einer frage von dir ‚nein' sagen würde!'

Der Meister lachte etwas verlegen und sagte:

‚Nein, Angst habe ich nicht. Aber ich will kein ‚nein' hören ... und meine Frage ist doch etwas gewagt.'

Der Professor zog seine Augenbrauen hoch, er schwieg.

‚Würdest du ... diesen Sommer einige Wochen die Leitung im Unterricht übernehmen wollen? Ich würde es gerne sehen, wenn du das typisch westliche Fundament für die Spiritualität unterrichten würdest ... ich bin natürlich auch da, aber es würde dann deine Verantwortlichkeit sein.'

Die Stille hing schwer zwischen ihnen. Der Meister war zu nervös, um die Antwort voraussehen zu können ... Der Professor sah ihn ernst an. Er sagte:

‚Gut. Ich werde es tun.' Er rieb mit seiner Hand über seine Wange. ‚Auch wenn ich keine Ahnung habe, wie dieser Unterricht aussehen soll. Du wirst mir dabei wohl Rat geben müssen.'

Er kannte ihn noch immer nicht ... nie hätte er sich vorstellen können, dass er, dieser vernünftige Professor, fast ohne zu überlegen ‚ja' sagen würde. Verwundert schaute er auf seinen großen Freund. Was ließ diesen Mann sich dazu entschließen zu kommen? Er fragte:

‚Warum willst du kommen? Wie kannst du das so schnell beschließen?'

‚Ich will kommen, weil du mich bittest. Ich vertraue darauf, dass du weißt, was du tust. Und du? Kannst du das so einfach tun? Braucht du es mit niemandem zu überlegen?'

‚Du weißt, dass ich ein ‚Meister' bin, Freund. Aber ich habe es sehr wohl Doktor Stern vorgelegt, und er war unmittelbar dafür.'

Der Professor nickte. Er sah zu seiner Frau und fragte:

‚Wie findest du das?'

Sie brach in Lachen aus und sagte:

‚Dies ist etwas zwischen euch, das ist doch wohl deutlich. Du hast schon ‚ja' gesagt ... Natürlich stehe ich dahinter, es scheint mir herrlich, dort zusammen zu sein und euch zuzuhören ... hoffe nur, dass du nicht den ganzen ‚Club' gegen dich haben wirst. Die Schüler erwarten den Meister ...'

‚Das wird sich zeigen', sagte der Meister. ‚Kein Mensch ist verpflichtet zu bleiben. Aber ich kann nicht in gewohnter Manier weitermachen ...

jetzt, wo ich selbst erfahren habe, dass die buddhistische Lehre verarmt ist und außerdem nicht an die Anlage und die Erziehung des Abendländers anschließt. Das Fundament muss durch deinen Mann gelegt werden, danach kann ich dann darauf aufbauen. Von meiner Seite werde ich den achtfachen Pfad ausarbeiten, wie ich es nun angefangen habe. Aber ich sehe immer deutlicher, dass ihr diesen Pfad überhaupt nicht gehen könnt. Er wohl, natürlich ... weil er das Fundament hat, den Kern der *Spiritualität des Abendlandes*. Ich wäre ein Lügner, wenn ich, während ich das weiß, dennoch beim Alten bleiben würde. Ich werde ihn mit meiner Autorität beschützen. Entweder gehorcht man dem Meister, oder man reist ab!'

Der Professor lachte herzlich und neckte:

'Das ist nun nicht gerade ein westliches Prinzip, Meister. Daran müssen wir einmal etwas verändern!'

'Du neckst mich ... Veränderung verläuft allmählich – oder in einem Umschwung. Vorläufig wähle ich den langsamen Weg – Radikalität ist deine Spezialität.'

Sein Freund rieb sich die Hände und sagte mit Wärme in seiner Stimme:

'Ich fange jetzt schon an, mich darauf zu freuen! Wann gehen wir an die Arbeit? Kannst du morgen Abend? Dann bin ich allein zu Hause ...'

Natürlich konnte er morgen Abend!

'Was stellst du dir vor, Meister! Drei Wochen sind lang. Habe ich so viel zu sagen? Hast du eine Idee für ein Programm?'

Der Meister nickte und antwortete:

'Jawohl, Junge, ich habe schon eine ganze Zeit nachgedacht. Ich stellte mir vor, dass du morgens und mittags vor der ganzen Gruppe sprichst, oder morgens und abends, wie du willst. In der übrigen Zeit kannst du dann persönlich Unterricht geben oder in kleinen Gruppen arbeiten. Ich sehe als deine Aufgabe, den Schülern zu zeigen, dass der Denker eins mit seinen Gedanken sein kann und wie das geht ... und dann was das für Folgen für das innerliche Leben und für die Beziehung mit der Außenwelt hat, wenn möglich auch mit den sozialen Verhältnissen.'

'Gut, gut!', lachte der Professor. 'Drei Wochen sind kurz! Ich vermute, dass ich selbst noch das meiste lernen muss ... du gibst mir die Gelegenheit, dies alles noch einmal sorgfältig zu durchdenken und zu üben.

Und du? Was machst du?'

,Ich gebe in dieser Zeit keinen persönlichen Unterricht, nur einmal pro Tag einen Vortrag über den Pfad. Ich will, dass du die Leitung übernimmst, ich werde da sein, um dich zu stützen und um einzugreifen, wenn es nötig ist. Denn sie fühlt das ganz gut, deine Frau ... Menschen lieben nicht das Neue – ganz gewiss nicht, wenn sie selbst aktiv werden müssen. Sie werden Mühe haben mit dir als Person, mit deinen Kursen, mit allem. Sie werden ihr eigenes Unvermögen auf dich abwälzen. So läuft das. Aber ich weiß, dass du damit fertig wirst, du bist allem gewachsen ...'

Der Professor schwieg. Allem gewachsen ... Er konnte es gut ertragen, wenn er nicht populär war ... aber er war es in der Regel wohl. Er sagte:

,Wird noch Zeit für Kurse von dir für mich sein? Wie wir das vor zwei Jahren jeden Mittag machten?'

Nein, der Meister kannte seinen Freund noch immer nicht ... Er sagte zweifelnd:

,Junge ... wie stellst du dir das vor? Was sollte ich dich denn lehren? Wir könnten es besser umdrehen ...'

,Nein. Du hast mich noch lange nicht alles gelehrt, Meister. Wir haben einfach mitten im Unterricht aufgehört, weil ich es nicht mehr bewältigte. Nun kann ich das. Willst du mich unterweisen?'

,Auf die alte Weise?'

,Ja, auf die alte Weise.'

Der Meister fühlte, wie sein Herz voll wurde vor Rührung. Er würde noch *ein* Mal einen wirklichen Schüler haben, den besten ...

Er sagte:

,Gut, mein Freund. Gib du mir dann einen Rat für meine Meditation. Der Satz von Thomas von Aquino verlangt nach einer Ergänzung.'

Der Professor stand auf und holte ein Buch aus seinem Studierzimmer. Er setzte sich wieder und schlug es auf. Er sagte:

,Ich gebe dir einen Satz, der noch viel älter ist, er stammt aus der *Metaphysik* von Aristoteles. Hör gut zu: *Der denkende Geist denkt sich selbst Kraft seiner Teilnahme an dem, was gedacht wird. Denn er wird gedacht, indem er an das Gedachte rührt und denkt, so dass der denkende Geist und das Gedachte dasselbe sind –*'

Der Meister gab einen erstaunten Ausruf von sich:

‚Das ist dasselbe! Wie wunderbar ... Worte von einem Mann, dessen Denken die Wurzel der westlichen Kultur formt ...'

‚Pass auf. Nun kommt die Ergänzung, die damals schon gedacht werden konnte: *‚Denn was für den Gegenstand und das Wesen empfänglich ist, ist der denkende Geist. Und er verwirklicht sein Vermögen, indem er den Gegenstand innehat. Das Göttliche, das man dem denkenden Geiste zuschreibt, ist also mehr dieser Besitz als die bloße Empfänglichkeit."*

Der Professor schwieg und sah voller Erwartung auf den Meister. Dieser enttäuschte ihn nicht, denn seine milden, ruhigen Augen strahlten vor Enthusiasmus. Er sagte:

‚Wie kann ein Mensch durch abstrakte Worte so in Entzücken geraten! Es ist die Glückseligkeit des Verstehens ... Wenn du etwas von dem Glanz dieser Glückseligkeit in diesem Sommer an die Schüler übertragen könntest, dann hätten wir wirklich etwas für diese Kultur getan!'

‚Ich werde dies zum Thema machen, Meister. Ich bin gespannt, ob ich es kann ... eine Vorlesung geben ist etwas ganz anderes, nicht wahr ...'

Nachdem sie eine Zeitlang schweigend beieinander gesessen hatten, fragte der Meister:

‚Wie geht es in deiner Beziehung mit deiner Frau? Ich finde sie sehr ungezwungen und offen, in der letzten Zeit.'

Der Professor nickte. Er fragte:

‚Sag einmal, mein Freund ... bin ich hart?'

Der Meister setzte sich aufrecht hin. Was war jetzt das! Er sagte:

‚Seit wann stellst du unpassende Fragen? Muss ich darauf eine Antwort geben?'

Der Professor schaute verlegen, wie ein Junge. Aber er sagte:

‚Es ist eine aufrichtige Frage, Meister.'

‚Härte entspringt dem Egoismus. Wenn du jemanden zurechtweist oder tadelst, weil du zeigen willst, dass du es besser weißt, oder aus einem Verlangen nach Macht. Wie ich auch suche, ich finde nichts davon, nicht in deinen Äußerungen, aber auch nicht in der atemberaubenden Schönheit dessen, was man deine ‚Aura' nennt. Gut, du wirst dich wohl mal an deiner Frau ärgern – das hängt mit der Leidenschaft zusammen. Diesen Ärger wirst du überwinden ... Im übrigen bist du mild durch deine Gerechtigkeit. Dann ist die größte Strenge noch mild, mein Junge ... und die sanfteste Milde dennoch streng.'

Der Professor sah ihn dankbar an und sagte:

‚Ich beherrsche meinen Ärger, der der Leidenschaft entspringt ... Mein Schwiegervater war eine Woche bei uns, weil er an der Fortbildung in der Klinik teilnahm. Ich habe viel gelernt aus dem Erleben des Verhältnisses zwischen Vater und Tochter. Er behandelt sie wie ein Objekt ... wenn auch ein geliebtes Objekt ... und sie wird hin und her gerissen zwischen Gefühlen von Liebe und Respekt einerseits und von Hass und Aufsässigkeit andererseits. Alles, was dem auch nur im Entferntesten ähnelt, will ich aus mir herausreißen, verstehst du? Ich betrachte meine eigene Männlichkeit, meine Überlegenheit – berechtigt oder nicht – ich werde sie bekämpfen, wo ich kann, wenn ich ihr in meinem Verhältnis zu diesem allerliebsten Mädchen, meiner Frau, begegne ...'

Der Meister nickte, aber sagte dennoch:

‚Wenn du nur nicht vergisst, dass du auch ihr Lehrer bist, dass sie deine innerliche Führung noch braucht. Sonst wird sie kaltherzig in ihrer Freiheit. Der Mensch hat nun einmal die Neigung, von einem Extrem in das andere zu schießen. Finde die richtige Position ... wo du die Führung übernehmen musst und wo nicht.'

Der Professor ließ die Worte seines Freundes tief zu sich durchdringen ...

Der Meister reiste ab zu den Bergen. Der Abschied fiel ihm schwer. Natürlich sehnte er sich nach der herrlichen Natur, nach seinem vertrauten Haus, nach den Menschen dort. Aber er liebte seine beiden Freunde so innig und hatte dadurch auch die große Stadt, seine Wohnung am Wasser, den nonchalanten Humor der Städter lieben gelernt.

Doktor Stern fuhr ihn nach Hause. Er erzählte unterwegs von der Organisation der Kurse, namentlich über die Publizität, die er dem Spezialkurs über die Spiritualisierung des Verstandes verschafft hatte. Doktor Stern war ein geschickter Kerl, der in diesen Dingen in allen Satteln gerecht war. Er war ein geborener Organisator und kannte alle Wege, aber auch die Querstraßen und Gassen, die man kreuzen musste, wenn man etwas Neues aufbauen wollte.

Sie übernachteten unterwegs einmal und fuhren am zweiten Tag nach ‚Hause'. Der Meister fühlte sich wie ein Fremder im Institut. Hatte er hier Jahrzehnte gelebt und gearbeitet? ‚Zuhause' war nun sein Appartement am Wasser, in der Nähe seines großen Freundes. Er betrat mit einiger Scheu seinen Meditationsraum. Als er hier wegging, hatte er noch ganz in der Praxis seiner Meditation gestanden. Nun hatte er über Monate hinweg nur den Denkweg verfolgt. Aber hier würde er doch seine alte Arbeit aufgreifen müssen ... Er wanderte ein Stück den Berg hinauf und fühlte, wie das Stadtwesen ihn verließ und Platz machte für die Wölbungen und Kräfte der Natur. Er atmete tief ein und wieder aus ... Hier fand er einen vergessenen ‚Freund' wieder, Mutter Natur ... Er hatte drei Tage, um sich zu gewöhnen, dann kamen die ersten Schüler, und er musste seine Meisterschaft auf sich nehmen. Er setzte sich auf einen Holzblock und blickte über die Täler tief unter ihm, zu den Gipfeln mit dem ewigen Schnee an der Spitze. Er sah, wie sein Ich verschwamm, wie es sich befreite, wie es verebbte, und er wurde die mächtige Wirkung um sich herum gewahr. Ach ... wie sehr hatte er dies vermisst! Sollte er denn lebenslang zögern in der Wahl ... zwischen der glückseligen Aufnahme in das All ... oder der einsamen Bewusstwerdung des Individuums – dem Weg seines großen Freundes. Sollte in diesem Individuum *ein Keim leben*, der auswachsen und mit dem All zusammenwachsen konnte ... einst? Oder fiel das emanzipierte Individuum schließlich wie ein totes Blatt vom Lebensbaum? War er für den Zweifel geboren? Konnte je etwas mit der kosmischen Einheit verglichen werden? Und doch ... war der Professor gut ... das brachte den Meister zum Zweifeln über seine alte glückselige Befreiung. Das Individuum war keine Maja, kein Schein ... es hatte ein Sein! Einmal hatte er seinen Namen gehört, in jener Nacht in der Bibliothek ... Es war *der Name seines eigenen Seins.*

Er stand auf, vorläufig aus dem Zweifel erlöst. Er würde seinem Freund folgen und in der Selbstständigkeit die Gemeinschaft finden.

Dabei würde seine Meisterschaft unentbehrlich für sie beide sein ...

Sie telefonierten regelmäßig miteinander. Sie hielten einander über ihre Fortschritte in der Vorbereitung des Kurses auf dem Laufenden. Während eines dieser Gespräche fragte der Professor:

‚Meister ... ist es möglich, einen Platz für meinen neuen Freund zu reservieren? Er will gerne kommen, wenn ich bei dir Unterricht gebe.'

‚Neuer Freund? Wer?'

‚Der Assistent des Onkologen ... der mir anfänglich so entgegen gearbeitet hat. Der Ex-Freund meiner Frau.'

Der Meister grinste vor Vergnügen. Er sagte:

‚Das Leben mit dir wird nie langweilig werden ... Sicher, ich werde ihm das beste Zimmer im Institut geben lassen. Kommt er zugleich mit euch?'

‚Ein paar Tage eher, wenn das geht. Er will sich etwas orientieren. Du weißt, dass er ein echter Atheist ist?'

‚Das ist hier nichts Besonderes. Die sind oft am unbefangensten. Schön, Junge, dass er kommt ...'

Von Tag zu Tag wurde es geschäftiger. Der Meister wurde wieder aktiv ... Täglich begegnete er neuen Schülern, und er versuchte, den Ernst und die alte, vertraute Disziplin wieder einzuführen. Jeder war frei, hierher zu kommen und wieder zu gehen ... aber der Entschluss zu bleiben, brachte Verpflichtungen mit sich. Durch seine Anwesenheit nahm man diese Pflichten auf sich, und der Meister sah streng darauf. So musste die Freiheitsliebe des Abendländers ihre Form bekommen ... in Freiheit kommen oder gehen. Er hielt beseelte Vorträge über die Voraussetzungen einer Geistesschulung. Diese Voraussetzungen sind so alt wie die Einweihung selbst, und sie unterscheiden sich nicht wesentlich für den Morgen- oder den Abendländer.

Sein erster Vortrag ging über die Pflicht, für eine optimale leibliche und psychische Gesundheit zu sorgen. In kleineren Gruppen arbeitete er das Thema aus. Er sprach über Ernährung, Nachtruhe, Rhythmus und Regelmaß, Arbeit und Pflichterfüllung, geregelte Meditation. Er versuchte immer, das Leben im Institut gesund und diszipliniert zu leiten, wie in einem Kloster. Man musste früh aus den Federn, beten oder meditieren, gut frühstücken, arbeiten und lernen. Dann gab es nach dem Mittagessen Zeit für Ruhe und Entspannung. Nachmittags wurde mehr körperlich gearbeitet, und nach dem Abendessen wurde erneut gelernt. Schließlich wurde der Tag mit Gebet oder Meditation abgeschlossen. Zuvor wurde das gemeinsam getan. Nun beschloss er, da die Freiheit zuzulassen und diese Pflicht in Einsamkeit, im eigenen Zimmer, erfüllen zu lassen. Er sprach mit jedem Schüler mindestens einmal persönlich. Viele fürchteten dieses Gespräch ... obwohl es nichts zu fürchten gab. Der Meister sah, was andere nicht sahen ... aber er empfing dieses ‚Wissen' mit dem größten Respekt und der tiefsten Ehrfurcht.

So kam eines Tages eine junge Frau in sein Zimmer. Sie war neu, er hatte sie vorher noch nicht gesehen.

Wie gewöhnlich saß er mit seinem Rücken zum Fenster, als sie hereinkam. Eine lange, schlanke Gestalt mit außergewöhnlich fein geformten Händen ... Sie war verlegen, aber nicht ängstlich, sanftmütig, aber standhaft. Er schaute einen besonders klaren Verstand und ein abwartend gelassenes Gemüt. Eine wunderbare Frau ...

Er begrüßte sie und sagte ihr, sie möge sich setzen. Als ob sie tanzte ... so zierlich setzte sie sich. Ihr langer, weiter Rock fiel dezent über ihre Beine. Sie richtete ihre grünen Augen unerschrocken auf ihn.

Ein zartes Gefühl von Wiedererkennen stieg in seinem Gemüt auf. Es war der wundersame Kontrast zwischen der äußerlichen Bescheidenheit und der innerlichen Standfestigkeit ... dies gab ihm dieses zarte Wiedererkennen. Es schwebte zartes Licht um sie, in einem Strahlenkranz um ihren Kopf sich sammelnd ...

Er stellte ihr die übliche Frage: ‚Was denken Sie, was Sie hier lernen?'

Sie sah ihn noch immer an, wandte dann den Blick etwas ab, während sie zu sprechen begann:

‚Ich bin wegen des angekündigten Kurses über das Denken gekommen. Wenn ich es richtig verstanden habe, wird dieser von einem anderen Meister gegeben? Aber ich wollte mich hier vorher schon etwas eingewöhnen – und stehe auch sehr unter dem Eindruck ihres Unterrichts, Meister ...'

Einer der Menschen, die auf der Suche nach einer westlichen Einweihung sind ... Er sah ihre Anlage, ihre innerliche Wirksamkeit, ihre Andacht. Er nickte ihr freundlich zu und sagte:

‚Ich versuche eine Grundlage in der Stimmung zu legen ... damit man dem Unterricht, der dann kommt, die richtige Ehrfurcht entgegenbringt. Sie gehen besonderen Wochen entgegen, meine Dame ... Was ist Ihr Beruf?'

‚Ich habe Mathematik und Philosophie studiert ... und gebe nun Unterricht an einem Gymnasium.'

‚Haben Sie bereits spirituelle Erfahrung?'

‚Nein ... ja ... ich übe bereits seit Jahren selbstständig ein ‚Denken über das Denken' nach Anweisung der Bücher des großen Meisters des Abendlandes. Aber echte Erfahrung ... nein. Ich finde auch nicht wirklich Hilfe dabei ...'

,Das wird nun anders. Sie werden auf diesem Gebiet ihren Lehrer finden.'

Eine wunderbare Frau ... so einer war er noch nie zuvor begegnet. Sie war eine Frau, äußerlich nicht so besonders hübsch, aber schön durch ihre edle, geformte Gestik. Dennoch vergaß man ihr Frau-Sein im Gespräch ganz und gar durch ihr direktes, reines Denken ...

,Haben Sie noch Fragen?', fragte der Meister.

Wieder richtete sie ihre hellen Augen auf ihn. Man bekam ein Gefühl von Ehrfurcht vor dem, was aus diesen Augen sprach ... Sie sagte, lächelnd:

,Ich habe so viele Fragen ... aber eine brennt in meinem Herzen ...'

,Und das ist, mein Kind?'

,Wie kommt eine Frau, die in ihrem einsamen, nüchternen Verstand lebt, zu einem echten, tiefen Erleben der Welt um sie herum?'

Der Meister lächelte nun auch. Er sagte:

,Diese Frage, mein Kind, umfasst all deine anderen Fragen ... Es ist der Kern deines Daseins. Stelle diese Frage dem Meister, der in Kürze kommt. Er wird dir den Weg weisen.'

,Was kann ich inzwischen tun?'

,Eine Sache. Suche mit aller Energie, die du hast, Gefühle von Devotion und Ehrfurcht. Lass das deine einzige Aufgabe sein. Der Verstand lebt über den Dingen ... Das Gemüt muss sich vertiefen ... bis es die Dinge in Ehrfurcht trägt. Arbeite daran, Kind. Du braucht das.'

Sie sah ihn noch immer an. Ja, sie würde daran arbeiten.

Der Meister ließ sie gehen. Er blieb zurück mit dem Gefühl, einem Gleichgesinnten begegnet zu sein. Nein, sie war nicht so hoch entwickelt, wie der Professor, aber sie war wohl eine Frau mit einer meisterlichen Anlage ...

Eines Abends, kurz bevor der Professor kommen sollte, fiel das Auge des Meisters während des Vortrages auf einen jungen Mann im Saal. Er war ein auffallender Mann, mit seinem pechschwarzen Haar und fast ebenso schwarzen Augen. Seine Haut war von der Sonne gebräunt ... er fiel auf durch die ungehemmte Energie, die von ihm ausging.

Er saß äußerlich ruhig da, zwischen vielen anderen Schülern ... Aber der Meister schaute heftige innerliche Rührung, einen Kampf zwischen Antipathie und Neigung, zwischen Angst und Mut ... Er schaute eine ungeheuer große Angst vor dem Geist – überdeckt durch übermütige Brutalität.

Im Sprechen änderte er sein Thema und richtete sich an den Jungen ... Dieser fühlte, wie er durchschaut wurde, und schlug die Augen nieder. Der Meister sprach über den Spott, als Äußerung eines Erschauerns vor den Tiefen des Geistes ... Tiefen, die für den Ungeschulten finsteren Abgründen glichen ... Er sah, wie der Junge in aufrichtige Verzweiflung geriet ... und plötzlich wusste er es sicher: dies war der junge Freund des Professors!

Hinterher versuchte er den Jungen zu sprechen, aber er war spurlos verschwunden ... Nun ja, er würde es schon schaffen. Sein Lehrmeister musste ihn, wenn er ankam, nur direkt abfangen ...

Als er später in seinem Meditationszimmer saß, rief er das Bild des ängstlichen jungen Mannes erneut auf. Er betete für ihn ... dass er Kraft fände, hier zu bleiben.

Der Professor und seine Frau kamen am Samstagmittag an. Der Meister hatte gespannt auf sie gewartet, lief immer wieder zum Institut, um zu sehen, ob das Auto schon ankam. Es war schön, auf einen Freund zu warten ...

Als das große Auto des Professors schließlich beim Haus des Meisters anhielt, kam er voller Freude nach draußen. Sein Freund sprang aus dem Auto und sie umarmten einander. Der Meister fühlte die Rührung in seinem Gemüt. Es gab nichts und niemanden in seinem Leben, der derartige Gefühle in ihm hervorrief. Später kam auch das Mädchen aus dem Auto und näherte sich ihm verlegen. Aber der Meister zog sie an sich und küsste sie ausgelassen auf beide Wangen.

Er brachte sie zum Gästezimmer, das nun für das Ehepaar vorbereitet worden war. Danach aßen sie auf der Terrasse zu Abend.

‚Bist du meinem Kollegen begegnet?', fragte der Professor.

‚Diesem schwarzen Jungen, meinst du? Nein ... aber ich habe ihn sehr wohl gesehen. Ein beeindruckender Jüngling! Er hat es hier außergewöhnlich schwer, du musst ihn gleich einmal aufsuchen.'

‚Schwer? Wieso?'

‚Ich sagte dir schon: Es kommen viele Atheisten hierher ... Aber dieser Junge ist doch anders. Er hat eine gewaltige Ausstrahlung, ein energisches Ego – und er lebt gleichsam dafür, keinen Geist gewahr werden zu müssen. Dafür tut er alles – aber hier gelingt das nicht. Er hat Angst, mein Freund, ist verzweifelt ...'

‚Es klingt Sympathie in deinen Worten. Was hältst du von diesem Jungen?'

Der Meister ließ seine Gewahrwerdungen noch einmal aufkommen. Er sagte:

‚Tja ... ich liebe Echtheit ... auch wenn diese rein physisch ist. Ein Brocken physische Kraft, das ist er. Hart, eifersüchtig ... und ein gefährlicher Gegner. Aber auch ehrlich und direkt. Er ist verwöhnt, etwas blasiert ... hat alles schon gesehen und gehabt, was diese Kultur zu bieten hat. Ein Hitzkopf ... und er äußert seine Wut mit seinen Fäusten. Und doch ... Sympathie, ja. Es ist schön zu sehen, wie er sich selbst auszuleben wagt, ohne Schüchternheit, ohne Verlegenheit, ohne Angst, etwas falsch zu machen. Er macht nichts falsch ... findet er. Der größte Fehler ist die Schwäche, die Verleugnung der eigenen Wünsche. Dafür kämpft man, notfalls mit dem Schwert ...'

Der Professor hörte andächtig auf diese Beschreibung eines Mannes, der sein Freund geworden war, auch wenn alles im Leben dies unmöglich zu machen schien. Das Mädchen saß mit erröteten Wangen dabei. Dieser Junge war ihre Liebe gewesen ...

Ihr Mann nickte und stand auf.

‚Willst du mit?', fragte er sie.

Sie schüttelte den Kopf. Sie blieb bei dem Meister ...

‚Wie geht es dir, mein Kind?', fragte der Meister, seine milden Augen fragend.

‚Gut ... und schlecht. Ich finde es herrlich, hier zu sein – und ich fürchte es. Ich weiß nicht, was dies werden soll, Meister. Wie soll er das hier zu einem guten Ende bringen? Er hat die Hellsichtigkeit nicht ... noch nicht. Man erwartet das hier von einem Meister ...'

‚Du irrst dich, mein Kind ... Er hat die höchste Gabe von Hellsichtigkeit. Doch seine Augen müssen geschlossen bleiben, bis er sie mit völligem Selbstbewusstsein öffnen darf.'

‚Aber er empfängt keine Offenbarungen.'

‚Außer das *Wesen* der Offenbarung, mein Kind. Unterschätze das vor allem nicht!'

‚Er lebt nur im reinen Denken, Fühlen und Wollen ... ohne darin die geistige Welt zu schauen.'

Der Meister stand auf, stellte sich vor sie und nahm ihr Gesicht in seine Hände. Diese Gebärde ließ sie erröten ... Er sah sie ermahnend an und sagte:

‚Wenn du, als sein Nächster, keine Einsicht in seine Meisterschaft hast ... was willst du dann von den anderen erwarten? Es liegt auf deinem Weg, seinen Pfad durch und durch zu verstehen – auch wenn du ihn selbst nur ein paar Schritte gehen kannst!'

Sie errötete bis zum Hals. Es war ihr Schicksal, dass immer wieder streng zu ihr gesprochen wurde ... Sie wollte ihren Kopf beugen, aber die sanfte Hand des Meisters verhinderte das.

‚Nun?', sagte er streng. ‚Hast du mich verstanden?'

‚Ich verstehe wohl, dass das meine Aufgabe ist ... aber ich weiß nicht, wie diese zu vollbringen ist ... Ich begreife nicht, wie jemand, der nicht schaut, wie er – dennoch ein Eingeweihter sein kann. Wie kann ich das verstehen?'

Die sanfte Hand wurde härter ... Er sagte:

‚Indem du suchst, Kind! Du musst dieses Verständnis suchen. Nichts kommt von selbst zustande, was nicht dem natürlichen Gang entspringt. Ich weiß, dass du eine schwere Aufgabe hast – dass du dich dem oft nicht gewachsen fühlst. Aber du hast diese Aufgabe! Die Erfüllung muss aus dir hervorgehen, aus deiner selbstständigen Arbeit. Erfülle diese Pflicht in den kommenden Wochen so gut, wie du kannst ... und du wirst sehen, dass ‚die anderen' dir in deinem Verständnis für ihn folgen werden ...'

Er fühlte, dass er sie bis an die Grenze dessen brachte, was sie ertragen konnte – und ließ sie los. Sie schüttelte ihren Kopf und nahm ihn in die Hände.

Der Meister hatte Mitleid mit ihr und legte ihr die Hand auf den Kopf. Jedes Mal wieder rief er sie auf, zu tun, was er selbst auch tun musste ... Sie sagte:

‚Ich weiß, dass Sie Recht haben ... aber es ist so schwer. Ich habe es so gut bei ihm, einen besseren Mann gibt es nicht ... am liebsten will ich seinen Geistesweg vergessen und nur die Früchte genießen. Nicht immer, Meister, das wissen Sie doch wohl? Ich arbeite auch sehr hart, aber vielleicht nicht immer auf die gute Art.'

Ach, wie sehr liebte er sie ... Er streichelte ihr Haar ... und sagte sanft:

‚Liebes Kind ... es gibt auch keine bessere Frau. Verzeih mir meine Härte ...'

Sie stand auf und schenkte ihm ihr strahlendes Lachen. Der Meister sagte:

‚Und keine schönere Frau ...'

Sie nahm ihn am Arm, während sie den Pfad zum Institut hinuntergingen.

Er fühlte Reue über sein Verhalten. Warum ließ sie das alles zu?

‚Warum wirst du nicht böse auf mich, mein Kind ... wenn ich diese Dinge zu dir sage?'

Sie sah ihn von der Seite an.

‚Ich finde es gut, dass Sie es sagen ... ich kann nicht böse auf den Meister werden.'

Er lachte ein wenig säuerlich und sagte:

‚Der Meister ist nicht immer Meister ... es wird Zeit, dass du in mir deinen Freund siehst. Ich bin nicht mehr dein Meister.'

Sie drückte seinen Arm und sagte mit einiger Selbstironie:

‚Es wird nicht umsonst sein, dass meine besten Freunde ‚Meister' sind. Ich muss ziemliche Kraft aufbringen, um meine Liebe zur Freiheit stark zu halten – es ist leicht, sich an eure Autorität anzulehnen ...'

‚Wenn wir dessen nur immer wieder bewusst sind, Kind ... Komm, ich halte einen Vortrag für euch, und am Ende führe ich deinen Mann als Lehrer ein.'

Sie hatte Recht, das Mädchen ... Der neue Lehrer wurde äußerst herablassend und kritisch empfangen. Aber er litt darunter scheinbar nicht. Er stand aufrecht, sprach jedes Wort selbstbewusst aus und stand absolut über den astralen Angriffen ... aber setzte sich wohl damit auseinander.

Der Meister hörte ihn zum ersten Mal in der Öffentlichkeit sprechen. Es war spürbar, dass dieser Mann Erfahrung im Lehren hatte. Aber das war nicht das Beeindruckendste. Das kam zum Ausdruck in dem, was für Augen unsichtbar und für Ohren nicht zu hören war. Der Meister schaute es ...

Hinterher begegneten sie einander in der Halle. Das Mädchen näherte sich ihnen mit einem verlegenen jungen Mann an ihrer Seite ... dem ‚schwarzen' Jungen. Der Meister gab ihm kräftig die Hand und lud ihn zu einem Getränk auf die Terrasse seines Chalets ein. Zu viert liefen sie den Pfad hinab, der Meister neben dem Jungen. Er fragte etwas neckend:

‚Und, junger Mann? Wie geht es einem verstockten Materialisten in dieser spirituellen Umgebung?' Der Junge war stur und zuckte mit den Schultern. Er sagte:

‚Nicht so leicht. Aber es ist großartig hier und ich freue mich auf den Unterricht meines Freundes. Er hat einen gewaltigen Anfang gemacht! Auch wenn ich den Eindruck habe, dass das nicht jeder fand ...'

Der Meister fühlte große Sympathie für den Jungen. Er klopfte ihm väterlich auf den Rücken und sagte:

‚Alle Schüler haben die Pflicht, wenigstens einmal ein persönliches Gespräch mit dem Meister zu haben. In diesen individuellen Begegnungen wird er ihnen wohl etwas zu verdeutlichen wissen. Und du, junger Mann, hast die Pflicht, wenigstens einmal ein Gespräch mit mir zu haben. Komm dafür im Laufe der folgenden Woche ...'

‚Warum?' Der Junge zog sich zurück.

‚Weil jeder das muss.'

‚Aber warum?'

Der Meister lachte herzlich.

‚Weil ich wissen will, wen ich im Haus habe!'

‚Gibt es noch mehr Verpflichtungen?'

‚In den kommenden drei Wochen nicht. Dein Freund ist der Meister, und er betont die Freiheit. Komm, wenn du das Bedürfnis fühlst, und tu etwas anderes, wenn du das lieber willst. Es ist nicht mein Stil ... ich habe den Schülern immer strenge Pflichten auferlegt. Wir werden sehen ...'

Sie saßen ein Stündchen draußen, in der hereinbrechenden Dunkelheit. Der Meister sah und hörte andächtig zu. Er sah die Verlegenheit des Mädchens, in der Anwesenheit ihres Ex-Freundes. Er fühlte auch die intensive, warme Freundschaft zwischen den beiden Ärzten.

Und er pries sich glücklich mit seinem zweiten Leben ...

Der Sonntag war ein Ruhetag im Institut, aber der Meister arbeitete den ganzen Tag mit seinem Freund.

Mittags zogen sie zusammen in die Berge, anstelle der gemeinsamen Übung im Meditationsraum. Der Professor sagte:

‚Ich sehne mich nach deiner Unterweisung, Meister. In der Stadt entwickle ich meine Geisteskraft im innerlichen Leben. Aber ich vermisse die Natur, und wenn ich einmal darin bin, dann schweigt sie ... sie offenbart mir ihr Geheimnis nicht.'

Sie setzten sich auf den Felsblock, wo sie vor zwei Jahren täglich zusammen philosophiert hatten. Der Meister sagte, zweifelnd:

‚Schau, Junge ... Alles, was ich dich damals zu lehren versuchte, beruhte auf einem Aufgeben des Ich. Durch das Ich lebt man in Einsamkeit, allein mit sich selbst. Gelingt es, sich von der Habsucht des Ich zu befreien, dann hebt man die Trennung auf und man wird eins mit dem Universum. Meine ganze Meisterschaft beruht darauf ... Strenge dich an, dich nicht mehr anzustrengen. Strebe, nicht mehr zu streben ... Jetzt kann ich diese Übungen nicht mehr mit dir machen, dein Weg geht schließlich aus vom Ich!'

‚Nicht von dem habsüchtigen Ich, Meister. Auch ich lebe, um mich von der Habsucht des Ich zu befreien. Was ich übrig behalte, ist ein *reines* Ich, ein Kraftquell.'

‚Aber emanzipiert, einsam im Universum.'

‚Ja ... aber ich weiß, dass dieser einsame Kraftquell genährt wird aus dem Kraftquell des Wortes ... auch wenn ich die Verbindung nicht ‚sehe' ... Fände ich diese Verbindung – dann fände ich die Verbindung mit dem Universum des Wortes ... und behielte dennoch das Bewusstsein meines eigenen Wortes, meines ‚Namens'.'

Der Meister dachte nach. Nach einiger Zeit sagte er, zögernd:

‚Und wenn du nun dasselbe tun würdest wie vor zwei Jahren, aber jetzt ausgehend von dem Kraftquell deines Ich, deines eigenen Seins? Wenn du dich dahinein begibst und dann die schweigende Hingabe an die Natur übst? Wäre das nicht der richtige Weg für dich? Wenn dein individuelles Wort aus dem Universum schöpft ... dann würdest du die Verbindung doch schon haben?'

Der Professor erschauerte und sagte leise:

‚Ich danke dir, Meister ... dass du dich so selbstlos in meinen Weg vertiefen willst.'

Der Meister sah ihn von der Seite an. Apollo saß neben ihm ... Er sagte:

'Ich habe viel gelesen in den letzten Jahren ... viel verstanden von der Mystik des Westens, von den Gralsmysterien, von der Forschung des großen Meisters des Abendlandes. Ich habe verstanden, dass die westliche Einweihung eine Einweihung des ‚Ich' ist ... Die Existenz des ‚Ich' ... Mein ‚zweites Leben' hat nur ein Daseinsrecht, wenn ich es in den Dienst des Abendlandes stellen kann ... in deinen. Verstehst du?'

Noch immer sah er den Professor an ... ein langer, schlanker, schöner Mann ... hohe Stirn, scharf gezeichnetes Gesicht ... frisch und jung, doch auch reif und weise. Einsam ... Er fragte:

‚Wenn du hier so sitzt ... was sind dann die Eindrücke deiner Sinne?'

‚Das hängt davon ab, worauf ich mich richte ...', antwortete der Professor direkt.

Der Meister stieß einen Seufzer aus und sagte:

‚Du beherrschst doch nicht auch deine Sinnesorgane?'

‚Es klingt so, als ob du das für eine Sünde hältst ... Ja ... ich sehe, was ich sehen will, und ich höre, was ich hören will. Sonst würde ich in der Klinik vollkommen vom Chaos aufgefressen werden.'

‚Hier kannst du diese Disziplin doch wohl loslassen, jetzt?'

Der Professor sah ihn mit einem Lächeln um seine Augen an. Er sagte:

‚Nein, Meister. Ich strebe nach vollkommener Selbstbeherrschung, das weißt du. Ich will exakt und sicher wissen, woher meine Empfindungen kommen.'

‚Also keine spontanen Einfälle?'

‚Doch ... aber dann weiß ich sehr wohl, woher sie kommen ... aus den Sinnen, aus der Erinnerung, aus der Begierde oder aus der Idee.'

Still saß der Meister neben seinem Freund. Eine Welt, ein Abgrund schied sie ... dennoch fand er immer mehr das Verständnis für den Professor, wodurch aller Widerstand gegen seine selbstbewusste Haltung wegschmolz ... Er sagte:

‚Willst du mir den Gefallen tun, einmal einen Eindruck aus der Natur in die Kraft deines Ich aufzunehmen – indem du schweigst?'

Der Professor nickte und richtete seinen Blick nach dem blauen Himmel ... Nach einiger Zeit seufzte er leise und sagte:

‚Es gießt sich eine Essenz aus ... in meine Existenz ... ein wortloser Begriff, eine Glückseligkeit ... Hilf mir, Meister, meinen Weg aus der Einsamkeit zu finden!'

Der Meister begann zu vermuten, dass er das könnte – dass sein eigener Weg von dem Ausgangspunkt des Ich gegangen werden konnte ... Ein ungeahntes Gefühl von Aufregung durchzog ihn.

Am Montagabend hielt der neue Meister seinen ersten echten Vortrag. Der ‚alte' Meister saß im Saal und genoss die Kraft und die Klarheit seiner Ausstrahlung. Es war noch ziemlich viel Widerstand im Saal fühlbar, aber der Meister schätzte diesen nicht als bedeutend ein ... Wenn es nur *einen* gab, der es verstand ... und es gab mehr als einen. Er sah den jungen Arzt, der voller Bewunderung die Worte seines Professors verfolgte. Neben ihm saß diese wunderbare Frau, die Mathematikerin ... Diese zwei hatten einander schon gefunden ... Dann gab es das Mädchen neben ihm, die Frau des Professors. Er fühlte ihre Ambivalenz, sie war zu empfänglich für die kritische Haltung bestimmter Zuhörer.

Hinterher trafen sie einander beim Kaffee. Der junge Arzt stellte seine neue Freundin dem Professor vor. Voller Verwunderung sah der Meister zu ... Sein Freund ließ es deutlich merken, dass er fand, dass der Junge hier ernsthaft arbeiten müsse, anstatt sich mit den Frauen zu amüsieren.

Der Meister lachte in sich hinein und griff ein.

‚Mein Freund!', rief er aus. ‚Wo ist deine Unbefangenheit? Siehst du nicht, dass diese zwei Menschen einander begegnen mussten? Warum widersetzt du dich?'

Der Professor entspannte sich und lachte etwas verlegen. Er sagte, während er seinen jungen Freund ansah:

‚Es tut mir leid, Junge. Aber du gehst mir zu schnell ... ich kann da nicht Schritt halten.'

Später am Abend meldete sich der Junge zum Pflichtgespräch mit dem Meister. Stramm trat er in dessen Zimmer ein, aber hielt doch an, als er den Meister sitzen sah. Dieser wies auf einen Stuhl und sagte:

‚So ... da bist du also schon!'

Der Junge grinste und sagte:

‚Ich wollte es schnell hinter mich bringen ...'

Der Meister setzte die Kraft des Schweigens ein. Er schaute auf den jungen Mann, sah dessen Gedanken und Gefühle, vermutete seine Vergangenheit und fühlte in die Zukunft hinein ... Er beschloss, den Weg freundlicher Strenge mit ihm zu gehen. Darum fragte er kurz:

‚Warum bist du hier?'

Obwohl die Frage auf der Hand lag, war der Junge durch sie deutlich verwirrt. Er sah an dem Meister vorbei, während er antwortete:

‚Sie wissen bestimmt, wie ich den Professor kennen gelernt habe – und von unseren Start-Schwierigkeiten. Und von meiner Liebe zu seiner Frau?' Der Meister nickte. ‚Durch die Freundschaft mit dem Professor habe ich eine andere Welt kennen gelernt ... und weil er hier darüber sprechen wird, wollte ich gerne dabei sein. Ich weiß nichts davon, habe es immer für einen Blödsinn gehalten. Aber diesen Mann nicht, er ist nicht blöd, er ist so wirklich, wie es nur geht. Das fasziniert mich. Ich glaube, dass er mir wichtig ist ...'

‚Was stellst du dir vor, was du hier tun sollst?'

‚An den Vorträgen teilnehmen, vielleicht auch an dem Gruppenunterricht. Ich will so viel wie möglich lernen – und mir dann selbst ein Urteil bilden.'

‚Und die Frauen?'

Die schwarzen Augen schauten feurig, geradeheraus.

‚*Eine* Frau, Meister. Ich bin hier der Frau meines Lebens begegnet. Zum ersten Mal in meinem Leben werde ich mich beherrschen ... für sie.'

‚Und die Frau deines Lehrers?' Die Stimme des Meisters klang streng und kurz angebunden.

‚Ich habe vor ihnen beiden den größten Respekt. Sie hat ein spezielles Fleckchen in meinem Herzen. Das darf doch wohl sein?'

Nun lächelte der Meister. Er sagte:

‚Ja, das darf sein ... Ich will dich dennoch zu etwas verpflichten – auch wenn mein Freund das vielleicht nicht begrüßen wird ... Ich finde, dass dein Aufenthalt hier nicht ganz unverbindlich sein darf.'

Der Junge schaute fragend. Der Meister sagte:

‚Schenke deinem Gemütszustand äußerste Andacht und setze dich, bevor du schlafen gehst, zehn Minuten hin, um diese Gefühle zu betrachten. Sieh darauf, wie ein Fremder es täte. Nach einer Woche kommst du wieder her und erzählst mir von deinen Erfahrungen.'

Der Junge liebte keine Aufträge. Dennoch widersprach er dem Meister nicht. Er nickte kurz und sagte einfach:

‚Gut. Das werde ich tun.'

Der Meister stand auf und drückte dem Jungen die Hand. Er sagte:

‚Ich würde mich freuen, wenn du und deine Freundin abends mit uns essen wollten.'

Verwundert nahm der Junge die Einladung an.

Der Meister genoss das Abendessen mit vier Gästen. Er fühlte, wie jeder von ihnen seine eigene Persönlichkeit mitnahm ...

Der Professor hatte einen anstrengenden Tag hinter sich, es war ihm anzusehen. Aber er saß aufrecht, wie immer, und war voller Aufmerksamkeit für die anderen. Seine Frau saß etwas still neben ihm. Sie tat dem Meister leid. Ihre Gedanken und Gefühle lagen wie zarte Schleier um sie herum, sie war lieb ... Aber sie war unsicher durch die aufgeweckte Wärme des Jungen, mit dem sie damals nicht umgehen durfte ... Nun saß er ihr gegenüber am Tisch und war so selbst-sicher wie ein Mann nur sein kann. Seine neue Freundin saß neben ihm und sprach lebhaft mit dem Professor. Der Meister saß am Kopfende des Tisches und nahm dies alles in sich auf. Er sehnte sich nach Harmonie und litt stark unter Disharmonie. Es war Friede ... nur seine junge Freundin nahm daran nicht teil. Er fühlte, wie sie sich außerhalb fühlte ... Sie war zu offen, zu empfänglich, sie wehrte sich nicht. Wenn sie einmal kurz nicht aufpasste, sah er zu ihr und wunderte sich über die chaotische Schönheit ... Sie hatte etwas von Heiligkeit um sich herum ... aber was fehlte, war der Kern ... Ihr Mann bemerkte ihre Unsicherheit auch ... er bezog sie in das Gespräch ein, legte öfters seine Hand auf die ihre – und der Junge sah das alles, vielleicht doch mit einiger Reue ... Er, der Professor, musste ihr mehr helfen, sich zu formen ... sie war ganz und gar innerliche Beweglichkeit. Der Meister sah, dass sie seine Strenge vermisste – aber sie musste in sich selbst die Form finden ... Ach, sie tat ihm wirklich leid ...

Nach dem Essen nahm er sie kurz beiseite, drückte ihren Arm und sagte:

‚Kommst du morgen kurz auf mein Zimmer, Kind?'

Sie schaute erstaunt. Er sagte:

‚Wie viele Jahre kommst du schon hierher? Sieben? Ich will dich regel mäßig sprechen, wie immer.'

Sie lachte ihm zu und nickte ...

Er wartete darauf, dass sie kam ... und nahm sie intensiv in sich auf, als sie ihm schließlich gegenüber saß. Es ging ihr immer noch genauso ... eine reine Seele, aber den Kräften aus der Umgebung ausgeliefert.

Sie wurde durch seinen durchdringenden Blick noch unsicherer – er wandte seine Augen ab und sagte:

‚Mein Kind ... du hast es schwer. Schütte dein Herz einmal beim Meister aus!'

Sie seufzte tief und sagte:

‚Ich weiß nicht, was ich habe ... ich fühle mich machtlos. Ich bin wütend auf all die Menschen hier, die ihn behandeln, als ob er ein Idiot ist ...'

‚Nicht alle, Kind!'

‚Nein, aber viele ... heute Morgen auch wieder ... ich fühle alle Kritik, allen Spott, und ich werde davon überrumpelt. Er selbst scheint unempfindsam dafür zu sein. Ich fühle mich müde ... und habe eine Wehmut in mir. Er ist lieb, ich habe nichts zu klagen ... Seine Strenge ist weg, abgeschafft. Sein Jähzorn auch. Obwohl ich hier das Gefühl habe ... dass er schon wieder streng sein könnte. Für mich zumindest ...'

Der Meister schüttelte den Kopf. Dieses Mädchen war nun das Idealbild ... So hatte er gemeint, dass der Mensch sein müsste ... Sanftmütig, offen und ohne Widerstand ... ganz in Schwingung, im Erschauern durch die Kräfte aus dem Umkreis. Eine Blume von Liebe ... ohne Kern ... Und was war ihr Lohn? Sie bekam einen Schlag nach dem anderen ... weil sie an der verkehrten Stelle doch einen Kern zu bilden versuchte ... einen Kern erstarrter Eigensinnigkeit, Hartnäckigkeit ... Atemberaubend schön war dieses Kind ... man wollte sie beschützen, sie umarmen ... oder sie strafen ... wofür? Er sagte sanft, seinen milden Blick wieder auf sie richtend:

‚Mein Kind ... lass dich nicht durch Negativität ablenken. Lerne von deinem Meister – von deinem Mann, so viel du nur kannst! Lerne von ihm, wie du auf eigenen Beinen stehen kannst, wie du in den Stürmen des Lebens stark werden kannst. Behalte deine Naivität, Kind ... aber richte sie anders aus. Du bist mit ihm verheiratet ... nicht nur äußerlich, sondern auch innerlich. Ich kann dich nicht lehren, das ‚Ich' zu finden, ich muss das selbst noch lernen ... Er kann das. Lerne von ihm! Wenn das Lernen durch Strenge sein muss, dann nimm das hin. Geht es in Freundschaft, dann ist es besser.'

‚Was meinen Sie mit Naivität, Meister? Wie soll ich diese ausrichten?'

‚Frage ihn das! Er ist auch naiv ... aber in vollkommener Beherrschung.'

Während sie zuhörte, erschien etwas von einem Kern in ihrer Seele ... voller Verwunderung schaute der Meister diesen. Er kannte diese Frau ... fast besser, als er sich selbst kannte. Sie musste ihre Kräfte in der Aufmerksamkeit bündeln ...
‚Sei aufmerksam, mein Kind. Gibt dich nicht deinen Gefühlen hin, sondern fokussiere deine Aufmerksamkeit so intensiv wie möglich, wie du es jetzt tust.'
Sie nickte. Er hatte ihre Liebe so lieb ... Sie musste diese durch die Aufmerksamkeit befreien ... sonst geriet diese reine Liebe in ihr jedes Mal ungewollt in Verstrickung mit diesem falschen Kern von Selbstliebe ... dann würde es in ihrem Leben auch weiterhin Schläge hageln ... Gerade weil der Kontrast zwischen ihrer reinen Liebe und ihrer Selbstliebe so groß war ... wie Blutstropfen im Schnee, die sie ihres Selbstbewusstseins beraubten ... gerade darum hatte sie es so schwer, bekam sie so viel Strafe ... wegen des Kontrasts ... Das Mitleid mit ihr wurde so groß, dass er es fast nicht mehr ertragen konnte ... Aber er ließ es zu, während er auf dieses geniale Menschenkind in der Gestalt eines Mädchens schaute ...

Mittags ging er mit seinem Freund zum ersten Mal wieder zu seinem Meditationsraum. Die Kissen auf dem Boden lagen nicht mehr da, es standen jetzt zwei Stühle mit gerader Lehne da ...
‚Setz dich, mein Freund. Ich weiß nicht, was ich mit deiner Frage nach Unterricht machen soll ...'
Der Professor schüttelte den Kopf und sagte:
‚Nein, nein. Ich würde gern wieder denselben Unterricht empfangen ... und ihn dann in den Kraftstrom meines Ich aufnehmen.'
Der Meister sah ihn lange an. Er fühlte, wie seine Meisterschaft jetzt in ihm zur Blüte kam. Er fühlte sich über seine Zweifel hinausgehoben ... und ging ans Werk.
‚Also dann ... Setz dich entspannt hin, die Hände gefaltet, die Augen geschlossen. Wecke in dir selbst die tiefstmögliche Stimmung von Devotion ...'
Er wunderte sich über die Willigkeit des Professors. Er machte weiter, während er schaute, wie die Stimmung seines Freundes sich veränderte.
‚Kontempliere nun die Vergänglichkeit. Weißt du noch? Denke an das Aufblühen und Verwelken in der Natur, an Licht und Finsternis, an

blauen Himmel und aufkommende Bewölkung ... gleich während der Wanderung werden wir uns darin erneut vertiefen ...'

Er machte mit und ließ zehn Minuten verstreichen. Dann sagte er:

‚Lass nun in dir nachklingen, was da war, bringe dein Denken zum Stillstand und vertiefe dein Schweigen – und warte geduldig ab in vollkommener innerer Ruhe.'

Nach zehn Minuten richtete er sein Schauen auf den inneren Zustand seines Freundes. Beschämt öffnete er seine Augen. Nein, man blickte nicht in die Zelle eines Mönches ... man war nicht reif, um anzuschauen, was sich da vollzog.

So arbeiteten sie tagein, tagaus. Der Widerstand gegen den neuen Meister nahm erst ab, als einmal sein jüngerer Kollege höchst verärgert aufstand und die Kritiker bat, sich entweder deutlich auszusprechen oder abzureisen. Danach blieb ein kleines Grüppchen übrig ...

Der Meister lebte nun intim zusammen mit seinen Freunden. Sie wohnten in seinem Haus, und er hatte dadurch die Gelegenheit, ihren Umgang miteinander mitzuerleben. Er genoss die Harmonie ... zwischen den größtmöglichen Gegensätzen. Er wunderte sich über die ausgesprochene Männlichkeit seines Freundes, wenn dieser mit seiner Frau zusammen war. Er war höflich, zuvorkommend ihr gegenüber, er war sehr aufmerksam auf das, was sie sagte, dachte und fühlte. Aber der Meister nahm ebenso wahr, dass er die absolute Autorität war ... *ein* Blick von ihm war genug, um sie schweigen oder sprechen zu lassen. Kein strenger Blick ... einfach ein Blick. Auch in seinen Händen lebte diese Autorität. Seine Gebärden drückten aus, dass sie seine Frau war ... sie waren von einer voll ausgebildeten Beredsamkeit. Tyrannei und Sklaverei? Nein ... ein Mann und eine Frau, die sich keine Mühe gaben, etwas anderes zu sein, als sie waren. Sie fühlte sich vollkommen wohl und war freiheraus sie selbst – auch wenn sie sich manchmal anpassen musste. Er tat das schließlich auch ... Sie waren nicht nur Mann und Frau ... sie hatten darüber hinaus eine innige Freundschaft. Diese Freundschaft entfaltete sich innerhalb des Kontrastes des Männlichen und Weiblichen. Diese Harmonie genoss der Meister. Er vertiefte sich in das Männliche und das Weibliche, fühlte mit, wie es war, Frau eines solchen Mannes zu sein – Mann einer solchen Frau zu sein ... Die Autorität des Mannes wurde auf keinem einzigen Gebiet gemindert, es wurde ihr durch rein gar nichts widersprochen ... Es musste eine volle Aufgabe für sie sein, ihm auf der einen Seite zu gehorchen – denn das musste sie – und doch auf der anderen Seite selbst zur Entfaltung zu kommen.

Bei dem anderen Liebespaar lag das sehr viel mehr im Gleichgewicht. Der Junge hatte eine deutliche physische Überlegenheit – er war forsch und stark, cholerisch und geradeheraus ... aber seine wunderbare Frau hatte eine deutliche geistige Überlegenheit. Sie war besonders stark und geformt in ihrer innerlichen Entwicklung. Das zog den Jungen an und stieß ihn ab. Es gelang ihm nicht, sie zu beherrschen, er versuchte es jedes Mal, aber musste vor ihrer standhaften Vernunft weichen. Er brauchte das, das wusste er selbst auch ... Aber der Meister sah ihn dennoch oft nach dieser Freundin von früher schauen. Sie stellte die ideale Frau für ihn dar: anmutig, schön, unbefangen und sich ihres ‚Platzes' bewusst. So war sie mit ihm nicht gewesen! Damals war sie keck und frech, eigensinnig und auf Abenteuer aus. Das hatte ihn gereizt ... er hatte sie ‚zähmen' wollen. Aber er hatte keine Überlegenheit gehabt, überhaupt nicht. Sie ließ körperlich nichts zu, nicht in der Liebe, aber auch nicht bei Streitereien. Er war ein rauer Kerl, er hätte sie gern einmal übers Knie gelegt ... aber er wusste, dass sie ihn dann verlassen würde. Nein ... er war ihr nicht gewachsen. Sein Freund war das sehr wohl. Er war in jeder Hinsicht stark, körperlich, aber auch psychisch ...

Der Meister sah nun, dass sein großer Freund Gegensätze um sich herum anzog. Seine Männlichkeit fragte nach einer echten Frau ... sein ausgesprochen westliches wissenschaftliches Denken nach einem östlichen Meister ... Seine besondere Geisteskraft nach einem Mann mit besonderer physischer Kraft. Und diese wunderbar entwickelte Frau? Er, der Professor, vergegenwärtigte das Denken im Denken, sie hatte viel mehr den Willen im Denken. Es war schön, das so deutlich gewahr zu werden ...

‚Ich mache mir Sorgen um meine Frau, Meister.', sagte der Professor einmal während einer Wanderung. ‚Sie ist immer müde und lustlos, und sie hat sich die Kritik an meinem Unterricht viel zu stark angezogen. Sie weint viel ... Ich weiß mir keinen rechten Rat ... Ob ich sie nun liebkose oder tadle, es hilft beides nicht. Weißt du, was da los ist?'

Der Meister legte dem Professor kurz seine Hand auf den Rücken, wie um ihn zu stützen. Er sagte:

‚Ja ... etwas verstehe ich wohl davon. Schau ... du bist ihr Mann, ihr Meister und ihr Freund. Das ist nicht einfach. Für dich nicht, aber vor allem für sie nicht ... Als ihr Mann bist du ziemlich streng, als ihr Meister bist du weise ... als ihr Freund bist du lieb.'

‚Ich bin überhaupt nicht streng!', protestierte der Professor.

‚Doch ... Sie hat nicht viel zu sagen, Junge, wirklich nicht. Aber ich hatte keine Kritik im Sinn. Ich beschreibe nur. Du bist streng. Nicht böse oder ärgerlich, sondern selbstverständlich. Sie hat mir erzählt, dass du überlegt hast, ihr zu verbieten, zu den Vorträgen zu kommen – weil sie verkehrt damit umging.'

‚Dagegen hat sie sich heftig gewehrt!'

‚Sicher. Aber sie weiß sehr gut, dass, wenn du das dennoch beschlossen hättest, dass sie dann gehorchen hätte müssen. Es gibt keine andere Möglichkeit. Das meine ich mit ‚streng'.'

‚Ich habe es nicht beschlossen!'

‚Du verstehst mich sehr gut!'

Der Professor schwieg. Der Meister fuhr fort:

‚Du bist ein Mann und du bist der Chef. Das liegt nun einmal in der Natur, Junge. Allem Feminismus zum Trotz ... auch wenn wir die Vernünftigkeit dessen einsehen und uns über unsere Natur hinausarbeiten. Im gewohnten Leben bist du nun einmal ihr Mann. Und du weißt sehr gut, wie das sexuelle Leben dies verstärkt. In meiner Kultur steht die Frau früher auf als der Mann und geht später zu Bett ... sie darf nicht liegen, während er auf ist! Verstehst du?'

Sie gingen eine Weile weiter, ohne etwas zu sagen. Der Meister ergriff wieder das Wort:

‚Als ihr Freund bist du lieb. Noch nie habe ich gesehen, dass ein Mann so ein lieber Freund für seine Frau war. In dieser Freundschaft seid ihr ganz gleichwertig, da ist keine Rede von mehr oder weniger, von Macht oder Ohnmacht ... Dein Herz sehnt sich nach ihr, das ihre nach dir. Aber nun bist du auch ihr Meister. Ihr Weisheitslehrer. Und darin versagst du.' Er sagte es kurz und bündig, ohne Umschweife.

Der Professor schwieg noch immer, aber er war ganz und gar Frage.

‚Du bist hier der Lehrer, es ist deutlich, dass du sehr viel zu erzählen hast. Du hast hier Dutzende von Lehrlingen, du hast mich als Kollegen. Und deine Frau muss danebenstehen ... während sie deine beste Schülerin sein könnte.' Die Frage neben ihm wurde Erstaunen. ‚Ja, deine *beste* Schülerin. Glaub mir, unter all diesen Schülern, die ich gehabt habe, gute und schlechte, eifrige und faule ... war nur eine Einzige mit so einem Hunger nach Weisheit, einem Durst nach Güte ... dass man tief, tief dadurch gerührt wurde. Ein innerlicher Kampf, Junge, so groß, so heftig. Kampf mit ihrer leidenschaftlichen Art ... mit dem Immer-wieder-gestraft-Werden. Fragen wie: Warum werde ich immer erniedrigt? Warum habe ich so viele Schläge bekommen? Bin ich wirklich so schlecht? Während ich, mit meinem Vermögen, in die Tiefe zu sehen, ihr Vermögen zu empfangen schaute ... Sie ist die einzige gewesen, die mich empfangen hat!'

Der Professor lief mit gebeugtem Haupt neben ihm. Er erzählte ihm nichts Neues ... es war nur etwas in den Hintergrund geraten. Das Erstaunen veränderte sich in Zustimmung. Der Meister sagte:

‚Sei ihr Lehrer! Die Liebe kannst du sie nicht lehren ... Schenke ihr von deiner Weisheit! Teile dein innerliches Leben mit ihr, wie du ihr deine Männlichkeit schenkst. Sei streng, wenn es sein muss, lieb, wenn es möglich ist ...'

‚Ich kann Strenge nicht leiden! Ich bekämpfe sie in mir!'

‚Es ist nun einmal eine starke Eigenschaft von dir. Sie ist nicht immer unberechtigt, Junge. Du hast sie damit dennoch ein ganzes Stück weitergebracht. Sie hat ihren Übermut aufgegeben ... für dich.'

‚Das hätte in Liebe geschehen müssen.'

‚Liebe kann dir Strenge eingeben, Junge. Du hast sie zur Ruhe gebracht. Sorge nun dafür, dass sie ihren Mut auf die Weisheit richtet ... dass sie nicht in die Mutlosigkeit schießt. Du hast ihren Charakter geformt ... hilf ihr nun, ihr Denken zu formen.'

Der Professor seufzte. Er sagte leise:

‚Ich bereue mein Verhalten. Ich will kein Herrscher sein, wirklich nicht!'

‚Das weiß ich, Junge. Das weiß sie auch. Du tust, was du tun musst ... auch wenn es weh tut. Aber du musst noch mehr tun ...'

‚Ich habe dich verstanden, mein Meister. Ich erkenne an, dass du Recht hast ... ich verlange danach ... Ich weiß, dass sie immer nur kämpfen muss ... Wenn ich daran denke, dass ihr Vater – den ich trotzdem sehr gerne mag – sie regelmäßig ... dann wird mir schlecht! Aber der Kampf muss auf einem anderen Gebiet beigelegt werden. Ich werde ihr Lehrer sein, Meister ... und es nicht mehr vergessen!'

Als es Essenszeit war, erschienen sie nicht ... Der Meister wartete fünf, zehn Minuten und ging dann nach oben. Er klopfte an die Tür und wartete, bis er Antwort erhielt. Dann öffnete er die Tür ... und sah das so vertraute Gästezimmer mit dem Balkon mit Aussicht auf die Berge. Aber in diesem Zimmer sah er ein Märchenbild ... sie saßen beieinander, das Liebespaar, in einer intensiven geistigen Gemeinschaft. Die Prinzessin hatte ihren Prinzen gefunden ... einen Prinzen auf dem Weg zum Königtum. Dennoch schmeckte ihr Glück bittersüß. Er ahnte ein Leben voller Kampf ... kein Kampf miteinander, dennoch Kampf ... Er, der Meister, glaubte nicht an eine bevorstehende Zeit von Glück und Frieden. Er glaubte auch nicht an die Ankunft eines neuen Weltführers, der alle Probleme auflösen würde. Die Menschen im Abendland haben die Freiheit für sich erkämpft ... frei von Tradition, frei von Religion, frei von Dogmen, frei von Autorität ... Aber er verstand immer besser, dass diese Freiheit in das totale Chaos hineinführt ... es sei denn, das Individuum wird befreit. Der Professor lebte aus dieser Freiheit im höheren Sinne ... er würde sein Mädchen darin einweihen ... und ihn, den Meister, auch – soweit das möglich war. Aber es standen Mächte dagegen ... sie wollten das Individuum in der Illusion der Freiheit gefangen halten. Sie würden ein mächtiger Gegner sein. Kampf ... innerlicher Kampf zunächst. Was in ihnen selbst sich gegen wahre Freiheit kehrte, würde einen Kampf liefern ... Der Professor würde darüber stehen, aber schwer darunter leiden. Aber sie ... seine Frau, der Meister, die anderen ... sie würden in sich selbst kämpfen müssen ... und es würde ihm erscheinen, als ob sie ihn bekämpften ... manchmal. Ein einsamer König, Herrscher über sein eigenes Ich ... Man würde ihn darum hassen ... Aber jetzt nicht! Nun saßen sie da in Liebe beieinander.

‚Wir warten auf euch, unten ... Es ist Essenszeit.', sagte der Meister beschämt.

Sie hatten die Zeit vollkommen vergessen.

Seine Liebe für die beiden entflammte noch einmal aufs Neue. Während der Mahlzeit sah er sie verwundert an. Er war jung geworden, seine Strenge schien ihn verlassen zu haben, das drückende Element seines Ernstes ebenso. Voller Vertrauen in das Gute saß er da, wie ein Kind ... Und sie war still und bescheiden, voller Erwartung für das, was kommen würde ... aber stark und sicher in sich selbst.

Die Liebe brachte eine geweihte Atmosphäre. Sogar dem Jungen entging das nicht. Es gab seinem hochmütigen Gemüt, das dem Meister dennoch so sympathisch war, einen Hauch von Ehrfurcht. Kurz fühlte er, dass es vielleicht etwas in der Welt gab, das höher war als er ... Der Meister lächelte in sich hinein. Sein zweites Leben war schön ...

‚Wie soll ich Lehrer sein, Meister, wenn ich den innerlichen Zustand meiner Schüler nicht sehen kann?'

Der Meister saß mit seinem Freund in seinem Meditationszimmer. Er sah ihn lange an. Er selbst hatte das Vermögen ... das gab ihm so eine unerschütterliche Sicherheit in Bezug auf die Entwicklung dieses Mannes gegenüber von ihm ... Er antwortete:

‚Du brauchst das nicht, jetzt. Dein Unterricht spricht schließlich ein Vermögen an, das in jedem Menschen geweckt werden kann ... wenn er nur will.'

‚Aber die Menschen richten sich an mich mit Fragen über Meditation ...'

‚Bleib bei deinem Leisten!'

Der Professor nickte. Er fragte:

‚Dennoch bedrückt mich meine Blindheit ... Meine Frau sieht oft besser, was in Menschen vorgeht als ich ...'

‚Es würde deine so grandiose Objektivität stören, mein Junge. Diese Objektivität bekommt einst Farbe und Duft ... wenn die Zeit erfüllt sein wird. Dein Blick wird beim vollen Licht der Sonne geschärft. Mein Schauen lebt in der Nacht ...'

‚Was meinst du?'

‚Was ich in der Nacht gewahr werde, dringt während des Tages in mein Bewusstsein – das ist mein Schauen. Es ist deine Aufgabe, *direkt, ohne durch die Nacht zu gehen*, das Übersinnliche bemerken zu lernen. Das, mein Freund, ist ein langer, langer Weg. Das Licht der Sonne blendet dich, du kannst die Sterne nicht sehen ...'

‚Willst du mich in dem dritten Schritt des achtfachen Pfades unterweisen?', fragte der Professor.

‚Sicher ... Man hat eine Burg aus den schönsten Materialien seiner Meinungen, nach der besten Architektur seiner Urteile gebaut ... Nun bringe man Leben, bringe Atem, bringe Kraft da hinein ... damit die Burg zu Leben kommt, keimt, wächst und blüht. Man bündle den Atem, das Leben, die Kraft ... zum Wort, mein Freund. Und lasse das gesprochene Wort nie etwas anderes sein als eine getreue Abbildung und einen vollkommenen Begriff des Geistes, seines Geistes, des Baumeisters ... Wenn das Denkende und das Gedachte ein und dasselbe sind, dann ist das Wort ein getreues Abbild und ein vollkommener Begriff des Geistes, dem es entstammt. Der denkende Geist kommt zur Verwirklichung, indem er sich das Gedachte und das Wesen – das Denkende – zueigen macht. Alles, was man aus diesem Untergrund ausspricht, nennen wir *‚das richtige Wort'*. Das Licht des Abendlandes, mein Freund, das ich in dir sehen gelernt habe ... bescheint meine Weisheit ... die nun erst zu ihrem Recht kommen kann ...'

Als ob es vertraute Kleidung wäre ... so leicht zog der Meister die schwierigen Texte von Thomas von Aquino und Aristoteles an ... kleidete sich damit und zeigte seinem Freund, wie die Gestalt des Abendlandes mit der Weisheit der aufgehenden Sonne in Liebe Hand in Hand ging.

‚Wie geht es dir jetzt, mein Kind?'
Das Mädchen saß gegenüber von ihrem älteren Freund in dessen Sprechzimmer im Institut. Sie antwortete:
‚Ich finde Sicherheit, Meister. Mein Mann schenkt mir jetzt das größte Vertrauen. Das stärkt meinen eigenen Glauben und mein Vertrauen in mich selbst. Bevor wir abends essen gehen, arbeiten wir zusammen eine Stunde. Das ist für mich eine große Gnade ... Direkter, persönlicher Unterricht von ihm ... Er lehrt mich mein Ich zu finden, oh, es geht langsam ... aber ich weiß nun seine Stütze in meinem Rücken. Kann Liebe immer nur größer werden?'
Der Meister nickte und sagte:
‚Ja, mein Kind ... bis diese Liebe so groß ist wie das Universum ... dann kehrt sie in sich selbst zurück ... Wie ist dein physischer Zustand?'
‚Mein Mann hat mich untersucht, weil ich weiterhin so müde bin ... aber es ist nichts ...'

Der Meister schaute, was da war, aber schwieg. Es lag nicht auf seinem Weg, das, was aus der Natur sich offenbarte, vorzeitig mitzuteilen ... Zurechte Zeit würden sie es selbst entdecken!

‚Der vierte Schritt des Pfades, Meister?', fragte der Professor.

Der Meister sah ihn an, seine milden Augen lachten sanft. Er sagte:

‚Du, Junge, bist eine Gestaltung des Pfades. Wenn ich ihn unterrichte, lese ich in deinem Wesen, um den Pfad in das Abendland versetzen zu können. Es ist merkwürdig, dir deine eigenen Buchstaben vorzuhalten ...'

‚Meine Selbsterkenntnis reicht nicht aus ... sag mir, was du liest!'

‚Der Baumeister hat eine Burg gebaut, die zum lebenden Wort erweckt wurde ... Möge das Denkende und das Gedachte eins sein und von Buddhi erfüllt werden. Möge Manas erfüllt werden von Buddhi ... einer lebendigen Moralität ... die einem aus der wohltuenden Wirkung des Guten Intuitionen eingibt – um sie in Taten zu verwirklichen.

Die Burg, die man gebaut hat, ist bewohnt von dem Göttlichen in einem ... es strömt bewusst aus dem Denken in die Hände aus ... Liebe begleitet es, wodurch es den Weg vom Denken in die Welt findet ... Keine Tat wird man verrichten, die nicht aus der göttlichen Durchdringung des eigenen Geistes hervorgeht ... aber zugleich wird man keine Tat verrichten, die nicht in vollkommener Harmonie mit der Welt um einen herum ist. Man vereint ein offenes Herz für die Nöte in der Umgebung mit der größtmöglichen inneren Standfestigkeit. Die eigenen Taten entspringen dieser Vereinigung. Das, mein Freund, ist *die richtige Tat.*'

Der Professor schwieg einige Zeit, aber sagte dann:

‚Ich verstehe es ... aber will dem noch etwas hinzufügen. Als ich einmal mit dir über das In-die-Hand-Nehmen des Gedankenstromes sprach, legte ich auch großen Wert auf ‚Rationalität' in den Handlungen. Kein hastiges ‚nun dies, dann wieder das' ... sondern wohl durchdachte Ordnung, auch in der Tat ... Wenn man etwas beginnt, mache man es fertig, auch wenn einem Tausend andere Dinge einfallen. Und man lasse die folgende Handlung eine Folge der vorigen sein.'

‚Du bringst die Ordnung deines Denkens bis in die Aufeinanderfolge deiner Taten?'

Der Professor nickte zustimmend. Der Meister seufzte tief. Hier wurde er gelehrt, was der menschliche Geist war. Früher hatte er nach dem Naturgeist gelebt ... wenn man damit eins wurde, bekam man eine natürliche Ordnung in Gedanke, Wort und Tat. Er hatte all das Menschliche als weniger hochstehend betrachtet ... Das armselige, gebrechliche, habsüchtige, menschliche Ich ... Er hatte nicht verstanden, dass das nun gerade das Ich war, das auf den Kräften des Leibes lebte. Dieser Mann zeigte ihm jetzt ein anderes Ich ... ein reines menschliches Ich in Denken und Willen, noch immer weniger mächtig als der Naturgeist, auch weniger vollkommen. Aber echt menschlich, frei und selbstständig – ein Gotteskind, das auf eigenen Beinen stehen lernen darf ... Eine neue Ordnung kam in die Naturordnung hinein ... wahrhaftige Tugend, freie Moralität.

Manchmal kam noch etwas von Aufsässigkeit in ihm auf. Sollte er wegen *eines* Mannes seine Meisterschaft bezweifeln? Aber dann fühlte sein Freund dies ... wie jetzt, und sagte:

‚Meister! Ich hoffe, dass du *eine* Sache sehr gut verstehst. Ich liebe dich und deinen Weg innig ... ich bewundere und respektiere dich. Aber deine Wahrheit gilt für mich nur, wenn ich sie in meine immer *bewusster werdende Ich-Kraft* säe. Mein Denken ist durch das immer wieder neue Üben des Denkens über das Denken, des vollkommenen Ergründens, was Denken nun eigentlich ist, so kräftig geworden, dass es Wille ist ... *Willenskraft, die zum Denkstrom wird* ... Denken, das in die Willensbewegung hindurchdringt ... *Eins* wird, was vorher zwei war ... und doch sind sie beide einzeln zu unterscheiden. In diesen Untergrund säe ich deine Weisheit – und ich bin dankbar, dass du es hinnimmst, dass ich so vorgehen muss ...'

Der Meister sah ihn an, seine Augen mild und sanft. Er sagte:

‚Junge ... ich nehme es nicht nur hin, wie du weißt. Ich versuche sogar selbst, aktiv zu werden, mitzumachen, was du lehrst. Einerseits bist du ein Abendländer, ich ein Morgenländer, das unterscheidet uns. Andererseits sind wir beide Menschen, das vereinigt uns. Von diesem Mensch-Sein beginne ich langsam etwas zu begreifen. Dass das ein wesentliches Merkmal ist ... dass es also unmöglich ist, dass man in einer nächsten Inkarnation *kein* Mensch wäre! Darüber herrschen ziemlich verschiedene Vorstellungen. Ja ... ich beginne zu verstehen, was ein Mensch ist ...'

Der Professor nickte wieder. Er liebte diesen Mann, einen Menschen ...

‚Es vollzieht sich eine große Veränderung in dir, mein Freund', sagte der Meister nicht lange danach. ‚Weißt du selbst, was da geschieht?'

‚Sicher ... Es ist das Befolgen deines Rates. Ich teile meine innerlichen Erfahrungen – insoweit das erlaubt ist – mit meiner Frau ... Sie öffnet sich dafür so sehr, dass die Rührung darüber mein Gemüt läutert. Ich schenke ihr meinen Geist, und sie empfängt mich ... und gibt mich mir selbst zurück, gemischt mit dieser zarten Liebe, die von ihr ausgeht. Sie ist eigentlich mehr ein Künstler als ein Wissenschaftler – obwohl sie ihr Fach ausgezeichnet beherrscht ... Diese Anhänglichkeit, ihr Vermögen, das innerliche Leben so ganz ohne Missgunst mit mir zu teilen ... sie nähren mich, verstehst du das?'

Der Meister lächelte. Er fragte:

‚Aber ich sehe mehr ... mehr als das.

‚Die Art meines Denkens verändert sich dadurch ... es fängt an selbst etwas von einer künstlerischen Qualität anzunehmen. Meine Gedanken werden Kunstwerke ... in Bild oder in Ton ... Das Leben ist ein Wunder, mein Meister!

‚Findest du etwas von deiner kindlichen Hingabe wieder?'

‚Ja ... aber ich behalte die Klarheit meines Bewusstseins, es geht nichts verloren von dem, was ich nach meinen Kinderjahren erworben habe.'

Der Meister musste immer sehr tief seufzen. In diesem Seufzer sprach Erkennen ... aber auch ein Gefühl von gesunder, aufrichtiger Eifersucht. Keine gemeinen Gefühle, sondern ein heftiger Wunsch, auch so eine Entwicklung durchmachen zu dürfen. Sein Freund sagte sanft:

‚Hast du nie das Bedürfnis nach einer Frau gehabt, Meister?'

Der Meister sah ihn mit leichter Ironie an, als er sagte:

‚Es gibt nur einen Menschen, den ich wirklich jeden Tag um mich haben wollte ...'

Der Professor wunderte sich. War er eine ‚große Liebe' im Leben des Meisters? Der Meister grinste und sagte schulterzuckend:

‚Aber ... dieser Mensch ist nun einmal keine Frau ... das bist du!'

Verlegenheit ließ den Professor schweigen ...

‚Unterrichtest du mich in dem fünften Schritt, Meister?'

‚Der fünfte Schritt ...' Der Meister versank in eine tiefe Überlegung. ‚Bis jetzt hat man sich selbst eine mächtige, selbstbewusste Burg gebaut.'

‚Nimm es mir nicht übel, dass ich dich unterbreche ... eine Gralsburg?'

Die milden braunen Augen wurden hell und klar.

‚Ja, eine Gralsburg. Mit der *‚richtigen Tat'* tritt man nach draußen, setzt einen Schritt in die Welt, verändert man selbst die Welt! Die r*ichtige Meinung*, das *richtige Urteil*, das *richtige Wort* ... sie werden sichtbar, merkbar in der richtigen Tat. Damit verlässt man sich selbst und tritt außerhalb seiner selbst ... an den richtigen Standpunkt, *die richtige Position*, von wo aus man sein Sein entfalten kann. Das völlige Durchdringen seiner Position mit den vorhergehenden Schritten, das vollkommene Einswerden damit, das bringt einem glückselige Zufriedenheit mit dem Platz, wo man einmal ist. Man findet da das vollkommene Gleichgewicht zwischen dem Geistigen und dem Physischen, ein ‚Hypomochlion'. Die eigene Position wird wie der Ruhepunkt in einer Balance, wobei man selbst Meister über die Gegensätze ist. Erneut sage ich dir, mein Freund: ich unterrichte dich in deinen eigenen Qualitäten ...'

Der Professor schloss die Augen und wiederholte die Worte des Meisters in sich. Er ließ sie tief zu sich durchdringen. Dann sagte er:

‚Ist *Ausdauer* nicht eine notwendige Eigenschaft dazu? Ist das nicht der Weg, um die Standfestigkeit im Hypomochlion zu finden? Ein einmal als richtig akzeptiertes Urteil, ein einmal als gut akzeptierter Entschluss fragt nach Ausdauer. Diese findet man nur, wenn man seine Emotionen zügelt ... Daraus schöpfe ich die Kraft, um in der richtigen Position zufrieden zu sein.'

Der Meister legte lächelnd seine Hand auf den Arm seines Freundes und sagte:

‚Danke für deine Ergänzung. Es ist deine beachtliche Willensnatur, dein geläuterter Wille, der hier spricht. Ich habe diesen Willen lieben gelernt ... Einst wollte ich ihn beugen, weißt du noch? Nun weiß ich, dass man damit bis in den Himmel klettert ... Das, was in allen Kulturen ausgesprochen oder unausgesprochen verboten ist: das *Aufrichten des Eigenwillens* ... wird in dir zu einem großen *Edelmut!* Sogar im kirchlichen Christentum – gerade da – wird das Entfalten dieses Eigenwillens immer als Sünde betrachtet und mit den äußersten Mitteln bekämpft. Du bist ein Ketzer, mein Junge – gegen alle Religionen!'

Der Professor errötete ... das widerfuhr ihm sehr, sehr selten. Er fühlte Wellen von Wärme seine Wangen und seine Ohren färben. Tränen schossen in seine Augen, er schlug sie nieder ... und nahm den Kopf, der auf einmal bleischwer war, in die Hände. Weinen wollte er, wie ein kleines Kind. Trost suchen bei der Mutter ... nicht mehr selbstständig sein müssen ... aber inmitten dieses Ausfließens seiner Seele fühlte er seine Willenskraft sich bündeln. *Dort* war die Mutter, Mutter eines Königs ... Die Seele, die den Geist gebiert ... Diese zügellose junge Kraft! Ja, an ihr kletterte er in den Himmel hinein! Er richtete sein Haupt auf und sah seinen Freund an. Er sagte:

'Die Kraft in mir ... es ist Eigenwille, aber keine Selbstsucht!'

'Ich weiß es, Junge. Du bist das, aber du bist ein Christophorus ...'

Zum zweiten Mal wurde ihm heiß, aber nun durch aufrichtige Sicherheit. Leise, aber klar klang seine Stimme, als er die bedeutsamen Worte aussprach:

'Nicht ich, Meister, sondern ...'

'Würdest du mir die Ehre erweisen, Junge, mir einmal unumwunden zu sagen, was du von mir hältst?'

Der Professor machte große Augen. Er sagte:

'Warum, Meister?'

'Ich strebe nach Selbsterkenntnis ... und verlange nach dem Urteil eines Freundes.'

Der Professor holte tief Atem. Der Meister sagte:

'Schone mich nicht, Junge.'

Der Professor lächelte und sagte:

'Du bist ziemlich klein, nicht wirklich mager ... du trägst dunkle Anzüge, manchmal mit einem Rollkragenpullover, dann wieder mit einem weißen Hemd und einer Krawatte, wie ein echter Abendländer. Du hast ein göttlich geschaffenes Haupt, mit warmen, freundlichen braunen, sogar schwarzen Augen ... Du hast einen großartigen Büschel von ziemlich kurzgeschnittenem, ergrauendem Haar. Manchmal trägst du eine Brille, dann bist du auf einmal streng ... Deine physische Erscheinung ist warme Liebe und intensives Mitgefühl. In deiner Nähe fühlt man sich wie ein Waisenkind, das liebevoll in deinen väterlichen Schutz aufgenommen wird. Dennoch dringt dein Blick durch allen physischen Schein und bildet ein unerbittliches Urteil ... Dann setzt du deine Brille ab und blickst durch mich hindurch! Das Urteil ist mild und voll Verständnis für Schwäche – auch wenn du das erste Jahr sehr hart zu mir warst. Du fandest mich zu stark ... Ich bekam regelmäßig eins aufs Dach, das ist mir nicht entgangen.'

‚Zu Unrecht!', wandte der Meister ein.

‚Nein, nein. Ich war durch jahrelanges viel zu hartes Arbeiten, in Einsamkeit, zu starr, zu streng geworden. Du hast mich derart durcheinander geschüttelt, dass ich mich selbst befreien konnte. Es musste so laufen.'

‚Erzähl mir, was du von mir hältst, und schone mich nicht.', wiederholte der Meister. ‚Du bist meinen Aufträgen gehorsam gewesen wie kein anderer, bis du gehen musstest.'

‚Das Gehorsamsein hat mir gut getan. Meistens liegen die Dinge umgekehrt, nicht wahr ... Wie sollte man sonst wissen, wie man sich zu Gott wenden soll ... Gehorsam, Armut und Keuschheit ... Die Kraft im Denken bringt die *Keuschheit*, weil das Bewusstsein leibfrei wird. Das Absehen von Inhalt im Denken bringt die *Armut* im Geiste. Die Hingabe an das, was in das solcherart befreite und geläuterte Denken ausströmt, ist *der Gehorsam*. Du, mein Freund, kennst die Leere und die Hingabe. Aber dir fehlt die Kraft, weil du diese von deiner Lehre her nicht haben darfst ... Du bist Liebe und Naturweisheit ...'

‚Gehorsam und Armut, ohne Keuschheit also ...' Die Augen des Meisters glänzten vor Vergnügen. Kurz lachte der Professor mit, aber wurde dann wieder ernst.

‚Innerliche und äußerliche Keuschheit brauchen nicht zusammenzugehen.'

‚Was hältst du von mir, Junge?', wiederholte der Meister hartnäckig.

‚Ich bin beschäftigt! Du bittest mich, etwas in Worte zu fassen, wofür es keine Worte gibt. Ich liebe dein Aussehen, wie du deinen Kalender aus deiner Innentasche holst und deine Brille aufsetzt, wenn wir einen Termin machen ... deine Vorträge, deinen Unterricht, deine Ratschläge. Aber am meisten liebe ich dich, wenn du versuchst, etwas von dem westlichen Denken zu verstehen. Wenn ich dann sehe, wie du dich anstrengst, wie vollkommen du dich an diese Anstrengung hingibst ... wie du dich total für etwas einsetzt, was du einmal erkannt hast. Dann zeigt sich, wer du eigentlich bist, wer du bist, wenn Ost und West keine Rolle mehr spielen.'

‚Gebe ich mir ausreichend Mühe, mich selbst in diesem Sinne zu verwirklichen?'

‚Ach, lieber Freund! Du bist so reich!'
Der Meister brach in ein laut schallendes Gelächter aus.
‚Nicht keusch, nicht arm ... nur gehorsam? Oder fällt das gleich auch noch weg?'
‚Östlicher Reichtum, ja ... der, glaube ich, sehr wohl aus Armut hervorgeht. Aber ich fürchte, dass du wiederum ‚arm' werden musst, wenn du deine Individualität finden willst. Jedes Mal, wenn ich dir wirklich begegne ... ja, dann stehe ich tief unter dem Eindruck.'
‚Du wirst doch wohl auch etwas weniger angenehm finden, Junge?'
Der Professor blickte still vor sich hin. Er musste sich immer Mühe geben, um Kritik zu haben ... von Natur aus sah er am liebsten das Positive. Hatte er sich nicht an ihm geärgert? Zu Anfang an seinem Status eines ‚Guru' ... an der kritiklosen Verehrung durch seine Schüler. Später, als er selbst ihn dann einmal als Meister erkannt hatte, hatte er in kurzer Zeit sehr viel durchgemacht. Der Meister war wirklich Meister gewesen, eine unantastbare Autorität ... nein, da war keine Spur von Irritation gewesen, auch nicht, als er die Antworten auf seine Fragen schuldig blieb, auch nicht, als er von ihm weggegangen war. Er sagte:
‚Du bist ein väterlicher Mann mit einer gehörigen Überlegenheit. Nein, ich finde nichts Unangenehmes ...'
‚Also bleibt mir zu tun, meinen östlichen Reichtum in Verstandesarmut umzuformen und individuelle Verstandeskraft im Denken zu entwickeln, um mein Bewusstsein ‚keusch' zu machen?'
‚Lieber Freund ... ich weiß nicht, ob du das von dir selbst verlangen darfst!'
‚Ich weiß es! Hätte ich nicht ein zweites Leben bekommen ... dann würde ich zweifeln. Aber nun bin ich im Westen wiedergeboren und werde diesen Weg gehen!'
Der Professor sah seinen Freund an, seine klaren Augen waren sanft und voller Rührung. Er sagte:
‚Bleib bei mir, Meister.'
Der Meister nickte ...

Der Kontakt zwischen dem Meister und dem jungen Arzt entwickelte sich ... Der Junge kam regelmäßig, um mit ihm zu sprechen, und der Meister bewunderte seine Selbstständigkeit. Nein, da war nichts Untertäniges oder Gehorsames in diesem Kerl. Er stand auf sich selbst und damit hatte es sich! Aber er wollte kommunizieren und diskutieren ... Er machte die Übungen, die der Meister ihm aufgab, aber wollte genau wissen, wie und warum er sie tun musste. Und manchmal sah er deren Sinn nicht. Dann entstand eine Diskussion, und der Meister dachte lächelnd: ‚Kein Guru bin ich jetzt, sondern ein ganz gewöhnlicher fehlbarer Lehrer, der zur Verantwortung gerufen wird.' Einmal fragte er den Jungen spöttisch:

‚Und Junge! Bist du jemals etwas oder jemandem begegnet, der über dir steht?'

Ohne Zögern antwortete der Junge:

‚Dem Professor.'

Der Meister brach in Lachen aus und war glücklich mit der Aufrichtigkeit des Jungen. Nein, er schmeichelte ihm nicht! Der Meister stand nicht über ihm ... nur der Professor!

‚Und deine zukünftige Frau?'

Diese Frage brachte ihn sichtbar aus dem Gleichgewicht. Er sagte:

‚Ich würde keine Frau wollen, die über mir steht ... ich muss in der Lage sein ihr ab und zu ordentlich was auf den Hintern geben zu können ...'

Der Meister musste schlucken, solch ein brutaler Flegel! Er sagte:

‚Woher nimmst du das Recht, Bursche?'

Der Junge entwich ihm nicht und sagte:

‚Recht oder kein Recht! Frauen brauchen das, sonst bekommen sie einen großen Mund. Gewiss so eine wie diese, die alles besser weiß ...'

Der Meister saß gleichsam mit offenem Munde da. Perplex. Er konnte nur noch den Kopf schütteln ... Der Junge lachte spöttisch und sagte:

‚Sie sind geschockt! Nun ja, ich werde mich wohl zurückhalten müssen, wie? Sie ist ein flinkes Mädchen, verdammt intelligent und auch noch tugendhaft. Vielleicht steht sie wohl über mir, ja. Aber dann bekommt sie sicher was hinten drauf!'

Meinte er das nun oder nicht? Der Meister lotete sein Gemüt aus und sah die Ambivalenz. Er wusste selbst nicht, ob er es meinte ... das rief in ihm Mitleid mit der starken Zwiespältigkeit in der Seele dieses Burschen auf. Wieder schüttelte er den Kopf und sagte nun:

‚Junge, Junge! Sei vorsichtig ... Diese Frau ist wunderbar begabt. Behandle sie danach!'

Nun wurde der Junge einen Augenblick ernst. Er sah mit seinen feurigen Augen direkt in die des Meisters und sagte:

‚Ich werde nie hinnehmen, dass sie über mir steht. Nie. Wenn ich das zugeben muss, dann lege ich sie übers Knie, auch wenn ich es spielerisch tue ... Dann weiß ich, dass ich in jedem Fall physisch der Boss bin!'

Der Meister schluckte, er tat ihm leid ... und sie auch.

‚Wie hast du es geschafft, diesen brutalen Spötter für dich zu gewinnen?', fragte der Meister später den Professor.

‚Er ist eine sehnsüchtige Seele ...leidenschaftlicher Kämpfer, aber zugleich leidenschaftlicher Liebhaber. Zeigt sich nicht besser als er ist, denn er ist der Beste! Ach ... ich habe in einem bestimmten Moment gesehen, dass er ein Bengel ist, unschuldig und sich nach Aufmerksamkeit sehnend. Diese Aufmerksamkeit habe ich ihm gegeben. Er ist oft brutal und indiskret ... aber ganz und gar echt. Ich habe ihn für mich gewonnen, weil ich gut kämpfen kann und der Stärkste bin ... Er ist mein Schildknappe geworden, in der Hoffnung, diese Kampfeslust von mir zu lernen. Ritterschaft im Geiste, das spricht ihn an ...'

Der Meister nickte, aber sagte:

‚Er liebt sonst auch physische Gewalt ... vielleicht hat er deine Frau auch wohl einmal mit seinen Fäusten bearbeitet!'

Der Professor machte eine abwehrende Geste.

‚Nein, nein. Sie hat sehr gut für sich selbst sorgen können. Der Herr hat einen großen Mund, aber sein Herz ist doch nicht so hart ...'

Sie schwiegen eine Weile.

‚Meister, was ist der sechste Schritt des Pfades?'

‚Fünf Qualitäten haben wir entwickelt, die sechste braucht nicht viel Worte, aber ist die schwerste! Das Üben der fünf Stufen verlangt Achtsamkeit ... es handelt sich darum, sich bestimmter Verrichtungen bewusst zu werden, die gewöhnlich von selbst verlaufen – und man muss lernen, diese Verrichtungen in die Hand zu nehmen. Der sechste Schritt ist erst gesetzt, wenn die vorhergehenden Schritte Teil eines *neuen Gewohnheitslebens* geworden sind. Man ist Herrscher über seine eigenen Verrichtungen, aber man ist an diese Herrschaft gewöhnt ... Man braucht keine fortwährende Wachsamkeit einzusetzen, weil man diese Wachsamkeit selbst ist. Verstehst du, was ich sage?'

‚Vollkommen, Meister.'

Der Meister nickte zufrieden und wartete ab. Tatsächlich ergriff sein Freund erneut das Wort.

‚Dennoch denke ich ...', sagte er zögernd. Der Meister lachte herzlich und sagte:

‚Komm nur damit heraus, Junge! Ich sehne mich nach deiner Ergänzung!'

‚Nun ... ich könnte diese fortwährende Herrschaft über meine Verrichtungen nicht aufbringen, wenn diese nicht getragen würde durch eine ganz bestimmte Qualität ...'

‚Welche?'

‚*Verträglichkeit*, Meister.'

Der Meister lächelte und hörte aufmerksam zu.

‚Sieh ...', fuhr er behutsam fort, ‚Kritik an der Schwäche des anderen, Negativität – dadurch versetzt man die Herrschaft nach draußen, die eigenen Kräfte fließen ab ... Wenn man nicht fortwährend auf der Suche nach dem Guten außerhalb von einem ist ... findet man nie die Kraft zur Herrschaft in sich selbst.'

Der Meister lächelte noch immer. Das sagte dieser strenge Mann, der so intolerant sein konnte! Er fragte:

‚Junge ... erträgst du die Schwäche von anderen so gut?'

Blaue Augen schauten ihn an. Er antwortete:

‚Ja ...'

Der Meister fragte nach dem Offensichtlichen:

‚Wie soll ich dann deine Strenge verstehen?'

‚Verträglichkeit heißt nicht: Gutgläubigkeit, alles gut finden. Ich suche das Gute, aber sehe nicht über das Böse hinweg. Wenn es auf meinem Weg liegt, dann weise ich es zurecht, oder ich strafe sogar. Das bedeutet nicht, dass ich das Gute verloren habe ... im Gegenteil.'

‚Und deiner Frau gegenüber?'

‚Du weißt, dass ich in diesem Verhältnis am schwächsten bin ... Meine Toleranz kommt oft erst hinterher. Ich suche das Gute in ihr, finde es auch leicht ... aber betrachte sie als ein Teil von mir – manchmal. Das ist nicht gut ... und ich arbeite hart daran, auch dahin die Wachheit durchdringen zu lassen ... Aber es ist schwer. Meine Selbstbeherrschung ist da mit Sicherheit noch keine Gewohnheit!'

‚Du beherrschst dich, aber mit Mühe?'

‚Ja ... und das merkt sie natürlich. So lieb wie ich sie habe, so böse kann ich auch sein ... das macht ihr Angst, und das finde ich schlimm.'

Der Meister schwieg. Es musste beängstigend sein, wenn der Zorn dieses Mannes einen traf ... Aber es musste auch eine Gnade sein ... ein großartiger Impuls, sich zu entwickeln. Das Mädchen lebte neben ihm, mit ihm ... Er sagte:

‚Junge, du findest den richtigen Weg schon, hab Geduld. Du hast die Natur eines Herrschers, eines Siegers. Es ist gewaltig, zu sehen, wie du diese Kraft in dir selbst entfaltest. Dein Nächster lebt darin mit und wird dadurch geformt ... Wer im Sturm aufrecht bleiben will, muss stark sein ...'

Der Meister wunderte sich ... Das Bewusstsein seines Freundes schien alle Schüler zu umfassen. Er kannte von jedem den Namen, war auf dem Laufenden über die Hintergründe und vergaß kein einziges Detail. Er war immer für Fragen offen und war bereit, Rat zu geben, wenn man ihn nur um Rat fragte. Wer war er? Woraus schöpfte er diese enorme Kraft? Der Meister nahm sein Selbstbewusstsein nun völlig hin. Stets hatte er deswegen eine fragende Verwunderung gehabt, vermischt mit Zweifel. Nun war dieser Zweifel gewichen. Dieser Mann lebte inmitten der Impulse dessen, was man ‚gut' nennt, und er war umgeben von einer warmen, wohltuenden Kraft. Aber sein Licht blieb streng ... sein Denken wurde nie von persönlichen Emotionen bestimmt ... nein, sein Denken bestimmte seine Emotionen. Und so kräftig und streng wie sein Denken war, so wohltuend und leidenschaftlich waren seine Gefühle ... Er kam hier zu seinem Recht, bliebe er nur hier! Aber das Datum der Abreise nahte. Abschied, immer wieder ... Es würde finster werden, das Licht des Selbstbewusstseins würde abreisen – und der Meister würde in einem nicht zu löschenden Durst zurückbleiben!

In der Meditation wurde er von einem stets wiederkehrenden Bild gequält ... er schmeckte die Welt, Düfte durchzogen ihn ... Sie peitschten ihn auf ... heftig verlangte er nach Augen, um zu sehen, nach Ohren, um zu hören – aber er hatte nur seinen Geruch, seinen Geschmack ... blind, taub ...

Dann warf er sich auf die Knie und bat um Licht ... er bat das Licht selbst, sich seiner zu erbarmen ... das Licht ... Wer ist das Licht ... die Buddhas ... oder zeigen sie nur das Licht, das sie selbst empfangen? Empfangen von wem? Sein Freund trug das Licht ...

‚Mein Junge ... darf der Meister dich etwas fragen?'
Der Professor zog seine Augenbrauen hoch, nach dem Warum des Zögerns fragend.
‚Ich zögere, weil die Frage nicht gestellt werden kann, da sie im Aussprechen unverschämt wird ...'
‚Ich bin nicht hellsehend genug, um sie unausgesprochen zu vernehmen.', sagte der Professor trocken.
Der Meister beugte das weise Haupt. Leise fragte er:
‚Das Licht deiner Burg ... das vielfarbige, oh so liebliche und doch so strenge Licht ... aus welchem Brunnen schöpfst du es? Weißt du, wer in dir strahlt ... mein Junge ...'
Die Worte ‚mein Junge' rührten den Professor sehr. Er fühlte sich als ein Sohn dieses Älteren ... Er sagte:
‚Das weiß mein Meister doch wohl?'
Der Meister schüttelte den Kopf. Der Professor sprach ruhig:
‚Einst war dieses Licht in mir wie die Zeit ... es schien klar von Moment zu Moment. Ich lernte ... Dann begegnete ich dem Meister in der Kapelle ... er sagte: Schauen Sie Ihr Licht an, lassen Sie sich nicht nur darauf mitführen ... beleuchten Sie Ihr Licht mit Ihrem Licht! Seitdem schaue ich an ... als Er auf Erden war, sagte Er: Ich bin das Licht der Welt ... Die Folge dieses Lebens auf Erden ist das Vermögen zur Anschauung ... Nicht nur der Meister, der Lehrer ist er, Meister, sondern ein *Vermögen* ...'
Der Meister schwieg ... Worte waren schließlich hilflose Gliedmaßen ... Musste sich dann alles in ihm verändern ...?

‚Ich will dir ein Bekenntnis machen, mein Freund ... dir etwas erzählen, was mein Gemüt schwer macht.'
Wieder hoben sich die Augenbrauen des Professors in Verwunderung. Es gab seinem Gesicht etwas Einladendes ... aber machte zugleich, dass man auf der Hut war, um nicht etwas Albernes oder Unbedeutendes zu sagen.
Der Meister räusperte sich. Wo fing er nur an ... Er sagte:
‚Als du vor zwei Jahren hier warst ... als mein Schüler ... äh ...' Der Professor lächelte ihm zu. ‚Ich habe damals feststellen müssen, dass meine Meisterschaft nicht immer rein war. Ich meine ... ich war meiner Gefühle nicht Meister ... einerseits stand ich unter dem Eindruck deiner Fortschritte, hatte übrigens auch nichts anderes erwartet ... An-

dererseits ärgerte deine Haltung mich ... maßlos. Ich sah deine Reinheit – und bezweifelte diese dennoch ...'

Er schwieg und wartete etwas nervös ab. Aber um die klaren Augen seines Freundes traten die geliebten Lachfältchen. Er sagte:

‚Dachtest du, dass ich das nicht bemerkt hätte?'

Der Meister fühlte eine Woge von Wärme durch sein Herz gehen, zu seinem Kopf aufsteigen. Tränen brannten ... Kannte er seinen Freund noch immer nicht?

Der Professor sagte:

‚Du weißt doch, dass ich nicht an menschliche Vollkommenheit glaube? Warum sollte ich sie dann von dir erwarten?'

Oh, Selbsterkenntnis! Der Meister sah in seiner Meisterschaft Vollkommenheit. Tief unter seinen Zweifeln lebte diese Überzeugung ... Die Rollen kehrten sich völlig um ... er fand seinen eigenen Hochmut, er fand die Bescheidenheit seines stolzen Freundes ... Er sagte, die Augen niedergeschlagen:

‚Warum hast du mich nicht auf meine Fehler hingewiesen ...'

‚Weil ich das sehr gut verstehen konnte, Meister. Ich fand außerdem deinen Ansatz nicht unberechtigt. Ich habe dadurch eine andere Seite des Lebens erfahren. Diese Erfahrung wirkt jetzt noch in mir.'

‚Welche Erfahrung, Junge?'

‚Tiefe Ehrfurcht ...'

‚Vor einem schwachen Meister?'

‚Vor einer kräftigen Weisheit in einem fehlbaren Menschen, Meister.'

Der Meister dachte still vor sich hin. Nach langer Zeit sagte er:

‚Als ich dich zuletzt nach deinem Urteil ... über mich fragte ... warum hast du es nicht gesagt?'

Der Professor saß ihm gegenüber, eine Verkörperung von Freundlichkeit, von Verständnis. Wie war es nur möglich, dass seine Freundlichkeit als schreckliche Strenge wirkte ... warum schrumpfte er, der Meister, vor diesem Verständnis in sich zusammen ... Der Professor antwortete, wohlüberlegt:

‚Weil ich es nicht als von wesentlicher Bedeutung erachte. Ich finde es nicht wesentlich für dich ... du bist nicht wirklich so scharf, so hart. Im Gegenteil ...'

Der Meister schüttelte das schwere, warme Haupt. Nein, er kannte ihn noch keineswegs ...

‚Warst du denn nicht verletzt, nicht beleidigt?'
‚Es tat wohl weh ... aber warum sollte ich dir das vorwerfen? Ich kenne deine Liebe zu mir. Aber auch von der Liebe erwarte ich nicht, dass sie allgegenwärtig und vollkommen in Menschen lebt.'
‚Das ist also dein Verständnis? Das Bewusstsein von der Unvollkommenheit und das Hinnehmen der Tatsachen?'
Der Professor hob die Schultern und musste doch sagen:
‚Außer bei meiner Liebsten, meinem Mädchen. Es gelingt mir nicht, diese Fakten hinzunehmen. Ihre Unbesonnenheit ist eine Unvollkommenheit ... aber diese beruht auf ungenügendem Streben'. Meine feste Überzeugung ist, dass der Mensch nur *eine* Vollkommenheit haben kann, das Streben nach Vollkommenheit. Gerade das versäumt sie ... Das nehme ich ihr übel ... und das darf ich nicht tun. Es ist schließlich ihr Einsatz, ihre Freiheit. Es wäre besser gewesen, wenn sie ein Kind von mir gewesen wäre ... dann wäre ich frei gewesen, sie zu erziehen. Die Ehe verlangt etwas anderes, nicht wahr?'
Der Meister nickte.
‚Trotzdem ist ein vollkommenes Streben eine Heiligkeit, mein Freund. Unterschätze das nicht! Für dich ist es ein selbstverständlicher Willenseinsatz. Andere müssen da noch hinaufwachsen.'
‚Ich weiß es ... Ich ertrage die Selbstsucht schlecht.'
‚Dazu hast du auch das Recht – weil du sie selbst nicht hast.'
Der Professor kehrte sich in sich. Keine Selbstsucht? Überhaupt nicht? Er konnte es sich nicht vorstellen ... Der Meister holte ihn aus seiner Einkehr:
‚Du bist ein Buddhist, mein Junge. Du tust das Gute und vermeidest das Böse, du hast ein inniges Mitgefühl mit allem, was lebt und leidet ... du bekämpfst in dir selbst die Selbstsucht und bist unerbittlich streng, wenn du diese in anderen findest. Es darf deine einzige und ausschließliche Intoleranz sein!'
‚Wenn ich ein Buddhist bin, dann bist du ein Christ ... Du blickst nicht auf Glauben oder Überzeugung, du richtest dich auf das, was wirklich im Inneren lebt ... Du sucht nach dem, was Menschen vereint, statt zu bekräftigen, was Menschen trennt. Du willst verstehen, was Spiritualität ist, statt blind zu folgen ...'
‚*Das* habe ich von dir gelernt!'
‚Du hast es gelernt. Du verstehst wie kein anderer die Kunst, das We-

sen des anderen zu lieben. Ganz direkt, ohne Vorbehalt, über alle Hindernisse hinweg!'

‚Wie eine Lilie zwischen den Dornen ...'

‚Willst du mir nun, so kurz bevor ich abreise, die zwei letzten Schritte des Pfades darlegen?'

So kurz bevor ich abreise ... Monate würden vergehen, bevor sie einander wieder sehen würden. Und dann würde alles anders sein. Das Leben in der Stadt machte einen intensiven Kontakt unmöglich ... Der Professor hatte seine hohe Position zu erfüllen, seine spärliche freie Zeit war für seine Frau. Der Meister durfte dabei sein, das wohl. Aber die Freundschaft wie sie sich jetzt entfalten konnte ... er würde sie vermissen!

‚Mein Junge ... man kann den Pfad auf sehr verschiedene Weisen zum Ausdruck bringen. Wie immer reichen unsere Worte nicht aus. Aber im siebenten Schritt geht es, genau wie im sechsten, um Kontinuität. Dort müssen die erworbenen Fertigkeiten zur Gewohnheit werden ... hier geht es um einen ‚organischen Verlauf' der Erfahrungen. Die Blume blüht nicht ohne Stengel ... Heute existiert nicht ohne gestern. Gestern darf heute nicht bestimmen, aber die Früchte dürfen ebenso wenig ungenutzt verderben. Jeder Tag birgt einen Schatz an Lebenslehren in sich. Man hat nun die nötige Aufmerksamkeit, um vom Leben zu lernen, so viel es bieten kann. Das ist die *‚richtige Erinnerung'*.'

Der Professor trank jedes Wort in sich hinein ... und fühlte zugleich die enorme Wirkung, die von der Art zu sprechen ausging. Der Meister formte den Pfad um, damit er dem Professor passte ... und er saß ihm wie angegossen! Er sagte:

‚Auch jetzt meine ich, dass eine innerliche Kraft nötig ist, um diesen Schritt setzen zu können ... Erfahrungen sind nicht nur lehrreich, sie schaffen auch Vorurteile. Was ich gestern mit dir miterlebte, bewirkt, wie ich dir heute gegenüberstehe.'

‚Nicht bei dir!'

‚Nein ... ich meine es allgemein. Will ich jeden Moment frisch im Leben stehen und dennoch die Erfahrungen als Früchte des Lebens in mir tragen, dann brauche ich die *Unbefangenheit*. Die Frucht der Erfahrung hat mich bereichert, aber beeinflusst mein Urteil nicht. Ich urteile frisch wie der Frühling, ausschließlich nach dem, was sich zeigt.'

‚Dafür ist Mut nötig, mein Freund. Wer wagt es, an dem wackligen

Punkt des Jetzt die Hände frei zu machen? Wer hat das Vertrauen, dass das Leben in ihm wirkt, auch wenn er seine Vorurteile loslässt?'

Der Professor fühlte, wie seine Begeisterung ihn wärmte. Sein Wesen kam in Bewegung und drängte sein Denken weiter. Er sagte:

,Das Vertrauen wächst in der Tugend des Gleichmuts, Meister! Wenn ich im Gemüt standhaft stehe, was für ein Sturm auch immer aufzieht ... dann wächst in mir der Mut – zur Unbefangenheit. Das Leben ist keine Bedrohung mehr ... sondern eine großartige Komposition, in der jede Note ihren richtigen Platz hat. Und doch bin ich frei, meine Stimme erklingen zu lassen!'

Der Meister geriet jedes Mal wieder unter den Eindruck dieses Mannes. Ein Gelehrter ... dessen Gelehrtheit nur die Funktion eines Instruments für etwas ganz anderes hatte ... Ja, er geriet tief unter den Eindruck der Geisteskraft dieses Mannes, dessen Gelehrtheit sich zur Unschuld umwandelte. Und er dankte dem Schicksal, dass er dies miterlebte ... *Gleichmut* ... ist das nicht der goldene Weg der Mitte, auf dem es allein möglich ist, wirklich zu Selbsterkenntnis zu kommen, wirklich nach innen zu schauen? Er sagte:

,Es scheint mir, dass dieser ,ruhige Mut' die Voraussetzung für den achten Schritt ist, mein Junge. *Die richtige Betrachtung*, die richtige Besinnung, die richtige Anschauung. Wenn das Gemüt verwirrt ist, schaut es Verwirrung. Erst zwischen Skylla und Charybdis im ruhigen Strom der Mitte kann der Blick Einkehr halten. Meditation liegt am Ende des Pfades, Junge. Leiden ist Samskara, der Ursprung des Leidens ist das leibliche Ich, die Vernichtung des Leidens ist die Überwindung der Selbstsucht, der Weg dahin ist der Pfad. Ich bin ein Buddhist, mein Junge, ich strebte nach absoluter Befreiung von dem Ich ...'

,Und ich bin ein Christ, mein Meister. Ich finde die Überwindung der Selbstsucht nicht im Aufgeben des Ich ... sondern in seinem Erheben, in seinem Emporheben über den Leib, dorthin, wo es selbstbewusst selbstlos sein darf. Das alte, leibliche Ich wurde mit *Todeskraft und Auferstehungskraft* geimpft, Meister. Ich will mich nicht außerhalb meines Ich in die All-Befreiung auflösen ... ich will zu meinem leiblichen Ich sagen: Das bist du! Aber dann wissen, dass der, der das sagt, *ich* bin!'

,Morgen reist ihr ab, Junge ... Ich will vollkommen im Reinen mit dir sein.'

‚*Geht* es noch reiner?', lächelte der Professor.
Der Meister schwieg einige Zeit, aber begann dann zu sprechen.
‚Du, mein Junge, kannst dir nicht vorstellen, dass Menschen in sich selbst etwas Unreines bekämpfen –'
‚Das kann ich mir sehr wohl vorstellen!'
‚Ich sage es verkehrt. Du selbst hast das nicht.'
‚Komm schon, Meister!'
Aber der Meister wiederholte nachdrücklich:
‚Nein, du hast das selbst nicht. Natürlich hast du wohl mal ein kritisches Urteil, aber darin lebt stets deine Gerechtigkeit – und es wird erst im äußersten Falle gebildet. Der Tag muss erst kommen, wo ich einen unberechtigten Rüffel von dir erhalte – und ich weiß, dass ich diesen Tag nicht erleben werde. Aber im tiefsten Geheimen gehen in den Menschen alle möglichen Dinge vor, mein Junge ... Ich will, dass du weißt, dass ich dich beneide ... Mit jedem Tag lerne ich dich besser kennen, wird das, was ich stets anschaute, zu einem klaren Verständnis von dir ... Du stehst weit, weit über diesem leiblichen Ich, Junge. Und damit stehst du weit über deinen Mitmenschen –'

Der Professor gestikulierte abweisend.
‚Doch. So ist es. Aber diese Höhe wird betont durch deinen naiven Glauben an die Gleichwertigkeit von allen Menschen. *Das* ist gerade so rührend, dass du aus dieser festen Überzeugung lebst –'
‚Entwicklung ist nur eine Funktion der Zeit und des Einsatzes. Sie sagt nichts über die Möglichkeit. In der Möglichkeit sind alle Menschen gleichwertig.'
‚Also nicht prädestiniert?'
‚Nein. Frei.'
‚Ich beneide dich darum, Junge. Du bist König und Untertan, Meister und Schüler ... stolz und bescheiden.'
‚Was gibt es Unreines zwischen uns?', fragte der Professor, etwas streng.
Der Meister entspannte sich und lächelte. Er sagte:
‚Meine Unreinheit, mein Junge.'
‚Welche?'
‚Ambivalenz. Mühe, auch den König, den Meister, den Stolz zu lieben.'
Der Professor beugte den Kopf. Dies tat wirklich weh, echt tief weh ... ein Mensch sollte hilflos sein, voller Demut ... durfte kein König sein,

nicht selbstbewusst. Er sah auf und fragte leise:

‚Verstehst du mein ‚Königtum' denn nicht?'

‚Das Verständnis wächst ... es geht Hand in Hand mit Verständnis für ... ich fühle mich zu gering, diesen Namen auszusprechen. Für den Gott dieser Kultur, für den Gott, der in Vergessenheit zu geraten scheint ... der Name nicht, aber das Wesen ... Also kein Name ... Vielleicht ist dieser Gott ... auch in mir ... und arbeitet er an dem Verständnis für dich, für den Menschen, für das höhere Ich, für den König ...'

‚Und trotzdem Ambivalenz?'

‚Das, mein Junge, ist es, was ich dir sagen wollte, ich musste es dir sagen. Zweifel, ja. Darf ein Mensch sich *so* erheben aus seiner gebeugten Haltung? Gebeugt unter das Schicksal, gebeugt vor Gott ...'

Nun sah der Professor ihn direkt an, das Königtum ganz in seinem Blick.

Er sagte:

‚Ja. Aufrecht, vor Gottes Angesicht.'

‚Es ist lieb von dir, mein Kind, dass du deinen alten Freund noch besuchst, bevor ihr weggeht!'

Sie saß wie immer gegenüber von ihm in seinem Sprechzimmer, im Hauptgebäude. Sie hatte etwas Zerbrechliches, ihre zierlichen Bewegungen schienen nicht von dieser Erde. Ihre großen verwunderten Augen ruhten auf ihm, und sie sagte leise:

‚Ich möchte weinen wegen des Abschieds, Meister. Ihre liebe, ruhige Anwesenheit gibt mir so viel Selbstvertrauen ...'

Er sah sie aufmerksam an. Sie schlug ihre Augen nieder. Er sagte lächelnd:

‚Du, mein Kind, hast den besten Platz auf dieser Erde ... neben unserem geliebten Freund.'

Sie nickte.

‚Seine hohen Ansprüche sind mild, wenn Sie da sind, Meister.'

‚Du fürchtest ihn doch nicht?'

‚Nein. Aber ich habe einen Vater wie Sie vermisst ... die Wärme, selbstverständliche Annahme und Stütze. Er ist kein Vater, er ist mein Mann ... und erwartet Gleichwertigkeit – im Streben zumindest.'

‚Ist er strenger, wenn ich nicht da bin?', fragte der Meister erstaunt.

‚Ach ... es liegt mehr in mir als in ihm. Wie ich ihn hier kennen gelernt habe ... So viel Einsicht und Übersicht ... Ich bin doch viel zu klein, um neben ihm zu leben. Und doch scheint er zufrieden, sogar glücklich. Wenn Sie da sind, hat er einen vollwertigen geistigen Partner. Nun muss ich das für ihn sein. Das ist doch etwas Unmögliches!'

Er stand auf und legte väterlich seine Hand auf ihr glänzendes schwarzes Haar. Sie sah zu ihm auf.

‚Du weißt wohl, Kind ... dass er dich scharf zurechtweisen würde für solch eine Unsicherheit. Er achtet dich besonders hoch, und ich auch. Es mangelt dir an positiver Selbsterkenntnis!'

Wieder nickte sie.

‚Ich habe auch keine Gründe für Unsicherheit ... wir haben es so gut zusammen.'

‚Sei du selbst ... dann geht es gut.'

‚Ja – und nein. Wenn ich mich gehen lasse, dann lebe ich zu oberflächlich. Ich muss mir Mühe geben, und will das auch wirklich. Aber wenn ich zu unzufrieden über mich selbst bin, ist es auch nicht gut.'

‚Du musst immer in der Mitte den Weg des Fortschritts finden, mein Kind. Das gilt für uns alle.'

Sie lachte jetzt.

‚Trotzdem finde ich es sehr schlimm, dass wir Sie monatelang nicht sehen. Ich hänge sehr an Ihnen, Meister ...'

Der Meister seufzte tief. Hatte je jemand den Mut aufgebracht, das zu ihm zu sagen? Er erinnerte sich nicht daran. Verlegen tippte er ihr gegen die Wange und sagte:

‚Das beruht ganz auf Gegenseitigkeit!'

Er ließ sie gehen, das Liebespaar.

Und er widmete sich seinen meisterlichen Aufgaben ...

Einige Tage früher als erwartet kam er in der Stadt an. Es war unwirtliches Herbstwetter, die Bäume waren schon kahl, es regnete. Er fand seine Wohnung ordentlich vor, man hatte alles für seine Ankunft fertig gemacht.

Als Doktor Stern weg war, kam er zu sich selbst. Er sah aus dem Fenster auf den Fluss, das Theater auf der anderen Seite. Er war zu Hause ... Hier hatte sich sein Leben bis tief in sein Inneres verändert. Hier hatte er zum ersten Mal ein warmes Gefühl von ‚Da-Sein' verspürt. Hier hatte er abstrakte Gedanken geformt, willentlich und wissend – und gelitten unter der Kälte, innen und außen. Aber vor allem lebten hier seine Freunde ...

Vor ihm lagen lange Monate, die eine Vertiefung der Freundschaft verhießen. Nein, er wollte nicht bis morgen warten, er ging jetzt zu dem stattlichen Arzthaus auf dem Platz.

Er traf sie im Bett an. Sie machte auf und ging rasch wieder nach oben ...

Als er sie sah, erschrak er.

‚Mein Kind ...', sagte er sanft und schaute ihren Zustand.

Sie war über dem vierten Monat schwanger, und sie war schwach ... Sie musste das Bett hüten, weil sie Gewicht verlor. Ruhe ...

‚Kind ... was ist mit dir los?'

Ihre großen Augen schienen in dem blassen Gesicht noch größer. Sie glänzten vor Tränen. Sie sagte:

‚Ich habe versucht, mein Chirurgie-Praktikum durchzuhalten. Es fiel mir so schwer, aber ich wollte!'

‚Und dein Mann?'

‚Der sah es mit Sorge an ... Er hat mich gelassen, wollte nicht wieder Vorschriften machen. Aber Sie sehen es, ich bin nicht weise ... Nun muss ich Bettruhe halten ...'

‚Das Kindlein?'

‚Das wächst gut, es nimmt meine Kräfte.'

Er stand an ihrem Bett und legte seine Hand auf ihre Schulter, streichelte vorsichtig ihre Wange. Das war auch zu schwer für so ein Mädchen ... am Operationstisch stehen, Nachtdienste ... Aber da war mehr ...

Er zog einen Stuhl heran, trocknete ihre Tränen.

‚Ich bin ... meiner Aufgabe nicht gewachsen. Ich will fertig studieren, ich will eine ergebene Frau sein, eine gute Freundin ... Nichts davon schaffe ich, ich mache alles falsch! Und er erträgt alles nur, arbeitet viel zu hart, muss abends noch den Haushalt machen. Ich komme um in Schuldgefühl! Er hätte nicht heiraten sollen ... Er ist *zu* groß für mich, Meister.'

Der Meister schüttelte seinen Kopf.

‚Mädchen!', sagte er ernst. ‚Wo ist dein aufgeweckter Mut?'

Aber er verstand es sehr wohl. Die unerwartete Schwangerschaft brachte plötzlich ein ganz anderes Leben. Er hatte eine Eingebung und sagte:

‚Nächstes Jahr, im Herbst, werde ich auf dein Baby aufpassen. Dann kannst du fertig studieren.'

Er war absolut unerfahren in Haushaltsdingen, alles wurde für ihn getan ... Aber für sie würde er es lernen ... Sie lachte durch ihre Tränen hindurch. Sie sagte nicht: das geht doch nicht! Nein, sie erwies ihm die Ehre, seinen angebotenen Dienst anzunehmen ... Sie sagte, während sie in seine Hand kniff:

‚Das ist die einzige echte Lösung, Meister! Was für ein Vorrecht für ein Baby!'

Er hatte sie aufgemuntert und ging nach unten. Er würde jetzt schon einen Anfang machen und ein bisschen aufräumen, bevor der Professor nach Hause kam. Er fühlte eine kindliche Erwartung, eine kribbelnde Freude wegen des nahenden Wiedersehens ...

Er sprang auf, als er die Vordertür hörte. Kurz danach stand der Professor im Zimmer und empfing den Meister in seinen weit ausgebreiteten Armen. So standen sie einander gegenüber, beide imstande, die Rührung des Momentes tief in sich eindringen zu lassen.

‚Ich komme gleich zu dir. Ich gehe ganz kurz nach oben.'

Der Meister setzte sich an das Kaminfeuer, das er mit sehr viel Mühe entzündet hatte. Es dauerte nicht lange und der große Mann saß bei ihm ...

Er genoss den Anblick dieses Eindruck erweckenden Mannes. Er sah ermüdet aus, auch besorgt. Und doch war da diese gewaltige Ausstrahlung und Aura, die bis in die äußersten Ecken des Zimmers reichte, während der Mann selbst kein Bewusstsein davon zu haben schien. Er liebte das Verhalten, die nonchalante Art, auf die er seinen stets korrekten Blazer trug, die scharfe Falte in seiner Hose ... seine schlanken Jungenhände, die mit so viel Sanftheit und Kundigkeit Diagnostik treiben konnten. Und das stolze Haupt mit dem klaren Blick, dem nichts entging und der stets den richtigen Begriff zu finden schien ... Ein eiserner Wille ...

‚Du schaust, als ob du mich zum ersten Mal siehst!', beklagte sich der Professor.

Der Meister grinste.

‚Ich weiß tatsächlich nicht, was ich sehe ... ich genieße es.'

‚Hm ... was denkst du über unsere Freundin oben?'

Sie sprachen einige Zeit über ihren Zustand. Danach sagte der Meister:

‚Aber du bist auch übermüdet, mein Junge. Die Sorgen quälen dich. Du musst doch einige Maßnahmen ergreifen, es ist nicht gut, dass du den Haushalt selbst machst! Nimm doch eine Hilfe in Dienst! Du kannst deine Disziplin besser für andere Dinge aufheben ...'

Der Professor nickte. Er entspannte sich in der warmen Aufmerksamkeit seines Freundes. Er sah auf und sagte zögernd:

‚Mein Besuch im Institut in diesem Sommer hat mir ziemliche Probleme gebracht.'

Der Meister reagierte geschockt.

‚Wieso?'

‚Ich habe von der Direktion und von der Leitung zu hören bekommen, dass man das nicht schätzt. Kein ‚alternatives Schweben', Professor! Denk an deinen Namen! Und an den unseren ...'

‚Und?! Was hast du geantwortet?'

Der Professor seufzte und schwieg.

‚Nun?'

‚Nichts, Meister. Es gibt keine Antwort ...'

Es war, als ob die Erde unter seinen Füßen schwand ... Nichts ... Ließ er sich einfach so verbieten, die schönste Arbeit zu tun, die es gab? Der Meister sprang auf und lief hin und her.

‚Nichts?! Bist du verrückt geworden? Wo ist deine Kampfeslust, deine Überlegenheit? Deine Freiheitsliebe? Was ist hier mit euch los? Mutlosigkeit?'

Der Professor lächelte über die Wut seines Freundes und sagte:

‚Nun, nun ... das ist bestimmt nicht östliche Gelassenheit!'

‚Das habe ich dann von dir gelernt! Mann, du lässt dir doch nichts vorschreiben? Wenn du dies durchgehen lässt, dann geht man immer weiter. Zuletzt sitzt du mit einer Bleikugel an deinen Füßen im Kerker ...'

‚Es gibt nichts zu sagen. Sie haben Recht ... Wenn ich einige Jahre früher mit so etwas konfrontiert gewesen wäre, hätte ich dasselbe getan wie sie ...'

Wütend war er! Er ballte seine Fäuste über so viel Unrecht. Mit erhobener Stimme sagte er:

‚Sie haben Recht! Du gehst zu weit in deinem Verständnis. Dies darfst du nun wirklich nicht verstehen. Niemand hat das Recht, sich in deine freie Zeit einzumischen. Niemand! Wenn du hinter dem stehst, was du getan hast, dann kämpfe dafür. Es enttäuscht mich!'

Still saß der Professor auf seinem Stuhl, jetzt doch einigermaßen verzweifelt durch den gewaltigen Rüffel, den er erhielt. Mutlos? Müde ... ja. Müde vom Kämpfen, immer allein ... Nicht ganz allein ... Heute hatte er dem jungen Arzt angeboten, bei ihm seine Spezialisierung abzuschließen. Er hatte ‚ja' gesagt ... In ihm hatte er eine echte Stütze. Und bei seiner Frau fand er Verständnis, aber sie war nun so schwach ... Müde ... Nun hatte er von dem Meister ein paar Schläge versetzt bekommen, einen Guss kaltes Wasser in sein Gesicht ... Ja, er hatte sich einschüchtern lassen, verdammt nochmal, es war wahr! Der Meister lief noch immer böse hin und her und sagte:

‚Nun! Sag endlich etwas! Denk nicht, dass ich wegen mir selbst so böse werde! Ich komme auch ohne dich zurecht! Aber du! Schwäche passt nicht zu dir!'

Nein, Schwäche passte nicht zu ihm ... aber er war müde ... Er sammelte seine Willenskraft und blickte auf.

‚Komm, Meister, setz dich einmal. Du hast mich bereits überzeugt ... Morgen werde ich kämpfen – und nicht akzeptieren, dass man sich in meine Freiheit einmischt. Sei beruhigt ... du hast vollkommen Recht.'

Der Meister beruhigte sich und setzte sich. Ach, was war er böse! Er sah zu seinem Freund und fühlte seine Wut versiegen. Dieser große Mann saß da wie ein Junge, verdutzt durch das Donnerwetter ... Auf einmal sah er den Humor des Ganzen und brach in Lachen aus.

‚Ein seltsames Wiedersehen!'

‚Du siehst, wie sehr wir dich brauchten ... es ist schön, dass du da bist, Meister!'

Er regelte seine eigenen Arbeiten so, dass er die Mittage frei hatte. Dann ging er zum Haus des Arztes ...

Er setzte Tee auf und brachte ihn nach oben, trank ihn zusammen mit ihr und saß ein halbes Stündchen an ihrem Bett. Sie bekam wieder Farbe auf ihre Wangen ...

Er lernte sie nun erst wirklich kennen, jetzt wo sie als Freunde beieinander saßen, und seine Liebe für sie vertiefte sich. Sie konnte besonders gut zuhören, und er erzählte ihr gerne von seiner Arbeit und von seinen Zweifeln in Bezug auf das Denken. Aber sie erzählte selbst auch gern, und dann fand sie ein offenes Ohr ...

‚Und, Kind ... wie ist es dir ergangen mit deinem strengen Ehemann, als der Meister nicht da war, um ihn zu mildern?' Er neckte sie lachend. Sie machte eine abwehrende Gebärde und sagte:

‚Lachen Sie nur! Ihr versteht alle beide nicht viel davon. Schau, es wäre doch schon etwas sehr Spezielles, wenn ich, als Studentin, nur mit einem echten Professor verheiratet wäre, dann wäre der Unterschied schon groß genug ... Wissen Sie, es promovieren Kollegen bei ihm ... und er nimmt daran intensiv teil, er sieht das nicht als Formalität, sondern als einen wirklichen Schritt im Leben so eines Mannes oder so einer Frau. Er geht auch immer auf Einladungen zum Abendessen oder eine Feier ein ... Dann begleite ich ihn – ich bin ein Mädchen an der Seite eines sehr hoch angesehenen Professors. Wir bekommen bewundernde Blicke, ‚der Professor hat eine schöne Frau, sieh an'. Können Sie sich vorstellen, wie das ist? Ich fühle dann den Respekt, den die Leute für ihn haben – und habe ihn selbst auch ... Aber dann hier zu Hause ... sein kurzer Schlaf wird umrahmt von intensiver Meditation. Dann sitzt er eine Stunde auf dem Stuhl dort ... und darf dann nicht gestört werden. Denken Sie, dass ich nicht begreife, was in ihm vorgeht? Er vertraut mir sehr viel davon an ... und ich habe davor großen Respekt. Zwischen diesen zwei Extremen – seiner Arbeit und seinem innerlichen Leben – liegt unser Leben, und es wird durch beide beeinflusst ... Es gelingt uns, Freunde zu sein, Partner, sogar zukünftige Kollegen ... aber manchmal bin ich einfach seine Frau, und dann ist er ein ziemlich konservativer Mann, der ganz einfach der Chef ist ... Dann trifft mich seine Strenge, ja. Und ich habe keine Verteidigung, weil es keine Verteidigung gibt. Streiten hat keinen Sinn, denn ich bin unterlegen ... weil er ehrlich ist. Es ist doch sehr begreiflich, dass ich mich dann wie eine Null fühle, ein Nichts? Was habe ich zu bieten? Habe ich auch nur etwas, was er nicht schon aus sich selbst hat? Dann kann ich mich nicht mehr von dem Sinn meines Daseins überzeugen ... aber das geht wieder vorüber, weil er mich davon zu überzeugen versteht. So wachse ich von Tag zu Tag ... Ja, Meister, ich habe den besten Platz auf Erden neben ihm!'

Der Meister hatte verwundert zugehört. Sie konnte so klar sprechen, war dann so selbstbewusst und stark. Er fragte:

,Was ist denn der Sinn deiner Existenz für ihn?'

Sie lachte ihm zu.

,Ich empfange ihn ... und gebe mich ihm. Ein Mensch allein kann nicht wirklich Mensch sein. Zusammen sind wir erst wirklich ... Es geht nicht um Vollkommenheit oder um Mängel ... es geht um den Zusammenklang. Ein Ton allein kann nicht harmonieren ... Und eine Harmonie ist nichts ohne damit kontrastierende Dissonanzen. In meiner Ehe muss ich oft nachgeben. Ich kriege noch immer ordentlich etwas zu hören. Aber ich verwechsle das nicht mehr mit dem, was wir wirklich füreinander bedeuten. Er hat mich gelehrt zu verstehen, dass unser Mann-Frau-Verhältnis stark durch die Erotik und die Sexualität bestimmt wird ... damit kämpfen wir ... und haben natürlich auch Gefallen daran. Aber unser eigentliches Verhältnis geht weit darüber hinaus.'

,Also brauchst du den Meister überhaupt nicht?', grinste er.

,Dafür nicht mehr, nein. Einfach ist es nicht, Meister, denn es gibt kein Gleichgewicht. Ich bekomme regelmäßig einen Anpfiff ... aber ich kann ihn nie einmal anfahren ... ich wüsste nicht warum, es ereignet sich nichts. Man kann so etwas nicht erzeugen, nicht wahr?'

,Vielleicht bist du *zu* tolerant?'

Erstaunte blaue Augen glänzten ihm entgegen.

,Tolerant? Das bin ich nie gewesen ... Gegen Ehrlichkeit kann man nichts ausrichten ... will man auch nichts ausrichten, wenn man nicht selbst unehrlich sein will.'

Der Meister nickte. Ja, das konnte er verstehen ... er kannte diese Ehrlichkeit so gut ... sie gab seinem Freund diese kindliche Unschuld ...

Seine Frau war ihm würdig, sie rührte ihn.

,Was hat das Kindchen für ein Vorrecht, dass es bei euch geboren werden darf!'

Sie lag entspannt in den Kissen. Sie fasste seine Hand und lächelte ihm lieb zu. Schalkhaft sagte sie:

‚Und es wird auch noch von der Wiege an einen Guru haben ...'

Dann räumte er – noch unbeholfen – das Haus auf, machte den Abwasch und ging einkaufen. Kochen konnte er überhaupt nicht, aber er lernte, wie man das Gemüse putzen musste, so dass alles fertig war, wenn sein Freund aus der Klinik nach Hause kam. Manchmal war er vor dieser Zeit schon weg, weil er abends einen Vortrag geben musste. Aber oft blieb er, und dann aß er mit ihnen zusammen. Vor dem Essen durfte sie nach unten kommen ...

‚Wie geht es dem Meister in der großen Stadt? Und mit seinem inneren Weg?'

Die geliebten Lachfältchen gaben dem ermüdeten Gesicht des Professors einen milden Glanz ... Der Meister grinste.

‚Spöttele du nur! Die Meisterschaft geht unter wie die Sonne im Westen, mein Junge ... Ich schaue bei dir ab, wie du das Licht findest, das die Nacht erleuchten kann ... aber ‚eigen' ist mir das bestimmt nicht.'

‚Vielleicht muss ich dir mehr zu Diensten sein?'

Der Meister liebte diese Vorsichtigkeit seines Freundes. Er fühlte sehr gut, wie schwer es für einen Meister war, wirklich öffentlich Schüler zu sein ... Er seufzte tief. Der Professor lachte nun.

‚Komm, mein Freund! Sag mir, was dich bedrückt!'

‚Ich ... nehme Mathematikunterricht ... versuche, das Denken zu spüren. Aber das Einzige, was geschieht, ist, dass ich trübe werde und das Licht verliere ...' Er sah auf, in die hellen Augen, die so viel Licht erkennen ließen. ‚Ich wollte, ich könnte mich bei euch als Schüler anmelden, mein Junge. Aber ich sehe, dass du viel zu viel Arbeit hast. Ich bewundere dein Durchhaltevermögen, diese disziplinierte Standhaftigkeit von dir. Ich würde dich nicht noch mehr belasten wollen ...'

Der Professor sah ihn lange an, als ob er auslotete, was geschehen sollte. Der Meister hielt in diesem Blick mit Mühe stand.

‚Du müsstest Privatunterricht haben, Meister. Von jemandem, der ein sicheres Bewusstsein des Denkens hat. Ich könnte unsere wunderbare Freundin fragen ... sie ist inzwischen verheiratet und wohnt hier mit ihrem Mann, unserem jungen Freund.'

Der Meister fühlte einen gewaltigen Widerstand dagegen. Unterricht bei einer Frau ... und dann?

‚Dann will ich dich mit größter Liebe auf das Denken weisen, Meister ...'
Und dann auch noch als Schüler seinem Freund folgen ... Mit Bestürzung sah er die Aufsässigkeit seines Stolzes, eine mächtige Welle des Ego. Langsam nickte er.
‚Ich fürchte die Strenge des jungen Meisters ...'
Die Lachfältchen widersprachen seinen Worten.
‚Das Denken selbst ist streng, Meister. Man findet das nicht angenehm ... aber es ist eine Tatsache. Du kannst vieles im Leben umformen je nach dem, wie du es gern hast. Das Denken nicht ... Aber warum sollte man vor einer Tatsache Angst haben?'
‚Weil du der Träger dieser Tatsache bist ... ich kenne dich als einen milden, willigen Freund, Junge. Ich fürchte eine Veränderung unseres Verhältnisses.'
‚Du hast selbst gesagt, dass ich nur gegenüber Selbstsucht unduldsam bin. Was hast du zu fürchten?'
‚Das, mein Freund. Aber ich nehme dein Angebot an ... der Meister wird dein Schüler ...'

Sie kam zu ihm nach Hause, um ihm Unterricht zu geben. Das erste Mal war er wirklich nervös ... Pünktlich läutete die Glocke, und da stand sie, eine ruhige, edle Frau.
Er ließ sie in sein Arbeitszimmer, seine Haushälterin brachte Kaffee.
‚Ich trinke Kaffee, um etwas Nüchternheit in den plumpen Verstand zu bringen!', sagte der Meister, während er lachend gegen seinen Kopf schlug. ‚Nun, stechen wir in See ...'
Sie begann mit den Anfängen der Geometrie. Ein Punkt, eine Gerade, parallele Geraden, sich schneidende Geraden, Ecken ... Jedes Mal träumte er weg in die Bilder, aber sie merkte das nicht. Vor ihm war ein Punkt absolute Ausatmung, Beklemmung, aufgehobener Raum ... für sie war es eine abstrakte Gegebenheit. Eine Gerade war ein Weg, die Zeit, der Wille, von hier nach da zu kommen ... für sie war es die Verbindung zwischen zwei Punkten, die kürzeste Verbindung ...
Es wurde an ihm gezogen ... sie schleifte ihn unsanft aus seinem Bilderreichtum in das Schema ... und er sträubte sich dagegen, gefangen wie ein Fisch im Netz. ‚Lass mich *eins* sein in diesem göttlichen Ozean!', schrie es in ihm. Aber er ließ sich fangen und schnappte nach Luft ... Sie merkte es nicht. Nach einer Stunde war er vollkommen erschöpfte

und flehte sie an aufzuhören. Ihre grünen Augen lachten ihm zu. Er lehnte sich zurück und sagte:

‚Und nun muss ich dies noch einmal bei dem Professor wiederholen? ... Aber du bist eine gute Lehrerin, sehr beherrscht und langsam fortschreitend – in dem Tempo deines dummen Schülers.'

Er fand es nett, dass sie nichts gegen seine Worte einwandte.

Er fragte:

‚Wie geht es dir, in deiner neuen Position?'

‚Ich habe ein faules Leben ... keinen Job, eine kleine Etage, die wenig Unterhalt braucht, und einen Mann, der von sieben Uhr morgens bis acht Uhr abends weg ist – wenn er nicht auch noch Nachtdienst hat.'

Er fragte sich, wie das ging, zwischen diesen beiden. So ein wilder junger Kerl mit dieser edlen, ruhigen Frau ... Als ob sie seine Frage gehört hatte, sagte sie:

‚Ich finde es nicht schlimm, dass ich so viel allein bin, ich war immer allein ... Wenn er da ist, fordert er meine Aufmerksamkeit – das Leben dreht sich um ihn ...'

‚Findest du das schlimm?'

‚Nein ... ich habe mich zu einem impulsiven Entschluss verleiten lassen – ich habe zu seinem Heiratsantrag ‚ja' gesagt, nachdem ich ihn erst einen Tag kannte ... So ist das Leben mit ihm, impulsiv und überraschend, im Positiven und Negativen. Ich fühlte, dass es mir gut tut ... wir streiten und kämpfen ... und wir lieben einander. Das ist etwas ganz anderes als Mathematik ...'

Der Meister erhielt seinen ersten Unterricht durch seinen Freund. Er fühlte sich vollkommen leer, als ob sein Denken weggelaufen war, nun, wo es sich beurteilen lassen musste ... Zuerst musste er erzählen, was er gelernt hatte. Er erzählte von dem Punkt und der Geraden, von den parallelen und sich schneidenden Geraden, von den Ecken ... wieder fühlte er seine Bilderwelt wie eine mächtige Herrlichkeit ...

Aber der Professor sagte:

‚Es muss eine glückselige Erfahrung sein, Meister, diese Begriffe wie du zu erleben. Nun bitte ich dich aber, dieses Erlebnis zum Schweigen zu bringen und nur den Begriff zu denken.'

Ja, der Professor blickte sehr viel tiefer als seine Mathematiklehrerin

... Er wollte nicht so denken, so kühl und abstrakt – alles geriet in Auflehnung! Er schwieg ...

‚Was tust du jetzt? Denkst du ... oder schmollst du?' Lachfältchen ... Komm, dachte der Meister, wollen wir diesem faulen Pferd einmal die Sporen geben ... sonst kriegt es gleich der Reiter mit der Peitsche!

Er sagte in sich selbst die gelernten Worte auf, ohne Erleben. Danach sah er auf und sagte trübselig:

‚Das ist nichts! Überhaupt nichts. Worte mit einem Hauch von Bedeutung. Nicht einmal ein Schema ... Ein Punkt, gezeichnet in die Luft ... ist nichts. Eine Fata Morgana, eine Luftspiegelung! Warum lachst du! Es ist schrecklich ...'

‚Versuch einmal zu denken: Eine Gerade ist die kürzeste Verbindung zwischen zwei Punkten A und B. Und löse dich dann von den Worten, um zu verstehen, was eine Gerade ist.'

Der Meister meckerte:

‚Das Erleben ist ein *viel* besseres Mittel, um die Gerade zu verstehen.' Dennoch schloss er seine Augen und tat, was von ihm gefragt war. Er öffnete sie wieder und sagte:

‚Ich kann eine Gerade erleben, ich kann sie sehen und ich kann sie in Worten beschreiben. Damit hört es auf.'

Der Professor nickte.

‚Gut. Was tust du, wenn du sie in Worten beschreibst?'

‚Ich spreche zuerst aus meinem Gedächtnis nach, was ich gelernt habe.'

‚Merkst du dir die Worte, oder merkst du dir die Bedeutung der Worte?'

‚Nicht die Bedeutung, sondern die Worte.'

‚*Haben* sie eine Bedeutung, diese Worte?'

‚Ja ...', sagte der Meister zögernd.

‚Dann übe in der kommenden Woche, dir die Bedeutung zu merken.'

‚Das kann ich nicht.'

Keine Lachfältchen nun, sondern ein ruhiger, durchdringender Blick.

‚Du willst es nicht.'

Da war die Peitsche ... Warum wurde immer alles Bild? Warum wurde diese ruhig ausgesprochene Feststellung ein scharfer Peitschenschlag? Warum war er plötzlich ein dummer Schüler bei einem strengen Meister? Das Ego rührte sich ... verletzt, dass es etwas nicht konnte ... Das

Ego des Meisters, der Meister war in der Befreiung vom Ego ... Nun, er würde dann Schüler sein!

'Es kostet mich Mühe zu wollen, mein Freund ... Ich werde es versuchen.'

'Das ist zu schwach.'

Der Meister seufzte einmal tief. War dies der Meister der Freiheit?

'Ich dachte, dass du ein Liebhaber der Freiheit wärst ... mich peitschst du hoch wie einen Sklaven!'

'Es steht dir frei, nicht damit anzufangen.'

'Aber einmal angefangen ...'

'Erwarte ich deinen vollen Einsatz.'

Er hörte seine eigenen Worte – es steht Ihnen frei, hier ihre Ferien zu verbringen, aber wenn sie einmal hier sind, haben Sie sich der Disziplin zu unterwerfen.

Er grinste.

'Gut, gut. Von sanften Chirurgen haben wir nichts. Ich blicke der nächsten Unterrichtsstunde voller Furcht entgegen. Warum tun wir dies eigentlich? Was ist der Sinn davon?'

'Zu lernen, sich mit dem Schöpfer zu beschäftigen, statt mit dem Geschaffenen.'

'*Was* sagst du?'

'Du hörst mich sehr gut. Logos ...'

Eine Gotteslästerung aus dem Munde eines nicht eingeweihten Eingeweihten? Verwirrung bemächtigte sich seiner.

'Das graue Schema, eine Luftspiegelung, der Schein ... der Logos?'

'Es gibt keine Auferstehung ohne den vorherigen Tod ... mein Meister.'

'Nenn mich nicht Meister! Hilf mir, mein Junge, dies zu ertragen ... Alles wird in mir zum Bild ... Ich verflüchtige mich in ein Schema, eine Spukgestalt ...'

Der Professor sagte ernst:

'Es muss so gehen ... aber ich bin bei dir, es kann dir nichts geschehen.'

Der Meister nickte. Er war wieder ein Kind, gegenüber von ihm saß ein Vater ... er konnte beruhigt sein ...

Abends verbrachte er eine Stunde damit, zu der aufgetragenen Übung zu kommen. Er wollte nicht! Er fühlte wieder die Peitsche ... So hatten sie sein Gedächtnis trainiert ... Lange, schwere Sprüche, endlose Regeln ... mussten auswendig aufgesagt werden. Ein Zögern, und der dicke Stock schlug auf die Schultern des Jungen hernieder ... oder die dünne Peitsche zog ihre Striemen über seinen Rücken ... die Lehre von Liebe und Mitleid wurde mitleidlos eingehämmert ... Es war keine Zeit, um zu verstehen ... es ging nicht um die Bedeutung, sondern um Rhythmus und Klang ... nachsprechen ... Bei seinem Meister hatte er die Milde und das Mitleid gefunden ... all seine Ehrfurcht und seine Liebe hatte er ihm geschenkt ... und nun ... ein neuer Meister, ein junger Meister ... ein fremder Meister ... ein Vater ... nein, ein Bruder ... ein Freund!

Keine Peitsche ... das passte nicht zu ihm ... er musste selbst wollen, warum wollte er nicht?

Er wollte nicht wach werden in dem kühlen, strengen Licht ... nein, träumen in der mächtigen Farbenpracht der Bilder ... lieber nicht erwachen ... und dann Verantwortung für jeden Schritt tragen ... geführt durch Gott ... nein, nicht mehr durch Gott ... durch das Ich, jenen furchteinflößenden Kraftpunkt ... Das Sich-Merken von Bedeutung ... das war die Aufgabe. Nicht die Worte, sondern die Bedeutung ... Alles stand in Widerspruch zu seinem eigenen Weg, alles. Er musste nun das Kognitive nicht loslassen, sondern gerade finden!

Auf seinen Knien bat er um Willen ... um Kraft, um gegen den Strom zu schwimmen. Nicht mitgehen, nicht verebben lassen ... nein, gegen die Wellen an.

Ruhe trat in sein Gemüt ... er stand auf, strich seine Haare und seine Kleidung glatt und setzte sich auf seinen Stuhl. Er würde ein würdiger Schüler sein, ein im Westen Wiedergeborener. Kein Widerstand würde in seinem Willen leben, sondern Einsatz. Dieser ewige Zweifel hatte keinen Sinn ... er würde ihn lahmlegen durch die Tat!

Er dachte an die Worte des Buddha ... der Glaube, die Energie, die Einsicht, die Selbsterkenntnis und die Weisheit ... sie lebten nicht nur in seinem großen Freund, seinem jungen Meister – sondern auch in ihm. Er konnte diese Kräfte für seine neue Aufgabe einsetzen ...

Er setzte sie ein.

Er fühlte die lebhafte Erwartung, die man hat, wenn man seine Arbeit gut getan hat, als er nach einer Woche wieder Unterricht von seinem jungen Meister erhielt. Er sah ihn mit einem neuen Blick ... Groß war er ... hoch erhaben über sein irdisches Ich und doch eins damit, in einer wehmütigen Versöhnung. Der Meister, der in diesen Stunden wieder ganz Schüler sein wollte, fühlte eine tiefe Ehrfurcht vor dem, was er schaute. Er wartete, bis sein junger Meister das Wort ergriff.

‚Und, mein lieber Freund? Hast du es geschafft, das Verstehen zu suchen?'

Oh, er wusste so gut, wie viel Kampf es ihn gekostet hatte! Er fühlte Glück, berichten zu können, dass er sich überwunden hatte ...

‚Ja, ich habe es geschafft. Ich habe sogar einen gewissen Gefallen daran gefunden. Es ist schön, ein tief verwurzeltes Missverständnis zu spüren und dann vorsichtig richtig zu stellen. Stets habe ich an die Schönheit, den Klang und den Rhythmus des Mantram geglaubt – und das kognitive Wort als ein notwendiges Übel hingenommen ... Nun suche ich nach dem Verstehen, habe versucht, es von dem Wort zu trennen ... und obwohl es natürlich nicht einfach so gelungen ist ... habe ich doch eine Ahnung gefühlt ... von dem Wunder, das einem Menschen eingeboren ist ... das Wunder des *Verstehens*. Ich glaubte, in ein kühles Element zu geraten ... aber spürte ... die *Liebe* selbst?'

Der junge Meister lächelte und ließ seinen klaren Blick auf ihm ruhen. Langsam sagte er:

‚Einst bekanntest du mir leichte Missgunst ... auf das, was du nun erzählst, kann man eifersüchtig werden ...! Dein Vermögen zu schauen, was geistige Realität ist, wird in das Verständnis erhoben, mein Freund!'

‚Ist das wohl das Ziel, mein Meister im Denken?'

‚Es gibt kein Ziel ... ich weise dir nur den Weg zum Westen ... was sich auf diesem Wege zeigt, kann ich nicht vorhersehen ... doch ich vermute, dass es unsere Erwartungen übertreffen wird.'

‚Wie soll ich weitermachen?'

‚Was hast du im Mathematikunterricht gemacht?'

‚Sie hat mir die Anfänge des Rechnens beigebracht. Das Addieren, Abziehen, Teilen und Multiplizieren. Die kenne ich natürlich auch – ich bin nicht zurückgeblieben ... aber sie hat mich auf das Wesen dieser verschiedenen ‚Operationen' hingewiesen und mir deren Definitionen gegeben.'

‚Versuche in der kommenden Woche dann einmal das Machen von Summen, worin du diese verschiedenen Operationen anwendest, von dem zu unterscheiden, was du dann präzise machst. Versuche den Begriff ‚Hinzuzählen', ‚Abziehen' und so weiter zu spüren.'

Der Meister tat einen tiefen Seufzer.

‚Darf ich nicht noch eine Woche bei der ersten Übung bleiben?'

‚Nein. Ich will, dass deine innerliche Arbeit ein genaues Abbild deiner Mathematikstunden ist.'

Der Meister schluckte, aber grinste dann:

‚Was bist du doch streng, junger Meister!'

Seine Lehrerin lud ihn ein, zu ihr und ihrem Mann zum Essen zu kommen. Er ging gerne darauf ein, und an einem Winterabend nahm er die Tram zu ihrem Haus. Es war übervoll in der Tram, überall war es gesellig und geschäftig. Er genoss das Stadtleben, besuchte Cafés und Restaurants, unternahm ein einziges Mal einen gewagten Tauchgang in die mechanische Bilderwelt des Kinos und wunderte sich immer wieder darüber, dass Menschen ihn gern ansprachen. Wenn er wollte, hätte er einen umfangreichen Freundeskreis ...

Er stieg in einem stattlichen Viertel aus, wo der junge Doktor seit kurzem mit seiner jungen Frau eine Etage bewohnte ... Er war es gewöhnt, alles tief in sich aufzunehmen, die lange Straße, die Bäume, die geparkten Autos.

Er musste eine Treppe hinaufsteigen und wurde von dem Arzt begrüßt. Was für eine irdische Ausstrahlung, was für ein kräftiges Ego ... Glänzend weiße Zähne, Augen so schwarz wie Kohlen ... eine Hand, so kräftig, dass seine zarten Knochen weh taten.

‚Welche Ehre, dass Sie unsere bescheidene Wohnung besuchen wollen!'

Der Meister schaute aufmerksam ... meinte er es oder spottete er?

‚Nun, nun, von dieser Bescheidenheit ist nicht viel zu spüren!', sagte er frech und blickte in das eingerichtete Zimmer hinein. Der Junge nahm ihm den Mantel ab und ließ ihn hinein. Seine Frau begrüßte ihn freundlich und ruhig wie immer – und ging dann in die Küche. Es spielte leise Musik ...

‚Trinken Sie ein Aperitif? Oder trinken Sie auch alkoholfrei?'

Wieder Spott? Er sagte:

‚Dem Menschen muss ich erst noch begegnen, der ‚alkoholfrei' ist, das müssten Sie als Arzt doch wissen. Aber gib mir nur ein Glas roten Port, das hast du sicher.'

Der Junge grinste und schenkte zwei Gläser voll.

‚Lassen Sie mich dann sagen: Meine Dame ist von der blauen Taste', genau wie der Professor. Mit ihm ist nicht zu spaßen ...'

‚Wie geht es in der Klinik?'

‚Sehr gut ... Sie wissen doch, dass ich bleiben darf?' Wieder Spott ... ‚Ich darf als Untertan des großen Professors in den Dienst treten.'

‚Ich dachte, ihr wärt Freunde?', sagte der Meister verschmitzt. Der Junge lachte polternd.

‚Sicher! Aber nicht unkompliziert. Ich habe manchmal genug von seiner Überlegenheit.'

‚Ich habe kein Problem damit.'

Der Junge sprang auf und schenkte noch ein Glas voll. Er sagte:

‚Willst du auch was?' und stellte sich neben sie. Er streichelte ihr Haar, wie um es gut zu machen. ‚Wie geht es mit Ihnen, Meister?'

Der Meister gab sich Mühe, in den wechselnden Stimmungen standzuhalten.

‚Es geht mir gut ... ich habe ein geschäftiges Leben. Mit Unterweisen und Unterwiesenwerden. Ich habe eine besonders begabte Lehrerin gefunden. Begabt in ihrem Fach und im Unterrichten ...'

Sie schien etwas verlegen und blickte auf zu ihrem Mann, um zu sehen, wie er reagierte. Seine Hand tippte gegen ihre Wange, als er mit funkelnden Augen sagte:

‚Das ist mir was, all diese Intelligenz!'

Sie stand auf und ging wieder zur Küche. Unverschämt schaute er ihr nach ...

Nun, dachte der Meister, wenn dies so weitergeht, bin ich in einer Stunde völlig erschöpft ... Sein Verlangen nach Harmonie kümmerte hier dahin ...

Sie gingen an den Tisch.

‚Wollen Sie beten?', fragte der Junge.

Der Meister sprach ein Gebet.

Während des Essens tat er sein Bestes, um eine gute Atmosphäre zu schaffen. Der Junge legte langsam seine Stacheln nieder ...

‚Warum möchten sie Mathematik lernen?' Schwarze fragende Augen. Fand er es unangenehm, dass seine Frau ihm Unterricht gab?

‚Ich weiß schon etwas davon ... es ist nicht nötig. Aber ich versuche den Verstand zu spüren ... dafür ist die Mathematik sehr geeignet, das wusste schon Plato.'

‚Ich weiß nichts von Plato. Wohl von Mathematik ... aber ich habe den Verstand nie gespürt. Warum sollte ich?'

‚Ja, Junge ... warum solltest du. Warum bist du so widerspenstig?'

Er wollte Kontakt! Der Junge schlug wahrhaftig die Augen nieder Er seufzte und sagte:

‚Sie durchschauen das doch wohl?'

‚Sicher', sagte der Meister trocken. ‚Aber weißt du es auch selbst?'

Wie ein kleiner Junge zuckte er mit den Schultern.

‚Ja ... warum kann man nicht einfach leben? Warum sollte man es sich so schwer machen?'

‚Warum hast du deine Frau geheiratet?'

Sie legte ihre Hand auf seine – sie kannte seine Furcht vor allem, was mit ‚Geist' zu tun hatte ... Er sah zu ihr auf und lächelte.

‚Weil ... sie so ein verdammt intelligentes Gefühl hat ... ja, darum.'

Der Meister dachte: Aber wehe wenn sie das auf etwas anderes richtet als auf dich! Er sagte:

‚So etwas suche ich in der innerlichen Entwicklung ... darum mache ich Mathematik.'

Der Junge schwieg, sein Verständnis reichte nicht aus ... Der Meister sah das Schicksal ... einen heftigen Kampf ... um diese Seele für das Gute zu bewahren ... und sie ... nahm ein schweres Leid auf sich ... ein Leben mit Höhepunkten und mit schwarzer Finsternis, Gequältwerden und Standhalten ... angebetet werden und sich behaupten müssen ... drohende Misshandlung ... oder ein Siegeszug mit ihm an ihrer Seite ... es war beides möglich ... Ein Mann der Extreme ... jedes Wort musste gewogen werden, jedes Wort zählte ... konnte die Balance ausschlagen lassen ...

Einen kurzen Moment lang wurde alles Bild, bedeutungsvolles Bild ... er sah, wer dies war ... Wer?!

Er kam wieder zu sich und fühlte die schwarzen Augen auf sich gerichtet. Er erschauderte und sagte:

‚Wenn du je meinen Rat brauchst, sag mir Bescheid ... auch wenn es mitten in der Nacht ist, auch wenn ich weit weg bin ...'

Zu seinem Erstaunen sagte der Junge:

‚Vielen Dank, Meister. Ich werde das nicht vergessen!'

Am Tag danach war er zum Abendessen bei dem Professor und seiner Frau. Der Kontrast war groß ... Hier war Offenheit und Bereitwilligkeit, einander zu verstehen ... und Freude an den Qualitäten des anderen.

,Wie geht es mit dem jungen Kollegen?', fragte er beiläufig.

Der Professor sagte ruhig:

,Gut. Er ist wie ein junger Jagdhund ... verspielt, wild und nicht ungefährlich.'

,Und du hast ihn am Halsband?'

,Nein, nein, das würde ich nicht wollen. Er muss aus eigenem Willen bei mir bleiben ...'

,Wie schaffst du das?'

Der Professor nickte bedächtig.

,Ich liebe seine positiven Kräfte, wirklich. Ich genieße seinen Einsatz, seinen Enthusiasmus für das Fach, seine Ambition. Ich schaue gerne in die glühenden Kohlen von Augen, höre seine etwas raue Stimme, sein hartes Lachen ... Und dann, inmitten dieser Gewalt, ist da plötzlich eine unglaubliche Zartheit, ein kindliches Verlangen ...'

,Du bist nie ängstlich vor ihm?'

,Ängstlich? Warum?'

,Vor seinem Spott ... seiner Aggression.'

,Nein. Man muss von jedem Bedürfnis nach Anerkennung absehen – darin prüft er einen, jedes Mal aufs Neue. Nein, ich versuche *sein* Bedürfnis nach Anerkennung zu befriedigen – ich erkenne, was bei ihm der Mühe wert ist, das merkt er.'

,Verspottet er dich nie mehr?'

,Doch ... aber dann bekommt er selbst etwas ab.'

,Wie?'

,Das hängt von der Situation ab. Ein scharfes Wort, eine sanfte Bemerkung – oder wenn es sehr schlimm ist, dann schicke ich ihn unmittelbar weg.'

,Siehst du seine ,hässlichen' Seiten?'

,Ja, aber dem messe ich keinen Wert bei ... solange wie er sich benimmt.'

Der Meister lehnte sich vergnügt nach hinten. Er sah das Mädchen an und sagte mit einem Augenzwinkern:

,Deine Kinder werden eine außergewöhnliche Erziehung bekommen. So ein Vater!'

Sie lachte und sagte:

‚Vorläufig bin ich sein Kind ...'
Lachfältchen bekräftigten die Gutmütigkeit des Professors. Er legte seine Hand auf die ihre und fragte:
‚Ist das eine Klage?'
‚Nein', sagte sie. ‚Wer könnte sich über so viel Verständnis beklagen?'

‚Fanden Sie es trotzdem schön bei uns?', fragte seine Lehrerin vorsichtig, als sie wieder bei ihm war. Er lächelte wegen ihrer Frage, die zeigte, wie feinfühlig sie war. Er sagte:
‚Natürlich. Ich mag deinen Mann sehr gern ... aber du hast es nicht einfach, mein Kind.'
‚Es scheint schlimmer, als es ist, Meister. Wenn wir zusammen sind, ist er sehr zugänglich und legt seine Waffenrüstung ab. Es ist schön, seine Wärme um sich zu haben ... er spricht gern und genießt mein Verständnis ... Wir haben es gut. Er ist nur eifersüchtig und will nun einmal der Einzige und der Beste sein.'
Sie lachte. Der Meister sah tiefer und fand es überhaupt nicht so einfach. Aber er sagte:
‚Du musst nur gut für dich selbst einstehen. Du hast außergewöhnliche Talente, die dürfen nicht verkümmern. Sprichst du den Professor noch wohl einmal? In Bezug auf deinen eigenen inneren Weg?'
Sie errötete.
‚Nein ... ich würde schon wollen, aber ich merke, dass mein Mann das unangenehm findet. Es ist *sein* Freund, ich bin *seine* Frau. Verstehen Sie?'
‚Das meine ich, Kind. Geh dem Kampf nicht aus dem Weg ... es geht um deine Verwirklichung. Du bist eine hoch entwickelte Frau.'
Ihre Röte wurde noch tiefer, es machte sie schön ... sie schlug zum ersten Mal ihre Augen nieder ...
‚Sie haben wohl Recht ... ich bin doch ein bisschen ängstlich vor ihm, vor seiner Aggression. Ich lasse mir davon nichts anmerken, ich versuche so geradeheraus wie möglich zu sein ... aber ich werde tun, was Sie sagen, Sie haben Recht ...'
Sie lehrte ihn geometrische Lehrsätze, und sie lehrte ihn, mit Buchstaben zu rechnen. Ihr klarer Geist schenkte ihm ruhiges Licht ...
Bei seinem jungen Meister musste er dann versuchen, von den Worten, die er gelernt hatte, von den Übungen, die er tun musste, den reinen Begriff zu lösen. Es brachte ihn zur Verzweiflung ... Er verstand,

was von ihm erwartet wurde ... aber Wort und Begriff waren verwachsen, er bekam sie nicht los voneinander. Und sein junger Meister hatte endlose Geduld mit ihm ... er gab nicht auf.

‚Wenn du a + a hast, dann wird das 2a. Setze nur eine beliebige Zahl ein ...'

Der Meister gehorchte brav und machte seine Berechnungen.

‚Nun nimmst du a x a. Das wird dann a^2. Setze nur ein. Richtig. Versuche nun, den Unterschied in der Operation zu fassen. Bringe es meinetwegen zuerst ins Bild und sieh dann den Unterschied.'

Das ins Bild bringen war kein Problem. Wenn man drei Äpfel hatte und man legte noch einmal drei hinzu, dann hatte man sechs. Das war a + a wenn a = 3. Musste man nun a^2 finden, dann musste man dreimal diese drei Äpfel haben, das wurden neun. Simpel, ein Kind begriff das ... Aber er verlor sich in der Ausarbeitung und verlor da das Prinzip ... Dann wollte er mit dem Fuß aufstampfen – aber er sagte:

‚*Warum* muss ich das tun?'

‚Weil du das willst, Meister. Du brauchst nicht ...'

‚Ich will, ich will! Wer würde dies jetzt wollen! Ich will das Licht finden, das die Nacht erleuchten kann, jetzt, wo die Sonne unterzugehen droht ... Aber dies!'

‚Ich führe dich zu dem *reinen*, *sinnlichkeitsfreien* Denken, mein Freund. Warum sollte dieses Licht leichter zu finden sein als der Erwerb eines Arztexamens oder das Erreichen der Erleuchtung eines Buddha? Es ist ein langer, schwerer Weg ...'

Dann wurde der Meister still und gab sich Mühe. Abends arbeitete er zu Hause erneut mit aller Kraft an seiner scheinbar unmöglichen Aufgabe.

‚Die Welt der reinen Begriffe kommt mir wie eine Spukwelt vor, mein junger Meister. Als die Schattenseite der Sinneswahrnehmung. Die Sinne empfangen das Licht ... die Begriffe kleben an der Rückseite als Schatten ... des Todes. Manchmal sehe ich in einem Blitz so einen Schatten ... und wende meinen Blick voller Angst wieder zum sinnlichen Licht ... Ich verstehe jetzt erst meine Abneigung gegen das Denken!'

Nie war der junge Meister aus dem Feld geschlagen. Seine Geduld schien unerschöpflich, und obwohl diese Geduld eine Wirkung seiner Liebe war, fühlte der Meister sie wie unerträgliche Strenge. Er sagte nie:

‚Lass das nur ...', sondern suchte mit allem Einsatz mit nach Möglichkeiten, um das Denken des Meisters zu befreien ... seine Kreativität kannte keine Grenzen.

‚Ich habe mich erneut in die Lehren von Buddha vertieft, mein Junge ...', sagte der Meister einmal. ‚Es gibt keinen wesentlichen Unterschied in seinen Lehren und deinem innerlichen Weg. Der Unterschied ist in der Überlieferung hereingekommen ... wie jede Lehre entartet, so ist es auch dem Buddhismus ergangen. Aber es gibt einen Punkt, der doch einen Abgrund zwischen beiden Wegen öffnet ...'

‚Und das ist das *‚Ich'*.', sagte der Professor ruhig.

‚Es ist für mich wichtig, diesen Abgrund zu überbrücken, mein Junge.'

Der Professor lächelte.

‚Du weißt wohl noch, dass dieser Abgrund uns getrennt hat ... Aber es gibt noch einen Unterschied. Buddha kehrte sich ab vom Leib, von der Erde, vom Leben. Das alles ist schließlich Grund des Leidens. Das kann man in unserer Zeit nicht einfach so übernehmen, weil sich inzwischen ein Geschehen ereignet hat. Das, was vorher nicht auf Erden war, ist nun da. Der Sohn, der Logos. Er ist hier ... und damit hat sich die ganze Bedeutung der Erde verändert. Die Abkehr von der Erde ist die Abkehr von Ihm. Und doch ist das Haften an der Materie auch ein Sich-Abkehren von Ihm. Es ist wichtig, einen vollkommen klaren Begriff darüber zu entwickeln, wodurch man einen ‚richtigen Standpunkt' findet.'

‚Hast du diesen klaren Begriff?', fragte der Meister zögernd.

‚Wenn ich mit den Sinnen wahrnehme, habe ich die halbe Wirklichkeit. Wenn in mir der Begriff aufleuchtet, leuchtet der Logos in mir auf. Das ist keine Phantasie ... das ist eine schockierende Wirklichkeit. Dieser muss man sich bewusst werden.'

‚Darum arbeiten wir am Bewusstwerden des Verstehens? Des reinen Denkens?'

Der Professor schwieg eine Weile, sah wieder auf und sagte:

‚Ich suche auch noch die reine Wahrnehmung, mein Meister. Ich verstehe die Möglichkeiten, aber finde noch nicht die Anwendungen ... Bis dahin bin ich nur ein ‚halber Meister.'

Der Meister grinste. Die Hälfte war ihm schon oft zu mächtig ...

Das Weihnachtsfest und die Tage danach würde er wiederum in Einsamkeit verbringen. Seine Freunde gingen zu ihren Familien ...

Zum ersten Mal vertiefte er sich in die Bedeutung dieses Festes. Er las die Bibel, fand esoterische Literatur darüber und versuchte, das Besondere dieser Jahreszeit tief zu fühlen. Die Welt war still, der Geist wach ... Sein Freund hatte ihm versprochen, sich in seinen freien Stunden in die Worte von Buddha zu vertiefen. Er würde sein klares Geistlicht mit den Buddha - Reden verbinden und darin das Wesen finden ... Aber am Tag nach Weihnachten sahen sie einander unerwartet. Der Professor kam mit seiner Schwiegermutter, die ernsthaft krank zu sein schien, zur Untersuchung in die Stadt. Ob der Meister sein Schauen einsetzen wollte?

Sie besuchten ihn in seiner Wohnung am Fluss ... Der Professor war nun ganz und gar Doktor, fähiger und fürsorglicher Internist. Die Frau sah schlecht aus, grau und in sich gekehrt. Ihre Schönheit verbarg sich hinter körperlicher Beherrschung – der Körper hatte die Oberhand ...

Sie tranken Tee und sprachen etwas, danach ruhte der innerliche Blick des Meisters auf ihren Lebensprozessen. Von seiner tiefen Rührung aus formten sich Bilder ... Bilder eines Lebens von Hingabe ... Aufgeben von eigenem Interesse ... während es wucherte, tief unbewusst ... nach Anerkennung rufend ... Zu scharfe Konzentration ... da ... in sich gekehrt ...

Er sah auf und sagte ruhig:

‚Der Prozess ist lokal durch die Konzentration, der Rest des Leibes ist frei ... Eine Operation wird ausreichend sein.'

Sie nickte und sagte:

‚Sie sehen in fünf Minuten, womit wir im Krankenhaus den ganzen Tag beschäftigt gewesen sind ...'

Sie war die Mutter dieser liebsten Freundin ... der Königin, deren Liebe sich bis weit über die Grenzen ihrer Insel ausstreckte ... die ihn an Land gebeten hatte ... Mutter eines Menschenkindes, das größer, viel größer war als sie selbst ... Er fühlte eine Welt von verstohlener Missgunst, unbewusst ... von Konkurrenz um die Liebe des alten Doktors ... ein Wesen von Verträglichkeit mit tief darunter verborgener Kritik, scharfer Kritik, hervorsprossend aus Missgunst ... Er sah das, und sie tat ihm Leid ...

‚Was bedrückt Sie, meine Dame?', fragte er freundlich.
Sie schlug ihre Augen nieder und begann zu sprechen.
‚Ich weiß es nicht ... das Leben mit meinem Mann ist gut ... aber schwer. Für ihn ist das Leben einfach, man tut seine Pflicht, man bildet sein Urteil und handelt danach. Sorgen lacht er fort, das hat er immer getan. Er ist ein ... Potentat ... ich habe mich immer angepasst, zu viel ... Er schlug meine Kinder, und ich ließ ihn ... Sie, meine Älteste, respektierte er immer ... sie konnte alles machen! Bis sie sich gegen ihn kehrte, ihn zu kritisieren begann, ja ihn sogar mit ihrem frechen Lachen auslachte. Das vertrug er nicht ... dann schlug er sie – und ich sah es mit an. Ich hätte eingreifen müssen!'
Der Meister sagte:
‚Wenn ein Rosenstrauch ordentlich aufgebunden wird, treibt er nach Herzenslust junge Sprosse ...'
Sie sah ihn an, nicht verstehend. Er wollte das Verhalten ihres Mannes doch nicht gutreden? Sie hob ihre Schultern und fuhr fort:
‚Ich war sogar oft der Anlass ... indem ich mich bei ihm über ihr Verhalten beklagte. Ich wusste, dass sie Schläge kriegen würde ... und sagte es dennoch ...'
‚Versuchen Sie, diese quälenden Gedanken loszuwerden, meine Dame. Es liegt in der Vergangenheit, man kann nichts mehr daran ändern. Meine Überzeugung ist, dass niemand bekommt, was er nicht nötig hätte ... in meiner Jugend wurden die Kinder, die einem schweren Leben entgegen gingen, mit zarter Hand großgezogen ... die Glücklichen dagegen wurden gezüchtigt. Ihr Mann hat zweifellos auch gute Seiten.'
Der Professor schaute mit großen Augen zu. Er fand seinen milden alten Freund ziemlich hart gegenüber dieser sanftmütigen, gequälten Frau. Sie sagte:
‚Also Sie denken, dass diese Krankheit mir auch zukommt?'
‚So will ich es nicht sagen, meine Dame. Aber es gibt nur eine Person, die Ihnen helfen kann – das sind Sie selbst. Ich würde raten, ein Jahr lang nicht in der Praxis zu arbeiten und einmal nach Beschäftigungen zu suchen, die Ihnen echte Befriedigung geben. Versuchen Sie, alle Gefühle und Gedanken in Bezug auf die Vergangenheit und Zukunft loszulassen. Das Leben enthält viel mehr Weisheit als wir selbst. Wir können uns ruhig ein bisschen hingeben. Ihre Tochter ist eine Prachtfrau, die harte Vorgehensweise hat ihr nichts Schlimmes getan ... sie verlangt

nach Deutlichkeit. Untergründiger Ärger quält sie mehr als ein offener Zwist. Sie hat einen außergewöhnlich ehrlichen und offenen Charakter ... solche Menschen stoßen immer zusammen – das muss auch sein, sonst beherrschen sie andere.'

War sie nun beleidigt? Oder nahm sie seine Worte hin? Von außen gesehen war das nicht zu beurteilen. Sie nickte und sagte:

‚Darin haben Sie Recht. Ich konnte mit ihr nicht umgehen, mein Mann wohl ... Er hat sicher gute Seiten ... man kann auf ihn bauen, er ist standhaft und treu ... Das Positive sehen, ist es das, was Sie meinen?'

Der Meister nickte. Er hatte etwas erreicht ...

Er nahm als Meditationsstoff das Evangelium nach Lukas. Fremd war ihm die Welt von Gedanken und Gefühlen ... Zart und unbeholfen keimten sie in ihm ... Jesus, kein Menschheitslehrer, sondern der inkarnierte Gott? Das Mysterium des Geborenwerdens, des Sich-Behausens im Leibe und der umgebenden Welt ... Kein Abwenden vom Körper, kein Ergreifen des Körpers ... Der Weg musste in der Mitte zwischendurch gegangen werden. Eine Lilie inmitten von Dornen ... kein Abwenden von dem Leiden, sondern Erlösung, indem man es auf sich nahm, Erlösung durch die Tat. In ihm reifte die Frage: Wie würde Buddha seine Lehre im zwanzigsten Jahrhundert gestalten?

An einem dunklen Winterabend, Anfang Januar, meldete sich ein unerwarteter Besucher an. Sein großer Freund ...

‚Ich hatte das Bedürfnis nach einem Gespräch, Meister. Wir sind gestern Abend nach Hause gekommen – morgen gehe ich wieder arbeiten.'

Glücksgefühle durch die Anwesenheit eines Freundes ...

‚Meine Frau hat es schwer gehabt mit der Krankheit ihrer Mutter ... Sie wird nächste Woche operiert und Schwiegervater wird solange bei uns wohnen. Ich hoffe, dass es nicht wieder alles zu viel wird, sie muss auch noch zwei Wochen auf der Chirurgie arbeiten ... Aber trotz allem habe ich reichlich Gelegenheit zur Besinnung gehabt. Vor allem zu Hause, bei meinen Eltern ... Meine Mutter umsorgte meine Frau, und ich konnte in der Bibliothek lesen – in den Schriften von Buddha. Ich habe es genossen, Meister! Welche Hoheit ... Ich bin noch lange nicht fertig ... ich fühle, wo der Unterschied zwischen uns liegt – vielleicht muss ich sagen ‚lag' ... aber ich suche noch nach einer klaren Formulierung. In jedem Fall ist deutlich, dass diese ursprüngliche buddhistische Lehre große innerliche Energie und Einsatz forderte ... ein Bezwingen seiner niederen Natur ... nicht ein gelassenes Anschauen.'

Der Meister nickte. ‚Wie ein Pfeilmacher seinen Pfeil zurechtbiegt, so richtet der Weise seine wandernden, unbeständigen Gedanken, die schwer zu bezwingen sind, schwer zurückzuhalten.' Die Worte von Buddha, aus denen der Impuls, sich selbst bis in seinen Geist in die Hand zu nehmen, überdeutlich hervorgeht. Nein, kein gelassenes Anschauen, sondern ein In-die-Hand-Nehmen des launischen, flüchtigen Gedankenlebens. ‚Wer das Denken bezwingt, das weit umherschweift, allein herumirrt, formlos ist und in des Herzens Tiefe sich verbirgt, wird frei sein von den Fesseln Maras*.' Er seufzte, schaute in die klaren Augen seines Freunds und sagte, mit Selbstironie: ‚Ich sitze gegenüber von einem echten Buddhisten, mein Junge. In der ersten Zeit in den Bergen brachtest du mich durch dein ‚bezwungenes Gedankenleben' aus der Fassung. Später habe ich verstanden, dass du der achtfache Pfad bereits ‚warst', während du noch nie davon gehört hattest. Du verstehst vielleicht, wie sehr ich damit gerungen habe.'

Die klaren Augen zwinkerten warm und zauberten Lachfältchen hervor ...

‚Aber, mein bester Meister ... ich sitze einem echten Christen gegenüber. Deine Innigkeit, deine Milde ... deine Verträglichkeit – nun, davon kann ich noch ziemlich viel lernen.'

Aber der Meister protestierte.

‚Nein, nein! Gut, ich nehme dein Urteil über mich hin, aber nicht das über dich selbst. Deine Strenge geht nun einmal aus der gerechten Kraft deines Denkens hervor. Ich lese das Lukasevangelium und staune über die Direktheit und die Strenge deines Herrn! Ich habe dir schon früher gesagt, Härte hängt zusammen mit Egoismus. Das ist dir fremd, mein Junge. Ein erschütternd reines Denken, das hast du. Du findest den richtigen Mittelweg!'

Er sah jung aus, nach zwei Wochen Ruhe. Seine Augen strahlten vor Klarheit, die Ausstrahlung seiner Seele war von einer atemberaubenden Schönheit und Kraft. Er fragte den Meister:

‚Was fandest Du in Bezug auf meine Schwiegermutter? Ich habe ver-

* Mara: christlich: Luzifer.

wundert zugesehen und zugehört ...'

,Eine schöne Frau ... sie hat in ihrem Leben viel Kraft gesammelt, indem sie sich zurückhalten musste. Wenn man tiefer als nur bis zur materiellen Umhüllung sehen kann, dann sieht man die Wahrheit, nicht wahr? Von außen ist ihr Mann ein Grobian, der Frau und Kinder unter dem Daumen hielt. Aber du weißt auch wohl, dass damit nicht alles gesagt ist! Er ist ein sympathischer Mann von Welt, nicht bange, so zu sein, wie er ist – und tatsächlich zu stark anwesend. Aber seine Frau hat sich in positive Richtung entwickelt – das ist in gewissem Sinne ein Opfer dieses Mannes, denn ihm hat dieses Verhalten nicht gut getan ...

Dennoch lebt unter ihrer Verträglichkeit sehr viel Negativität, auch Eifersucht ... darin wurzelt ihre Krankheit, nicht in der Machtentfaltung ihres Mannes.'

,Und seine Verhaltensweisen gegenüber seiner Tochter? Die harte Vaterhand? Wie stehst du dem gegenüber?'

,Ideal ist das nicht, selbstverständlich. Aber in dieser Kultur besteht die Neigung, alles Ungemach, das man in seinem Leben erfährt, auf seine Jugend, seine Erziehung, die Eltern zurückzuführen. Da ist auch etwas dran, aber nicht alles! Es wäre besser, wenn man sich fragte: Welche positiven Qualitäten habe ich durch die Vorfälle in meiner Jugend, durch den Einsatz meiner Erzieher entwickelt? Das stimmt einen zu Ehrfurcht und Dankbarkeit. Dein Mädchen musste gezähmt werden ... er hat sein Bestes getan, auch wenn es noch so ungeschickt war. Glaub mir, sie forderte eine solche Vorgehensweise.'

,Das tut sie noch immer.'

,Es wird nicht mehr lange dauern, mein Junge ... Die Schwangerschaft und die Mutterschaft werden ihr Selbstständigkeit bringen ...'

Schweigend saßen sie beieinander, ihre Gedanken und Gefühle in einer vollkommenen Harmonie ...

In den Monaten danach wurde seine Voraussage wahr. Sie brauchte nicht mehr zu arbeiten, widmete sich ganz ihrem häuslichen Leben. Sie kehrte sich intensiv in sich, verinnerlichte um des Kindes willen, das sie trug. Sie wurde still, machte ruhig ihren Haushalt, sprach täglich mit dem Meister, begegnete dann und wann seiner Mathematiklehrerin, mit der sie Freundschaft schloss. Es war, als ob sie zugleich Abstand von jeder Form von Selbstsucht nahm, als ob ihre Aufsässigkeit sich gelegt hatte wie der Wind ... Sie widersetzte sich nicht gegen ihr Frau-Sein, schien zu vergessen, dass sie je Ärztin hatte werden wollen ... Vorläufig lebte sie für Mann und Kind. Der Meister sah, wie sie ihrem Mann Gehorsam zeigte ... als lebte sie in einer vollkommen anderen Kultur. Sie tat das nicht aus Furcht ... sondern aus einer natürlichen Abhängigkeit, die zu ihrer fortschreitenden Lage gehörte ... Sie setzte sich nicht gegen ihn ab, nahm sein reineres Urteil hin und fügte sich danach. Und er nahm sie auf in seinen milden Schutz. Bald würde sie im modernen zwanzigsten Jahrhundert erwachen ... Nun träumte sie in seinen Armen ...

Direkt vor Ostern gebar sie einen gesunden, kräftigen Sohn.

Der Meister begegnete nun auch täglich ihrer Schwiegermutter. Die bejahrte Dame versorgte Mutter und Kind im Wochenbett. Er hatte sie letztes Jahr auf der Hochzeit gesehen, aber nun sprach er mit ihr jeden Tag. Sie war eine Frau mit einem natürlichen Adel, stolz auf ihren jüngsten Sohn, den Professor. Aber ihr Stolz hatte einen besonderen Charakter, weil sie ihn wirklich bewunderte ... Keine mütterliche Prunksucht ...

‚Dieses Mädchen, die Mutter meines Enkels', sagte sie einmal, ‚ist ein besonders hochstehendes Kind ... Meister. Ich bin katholisch und lebe damit sehr intensiv ... wie sie ist, habe ich mir Heiligkeit vorgestellt. Haben Sie je eine Frau erlebt, die so in Hingabe an Mann und Kind lebte? Ich nicht. Und dann diese Freude ... diese Dankbarkeit für die Aufmerksamkeit, die sie bekommt. Ich glaube, dass ich in meinem langen Leben nie gewusst habe, was Liebe eigentlich ist. Sie wohl ... Sie *ist* Liebe.'

Der Meister sagte trocken:

‚Jemand, der so imstande ist, die Qualität eines Mitmenschen – gar noch der Schwiegertochter – zu erkennen, muss die Liebe wohl kennen, meine Dame!'

Sie lächelte und sagte:

‚Ja ... sicher. Aber bei ihr liegt *Leben* in dieser Liebe, Wachstumskraft, Blühkraft. Verstehen Sie? Sie ist davon durchzogen ... Ich habe immer geseufzt: Warum heiratet mein jüngster Sohn nicht! Da geht ein herrlicher Mann und Vater verloren! Er ging nicht darauf ein, wissen Sie

... Sie wissen wohl, wie streng er sein kann – auch gegen seine Mutter. *Einmal* gab er mir Antwort ... damals hatte ich scheinbar den richtigen Ton gefunden. Aber nun, wo ich sie kennengelernt habe ... er musste warten, nicht wahr? Sie war noch zu jung, um ihm schon zu begegnen. Verstehen Sie mich?'

Der Meister war gerührt. Er schämte sich ... Diese Frau sah geradewegs auf den wesentlichen Kern des Mädchens ... ohne sich um negative Eigenschaften zu kümmern – dann gab es auch keine! Sie sprach weiter:

‚Und es scheint, als ob diese innerliche Schönheit von ihr ungehindert ihren Leib und ihr Gesicht geformt hat. Haben Sie je so ein schönes Mädchen gesehen?'

Der Meister sah sie nachdenklich an und sagte:

‚Sehen Sie überhaupt nichts Hässliches?'

Nun lachte sie und sagte:

‚Oh! Sie verstehen mich falsch. Wenn es nichts Hässliches gäbe, wäre sie nicht so schön! Ich finde sie gerade so schön, weil Schönheit und Hässlichkeit in Balance sind ... Ihre Selbstsucht wird durch Hingabe gezügelt, ihre Freude durch Schmerz ... ihre Intelligenz durch Unbefangenheit ...'

Der Meister führte ein sonderbares Leben. Noch immer ging er täglich zum Haus des Arztes, obwohl die junge Mutter wieder vollauf aktiv war. Er wollte das Kindchen täglich sehen ... Sein Leben lang hatte er wenig mit Kindern zu tun gehabt. Manchmal sah er sie im Vorbeigehen und bemerkte, dass er Kinder sehr gern mochte. Aber nie zuvor hatte er ein Kindlein von Geburt an von Tag zu Tag wachsen und sich entwickeln sehen. Er durfte es halten und fühlte es wie ein Bündelchen Licht ... Kosmisches Licht, das sich an die irdische Schwärze gewöhnen musste. Er durfte es auch sauber machen ... keine Handlung wurde von ihm achtlos verrichtet. Er ging auf in den weiten blauen Augen, die ihm von dem göttlichen Land berichteten, wo er gerade herkam ... Und wenn er dann abends meditierte, rief er die Bilder erneut auf und fühlte die innige Erfüllung.

Die Mutter war kein Mädchen mehr ... Ihr Kind rief in ihr eine Überlegenheit über sich selbst wach, die er noch nie zuvor bei ihr wahrgenommen hatte. Nein, sie träumte nicht mehr ... wie war in einem zarten Selbstbewusstsein erwacht. Das Verhältnis mit ihrem Mann veränderte sich dadurch ... Er hatte in sich schon geraume Zeit die Milde gefunden ... er beurteilte sie nicht mehr scharf, er urteilte überhaupt nicht mehr. Der Meister fand das schön anzusehen ... Sein Freund war so gelassen und still wie ein Kind, ja wie sein eigener Sohn ... Er nahm mit all seinen Aufmerksamkeitskräften wahr ... aber kein Urteil wurde mehr geformt als nur das, was ihn durch die Wirklichkeit gelehrt wurde. Seine Frau lebte in dieser Ruhe, aber erwachte ... Sein Wille war Hingabe geworden, der ihre kam zur Bewusstwerdung.

‚Ihr lebt in einem wunderschönen Gleichgewicht, mein Freund.', sagte er einmal. Sie liefen zusammen durch die Stadt. Es war ein frischer Frühlingsabend ... Er fühlte Besonnenheit neben sich ...

‚Wir haben uns da hingearbeitet, das weißt du wohl, mein Meister. Und auf einmal ist es dann da, wie ein großes Geschenk. Sie entwickelt eine strahlende Autorität in sich ... wer würde es wagen, so jemanden zur Ordnung zu rufen ... ich habe auch keine Gründe dazu. Ihre außergewöhnlich energische Willenskraft widersetzt sich nicht mehr gegen sich selbst ... sondern entfaltet sich ... und wird zu Liebe ... für ihr Kind, unser Kind ... für mich ... aber auch für das innerliche Leben. Ich habe tiefe Bewunderung für sie, Meister. Wer von uns ist imstande, solche tiefgehenden Veränderungen in sich selbst zu wollen und zu verwirklichen?'

Der Meister lächelte vor sich hin und sagte:

‚Du bleibst auch nicht gerade derselbe, mein Junge. Wenn ich an diesen großen, strengen Professor denke, und ich fühle dich dann jetzt neben mir ... so viel ruhige Wärme in deinem stets energischen Licht ... Keine Strenge mehr ... als nur in der Ordnung deines Denkens.'

‚Ich setze diese alte Strenge manchmal sehr bewusst ein, Meister. Nie mehr bei meiner Frau ... aber wohl bei meiner Arbeit, zum Beispiel gegenüber unserem jungen Freund, der jetzt mein Assistent ist. Der muss regelmäßig Gegenspiel haben – und das gebe ich ihm nach Herzenslust. Aber es ist anders als früher, es überkommt mich nicht mehr. Ich bin streng, wenn ich das will – und weiß dann sehr gut, wie man es auch wieder macht ...'

Der Meister grinste.

‚Sprichst du je mit seiner Frau, mein Junge?'

‚Selten ... Sie kriegt zu Hause Probleme, wenn sie zu viel Kontakt mit mir sucht. Aber einige Male begegnen wir einander ... und das sind dann besondere Gespräche.'

‚Findest du das richtig, dass sie sich so anpasst?'
Er schwieg, dachte nach.
‚Solange er in Entwicklung ist schon, ja. Sie muss so eine Begegnung erkämpfen. Vorher und hinterher. Ich kann mir vorstellen, dass man das nur so dann und wann schafft.'
‚Aber dieser Mann hat doch kein Recht dazu? Er kann ihr doch nicht verbieten, sich zu entwickeln?'
‚Es ist keine Rede von einem Verbot. Er sagt, dass er es prima findet, wenn wir Kontakt haben ... aber macht ihr das Leben sauer mit seinem scharfen Spott und seiner explosiven Art ... Wenn er daran nur etwas lernt – dann ist es gut, nicht wahr?'
‚Du denkst, dass das so ist?'
‚Ich denke das nicht allein, ich sehe es.'
‚Ich finde, dass diese Frau ziemlich viel aufbringt ... so eine weise, ruhige Frau, die sich so beherrschen lassen muss.'
‚Du, mein Meister, siehst sie wöchentlich ... ich sehe ihn täglich. Es liegt sehr viel in diesem Kerl, auch wenn er ehrgeizig und eifersüchtig ist. Er ist ein Egoist ... aber will mit derselben egoistischen Kraft ein besserer Mensch werden. Es ist wunderbar das mitzuerleben ... so ein großes Verlangen nach Vervollkommnung.'
Der Meister seufzte einmal tief. Sein Freund entwickelte ein tiefgehendes menschliches Verständnis. Das reichte weiter als das Seinige, weil es in das Gebiet vordringen konnte, wo der Mensch wirklich gut sein will ... auch wenn er es noch nicht ist. Das machte es so wohltuend, mit ihm umzugehen. Man fühlte sich verstanden in seinem tiefsten Bewusstsein, dass man *mehr* war, als man wahr machen konnte ...

Er musste wieder nach den Bergen abreisen, um Meister im Institut zu sein. Seine Freunde kamen genau wie im vorigen Jahr wieder für einige Wochen – im Sommer.
Noch ein Mal hatte er ein langes Gespräch mit seinem Freund.
Es war spät am Abend, die Freundin war schon im Bett ...
‚Wir kennen einander nun drei Jahre, mein Junge ... Ich habe das Bedürfnis, noch einmal zu resümieren, was wir nun voneinander gelernt haben ... Nun ja, das ist etwas steif ausgedrückt.'
Der Professor lachte voll heraus. Er sagte:
‚Tja ... ich habe gelernt, ein bisschen ‚du' zu sein ... Ich glaube, dass

dies wahre Liebe ist ... wenn man bereit ist, nicht nur zu lernen, sondern *zu werden*. In der Ehe wird das sogar leiblich so ... eine leibliche Befruchtung. Aber im geistigen Sinne sehe ich das auch – und erlebe es in der Freundschaft mit dir am stärksten. Ich weiß, dass ich dich liebe wegen dem, der du bist ... aber das Wissen *wirkt* auch in mir, ich werde ein anderer Mensch dadurch. Verstehst du?'

Der Meister nickte.

'Wer wirst du, mein Junge?'

'Ich bleibe ich, natürlich ... aber das Ich wird größer, voller, universeller ...'

Der Meister lächelte vor sich hin und sagte sanft:

'Das ist nicht gerade ein Weg zur Egolosigkeit, wie?'

'Ach ... wir müssen immer aufpassen, uns nicht in die Terminologie zu verstricken ... Wenn ich mich in die ursprünglichen Texte des Buddha vertiefe, meditativ vertiefe – und ich dringe bis zu deren Wesen vor ... dann erlebe ich da keine Egolosigkeit, absolut nicht. Das, was in meiner inneren Erfahrung das Wesen ist, nenne es *'Ich'*, die Individualität, die *war*, *ist* und *sein wird* ... lebt gerade sehr deutlich in diesem alten Buddhismus, auch wenn es von der Erde fortstrebt. Aber es strebt fort, indem es eine Reinigung des Ich durchmacht. Das Ego wird derart von krampfhafter Gebundenheit an die Erde gereinigt, dass es frei wird – aber durch diese intensive Arbeit wird es auch stärker, nur ist es nicht an den vorübergehenden Körper gefesselt. Und doch bleibt ein unaufgehellter Punkt ... etwas, was sich in meinem innerlichen Erleben seit Buddhas Zeit wesentlich verändert hat – wodurch die Lehre nicht mehr so sein kann wie damals ... Und wenn ich dann zur Kenntnis nehme, wie die Lehre nun verkündigt wird, dann erfahre ich, wie die Kraft heraus ist, wie diese übrigens auch aus der christlichen Lehre verschwunden ist. Buddha wird als ein 'ganz gewöhnlicher Mann' angesehen, ein Prinz, der etwas entdeckt hat, was wir alle wissen ... oder er wird vergöttlicht, etwas, was nicht zum Buddhismus passt ... Christus war 'einfach Jesus', ein Zimmermannssohn, ein Märtyrer ... ein Heiliger, seine Göttlichkeit wird bezweifelt ... Von diesen gewöhnlichen, einfachen Menschen ist eine gewöhnliche, einfache Lehre ausgegangen, so etwas hören die Menschen gern. Liebe und Mitleid, Andacht und Gewahrsein, Nächstenliebe und das Kreuz auf sich nehmen

… Das sind nicht die Veränderungen in der Lehre, nach denen unsere Zeit fragt. Ich habe mich in Buddhas Kette der Ursächlichkeit vertieft. Aus der Begierde entsteht Unwissenheit, daraus Unterscheidung, dann Bewusstsein, dann Name und Form, dann die sechs Verbindungen, daraus Berührung, dann Empfindung, dann Durst, daraus Anhaften, dann Werden und daraus dann Geburt, Altern und Tod, Schmerz, Klagen, Leid, Betrübnis und Verzweiflung. Der Weg zur Befreiung wird beim Kern angepackt: Vernichtung von aller Begierde. Dadurch wird schließlich die ganze ursächliche Kette Schritt für Schritt aufgehoben. Aber der Weg zur Vernichtung von Begierde ist auch nicht gerade *ein* Schritt, nicht wahr … der achtfache Pfad ist ein Lebensweg – und ich finde es irreführend, wenn das als eine simple Verrichtung vorgestellt wird.'

‚Das haben wir nie behauptet!'

Der Professor machte eine beruhigende Gebärde.

‚Es ist das Befreien des Ich aus den Fesseln der Leiblichkeit. Das ist ein aktiver Prozess, nicht ein Weg von Gelassenheit – das ist es, was ich mit irreführend meine. Kein gelassenes Anschauen, sondern umformen! Sonst ist das Ich wohl befreit, aber zugleich zu *Nichts* aufgelöst. Egolosigkeit, ja. Aber dann so, dass das Ich frei von dem Körper wiedergeboren wird. Das ist Christentum, Meister. Das ist die Tat Gottes … wodurch das Loskommen vom Leibe kein Sterben ist, sondern ein Auferstehen.'

Der Meister sah ihn mit zwinkernden Augen an und lachte verschmitzt.

‚Was hast du denn nun eigentlich von mir gelernt? Welches Stückchen ‚ich' ist ‚du' geworden?'

Der Professor lächelte ihm zu, es war für den Meister nicht einfach …

‚Das Wahrnehmen, mein Meister. *Gewahrsein im Wahrnehmen.* Ich bin ein Denker, das wirst du ja nun wohl wissen … Das ist meine Gabe, und die habe ich weit entwickelt. Mein großer Meister wies mich auf die Möglichkeit, mein Denken wahrzunehmen. Aber von dir lerne ich das Wahrnehmen der Welt um mich herum, das Gewahrsein darin, ohne meine Denkkraft zu verlieren … Ich denke keinen Inhalt, wenn ich wahrnehme, sondern lebe in dem Wahrnehmen und erfülle mich damit. Davon wird man empfindsam, Meister … und … auch sanftmütig. Empfindsame Aufmerksamkeit in den Augen … das bist du.'

‚Was ist Christentum?'

‚Befreiung des Ich aus dem Leibe ... und das Anbieten des befreiten Ich als Wohnplatz für Christus ... Dann gibt es keine Lehre von Liebe und Mitleid mehr, dann wohnt die Liebe im Ich.'

Der Meister war still. Er wollte ihm folgen, diesem jungen Meister – mit all seinem Herzen wollte er ihm folgen! Er fragte:

‚Und das Verlangen? Darf das da sein?'

‚Es wird zum Verlangen nach Befreiung aller Menschen. Wer würde die Erde verlassen wollen, solange es noch so viel Leid gibt? Wer?'

Wie hatte er sich verändert, dieser Professor ... Was zuerst strenge Autorität des bewussten Denkens gewesen war ... war nun zu einem kräftigen Liebesimpuls geworden, der seinen Körper aufs Neue durchdrang – als ein geistiger Herzschlag ...

Sie saßen einige Zeit beieinander, ohne etwas zu sagen. Dann sah der Professor seinen älteren Freund an und fragte, etwas verlegen:

‚Und du, mein Freund? Du hast mir doch wohl auch etwas zu sagen?'

Der Meister war gerührt von seiner kindlichen Unschuld. Ja ... er hatte auch noch etwas zu sagen.

‚Ich bin geübt im andächtigen, wachsamen Gewahrsein ... habe darin einen Meistergrad erreicht, indem ich zu einer bestimmten Realisierung gekommen bin. Aber offenbar ist ein Rest von meinem Ego geblieben ... das hat intensiv Liebe zu dir gefasst und hat sich an dich gehängt mit einer Stärke, die durch die lebenslange Enthaltsamkeit fast gefördert worden zu sein scheint ... keine Liebe zu deinem Körper, natürlich – obwohl der Körper eine mächtige Wiedergabe deines Geistes ist, mein Junge ... Liebe zu diesem hartnäckigen Einsatz von dir, zu deinem selbstlosen Selbstbewusstsein, zu dem Rätsel, dass du mir mit deinem ganzen Sein aufgibst ... Ich wünsche keine Egolosigkeit mehr, ich suche die Liebe, die mit diesem selbstlosen Selbstbewusstsein verbunden ist ... Das hat mir ziemliche Schwierigkeiten gebracht, mein geliebter Lehrer, Kopfzerbrechen, verzweifelte Gefühle, Verständnislosigkeit, Zweifel auch Missgunst. Und auch Argwohn seitens meiner ‚Glaubensgenossen'. Ich bin selbstständig, ich bin Leiter einer Bewegung. Aber es gibt noch mehr Meister ... die verstehen mich nicht mehr.'

‚Was hast du von mir gelernt?'

Der Meister dachte nach ...

‚Zuallererst den Mut, zu glauben, dass ein Mensch ohne Begierde, ohne Selbstsucht unterscheiden kann ... Dass das Denken keinen Irrtum zu bringen braucht, weil es ein reines Denken sein kann, ein reines, begierdefreies Unterscheidungsvermögen, dass das Eigeninteresse völlig draußen lässt. Ja, das reine Denken *lebt* außerhalb des Körpers ... es *ist* das befreite Ich!'

Der Professor fühlte eine tiefe Ehrfurcht vor diesem Mann, der sich als so begabt erwies, unbefangen denken zu können, was ihm immer fremd gewesen war. Er erschauderte und fragte:

‚Und was ist das Zweite?'`

‚Das Zweite ist, was auf das Mutfassen folgen kann ... Mit echtem Denken beginnen. Nach diesen langen Monaten, die ich unter deiner Leitung geübt habe, gibt es ein Fünkchen Licht ... buchstäblich ‚übersinnliches' Licht, reines leibfreies Denken. Ich verlasse meinen Leib durch das oberste Chakra, passiere Saturn ... kurz, für den Bruchteil einer Sekunde. Aber mein geübtes Gewahrsein lässt mich diesen Blitz bemerken ... und zugleich fühle ich meine Knochen ... als ob ich mit meinen Knochen statt mit meinem Gehirn denke ... Das, mein Junge, lerne ich von dir. Morgen reise ich ab in die Berge. Ich werde ein Kind sein, weg vom Vater ... und die Tage zählen, bis du kommst. Es wird geschäftig in diesem Sommer, Junge. Dein Kurs ist ganz und gar ausgebucht. Wir leben zusammen in zwei Welten, die der Stadt im Winter und die der Berge im Sommer. Wir werden das Wahrnehmen üben ... wenn du willst. Bis dahin werde ich dich vermissen ...'

Er erschrak, als er ihn wiedersah ... Der Professor war todmüde, obwohl er unterwegs viel geschlafen und, wenn er wach war, die sich verändernde Natur genossen hatte. Sein Gesicht war scharf gezeichnet, und den Augen fehlte die Klarheit.

‚Du hast zu hart gearbeitet, Junge!', sagte er später, als sie zusammen im Meditationsraum saßen, um sich auf die kommende Zusammenarbeit vorzubereiten.

‚Ich lebe in einer Welt des Wahnsinns, Meister. Das Leben ist wie ein fortwährend bewölkter Wintertag ... und wenn ich meine Meditation nicht hätte, würde ich es nicht einmal merken. Die Anforderungen stapeln sich, das Chaos nimmt mit jedem Tag zu, der Über-Organisation zum Trotz ... Wir haben in den vergangenen Wochen Besprechungen über einen zweiten Professor in meinem Fach gehabt. Alle Monopolpositionen müssen Zusammenarbeits-Beziehungen weichen ... Der eine soll sich mehr mit Management beschäftigen, der andere mit der inhaltlichen Arbeit, Patientenfürsorge, wissenschaftliche Arbeit und Unterricht. Aber eigentlich kann das nicht getrennt werden. Dennoch musste ich wählen und entschied mich für das Zweite.'

‚Aber Organisieren ist gerade deine starke Seite, du bist ein geborener Leiter!'

‚Ja ... aber ich bin vor allem Arzt – und das will ich bleiben. Außerdem hat man als Manager auch nicht die Leitung ... der Vorsitz der Kommissionen und Räte rotiert. Nein, Meister, keine Ausnahmepositionen, keine Leiter ... Ich kriege nun die Aufgabe, für die internationalen wissenschaftlichen Beziehungen Sorge zu tragen. Du weißt, wie das geht ... heute Amsterdam, morgen New York, nächste Woche Tokio. Es muss alles großartig und international sein. Man hat alles dafür getan, meinen Verbleib hier unmöglich zu machen. Sie wollten gerade in diesen Wochen zu einer Entscheidung über die Anstellung eines zweiten Professors kommen – während das akademische Jahr abgeschlossen ist. Kämpfen, Meister ... ich bin todmüde. Und inzwischen geht die Arbeit weiter. Man *kann* nicht milde sein in so einer Umgebung, dann trampeln sie dich nieder ...'

Der Meister fühlte ein intensives Mitleid mit seinem gequälten Freund.

Vorsichtig sagte er:

‚Ist es nötig, dass du deine Arbeit da fortsetzt?'
‚Ja. Ich stehe in der Welt, auch wenn diese aus Wahnsinn besteht. Ich werde weitermachen, solange wie ich mein innerliches Leben weiter pflegen kann. Wenn das in Gefahr gerät ...'
Es war jetzt schon in Gefahr, der Meister schaute die Mattheit, die eine Folge von Erschöpfung war. Aber er sagte nichts. Der Professor lächelte ihm zu und sagte:
‚Du siehst gut aus, Meister. Komm, ich werde in den kommenden Wochen zu mir selbst kommen, in diesem Paradies ...'
‚Und deine Frau und dein Sohn? Geht es ihnen gut?'
‚Sehr gut ... ich habe viel Stütze an ihr – ich sehe mit Sorge der Tatsache entgegen, dass sie im Herbst wieder arbeiten gehen muss. Dann sind wir beide überbelastet ...'
Der Meister nickte. Er würde ihnen beistehen ... aber könnte dennoch den gewaltigen Druck, den ein westliches Leben auferlegte, nicht von ihnen nehmen. Sie wollten mit ihrer innerlichen Kraft mitten in dieser Welt stehen ...

Das Baby war ordentlich gewachsen. Er konnte nach Herzenslust lachen, aber ebenso leidenschaftlich ein Geschrei beginnen, wenn ihm etwas nicht gefiel ... Der Meister hatte sich nach ihm gesehnt ... und war gerührt, als das Kindchen sich seinen Armen hingab, ohne jeden Widerstand.
Und die Mutter ... war in einem besonders guten Zustand. Ihre Lebendigkeit hatte durch die entwickelte Besonnenheit Farbe bekommen. In ihrer so rührenden Hingabe glühte ein Kern aufmerksamer Andacht. Er fühlte Stolz, dass er solche Menschen um sich hatte ...

Auch der junge Arzt und seine Frau waren wieder anwesend. Sie nahmen wie gewöhnlich die warme Mahlzeit zusammen auf der Terrasse der Wohnung des Meisters ein. Er sah, wie auch diese zwei in Entwicklung waren ...
Der Junge zeigte ausgelassen seine Freundschaft mit dem Professor, der darauf ruhig einging – während er zugleich deutlich zeigte, dass er gern mit dieser wunderbaren Frau sprach. Dann zeigte der Junge ebenso unumwunden seine Missgunst ... Der Meister fand diese Ehrlichkeit sympathisch, auch wenn es manchmal etwas schmerzlich war.

Außerdem warf der junge Arzt bewundernde Blicke auf das Mädchen, für das er noch immer zarte Gefühle hegte.

Der Meister saß dabei und schaute das alles, ohne wirklich Anteil daran zu haben. In solchen Momenten war er ein Fremdling, mit einem vollkommen anderen Hintergrund.

Seine allerliebste Freundin besuchte ihn in seinem Sprechzimmer, wie früher. Er nahm sie tief in sich auf ... sah, wie sie hereinkam, sich auf seine Einladung hin setzte und abwartete.

‚Du hast dich verändert, mein Kind.', sagte er ernst.

‚Ja.' Sie sah ihn an und sagte: ‚Ich habe gefunden, was man ‚Wille' nennt, Meister. Und danach auch die ‚Scheinheiligkeit'. Ich habe immer tun wollen, was ich wollte ... und wenn mir jemand in die Quere kam, dann widersetzte ich mich. Dieser Widerstand wurde niedergeschlagen, Sie wissen das ... aber an meinen Mann habe ich mich angepasst, weil ich seine Gerechtigkeit hinnahm – bis ich die ‚Scheinheiligkeit' darin entdeckte, Meister ... Ich entdeckte, dass ich ihm mit meinem Denken folgte, aber dass mein Wille in Widerstand blieb ... Ich muss *selbst* wollen, nicht seinem Willen folgen ... Nun suche ich die Einheit ... in mir selbst. Und es gelingt ... Verstehen Sie?'

Der Meister nickte. Er verstand nicht nur. Er sah.

‚Du hast einen Sieg errungen, mein Kind. Wisse, dass neue Prüfungen kommen werden, schwere Prüfungen.'

‚Warum sagen Sie das, Meister?'

‚Nicht, um dich zu entmutigen – sondern um dich zu warnen. Der Rausch der Überwindung ist gefährlich, man verliert seine Wachsamkeit ... Das Leben ist ein Kampf ... der erst mit dem Tod sein Ende findet. Sei wachsam. Gib sehr gut auf deinen Mann acht, denn er wird am schwersten geprüft.'

‚Aber ... darf man dann nie fröhlich sein, froh mit dem Leben? Gibt es nur Ernst?'

Der Meister stand lachend auf. Er legte seine Hand auf ihren Kopf.

‚Das wollte ich doch nicht sagen ... deine Fröhlichkeit ist eine Gnade, Kind! Du kannst fröhlich sein und doch wachsam, nicht wahr?'

Sie sah zu ihm auf und fühlte sein großes Vermögen zum Mitleid ... er kannte das Leben so gut! Sie fühlte Tränen in ihren Augen, in ihrem Herzen. Sie fragte:

‚Was sehen Sie denn voraus, Meister?'

Er schüttelte seinen Kopf und streichelte kurz ihre Wange.

‚Kind ... was dein Mann vertritt ... das wird in dieser Welt nicht gewollt. Nicht im Osten, nicht im Westen – aus verschiedenen Gründen. Man wird es ihm schwer machen ... ihn zu isolieren versuchen. Pass gut auf, dass er seine Kräfte schont ... pass gut auf ihn auf!'

Sie nickte, sie erkannte die Wahrheit in seinen Worten. Sie sagte:

‚Aber wir sind doch da, Meister? Sie sind da, und ich ... und unsere Freunde.'

Der Meister schwieg. Er hatte genug gesagt. Es war schlimm, dass er sie betrübt gemacht hatte. Sie saß mit gebeugtem Kopf auf ihrem Stuhl, die Hände in ihrem Schoß gefaltet. Eine Königin ...

Er setzte sich wieder und sprach zu ihr:

‚Betrachte meine Worte als ein Zeichen von Anerkennung, Kind. Ich ziehe dich ins Vertrauen ... weil du stark bist. Es gibt niemanden, mit dem ich meine Sorge teilen kann ...'

Sie sah auf. Er sah, wie sie ihren Willen bündelte und einen Entschluss fasste. Sie sagte:

‚Gut, Meister. Ich werde ihn beschützen.'

Seine Mathematiklehrerin kam auch in die Sprechstunde. Hier in den Bergen kehrte sich alles um ...

‚Ich wollte Sie noch einmal als Meister sprechen ...', sagte sie.

Jetzt, wo sie ihm so gegenüber saß, sah er, wie sehr sie sich in einem Jahr verändert hatte. Sie war von einer in sich gekehrten, verlegenen, einsamen Frau zu einer schönen Frau von Welt geworden ... Sie trug Kleider, die ihre Figur erscheinen ließen, ihre Haut war lichtgebräunt und ihre grünen Augen strahlten vor Energie.

‚Du siehst glücklich aus, Kind', sagte er.

Sie schenkte ihm ihr Lachen und antwortete:

‚Es ist hier auch herrlich, Meister. Wir genießen die Natur, aber vor allem die täglichen Begegnungen mit den beiden Meistern ... und mein Mann ist entspannt und sanftmütig ... Ich will Ihnen etwas sagen, Meister ...'

Er machte eine einladende Gebärde.

‚Ich bin schwanger ...'

Der Meister war gerührt. In dieser Gemütsbewegung fühlte er das Sein ... Seine Entwicklung macht es ihm möglich, in dem immerwährenden Werden einen Kern von Sein zu spüren. Vergänglichkeit ... aber *in* dieser Vergänglichkeit lebte etwas Bleibendes ... Er kam wieder zu sich und sah sie an. Ein konventioneller Glückwunsch schien unpassend ... Er sagte sanft:

‚Was ist schöner, als wenn zwei Gegenpole sich vereinigen und eine neue Existenz hervorbringen? Was sagt dein Mann dazu?'

‚Er sagt nicht viel ... aber ich fühle seine Rührung, seine Sorge. Er wird davon sanft ... Aber ich wollte Sie fragen ...' Sie sah auf. ‚Wie werde ich je von meinem abstrakten Denken befreit? Ich erfahre das Verstehen als eine große Gnade ... aber es hält mich auch gefangen. Durch mein innerliches Streben wird es stärker und stärker, ja tastbar ... aber ich vermisse die Erfüllung, das religiöse Erleben ... es ist ein strenges und kühles Element ...'

Der Meister nickte.

‚Warum wendest du dich nicht an meinen Freund, Kind? Er geht denselben Weg wie du, aber ist dir weit voraus ... Er kennt den Weg viel besser als ich ...'

Sie errötete.

‚Ich wage das nicht recht. Er ist ebenso streng wie mein Denken, verstehen Sie? Sie sind viel zugänglicher, ich kenne Sie auch viel besser ...'

‚Wenn du an einem Übel leidest, Kind, dann suche um dich herum, bis du dasselbe Übel findest, dann aber in einer reinen heilkräftigen Form. Das ist das Wesen spiritueller Medizin. Du klagst über die Strenge deines Denkens ... wende dich an ihn, der eine Verkörperung davon ist. Du tust ihm außerdem einen großen Gefallen damit ...'

Ihre Röte wurde tiefer.

‚Wieso?'

‚Ein Mann von seiner Entwicklung steht allein, Kind. Das darf nicht so sein. Nähere dich ihm ...'

Sie beugte den Kopf und sagte leise:

‚Mein Mann kann das nicht leiden ...'

Er stand auf und legte eine Hand auf ihre Schulter. Sie sah auf.

‚Kind ... widerstehe ihm, in Liebe.'

Sie schwieg ...

Abends auf der Terrasse wendete sie sich plötzlich an den Professor und sagte vor voller Gesellschaft:

‚Ich würde gerne noch einmal mit dir über Meditation sprechen. Ich komme nicht vorwärts ...'

Es war ein Blitzeinschlag ... der Meister sah, wie das notwendige Form fasste. Die Augen des Professors leuchteten auf, während er sagte:

‚Du weißt, das ich gerne mit dir spreche ... komm morgen um elf Uhr auf mein Zimmer.'

Der Junge schwieg, während er seine Frau ansah. Es war ein hervorragender Zug von ihr gewesen ... er konnte nichts anfangen. Er sah schließlich ihr Verlangen ... er sah auch, wie der Professor dieses Verlangen beantwortete. Dagegen konnte ein vernünftig denkender Mensch nichts haben ... also hatte er nichts dagegen ... auch wenn sich seine Gefühle widersetzten. Er beherrschte sich ... er würde schweigen ... und sie gewähren lassen. Er schaute nach dem allerliebsten Mädchen des Professors. Wie war das für sie? Sein Gemüt floss über ... ihre großen blauen Augen strahlten ihm voller Verständnis entgegen. Mit ihrem feinfühligen Gemüt fühlte sie seine Emotionen ... und verurteilte ihn nicht. Nein ... sie hatte diese Gefühle von Missgunst nicht, sie kannte die Liebe schließlich ... Er schämte sich ein bisschen vor ihr ... und vor diesem alles durchschauenden Blick des Meisters ...

So klopfte sie am folgenden Tag um elf Uhr an die Tür des jungen Meisters. In einer Sekunde schwang die Tür auf, und da stand er, lang und streng ... dennoch freundlich. Seine Freundlichkeit zeigte sich in den feinen Lachfältchen um seine Augen.

‚Ich habe diese Stunde herbeigesehnt', sagte er und bot ihr einen Stuhl an. Sie hatte das Gefühl, außerhalb von sich zu stehen, sich durch seine Augen anzuschauen ... so bewusst fühlte sie seine Meisterschaft.

Er versuchte, sie zu beruhigen, aber das gelang überhaupt nicht. Sie fühlte seine Überlegenheit wie etwas Tastbares – auch wenn er seine Kraft überhaupt nicht gebrauchte ...

Sie hatte im letzten Jahr seine Frau sehr gut kennen gelernt. Mit ihr hatte sie eine innige Freundschaft geschlossen. Sie wunderte sich über die Kraft dieses Mädchens, das fünf Jahre jünger war als sie. Sie lebte neben diesem Mann ... Zögernd begann sie zu sprechen.

‚Ich bin mit einer Frage zum Meister gegangen, aber er verwies mich zu dir ... Ich ... fragte ihn, wie ich je aus dem Gefängnis meines abstrakten Denkens befreit werden könnte ... Ich dachte, er sitzt nicht in diesem Gefängnis ... Aber er wollte nicht darauf eingehen und schickte mich zu dir.'

Der Professor lächelte und sagte:

‚Das klingt, als ob es eine Strafe ist!'

‚Nein, nein!', sagte sie schnell. ‚Ich will sehr gern ...'

Offenbar war etwas in ihm, so dachte er, dass es schwierig machte, sich ihm zu nähern. Ein Jammer war das ... schmerzlich auch. Er fühlte nur allzu gut, wie gespannt sie war, und begann, selbst auch darunter zu leiden. Die Spannung fühlend, begann er, etwas von ihrer Gefangenschaft zu spüren und zu verstehen. Er sagte:

‚Gefangene des abstrakten Denkens ... bist du durch Angst.'

‚Angst? Ich bin mir nicht bewusst, dass ich Angst habe. Sicher nicht, wenn ich meditiere.'

Er fühlte sehr intensiv ihren innerlichen Zustand. Er schaute diesen nicht wie der Meister ... aber verstand dennoch, wo das Problem lag. Er sagte langsam, jedes Wort erwägend:

‚Nein ... in der Meditation wirst du das nicht gewahr werden ... du kannst sehr gut rein denken und du kannst darin auch leben. Dennoch bleibt diese Welt abstrakt ...'

‚Nicht wirklich ... sie wird durchaus tastbar, sehr real ... aber dabei bleibt es, schon jahrelang. Denken ... nicht mehr und nicht weniger. Haben Sie das nicht?'

Sie vergaß, dass sie ihn schon lange duzte.

Er wunderte sich über diesen merkwürdigen Gegensatz in ihr. Sie war so geübt im wissenschaftlichen Denken, auch so sicher darin. Und doch fühlte er, wie ein Ozean von Angst sie von der Wirklichkeit schied. Diese Angst hielt sie gefangen in dem sicheren Gebiet des Denkens ... Sie hatte auch Angst vor ihm ... wovor? Er sagte:

‚Nein. Ich habe das nicht.' Angst vor der Welt war das ... Angst vor dem Sein ... Angst vor dem Vater ... seine eigene Frau hatte das nicht, sie kannte den Mut – manchmal auch Übermut ... Was konnte man tun? Stolz war sie wohl, diese Frau. Sie würde nicht leicht das Haupt beugen. Hing das vielleicht miteinander zusammen? War es Angst vor Erniedrigung? Hatte sie darum Angst vor ihm ... weil er geradeheraus war? Sie tat ihm leid ... Er fragte:

‚Weist du den Gedanken, dass es Angst ist, ab?'

Ihre grünen Augen sahen ihn direkt an.
,Nein.', sagte sie kurz. ,Es kann sehr gut Angst sein.'
,Würdest du darüber dann einmal nachdenken wollen? Dich darauf besinnen? Ich werde das auch tun ... dann sprechen wir in ein paar Tagen weiter.'
Sie war enttäuscht, dass sie warten musste, sie war es nicht gewohnt, etwas einfach so hinzunehmen. Aber sein Vorschlag war vernünftig ... Sie fühlte etwas in sich selbst, was ihr fremd war ... saß sie hier wirklich einem hoch entwickelten Menschen gegenüber? Jemandem, der viel weiter war als sie? War sie denn hochmütig? Fühlte sie zum ersten Mal aufrichtige Ehrfurcht für das Wesen eines anderen ... Ohne dass der Respekt auf Angst basierte? Sie schlug ihre Augen nieder ... und beugte dann leicht ihren Kopf. Nein ... nicht vor ihm ... sondern vor der Wirkung des Momentes ... Kurz war sie draußen ... befreit aus ihrem Gefängnis. Einen Augenblick später saß sie wieder darin und fühlte die Einschließung stärker als je. Sie sah auf und sagte:
,Ich werde daran arbeiten. Wann kann ich zurückkommen?'
,In drei Tagen ...'

Sie ging zurück zu ihrem Zimmer, wo ihr Mann auf sie wartete.
,Und?', fragte er interessiert.
Sie setzte sich und wunderte sich über seine Ruhe.
,Ja ... es war gut.' Sie schwieg eine Weile. ,Findest du mich ängstlich?'
Er lachte breit, lehnte sich nach hinten und winkte ihr mit seinem Finger. Sie kannte ihn durch und durch und beantwortete seinen Wink, indem sie sich auf sein Knie setzte und ihre Arme um seinen Hals schlang.
,Nun?', sagte sie. ,Sag einmal, bin ich eine ängstliche Person?'
,In meinen Armen nicht, liebes Frauchen. Ja, ich finde dich ängstlich ... bange vor der wüsten Gewalt der Welt ... der Männer vielleicht sogar. Du bist so mutig in deinem mathematischen Hirn, so unermüdlich rational ... aber die Welt ist nicht rational ... davor hast du Angst.'
Sie gab sich seiner Wärme hin. Er bot ihr Sicherheit ... auch wenn sie oft mit ihm kämpfen musste. Vor diesem Kämpfen hatte sie keine Angst, weil er vor rationalen Argumenten immer nachgab. Dennoch stimmte es nicht ... sie hatte auch Angst vor dem Professor ... der war trotzdem wirklich rational ...

‚Ich habe auch Angst vor deinem Freund ... schlimme Angst sogar. Was ist das dann?'

Er schwieg, streichelte sanft ihren Rücken, wie um sie zu stärken.

‚Das, liebes Frauchen, kommt durch seinen Willen. Ich habe ihn darum gehasst ... Dieser Wille ist so stark und dennoch so ruhig ... so durchtränkt mit Gerechtigkeit ... da ist kein Entkommen.'

‚Wie ist dieser Hass denn vorübergegangen?'

‚Dadurch, dass er mir in meiner tiefsten Schwäche die Hand reichte, um aufzustehen ... und mich mich selbst fühlen ließ ... wie ich sein könnte, wenn ich so einen Willen hätte wie er ...'

Sie richtete sich auf und sah in seine schwarzen Augen. Sie sagte:

‚Wie kannst du mich doch erstaunen ... durch deine Einsicht. Du kennst ihn gut, wie? Und du liebst ihn ...'

Er nickte und grinste:

‚Und ich beneide ihn! Aber du musst verdammt nochmal doch keine Angst haben! Du hast so eine große Qualität im Denken ... geh mit offenem Visier auf ihn los, Kind. Er tut dir nichts ...'

Sie streichelte sein Gesicht ... und sagte gerührt:

‚Ich bin dir dankbar, Junge ... dass du so lieb zu mir bist, dass du deine eigenen Gefühle beiseite stellst ...'

Sie sprach auch noch mit ihrer Freundin. Sie spazierten mittags oft zusammen mit dem Baby durch den Park.

‚Ich habe ein Gespräch mit deinem Mann gehabt ...', begann sie vorsichtig. Sie wusste nicht, worauf sie eigentlich hinaus wollte. Das Mädchen neben ihr blieb stehen. Sie war so empfindsam ... sie merkte direkt, was unter diesen Worten lebte.

‚Du fühlst eine Schwelle, um dich ihm zu nähern?'

‚Ja ... ich will das nicht haben, aber es ist da. Ich glaube, dass ich Angst vor seinem Urteil über mich habe.'

‚Er urteilt nicht', sagte das Mädchen entschlossen.

‚Vielleicht nicht. Aber er nimmt wohl unerbittlich wahr ...'

‚Das ist so. Aber mir tut das gerade gut, weißt du. Indem sein großer Geist sich mit einem beschäftigt, kommt man in Ordnung. Ich finde das eine Wohltat ...'

Nein ... sie fand das überhaupt keine Wohltat, sie fand, dass man selbst diese Ordnung zuwege bringen musste. Ihr Selbstbewusstsein revoltierte ... Stolz?

Sie sagte: ‚Ich will dir bekennen, dass ich davor Angst habe. Ich will es selbst tun.'

‚Er tut nichts. Er schaut nur ... das kannst du einem Menschen doch nicht verbieten?'

Sie seufzte.

‚Wie machst du das denn? Du lebst neben ihm, er sieht dich fortwährend an ... Was machst du dann selbst noch?'

‚Alles.' Sie legte ihre Hand auf den Oberarm ihrer Freundin und sagte: ‚Ich weiß sehr gut, was du meinst ... wenn jemand das weiß, dann bin ich das doch? Ich kenne diese Angst auch ... er beurteilt mich außerdem wohl. Seine Gerechtigkeit wirkt als Strenge ... Man kann damit nur leben, wenn man ihm vertraut. Dann macht es einem nichts aus, was mit einem geschieht, denn es ist gut. Man muss dann trotzdem noch alles selbst tun, man muss die geweckte Selbsterkenntnis weiter aufrechterhalten und ausbauen. Er ist ein Meister ... und wird das immer mehr. Aber er lässt einen unversehrt, darauf kann man völlig vertrauen.'

Nach drei Tagen suchte sie den jungen Meister erneut auf. Wieder öffnete er die Tür und imponierte mit seiner Erscheinung. Aber sie hatte sich die Worte ihrer zwei besten Freunde eingeprägt ... Sie trat ihm mutig entgegen, aber zugleich voller Vertrauen in die Wirkung, die von ihm ausging. Sie ließ seine Kraft durch sich hindurch gehen und fühlte die Reinigung ... Es war einfach ... man brauchte sich selbst nur zuzugeben, dass man diese Reinigung nötig hatte ... ‚Wille' hatte ihr Mann dies genannt, ‚rechtschaffende Strenge' waren die Worte seiner Frau ... Sie selbst neigte dazu, dies Liebe zu nennen. Er blieb stehen, und sein klarer Blick richtete sich auf sie. Sie sah ihn direkt an und fühlte erschaudernd sein Wesen.

‚Setz dich.' Seine Stimme war voll Wärme ... auch das musste man zulassen. Sie setzte sich und fühlte den Streit zwischen ihrer Verlegenheit und ihrem Vorhaben zu Mut und Vertrauen.

Er sah sie ruhig an. Sie war anders, jetzt. Weiblicher, aber auch stärker.

‚Hast du die Angst untersucht?'

Sie nickte.

‚Es ist schwer, etwas in den Blick zu bekommen, was so mit einem verwoben ist. Aber du hast wohl Recht ... Nur kann ich damit wenig anfangen, ich komme damit nicht weiter. Ich glaube, dass die Angst mich gefangen hält. Aber ich weiß nicht, wie ich diese Ketten zerbrechen soll ...'

‚Du wirst deine Meditation anders einrichten müssen, um dein Denken an das Lebensgebiet zu gewöhnen ... das sich dir nur in Bildern offenbaren will. Ich werde dir ein Beispiel eines solchen Bildes geben. Du darfst dann nicht die Bedeutung der Worte nehmen, sondern mit deinem Geist das Bild anschaulich denken. Ich gebe dir ein Beispiel aus der Bhagavad Gita – und du hast natürlich richtig gefühlt: hierfür müsste man eigentlich bei unserem Meister sein! Aber er findet schließlich, dass ich das tun soll ...'

Ihr Lachen lud ihn ein, ihr das Bild zu geben. Er sagte:

‚Für ihn, der die höchste Weisheit fand,
hat die Schrift ebensoviel Nutzen,
wie es der Brunnen hat,
wenn das Land im ganzen Umkreis überschwemmt ist.

Eigentlich ist es umgekehrt, das ist noch besser: du stellst dir zuerst ein überschwemmtes Land vor, inmitten davon einen Brunnen. Das ist das Bild. Der Sinn in diesem Bild wird in den anderen Zeilen gegeben, wo der Brunnen mit dem geschriebenen Wort verglichen wird und das überschwemmte Land mit dem, der die höchste Weisheit fand.'

‚Ich muss dann nicht die Worte denken, sondern nur das Bild?'

Der junge Meister nickte. Dieses Bild würde ihre Erstarrung in Auflösung bringen ...

Sie erschauderte ... und fragte:

‚Was nun weiter?'

‚Wenn du willst, kannst du in einer Woche wiederkommen. Dann können wir noch einmal weitersprechen.'

Sie wollte überhaupt nicht weg ... es war herrlich, in seiner Nähe zu sein! Aber sie stand auf und gab ihm die Hand.

‚Ich weiß nichts mehr zu sagen', sagte sie mit einem Lachen.

Der Professor aß täglich mit seiner Frau in einem Lokal in dem tiefer gelegenen Dorf zu Mittag. Er kam damit ihrem Bedürfnis entgegen, ihn für sich allein zu haben ... Die Haushälterin des Meisters passte gern auf das Baby auf ... Sie spazierten durch Felder und Wälder hinab und genossen das Zusammensein in der Natur. Dann war er kein Professor und auch kein Meister ... dann war er ein noch junger Mann, der in sein Mädchen verliebt war. Und das Mädchen seufzte vor Glück in seinen kräftigen Armen.

Nach dem Essen kletterten sie wieder empor. Dann brachte er sie zu ihrem Zimmer, wo sie das Baby versorgte. Er blieb bei ihr, bis das Kindchen in seinem Bett lag ... dann ging auch die Mutter ein Stündchen ruhen.

Sein Mittag mit dem Meister begann ...

Der Meister war auf dem Laufenden in Bezug auf die Fortschritte der meisten Schüler. Er war stolz auf seine spirituelle Schule, die immer mehr eine westliche spirituelle Schule wurde. Er isolierte sich dadurch, schloss sich selbst aus aus dem Verband der östlichen Schulen im Westen. Er fand auch keinen Anschluss an bestehende westliche Institute. Aber er wusste, dass es gut war ...

Sie wanderten zusammen oder verbrachten die Zeit im Meditationsraum.

Sie widmeten sich dem reinen Wahrnehmen.

‚Wenn du nun an jenen Sommer zurückdenkst, vor drei Jahren, als du meinen Unterricht empfingst ... hast du dann jetzt eine Antwort auf deine Frage: welche Metamorphose macht mein Ich durch während des Fluges über den Abgrund? Ist mein Weg mit dem deinigen zu vereinigen, mein Junge?'

Sie saßen auf dem vertrauten Felsblock am Bergpfad. Manchmal kam ein Wanderer vorbei ... stets grüßte dieser sie mit Respekt. Es war irgendwie klar, dass da zwei Meister saßen.

Der junge Meister dachte lange nach. Dann nickte er.

‚Ja ... das heißt, von dir lernte ich die nicht-denkende Andacht. Das wahrnehmende Gewahrsein. Du lehrtest mich das sowohl im Sehen, als auch im Hören ... Wir meditierten Mantrams, die für mich keinen Begriff darstellten. Ich lernte, nach dem reinen Klang und Rhythmus zu lauschen, lernte von dem Begriff abzusehen. Und ich lernte, in der Natur zu sehen, ohne Begriffe zu formen ... Reines Leben in Farbe und Form ... ich fühlte mich losgelöst von meinem Körper und frei werden in Glückseligkeit. Aber der Preis war der Verlust des Ich ... weil ich das

Verstehen verlor. Du übernahmst als Meister die Funktion meines Ich ... das war für mich schließlich unannehmbar. Dann begegnete ich ein Jahr später dem Meister in der Klosterkapelle.

Er wies mich auf meine Aufgabe, das begreifende Denken stärker zu machen, es geschmeidig und biegsam zu machen ... und das Wahrnehmen, das Gewahrsein, dann auf die geschmeidige innerliche Kraft zu richten. Ich löste mich erneut von meinem Körper ... aber nun vollkommen unter Erhalt meines Selbstbewusstseins. Ich lernte, bewusst außerhalb meines Leibes zu leben, in einem übersinnlichen, Kraft gewordenen Denken. Und ich fühlte, wie in diesem Element mein Verlangen, ein guter Mensch zu sein, gleichsam eine reale Substanz wurde ... Was zuvor halb bewusst in meinen Taten lebte, wurde ich mir bewusst als eine Welt moralischer Impulse. Ich würde keinen einzigen Sinn in einem Entwicklungsweg sehen, wenn dieser nicht zu Moralität führte ... zu Liebe füreinander, für die ganze Schöpfung. Aber wie nun eine Verbindung mit der Natur finden? Ich habe dich oft danach gefragt, und du gabst mir wertvolle Anweisungen. Ich lernte, mit meinem Ich vollkommen bewusst im Denk-Element zu verbleiben ... es gleichsam außerhalb meines Leibes zu halten ... und inzwischen Bilder und Klänge über die Sinne aufzunehmen, die vollkommen vorstellungsfrei sind. Dann komme ich erneut ego-los in die Welt der Wahrnehmung ... aber ich weiß mein Ich aktiv webend im reinen Denken – das draußen bleibt.

Das, mein geliebter Meister, ist die Vereinigung deines Weges mit dem meinen. Ich musste erst eine *Wohnung für mein Ich* bauen, *außerhalb meines Leibes*, bevor ich mich der gedankenfreien Wahrnehmung hingeben konnte. Ich bin nun frei, dir zu folgen.'

Der Professor fühlte den Meister wie ein Bündel Wärme neben sich. Er war, als ob er sich an glühender Liebe wärmte ... Wiederum musste er an ein Bild aus der Bhagavad Gita denken: ‚Wie das Reisig durch das Feuer zu Asche wird ... so verzehrt das Feuer des Wissens jede Tat ...' Er saß neben der Verkörperung dieses Bildes – und er liebte ihn mit allem, was er war!

Der Meister kam in Bewegung. Er wandte sich zu seinem Freund, sah ihn mit sanften Augen an und sagte:

‚Mein Junge ... die vollkommene durchsichtige Klarheit, die ich in der Mathematik kennen lerne ... lebt in dem Weg, den du wandelst.

Ich fühle unbändige Freude und Bewunderung für dich, für das, was du mir soeben anvertraut hast. Und ich bin stolz darauf, dass ich dich etwas lehren darf!'

Der Professor nahm das Lob auf und fragte:

‚Dann, Meister, lehre mich!'

Der Meister sah zu ihm, sah sein leidenschaftliches Verlangen zu lernen ... immer wieder weiter, wie ein Kind ... Er fragte:

‚Wie machst du das? Wie nimmst du gedankenfrei wahr?'

‚Wie ich dir schon sagte ... ich wecke erst die Kraft meines reinen Denkens, die Wohnung meines Ich. Dann gehe ich aus dieser Wohnung hinaus, ich gehe nach draußen, während mein ‚Ich' in der Wohnung bleibt.'

‚Du spaltest dich in zwei?'

‚Nein ... Ich muss für denjenigen, der das Haus verlässt, wohl das Wort ‚Ich' benutzen, aber eigentlich ist das nicht richtig, denn *das Ich bleibt im reinen Denken*. Nein, es ist selbstlose Hingabe an die Welt, wie ich sie von dir lernte, unter völliger Zurücklassung des Ich.'

‚Sind Wahrnehmer und das Wahrgenommene ein und dasselbe?'

‚Ja. Aber in einem aktiven Prozess. Es ist nicht so, dass ich mein Selbst verlasse und mich außerhalb des Leibes ego-los im All verliere. Es ist gerade so, dass ich die Wahrnehmung aktiv hineinleite in den Wahrnehmer. Dieser Wahrnehmer ist mein Körper mit den Sinnesorganen ... nicht das denkende Ich.'

‚Mein Junge ... ich fühle, was du meinst, aber ich verstehe nichts davon. Wie könnte so ein Dummkopf dein Meister sein?'

Der junge Meister wurde betrübt. Er wiederholte seine leidenschaftliche Frage:

‚Meister ... lehre mich!'

‚Was, mein Junge. Was kann ich dich jetzt lehren?'

‚Du bist ein Meister im gedankenfreien Wahrnehmen. Lehre mich, mich darin zu bewegen wie ein Fisch im Wasser ... und vergiss doch, dass wir einander begegnen, aus entgegengesetzten Richtungen kommend.'

Der Meister beugte den Kopf und sagte leise:

‚Es ist noch immer Missgunst, mein Junge. Missgunst und Angst vor der Verantwortung, die ein Mensch auf sich nimmt, der so bewusst sein will wie du ... Vergib mir meine Schwäche ... Sieh nach der Luft, Junge, nach den Wolken, nach den Bäumen. Sieh, wie sie bewegt werden durch den Wind. Alles ist im Werden, mein Freund. Nichts bleibt bestehen ...' Er sah nachdenklich auf zu seinem jungen Freund und fügte hinzu: ‚Nichts ... außer der Geist, der, entflammt in einer Kontinuität von Bewusstsein, stets das Werden begleitet ... Als ein *basso continuo* ... als eine immer anwesende Stimme und Gewissen ... Liebe diese Kraft in deinem Denken ... aber schweife freiheraus in die Luft, in das Blau, in die Wolken, das Weiß, das Rosa, das Grau ... Denke nie: das ist eine Wolke, das ist Rosa, das ist Weiß ... sondern forme Bilder, die die Wahrnehmung übersehen ... lass das Rosa zu Klang werden und den Klang des Windes zu Farbe ... fliege mit auf dem Flügelschlag des Vogels ...'

Der junge Meister setzte fort:

‚Und durchdringe dein ganzes Menschsein mit dem, was du dann erlebst ... so intensiv, so kräftig wie du nur kannst.'

Der alte Meister schwieg. Nein ... da konnte er ihm nicht folgen. Er verlor sich als Wahrnehmer in der Wahrnehmung, wurde eins damit. Der junge Meister führte diese Einheit zurück in ... seinen Körper? Er fragte:

‚Was geschieht dann, mein Junge?'

Der junge Meister beugte sich vornüber, stützte den Kopf in die Hände. Er sagte leise:

‚Dann ... mein Meister ... antwortet mein Leib ... unerträglich scharf ... Willst du die Welt kennen lernen ... dann erkenne den Menschen! In dem Leib liegt die ganze Welt beschlossen ... Ich fühle mein Arzt-Sein ... erst jetzt richtig.' Er verbarg das Gesicht in seinen Händen, die langsam nass von Tränen wurden ...

Der alte Meister saß atemlos und bewegungslos dabei ...

Als sie zum Chalet zurückkamen, sahen sie, wie die junge Frau auf dem Balkon nach ihnen ausschaute.

Der Professor legte seine Hand auf den Arm seines Freundes und sagte:

‚Ich gehe zu ihr. Danke für deinen ... Unterricht.'

Er eilte nach oben. Sie kam ihm entgegen ... Er sah sie wie nie zuvor. Jedes Mal war ihre Begegnung neu ... nun sah er ihre zarte Gestalt mit den schönen weiblichen Formen, ihrem stolz erhobenen Kopf, in Sehnsucht nach ihm aufsehend. Er legte seine sanfte Hand um ihr feines Gesicht und küsste sie.

‚Komm ...', sagte er, ‚dann gehen wir an die Arbeit.'

Jeden Mittag arbeiteten sie eine Stunde zusammen an ihrem Weg. Während unten das Essen bereitet wurde und das Baby da von der Haushälterin versorgt und gefüttert wurde, erzählte er ihr, was ihn beschäftigte. Sie hörte dann mit ihrem ganzen Wesen zu, es gab niemanden, der das so gut konnte. Sie war vollkommen frei von Missgunst und dadurch imstande, ihn unbefangen in sich zuzulassen. Sie fühlte ihn dann bis in ihre Adern ... lernte ihn in diesen Stunden durch und durch kennen, aber kam dadurch auch selbst in Entwicklung. Danach besprachen sie ihre Meditation. Er führte sie auf den Weg des exakten, selbstbewussten Denkens. Das fiel ihr, geneigt wie sie zu einem assoziativ dahinhuschenden Gedankenleben war, besonders schwer. Aber ohne Scham zeigte sie ihm ihre Unvollkommenheiten, und er fühlte Ehrfurcht vor ihrer Aufrichtigkeit. Sie war außergewöhnlich intelligent, aber ihre Intelligenz war wie eine Naturerscheinung, launisch und unvorhersehbar. Er lehrte sie, Meisterin in ihrem Talent zu werden, und er tat das mit zarter Hand ... Wenn er so mit ihr arbeitete, dann fühlte er, wie er es mit einem begnadeten Kind zu tun hatte ... das danach verlangte, erwachsen zu werden. Dann fühlte er wehmütige Reue über seine frühere Strenge ... aber wenn *sie* ihm vergeben hatte, durfte es ihm selbst nicht schwer fallen. In diesen Stunden war es fast undenkbar, dass sie auch Mann und Frau waren, Vater und Mutter ... und erst wenn sie die Treppe hinabgingen, um unten das Abendessen einzunehmen, war sie wieder sein Mädchen, seine Frau. Dann bekräftigte er das, indem er sie kurz wie ein Mann fest packte und ihr noch rasch einen Kuss gab ... Dann errötete sie vor Verliebtheit ... und wusste, dass nie etwas zwischen ihnen stehen würde – auf keinem einzigen Gebiet.

Der Meister begegnete vielen neuen Menschen, die zu seiner Schule gekommen waren, um den jungen Meister sprechen zu hören. Es wehte ein frischer Wind im Institut ...

Jeder Schüler besuchte mindestens einmal den Meister. So sah er täglich Menschen, die für ihn nicht gekommen wären, und er entdeckte erneut, dass er den Westen noch lange nicht kannte.

Einmal kam in seine Sprechstunde eine Frau. Sie war vermutlich um die Vierzig, hatte einen entschlossenen Schritt und forschende braune Augen. Sie trug das blonde Haar aufgesteckt, was ihr resolutes Äußeres noch verstärkte. Sie schien nicht unter der üblichen Scham zu leiden.

Gegen seine Gewohnheit stand er auf und gab ihr die Hand. Er fühlte einen kräftigen, fast männlichen Händedruck ...

Zuerst wechselten sie die üblichen Worte. Dann fragte er sie:

‚Meine Dame, was hat Sie zu diesem Institut geführt?'

Sie hatte etwas Empörtes in ihrem Blick ... ihre Augen machten es ihm schwer, sie zu durchschauen, sie wehrte ihn ab ... Sie sagte:

‚Ich bin ein Einwohner dieses Landes, in dem Sie Gast sind. Ich bin hier geboren und aufgewachsen. Nun ja ... ich bekam ein Faltblatt in die Hände, in dem ein Kurs erwähnt war, den dieser Herr gibt. Der Inhalt sprach mich direkt an, weil ich Übereinstimmung sah mit den ... Schülern des Meisters des Abendlandes ...'

Der Meister nickte verstehend. Der Meister des Abendlandes war ein großer spiritueller Lehrer gewesen, der zu Beginn des Jahrhunderts gelebt und gearbeitet hatte. Er hatte die ausgesprochene Qualität des Abendlandes, das Denken, als Quelle einer modernen westlichen Einweihung gefunden. Der Meister hatte sich in den letzten Jahren in seine Werke vertieft ... auch er sah die Übereinstimmung mit dem Weg seines Freundes. Er betrachtete die Frau gegenüber von sich. Ihre Empörtheit schien noch größer zu werden. Sie sagte:

‚Sie kennen ihn also. Warum sucht Ihr Institut keinen Anschluss bei dem unsrigen ...!?'

Der Meister lächelte unergründlich und sagte:

‚Warum sucht Ihr Institut keinen Anschluss bei dem unsrigen?'

Sie wurde rot, aber schwieg. Der Meister lehnte sich etwas vor, sah sie mild an und sagte:

‚Sehen Sie, meine Dame ... das wirkliche Leben besteht nicht aus Einrichtungen und Instituten. Ich mache hier schon Jahrzehnte, was ich glaube, tun zu müssen. Das Schicksal brachte ‚diesen Herrn' auf meinen Weg ... glauben Sie mir, das ist etwas ganz anderes als ein abstraktes ‚Anschluss suchen'. Wenn er hier ist, gebe ich meine Leitung in seine Hände, weil er ... nun ja, weil das so sein muss. Ich glaube nicht, dass wir wem auch immer hierüber Verantwortung schuldig sind. Ich wiederhole meine Frage: Warum sind Sie hier ...', und er fügte nachdrücklich hinzu: ‚Als Schüler?'

Er hatte sie empfindlich getroffen ... Sie schlug die Augen nieder und schwieg.

Der Meister schwieg auch. Er wartete ...
Sie sah auf und sagte:
‚Ich bin interessiert an diesem Mann ... ich meine, an dem, was er zu sagen hat. Er spricht aus eigener Erfahrung, das ist deutlich.'
Der Meister schüttelte leicht den Kopf. Das war nun etwas!
Er fragte:
‚Haben Sie schon mit ihm gesprochen?'
‚Nein.'
‚Warum nicht?'
‚Ich habe kein Bedürfnis danach. Ich nehme auf, was er ausspricht und kann dann selbst entscheiden, was ich weiter damit machen muss.'
‚Richtig ...' Der Meister begann durch ihre Abwehr hindurch zu sehen, sie ließ seinen Blick nun zu ... Was für ein kräftiges Selbstbewusstsein – aber welche Bindung an die Persönlichkeit! ‚Es würde Ihnen dennoch gut tun, wenn Sie einmal selbst mit ihm sprächen ...'
Sie verschloss sich in sich selbst, wie eine Schnecke in ihrem Haus. Er stand auf, es gab nichts mehr zu sagen. Auch sie stand auf. Sie gaben einander die Hand, kurz begegneten seine Augen den ihrigen ...
Erschüttert blieb er zurück.

Er sehnte sich nach einem freundlichen Blick, nach Augen, die ihn empfingen. Er lief zu seinem Haus, um zu sehen, ob das Mädchen auf ihrem Zimmer war. Sie war da! Sie hatte gerade ihr Kindlein versorgt und ins Bett gelegt und machte sich nun für das Mittagessen mit ihrem Mann fertig. Aber sie konnte wohl kurz bei ihm sitzen!
‚Komm, Kind ... komm mit mir mit zu meinem Meditationsraum ...'
Sie setzte sich gegenüber von ihm. Ihr empfängliches Herz fühlte seine Einsamkeit. Aber sie sagte nichts. Er sagte:
‚Es ist lieb, das du kurz Zeit für mich nimmst. Dieser alte Meister ist noch immer von Zeit zu Zeit verärgert ... Geht es dir recht hier, Kind?'
Sie sah ihn an.
‚Es ist auch so ein Unterschied, Meister. Sie sind so ... gut zu jedem und so aufrecht. Es muss sehr schwer sein, mit diesen komplizierten Menschen hier umzugehen ... Ja, wir haben es hier so gut ... ich finde, wonach ich mich so gesehnt habe ... Sei nicht betrübt, Meister!'
Er schaute seine widerstreitenden Gefühle an. Diese Frau hatte ein Gefühl von intensiver Ohnmacht und Sinnlosigkeit in ihn hineinge-

bracht. Aber da hindurch fühlte er einen Drang zu kämpfen ... Er sah, dass das Innere dieser Frau in seine eigene Seele gedrungen war ... nun musste er für das Wiedergewinnen der Harmonie kämpfen. Er stand auf und ging zum Fenster. Sie stellte sich neben ihn, ihre Sonnigkeit schien wie Wärme um ihn. Er legte kurz einen väterlichen Arm um sie ... und sagte:

‚Liebes Kind ... wir werden noch ein Menge zu bewältigen haben. Es ist aus mit dem ruhigen Leben!'

Nie zuvor waren ihm die verbleibenden Wochen im Institut so schwer gefallen. Seine Freunde waren weg, er stand wieder allein vor seiner Aufgabe, die ihn mit Unsicherheit erfüllte. Es war strahlendes Wetter, die Natur zeigte ihre Pracht ... aber in ihm war es trübe und öde.

Er verbrachte seine Meditationsstunden kniend auf dem harten Boden – als wollte er sich strafen ... wofür? Er achtete darauf, seine Arbeit nicht aus der Routine zu tun. Nie würde er diesen Abend vergessen, wo sein Freund bei so einem Routinevortrag anwesend gewesen war ... Nein, er entfaltete seine Kräfte so vollkommen wie möglich. Aber in seinen einsamen Stunden drang seine Verzweiflung zu ihm durch. Sein Leben schien sinnlos ... dennoch musste er weiter. War er jetzt in demselben Zustand wie damals, bevor er krank wurde, bevor er den Professor kennenlernte? Nein ... damals hatte er die Ohnmacht seines Lebens gefühlt ... nun fühlte er die Ohnmacht der Lehre seines Freundes. Das war viel schlimmer ... viel schlimmer. Nicht dass sein Freund selbst in Ohnmacht geriet ... aber er fand keine Resonanz ... Ein Grüppchen von fünf Menschen, von denen zwei ... ach nein, vier, absolute Anfänger waren. Er arbeitete und betete, quälte sich auf seinen Knien ... bis er so steif war, dass das Denken mit versteifte. Er telefonierte regelmäßig mit den Freunden in dieser fernen Stadt ... Er war am Kämpfen, um den richtigen Kollegen an seine Seite zu kriegen, sie bereitete sich auf die Wiederaufnahme ihres Studiums vor. Er schwieg über seinen innerlichen Kampf ... am Telefon war ein echter Austausch nicht möglich.

Der Herbst kam ... Die Täler waren mit Nebel gefüllt, das Leben zog sich zurück. Noch immer kamen und gingen die Kursteilnehmer, sie verließen sich auf ihn, er gab ihnen, was er hatte. Er lehrte sie die Andacht ... hier war er zumindest sicher, dass es gut war. Er war strenger als früher, der oft triefende Egoismus war widerwärtig. Mit seiner Bildkraft wies er die Menschen scharf zurecht. Aber es war kein Ärger, der ihn trieb ... Milde Trauer war es, die sich in Zorn metamorphosierte ...

Aufmerksamkeit ... Er fühlte, wie er auf den Kräften der Aufmerksamkeit seinen Körper verließ und wie ihn immer mehr eine Kraft darin begleitete, die er früher nicht gehabt hatte. Er dachte, dass es Selbstbewusstsein wäre ... Aufmerksamkeit ... Er gab sie, aber bekam sie nie zurück. Ja, später in der Stadt würde das anders sein ... Wenn er an seinen Freund dachte, dann schöpfte er daraus die Kraft, seine Schüler als seine Kinder anzusehen. Dann wurde er der väterliche Meister ... Man liebte ihn, aber fürchtete ihn auch ... daraus zeigte sich, dass es keine tief verwurzelte Liebe war ... Er lernte das hemmungslose Chaos des Gefühlslebens und die Welt der Vorurteile kennen. Und er betete auf seinen Knien um Stütze, für sich selbst und für seine Schüler.

Es kam ein Meister aus Amerika, er blieb eine ganze Woche. Er logierte in dem Zimmer mit dem großen Balkon ... Sie aßen zusammen, wanderten und meditierten zusammen. Er sprach mit ihm in seiner Muttersprache und fühlte die Welt, von der er kam ... erinnerte sich der aufgehenden Sonne ... und war glücklich mit dem Gedanken an das Abendrot, an seinen gelehrten Freund. Er hatte oft das Gefühl, dass dieser Meister zu ihm geschickt war, um zu untersuchen, was er tat. Er gab nichts preis ... vielleicht war er misstrauisch, aber Vorsicht war dennoch geboten ...

Schließlich reiste er in die Stadt ... Wie im Jahr davor fühlte er, wie ihm seine Wohnung am Wasser, die regnerischen Abende, die Lichter überall lieb geworden waren.

Abends ging er zu dem Arzthaus auf dem Platz, wo er erwartet wurde. Das Haus war überschwänglich beleuchtet, als ob es ihm ein Willkommen zurief. Er benutzte seinen Schlüssel nicht, sondern klingelte. In einer Sekunde schwang die Tür auf ...

Wodurch wurde nur jedes Mal dieser Schock verursacht, wenn er ihn nach einer langen Zeit wieder sah? Der Eindruck war jedes Mal noch größer, noch tiefer, als erwartet ... Ein Mensch kann sich leidenschaftlich nach etwas sehnen – und wenn es dann da ist, gelingt es trotzdem nicht, es wirklich zu erleben ... Hier war es umgekehrt. Die Sehnsucht war stets doch noch geringer als die Wirklichkeit es dann schenkte ... Begegnungen mit ihm waren Momente von wirklich intensivem Leben, in denen kein Bruchteil einer Sekunde verschlafen wurde!

Der Professor öffnete seine Arme weit und empfing den Meister ... Im Zimmer brannte das Kaminfeuer. In einer Ecke lag ein schönes dickes Baumwollplaid, darauf lag ein großes Kind und spielte, es wälzte sich hin und her, spielte mit Händchen und Füßchen und lachte! Der Meister lief hin und fühlte Tränen ... ein Menschenkind! Wie konnte man jemals einen Menschen als ein höheres Tier ansehen ... sah man denn nicht, wie die Kraft des Wortes, des Begriffs hier formend arbeitete? Er hatte es selbst nie gesehen ... nun sah er es! Das Fremde seines Freundes, die unerreichbare Burg von Edelstein ... es war der Kern des Menschseins ... und formte das Menschenkind unbewusst aus göttlicher Höhe.

'Edel sei der Mensch ... hilfreich und gut!'

Er hatte die Mutter vergessen ... fühlte ihre zarte Hand auf seinem Arm. Er wandte sich zu ihr, sie sah seine Emotion. Wie ein Vater umarmte er sie ...

'Darf ich ihn halten?', fragte er. Er bückte sich und streckte die Arme nach ihm aus. Das Kindchen schaute kurz mit großen Augen ... und lachte dann über das ganze Gesicht. Er ließ sich hochheben und auf den Schoß nehmen. Mit Stütze konnte er schon sitzen ...

Aufmerksamkeit ... Das Kind-Sein drang tief in den Meister durch, er wurde davon gerührt ...

'Ich glaube, dass es wohl gut gehen wird zwischen uns', lächelte der Meister. 'Ich denke, dass ich meine neue Stelle als Kinderbetreuer genießen werde ...'

Sie aßen zusammen zu Abend. Danach saß er mit seinem Freund beim Feuer. Es war so viel zu besprechen, dass sie nichts sagten ... wo war der Anfang?

'Ist schon ein Professor ernannt?', begann er schließlich.

Der Professor schüttelte den Kopf.

'Es ist für mich sehr mühsam. Ich bin nicht einfach so einverstanden. Am liebsten sähe ich es, wenn mein Chef der Klinik Professor würde, das kommt ihm zu. Aber er ist kein Manager, er ist ein außergewöhnlich guter Internist. Oder unser junger Freund, aber der hat seine Ausbildung noch nicht beendet ... Die Herren, die man mir vorgestellt hat, habe ich alle einzeln abgelehnt.

Aber ich weiß nicht, wie oft ich das noch tun kann. Es sind alle Stück für Stück außergewöhnlich tüchtige und begabte Menschen, aber ich vermisse die warme Menschlichkeit. Dann ist es im Voraus schon unmöglich, zusammen zu arbeiten, verstehst du. Für mich ist das das Allerwichtigste. Vielleicht muss es eine Frau werden ...'

'Gibt es weibliche Kandidaten?'

‚Nein. Aber das besagt nichts. Frauen sind oft bessere Manager, sie sind das von Natur aus ... auch wenn viele Männer das bestreiten werden.'

‚Trägt man deinen Wünschen so viel Rechnung?'

‚Ja ... sie sind ziemlich glücklich mit mir. Und man legt viel Wert auf gute Zusammenarbeit. Also gehe ich bis zum Äußersten. Ich bin nun selbst am Herumschauen ... aber es ist schwer, das kann ich dir sagen. Und nun geht meine Frau auch noch arbeiten ... dem sehe ich wirklich mit Befürchtung entgegen. Sie ist so eine Stütze für mich – und nun muss sie so hart arbeiten!'

‚Was sagt sie?'

‚Wir haben ein ernstes Gespräch gehabt ... es ist für sie auch schwer. Sie ist eine echte Mutter, weißt du. Aber es gibt keine andere Möglichkeit, es muss geschehen. Sie hat mir versprochen, dass sie sich in Acht nehmen wird ... ich hoffe, dass wir nicht wieder in unsere alten Rollen verfallen. Wenn ich so mit ihr spreche, dann fühle ich, wie ich wieder der Professor zu werden drohe, verstehst du ... Und in der Klinik, wo sie dann auch wieder auf verschiedenen Abteilungen arbeitet, *bin* ich eine ziemliche Autorität. Kurzum ... wir wissen nun wohl beide, wie es mit unserem Verhältnis steht, es wird wohl gut gehen.'

Er sah den Meister an und fragte:

‚Aber du? Wie geht es dir?'

Der Meister lächelte. Sein Freund fühlte sehr gut, wie es ging ... Er sagte:

‚Mühsam, mein Junge. Ich leide an Melancholie ... und ich weiß nicht genau, wodurch. Ich sehe alles düster ... aber vielleicht geht es nun vorüber, vielleicht habe ich euch nur vermisst?'

‚Weißt du nicht mehr, wie es anfing? Seit wann hast du dies? Seit unserer Abreise?'

‚Nein ... es war davor schon. Es begann eigentlich in einem Gespräch mit einer Frau. Aber das kann doch nicht die Ursache sein ...'

‚Welche Frau?'

‚Eine Frau, die sich Schüler des Meisters des Abendlandes nennt –'

‚Das sind wir auch.'

‚Ja, ja. Aber wir sind das nicht wirklich ... nach ihr. Sie war für dich gekommen, aber sie wollte trotzdem kein Gespräch mit dir. Auf die eine oder andere Weise schlug meine Stimmung um ... und ich bin da nicht mehr wirklich herausgekommen. Kommt das dadurch ... ich weiß es nicht.'

Die klaren Augen des Professors wurden scharf. Er fragte:

‚Warum hast du nichts gesagt?'

‚Ich fand es nicht wichtig ... vielleicht habe ich das falsch beurteilt ...'

Der Professor nannte einen Namen.

‚Meinst du sie?'

Der Meister hatte den Namen vergessen, aber als er ihn hörte, erinnerte er sich. Er nickte. Sein Freund sagte:

‚Ach ... ich dachte es mir schon. Sie ist doch gekommen, um mit mir zu sprechen ... Du hättest es mir sagen müssen!'

Der Meister nickte und fragte:

‚Wie war das Gespräch?'

Der Professor schwieg kurz. Er rief Bilder aus der Erinnerung herauf.

‚Sie kam in meine Sprechstunde in das Institut. Es war eine gewaltige Ladung um sie herum ... ich musste mich anspannen und war dankbar für die enorme Erfahrung, die ich auf diesem Gebiet habe. Ich klettere dann in meine Strenge hinein ... und weise diese ‚Ladung' ab. Es kommt dann gerade eine intensive Ruhe über mich. So konnte ich sie bitten, sich auszusprechen. Ich sah, dass sie etwas ganz anderes zu sagen begann, als sie geplant hatte. Sie wurde freundlich und fragte mich nach meinem Verhältnis zu ihrem Lehrer, sprach ihre Wertschätzung für meine Kurse aus und fragte mich, ob ich bereit wäre, einmal eine Vorlesung in ihrem Zentrum zu geben.'

Die Augen des Meisters wurden groß ...

‚Ich habe das vorläufig abgelehnt. Ich habe ihr erklärt, wie meine Stelle mich beansprucht und wie ich meine Ferien in deiner Schule verbringe. Ich muss es dabei belassen, nicht wahr? Später vielleicht.'

Der Meister seufzte und fragte:

‚Hast du überhaupt keinen Ärger mit ihr gehabt?'

‚Nein. Nichts ... Sie hat an meinem Kurs treu teilgenommen und war schließlich sehr enthusiastisch darüber.'

‚Sie hat es nicht gewagt, ihr wahres Gesicht zu zeigen!'

Der Professor brach in Lachen aus.

‚Doch, mein lieber Meister. Dies war ihr wahres Gesicht. Das andere ist sie doch nicht selbst? Es war sehr gut.'

‚Aber du denkst doch nicht, dass sie so positiv bleibt, wenn sie wieder aus deinem reinigenden Wirkungsfeld heraus ist? Dann kommt das andere bestimmt wieder herauf.'

‚Das kann sein ... das wird es wohl. Dennoch bin ich sicher, dass dies *auch* seine bleibende Wirkung hat.'

Nun lachte auch der Meister.

‚Du bist wirklich ein guter Kerl, Junge. Du nimmst alles Unangenehme von uns fort ... ich habe wieder Lust!'

Aufgeweckt ging er später nach Hause. Er lief das ganze Stück und genoss die vertrauten Straßen, den Regen, die Kälte ... Er war zu Hause!

Eine Woche später begann er mit seiner selbst gewählten Aufgabe. Um halb acht morgens kam er schon in das Arzthaus, wo die Mutter schweren Herzens ihr Kind seiner Sorge anvertraute. Der Professor war schon eine Stunde weg ...

Kurz danach war er allein mit dem Baby. Er war schon einmal gefüttert worden und lag zufrieden auf seiner Decke und spielte. Unbeholfen begann er, etwas aufzuräumen. Er fühlte sich wie ein Eindringling in die Intimität seiner Freunde. In ihr Schlafzimmer ging er nicht hinein ... aber der Rest des Hauses zeigte in jedem Detail die Hand des Professors und seiner Frau. Wie sollte so ein Tag je vorübergehen? So eine Woche? Monate ... war dies das Leben einer Hausfrau ... Er hatte Bücher mitgenommen, aber als er lesen wollte, begann das Kind zu nörgeln. Es hatte zu Ende gespielt und suchte seine Mutter ... Der Meister nahm ihn hoch und lief etwas hin und her. Die leichte Wärme des Kindes verbreitete sich durch seinen ganzen Körper. Er erzählte ihm etwas in einem Gemisch aus seiner Muttersprache, Englisch und der Sprache der Eltern. Komm, er würde einmal nach draußen gehen, etwas einkaufen ...

Er lief ein Stück mit ihm, erhielt viele forschende Blicke von Passanten ...

Zu Hause badete er ihn und brachte ihn ins Bett. Über Mittag kam die Mutter unerwartet nach Hause.

‚Sorry, Meister ... ich vertraue Ihnen ... aber ich hielt es nicht aus!'

Der kleine Junge war gerade wieder auf und klammerte sich an Mama fest.

‚Geht es Ihnen gut?', fragte sie noch.

Der Meister nickte. Ja, es ging gut. Der kleine Junge brachte Sonne in sein altes Leben ... Er genoss intensiv sein Lachen, seine kleinen Händchen, die seine Finger packten, den großen, zarten Kopf ...

Sie ging wieder schnell weg, sie durfte die Klinik eigentlich nicht verlassen!

Mittags las er noch etwas, und als das Baby aus seinem Mittagsschlaf erwachte, machte er Essen für ihn fertig, presste Obst und gab ihm das ... Er musste sich zuletzt noch beeilen, um pünktlich mit den Vorbereitungen für das Abendessen fertig zu sein.

Seine ungeübten Hände waren müde ... er hatte Schmerzen in seinem Rücken, vom Heben, und fühlte seinen Körper bleischwer ... Heute Abend musste er einen Vortrag geben!

Sie kam um halb Sechs nach Hause, auch müde ...

‚Ach, Meister ...', seufzte sie. ‚Es ist eine Katastrophe! Wir werden geschunden, wirklich. Und ich stehe wieder mitten im Scheinwerferlicht, als Frau des Professors. Mein Chef hat die Entbindung bei mir gemacht ... stellen Sie sich das einmal vor! Ich kriege fortwährend Bemerkungen, dass ich es gut machen muss, dass ich es doch wissen muss ... und ich hatte bereits eine Abneigung gegen diesen Kerl! Aber ich musste meine Famulatur bei ihm machen, wegen der kollegialen Verhältnisse ... Wenn ich nur nicht so auffiele!' Sie sah ihn an, vergaß ihr Elend und sagte: ‚Aber Sie sind todmüde!'

Der Meister legte seine Hand auf ihren Kopf und sagte sanft:

‚Müde ... und sehr zufrieden. Es war ein gewaltiger Tag, Kind. Es muss schön sein, eine Frau zu sein!'

Sie saßen noch eine Weile beieinander. Als er wegging, ließ sie ihn hinaus und sah, wie er die Straße entlanglief und sich an der Ecke umdrehte. Er winkte und verschwand ...

Sie blieb gerührt zurück. Der große Meister ... betreute ihr Kind, um sie fertig studieren zu lassen. Sie saß noch eine Weile still auf einem Stuhl, wehmütig. Es musste noch eine Menge im Haus getan werden, und sie war müde. Ihr Baby rief sie aus ihrem Traum ... Sie versorgte ihn, brachte ihn ins Bett und ging kochen. Sie dachte an ihren Mann. Er war um halb sieben weggegangen und kam erst um acht Uhr wieder nach Hause ... Sie hatte ihn heute ein paar Mal gesehen – und intensiv erlebt, wer er war. Sie hatte gefühlt, wie sehr er respektiert wurde. Und doch ... kannte man ihn nicht. Der Meister kannte ihn, sie kannte ihn ... aber sonst? Der Junge und seine Frau liebten ihn sicher sehr, aber sie verstanden dennoch nicht, mit wem sie es zu tun hatten ... Sie hatte dem Meister versprochen, dass sie ihn beschützen würde ... Sie hörte die Vordertür. Noch immer machte ihr Herz einen Freudensprung, wenn er kam. Es war ein Gemisch von Sehnsucht und spannender Erwartung. Es war nie langweilig bei ihm ...

Er suchte sie immer unmittelbar auf ... und kam nun in die Küche. Sie sah, wie er ihre Ermüdung wahrnahm ... wäre er nur einmal in seinen eigenen Gedanken, statt immer so aufmerksam zu sein. Sie verbarg ihr Gesicht an seiner Schulter, er umarmte sie kräftig, er sagte nichts. Sie fühlte seine starke Hand in ihrem ermüdeten Rücken und seufzte unwillkürlich. Er hob ihren Kopf hoch und sagte sanft:

‚So ein erster Tag ist schwer, stimmt's? Morgen kann ich mit dir Mittagessen, dann essen wir da etwas Warmes ... Wie war es mit dem Meister?'

Sie fühlte sich schon besser. Heilsam ist das Verständnis!

‚Sehr gut. Aber er war wohl müde ... findest du es nicht unglaublich, dass er dies tut? Ich fühlte mich beschämt ... dass er hier seine Zeit in Bescheidenheit verbringt ...'

Er streichelte ihre Wange und sah sie an. Noch immer erschauerte sie von diesem Blick ... Das Leben war dann auf einmal viel echter, viel tiefer. Sie sagte:

‚Diese Scham ist berechtigt ... und auch nicht. Er ist der edelste Mensch, dem ich je begegnet bin ... aber gerade so ein Mann ist imstande zu dem, was er nun für uns tut. Wir müssen das dankbar empfangen, Mädchen ... beschämend ist es nur insoweit wir so etwas nicht selbst könnten.'

Sie wendete ihren Blick ab und spielte mit seiner Krawatte. Er sagte:

‚Ich wollte, dass ich dir die kommenden schweren Monate ersparen könnte ...'

‚Es ist doch mein eigener Wunsch ...' Sie sah zu ihm auf. ‚Ich kann es schon ... komm, wir können essen.'

Der Meister nahm die Tram nach Hause. Er war nun Teilnehmer im Verkehrschaos der Stoßzeit. Schwankend stand er zwischen dutzenden Körpern, gepfercht in der übervollen Tram. Er fühlte all diese Leben ... vom Büro nach Hause, vom Haus zum Büro ... Sport, Fernsehen ... Regen, Schirm vergessen, zu Hause mit Frau und Kindern am Tisch ... warten ... die Atmosphäre dieses Landes ... dieser Stadt.

Er aß ein Tagesgericht im Esscafé auf der anderen Seite, zog sich zu Hause um und begab sich zu dem Saal, wo er vortragen musste.

Doktor Stern wartete auf ihn.
‚Sie sind spät', sagte er.
Der Meister lächelte.
‚Ich bin da', sagte er kurz.
‚Es gibt zahllose Anfragen für Gespräche, Meister. Kann ich wirklich keine Termine machen?'
‚Am Samstagvormittag. Von, sagen wir, halb neun bis ein Uhr.'
Doktor Stern nickte. Er gehorchte schon seit Jahren, ohne je zu widersprechen.
Der Meister grinste und sagte:
‚Du fragst dich: was macht er die ganze Woche!'
Doktor Stern konnte unergründlich blicken wie ein östlicher Meister. Er schwieg.
‚Ich habe mich verliebt', sagte der Meister schalkhaft. ‚In ein Baby.'
Doktor Stern lachte nun auch.
‚Ich werde die Termine am Samstagvormittag machen. Sie bekommen dann wohl auch eine Warteliste.'
Der Meister klopfte ihm auf die Schulter und sagte:
‚Du hast meine Zustimmung, um selbst das Nötige zu tun ... das weißt du.'
Er ging an die Arbeit. Er fühlte eine besondere Kraft ... die Kraft, die sich offenbart, wenn der Mensch Taten verrichtet, die nicht auf seinem Weg liegen ...

Zu Hause meditierte er lange, zuerst in Lotushaltung, später auf seinem Stuhl. Sein Körper war gelenkig ... aber nun doch müde durch die ungewohnte Arbeit.

Nach einer kurzen Nachtruhe saß er um sieben Uhr schon wieder in der Tram. Es war noch still, die Nacht war noch nicht wirklich vorbei ... An der Vordertür traf er seinen Freund, der gerade auf sein Fahrrad stieg. ‚Ich sehe dich morgen!', grüßte er ihn. Das ganz gewöhnliche Alltagsleben. Eine junge Mutter mit einem sich sträubenden Kind, ein Tisch mit den Resten des Frühstücks, Abschied von einer Frau mit einer fast unmöglichen Aufgabe, allein in einem Haus, das überall von Liebe sprach ... Liebe füreinander, Liebe zu den Dingen ... Heute kam die Haushaltshilfe. Sie kam putzen und die Wäsche waschen ... Sie stellte sich direkt über ihn, er war für sie ein Ausländer, der auf seine alten Tage auf ein Baby aufpasste. Er blieb lächelnd unergründlich ... und genoss diese Erfahrung. Kein Meister jetzt, sondern ein Untergebener ... Sie gab ihm gerade eben noch keine Aufträge, dem wusste er geschickt zu entgehen. Er war froh, als sie um ein Uhr wieder wegging ... nach ein paar Tagen kam sie wieder. Aber das Haus blinkte, die Wäsche war gewaschen und gebügelt. Dennoch war es schön, dass sie da war ... er lernte die Sprache sprechen und der Tag flog vorüber. Der kleine Junge schenkte ihm all sein unschuldiges Verlangen nach Spiel und Aufmerksamkeit ... Und auf einmal war da die Mutter wieder! Die Sonne selbst kam mit ihr herein ... Sie lachte und sagte fröhlich:

‚Dieser Tag war schon ein Stück besser! Ich habe zwei Entbindungen gesehen. Es ist ein schöner Beruf, Meister! Und ich bin so beruhigt, dass Sie hier sind ...'

Seine Depression war vollkommen verschwunden. Vielleicht sah er der Zukunft umsonst so düster entgegen ...

Am nächsten Tag blieb er abends zum Essen. Er machte den offenen Kamin an und streckte seine ermüdeten Beine aus, während er auf seinen Freund wartete und dem vertrauten Klappern in der Küche lauschte. Er war glücklich über sein Vermögen, vollkommen gewahr zu sein, um in den einfachen Dingen des Lebens das Glück zu schmecken.

Später kam der Professor nach Hause und gesellte sich zu seinem Freund, zusammen mit seiner Frau.

‚Die Atmosphäre im Haus ist ganz anders, nun, wo du hier das Szepter schwingst, Meister!'

‚Nun, nun ... das hoffe ich doch nicht. Ich richte mich gern nach euch ... was ist anders?'

‚Hm ... östliche Ruhe. Die Dinge scheinen Leben zu bekommen. Es ist deutlich, dass sogar die Materie in der Andacht besser gedeiht ... Wie geht es zwischen dir und meinem Sohn?'

Der Meister zwinkerte dem Mädchen zu und sagte:

‚Nun kommt das Examen, mein Kind ... Äh, gut. Wir sind Freunde geworden ... Er hat nun schon etwas von Untugend in sich, greift rasend schnell nach dem, was man gerade nicht will ... aber ich stehe tief unter dem Eindruck dessen, was um so ein Kind herum lebt. Es ist für mich wirklich keine schwere Aufgabe – auch wenn die Scharniere krachen.'

Der Professor nickte. Er liebte die tiefe Andacht des Meisters, die doch noch etwas anderes war, als seine eigene Aufmerksamkeit. Durch die Andacht bekam alles einen anderen Wert ...

Der Meister fragte:

‚Und du, mein Junge? Deine Ermüdung fällt mir auf, du siehst erschöpft aus!'

‚Das ist nicht die Arbeit, es sind die ewigen Scherereien ... Ich übe die Milde, aber die scheint meine Position zu schwächen. Was mir nie zuvor passiert ist, ist jetzt geschehen: drei Koassistenten haben zum zweiten Mal einen Tag ‚geschwänzt'. Einfach mal so zwei Tage nicht arbeiten kommen! Ich halte das für einen Beweis von Mangel an Verantwortungsgefühl, an Ernst. In der Schule geht so etwas, ein Erwachsener tut das nicht, findest du nicht? Aber es ist ein schlechtes Zeichen, dass es geschieht – und der Assistent hat es nicht einmal gemeldet, ich habe es zufällig selbst entdeckt.'

Seine Frau, selbst noch Koassistentin, fragte erschaudernd:

‚Was hast du dann getan?'

Er hob seine Schultern.

‚Was sollte ich tun? Einen großen Tumult machen, natürlich. Ich habe sie alle vier auf mein Zimmer gerufen, jeden einzeln. Der Assistent hat eine Standpauke bekommen, die anderen drei müssen sich ab jetzt bei mir melden, wenn sie morgens kommen und wenn sie abends wieder weggehen ...'

‚Ist das alles?'

Er brach in Lachen aus.

‚Alles? Du verstehst, sie müssen früh kommen und spät wieder gehen. Ich bin dann an der Arbeit, also müssen sie zusehen, mich zu finden ... und ich werde ihnen morgens eine Aufgabe geben und abends ein paar kernige Fragen stellen.'

Sie sah ihn mit großen Augen an.

‚Es bringt dir also wieder extra Arbeit ein. Warum gibst du keine Straf-Famulatur? Ein paar Wochen länger bleiben?'

Er schüttelte den Kopf.

‚Nein. Ich halte mehr von einem kompakten Ansatz. Sonst wursteln sie diese paar Wochen wie gewohnt weiter. Es muss täglich Spannung geben, ich werde schon dafür sorgen, dass es etwas zu zittern gibt!'

Der Meister saß da und schaute unergründlich. Er verstand nicht, was diese jungen Leute trieb, ihren Professor so zu provozieren. Standen sie denn so außerhalb der Wirklichkeit, dass sie seine Kraft nicht fühlten?

‚Was findest du, Meister? Soll ich es anders machen?'

‚Nein, nein. Ich finde dein Vorgehen vorbildlich. Wie haben sie es aufgenommen?'

‚Die zwei Jungen hielten sich stur, murrten etwas dagegen ... ich habe sie gewarnt, dass ich von jetzt an treue Pflichterfüllung verlange – dann mäßigten sie sich. Das Mädchen, das dabei war, begann zu weinen ... Sie tat mir etwas leid, sie hatte sich mitziehen lassen. Für sie wird die Strafe wohl am schwersten wiegen, darauf nehme ich dann Rücksicht.' Er sah zu seiner Frau und fragte: ‚Und du, meine liebste Studentin? Was sagst du?'

Sie hatte widerstreitende Gefühle. Früher war er viel strenger gewesen, als sie bei ihm arbeitete, war Schwänzen absolut undenkbar gewesen. Nun griff er ein, und sie würden fühlen, mit wem sie gespaßt hatten ... Aber sie selbst machte sich nun auch ab und zu davon, würde er das auch verurteilen? Sie errötete und sagte:

‚Ich finde es schlimm, dass so etwas geschieht. Daran zeigt sich, dass sie dich weniger achten als früher ... aber auf der anderen Seite, ich versuche manchmal auch meinen Pflichten zu entkommen. Es ist oft einfach zu schwer, man muss dann wohl kurz unverantwortlich sein ... Verurteilst du das auch?'

Er sagte nicht ja und nicht nein, sondern dachte nach.

‚Ich glaube nicht, dass ich ungerecht bin. Ich kann schon Unterschiede machen ... und verstehen, dass jemand kurz weg muss. Das ist doch etwas ganz anderes ... Nein, ich verurteile das nicht.' Er seufzte tief und fügte hinzu: ‚Nun, dies ist nur ein Beispiel von ‚Scherereien'. Ich finde, dass ich immer mehr Zeit mit dieser Art von Dingen verbringe – und das geht alles auf Kosten der Patienten. Dann denke ich: Sie können die Freiheit nicht bewältigen, ich muss wohl wieder das alte Regime einführen ...'

Der Meister fühlte tief mit ... aber plötzlich sagte er:

‚Lies das Lukasevangelium, mein Junge! Ich glaube, dass du da die Antworten findest ... Der Herr als Heiler, und bei weitem nicht immer mild ...'

Eine Woche später fragte der Meister wiederum nach der Situation auf der Arbeit.

‚Wie geht es jetzt mit diesen frechen Studenten?'

Lachfältchen machten das Gesicht seines Freundes jung.

‚Du weißt, Meister, dass ich dir das als Beispiel erzählt habe – es ist nur ein kleines Detail ...'

‚Ich benutze das Detail, um dich zum Reden zu bringen', grinste der Meister.

‚Es geht gut ... die Jungen reagieren ziemlich nüchtern und abstrakt. Sie melden sich nett und erfüllen ihre Aufträge – ohne Emotionen, wie es scheint. Ich nehme sie täglich ordentlich ran, aber sie können das vertragen. Aber das Mädchen ist außerordentlich nervös. Sie bebt vor Angst, ist immer den Tränen nah ... sie hält es gerade so aus. Gestern habe ich sie zu meinem Zimmer mitgenommen, um einmal kurz zu sprechen ... sie war leichenblass. Ich habe gesagt: ‚Wenn du den Mut hast, deine ernste Pflicht zu versäumen, musst du auch den Mut haben, die Strafe zu tragen.' Nun, das ließ den Deich brechen –'

‚Hast du kein Mitleid mit ihr?', fragte seine Frau.

Er zwinkerte ihr zu.

‚Du beziehst es zu sehr auf dich ... Du hast wohl Mut ... auch wenn du eine Strafe bekommst. Sie nicht. Aber sie tat mir natürlich schon leid, ich hätte sie trösten wollen ... aber musste doch auch Abstand wahren. Ich sagte: ‚Komm, nun setz dich einmal ruhig, vergiss, dass ich der Professor bin, und komm zu dir. Du hast einen Fehler gemacht, und dieser Fehler hat Konsequenzen. So schlimm ist das doch nicht?' Nun, sie erzählte, dass sie nachts nicht mehr schlafen kann durch die Angst vor der Begegnung mit mir ... und tagsüber sieht sie fortwährend dem Abend entgegen, den Fragen, die ich ihr stelle ... was soll ich tun? Sie fortan in Ruhe lassen? Ist so jemand wohl für den Beruf geeignet? Oder ist sie gerade sehr geeignet? Ihre Empfindsamkeit ist auch eine Qualität ... Schließlich habe ich ihr gesagt, dass die Strafe doch noch beibehalten bleibt, dass ich ihr nur keinen Vorwurf machen werde, wenn sie Fehler macht oder Antworten schuldig bleibt. ‚Versuche, so spontan wie möglich zu sein, es ist egal, wenn du nichts zu sagen weißt. Ich sehe, dass du dein Bestes tust – das ist ausreichend.' Heute war sie sehr viel besser dran. So hoffe ich, noch etwas zu ihrer Entwicklung beitragen zu können ... Übrigens habe ich meine Haltung verändert, ich habe während

der großen Visite wie immer Wissen und Sachkenntnis geprüft. Dennoch ist es anders als früher, ich tue es nun wohl bewusst ...'
‚Das Lukasevangelium?'
Der Professor nickte.
‚In ein paar Wochen will ich das gerne mit dir besprechen.'

Der Meister erhielt erneut Unterricht in Mathematik. Seine Lehrerin war hochschwanger. Sie würde um Weihnachten entbinden. Aber ihr Verstand arbeitete haarscharf, und er genoss ihre Erklärungen.
‚Kommen Sie noch einmal zu uns essen?', fragte sie.
Er hatte wenig Zeit, aber am Wochenende ging es wohl einmal. So verbrachte er zum zweiten Mal einen Abend im Hause des jungen Arztes. Dieser ließ ihn selbst ein. Die schwarzen Augen sahen ihn freundlich an.
‚Es tut mir gut, Sie wieder einmal zu sehen. Trinken Sie einen Schnaps mit mir mit?'
Der Meister gab nach. Sie setzten sich. Der Tisch war festlich gedeckt, es war schön warm im Zimmer. Er genoss ...
‚Wie geht es denn auf der Arbeit? Ich will meinen Freund stets danach fragen ...'
Der Junge lachte hart.
‚Ihr Freund ... mein Meister! Ich arbeite mich kaputt. Neben meiner Arbeit als Saalarzt muss ich junge Studenten unterrichten, meine Famuli intensiv begleiten und an meiner Promotion arbeiten. Er findet das ganz normal ... und er lehrt mich, so effizient wie möglich mit meiner Zeit umzugehen. Keine Zeit vertrödeln, das ist seine Devise! Es ist, als ob seine Augen überall sind ... er passt vor allem auf mein Verhalten auf. Keine Routinehandlungen, sondern alles bewusst tun, in Liebe für den kranken Mitmenschen. Er empfängt mich noch immer um sieben Uhr abends in seinem Zimmer – aber diese Gespräche haben immer mehr den Charakter von Arbeitsberatungen bekommen. Nicht medizinisch technisch, sondern ethisch ... Er hat eine hohe Meinung von mir. Das ist schön, aber stellt auch hohe Anforderungen, nicht wahr ...?'
Der Meister hörte die Essenz zwischen seinen Worten hindurch ... Dieser Junge ging einen Weg, den er nicht für möglich gehalten hatte. Der Weg des Ernstes und der Hingabe ...
‚Wie geht es deiner Frau?'

‚Sehr gut. Ich staune noch jede Woche über ihre Intelligenz. Sie versteht mich immer ... und ich werde wie ein Prinz versorgt ...'

Sie kam herein, gab dem Meister die Hand und setzte sich hinzu.

Der Meister wurde gewahr, wie sehr sich die Atmosphäre verändert hatte ... innerhalb eines Jahres. Sie wusste mit ihm umzugehen!

Der Junge sprang auf, um ihr etwas einzuschenken, blieb neben ihr stehen und streichelte mit seiner großen Hand ihr Haar. Diese Gebärde rührte den Meister so, dass er eine ganze Zeit schwieg. Es gab nichts Schöneres als Menschen in Entwicklung ...

‚Muss ich noch etwas tun?', fragte der Junge. Er ging in die Küche.

‚Wie ist er verändert!', sagte der Meister leise.

Sie sah ihn mit großen grünen Augen an und sagte:

‚Er muss sehr hart zupacken, Meister. Er tut mir oft wirklich leid. Dann verwöhne ich ihn mit allem ... er ist stolz und wird nicht gern zugeben, dass etwas ihm zu schwer ist. Aber innerlich weiß er in dem Professor seinen Chef – nun, das tut ihm gut. Und die Schwangerschaft ... macht ihn sanft. Er ist sehr behutsam mit mir, nicht mehr so rau und unsanft.'

Harmonie, überall rundherum? Worauf beruhte dann sein Gefühl von fortwährender Bedrohung ...

Es kam eine Frau in die Sprechstunde des Meisters. Sie war von mittlerem Alter, klein, schlank und aufrecht. Sie hatte einen klaren, aufmerksamen Blick und trug in ihrem älter werdenden Körper eine mädchenhaft staunende Seele. Sie schien nicht unter dem Eindruck des Meisters zu stehen, obwohl sie ihm mit dem größten Respekt begegnete. Sie sagte:

‚Ich wohne nun schon Jahre in dieser Stadt und besuche in der letzten Zeit ihre Vorträge. Nun war ich erstaunt, zu hören, dass ein Mann aus dieser Stadt im Sommer in Ihrem Institut Vorträge gibt. Ich frage mich: Kann er nicht auch hier, in seinem eigenen Wohnort, Unterricht geben?'

Der Meister schluckte. Was für eine Frage! Eine auf der Hand liegende und doch unmögliche Frage ... Er sagte ruhig:

‚Der Mann, über den Sie sprechen, hat eine führende Position. Aus zwei Gründen habe ich ihn dies nie gefragt: Es können Probleme entstehen, wenn er sich öffentlich für einen spirituellen Weg ausspricht.

Daneben arbeitet er jetzt schon zu hart ... Aber ihre Frage veranlasst mich, dies doch zu erwägen. Ich werde darüber nachdenken.'

Die Frage brachte Unruhe in seine Seele. Er würde seinen Freund damit in Verlegenheit bringen ... und doch konnte er nicht aufhören, darüber nachzudenken. Schließlich stellte er die Frage seinem Freund. Sie saßen zusammen am Tisch, das Mädchen hatte Nachtdienst. Er sagte:

‚Freund ... eine Dame hat mich gefragt, ob du hier in der Stadt deinen Unterricht geben wollen würdest ...'

Das Gesicht des Professors verriet nichts. Er sagte auch nichts.

‚Du sagst nichts ...'

Die klaren Augen sahen ihn an, machten ihn ein bisschen verlegen. Er sagte:

‚Es ist merkwürdig ... diese Möglichkeit ist sogar nie bei mir aufgekommen, Meister. Warum sollte ich das nicht tun?'

‚Deine Vorgesetzten hatten letztes Jahr Bedenken gegen deine Aktivitäten im Institut ...'

‚Ich habe keine Vorgesetzten. In meiner freien Zeit schon gar nicht.'

‚Du musst dich doch fragen, was so etwas für deine Position bedeuten könnte?'

Die Augenbrauen gingen hoch.

‚Findest du? Die einzige Frage, die ich mir stellen will, ist: Ist es gut, dies zu tun? Passt es, es zu tun? Auf Vorurteile kann ich keine Rücksicht nehmen.'

‚Wir leben im zwanzigsten Jahrhundert, Junge. Deine Macht ist beschränkt ... und muss vorsichtig beschützt werden.'

Der Professor lachte säuerlich:

‚Wer wies mich voriges Jahr scharf zurecht, als ich konventionell dachte? Ich habe das nicht vergessen! Ich neige dazu, ‚ja' zu sagen!'

Der Meister seufzte tief. Das Gefühl von Bedrohung legte sich wie ein stählerner Arm um ihn. Doch war dem Schicksal nicht einfach so zu entkommen ... Er sagte:

‚Hast du noch Zeit dafür?'

‚Ja.'

‚Einmal, oder öfter?'

‚Mehr als einmal.'

Der Meister fühlte ein Lächeln aufkommen. Es sollte nur geschehen!

Der Professor sagte zu seiner Frau:
‚Ich werde Vorträge über das Denken als Quelle von Hellsichtigkeit halten. Im Institut hier ... Und über Hellsichtigkeit und Moralität.'
Sie sah ihn an. Seine Augen zeigten einen entschlossenen Willen. Da wandte man nichts gegen ein ... Sie nickte und sagte, ebenso entschlossen:
‚Gut. Aber du vereinbarst nur Abende, an denen ich dabei sein kann.'
Er verwunderte sich über die Autorität in ihren Worten. Er berührte mit einem Lächeln kurz ihre Wange und sagte:
‚Jawohl, meine Dame.'

Der Meister sprach mit Doktor Stern.
‚Man fragt nach Unterricht durch meinen Freund. Hier in der Stadt. Was findest du dazu?'
Doktor Stern nickte, aber fragte:
‚Wollen Sie, dass er an einem anderen Abend spricht, oder anstelle von Ihnen?'
‚An einem anderen Abend.'
‚Wieviel Mal?'
‚Besprich das nur mit ihm, Freund. Es wird Zeit, dass du ihn einmal gut kennen lernst.'
Ein paar Tage später sagte Doktor Stern:
‚Ich habe den Professor gesprochen. Er ist bereit, alle vierzehn Tage am Donnerstagabend zu sprechen, außer an den Tagen, die er zu Kongressen im Ausland ist.'
Der Meister fühlte sein Herz schneller klopfen. Er fragte:
‚Was hältst du von ihm?'
Mit seiner üblichen Unergründlichkeit sagte er:
‚Ich kenne ihn von seinen Kursen, Meister. Er war derselbe ... Deutlich, geradeheraus und ehrlich ... und auch freundlich.'
Der Meister lächelte über diese Charakteristik. Er sah seinen alten Freund an und fragte:
‚Bist du dem *Menschen* begegnet?'
Er hatte ihn berührt ... er legte seine Unergründlichkeit ab.
‚Ja, Meister ... dem ist nicht zu entkommen. Ich verstehe, dass er Ihr bester Freund ist.'
Sehnsucht und Kummer sprachen aus diesen Worten. Ein Buddhist

hängte sich nicht an etwas, nicht einmal an seinen Meister ... Trotzdem war Doktor Stern ein treuer Freund ...

‚Ich habe mich für den Weg mit dem offenen Visier entschieden.'

Der Professor stattete seinem Freund einen Besuch ab. Der Meister schaute fragend.

‚Ich bin zum Direktor gegangen und habe ihm mitgeteilt, was meine Absicht ist – um zu vermeiden, dass ich mich später ertappt fühlen muss.'

Der Meister schnappte nach Luft. Der Mut dieses Mannes! Ruhig fragte er:

‚Was war seine Reaktion?'

‚Äh ... Bestürzung. Und danach Widerstand, ja. Mein guter Name als Wissenschaftler, als Vertreter von ... weiß ich, was alles. Dass man es wohl tolerieren, aber mich nicht mehr ernst nehmen wird. Ich werde eine Aura von ‚alternativ, soft, New Age, spirituell, unwissenschaftlich' um mich herum kriegen, ein immer mächtiger werdendes Vorurteil. Ich fand es nicht einfach, das alles anzuhören ... ich fühlte, wie mich das berührte! Aber ich habe mich davon frei gemacht und ihn ruhig gefragt: ‚Wir sind immer Freunde gewesen. Was hältst du eigentlich von mir?' Er war sprachlos von der Frage. Nach einer ganzen Weile sagte er: ‚Du bist ein außergewöhnlich guter Internist, ein zuverlässiger und tüchtiger Manager und ein geborener Lehrer. Und ein prima Kollege. Ich will nicht, dass du abrutschst!' Da habe ich ihm gesagt: ‚Wenn ich das alles für dich bin ... was zweifelst du dann an der Richtigkeit dieses Entschlusses? Sollte ich da auf einmal meine Qualitäten verlieren?' Er seufzte dann sehr tief und sagte: ‚Gut. Ich werde tun, worum du bittest. Ich teile deine Absicht der Leitung mit und werde für dich eintreten, wenn ich kann. Sie haben formal keine einzige Möglichkeit, dich zurückzuhalten. Aber man wird vielleicht versuchen, dich durch Einschüchterung auf andere Gedanken zu bringen.' Schließlich sagte er: ‚Ich muss einmal kommen und dich anhören ...'.'

Der Meister hatte große Augen gemacht. Er sagte sanft:

‚Die erste Schlacht geht also an dich – dank deines Mutes und deiner Ehrlichkeit. Ich bin gespannt, wie es weitergeht ...'

‚So träge Verwaltungsdinge oft verlaufen, so flott geht es jetzt. Innerhalb einer Woche bin ich schon zum Vorsitzenden der Krankenhausverwaltung gerufen worden.'

Der Meister fühlte spannende Erwartung. Er sah seinen Freund fragend an.

‚Nun, das war eine harte Nuss, Meister. Ich wurde äußerlich zuvorkommend, aber mit unverkennbarem Spott empfangen. Das Zimmer war geladen mit ... Verachtung. Ich glaube, dass man mich am schwersten straft, indem man mir so begegnet, mit so einer Diskrepanz zwischen der Vorführung und der Triebfeder. Eine Art inkarnierte Lüge ist das ... Von einer unbeschreiblichen Höhe herab redete er mit mir. Er verwies mich auf unsere Unterhaltung, ein Jahr zuvor. Daraus hätte sich doch klar gezeigt, dass die Leitung meine ‚Freizeitbetätigung' ablehnte. Er hätte schon verstanden, dass er sich da nicht einmischen durfte, aber was ich nun im Begriff sei zu tun, wäre trotzdem wirklich ein Problem. ‚Ich sehe das Problem nicht', sagte ich kühl. ‚Ich tue bereits mehr als notwendig, indem ich Sie vorab in Kenntnis setze. Aber ich akzeptiere keine Einmischung. Das wissen Sie.' Das Schlimme war, dass er für meine Worte nicht offen war. Ich bin für ihn erledigt ... vollkommen. Was ich sage und wie ich es sage, macht keinen einzigen Eindruck. Formal kann er nichts machen. Aber von nun an bin ich ein Spinner, auf den er keine Rücksicht nimmt. Er wartet auf einen geeigneten Moment, um mich los zu werden.'

Der Meister wurde von Kummer überwältigt. Dies verdiente sein Freund nicht!

Ängstlich fragte er:

‚Hat dies keine Folgen für die Ernennung deines Kollegen?'

Der Professor sah ihn gelassen an und sagte:

‚Ja. Das denke ich schon. Der Mann sagte: ‚Es ist wohl ein Problem. Wir haben dich machen lassen, widerstrebend. Aber du musst wissen, wie weit du gehen kannst. Dies ist zu weit ...' Ich begann böse zu werden, stand auf und stellte mich vor ihn.

‚Wir leben in einem freien Land ... noch immer. Du kannst mich auf keine einzige Weise abhalten. Ich tue dies, weil ich es will. Und ich rate dir, keine untergründigen Aktionen zu unternehmen. Dann haben *Sie* nämlich ein Problem, mein Herr Vorsitzender! Ich habe eine Ernennung auf Lebenszeit, Sie nicht. Ich kenne die Wege, die man in so einem Fall gehen muss. Und ich werde sie gehen!'.'

‚Ist das wirklich so, mein Junge?'

‚Ja. Wenn ich auch nur etwas von Widerstand merke, dann fällt er, nicht ich.'

‚Erreichtest du ihn mit deinen Worten?'

‚Nein. Ich glaube es nicht. Dieser Kerl ist eingekapselt in seine Überheblichkeit. Ich fühlte eine Wut in mir hochkommen ... am liebsten hätte ich ihm eine Tracht Prügel gegeben ... oder ihn zu einem Duell herausgefordert! Gehört, wie er ‚Au!' ruft. Nun musste ich meine Wut in meine Worte legen. Er sagte: ‚Gut, gut. Reg dich nicht so auf, Mann. Ich finde, dass du dies nicht machen kannst. Dabei bleibe ich. Aber du tust nur, was du willst. Dein Name geht dabei drauf, nicht meiner.'

Ich sagte: ‚Eine schöne Kultur ist das, in der der Name ‚drauf geht', weil man die Wahrheit sucht, nicht nur in der Wissenschaft, sondern auch in der Ethik. Die Wahrheit, Wahrhaftigkeit des Mensch-Seins.' – ‚Komm', sagte er, ‚setz dich und trink etwas mit mir. Wir müssen doch zusehen, miteinander auszukommen ...' Da hat er sicherlich Recht, also das habe ich dann getan. Auch wenn ich dann denke: Ich kann nicht zwei Herren dienen, was soll ich damit in Gottesnamen!'.'

‚Du weißt, dass ich es gerne sähe, dass du vollkommen mit mir zusammenarbeitetest ...'

Der Professor beugte den Kopf in Nachsinnen. Er sah auf.

‚Mein lieber Freund ... ich bin Arzt ... mit Leib und Seele. Ich könnte, was du bittest, erst tun, wenn ich nicht mehr als Arzt arbeiten könnte. Ich kann nicht nur Lehrer sein, ich will meine Kräfte in Taten umsetzen. Außerdem bin ich – seien wir ehrlich – noch lange kein Meister ... Ich muss jetzt Konzessionen machen ... um weiter arbeiten zu können. Aber ich werde nie vor Einschüchterung weichen, das gelobe ich dir. Was du mich bittest, werde ich stets nach bestem Vermögen zu tun versuchen.'

Der Meister seufzte. Es musste so gehen ...

‚Doktor Stern, willst du mich mit dieser Dame in Kontakt bringen, die nach Vorträgen des Professors gefragt hat?'

Doktor Stern wusste immer alles ... man konnte sich vollkommen auf ihn verlassen. Er regelte einen Termin ...

Der Meister war neugierig auf die Dame, er erinnerte sich mehr an ihre innere Frage als ihre äußerliche Erscheinung.

Aufrecht betrat sie sein Zimmer, gab ihm unbefangen die Hand und sagte:
‚Ich war sehr erfreut, dass Sie mich zu sich bestellten, Meister. Ich hatte nicht erwartet, dass Sie noch etwas von sich hören lassen würden.'
Er lächelte. Es war ein großer Lichtkranz um ihren Kopf, scheinbar verbunden mit diesen strahlenden Augen. Ein Kind ... in einer Frau von etwa fünfzig Jahren.
‚Ich habe Ihre Frage meinem Freund vorgelegt. Er sagte unmittelbar ‚ja'. Im Januar wird er seinen Unterricht beginnen.'
‚Er ist ein besonderer Mann.'
Der Meister war erstaunt. Er hatte nicht den Eindruck bekommen, dass sie ihn kannte. Sie lachte wegen seiner großen Augen.
‚Mein Blutdruck ging plötzlich sehr schlimm in die Höhe, und mein Hausarzt wollte mich direkt zu einem Internisten schicken. Ich habe dann nach dem Professor gefragt und bin vorige Woche in seiner Sprechstunde gewesen.'
Der Meister wollte fragen: Wie war das? Aber er schwieg. Sie beantwortete die Frage jedoch ...
‚Wissen Sie ... ich finde, dass Ärzte sehr gelehrt sind ... aber es kommt mir immer vor, als ob sie keine Verbindung mit ihrem Wissen haben. Sie bleiben draußen ... und sie bleiben auch außerhalb des Patienten. Das ist schlimm, wenn man sich auskleiden muss und sie die eigene Intimität betreten ... und doch bleiben sie mit ihrem Wissen in einer Art Niemandsland ... in einem Gebiet außerhalb ihrer Selbst und des Patienten. Verstehen Sie?'
Der Meister nickte verwundert.
‚Aber dieser Doktor ist anders ... das ist beeindruckend. Er lebt in seinem Wissen, und er lebt in seinem Patienten ... Er ist der Vermittler – und kommt so zu einer sicheren Diagnose. Innerhalb von drei Tagen war mein Blutdruck gesunken, während ich schon zahllose Medikamente gehabt hatte ...'
‚Gab er Ihnen neue?'
‚Nein. Er kombinierte sie nur anders. Vollkommen treffsicher, Meister.'
Wieder fragte der Meister:
‚Sind Sie dem *Menschen* begegnet?'
Ihr Lachen ließ ihre Augen funkeln.

‚Natürlich, Meister. Danach bin ich immer auf der Suche ... in jeder Begegnung.'

Er wollte sie fragen: ‚Wie fandest du ihn ...', aber er schwieg. Wieder beantwortete sie seine nicht-gestellte Frage.

‚Eine Begegnung mit so einem Menschen ist ein Höhepunkt im Leben ... Selbstbewusstsein und kindliche Einfalt ... Intelligenz, benutzt, um Menschen zu verstehen. Was muss dieser Mann es schwer haben, in so einer Position, zwischen total anders eingestellten Menschen ...'

Der Meister saß totenstill, mit angehaltenem Atem. Einmal hatte er gedacht, dass die Menschen im Westen leer waren ... leere Seelen, dumpf, intellektuell und gefangen in Schein. Aber in den letzten Jahren war er einigen außergewöhnlichen Menschen begegnet ... in denen ein ... individuelles Licht schien.

Diese Frau setzte ihn in Erstaunen ... wegen ihres selbstständigen, reinen Urteils ... wegen ihres aufmerksamen Auges und Ohres. Sie schien ihm eine Buddhistin zu sein, tief da unten in dieser reinen Seele. Aber in ihr hatte das eine Metamorphose erfahren ... war zu Individualität geworden ...? Er fragte:

‚Ich habe Sie nie in dem Institut in den Bergen gesehen. Besuchen Sie schon lange meine Vorträge?'

‚Nur hier in der Stadt. Ich bleibe gerne selbstständig, wissen Sie ... und gebe mich lieber nicht an das eine oder andere Regime hin. Ich bewundere Sie für Ihre Weise – und auch für das, was Sie zu sagen haben. Aber ich suche keinen Meister ... ich denke, dass ich den in mir selbst finde. Außerdem fehlen mir die Mittel ...'

Er lachte ihr zu.

‚Der Professor wird ebenso wenig Ihr Meister sein?'

‚Ich würde ihn mir als Freund wünschen ... auch als Ratgeber. Nicht als Meister.'

‚Sind Sie verheiratet?'

‚Ich bin Witwe ...'

Er nickte. Er sah, dass sie das Eheleben kannte, ohne unter dem Joch eines Herrschers zu seufzen. Er fragte:

‚Würden Sie es schätzen, wenn ich eine Begegnung mit dem Professor für Sie arrangiere? Ihre Frage ist nicht ohne Belang für ihn ...'

Sie sah ihn offen mit klarem Blick an und sagte:

‚Damit würden Sie mir einen großen Gefallen tun!'

Als sie weg war, blieb der Meister noch lange unter ihrem Eindruck. Sie hatte das klare Gewahrsein eines Buddhisten, aber das Selbstbewusstsein eines Kindes des Abendlandes. Gab es einen Namen für eine derartige Geistesverfassung? Ja ... aber er sprach das Wort nicht aus. Namen führten einen weg von dem Wesen. Indem man etwas einen Namen gab, war es das noch nicht ... und an dem Namen klebten Vorurteile, die nichts mit dem Wesen zu tun hatten ... So war es schließlich auch mit seinem geliebten Buddhismus ...

An einem Abend kam das Mädchen vollkommen erschöpft und erschüttert nach Hause. Sie hatte Nachtdienst gehabt ... Der Meister fing sie auf, setzte sie auf einen Stuhl, schenkte Tee ein und blickte besorgt auf ihre rotverheulten Augen. Sie sagte verzweifelt:

‚Es ist kein Kummer, es ist Wut! Ich werde rasend, wenn ich an diesen Kerl denke! Ich konnte ihn schon nicht ausstehen ... als er während meiner Schwangerschaft über meinen Kopf hinweg mit meinem Mann sprach. Aber nun hat er es auf mich abgesehen. Warum habe ich das immer, Meister? Ich bin nun doch ruhig und besonnen, ich provoziere nicht mehr ... versuche keine Beachtung zu finden – und doch ziehe ich seine Aufmerksamkeit auf mich. Ich hasse das!'

Sie fing an, leidenschaftlich zu weinen. Der Meister stand auf und streichelte ihr über den Kopf. Wäre sein Freund jetzt nur da!

‚Was ist geschehen?'

‚Ich hatte Nachtdienst ... wenn nichts zu tun ist, darf man schlafen gehen. Es steht ein Bett für uns da ... man wird dann geweckt, wenn etwas ist. Nun ... ich habe ein paar Stunden geschlafen, bin danach wieder zur Abteilung gegangen. Da kam er auf mich zu. Er tobte fürchterlich, Meister ... auf unverschämteste Weise. Es hätte einen Kaiserschnitt gegeben und ich hätte im Bett gelegen und geschlafen. Ich sagte: ‚Wie soll ich das wissen, wenn niemand mich weckt?'

Da wurde er völlig rasend ... Ich war erschüttert, konnte ihn nicht ansehen, so ekelte ich mich vor ihm, vor dem Unrecht! Schlussendlich sagte er, dass ich heute Mittag in sein Zimmer kommen müsse, dann würde ich hören, welche Maßnahme er ergriffe ... Und dann musste ich noch den ganzen Tag zusehen, dass ich durchhielt, Meister. Mein Mann hatte keine Zeit, Mittag zu essen, das ist oft so, aber nun konnte ich es nicht aushalten ... und musste dennoch.'

‚Und bist du schon bei diesem Mann gewesen?'

‚Ja.' Sie begann wieder zu schluchzen. ‚Er ist ein ekelhafter Kerl! Er saß an seinem Schreibtisch und aß hartgekochte Eier. Während ich da stand und wartete! Bah ... als er sie auf hatte, wischte er seinen Mund mit seinem Taschentuch ab und ließ mich einfach an seinem Schreibtisch stehen. Ich bekam die Strafe für meine Nachlässigkeit: Erstens einen Extra-Nachtdienst mit dem Verbot, schlafen zu gehen ... und zweitens würde er meinen Mann darüber unterrichten! Das muss man sich vorstellen! Als ob er mein Vater ist statt mein Ehemann! Meister, ich verkrafte das nicht ... ich habe nichts Falsches getan ... und die Nachtdienste sind schon so schwer, sechsunddreißig Stunden in der Klinik ... Ohnmacht, Erniedrigung ... warum?!'

Er lebte sich so stark in ihre Emotionen ein, dass er mitweinen wollte ...

‚Und er wird die Geschichte ordentlich verdrehen ... so dass ich hier zu Hause auch noch ein Donnerwetter bekomme! Sie wissen, wie er über nachlässige Famuli denkt ...'

‚Komm jetzt, Kind. Das ist unmöglich. Er ist dein Freund, nicht dein Vater, hm?'

‚Ich habe sonst oft genug als Kind etwas auf den Deckel bekommen ...', klagte sie. Aber sie hatte sich doch beruhigt. Er verstand, dass sie sich ‚vergewältigt' fühlte ...

Er fragte:

‚Was wirst du nun tun?'

Sie sah ihn mit großen, feuchten Augen an.

‚Gehorchen natürlich. Sonst kann ich mein Arztexamen wohl vergessen. Aber ich werde jede Minute in Ekel ersticken! Warum habe ich das immer! Meine Mutter strafte auch immer vollkommen unberechtigt ... und mein Vater machte mit seinen Händen deutlich, dass er verärgert war. Was geht mich die Gereiztheit der anderen an? Warum?'

‚Du bist jung, schön, strahlend ... glücklich verheiratet, du hast ein tolles Kind ... treue Freunde ...'

‚Missgunst, Meister?'

‚Möglich ... Man wird deinen Mann wohl verspotten ... mit dem Beinamen ‚Guru' zum Beispiel ... überall wo ein Hauch von Heiligkeit ist, wird gehänselt.'

‚Auch in Ihrer Kultur? Im Kloster?'

‚Das ist anders ... da kennt man, anerkennt man noch den erleuchteten Meister. Aber außerhalb seines Bereichs geschieht es auch, Kind. Man darf nicht edel sein, schön, wahrhaftig ... Das bringt Schläge.'

‚Aber das kann ich nicht hinnehmen! Ich will nicht, Meister!'

Er seufzte und sagte sanft:

‚Es gibt keine Scheiterhaufen mehr ... Der zivilisierte Scheiterhaufen ist der Spott und die Erniedrigung ...'

Zusammen warteten sie, dass ihr Freund nach Hause kam ...

Sie brachte ihren Sohn ins Bett, er hörte sie mit klarer Stimme singen. Danach lief sie nervös hin und her.

‚Komm jetzt einmal her! Ich verstehe deine Nervosität nicht. Du wirst Trost bei ihm finden, nichts anderes.'

‚Sie verstehen es tatsächlich nicht. Wie ich ihn kenne, ist er Ihnen unbekannt. Bei mir beherrscht er seine Geisteskraft nicht, auf keinerlei Weise. Das ist das Fundament unserer Freundschaft ... aber manchmal auch eine Aufgabe. Als ich Koassistentin bei ihm war, fand er meinen Einsatz zu gering. Ich tat, was ich tun musste, aber er vermisste meine eigene Initiative. Er lehrte mich, sie zu finden und zu entfalten, indem er jeden Tag darauf hinwies. Jeden Tag! Er findet, dass man im Arzt-Sein sein volles Wesen entfalten muss. Das tut niemand, das verlangt auch niemand ... Ich musste ... weil ich wollte. Aber als ich da weg war, schlief dieser Einsatz wieder ein, er wurde schließlich von niemandem stimuliert, nicht einmal gewünscht! Dieser Kerl, der Gynäkologe, stößt mich immer wieder darauf. Er weiß, wie mein Mann ist ... und lässt mich fühlen, dass ich ihm nicht das Wasser reichen kann, dass ich ein Nichts bin, auch wenn ich seine Frau bin. Er achtet auf niemanden so scharf wie auf mich ... und ich weiß sicher, dass mein Mann auch unzufrieden wäre ... Für mich ist dies eine Aufgabe geworden. Mein Herz liegt hier, bei meinem Kind, meinem Mann. Mein Beruf kommt erst an zweiter Stelle, da muss ich durchhalten ... es ist keine Rede von eigener Initiative ... ich habe keine Lust mehr. Ich weiß nicht, ob er das verstehen wird, Meister.'

Als der Professor nach Hause kam, sagte er erstaunt zu seinem Freund: ‚He? Bist du noch da?' Danach küsste er seine Frau und sah unmittelbar ihre Verwirrung. ‚Was ist?', fragte er. Er war ganz klar noch nicht auf dem Laufenden. Sie setzte sich aufrecht hin und erzählte ihre Geschichte. Der Meister sah, wie groß ihr Respekt vor diesem rechtschaffenen Mann war ... Sie sprach zögernd, leise, sah ihn nun einmal an, schlug dann wieder die Augen nieder. Und er ... sein Gesicht verriet nichts von dem, was in ihm vorging. Er saß etwas nach vorn gelehnt und hörte aufmerksam zu. Aber der Meister schaute seine Emotionen ... Schließlich schwieg sie und wartete ab. Er strich mit seiner Hand durch sein Haar und stand auf, hob sie von ihrem Stuhl hoch und nahm sie in seine Arme.

‚Wie finde ich das schlimm für dich!', sagte er sanft. Später nahm er ihr Gesicht in seine Hand und fragte: ‚Konntest du auf keinerlei Weise wissen, dass diese Operation bevorstand? Meist geht dem doch das eine oder andere voraus?'

‚Nein ... die Frau kam von draußen. Als ich schlafen ging, war noch alles ruhig. Aber ...', sie sah ihn direkt an, ‚ich will zugeben, dass es mir alles sehr schwer fällt – dass ich froh bin, wenn ich mich hinlegen kann, und ich dann hoffe, dass ich nicht geweckt werde. Wenn ich mehr beteiligt wäre, wäre ich wohl sicher wach geworden ...'

Er streichelte ihre Wange und sagte:

‚Ich weiß es, Liebling ... und ich verstehe das auch. Du tust dein Bestes, mehr kann man nicht verlangen. Ich werde ihn anrufen. Jetzt.'

‚Nein, nein! Ich will nicht, dass du eingreifst. Ich will eine gewöhnliche Studentin sein ... die müssen auch hinnehmen, was kommt ...'

‚Du bist keine gewöhnliche Studentin ... weil du meine Frau bist. Du kannst dies nicht so lassen, Kind. Dann gibst du nach. Du darfst Ungerechtigkeit nicht nachgeben. Ich rufe ihn jetzt an und spreche mich mit ihm aus.'

‚Ich kann nicht wieder irgendwo anders aufs Neue beginnen. Das schaffe ich nicht mehr.'

‚Es wird schon gut.'

Er zog seine Jacke zurecht und ging zu seinem Studierzimmer. Die Tür fiel mit einem Schlag zu.

Er blieb lange weg, sehr lange. Der Meister fühlte die Spannung beinahe tastbar. Er versuchte, sie etwas abzulenken ... Schließlich kam er zurück.

‚Es ist in Ordnung', sagte er kurz und setzte sich. Sein Gesicht war starr und streng, der Meister erschauderte davon. Sie schwiegen alle drei einige Zeit.

‚Was ist in Ordnung?', fragte sie schließlich leise.

Er sah sie an und sagte:
‚Nimm es mir nicht übel ... du brauchst keinen Extradienst zu machen. Er hat zugegeben, dass der Assistent dich hätte wecken müssen. Alles ist gelöst.'
‚Warum habe ich dann das Gefühl, dass es alles noch schlimmer geworden ist?'
Der Professor sprang auf und lief hin und her. Er sagte:
‚Weil ich wie ein Blöder behandelt werde! Der Spott trieft aus jedem Wort ... Es ist, als ob er durch dich mich hat provozieren wollen.'
‚Spott ... womit, worüber?'
‚Mit meiner Liebe zu dir, dass ich mich für dich einsetze ... mit meiner ‚Sanftheit', unausgesprochen auch mit meinem innerlichen Leben. Dieser Mann, der erst so ein strenger, geradliniger Wissenschaftler war, ist nun zu einem Weichling geworden ...'
Der Meister nickte. Das unbestimmte Gefühl von Bedrohung begann, Gestalt zu bekommen ...
‚Was nun, mein Junge?', fragte er.
Sein Freund blieb stehen und sah ihn an, seine Augen groß und traurig.
‚Kampf, Meister. Oder Unnahbarkeit. Ich weiß noch nicht, was ich wählen werde.'
‚Hüte deinen innerlichen Weg, mein Junge. Dass du nicht im Sturm umkommst.'
‚Gardevias', lächelte sie ...

‚Was hat er alles über mich gesagt?', fragte sie später, als der Meister weg war. Er zog sie an sich.
‚Das du dich verhältst wie ‚Frau Professor', dass du hochmütig bist und meinst, dass du Privilegien genießt.'
Sie legte ihren Kopf auf seine Schulter und fragte:
‚Und was denkst du?'
‚Dass ich dich sehr gut kenne. Dass er seine eigenen Vorurteile projiziert. Dass du die Personifizierung meines Ideals bist ...'
‚Früher sagtest du, dass deine ideale Frau ganz anders wäre als ich ...'
Er schüttelte seinen Kopf.
‚Das war das Bild meiner Seele ... ein Bild der Aufgabe meines innerlichen Strebens ... Du bist meine echte Ehehälfte, Liebling ...'

‚Was wirst du tun mit diesem Gynäkologen?'

‚Tun, was der Meister sagt: es geht um die Ruhe für den innerlichen Weg. Ich werde ihn ignorieren.'

‚Ich habe gestern gesehen, dass du tiefen Respekt vor deinem Mann hast ...', sagte der Meister zu ihr, als sie nach ihrer Arbeit kurz bei ihm saß.

Sie sah nachdenklich vor sich hin ..., Wissen Sie ... zum Teil ist das wahrhaftig. Es gibt Momente, wo ich sein Wesen fühle ... und das weckt aufrichtige Ehrfurcht. Aber es gibt auch einen Teil ... der auf meiner Schwäche beruht. Er hat mich gelehrt, wie ein Mangel an Vertrauen in die Kraft und die Bedeutung des Denkens einen letztendlich total schwächt. Es macht das Denken selbst schwach und dumpf, aber es sickert auch in Gefühl und Willen – im Gefühl gibt es Sentimentalität oder ein ausschließliches Fühlen des Natürlichen ... aber den Willen macht es leer. Kein eigener Willens-Inhalt mehr ... und das lässt einen entweder nach einem Ausleben seines Egoismus oder nach dem Aufschauen zu einer Autorität verlangen ... Zwischen diesen beiden werde ich hin und her geworfen, Meister ... frech den eigenen Gang gehen und um Autorität bitten. Sein Unterricht hat mein Denken geboren werden lassen ... ich weiß jetzt erst, was Denken eigentlich ist ... aber damit fand ich auch meinen ureigenen Willen ... *nicht* diesen leibgebundenen Trieb ... sondern Willen zum Guten.

Dennoch sitzt da noch ein Rest des Alten ... des Aufschauens zu einem Herrn und Meister – und der Rebellion dagegen. Respekt ... ja, ich habe tiefen Respekt vor ihm. Und ich kämpfe für die Ehrlichkeit darin.'

Der Meister tat sein Bestes, um ihrer Erklärung zu folgen. Stets hatte er die Neigung, in das Gewahrsein ihrer Ausstrahlung zu geraten ... aber er wollte verstehen, was sie sagte.

‚Was war deine Arbeit heute?'

‚Gut ... der Assistent hat mir gesagt, wie sehr ihm die ganzen Sache leid tut – er hätte mich wecken müssen. Und der Professor ‚Gynäkologie' ... war ekelhaft lieb. Sehen Sie, so jemanden könnte ich nie als Meister achten, und wüsste er noch so viel. Verstehen Sie?'

‚Und deinen Vater?'

‚Ihn wohl ... in gewissem Sinne. Er ist doch ehrlich, auch wenn er durch seinen Zorn oft ungerecht ist. Bei ihm lebte ich gerade in diesen zwei Gegensätzen: provozieren und mich beugen. Ich schäme mich nun dafür, aber ich wusste es nicht besser ...'

Doktor Stern richtete in dem großen Haus, in dem die Vorträge gehalten wurden, ein Zimmer für den Professor ein, nach dessen Geschmack. Die Einrichtung wurde leicht und einfach, die Betonung lag auf zwei Stühlen an einem Schreibtisch ... Als Erstes empfing er da die Dame, durch deren Frage er nun Vorträge geben würde.

Er erkannte sie unmittelbar wieder, was sie sehr verwunderte. Sie sprachen kurz über ihre Gesundheit, aber dann führte er das Gespräch in die Richtung ihrer Frage.

‚Zwei meiner Freundinnen sind in diesem Sommer in den Bergen gewesen und hörten Sie da sprechen. Ich habe selbst keine Gelegenheit, so eine Reise zu machen ... aber dann hörte ich, dass Sie hier wohnen. Warum hören wir hier nichts von ihm, dachte ich und ging zu dem Meister ...' Sie schwieg kurz, richtete ihre fragenden Augen auf ihn und fragte geradeheraus: ‚Sind Sie Buddhist, Doktor?'

Er mochte so ein Vorgehen ohne Umwege und lachte.

‚Nein. Das heißt, ich kenne und anerkenne die Lehre in vielen Punkten – und habe sie auch intensiv geübt. Aber es blieb für mich *ein* unerträglicher Punkt – wodurch ich letztendlich meinen eigenen Weg gehen musste.'

‚Wollen Sie ihn mir sagen?'

‚Sicher. Dieser eine Punkt ist auf vielerlei Arten auszudrücken. Zu Ihnen will ich es folgendermaßen sagen: Das Gesetz von Ursache und Folge, von einem endlosen Werden und wieder Vergehen, wobei das eine auf das andere einwirkt ... wurde für mich zu etwas, was meiner eigenen innerlichen Erfahrung widerstrebte. Für mich ist Freiheit eine tatsächliche Erfahrung: Das Erleben, dass man im Bewusstsein vollkommen aus sich selbst denken und handeln kann, dass das auf nichts anderes gegründet ist als auf einen selbst, und im Laufe der Jahre die Erfahrung, dass man in dieser Freiheit losgelöst vom Körper leben kann, so dass sogar das nicht mehr der Untergrund von Denken und schließlich Handeln ist. Diese *Freiheit* reißt sich *los* aus dem Gesetz von Ursache und Folge – diese Freiheit ist die moderne Form von Befreiung von dem Leiden. Die Entwicklung schreitet fort, wir können

nicht mehr dieselbe Lehre anwenden wie in vergangenen Zeiten ... Und Sie, meine Dame?'
‚Der Buddhismus zieht mich wegen der Mitmenschlichkeit, der Liebe und des Mitleids an. Aber zugleich meine ich: Wie soll ein Mensch mit so einem kraftlosen Denken wie der Abendländer in Worten noch Kraft erfahren? Auch wenn diese Worte noch so schön sind ...'
‚Darum liegt es auf der Hand, einen Weg zu suchen, der uns zu einem intensiven Erleben des Wortes, des Rhythmus, des Klanges führt ... Aber dieser Weg geht über den Begriff, das Begreifen.'
‚Bis zu diesem letzten Satz konnte ich Ihnen folgen, Doktor. Dann verlor ich den Faden.'
‚Gerade dieser letzte Satz ist das Wichtigste ... dem werde ich meine Vorträge widmen.'
‚Werde ich die verstehen können? Sie sprechen sicher eine sehr gelehrte Sprache.'
Er lächelte. Er fand, sie war eine reizende Frau.
‚Ich werde gut auf Sie achten!'

Nach dem Gespräch ging er zu dem Zimmer seines Freundes. Er setzte sich zu ihm.
‚Das Leben ist die Mühe wert, Meister! Ich bin sehr froh, dass wir hier beginnen können. Ich finde nur, dass wir mehr Zeit für deine Entwicklung im Denken aufwenden müssten.'
Der Meister lachte ihm fröhlich zu.
‚Ich bin noch immer froh, wenn du nicht davon anfängst. Das ist das stolze Kind in mir ... Weißt du, ich bekomme immer mehr das Gefühl, ein Zuschauer zu sein. So jemand wie ein Fußballer, der für einen großen Wettkampf eingeteilt ist, aber der doch an der Seitenlinie warten und zuschauen muss. Ihr lebt wirklich, ich schaue zu.'
Sein Freund guckte nachdenklich.
‚Das scheint mir keine gute Sache ...'
‚Es ist, glaube ich, eine Folge der Anstrengungen meines Kopfes. Ich bin das nicht gewohnt ... und ich fühle so deutlich den Unterschied. Der Kopf schaut zu ... ruhig, unbewegt. Es ist ein großer Unterschied zum Gewahrsein. Dann macht man sich selbst auch zum Zuschauer ... seiner selbst, aber man kommt dann gerade in Verbindung mit ... allem. Jetzt aber stirbt die Wirklichkeit ... und wird zu distanzierter

Unbeweglichkeit. Ich gehe den umgekehrten Weg ... und frage mich, wo ich landen werde.'

Der Professor versuchte sich in seine Geistesverfassung einzuleben. Ihm fehlte das Vermögen, übersinnlich zu schauen, und er fühlte diesen Mangel schmerzlich. Aber er wusste, dass man diese Fertigkeit bekam, wenn man reif war ... er musste noch warten. Er besaß keine spontane Gabe ...

‚Sag mir einmal ... was ist der Begriff des Kreises?', fragte er.

Der Meister gab eine fehlerfreie Antwort.

‚Nun besinne dich ... hast du dies aus deiner Erinnerung aufgesagt oder aus dem Begreifen?'

‚Was sagst du?'

Der Professor wiederholte:

‚Sagst du diese Sätze aus dem Kopf auf? Oder ergründest du den Kreis und holst dir von diesem Verständnis aus die Worte in Erinnerung?'

Es war eine Weile still. Der Meister dachte mit gesenktem Kopf intensiv nach. Dann sah er auf und sagte: ‚Vor allem aus dem Gedächtnis, mein Lehrer. So bin ich es gewohnt.'

‚Verstehst du, was du behalten hast?'

‚Was meinst du?'

‚Weißt du nun, was das Wesen eines Kreises ist: ein Umkreis, gezogen durch alle Punkte, die in gleichem Abstand vom Mittelpunkt liegen?'

‚Ja. Aber das Gedächtnis ist am stärksten, das Verständnis ist blass und vage.'

‚Dann zieh nun mit aller Energie das Verständnis in die Worte. Sprich kein unverstandenes Wort.'

Der Meister tat, was er gefragt wurde.

‚Was fühlst du nun? Was geschieht?'

Die Augen des Meisters glitzerten. Sehr leise sagte er:

‚Es fügt sich etwas zu den Worten, was viel größer ist als nur das Verständnis ...'

Der junge Lehrer sagte ernst:

‚Das, mein geliebter Meister ... seid Ihr!'

Der Meister legte den Weg zu seinem Haus zu Fuß zurück. ‚*Tat tvam asi*'. Das seid Ihr! Sein Freund hatte oh so vertraute Worte gebraucht – in einem oh so fremden Zusammenhang. Aber er bezweifelte die Wahrheit nicht. Oh, er hatte gefühlt, wie er einen Augenblick vom Zuschauer zum Teilnehmer wurde ... ein Mensch, mit dem in der Schöpfung gerechnet wurde. Nicht ein unbedeutendes, vergängliches Glied in einer Kette, sondern ein aktiver Teilnehmer, ohne den die Schöpfung unvollkommen war ... Hochmut? Nein, oh nein. Es war schließlich nur ein Bruchteil eines Augenblicks gewesen, und mit dieser Erfahrung kam das Wissen: so schwach bist du noch, dass du schlafender Zuschauer bist ... aber gerechnet ist mit dir als aktiver, wacher Teilnehmer! Gleich, zu Hause, würde er auf seinen Knien um Beständigkeit dieser Erfahrung flehen ... und um Mut ... neben diesem Freund weiterleben zu können, der so stark war, dass er stets wach war, fortwährend aktiver Teilnehmer ... Man kannte ihn nicht, wenn man das nicht wusste. Doch man wusste es besser nicht, wenn man es nicht verkraftete. Missgunst würde die Einsamkeit dieses großen Freundes unerträglich machen ...

‚Hast du noch eine Uneinigkeit mit ihm?', fragte der Meister das Mädchen einmal, während sie ihren täglichen Tee tranken.

Sie sah ihn schalkhaft an und hob ihre Schultern.

‚Ach ...', sagte sie. ‚Streit fängt man an in einem Kampf um die Macht. Das hat keinen Sinn, wenn einer von beiden so mächtig ist, dass der andere mit einem Blick niederzuschlagen ist ... Anfangs habe ich ihn wohl herausgefordert – um seine Macht zu erproben ... und er ließ mich diese ohne Zurückhaltung fühlen. Es hat doch keinen Sinn, das immer weiter zu probieren? Und wenn ich ihn nicht provoziere, merke ich nichts von einem Machtunterschied ...'

‚Nie ein ungebührliches Wort?'

‚Doch ... kleine Gereiztheiten. Wenn ich Auto fahre, dann übt er Kritik an meinem Fahrstil. Dann schaut er so amüsiert zu mir herüber und findet, dass ich fahre wie ein Pariser oder ein Römer – wie ein Mann! Rücksichtslos und aufdringlich – und unvorsichtig. Das ärgert mich. Bei ihm ist immer alles beherrscht. ‚Am Fahrstil erkennt man den Charakter', sagt er dann.

‚Dann bist du ein Trottel!', sagte ich dann böse. Und so kabbeln wir uns oft. Aber wirklichen Streit über etwas Wichtiges haben wir nicht. Er sagt immer, dass ich ein Feldherr bin, oder ein Frontsoldat in der Verkleidung eines Mädchens ... aber er mag das, und wir sind beide geschickt, die Unterschiede, die zwischen uns sehr groß sind, mit einem

Lachen zu überbrücken ...'

‚Keine Beschränkungen deiner Freiheit mehr?'

Sie schaute nachdenklich.

‚Das weiß ich nicht genau ... ich habe Freiheit anders sehen gelernt. Nicht als ein Tun, wozu man Lust hat. Diese Form von Freiheit habe ich nicht. Er auch nicht. Wir nehmen viel Rücksicht aufeinander ... und bestimmte Dinge darf ich wirklich nicht. Aber das erlebe ich nicht mehr so, weil ich es selbst nicht mehr will. Ich will nicht, dass er nach einem langen Arbeitstag in ein verlassenes Haus nach Hause kommt ... verstehst du? Ich habe mich sehr verändert ... aber er auch, seine Sanftheit kommt mehr hervor – zumindest in unserer Beziehung.'

Der Meister hatte mit Interesse zugehört. Sein größtes Interesse war dieser Mensch, sein Freund. Er liebte ihn mit all seinem Wesen und versuchte, sein Rätsel zu ergründen ... wissend, dass er damit das Rätsel des westlichen Menschen ergründete.

Er begann, den Unterschied zwischen der begriffslosen Gnade des Gewahrseins und der klaren Seligkeit des bewusst erlebten Begriffs zu erleben. Sein junger Lehrer unterwies ihn intensiv darin und lehrte ihn, dass er sein Gewahrsein in dem Begriff haben konnte, wodurch er kein distanzierter Zuschauer wurde, sondern ein gesteigertes Glück in der Selbsterkenntnis des Begreifens erlebte. Er war der einzige Schüler des jungen Meisters, der wirklich verstehen konnte, worüber dieser sprach. Seine Frau war noch zu jung ... aber sie hatte ein großes Talent – und würde ihn – zu seiner Zeit hinter sich lassen. Eines Abends fragte der junge Meister seinen älteren Freund:

‚Können wir einige Abende dem Lukasevangelium widmen? Du hast mich darauf hingewiesen – ich würde gerne von deiner Weisheit ‚profitieren', Meister. Es scheint mir ein Lehrbuch für den Arzt, mit seinen Beschreibungen von Heilungen ... Ich fühlte mit meinem Verständnis die Tiefe davon, die Liebe und die Kraft ... es sind Bilder ... aus einer Welt, die du besser kennst ...'

‚Nein, nein, mein junger Meister. Dies ist deine Welt, ganz und gar ... aber du hast wohl Recht, der Buddhismus lebt auch darin ... er scheint in eine Metamorphose gekommen zu sein ... Wir werden beide ein ‚Zuhause' darin haben ...'

‚Ich vermisse das Vermögen, in Bilden zu denken, so stark, Meister. Bei mir ist alles Begriff ... kein abstrakter Begriff mehr, aber doch Begriff. Das ist eine Einseitigkeit.'

‚Denken in Bildern ... das kann ich ebenso wenig.'

Der junge Meister zog erstaunt die Augenbrauen hoch. Aber der Meister sagte:

‚Ich werde Bild, da ist keine Rede von irgendeinem Denken. Du weißt: ich verliere mich selbst.'

Der junge Meister dachte nach. Er würde sein eigener Meister sein müssen ...

‚Ich habe über dein Verlangen nach einem Denken in Bildern viel nachgedacht ... ist es wohl richtig, wenn du sagst, dass du nicht das Vermögen dazu hast?'

Der junge Meister sah ihn verwundert an und sagte:

‚Ich denke in Begriffen ... Begreifen ist für mich eine Form von Liebe, schöner als die körperliche Liebe. Aber ich vermisse das Bild ...'

‚Ist das so? Ich bin derjenige, der das Bild vermisst ... in meinem Gewahrsein ist alles Realität, kein Bild ... niemals Bild. Ich stelle mir vor, dass, wenn ich mein mathematisches Denken sehen könnte, dass ich *dann* ein Bild sähe ...'

‚Dann meine ich mit ‚Bild' etwas anderes. Du hast Recht, sobald ich mein Denken anschaue – wie es der große Meister in der Kapelle mich lehrte – schaue ich etwas an, was Bild ist, keine Wirklichkeit. Durch die jahrelange Konzentration und Meditation wird das Bild gesättigt, es wird Substanz, sich bewegende Realität ... und was ich darin nun vermisse, das ist – lass mich sagen: Farbe, Klang, Form ... Vorerst bleibt es grau und schmerzlich ...' Er schwieg kurz und sagte dann: ‚Was bin ich erfreut, dass du mitdenkst, Meister!'

Die Augen des Meisters nahmen ein Funkeln an.

‚Ich kann nicht anders, mein Freund ... Ich denke, dass es die Welt der Mathematik ist, Junge ... Das mathematische Denken ... Geraden und Figuren, sich bewegend ... aber noch nicht licht, farbig und warm. Ich habe untersucht, wie ich dahin komme, in mein Gewahrsein. Wir haben schon oft darüber gesprochen. Gebrauche deine Sinnesorgane, Junge, ohne zu denken. Kein begreifen, ausschließlich Wahrnehmung. Dann lernst du, was Grün ist oder Blau ... oder Vogelgezwitscher und die aufgehende Sonne. Dieses neue Wissen wird sich dann deinem grauen Kraft-Denken hinzufügen ...'

‚Wie soll man nun hier in der Stadt seine Sinne gebrauchen – außer von einem nützlichen Gesichtspunkt aus. Es gibt kein natürliches Grün oder Blau ... und kaum das Zwitschern eines Vogels. Wie anders war meine Jugend ... in den Hügeln ...'

‚Nach einer Weile kommt alles im Garten wieder hoch ... der von deiner Frau so prächtig angelegt wurde. Und der Nacht- und Morgenhimmel, nach dem du immer schaust ... Es gibt so viel.'

Der Professor nickte. Er sagte:

‚Es hat Ähnlichkeit mit dem Atmen ... mein *Denken* ist wie *Ausatmen* ... ich habe es umgeformt zu einer vollkommen bewussten Aktivität. Aber die *Einatmung* – das *Wahrnehmen* – geht noch auf die alte unbewusste Weise.' Nach einer langen Pause sagte er: ‚Ich fühle große Scham, über das Lukasevangelium zu sprechen. Es scheint mir eine ... Sünde, den hohen Hintergrund in unserer unbeholfenen Sprache gefangen nehmen zu wollen. Es scheint mir geschrieben aus regelrechter Eingebung ... durch denjenigen, dessen Leben da beschrieben steht. Ich verstehe irgendwie, dass die Kirche es Laien lange verboten hat, die Bibel zu lesen ... dennoch ist die Zeit da, dass jeder Mensch sich zu diesem hohen Hintergrund emporarbeitet. Aus dieser Überzeugung schöpfe ich die Kraft und den Mut, mit dir darüber zu sprechen – aber ich bitte dich um Verständnis für meine Behutsamkeit.'

Der Meister hatte ihn andächtig betrachtet und ihm zugehört. Mit Verwunderung schaute er die Veränderung an ... Es trat ein zarter Glanz um ihn herum, eine lichte, feuerkräftige Glut ... Werde ich ihn je wirklich kennen lernen? fragte er sich ... oder wird da immer wieder ein neues Wunder verborgen sein ... um später offenbar zu werden? Er fühlte tiefe Ehrfurcht ... nicht vor dem Menschen, sondern vor dem, was in einem Menschen wirken kann ... Er nickte und sagte:

‚Sei beruhigt, mein Junge. Ich werde deine Worte mit Ehrfurcht empfangen ... Sollen wir nicht warten, bis deine Frau dabei ist?'

Der junge Meister sagte, mit Lachfältchen um seine Augen:

‚Du sorgst gut für sie ... wir werden warten.'

Sie setzte sich dazu, ermüdet nach einem langen Arbeitstag, gefolgt von dem Versorgen ihres Kindes, dem Zubereiten des Essens und dem

Aufräumen. Sie hatte ihre Koassistentenschaft in der Geburtshilfe und Gynäkologie gut abgeschlossen und musste nun noch einige ‚kleine' Fächer machen. Danach würde sie ihr Studium mit einem großen Examen abschließen ... im späten Frühjahr. Ihr Mann sah ihre Ermüdung. Er half ihr, so viel er nur konnte ... aber wenn der Meister da war, wandte er sich an ihn, um diese seltenen Stunden so gut wie möglich zu nutzen.

Er fragte:

‚Schaffst du es noch, zusammen etwas zu arbeiten?'

‚Ja ... ich bin müde, aber das macht nichts aus. Es gibt kein besseres Heilmittel dagegen, als ordentliche geistige Arbeit.' Sie lachte. ‚Und dafür muss ich bei euch sein.'

Erneut sprach der Professor seine einleitenden Worte. Der Meister nahm wahr, dass auch seine Frau die gewaltige Veränderung sah ... Solchen Momenten entlehnte sie ihren Respekt vor ihm ... Danach begann er, von seinem Empfindungen zu erzählen.

‚In dem ersten Kapitel liegt schon unmittelbar eine rätselhafte Wirkung ... Zweimal erscheint der Engel Gabriel ... zuerst Zacharias, dann Maria. Beide äußern ihre Verwunderung ... aber Zacharias wird gestraft, weil seine Verwunderung auf Unglauben beruht, während Maria gepriesen wird, weil sie sich gläubig verwundert. Ich wollte, dass jeder, der das liest, dies auf sich einwirken ließe ... tief, so tief, wie möglich ... um darin die Kraft zu finden, die mit dem ersten Schritt des achtfachen Pfades übereinstimmt: die *richtige Meinung* ... oder den *richtigen Glauben*. Für mich war dies eine Offenbarung ...' Er sah seinen Freund an. ‚Verstehst du?'

Der Meister war still. Wieder fühlte er die Einsamkeit dieses großen Mannes. Er vermutete die Tiefe seiner Erfahrung ... aber hatte diese selbst nicht.

Als der Meister nach Hause gegangen war, saßen sie noch eine Weile beieinander. Sie sagte:

‚Ich war beeindruckt ... Es war ein großartiger Moment, als der Meister deine Worte zu sich nahm. Ich fühlte, wie fremd und schwer es für ihn war ... und doch dringt es tief in ihn durch. Ich werde gewahr, wie zwei Kulturen einander berührten ... und befruchteten. In ihm scheint eine fast instinktive, reine Naturweisheit zu leben ... als ob sein Körper spricht, als Übersetzer des Makrokosmos. Bei dir ist alles klar selbstbewusst, als ob deine Inspiration von außerhalb deines Leibes kommt, um sich mit deinem Mikrokosmos zu vereinigen.'

Sie sah ihn an und sah es wieder ... das milde Licht seines Verständnisses, wie ein innig gesättigtes Wohlwollen. Er war glücklich mit ihren Worten. Er sagte:

‚Ich finde es ein Wagnis, das unternommen werden muss. Es lässt mich meine Einsamkeit fühlen ... wenn ich so ganz losgelöst von einer Kirche oder Gemeinschaft meine Erfahrungen habe – und diese dann mit jemandem teile, der aus einem ganz anderen Hintergrund heraus zuhört, aber der sich ebenso aus diesem Hintergrund gelöst hat und in Einsamkeit seinen außergewöhnlichen Weg geht. Aber du, mein Liebling, hebst unsere Einsamkeit auf, durch dein großes Herz, in das wir beide hineinpassen. Ich bewundere deine Einsicht, obgleich du noch so jung bist. Du liebst ihn sehr, nicht war?'

Sie hatte gelernt, sein Lob zu ertragen ... und nickte.

‚Ja ... sehr. Jeden Mittag ist er hier, wenn ich nach Hause komme, hat Tee für mich fertig, alles ist aufgeräumt ... und unser Sohn hat sich leidenschaftlich an ihn gehängt. Dann machen wir das Kaminfeuer an und sprechen noch ein halbes Stündchen. Er ist wie ein Vater ... aber ein milder, interessierter Vater. Ich habe vergessen, dass ich früher so gewaltig zu ihm aufschaute. Das tue ich noch, aber nun mit sehr viel Vertrauen und Zuneigung. Ich finde es fast schade, dass mein Studium ein Ende hat.'

Er nickte, aber sagte:

‚Trotzdem ist es zu schwer für dich ... Frauen haben doch viel mehr auf ihren Schultern als Männer ...'

Sie dachte an ihre erste Zeit mit ihm ... wie streng er damals war, auch wenn sie auch damals schon eine innige Freundschaft hatten. Nun lebte sie wirklich neben ihm, wurde von ihm als ein wichtiger Gefährte auf seinem Geistesweg angesehen. Oft ging sie noch an seiner Hand, aber konnte es auch immer besser und länger allein ...

Der Meister legte den langen Weg zu seinem Haus wieder zu Fuß zurück. Er hatte viel zu überdenken, aus einem tiefen Gefühl hervorgehend. Ein Menschenkind, ein Neugeborenes ... dieser Eindruck lebte in ihm, und er konnte sich nicht von dem Gefühl lösen, dass in dem großen, ausgebreiteten Reich der Tierarten ... zum ersten Mal ein Menschenkind geboren war. Der Dreizehnte, inmitten der Zwölf ... Hatte er nicht gewusst, was ein Mensch war? Kannte er den Menschen ... anders als ein Zusammenspiel von Ursache und Wirkung ... ein vorübergehender Niederschlag in einem ewigen Werden ... O ja, er hatte in den letzten Jahren anders denken gelernt ... andere Ideen aufzunehmen gewagt. Aber heute Abend hatte er das Andere, das Neue, zum ersten Mal *gefühlt*. Buddha wollte keine Überlegungen ... sondern Schritte auf dem Pfad zur Erlösung. Heute Abend hatte er ein Vorgefühl einer anderen möglichen Erlösung bekommen. Sein junger Meister hatte das Wort ‚Glaube' gebraucht. Das Wort war eine Erfahrung für ihn geworden, in jenem Moment, unmittelbar. Glaube ... nicht als eine unbestimmte Kraft, die man für etwas Unbegreifliches aufbringen musste. Nein, Glaube, weil man es begriff. Glaube aus der Sicherheit heraus, die das echte Verständnis einem schenken kann. Der Abendländer war Zacharias, der ewige Zweifler. Der Professor war Maria, mit einem unschuldigen Glauben durch sicheres Wissen ... Er selbst ... er gehörte weder zu dem einen, noch zu dem anderen ... O ja, er lebte in der Sicherheit ... Er musste noch lernen zu zweifeln ... erst dahinter lag die Seligkeit ... da begann erst die Empfängnis des Menschen ... Das war das größte Rätsel, ihm aufgegeben durch seinen Freund ... die Burg von Edelstein, der neue Glaube ...

Zu Hause setzte er sich in Lotushaltung und blickte auf seine Verwirrung. Schon oft hatte er hier in Verzweiflung gesessen, das Alte hinter sich lassend, das Neue nicht erreichend ... Nun hatte das Neue *ihn* erreicht. Neuer Wein in alten Schläuchen ... Er vergeudete den Wein, weil die Schläuche platzten ... Er ging zugrunde an dem Neuen ... durch die immense Macht, der seine zarte Mystik nicht gewachsen war ... Angst, zerrissen zu werden ... Verzweiflung ... die Kraft des Glaubens ... würde ihn vernichten ...

Er stand auf, lief hin und her ... kniete, stand wieder auf ... aber die Angst wurde immer größer. Wie ein mächtiges Wesen griff es ihn im Genick ... zu schwach war er ... er würde von Wahnsinn ergriffen werden ... junger Wein, zu stark ...

Schließlich tat er, was er nie hatte tun wollen: Er nahm das Telefon und rief seinen Freund an. Dieser hatte nachts immer Bereitschafts-

dienst und nahm schnell ab. Nachdem er kurz zugehört hatte, sagte er:
‚Ich komme jetzt zu dir.'
Er legte seiner schlafenden Frau ein Briefchen hin und fuhr mit seinem Auto direkt zu seinem Freund.

Er traf ihn in einem Zustand an, der an Panik grenzte. Der Meister lief hin und her, fand nirgends Ruhe. Er legte seine Hand zwischen seine Schulterblätter und sagte ernst:
‚Komm, Meister. Setz dich nun ruhig hin und erzähl mir, was los ist.'
Er führte ihn zu seinem Stuhl und setzte sich gegenüber von ihm. Eigentlich wusste er es ... Er fühlte mit seinem geliebten Freund intensiv mit.
Der Meister war zu sehr in Verwirrung, um sich wegen der späten Stunde zu belasten. Er sagte:
‚Junger Wein in alten Schläuchen ... Ich ertrage dies nicht, Junge. Dich kann ich gerade ertragen ... aber dies ... alles wankt ... mein ganzes Leben und Streben scheint ein sinnloser Weg zu sein ... verglichen mit dieser Kraft, dieser Menschlichkeit ... Göttlichkeit! Ich weiß es nicht! Es geht zu schnell ... ich habe keine Kraft, um zu empfangen ... wie machst du das!'
Der Professor rückte dichter zu ihm und legte seine Hand auf seinen Arm. Er sagte:
‚Mein Weg ist lang ... und ohne merkbares Resultat, Meister. Ich habe eine Schale von Geduld geformt, um diese Lanze des Glaubens empfangen zu können ... Dein Vermögen, unmittelbar die Realität zu schauen, macht dich verletzlich ... du wirst durchbohrt ... Meine Denkkraft ist meine Geduld, worin ich warten muss ... darin liegt meine Stärke, dass ich den Glauben im reinen Denken empfangen kann. Aber du wirst die Kraft durch diesen Schmerz entfalten, mein Freund. Es ist die andere Seite der Lanze ... der Zweifel. Zweifel an allem ... wird durch das Warten zum Glauben. Dieser Zweifel durchbohrt dich, spaltet all deine Sicherheiten. Es wird von dir verlangt, alles hinter dir zu lassen, was du je geliebt hast.'
‚Auch dich?'
Der Professor schüttelte den Kopf.
‚Nicht mich, nein. Dieser Moment liegt hinter uns ...'
‚Ich ließ doch schon alles hinter mir ...'

Der Professor drückte seinen Arm.

‚Du ließest schon viele Male alles hinter dir. Du wirst es noch viele Male tun müssen. ‚Alles' ist ein relativer Begriff, der Inhalt verändert sich in dem Maße, wie die eigene Entwicklung weiter geht. Sei nicht bange, Meister. Er, der dich nun als Zweifel durchbohrt, beschützt dich zugleich ... Es kann dir nichts geschehen, es wird dir an nichts fehlen. Dein Vermögen, dich von dem Greifen, von dem Leiden zu lösen, wird dir hier hindurch helfen ...'

Der Meister saß vornüber gebeugt neben ihm, beruhigt. Sein großer Freund war nicht nur Lehrer, er war Arzt ... er fühlte die Heilkraft, die von ihm ausging. Er sah auf und fragte:

‚Warum muss ich dies durchmachen ... und andere nicht?'

‚Du hast darum gebeten', antwortete der Professor einfach.

‚Geh nur nach Hause, Junge. Du hast deine Ruhe sehr nötig. Es ist wieder vorbei.'

Er wollte sagen: es tut mir leid ... aber er beherrschte sich. Sein Freund hielt nichts von Phrasen ... und es tat ihm nicht leid, im Gegenteil, er fühlte Glück ...

Der Professor stand auf. Lachfältchen erhellten seinen Ernst.

‚Nächste Woche machen wir weiter. Ich rufe dich morgen an ...'

Der junge Arzt und seine Frau bekamen eine Tochter ... Der Meister erhielt einige Wochen keinen Mathematikunterricht. Er machte einen Hausbesuch am Wochenbett und bewunderte innerhalb eines Jahres ein zweites Baby. Der junge Vater hatte zwei Wochen frei bekommen ... er strahlte vor Stolz.

‚Hättest du nicht lieber einen Sohn gehabt, als Erstgeborenen?', fragte der Meister unvorsichtig. Aber der Vater lachte herzlich.

‚Nein! Was ist schöner als eine Frau! Wir bekommen sogar in Kürze eine Frau als Professorin hinzu. Nein, es gibt keine Beschränkungen mehr ...'

Der Professor hatte ihm darüber erzählt. Nach langen Sitzungen in Bewerbungskommissionen hatte man eine Frau von um die Fünfzig angenommen, die eine Menge Erfahrung als Managerin und zugleich eine beeindruckende Liste von Publikationen vorweisen konnte. Der Professor war nicht unzufrieden ...

Sie hatten ihre Gespräche über das Lucas Evangelium fortgesetzt, aber der junge Meister war sehr vorsichtig gewesen ... Er hielt sich an das erste Kapitel des Evangeliums, in dem er jedes Mal wieder und wieder den richtigen Glauben fand. Nach jedem Gespräch spazierte der Meister nach Hause, und jedes Mal aufs Neue bekam er einen Anfall von Angst – der jedoch immer weniger intensiv wurde ... Er ertrug diese Angst nun allein. Aber eines Tages berührte er das Thema während eines Gespräches mit seiner Freundin, beim Tee. Er sagte:

‚Du sitzt immer sehr ruhig bei uns ... du sagst wenig. Wie ist so ein Gespräch für dich?'

Sie zögerte.

‚Ja ... ich kenne den Text sehr gut, aus meiner Kindheit ... Und nach Ihrem Rat an meinen Mann, sich in diesen Text zu vertiefen, haben wir das vielfach zusammen getan. Ich mache dann mit, wie seine Einsichten und Erlebnisse entstehen – und habe so auch teil daran ... es ist mir vertraut.' Sie sah ihn an und sagte: ‚Aber ich fühle sehr gut, wie fremd dies für Sie ist. Ich würde Ihnen gern beistehen ... aber ich weiß nicht wie.'

Er nickte.

‚Dein Mitgefühl ist sehr viel wert, mein Kind. Für mich ist kein einziger Text abstrakt, wie für euch. Ich erliege der vollen Wirkung davon. Das ist so bei den mir vertrauten Texten ... aber auch bei den fremden. Dennoch war die Wirkung mild, als ich selbst las ... Nun, bei dem Erleben der Worte unseres großen Freundes ... wurden sie zu einer ermahnenden Macht ... die mich darauf wies, was ich zu tun habe. Ich habe gelernt, meinen Willen zum Schweigen zu bringen, mein Kind. Nun soll dieser Wille erneut sprechen lernen ... eine andere Sprache ...'

Der kleine Junge unterbrach ihr Gespräch. Der Meister tröstete sich oft an der Anhänglichkeit des Kindes. Es rührte ihn tief, wenn er die kleinen Arme nach ihm ausstreckte, um hochgehoben zu werden. Nach einigen Tagen kämen ihre Eltern für eine Woche. Er fürchtete jetzt schon, dass er dann nicht zu kommen brauchte. Und dann ... in einem Monat oder zwei, war diese Aufgabe vollbracht.

Sie kamen, als er allein mit dem kleinen Jungen zu Hause war. Der alte Doktor wollte einmal sehen, wie das da zuging!

'So!', sagte er, während er dem Meister die Hand drückte. 'Sind sie zum Hausdiener befördert worden?'

Der Meister blieb unbeirrbar und küsste die Frau des Doktors. Er betrachtete sie und sagte:

'Es geht Ihnen gut. Sie sind ein ganzes Stück besser dran als ein Jahr zuvor.' Er führte sie zu ihrem Enkelsohn. Aber dieser langte nach den ihm vertrauen Armen des Meisters. In dieser etwas gespannten Atmosphäre nahm er die Rolle des Gastgebers auf sich und bot ihnen etwas zu trinken an. Danach setzte er sich zu ihnen. Dem Doktor taten seine Worte von vorhin etwas leid, und er sagte freundlich:

'Meine Tochter hat doch Glück ... dank Ihnen kann sie ihr Studium abschließen.'

Der Meister machte eine abwehrende Gebärde.

'Ach ... es ist für mich sehr besonders ... Bevor ich meinen Freund kennen lernte, hatte ich noch nie eine Kanne Tee aufgesetzt.'

'Finden Sie das denn nötig?'

Der Meister lachte.

'Ein Mensch weiß nie, was er eigentlich verpasst.'

Der kleine Junge saß bei ihm auf dem Schoß, unruhig durch diese fremde Frau und den fremden Herrn. Der Meister zog ihn an sich. Er beruhigte sich.

Der Doktor fragte:

‚Was denken Sie über die Entwicklung meiner Tochter?' Der Meister schwieg, schaute verwundert. ‚Sie sind doch eine Art Priester? Ein buddhistischer Mönch? Ich nehme an, dass Sie sich um ihr Seelenheil sorgen ...'

Der Meister nahm dieses Gemisch von Spott und Ernst gelassen hin. Er sagte:

‚Ich bin ein Freund von Ihrem Schwiegersohn und Ihrer Tochter. Nicht mehr ... auch nicht weniger.'

Wieder tat es dem Doktor leid. Er blickte mit seinen großen leidenschaftlichen Augen auf diesen merkwürdigen Mann mit seinem Enkel auf dem Schoß. Er sagte:

‚Ich meinte meine Frage ernst ... Wir sehen sie sehr wenig. Sie ruft wohl oft an ... und ich vermisse sie sehr. Geht es ihr gut?'

Nun lächelte der Meister.

‚Es geht ihr gut, mein Herr. Ihre Tochter ist eine besonders starke Frau ...'

‚Auch neben ihrem Mann? Kommt sie wohl zu ihrem Recht?'

Es lebte eine Welt von Urteilen hinter diesen Worten. Der Meister sah die Ambivalenz ... Bewunderung für diesen Schwiegersohn, aber auch eine gewisse Abneigung gegenüber seiner Reinheit, seiner Geisteskraft.

Er spielte mit den Fingerchen des kleinen Jungen, der ihm zulachte. Er sagte:

‚In ihrer Ehe? Ja, Doktor. Sie werden es sehen, gleich ... ihr Selbstbewusstsein, ihre Aufgewecktheit ... ihre Arbeitslust. Aber auch ihre ... Zuneigung zu ihren Mann. Vielleicht fällt es Ihnen schwer, die zu sehen?'

‚Wenn es nur keine Untertänigkeit ist. Das passt nicht zu ihr. Sie ist das aufsässigste Frauenzimmer, das je geboren wurde!'

Sie lachten beide. Der Doktor fragte:

‚Hängen Sie Ihrem Buddhismus an?'

Der Meister grinste, aber gab dann doch ernsthaft Antwort.

‚Nein, Doktor. So dürfen Sie das nicht sehen ... Sie sind Christen ...'

‚Sie gehen nie in die Kirche!'

‚Der Name und das Wesen sind nicht immer kongruent.'

‚Was sagen Sie?'

‚Etwas kann einen bestimmten Namen haben und doch im Wesen etwas ganz anderes sein. So kann auch etwas dem Wesen nach wahrhaftig sein und keinen Namen haben.'

Der Doktor dachte nach. Es fehlt ihm nicht an Intelligenz, und er sagte:

‚Sie meinen: die Kirche ist nicht christlich, und das sind Sie wohl?!'

Der Meister lächelte unergründlich.

‚Wenn Sie mich so verstehen wollen ...'

‚Und Sie? Was ist Ihr Glaube?'

Der Meister nahm den Kleinen und setzte ihn andersherum auf seinen Schoß. Er strampelte mit den Beinchen und gab Laute von sich.

‚Mein Glaube ... Ich bin in einem Kloster aufgewachsen, Doktor ... in einem buddhistischen Kloster. Glaube ist da etwas ganz anderes als hier. Hier glaubt man an etwas, was man nicht weiß, nicht erfährt. Da wird man zum Glauben gebracht ... durch Vertrauen und Liebe ... zum Meister. Dieser ist als lebende Realität bei einem ... Die Verehrung und absolute Hingabe gegenüber dem Meister ist die Grundlage von allem religiösen Streben. Er führt einen zu dem Punkt, wo man selbst Meister wird ...'

‚Warum sind Sie nicht da geblieben?'

Ungestört von dem etwas unfreundlichen Unterton antwortete er:

‚Weil ich in den Westen geschickt wurde. Um hierher die aufgehende Sonne zu bringen ...'

‚Ist das gelungen?'

War dies ein Verhör? Oder waren es Fragen aus Interesse ... Der Meister sah den Doktor durchdringend an. Feuer sah er! Eine rot-orangene Glut ... Wärme, Liebe, Trieb ... Er wurde dadurch angesteckt und sagte:

‚Nein, Doktor. Das ist nicht gelungen.'

‚Sind Sie auch ... äh ... Christ geworden?'

‚Ich würde nie so glauben können wie Sie. Ich würde mich selbst erst Christ nennen, wenn ich, wie Ihr Schwiegersohn, Seine Kraft in mir empfinge.'

‚Ein ungläubiger Thomas also?'

Der Meister schüttelte den Kopf.

‚Nein ... es ist eine Form von Perfektionismus und von Liebe zur Wirklichkeit. Ich will nicht an eine andere Lehre ‚glauben'. Ich sehe in Ihrem Schwiegersohn etwas anderes als eine ‚Lehre'. Darum bin ich sein Schüler ... wegen seiner praktischen Anweisungen.'

Der Doktor schwieg. Er fand es alles nur schwierig. Er ging jeden Sonntag zur Messe, gab reichlich Geld ... beichtete zu seiner Zeit seine Sünden ... die dennoch auch nicht so groß waren ... und fürchtete das Älterwerden, den nahenden Tod ... Er fühlte nichts für ein tieferes Denken ... Seine Tochter ... die das Leben so liebte ... hier in dieser Klosteratmosphäre ...

Aber als sie nach Hause kam, machte er große Augen. Sie war schön, seine Tochter!

Das schwarze Haar umrahmte ihr Mädchengesicht mit den großen fragenden, blauen Augen. Ihre Wangen waren von der Winterkälte gerötet. Sie trug eine enge lange Hose und darüber einen weiten Wollpullover. Sie war schön ... aber sie hatte sich auch verändert. Sicherheit, Selbstbewusstsein und Ruhe ... drei Qualitäten, die ihr stets gefehlt hatten ... eine beeindruckende junge Frau. Sie umarmte ihre Mutter, drückte sie fest an sich. Danach näherte sie sich ihrem Vater ... sie blieb vor ihm stehen, als ob sie sich ihm zeigen wollte. Er stand auf, nahm väterlich ihr Gesicht in seine Hände und küsste sie innig. Danach sah er sie lange an. Sie wich seinem leidenschaftlichen Blick nicht aus ... sie hatte beschlossen, keinen Streit mit ihrem Vater mehr anzufangen. Sie liebte ihn und würde ihm die Ehre geben, die er als Vater verlangte ...

‚Du hast keine Vorstellung, wie ich dich vermisse, Kind. Ist da nichts zu machen? Du kannst doch wohl einmal ein paar Tage kommen, mit deinem Kind ...'

Sie seufzte.

‚Paps, ich bin seit dem Sommer fortwährend an der Arbeit. Und du weißt, ich lasse meinen Mann nicht allein ... er braucht mich.'

Sie errötete. Der Meister sah ihre zarte Liebe ... sie wollte ihrem Vater zu Willen sein, aber wusste nicht wie. Sanft sagte sie:

‚Seine Arbeit wird anders ... er muss der wissenschaftlichen Seite, der Patientenfürsorge und dem Unterricht viel mehr Aufmerksamkeit widmen. Das bedeutet, dass er oft ins Ausland reisen muss, zu Kongressen ... dann kann ich kommen, Paps. Ich möchte wirklich!'

Er fasste sie beim Arm und gab ihr einen Klaps auf ihr Hinterteil. Er sagte:

‚Dann los! Dann rechnen wir darauf ... Schenk mir nun mal ein Glas ein, das wagte ich nicht, deinen Butler zu fragen!'

‚Papa!', sagte sie entrüstet. Aber der Meister lachte und stand auf. Er gab ihr ihr Kind und holte einige Flaschen und Gläser hervor. Der Doktor sagte:

‚Na, Sie wissen verdammt gut Bescheid hier!'

Seine Tochter setzte sich neben ihn auf die Bank und gab ihm ihren Sohn.

‚Opa ist ein unhöflicher Mann!', sagte sie und spielte mit dem Jungen, der lieber bei seiner Mutter saß.

Als der Meister kurz aus dem Zimmer war, sagte der Doktor:

‚Wohnt dieser Mann hier?'

‚Paps! Hör doch auf. Er ist unser bester Freund und er hat mir so gut geholfen ... Und außerdem ... fühlst du denn nicht, wie ... groß dieser Mann ist? Fühlst du seine Weisheit und Innigkeit nicht?'

Der Doktor legte seine Hand in ihren Nacken und besänftigte sie:

‚Doch ... doch, Kind. Du kennst mich doch ... ich fühle es sehr wohl ... aber es ist doch ungewohnt?'

‚Er kann das Meckern nicht lassen!', mischte sich ihre Mutter ins Gespräch.

‚Der Meister ist hier jeden Tag ... und bleibt manchmal zum Essen, wenn er abends frei ist. Heute Abend bleibt er, weil ich gerne wollte, dass ihr ihm begegnet. Danach sehe ich ihn die ganze Woche nicht mehr. Und nun werde ich diesem Kleinen zu essen geben und ihn ins Bett bringen. Der ‚Chef' wird wohl gleich nach Hause kommen.'

Der Doktor hielt sie zurück. Er sagte:

‚Kind ... du siehst fantastisch aus. Ich glaube, dass du es wohl gut hast bei deinem Chef?'

Sie grinste, zog ihn an der Nase und sagte:

‚Er ist lange nicht so herrisch wie du!'

Der Professor kam nach Hause. Er kam ins Zimmer hinein, in einer Hand eine Tasche, gefüllt mit wissenschaftlichen Artikeln und Patientenberichten, in der anderen Hand die Zeitung. Sie sah ihren Mann wie durch die Augen ihrer Eltern, wie von außen ... Nach einem langen Arbeitstag war seine Kleidung noch tadellos, sein Kopf wie immer stolz erhoben. Er hatte die Energie und die Kraft ihres Vaters, aber das Wohlwollen des Meisters ... Er kannte keine Nervosität, war niemals aufgeschmissen durch die Anwesenheit von anderen. Dafür liebte er die Menschen zu sehr ... Das alles sah sie in seinem Lachen, in seinem Verlangen, seinen Schwiegereltern Gastfreundschaft zu bieten. Er umarmte seine Schwiegermutter, drückte dann die Hand von Schwiegerpapa. Sie deckte den Tisch, er legte seinen Arm um sie.

‚Hast du doch gekocht?', fragte er verwundert. ‚Kann ich dir helfen?'

Wer würde begreifen, was von solchen einfachen Worten ausging? Nie sagte er etwas einfach so, als eine undurchdachte Phrase ... Sie sah ihn an, fühlte den forschenden Blick ihres Vaters, die ruhige Anschauung des Meisters ...

‚Ich hatte eine Einkaufsliste gemacht. Der Meister hat es erledigt. Setz dich zu Paps ... wir können gleich essen.'

Sie empfand ihre Antwort unbeholfen, ganz gewöhnlich. Sie wollte ihm so gern zeigen, wie er sie beruhigte, welch eine Harmonie mit ihm hereintrat ... Er zwinkerte ihr zu, er verstand sie sehr gut ... Sie hatte eine einfache Mahlzeit zubereitet, aber indem die verschiedenen Gerichte nach französischer Gewohnheit nacheinander serviert wurden, glich es einem Festmahl ... Ihr Vater war ein lebendiger Erzähler, liebte es zu lachen ... sie sah, wie der Meister das alles genoss. Nach dem Essen kam das Gespräch auf die neue Professorin.

‚Sie ist seit zwei Wochen da', sagte der Professor. ‚Ich habe die Hände voll zu tun, sie einzuarbeiten. Aber nach einer Weile übernimmt sie meine Management-Aufgaben ... das wird eine ziemliche Erleichterung sein. Es ist eine nette Frau, schön anzusehen und schnell von Begriff. Aber kämpfen muss man immer ... ich will absolut auf dem Laufenden bleiben, was sie tut, und finde, dass sie das auch muss ... Also bleibe ich Mitglied einiger Kommissionen und sie muss einige Vorlesungen auf sich nehmen und einen kleinen Anteil an der Patientenfürsorge haben. Das hat sie nicht erwartet ...'

‚Hast du darin etwas zu sagen?', fragte Vater.

‚Das weiß ich nicht, das macht mir auch nichts aus. Ich bestehe darauf. Und also haben wir es so geregelt. Ich will nicht vor Überraschungen stehen, indem ich nicht mehr auf der Höhe bin.'

‚Sie ist schön anzusehen. Was meinst du?', fragte Mutter.

Der Professor brach in Lachen aus.

‚Eine hübsche, klassische Erscheinung. Etwas älter als ich.'

‚Ist sie verheiratet?'

‚Geschieden. Sie hat ein paar Kinder, aber die wohnen beim Vater oder sind schon aus dem Haus.'

‚Kommt kein Machtkampf zwischen euch auf?', fragte seine Frau.
‚Darum sind die ersten Wochen so wichtig. Ich stelle mit Absicht die Regeln auf und tue das sehr kräftig. Bis jetzt weicht sie davor ...'
Sie brauchte keine Angst vor einer anderen Frau zu haben, auch wenn diese täglich in seiner Nähe war ... Aber man konnte natürlich nie wissen, wie die Gefühle so einer Frau in Bezug auf ihn sein würden ... Sie sagte:
‚Wäre es mit einem Mann schwieriger gewesen? Die Zügel in der Hand zu halten?'
‚Das muss nicht sein ... aber es ist naheliegend. Ich glaube, dass ich ganz schön Glück mit dieser Kollegin habe.'
Der Vater hatte zugehört. Er hatte eine Gabe, die Emotionen von anderen zu fühlen ... und benutzte diese Gabe oft unbewusst, um zu spotten. Aber er hatte seine Tochter über alles lieb ... Er fühlte, wie glücklich sie bei diesem Mann war, fühlte ihr Vertrauen in ihn – und doch die leichte Unruhe über diese weibliche Kollegin von ihm. Er sagte:
‚Nun, Mädchen ... mach dir mal keine Sorgen. Es ist und bleibt nur ein Professor für Innere Medizin in dieser Stadt – und das ist er!' Er grinste zum Meister hinüber und fügte hinzu: ‚Name und Wesen brauchen nicht kongruent sein, nicht wahr? Nenne jemanden Professor ... damit ist er es noch nicht.'
Aber der Professor sagte:
‚Unterschätze den Ehrgeiz nicht! Diese Frau hat ihn in starkem Maße.'
‚Du nicht?', fragte der Vater.
‚Nicht für mich selbst. Ich will, dass die Klinik den Namen behält, den sie hat. Nicht dass es eine von diesen Serien-Einrichtungen wird, wo man nicht mehr weiß, ob man in London oder in Rom ist. Ich kämpfe für die Persönlichkeit ... der Ärzte, der Lehrer, der Patienten ...'
‚Dein Status als Professor interessiert dich nicht?'
‚Doch. Ich brauche ihn, um meine Ideen, meine Ideale zu verwirklichen. Darum werde ich meine Macht nicht preisgeben, Papa.'

‚Wie vereinst du das mit deinem anderen Ideal von selbstloser Aufopferung?'
Sowohl der Professor, als auch seine Frau sahen ihn verwundert an. Er sprach nie über solche Dinge ...

Der Professor sagte bedächtig:

‚Es erfordert scharfsinniges und differenziertes Denken, das Ideal rein zu denken, Papa. Ich suche nicht das machtlose Märtyrertum ... oder die sklavische Untertänigkeit gegenüber einem Dogma. Wenn du willst, will ich wohl versuchen, zu erklären, wonach ich strebe.'

Der Doktor nickte. Sein Schwiegersohn besann sich einige Zeit.

‚Ich bin davon überzeugt, dass es überhaupt nicht auf dem Weg des Menschen in der heutigen Zeit liegt, sein Ich aufzugeben ... sondern gerade das Ich zu verstärken. Da liegt die Schwierigkeit: Es ist dann trotzdem kein Egoismus. Die Seele ist der Kampfschauplatz ... Abschließung in sich selbst in einem starren, intellektuellen Egoismus, oder ein Schein von Heiligkeit in einer wollüstigen Selbstliebe, die sich weismacht, dass sie Liebe für andere ist. Beide Formen müssen auf dem Altar des echten Ich geopfert werden ... das äußert sich in einem unerschütterlichen Willen zum Guten, einer strengen Abneigung gegen das Böse und einer nicht nachlassenden Zügelung des Denkens. Die Kraft, womit man diese drei Aufgaben erfüllt, ist das wahre Ich. Ich bin Buddhist, weil ich diese drei Aufgaben erkenne ... aber ich bin Christ, weil ich darin die unvergängliche Individualität erlebe ... die ihren Ursprung in Ihm hat und ihre Kraft Ihm entlehnt ... während trotzdem die Rede von Individualität ist. Das *Ich* will geweckt werden ... es kann auch Heilung bringen ... So will ich Arzt sein, aber auch Lehrer. Ich finde es nutzlos, Studenten nur Wissen und Fertigkeiten beizubringen und nicht zugleich damit das Ich wecken zu helfen ... Darum will ich Professor sein und meine Macht handhaben, denn ich weiß, dass niemand darüber so denkt wie ich ... Du weißt, ich habe diesen Jungen als Assistenten, mit dem deine Tochter früher befreundet war. Er ist ein prima Arzt, ein harter Arbeiter und sehr intelligent. Aber wenn dieser Junge nicht lernt, diese Qualitäten in den Dienst des anderen zu stellen, ohne Verlust seiner individuellen Kraft ... dann sind seine Talente nicht viel Wert ... obwohl sein gewaltiger Einsatz immer noch besonders wäre und weit über eine fade und lauwarme Selbstaufopferung hinausgeht ...'

Er schwieg und seufzte. Der Doktor sah vor sich hin. Er fragte matt:

‚Wie lehrst du jemanden so etwas?'

‚Der Lehrer muss durch und durch überzeugt sein, bis in seinen Willen ... dann wirkt dieser in jedem Wort, in jeder Handlung. Mehr kann man nicht tun, ohne die Freiheit anzutasten.'

‚Nun ... darin bist du trotzdem auch nicht so gut, oder? Ich höre, dass du streng und anspruchsvoll bist ... auch hier im Hause.'

Das Mädchen machte eine empörte Bewegung. Aber ihr Mann lachte.

‚Ich sehe mich selbst nicht als vollkommen ... die Eigenschaften, die du nennst, stören mich selbst vielleicht noch am meisten. Aber du weißt auch, dass man seine Schwächen gerade in der vertrauten Umgebung des eigenen Hauses am leichtesten äußert ...'

Er sah den Doktor scharf an und schenkte ihm eine Dosis seiner ‚Strenge in vertrauter Umgebung'. Der Doktor fing den Pfeil gutmütig auf. Er sagte:

‚Ja, ja. Ich weiß wohl, was du meinst. Ich bin nur bei der Untersuchung ... versuche dich zu verstehen. Ich sehe, dass meine Tochter auf zwei kräftigen Beinen steht ... und ich weiß, dass sie das auch dir zu verdanken hat. Aber diese Freiheit, über die du sprichst ... verstehe ich nicht. Sie darf nicht einmal ein paar Tage von dir zu uns kommen ... wo ist dann ihre Freiheit?'

Der Professor sah erstaunt zu seiner Frau, sich keiner Schuld bewusst ... Sie sagte:

‚Ich habe das einmal gesagt, ja. Aus meiner Neigung heraus, mich hinter deiner Autorität zu verbergen ... während ich weiß, dass du mir so etwas nie verbieten würdest. Ich will es selbst nicht ... ich will wohl, aber nicht, wenn du hier allein bleibst.' Sie sah zu ihrem Vater und sagte sanft: ‚Ich komme, Paps. Sobald es geht.'

Aber ihr Vater hatte noch immer keine Sicht auf die Freiheit. Er fragte sie:

‚Verbietet er dir nie etwas?'

Der Meister hielt seinen Atem an. So viel Indiskretion! Aber er war ihr Vater ... Sie hob ihre Schultern und sah ihren Mann hilflos an. Ihr Vater wusste sie noch immer empfindlich zu berühren ... und ihr Mann schwieg, er wollte sie nicht beeinflussen. Sie fühlte ihren Willen in sich aufsteigen, und plötzlich sagte sie stolz:

‚Wenn ich einen von meinen Anfällen von Unbesonnenheit habe, ja. Dann bin ich hinterher froh, dass ich nicht frei war, Paps. Freiheit hat man nicht, die muss man sich erobern.'

Noch gab er nicht auf.

‚Verbietest du ihm einmal etwas?'

‚Das, mein lieber Vater, ist noch nie nötig gewesen!'

‚Du, meine Tochter, bist immer zügellos gewesen. Was ist Freiheit?'
Sie sah ihn direkt an und sagte wohl bewusst:
‚Das Gute tun, mit einem unerschütterlichen Willen ... das Böse unterlassen ... und die Gedanken bezähmen ... so dass man denken kann, was man will ...'
‚Dann denkst du das Gute?'
‚Das Gute, Paps, kann nie ein Gedanke sein. Es ist ein Impuls.'
Der Doktor fügte dem sein Schweigen hinzu ...

An einem Samstagabend kam die neue Professorin zu ihrem Kollegen und seiner Frau zum Essen. Es war ein Kennenlernbesuch. Die beiden Frauen waren einander noch nicht begegnet ...
Sie hatten eine festliche Mahlzeit bereitet und freuten sich auf den Besuch, auch wenn das Mädchen ziemlich nervös war.
Als es an der Tür läutete und ihr Mann aufmachen ging, lief sie nervös hin und her ... und drehte sich um, als die beiden Professoren ins Zimmer kamen. Sie bekam einen Schock, als sie die Frau sah, als ob sie sie wiedererkannte ... aber woher? Sie stand einer außergewöhnlich hübschen Frau gegenüber, die ihr reiferes Alter zu benutzen wusste. Sie trug ihren Status wie eine vornehme Aura um sich her. Das Haar war bis auf das i-Tüpfelchen gepflegt, sie war vollkommen geschminkt und trug ein zierliches Manteltäschchen. Das Mädchen fühlte sich auf einmal unordentlich, schlampig und kindisch. Die Frau streckte mit einem freundlich erstaunten Lachen ihre Hand aus und sagte:
‚Schön, dich kennen zu lernen. Ihr wohnt hier großartig.' Sie wandte sich dem Professor zu und sagte: ‚Du hast wohl spät geheiratet ...'
Das Mädchen fand diese Bemerkung nicht schön ... ihr Mann sagte:
‚Wenn ich sie nicht gefunden hätte, hätte ich nie geheiratet!'
Gab er ihr bewusst eins um die Ohren? Oder war es einfach seine Ehrlichkeit, die ihn dies sagen ließ ... Sie stieg wenigstens für den Moment aus ... Sie setzten sich, tranken etwas und sprachen hin und wieder. Das Mädchen war still geworden, sie mochte diese Frau nicht ... Sie ließ sie sitzen und ging in die Küche. Aber da war sie noch unglücklicher. Ein Dienstmädchen, mehr nicht ...
Während des Essens fragte die Frau sie:
‚Was ist eigentlich Ihr Beruf?'
Sie errötete und sagte:

‚In ein paar Monaten mache ich mein Arztexamen ...'
Sie fühlte den mitleidigen Spott wie einen Blitzschlag. Dieser hübsche, weise Professor, verheiratet mit einem Mädchen, einer Studentin!
‚Habt Ihr Kinder?'
‚Einen Sohn von zehn Monaten. Ich erwarte das Zweite.' Sie sagte es stur. Sie wusste gerade erst, dass sie wiederum schwanger war, der Meister wusste es noch nicht einmal. Ihr Mann sah sie erstaunt an. Musste sie das jetzt schon sagen ... Die Frau lachte, ein perlendes blinzelndes Lachen.
‚Oh, Glückwunsch!' Sie wandte sich ihrem Kollegen zu und sagte:
‚Sind sie ihr als einer von ihren Studenten begegnet?'
Er lächelte. Sie hasste dieses Lächeln ihres Mannes ... sah er nicht, dass diese Frau spottete?
‚Nein. So habe ich nie auf Studenten geschaut. Nein, es waren die interessantesten Wochen in meinem Leben, eine Umwälzung ... in jeder Hinsicht.'
Die Frau wollte weiterfragen, aber fühlte die Abweisung in der Antwort. Der Professor hatte eine natürliche Diskretion. Sie sagte zu dem Mädchen:
‚Was kannst du gut kochen!'
Das Mädchen fühlte sich durch jede Bemerkung beiseite gestellt ... Oh, diese Frau hatte Respekt vor ihrem Mann, das war wohl deutlich. Aber sie war ein albernes Kind, das unberechtigterweise den Platz neben ihm besetzt hielt! Sie wollte heftig reagieren, aber beherrschte sich immer wieder. Sie durfte dem kollegialen Verhältnis nicht schaden, sie durfte sich auch nicht den Zorn ihres Ehemannes zuziehen ... Sie hörte dem Gespräch zu, sah, dass es insgesamt gut lief. Ihr Mann ging nächsten Monat nach Japan zu einem Kongress ... die neue Professorin ging mit! Ihr wurde schlecht bei diesem Gedanken, sie würde zu ihren Eltern gehen ... aber so musste es nun einmal laufen ... Es waren einfach zwei Kollegen ...
‚Was wirst du nach deinem Examen tun?' Von der Frage schrak sie auf.
‚Weiß ich noch nicht. Ein paar Kinder kriegen und in der Küche sitzen.', sagte sie störrisch. Wieder der verwunderte Blick ihres Mannes ...
‚Das meinst du nicht wirklich! Du wirst doch wohl etwas mit deinem Studium machen? Ich habe vier Kinder und habe mich trotzdem spezialisiert.'

‚Und du bist geschieden.', sagte sie kurz.
Ihr Mann nannte scharf ihren Namen. Sie sah ihn direkt an und nahm nichts zurück. Sie sagte:
‚So ist es doch?'
‚Der Zusammenhang zwischen dem einen und dem anderen ist für dich nicht so einfach zu ergründen', sagte er.
‚Ein anderer kann ebenso wenig entscheiden, wie ich mein Leben einrichten will.'
‚Es war eine Bemerkung aus Interesse.'
‚Was weißt du davon?' Sie stand auf und begann abzuräumen.
Es entstand eine peinliche Stille, die von der Frau gebrochen wurde.
‚Es scheint mir sehr lästig für sie zu sein, so ein Zusammensein mit zwei Menschen, die es im Beruf schon so viel weiter gebracht haben.'
Am liebsten hätte sie das Geschirr auf den Boden geschmissen ... aber sie war schließlich ein ordentlich erzogenes Mädchen. Schweigend ging sie mit dem Tablett zur Küche. Er kam ihr nicht nach ...
Als sie mit dem Nachtisch wieder an den Tisch kam, waren sie wieder lebendig im Gespräch. Sie hatte Tränen in ihrer Kehle ... und er merkte nichts. Wohl aber sah er sie ab und zu scharf an, er war verstimmt. Sie würde nachher etwas zu hören kriegen! Aber diesmal würde sie Streit anfangen ... er ließ sich durch diese Hexe bezaubern!
Sie ging erst spät nach Hause, sie hatte es ‚absolut gesellig' gefunden und lud sie herzlich zu einem Gegenbesuch ein. Er ließ sie hinaus, blieb ordentlich lange weg ... und sie räume auf, starrköpfig und verbissen. Endlich stand er neben ihr in der Küche, klopfte ihr beruhigend auf ihr Hinterteil. Sie wurde wütend, stieß ihn verzweifelt mit ihren Fäusten und brach in Tränen aus. Kopfschüttelnd nahm er ihre Wüterei auf und machte sie noch böser ... Sie schmiss alle Teetücher auf den Boden, hatte gerade noch genug Besinnung, um nicht mit dem Service anzufangen. Schließlich packte er sie fest an ihren Oberarmen und schüttelte sie kräftig.
‚Nun ist Schluss! *Du* hast dich schlecht benommen, *ich* müsste böse sein!'
Wie gewohnt, beruhigte sie sich, aber sagte schluchzend:
‚Hast du denn überhaupt nicht gemerkt, wie sie mich provoziert hat? Erniedrigt? Verspottet?'
Er fasste ihr Kinn, sie schlug seine Hand weg.

‚Hör auf! Behandle mich wie deine Frau! Oh, was für eine charmante, hoch entwickelte Frau war das!' Sie machte ihre Stimme nach. ‚Was für eine Verführerin!'

Erneut fasste er ihr Gesicht, nun kräftig ermahnend.

‚Du bist eifersüchtig!', sagte er erstaunt.

‚Und du bist vernarrt! Ich habe mich auf diesen Abend gefreut. Aber dieser Mensch will dich haben ... und du siehst nichts! Lass mich los!'

Aber sein Griff wurde kräftiger, sie hatte nie zuvor seine physische Kraft so gefühlt ... Jetzt hatte sie es nötig, diese Kraft zu fühlen! Er sagte, noch immer beherrscht:

‚Wenn du das so fühlst, dann kannst du das ruhig zu mir sagen. Ich habe nichts Unangenehmes von ihr gefühlt, wohl aber von dir! Aber du kannst Recht haben ... du weißt doch wohl, dass ich dir berechtigterweise zuhören werde. Warum beherrscht du dich nicht besser?'

Sie rang, um loszukommen, weil sie wollte, dass er seine physische Kraft bis zum Äußersten fühlen ließ. Er ließ sie los, aber packte sie dann kräftig bei ihren Handgelenken und sagte:

‚Noch einmal: Komm zu dir. Sonst ergreife ich Maßnahmen!' Sie verlangte nach diesen Maßnahmen. Lass mich sehen, dass ich alles für dich bin! For better and for worse! Alles! Sie wollte ihn verprügeln, schlagen, treten! Sag, dass es nie einen anderen geben wird! Verliere deine Beherrschung, zeige mir deine Leidenschaft! Sie rang weiter ... wollte sie, dass er sie schlug? Würde er so weit gehen? Würde sie schauen, ob sie ihn so weit bekam ... Aber er schleifte sie mit Kraft aus der Küche, die Treppe hoch, ins Schlafzimmer, warf sie auf das Bett.

‚So. Wenn du dich beruhigt hast, kannst du mich rufen, dann werden wir sprechen. Und trau dich nicht, früher zu kommen!'

Er lief weg und warf die Tür zu.

Es hatte nicht funktioniert ... sie führte einen sinnlosen Streit ... Er musste mit dieser Frau zusammenarbeiten ... das Einzige war: Warum sah er nicht, wie sie sich ihr gegenüber herablassend hochmütig verhielt? Aber selbst taugte sie auch nicht ... Sie hatte ihn zur Leidenschaft verleiten wollen ... sie hatte nach Gewalt verlangt? Hatte sie das wirklich?

Sie schluchzte in ihr Kissen ... Leidenschaft, Eifersucht ... konnte das je zwischen sie kommen?

Sie stand auf, trocknete ihre Tränen. Sie brachte ihre Kleidung und ihr Haar in Ordnung. Sie würde nach unten gehen ... er hatte Recht, sie mussten als zwei erwachsene Geliebte darüber sprechen können ... Dennoch hatte sie ein befriedigtes Gefühl ... zum ersten Mal hatte sie ihre Wut frei gegen ihn geäußert, und er hatte es ertragen, hatte sie nicht wie ein Vater behandelt ... Sie hatte viel mehr verlangt, er hatte sich beherrscht ...

Mit einer gewissen Würde ging sie die Treppe hinab, ins Zimmer hinein ... Das Zimmer war leer, die Küche auch. Das Studierzimmer vielleicht? Ein Hauch von Panik befiel sie ... Der Garten ... Er stand in der eisigen Kälte in seinen Hemdsärmeln und schaute zu den Sternen ...

‚Was tust du?! Du wirst dich noch erkälten!'

Er rührte sich nicht.

‚Ich versuche zu verstehen, was ich nicht verstehe ...'

Sie zog an seinem Ärmel.

‚Komm nun mit nach drinnen!'

Er ließ sich mitführen, steif und still. Im Zimmer blieb sie unbehaglich stehen. Sie fühlte sich fremd, mit einem unermesslichen Abstand zwischen ihr und ihm.

‚Komm ... wir sollten darüber sprechen. Setz dich nun ... Liebling.'

Er sah sie an, seine Augen groß und grau, abwesend. So kannte sie ihn nicht ... Er blieb stehen. Sie näherte sich ihm, fasste seine Hand.

‚Was ist nun ... sag etwas!'

Er schüttelte den Kopf.

‚Ich verstehe es nicht ... ich verstehe dich nicht. Sie ist eine neue, wichtige Kollegin, sie kommt hierher zu einem informellen Besuch, vor allem um dich kennenzulernen. Und du ärgerst dich über ihr Verhalten dir gegenüber. Sogar so, dass du dich regelrecht schlecht benimmst, dass ich mich für dich schämen muss. Und dann wurde ich hinterher auch noch verprügelt. Ich muss vielleicht die kommenden zehn, fünfzehn Jahre mit ihr zusammenarbeiten. Kannst du nicht über solche Stichelei stehen? Musst du denn auf jede Kleinigkeit emotional reagieren?'

‚Sie ist zwanzig Jahre älter. Muss ich über ihrem Verhalten stehen?' Sie fühlte wieder Wut aufkommen. Jetzt sich beherrschen, sie würde nicht nochmals Gnade bekommen ...

‚Natürlich musst du das. Alter zählt nicht. Ich erwarte Würde von dir, keine Brutalität.'

Sie sah ihn bestürzt an.

‚Aber ... siehst du denn nicht, dass sie ... dich ... wie soll ich es sagen ... du und sie zusammen und ich ein unbedeutendes Mädchen ...'

‚Du brauchst vor nichts Angst zu haben', sagte er stur.

Es entstand eine peinliche Stille.

‚Komm, setz dich nun doch, Junge', flehte sie.

Er nahm seine Jacke, zog sie an und setzte sich. Er sagte streng:

‚Du bist nicht Herr deiner Gefühle.'

Wut ...

‚Und du misst ihnen keinen Wert bei!'

Er richtete sich auf und sah sie direkt an. Kurz fühlte sie den alten Respekt aufkommen, der ihr stets jede Streitlust nahm ... Er sagte:

‚Nun musst du einmal sehr gut zuhören! Denk nun einmal einen Moment an meine Situation. Ich kann so nicht arbeiten! Ich muss frei sein, um auf meine Weise ein Band zu dieser Frau zu knüpfen. Wenn ich bei jeder Freundlichkeit von ihr deine Eifersucht fühlen muss – dann geht es nicht. Du wirst dich auf die Tiefe unserer Beziehung besinnen müssen. Dann weißt du, dass du keinen einzigen Grund zur Unruhe hast.'

‚Du bist ein hübscher Mann ... und du bist sehr lieb', unterbrach sie ihn.

Er lächelte nicht.

‚Ich werde keinen einzigen Anlass geben. Und ich werde das Band so sachlich wie möglich halten. Aber ich bin gewohnt, Menschen wegen ihrer Eigenheiten lieb zu haben. Das kannst du mir nicht verbieten.'

‚Eine Frau ist gefährlich. Eine abgewiesene Liebhaberin ist lebensgefährlich. Ich werde nicht aufhören, dich darauf hinzuweisen!'

‚Eine Frau ist ein Mensch. Du hast dich heute Abend wie eine Frau betragen. Ich wiederhole: du hast dich schlecht benommen, du hättest darüber stehen müssen.'

‚Das hätte ich gekonnt, wenn ich gesehen hätte, dass du sie durchschaust. Aber du bist hineingelaufen!'

‚Ich verlasse mich auf das, was ich sehe und höre ... und denke dabei nicht aufgrund von allen möglichen Emotionen. Ich fand sie freundlich, obwohl etwas herablassend. Aber sie hat viel Unglück in ihrem Leben. Du kannst nicht jede Unannehmlichkeit abstrafen.'

Sie war verwirrt. All ihrer Bosheit schien nun der Boden zu fehlen. Sie verstand nicht mehr, warum sie so heftig gewesen war ... wahrscheinlich hatten sie alle beide Recht ... hatte sie wohl richtig gefühlt, aber hätte sie sich dennoch ‚würdig' verhalten müssen. Das Schlimmste war die Kühle zwischen ihnen ... Er war böse über ihr Verhalten und beleidigt durch die Heftigkeit gegen ihn? Wie sollte sie ihn besänftigen? Sie würde keine Entschuldigung anbieten ... sie hatte ebenso sehr Recht wie er ... Er saß ihr in Gedanken gegenüber, als ob sie nicht da wäre ... Plötzlich sah er auf und sagte:

‚Kleiner Wüterich, komm mal her!' Er sagte es ernst, mit einem Unterton von Wärme. Diese weckte erneut ihren Respekt ... Verlegen stand sie auf und ging zu ihm. Er zog sie auf seinen Schoß, legte seine sanfte Hand auf ihren Bauch.

‚Warum hast du deine Schwangerschaft ausgeplaudert?'

‚Sie soll wissen, dass sie nicht den Schein einer Chance hat!', sagte sie böse.

Er lachte milde und sagte:

‚Eigentlich musst du übers Knie gelegt werden ... um all diese Schläge zurück zu kriegen, die du mir gegeben hast!'

‚Das kommt, weil du dann auf einmal so ein nüchterner abstrakter Kerl bist ... dann schlage ich auf dich, bis du wenigstens böse wirst ...'

Still streichelte er ihr Haar, ihren Rücken ...

‚Ich will nicht mit ihr nach Japan', sagte er sanft.

‚Du musst ... und du bist gewarnt. Könnte ich nur mit ...'

Er sah sie an und sagte:

‚Das nächste Mal ... nach Rom ... kommst du mit!'

‚Aber ... unser Sohn? Meine Schwangerschaft? Mein Examen?'

Er lachte.

‚Was macht das alles ... ich nehme dich einfach mit!'

Sie gab sich seiner Umarmung hin ... fragte dann doch noch:

‚Hättest du nicht lieber so eine reife, entwickelte Frau gehabt?'

Er kniff sie in ihre Wange und sagte:

‚Ich liebe mehr eine wilde Kriegerin ... schließlich, wenn ich dich nicht gefunden hätte, hätte ich nie geheiratet!'

Die Liebe des Professors zu seiner jungen Frau bekam eine neue Dimension. Während seines ersten Besuchs bei dem Meister in den Bergen war er durch ihre Anhänglichkeit und ihr lebendiges Interesse gerührt gewesen. Seine durch Übungen geweckten Sinne waren durch ihre frische Schönheit verführt worden ... Er war vor dieser Verführung geflüchtet ... Später war sie zu ihm gekommen, in die Stadt. Ihr

Mut, das zu tun, hatte ihn tief getroffen, und erneut hatte ihre fragende Empfänglichkeit, ihre Hingabe an ihn, aber nicht zuletzt auch ihre körperliche Schönheit ihn gerührt. Sie hatte eine fast vollkommene Gestalt und ein liebes, lebendiges Gesicht, Ausdruck ihrer inneren Aufgewecktheit. Dennoch hatte er gezögert ... und erst als er sah, dass sie dahinsiechte, hatte er den definitiven Schritt gemacht. Er hatte ihren Kampf kennen gelernt ... einen ungeahnten Drang nach Freiheit, manchmal totale Unbesonnenheit und ein immer wieder durch die Umgebung Gebundenwerden ... auch durch ihn, gerade durch ihn. Er hatte in der heftigen Gereiztheit durch ihren hemmungslosen Egoismus seinen eigenen Jähzorn kennen gelernt ... und hatte selbst nachträglich den meisten Kummer angesichts seiner Aggression. Sie kämpfte, um ihre Geisteskraft aus ihrer stürmischen Natur zu befreien, um dieser Natur Herr zu werden.

Anfänglich war das ein krampfhafter Kampf ... später fand sie ihre eigene Willenskraft darin, aus sie unter seiner Autorität herauskam ... Aber einmal hatte er einen Vorboten dessen gehabt, was sich nun seiner Liebe hinzufügte: Als sie seinen Sohn gebar, hatte er gesehen, wie ihre Geisteskraft sich vollkommen schmiegsam ihrer gesunden Natur, ihrem Körper beifügte. Dadurch war diese Entbindung ein Wunder menschlicher Natur gewesen ...

Er selbst lebte mit immer größerer Einfachheit in hoher ideeller Geisteskraft. Auf der Spitze dieser Höhe angelangt, versuchte er, den Weg zurück zum Körper zu finden. Er hoffte auf ein vollkommen bewusstes geistiges Eintauchen in den Körper ... dann erst würde er die wirkliche Heilkunde finden.

Bei ihr nun sah er eine natürliche Fertigkeit dafür. Noch beherrschte ihre Natur den Geist ... aber sie würde mit großer Leichtigkeit ihren einmal befreiten Geist zu ihrem Körper bringen können, wie sie es bei der Entbindung bereits unbewusst vorgemacht hatte. Durch ihren Wutausbruch jetzt hatte er plötzlich ihre urgesunde Natur, ihren Leib als Ausdruck des Geistes gesehen, der darin wohnte ... Sie hatte Recht gehabt, sie hatte richtig gesehen. Und er fragte sich, was das in ihm war, dass er darüber hinweggesehen hatte.

Positivität? Gutgläubigkeit? Abstraktion?

Sie hatte ihn heftig angegriffen, er war dadurch aus der Fassung ... Zu seiner Liebe für ihr Wesen gesellte sich nun eine spontane leidenschaftliche Ehrfurcht vor ihrer Leiblichkeit. Er war aufs Neue verliebt ... nun ohne einen durch Angst vor Unreinheit hervorgerufenen Zweifel. Er liebte jede Äußerung von ihr ... Ihre fliegenden Finger, wenn sie Piano spielte und sich in Übermut über die Technik erhob ... Ihren fragenden Blick zu ihm, die Art, wie sie eine Buchseite umblätterte ... ja sogar ihre Frechheit, wenn es um die zweite Professorin ging.

Denn sie hatte weiterhin eine heftige Abneigung gegen diese Frau ...

Zuerst fiel seine veränderte Haltung ihr nicht auf. Er war schließlich immer gut zu ihr, froh, in ihrer Nähe zu sein. Aber wenn sie einen ganzen Tag zu Hause war, rief er sie überraschend an ... einmal fand sie beim Frühstück einen Brief an sie, von ihm bei ihrem Teller hinterlassen. Auch ging er oft mit ihr aus, besorgte Babysitter und nahm sie mit zu Freunden, ins Theater, ins Kino. Und er bewies ihr seine Liebe für ihren Körper. Schöne Liebe für einen reinen Leib ... Stets hatte sie das Gefühl gehabt, dass er ihr körperliche Liebe gab, um ihrem Bedürfnis entgegen zu kommen. Sie hatte das hingenommen. Aber nun ...

‚Was hast du ...', sagte sie eines Abends, als er nach dem Essen dasaß und sie anschaute. Er lachte ihr zu, etwas verlegen.

‚Ich habe dich ... du hast etwas in mir geweckt, Kindchen ... ich dachte, dass meine Liebe zu dir total wäre ... aber ich finde nun die Erfüllung eines Jungentraumes ...'

‚Die schöne Jungfrau?', fragte sie verwundert.

Er nickte.

‚Aber du hast immer gesagt, dass ich ihr in nichts ähnele!'

Wieder nickte er.

‚Es kann lange dauern, bevor ein Mensch sich selbst begreift ... Sie war Natura, Persephone, die Natur in all ihren Facetten. In dir habe ich immer den Geist geliebt ... und all das Natürliche ... nun ja, als etwas Sündiges betrachtet. Etwas, was in dir und in mir überwunden werden muss.'

‚Das muss es doch auch?'

‚Ja ... insoweit es Begierde ist ... Ich habe so unter diesen ambivalenten Gefühlen gelitten ... einerseits Verlangen nach deiner Schönheit, andererseits Wut über deine Hemmungslosigkeit. Ich dachte dann: Erziehe dich selbst statt sie! Es ist noch genug zu tun! Das Verlangen nach deinem Körper war zugleich Ärger darauf ... Aber warum sollte die Liebe zum Körper nicht auch rein sein können? Ich habe dich geliebt, als du aus einem reinen Urteil heraus wütend wurdest, Mädchen. Ich liebe nun deine Natur, wie ich deinen Geist liebe ...'

Sie hatte ihm still zugehört. Aus eigenem Erleben erkannte sie nicht, was er sagte ... trotzdem verstand sie ihn. Es war das Ideal der körperlichen Liebe ... die nichts Sexuelles hat und dennoch sinnlich ist. Eine Liebe wie von Novalis für seine Sophie ... Sie erschauderte und fragte:

‚Wie kann es sein, dass ich so etwas in dir hervorrufe?'

Es traten Lachfältchen um seine Augen.

‚Deine Reinheit ...'

‚Reinheit ... mit all meiner Leidenschaft, Unbesonnenheit und Frechheit?'

Er sah sie lange an, noch immer mit einem Lachen in seinen Augen. Dann sagte er:

‚Es gibt nichts in dir, was gespielt ist, unecht oder unaufrichtig. Deine Reinheit ist der Mut zu *sein* ... mit all deinen möglichen Fehlern. Mach nur Fehler, Liebling ... aber verliere nie den Mut!'

‚Wie wirst du dich nun verhalten?', fragte der Professor seine Frau, bevor sie den Gegenbesuch bei seiner Kollegin machten.

‚Ich versuche, unbefangen zu sein ... ich habe ein Vorurteil, das weiß ich sehr gut. Ich werde versuchen, mich selbst zu vergessen ... und wenn das nicht gelingt, werde ich meine Zunge abbeißen, um nicht hässlich zu sein.'

Genau wie der Meister bewohnte sie eine Etage in einem Haus am Wasser. Aber es war deutlich, dass hier viel mehr Geld aufgewendet worden war. Die Zimmer waren geschmackvoll und teuer eingerichtet, der Tisch war mit Silber, Kristall und Blumen gedeckt. Und die Frau selbst war in schlichtem Chic gekleidet ... Sie war aufgeweckt und freundlich, vermied herabsetzende Bemerkungen gegenüber ihrem Gast ... Nein, es war ihr nichts anzumerken, der Empfang war vollkommen.

Sie spazierten zurück nach Hause. Der Professor fragte, während er seine Hand fest um ihre Taille hielt:

‚Und? Hast du nun etwas anzumerken?'

Sie schwieg eine Weile, sagte dann:

‚Ja ... Unechtheit. Alles ist unecht. Das Haus, ihre Freundlichkeit.'

‚Meinst du das jetzt wirklich?'

‚Du kennst die weiblichen Listen nicht ... Eitelkeit, Erotik und Lügen

... Wir haben in einem Ausstellungsraum gesessen ... und eine Aufführung miterlebt.'
Er war still, aber zog sie dicht an sich heran.
‚Denkst du ... dass sie in ihrem Beruf auch eine Aufführung zeigt?'
‚Ihre Qualitäten müssen wohl echt sein ... ihre Bereitwilligkeit vielleicht nicht.'
‚Bist du nicht zu hart? Urteilst du nicht doch aus Abneigung?'
Sie schüttelte den Kopf.
‚Es hat etwas mit Kunstfertigkeit zu tun. Ist etwas authentisch oder nicht? Wahrhaftig? Drückt sich das Wesen in der Erscheinung aus? Oder ist die Erscheinung ein künstliches Produkt? Kommt das Verhalten von innen oder ist es ‚angekleidet' wie bei einer Puppe? Begreifst du ...'
Er hielt sich immer an die Phänomene ... wollte nichts dazu fantasieren. Er hatte Freundlichkeit erfahren, nicht mehr und nicht weniger. Konnte man darin gewahr werden, ob der ganze Mensch in dieser Freundlichkeit lebte?
Er fragte sie danach.
‚Ich ja ...', sagte sie bestimmt. ‚Vielleicht ist es meine Musikalität. Ich höre, ob eine Stimme leer ist ... oder voll.'
‚Lehre mich das!', seufzte er.
‚Es ist doch dasselbe wie deine Liebe für meine Erscheinung? Leere Schönheit würde deine Liebe nicht wecken ...'
Wieder wurde es still neben ihr. Sie näherten sich der Vordertür ihres Hauses. Mitten auf der Straße hielt er sie einfach so an und küsste sie. Danach hob er ihr Gesicht zu sich auf und sagte:
‚Darauf werde ich mich besinnen ... meine weise Freundin ... Den Unterschied zwischen Phrase und lebendigem Wort kann ich wohl machen, zumindest dem Inhalt nach. Aber du sprichst über die Darstellung ...'

Der Nachbar kam nach draußen, um seinen Hund herauszulassen.
‚Sollen wir reingehen ...', flüsterte sie. Aber ihr Mann nahm sie erneut in seine Arme und sagte neckend:
‚Mein Verhalten kommt von innen, ich lasse mich durch keinen Nachbarn bestimmen!'
Sie brachte ihn zum Flugplatz ... Sie nahm Abschied von ihm, bevor

sie hineingingen, wissend, dass in der Halle die Professorin auf ihn wartete. Sie konnte es nicht ansehen ...

Sie fühlte, wie auch er es schwer fand ... auch wenn sie einander nach fünf Tagen schon wieder sehen würden.

Sie fuhr zurück nach Hause, erfüllt von Emotionen, die mit so einer kurzen Trennung nicht übereinzustimmen schienen.

Zu Hause war der Meister ... wie immer fühlte er ihren Gemütszustand, ohne dass ein Wort gesprochen wurde. Er machte das Baby für die Reise fertig, während sie einen Koffer packte. Dann reiste sie nach Süden, zu ihren Eltern.

Sie genoss das Fahren in dem großen Auto. Er hatte vor ein paar Monaten ein neues gekauft, das alte war zehn Jahre alt. Obwohl er Einfachheit liebte, kaufte er trotzdem wiederum so ein großes Auto, mit der Absicht, wieder lange Freude daran zu haben.

Als sie die Auffahrt hinauffuhr, kam ihr Vater schon nach draußen. Er sah zu, wie sie parkte und empfing sie in seinen Armen.

‚Du hast verdammt nochmal ein schickes Auto von deinem Kerl mitbekommen!'

Er begann sofort zu sticheln ... sie würde sich auf keinerlei Weise auf die Palme bringen lassen! Sie drückte ihm ihren Koffer in die Hände und trug das Baby nach oben.

Ihre Mutter hatte ihr Zimmer fertig gemacht, es standen Blumen als Willkommensgruß da. Sie versuchte, an nichts zu denken ... nur den Aufenthalt in ihrem Elternhaus zu genießen. Ihr Vater hatte ein paar Tage frei genommen, er wollte nun auch wirklich bei seiner Tochter sein.

Sie war es gewohnt, Zu Hause ordentlich mit anzupacken, wollte auch jetzt die Ärmel hochkrempeln. Aber ihre Mutter sagte:

‚Du bist schwanger, Mädchen. Das vorige Mal hast du es so schwer gehabt, du sollst jetzt einfach deine Ruhe genießen ...'

Sie umarmte ihre Mutter und ließ ihren Tränen freien Lauf. Hier, zu Hause, fühlte sie ihre Jugend ... die doch gut und glücklich gewesen war, trotz des Tumults, den es oft gegeben hatte ... Ihre Mutter war fürsorglich, ihr Vater voller Humor ... Sie war auf ihr Leben von heute vorbereitet worden ... ein Leben voller Ernst, mit großer Verantwortung, aber auch voller Verständnis, wie sie das nie zuvor gekannt hatte. Hier zu Hause war das Leben unkompliziert gewesen, jeder reagierte unmittelbar ... wenn einem etwas nicht gefiel, hatte man einen großen Mund, aber man bekam auch direkt eins um die Ohren. Kein Verständnis ... alles war Handlung ... So war sie aufgewachsen ... mit einer unerträglichen Sehnsucht nach etwas anderem als handeln ... Dieses Verlangen war nun befriedigt, und sie hatte obendrein einen Mann, der auch noch die Kunst des unmittelbaren Handelns verstand. Nur ging das Handeln bei ihm nicht aus Instinkt hervor ... sondern aus ... Intuition, in Moralität getaucht. Darum war eine Bestrafung durch ihn so unerträglich ... während sie von zu Hause aus doch so daran gewöhnt war. Aber sie hatten diese Periode hinter sich gebracht ... sie hatten eine fast vollkommene Gleichwertigkeit gefunden. Und nun vermisste sie ihn ...

‚Was ist, Kind?', fragte ihre Mutter. ‚Du bist doch wohl glücklich?'

‚Ja ...', seufzte sie, während sie ihre Tränen trocknete, ‚aber der Kontrast ist so groß ... und ich bin überempfindlich, weil ich wieder schwanger bin.' Sie schaute ihre Mutter mit verweinten Augen an und sagte: ‚Es ist gut, zu Hause zu sein, Mama.'

Aber ihre Mutter verstand es doch falsch und dachte, dass sie hier zu Hause glücklicher wäre. Später befragte ihr Vater sie noch einmal.

‚Mädchen ... ich sitze hier immer ... wie früher, und vermisse dein Lachen, deine Ungezogenheit, unsere Streitereien. Du vergisst uns einfach ... was ist das nur?'

‚Nein, Paps. Das sagst du jedes Mal ... aber du vertiefst dich nicht in mein Leben. Ich bin mit einem Professor verheiratet ... und ich studiere selbst noch und habe schon ein Kind. Weißt du wohl, wie schwer das ist?'

‚Deine Mutter hat auch immer gearbeitet, sogar als sie vier Kinder hatte.'

Sie seufzte.

‚Davon rede ich nicht. Sie war dir hingegeben, ich bin ihm hingegeben.'

‚Die Zeiten haben sich geändert ...'

‚Paps ... ich habe einen Mann, der alles für mich bedeutet. Und ich fange an zu glauben, dass ich auch für ihn viel bedeute.'

‚Warum solltest du daran zweifeln. Du bist verdammt nochmal ein Prachtmädchen!'

‚Du hast einmal anders gesprochen – und mich das gut fühlen lassen!'

‚Da sind wir wieder …’, sagte Vater gelangweilt. ‚Als ob eine Tracht auf deinen Hintern dein Leben zerstört!’

‚Das wollte ich überhaupt nicht sagen … ich würde dir so gerne sagen, dass ich eine ganz besondere Ehe habe … dass ich so glücklich bin!’

‚Dann bring einmal etwas von diesem Glück hierher?!’

Stets war seine Liebe für sie eine Quelle leidenschaftlicher Auseinandersetzungen gewesen. Sie hütete sich nun davor und sagte ruhig:

‚Ich bin jetzt da. Ich habe dich sehr gut verstanden … und ich werde auch danach handeln. Ich finde es herrlich, dass du mich so gerne hier hast …’

‚Hm …’, brummte er und zog an seiner Pfeife …

Am folgenden Tag rief ihr Vater sie aufgeregt ans Telefon.

‚Dein Herr am Telefon, Kind! Jede Sekunde kostet ein Vermögen.’

Verärgert nahm sie den Hörer.

‚Wie geht es, Liebling?’, fragte eine vertraute Stimme, als ob er eine Straße weiter telefonierte. Sie seufzte tief …

‚Gut. Sie sind sehr lieb, es ist schön hier. Aber sie verstehen von nichts etwas. Paps ist unglaublich impulsiv … sehr leidenschaftlich, aber auch empört. Und Mama konzentriert sich ganz auf ihren Enkel, das kann sie wirklich sehr gut. Aber ich zähle die Stunden … bis du wieder zurück bist. Und du?’

‚Ja … ich habe, wie du weißt drei Vorlesungen zu halten und auch eine ganze Reihe von Vorlesungen zu besuchen. Es ist sehr besonders, hier zu sein … so eine total andere Welt.’

‚Und deine Kollegin?’

‚Geht gut. Ich führe sie bei Kollegen ein, helfe ihr, sich in diesem Getue zu Hause zu fühlen … außerdem essen wir zusammen und besichtigen die Stadt. Aber ich bin wachsam, Liebste … sehr wachsam. Ich habe dich von Minute zu Minute bei mir … ich vergesse dich nie. Wirst du stark sein?’

‚Ja’, sagte sie leise.

‚Morgen rufe ich wieder an …’

Sie liebte seine Aufrichtigkeit … er sagte geradeheraus, was er da machte. Ja, sie würde stark sein … mühsam. Es war doch keine Eifersucht? Keine Angst? Nein … Unruhe … über die Motive dieser Frau …

Noch voller Emotionen kam sie zurück ins Wohnzimmer, wo ihr Vater wie immer mit einem Schnaps, Pfeife und Zeitung saß. Er blickte auf, über seine Lesebrille und sagte:

‚Einfach so ein Anruf aus Japan! Ganz nett, dass er anruft ...'

Sie setzte sich zu ihm und sagte:

‚Morgen ruft er wieder an ... findest du ihn eigentlich nett?'

Er legte die Zeitung weg und setzte seine Brille ab.

‚Sehr nett ... du weißt doch, dass ich ein Meckerfritze bin ... Ich bin natürlich enorm stolz auf dich, Mädchen ... Was wirst du nach deinem Arztexamen machen?'

‚Zuerst mein zweites Kind bekommen ... eine Weile bei ihm bleiben. Danach will ich mich in spirituelle Medizin, alternative Medizin vertiefen. Nicht die alten Richtungen, sondern die neuere ...'

Die Augenbrauen gingen erstaunt nach oben ...

‚Gestattet er dir das?' Er war enttäuscht, dass sie nicht in seine Fußstapfen trat.

‚Ja ... das heißt, er wünscht, dass ich die Rationalität bewahre ... das ist seine starke Seite. Er würde es fürchterlich finden, wenn ich in mystische Zustände geraten würde, selbst die alten Heilweisen des Meisters weist er ab ... nicht wenn der Meister sie handhabt, aber wenn er oder ich das tun würden.'

‚Ich verstehe nichts davon, Kind. Aber es ist deine Entscheidung. Und willst du das dann auch praktizieren?'

‚Ja ... später. Ich muss seiner Arbeit trotzdem den ersten Platz einräumen, Paps.'

Er schaute sauer.

‚Ich denke schon ... Trotzdem ist es eine Sünde bei einem Mädchen mit so vielen Qualitäten. Du bist verdammt intelligent und auch gewiss sehr fähig. Du würdest ein sehr guter Hausarzt werden können, oder Spezialist.'

‚Das geht nicht ... Ich nehme wieder Klavierstunden, bei einem Lehrer am Konservatorium. Vielleicht mache ich das Staatsexamen.'

‚Damit kannst du doch ebenso wenig etwas anfangen?'

‚Ich will es gern ...'

Sie saßen still beieinander.

‚Du bist ernst geworden, erwachsen. Trotzdem schade ... auch wenn ich oft verzweifelt gewesen bin, Mädchen. Ich hoffe doch, dass du deine Eigenheit nicht verlierst ...'

Sie seufzte. Verständnis ... sie verlangte so nach Verständnis ihres Vaters ... Sie konnte nur versuchen, *ihn* zu verstehen.

‚Wie steht es mit dir, Paps? Arbeitet Mama nicht mehr für dich?'

Er trank sein Glas leer.

‚Nein, ich finde, dass sie in ‚Rente' muss ... ich komme ziemlich gut mit dieser Assistentin zurecht. Ich selbst werde es auch müde ... ich denke, dass ich in nicht allzu ferner Zeit die Praxis übertragen werde.'

Sie sprang auf und setzte sich auf die Lehne seines Stuhls. Sie legte ihren Kopf auf den seinen.

‚Paps! Du bist doch noch jung! Ich kann mir dich nicht vorstellen ohne Praxis!'

Er umarmte sie und sagte seufzend:

‚Ich habe es satt, Kind. Ich will noch ein bisschen frei sein, mit deiner Mutter. Die Reisen machen, die sie immer so gerne machen wollte ... ab und zu bei euch auf Besuch ... Wenn man älter wird, beginnt man Fragen zu stellen. Habe ich es wohl gut gemacht? Hätte ich es nicht so oder so machen müssen ... Was ist sterben ... gibt es wohl etwas danach? Werde ich für meine Fehler büßen müssen ...'

Sie war still. Was gab es zu sagen? Sollte sie, mit ihren dreißig Jahren, ihm Antworten geben ... das war unpassend. Nach einer Weile sagte er:

‚Aber du ... bist ein liebes Mädchen! Wirklich ein liebes Mädchen. Und du hast einen feinen Mann und einen Prachtsohn ... Ich bin stolz auf dich, Kind.'

Tränen liefen still über ihre Wangen. Ihr Vater segnete sie ... Einmal wenigstens zeigte er seine tiefsten Gefühle.

‚Nicht weinen, Mädchen ... Jetzt, wo ich älter werde, verstehe ich dich besser ... Ich hoffe, dass dir doch noch ein ganz kleines bisschen an diesem alten ... Griesgram liegt ...'

Als Antwort drückte sie ihn an sich ...

Der Professor begegnete seiner Kollegin in der Abflughalle. Wie immer sah sie gut aus und war herzlich. Leere Herzlichkeit? Aber nein ...

Im Flugzeug saß sie neben ihm, und sie führten ein einfaches Gespräch, von Zeiten des Schweigens unterbrochen. Sie erzählte ihm viel über ihr Leben, über ihren Mann ... der ihre Karriere nicht ertragen hatte ... über den Kummer darüber, die Unlöslichkeit ...

Er hörte intensiv zu und lebte mit ihr mit. Sie war eine reife Frau, einige Jahre älter als er, geformt durch das harte Leben, durch das Leid ... Er fühlte, dass sie verhärtet war, auch einsam.

Wie sollte man einen Menschen nicht ausstehen können ... warum auch?

Er würde wachsam sein, dass nicht mehr entstand ... von ihm aus war das von vornherein ausgeschlossen, aber von ihrer Seite aus ... Er mochte die Menschen sehr ... sie weckten seine Rührung, seine Liebe. Durch die harte Schale hindurch sah er sie als Kind ... in Unschuld und voller Erwartung. Das Schöne an seiner Frau war, dass sie kein Schild hatte ... sie hatte ihre Kindlichkeit behalten, auch eine gewisse Genialität ... Er fühlte bei diesem Gedanken seine Liebe für sie, die über alles hinausging, was er für Menschen gefühlt hatte.

Im Hotel bat sie ihn, mit ihr zusammen zu essen. Er stimmte zu. Danach besuchten sie zusammen die Stadt ... Er war schließlich froh, allein zu sein, auf seinem Zimmer. Besinnung ...

Er hielt seinen ersten Vortrag und erhielt dafür viele Komplimente. Er kannte die meisten Professoren, aber die übrigen Kongressbesucher waren ihm durchgehend unbekannt. Während des Abendessens saß er wieder mit ihr am Tisch. Sie sah ihn an und sagte:

‚Du kannst außergewöhnlich gut sprechen. Ich fühle mich geehrt, mit einem Mann von solcher Gelehrsamkeit zusammenarbeiten zu dürfen.'

Er lächelte.

‚Du schmeichelst mir ...'

‚Nein ... ich meine es.'

Seine klaren Augen ruhten auf ihr. Offenbar war sein Blick schwer zu ertragen, denn sie schlug ihre Augen nieder. Er sagte:

‚Ich mache selten etwas, ohne mich selbst zu geben. Das wird ziemlich oft falsch verstanden.'

‚Wie meinst du das?'

‚Ein großer Einsatz wird oft als Strebertum angesehen ... oder als Liebe.'

‚Warum setzt du dich so ein ...?'

‚Aus Liebe ... für das Leben in all seinen Facetten. Aber diese Liebe ist meist nicht persönlich ausgerichtet, verstehst du.'

Auf dem beherrschten Gesicht der Frau erschien ein Anflug von Röte. Sie verstand seine Worte sehr gut. Sie schwieg ...

Er ließ die Stille fallen ... wie um seine Worte zu betonen. Dann sagte er freundlich:

‚Wir werden heute Abend etwas Pause machen, morgen erwartet uns ein übervolles Programm. Du kennst diese Kongresse, man ist fortwährend mit dem Kopf beschäftigt. Vielleicht können wir morgen Mittag etwas ‚schwänzen', dann gehen wir noch einmal in die Stadt ...?'

Sie blickte auf, überrascht.

‚Das scheint mir einmalig ...'

Er rief seine Frau täglich an, bekam dann erst ihren Vater, der mit jedem Tag sanftmütiger zu werden schien. Dann kam seine Tochter ... Er sehnte sich nach ihrer ungekünstelten Spontaneität, nach ihrer ehrlichen Liebe zu ihm. Und er ließ sie das merken ... Aber dann musste er wieder zurück an seine ‚Arbeit'.

Er hielt seine drei Vorträge, hörte mit Interesse jedem anderen zu ... aber wurde entmutigt durch den Abstand zwischen dem Sprecher und dem Gesprochenen. Abstraktion ...

Während des Abschiedsessens fragte sie ihn:

‚Du hast an zwei Vorlesungen von mir teilgenommen, meine ersten beiden. Was ist dein Urteil?'

Er sah sie überrascht an.

‚Es ist nicht an mir, deine Arbeit zu beurteilen.'

Ihr stets unbewegten Augen waren groß und glänzend ... vielleicht auch durch den Wein.

‚Ich frage nach deinem Urteil. Du wirst doch wohl eins haben?'

Er lachte und sagte:

‚Ich fand es ganz gut.'

‚‚Ganz' gut ...!'

Er war etwas verlegen.

‚Guck mal ... du siehst das hier auch ... Es ist inhaltlich Topniveau. Aber der Inhalt ist völlig losgelöst vom Sprecher, es sind zwei Welten. Das darf nicht so sein ... der ganze Mensch muss in diesem Inhalt leben! Nun, das vermisste ich bei dir auch. Inhaltlich eine sehr gute Komposition ... aber du warst nur das Sprachrohr.'

Zum zweiten Mal färbte eine Röte ihre Wangen. Sie begann, zum Leben zu erwachen!

‚Was für ein hartes Urteil ...', beklagte sie sich.

‚Du fragtest mich danach. Ich lebe für zwei Dinge: für die Medizin und für das Wiederfinden des Menschen in der Medizin – im Patienten wie auch im Arzt ...'

‚Kein Privatleben?'

‚Doch ... das hat sich dem hinzugefügt. Und scheint dasselbe zu sein.'

‚Es scheint mir für einen Mann von deinem Niveau nicht einfach zu sein, so eine junge Frau zu haben ... Sie muss noch beginnen, du bist auf dem Gipfel deiner Karriere.'

Sie ging zu weit. Er sah sie scharf an und sagte:

‚Ich lege keinen Wert auf Karriere, habe auch nie danach gestrebt. Und meine Frau? Sie hat so viele Qualitäten, dass ich ihre Jugend nicht fühle ... zumindest nicht im negativen Sinne. Unterschätze sie nicht, sie ist sehr begabt. Dafür ist keine Karriere nötig ... Ich dachte, mein Leben in Einsamkeit verbringen zu müssen – und hätte das auch getan. Es kann nie eine andere Frau in meinem Leben geben!'

Er sprach ruhig, ohne Ärger. Er merkte nicht, wie sie seine Reaktion genoss. Sie bog kokett ihren Kopf und sagte leise:

‚Sorry. Es war nur ein Gedanke.'

‚Von so nur ein Gedanke, halte ich nicht viel ...'

‚Du bist streng!', sagte sie.

Er seufzte und schwieg. Streng ... Unsinn. Er wollte seine Beziehung mit ihr sachlich halten. Er sagte kurz angebunden:

‚Pass nur auf, dass ich nicht wirklich streng werde. Komm, ich geh jetzt nach oben ... Morgen erwartet uns eine lange Reise.'

Tief enttäuscht sagte sie:

‚Ich hatte dich fragen wollen, ob du noch kurz mit in den Garten gehst ... ich habe Bedürfnis nach frischer Luft und laufe nicht gern allein.'

Gewohnt, wie er war, sich strikt an das zu halten, was jemand sagte, und nichts dahinter zu suchen, sagte er:

‚Ok, kurz dann ...'

Es war ein klarer, milder Abend. Sie spazierten durch den sparsam erleuchteten, bezaubernden Japanischen Garten. Er lief mit seinen Händen in seinen Taschen neben ihr, nahm ab und zu eine Hand heraus, um sie auf eine besondere Pflanze oder einen Baum hinzuweisen.

‚Ich habe ein paar herrliche Tage gehabt ...', sagte sie mit einem Seufzer.

‚Schön ...'

‚Und du?'

Er dachte kurz nach, wollte nicht unhöflich sein. Dann sagte er trotzdem:

‚Tja ... für mich ist es doch vor allem Arbeit. Obwohl ich es sicher nicht unangenehm fand. Aber ich finde so einen Kongress eigentlich wie eine Art Strafexpedition. Viel zu viel intellektuelle Arbeit in einer sehr kurzen Zeit. Aber ich glaube, dass wir zusammen eine sehr gute Basis für unsere Zusammenarbeit gelegt haben. Das finde ich wirklich sehr angenehm ...'

Er wusste nicht, wie sie seine Worte aufnahm. Sie lief still neben ihm. Nach einer ganzen Zeit sagte sie:

‚Du bist ein faszinierender Mann ... ich schätze deine direkten Antworten. Es scheint mir nicht einfach, mit dir zu leben.'

‚Auch wieder einfach so ein Gedanke?'

‚Nein ...'

Er blieb stehen und fasste kurz ihren Arm. Wachsamkeit ...

Er sagte:

‚Du brauchst nicht mit mir zu leben ... nur mit mir zu arbeiten. Ich hoffe auf ein offenherziges Verhältnis – und werde selbst alles dafür tun.'

Sie nickte und lachte.

‚Ich denke, dass ich dich immer als meinen Chef betrachten werde.'

Die Spannung fiel fort ... Er lachte nun auch und sagte fröhlich:

‚Gut so ...'

Der Meister lebte auf eine ganz andere Weise mit seinem Freund, dem Professor. Im Januar hatte dieser mit seinen Vorträgen für eine kleine Gruppe von Interessenten begonnen. Der Meister und das Mädchen saßen immer im Saal ... ebenso wie die beherzte Dame, die nach den Vorträgen gefragt hatte. Wegen ihr hielt der Professor seine Einführungen so einfach wie möglich. Er versuchte, die Anwesenden ihrer selbst als denkende Menschen bewusst zu machen ... Im Verstehen musste der Mensch sich selbst finden lernen, man musste lernen, das nicht als eine Art Wiederholung von dem zu sehen, was man mit seinen Sinnen wahrnimmt, sondern als ein rein menschliches Vermögen, der Schöpfung etwas hinzuzufügen: Die Freiheit des Verstehens! Abend für Abend verwendete er darauf, mit einer rührenden Geduld ... Und diese Geduld war nötig, weil die Menschen ihr Denken zur Gänze nicht wahrnahmen ... und auch sicherlich den Sinn nicht einsahen, Versuche in diese Richtung zu unternehmen.

Warum sollte man? Sich so viel Mühe machen, um in das Nichts des Scheins zu greifen? Dennoch kamen sie jedes Mal wieder, ja es kamen immer mehr Menschen ... denn man fühlte, dass dieser Mann etwas zu sagen hatte, was wirklich der Mühe wert war.

Für den Meister waren seine Worte extra schwer zu verfolgen, er musste sich bis zum Äußersten anstrengen, um die noch immer fremde Sprache zu verstehen. Aber hinterher sprachen sie immer noch ein Stündchen, und das waren Höhepunkte im Leben der drei Freunde.

Danach aß er einmal pro Woche das Abendessen im Haus des Arztes und blieb dann den ganzen Abend, wovon er einen Teil mit dem Professor allein verbrachte ... Dann tauschten sie ihre Erfahrungen aus und lernten voneinander. Der Professor war reich an Selbstbewusstsein, aber arm im höheren Wissen. Der Meister war reich an höherem Wissen, aber arm im Selbstbewusstsein.

Im Lauf der Jahre war der Meister von dem Bewusstsein durchdrungen worden, dass der Professor doch reicher war als er ... dass er sich auf Unsterblichkeit ... seiner Individualität vorbereitete.

Nicht ein Aufgehen in dem All erwartete einen solchen Menschen nach dem Tod, sondern ein Erhalt des Selbstbewusstseins, und sei es in einer Metamorphose. ‚Wenn ich ein König wäre ... und ich wüsste es nicht, dann wäre ich kein König.' Das sagte er dann zu sich selbst ... Was bedeutet die Seligkeit, wenn man kein Wissen davon hat ...

Und so verfolgte er hartnäckig seine Mathematikstunden und versuchte mit Hilfe seines Freundes das mathematische Denken in sich zu beleben.

Immer mehr entdeckte er, dass es nicht so sehr um die Mathematik an sich ging ... wohl aber um die konsequente Strenge im Verfolgen der Schritte im Denken. Man bekam dadurch ein verlässliches *Skelett* im Denken, einen Punkt, auf dem man stehen konnte. Aber dann entfiel ihm plötzlich wieder die erworbene Sicherheit und es war, als ob er ganz neu anfangen musste.

‚Wie hältst du das aus ... oder hast du das nie?', fragte er eines Abends.

‚Wie könnte ich das nicht haben ... aber ich habe eine Anlage dafür, dem keinen Wert beizumessen. Ich nehme so einen Rückfall wahr und sehe dann, dass gerade daraus die Kraft entspringt, den Einsatz zu vergrößern. Dieser *muss* nämlich jedes Mal wieder vergrößert werden, das ist gerade der Weg.'

‚Wie kommt es nur, dass du so viel Kraft hast, so eine Sicherheit in Bezug auf den Weg, den du gehen musst?'

‚Ich danke Gott täglich dafür ... diese Kraft sitzt in mir, ich *bin* das ... Zuerst entfaltete diese sich ausschließlich in meinem Fach ... aber ich verhärtete, daran erinnerst du dich doch noch wohl. Nun entfaltet diese Kraft sich in meinem geistigen Weg und fließt von da aus zurück in meinen Beruf. Aber sie stößt da auf einen harten Felsen ... immer undurchdringlicher scheint dieser zu werden ... Werde ich je umkehren müssen, mich davon abwenden? Ich fürchte den Augenblick, wo ich das sicher einsehen werde ...'

Der Meister schwieg ... er freute sich schließlich auf diesen Moment ... wo sein großer Freund sich völlig ihrer gemeinsamen Aufgabe widmen würde ... Nach einer Weile fragte er:

‚Wie erwerbe ich diese Standfestigkeit, mein Freund?'

‚Der zweite Schritt im Evangelium, Lukas 3:4-7 ...

Es ist eine Stimme eines Predigers in der Wüste:
Bereitet den Weg des Herrn
und macht seine Steige eben!

Alle Täler sollen erhöht werden,
und alle Berge und Hügel sollen erniedrigt werden;
und was krumm ist, soll gerade werden,
und was uneben ist, soll ebener Weg werden.
Und alle Menschen werden den Heiland Gottes sehen.'

Es ist die Standfestigkeit des Ich, das unerschütterliche Gleichgewicht, der Standpunkt im Hypomochlion der Balance. Das ist die Vorbereitung ... und daraus wird die Kraft des richtigen Urteils geformt. Diese Kraft macht dich wehrhaft gegen die Verführungen nach ‚vierzig Tagen Fasten in der Wüste'! Sogar wenn du am schwächsten bist, findest du noch die Standfestigkeit, die auf dem richtigen Urteil beruht.'

Der Meister nickte nachdenklich. Er kannte die Einsamkeit immer besser. Diese hatte nichts mit Alleinsein zu tun. Es war das Auf-sich-selbst-Stehen und das Sich-Absondern aus dem All. Er wusste sehr gut, dass er nie einen einzigen Schritt in diese Richtung gesetzt hätte, wenn er nicht diesem einen wirklichen Menschen begegnet wäre, der ihm hier gegenüber saß – wenn er nicht diese Burg gesehen hätte, zu der der Pfad voller Dornen führte ...

Er hatte gelernt, die Einsamkeit zu lieben; er brauchte nur seinen Blick auf seinen Freund zu richten, und er sah, wie edle Einsamkeit zu wahrhaftiger Freiheit geworden war. Freiheit ist nicht zu erreichen, außer durch das Tor der Einsamkeit ... Aber in dieser Burg der Freiheit ... beugt sich die größte Gnade über den freien Menschen hernieder und erlöst ihn aus der Einsamkeit. Das sah er gegenüber von sich, und so festigte sich in ihm die Hoffnung ...

Dann saß er abends in seinem Meditationszimmer und fühlte, wie dieser neue, fremde Herr auch ihm gnädig war. Einmal hatte Er sich ihm offenbart, in jener Nacht in der Bibliothek. Nun kam Er ihm in seiner Einsamkeit entgegen ... wie um ihm den Glauben zu geben. Glauben an den Weg seines Freundes, aber auch Dankbarkeit für sein eigenes Vermögen, Realität zu erleben. Er suchte die Abstraktion, das Nicht-Wirkliche ... aber wurde auf seiner Suche durch das Wirkliche gestützt. Worte waren für ihn keine Zeichen, sondern kräftige Wesen ... er kämpfte, um sie in die Abstraktion zu bringen, es gelang ihm auch – und dann fühlte er die Freiheit, diese neue ewige Qualität. Aber er wusste, dass er diese Freiheit viel intensiver erlebte als der Abendländer, für den diese Abstraktion, von der aus Freiheit entstand, eine selbstverständliche unbewusste Tatsache war. Er war dankbar für die Fülle seines Gemüts, die er behielt, auch wenn er seine Gedanken davon absonderte. Er kannte die Barmherzigkeit ... nicht als ein trockenes Wort, sondern als einen Leben schenkenden Trost.

Jeden Samstagabend hielt er seine Sprechstunde im Institut.

Viele Menschen holten seinen Rat ein, sie kamen mit verschiedensten Fragen zu ihm. Hinterher aß er in einem Café einige Ecken weiter. Einmal begegnete er dort der resoluten Dame ...

Er saß an einem kleinen Tisch und aß Sandwiches und trank dabei eine Tasse Kaffee. Als er sie hereinkommen sah, winkte er ihr zu und fragte, ob sie mit ihm essen wollte. Erfreut setzte sie sich und bestellte ...

‚Was führt sie her?', fragte er.

Sie lachte.

‚Ich komme hier oft für eine Tasse Kaffee und ein Brötchen her, wenn ich müde vom Einkaufen bin.'

‚Sind Sie mit den Vorträgen des Professors zufrieden?'

Wieder lachte sie.

‚Er ist ein Schatz, dass er so einfach spricht. Ich denke immer: das tut er für mich! Zu Anfang verstand ich trotzdem nicht, worauf er hinaus wollte ... aber nun, nach einigen Malen, beginnt mir doch etwas deutlich zu werden ...'

‚Und Ihre Freundinnen?'

‚Die kennen ihn schon, nicht wahr.'

‚Würden Sie diesen Sommer nicht einmal in die Berge kommen wollen?'

‚Ich bin Witwe, habe drei studierende Kinder. Ich habe die Mittel nicht.'

‚Sie könnten als mein Gast kommen!'

Sie sah ihn verwundert an. Sein Gast! Sie schwieg verlegen.

Er lächelte sein unergründliches Lächeln und sagte:

‚Ich betrachte es als eine Gunst, wenn Sie zustimmen.'

‚Ich kann das nicht ...', sie schwieg kurz, ‚ja doch, ich danke Ihnen, ich werde gern kommen.'

Der Meister betrachtete amüsiert seine Gefühle von Sympathie. Diese Frau hatte eine rührende Selbstsicherheit, eine schnelle Entschlussfähigkeit ... Er fand es schön, dass sie bei ihm saß.

‚Sind Sie zu Fuß?', fragte er. ‚Dann gehe ich ein Stück mit Ihnen mit.'

Sie sah ihn an und sagte vorsichtig:

‚Für mich sind und bleiben Sie der Meister. Aber ich würde es besonders schätzen, wenn Sie mich Marie nennen wollten ...'

Während er ihr in ihren Mantel half, grinste er und sagte:

‚Also dann, Marie ... ich bringe dich nach Hause.'

Er brachte sie nach Hause ... Sie wohnte in demselben Viertel wie der Professor.

Vor ihrer Tür, einer von zwei Türen eines Hauseinganges, blieben sie stehen. Sie zögerte, fragte dann bestimmt:

‚Wollen Sie nicht kurz mit hereinkommen? Ich mache Ihnen einen Tee.'

Er war nachsichtig gegenüber seiner eigenen Freude ... und nickte. Sie öffnete die Tür und ließ ihn vorgehen, eine lange, lange, steile Treppe hoch ... Außer Atem erreichte er den hellen Flur.

‚Ich warte auf halbem Wege immer kurz ...', lächelte sie.

Sie ließ ihn herein, in eine Suite schmaler, hoher, langer Zimmer, in die das Mittagslicht hell hereinschien. Er blieb stehen. Die Atmosphäre war wie weiße, frische, gestärkte Baumwolle ... Sparsamkeit und Fleiß ... sie behielt ihre beherzte Ruhe, während sie Porzellantassen bereitstellte, silberne Löffelchen dazulegte und in der kleinen Küche den Teekessel auf das Gas stellte. Er sah sich um ... aufgeweckte Bescheidenheit ... Sie setzte sich zu ihm und schenkte Tee ein.

‚Sie haben sicher eine Haushälterin?', fragte sie.

‚Ja ... in den Bergen habe ich eine Dame für Tag und Nacht, hier nicht. Hier bin ich immer selbstständiger geworden. Es kommt wohl täglich eine Hilfe, die kocht für mich ... aber seit ich auf das Baby meiner Freunde aufpasse, bin ich ordentlich tüchtig mit Haushaltsführung ...'

‚Ach ...', sagte sie gerührt, ihre großen, klaren Augen voller Frage. ‚Machen Sie das wirklich!'

‚Es wird mir sogar leid tun, wenn sie mit ihrem Studium fertig ist ... ich werde ihr vorläufig weiterhin beistehen, sie muss hart für ihr Arztexamen studieren, und sie erwartet ihr zweites Kind.'

‚Und ihr Mann ist selten Zu Hause ... so geht das.'
‚Nun, das ist halb so schlimm. Er hat lange Arbeitstage, aber danach widmet er viel von seiner großen Energie seiner Familie.'
So sprachen sie etwas ... und tranken Tee. Nach einem Stündchen stand er widerwillig auf und sagte:
‚Ich gehe nach Hause.'
Sie stand auch auf. Klein und aufrecht ... Sie standen kurz schweigend ... verlegen. Er fühlte sein Widerstreben zu gehen, Unfrieden ... Dann sagte er:
‚Marie ... ich habe es sehr genossen. Würdest du nächste Woche noch einmal mit mir essen wollen?'
Sie lachte und streckte ihre Hand aus.
‚Gern, Meister!', sagte sie ohne Zögern.
Sie brachte ihn zur Treppe und wartete, bis er aus der Tür ging. Er drehte sich noch kurz um und winkte ...

Er lief den langen Weg zurück zu seinem Haus am Wasser.
Was war es doch ... was ihn so erfüllte? Karma? War diese Frau ihm darum so vertraut? Dass er sie stets fühlte, den ganzen langen Weg ... Eine Woche ... war eine Ewigkeit. Sollte er, der alte Meister von fast sechzig Jahren, noch Liebe für eine Frau empfinden ...? Aber es war nicht ihr Körper ... das war es nicht. Dennoch wohl ihre Weiblichkeit ... ihre Fürsorglichkeit, diese spezielle Aufmerksamkeit ... nein, nicht ihr Körper. Und sie war bestimmt nicht abgeneigt, mit ihm umzugehen, fühlte sie sich geehrt ... durch die Aufmerksamkeit des Meisters? Nein, das war einfach so nett ... sie schien überhaupt nicht empfänglich für den Unterschied zwischen Menschen. Sie stand fest auf beiden Beinen, und diese waren gut genug, neben wem auch immer zu gehen ... Sie war kein Typ, der jemanden verehrte, sie hatte eigentlich nicht einmal religiöses Interesse. Sie kam zu seinen Vorträgen, weil sie die Selbsterziehung liebte. ‚Was hat das Leben für einen Sinn', hatte sie gesagt, ‚wenn man nicht fortwährend arbeitet, um sich selbst ein kleines bisschen besser zu machen? Ich halte nicht viel von einer Karriere oder Position ... wenn der Mensch nicht an sich selbst arbeitet. Man sucht immer weiter, wie man es für seinen Mitmenschen etwas angenehmer machen kann, finden Sie nicht?'
Diese Naivität, diese selbstverständliche Überzeugung ... ja, sie trafen

ihn ... Es gab offenbar Menschen, die von Natur aus Buddhisten waren ... die den Drang zum achtfachen Pfad wie von selbst in sich trugen. Sie war so jemand. Sie wurde vom Buddhismus angezogen, weil sie ihn selbst in sich trug ... Oder war dies nun Christentum ... Manchmal sah er den Unterschied nicht mehr. Im echten Christentum, das sowohl innerhalb als auch außerhalb der Kirchen lebte ... war der alte Buddhismus in einer Metamorphose aufgenommen. Manchmal sah er Buddha ... in Anbetung vor der großen, alles umfassenden Gottheit, vor dem Wort, das sich in allem entfaltet. Der Name spielte keine Rolle, es ging um das Wesen ... das war das wahre Wort.

Atman hatte das Wort von sich ausgehen lassen, als Buddhi ... der Mensch konnte Ihn kennen durch sein Manas ... nicht durch den Verstand, sondern durch das metamorphosierte Bewusstsein ...

In tiefem Nachdenken kam er zu Hause an ...

Zu Hause suchte er den vertrauten Text von Thomas von Aquino:

‚Wenn das Denkende und das Gedachte ein und dasselbe sind, dann ist das Wort der Begriff und ein Abbild des Geistes, aus dem es hervorgeht.'

Bei der ersten Gelegenheit, die sich ergab, fragte er wieder seinen Freund:

‚Was ist nach Deiner Auffassung nun der Unterschied zwischen Buddhismus und Christentum?'

Ohne einen Augenblick zu zögern, antwortete der Professor:

‚*Innere Aktivität.* Du sahst davon ab, predigtest die absolute passive Hingabe ... ich ging davon aus, wollte im aktiven Denken mich selbst finden, nicht aus einem Verlangen nach Selbstverherrlichung, sondern aus der harten Notwendigkeit von Selbst-Verlust im abstrakten Denken. ‚*Daher ist es deutlich, dass man das Wort in jedem geistigen Wesen voraussetzen muss; denn aus dem Begriff des Denkens geht hervor, dass der Geist durch das Denken etwas formt: dessen Formung wird Wort genannt. Darum muss man in allem Denkenden das Wort voraussetzen.*'

Das sind folgende Worte von Thomas, wie du weißt. Nicht der Inhalt des Denkens bringt dich gerade zu dem Wort, sondern *das Formen*, die Form ... Du weißt, wie wir zusammen schuften, um dieser Form im mathematischen Denken auf die Spur zu kommen. Der Begriff des Denkens führt uns zu Gott, zu dem Wort. Aber glaube mir, gerade diese Aktivität wird bekämpft, von innen und von außen. Sie ist neu, und sie ist frei ... und wird durch die alten Ketten bekämpft. Christentum? Das äußerliche Christentum habe ich schon lange verlassen ... ich glaube nur an das innerliche, freie Christentum.'

Er sah dieses Abbild innerlicher Aktivität an ... den Professor. Neu und frei, ja. In den Gesprächen mit ihm wurde er dadurch angesteckt, durch diese Aktivität. Aber wie war es schwer, das durchzuhalten, sich nicht nach Ruhe zu sehnen, seine Seele in die Hände zu geben von ... von was, von wem?

Nein, sein Freund gab seine Seele nicht aus den Händen ... nie! Vielleicht wenn er durch und durch wüsste, welcher Macht er sich dann übergab ... Oh, er liebte diese aufgerichtete, aufgeweckte Kraft ... diese Sicherheit im Streben. Er fragte noch einmal:

‚Also das ist nach deiner Erfahrung der Kern des Christentums: innerliche Aktivität?'

‚Ja ... die Aufweckung und Befreiung, die daraus hervorgeht ...'

Es entstand eine tiefe Stille. Seine Worte wurden Kraft ...

‚Aber ...', fragte er endlich, ‚was ist dann mit der Selbsterziehung? Das ist doch ein wichtiger Teil in deinem Streben ... und auch im Buddhismus.'

‚Du hast, Meister, ein großes Vermögen, dich in alles einzuleben, was fühlt ... du kannst dir unsere westliche Härte nicht vorstellen! Ich habe immer versucht, meine Liebe im Verstehen zu entfalten ... aber damit beschränke ich mich dann natürlich auf Liebe für den Mitmenschen, der dieses Verständnis so nötig hat. Da liegt für mich ein Ausgangspunkt ... aber durch die stets verstärkte *Aufmerksamkeit* wird die Rührung in Bezug auf die übrige Natur intensiver, und so komme ich ein bisschen in deine Richtung.'

Der Meister nickte. Er hatte es wieder einmal haarscharf getroffen ... Sein östliches Gemüt lebte im Mitfühlen. Der Geist des Professors im Mitdenken. Er fragte:

‚Und die Askese? Wie denkst du darüber?'

‚Das ist dir doch wohl bekannt ... ich hatte dazu eine natürliche Neigung, habe nie viel Bedürfnis nach Befriedigung der Sinne gehabt. Aber meine Liebe zu meiner Frau hat da Veränderung hinein gebracht. Um ihretwillen bin ich in dieses Leben hinein gestiegen und habe da viel gelernt. Beherrschung der Sinne ist etwas anderes als Askese. Ich lebe viel mehr im Wahrnehmen als früher … natürlich nicht zuletzt durch deinen Unterricht.' Es erschienen die geliebten Lachfältchen um seine Augen, als er fragte: ‚Aber du, Meister, was ist nach Deiner Erfahrung der Unterschied zwischen Buddhismus und Christentum? Wie erlebst du den Unterschied?'

Er hatte diese Frage nicht erwartet und musste sich kurz besinnen.

‚Das Ich', sagte er dann. ‚Das Ich als böse oder als gute Kraft … als etwas, das man loswerden muss, oder was gerade der Ausgangspunkt aller Entwicklung ist. Darum gab dein Sein mir so stark ein Rätsel auf. Ein Mann mit einem sehr starken Ich … und doch gut … Letztlich kommt meine Antwort auf dasselbe heraus: Innerliche Aktivität. Denn das gute Ich ist der Träger der Aktivität, *ist* diese Aktivität. Ja, Junge, der Meister hat eine Menge gelernt … Dennoch bin ich dankbar, dass mein Leben im Osten begann … dass meine Erinnerungen zu den bezaubernden Orten der Morgendämmerung zurückkehren können. Selbst wenn ich in tiefste Einsamkeit getaucht bin, kann ich die Erinnerung an die Aufgehende Sonne lebendig machen. Diese erleuchtet dann mein Alleinsein … Man lehrte uns von dem Land Shamballah … ein himmlisches Königreich auf Erden, in unbekannten Höhen des Himalaya … oder vielleicht als Bild gemeint … Ich dachte, ich hätte es in meinen glückseligen Momenten gefunden … aber nun denke ich … dass du … deine Burg von Edelstein …' Seine Augen zeigten einen weiten Blick, das Zentrum war zum Umkreis aufgelöst … Der Professor sah, wie er sich selbst in dem intensiven Verlangen nach der Aufgehenden Sonne verlor … Er sah die großartige Wirkung seiner alten Hellsichtigkeit. Sanft legte er seine Hand auf die Hand des Meisters.

Die Berührung ließ ihn ruckartig zurückkehren. Er schüttelte seine Schultern und tat einen tiefen Seufzer. Er schwieg. Der Professor sagte:

‚Du hast es schwer …'

Der Meister nickte.

‚Ja … Ich bin allein, so allein.'

‚Unsere Freundschaft?'

‚Ist das größte Glück in meinem Leben. Aber auch …'

‚Quelle von Einsamkeit?'

‚Ja … definitive Umkehr. Ich musste meinem Meister der Aufgehenden Sonne den Rücken zukehren und durfte nie mehr umkehren … Physisch habe ich gehorcht, so war es auch gemeint … Aber durch dich habe ich mich auch *innerlich* umgekehrt, den Blick auf das Abendrot gerichtet. Da ist Kühle, das ist Tod ... da ist das Leid gelitten ... da wüten auch die wildesten Triebe, Mitleidlosigkeit ... der größte Egoismus. Ich hielt mich Jahrzehnte fern davon, ich stand darüber, außerhalb ... als ob es mich nichts anging, als ob ich es überwunden hätte ... Ich hatte es auch überwunden ... indem ich mich davon abkehrte ... Nun muss ich diese Welt als die meinige sehen ... sie in mir selbst *kennen lernen* und dann *umformen* ... ganz allein, ohne Führung ... außer der Führung des guten Ich ... Ja, mein Junge, ich habe es schwer.'

Die Hand des Professors lag noch immer auf der dunklen, weisen Hand des Meisters. Der Professor war tief gerührt. Er fühlte die immense Kraft, die frei wird, wenn ein Mensch so eine Umkehr tut. In dieser Kraft fühlte er das Wesen seines älteren, geliebten Freundes. Machtlos war er. Er hatte nur seine treue Freundschaft zu bieten ... Der Meister sah ihn an und sagte:

‚Du bist so stark, Junge. Ich frage mich, inwieweit du selbst das fühlst ... Dieser Kampf, den ich kämpfe ... liegt weit, weit hinter dir. Wenn der Moment gekommen sein wird, dass du mit deinem umgeformten Denken in dein Ich vordringst ... dann wirst du deine eigene Tiefe ermessen, Junge. Manchmal sehe ich diese ... schaue ich sie ... und dann schweige ich erschauernd ...'

Der Professor beugte seinen Kopf. Es war schwer, solche Worte zu ertragen. Er kannte seine eigenen Schwächen ... Aber der Meister sagte:

‚Nein, nein ... das sind kleine Fehler, Junge ... die manchmal auch noch notwendig sind. Du überwindest sie ... sie bilden die Kluft zwischen dir und dieser Tiefe ...'

Manchmal berührt die Ewigkeit den Augenblick ... Dann steht der Mensch vor seinem eigentlichen Sein.

Der Meister begegnete ihr wieder am Samstag während des Mittagessens im Café. Er war den ganzen Vormittag schon in aufgeweckter, erwartungsvoller Stimmung, die in Übereinstimmung mit dem Prickeln der Luft stand, Vorbote des Frühlings ... Sie aßen einen frischen Salat, und sie stellte dem Meister allerlei Fragen.

‚Haben Sie bestimmte feste Regeln für die Ernährung, Meister?'

‚Die hatte ich ... ja. Kein Fleisch, kein Fisch, vor allem Reis, mit Gemüse … nie Kaffee, kein Alkohol.' Er lachte. ‚Aber seitdem ich in dieser Stadt wohne, habe ich einige ‚Untersuchungen' über eure Essgewohnheiten angestellt. Kaffee trinke ich gegenwärtig, um den Geist so klar und nüchtern wie möglich zu halten … aber ich fühle, wie er das abstrakte Denken unterstützt. Das ist der Zweck … aber auch sehr unangenehm. Alkohol nehme ich gelegentlich zu mir, ich habe den herzhaften roten Bordeaux schätzen gelernt … und auch dabei fühle ich vor allem hinterher sehr scharf, was das macht. Es ist bestimmt davon abzuraten, wenn man einen meditativen Weg gehen will. Zu Hause werde ich nie Fleisch oder Fisch essen … aber in Restaurants probiere ich schon davon … und leide dann auch wieder darunter … es macht schwer und müde …'

‚Warum gehen Sie dann nicht ganz zu Ihren alten Gewohnheiten über?'

Der Meister lächelte und schüttelte den Kopf.

‚Nein, nein. Ich versuche, die Verbindung mit meinem Körper zu verstärken, wie ich mich auch der Welt zuwenden will – statt davon ab, wie Buddha lehrt.'

Sie zog erstaunt die Augenbrauen hoch und fragte ernst:

‚Aber … warum denn?'

‚Weil … nach Buddha der höchste Lehrer der Menschheitslehrer auf die Erde kam … Buddha war so ein Lehrer der Menschheit. Sein Lehrer war Gott selbst! Gott selbst fand es lohnenswert, auf die Erde zu kommen, selbst … wer bin ich denn, das nicht zu wollen? Verstehst du mich?'

Er sah in ihren klaren Augen, dass sie ihn verstand und dass das Verstehen sie rührte. Sie sagte leise:

‚Dann haben Sie einen schweren Weg gewählt …'

Er sah sie an und fragte:

‚Würden Sie mich auch duzen … Im Englischen gibt es den Unterschied nicht, aber in dieser Sprache … bringt das Sie-Sagen uns in einen solchen Abstand voneinander!'

‚Wie soll man ‚du' zu einem Meister sagen?'

Er hob etwas gleichgültig seine Schultern … und sagte:

‚Freundschaft ist nur zwischen zwei Meistern möglich.'

Nein, sie schwankte nicht, keinen Moment. Sie sah ihn direkt an und lachte erfreut.

‚Gut, Meister. Ich nehme deine Herausforderung an!'
Draußen atmeten sie die Frühjahrsluft ein. Er sagte fröhlich zu ihr:
‚Und, Meisterin ... wagst du mir einen Arm zu geben? Sollen wir heute zu meinem Haus laufen?'
Sie bewunderte sein prächtiges Appartement an dem breiten, strömenden Fluss.
‚Haben Sie dies selbst ausgesucht?'
Er brach in Lachen aus.
‚Nein, nein! Dann hätte es mich in ein Hinterhofzimmer verschlagen. Nein, Doktor Stern regelt diese Dinge, auch finanziell. Ich bin wie ein Kind ... ich weiß nichts von Geld. Ich finde es schon sehr viel, wenn ich etwas bei mir habe, um mein Mittagessen zu bezahlen.'
Sie nickte langsam ... sagte dann:
‚Dann ist es wohl bequem, Meister zu sein ... so sorglos.'
‚Dann genieße mal jetzt mit mir diese Sorglosigkeit ...'
Er setzte Tee auf ... inzwischen fragte er sich, wie er ihr Zusammensein noch in die Länge ziehen könnte ... Als sie zusammen Tee tranken, musste er stets daran denken ... und lachte sich selbst dafür aus. Auf einmal sagte er:
‚Hast du heute Abend etwas vor?'
Was ihn an dieser Frau so anzog, war ihre Ehrlichkeit. Ohne eine Sekunde zu zögern, sagte sie:
‚Nein.'
‚Sollen wir dann noch einmal zusammen essen?'
‚Warum willst du das?', fragte sie.
‚Was denkst du?'
Nun war sie doch etwas verlegen.
‚Ich ... weiß es nicht ... sonst würde ich nicht fragen.'
Er lachte sein polterndes Lachen.
‚Genau! Dann würdest du nicht fragen. Deshalb will ich es!
Nein ... ich frage, weil ich keine Lust habe, schon Abschied zu nehmen. Du bist eine Frau, ich bin ein Mann ... aber ich glaube nicht, dass das damit etwas zu tun hat. Vielleicht ein ganz klein bisschen ...'
Sie wendete ihren Blick verlegen ab.
‚Hast du je eine Frau gehabt ...', fragte sie zögernd.
‚Nein. Das ist es auch nicht, was ich suche ... ich suche nichts. Ich bin nur gern bei dir.'

Sie beugte ihren Kopf kurz ... sah ihn dann wieder stolz an.
‚Gut', sagte sie. ‚Ich bleibe gern bei dir.'

Nachdem er sie spät am Abend nach Hause gebracht hatte, dachte er noch lange nach. Sie hatte ihm von ihrem Mann erzählt, von ihrer Ehe, seinem lange währenden Krankenbett, seinem Tod ...

Von dem harten Leben mit drei heranwachsenden Kindern und wenig finanzieller Sicherheit ... Ein schweres Leben ohne viel Freude, und doch hatte sie diese Aufgerichtetheit eines fröhlichen Menschen. Nein, sie hatte bestimmt nicht wieder heiraten wollen. Das war nichts für die Kinder, so ein fremder Kerl. Und sie selbst wollte auch nicht so einen Kerl, der meinen würde, das Ruder in die Hand nehmen zu können, und für den sie dann waschen und stricken und kochen müsste ...

Er war regelmäßig in Lachen ausgebrochen ... wegen ihrer eigensinnigen Auffassungen und ihres festen Willens ... Nächste Woche Samstag ... sah er sie wieder. So war es gut ...

Das Mädchen kam von einem Besuch bei ihren Eltern wieder, der Professor kehrte von einem Kongress in Japan zurück.

Der Meister passte auf das Baby auf, als sie ihn vom Flughafen abholen ging, und war also im Arzthaus, als sie nach Hause kamen. Sie waren wie zwei Geliebte, die einander sehr lange nicht gesehen hatten ... Der Professor umgab sie mit seiner Sorge, und das war auch nötig, denn sie sah sehr ermüdet aus.

‚Meine Mutter rief heute Morgen an ...', sagte sie, ‚dass mein Vater gestern nach meiner Abreise geweint hatte ... und nicht mehr aufhörte. Er hat sich im Café getröstet ... und weinte zu Hause im Bett weiter. Und als Mama fragte, was los wäre, sagte er nur: Es ist so ein liebes Mädchen!'

Der Professor sah sie besorgt an und sagte:

‚Es ist dir anzusehen, Mädchen ... du hast da ganz schön etwas in dich aufgenommen ... Ich ... finde, dass wir wieder einige Maßnahmen treffen müssen, um dich zu beschützen, jetzt, wo du schwanger bist. Sonst liegst du nach einigen Wochen wieder im Bett.'

Sie nickte.

‚Ich fühle es ... Dann darf ich also wieder nichts?'

Er grinste.

‚Es scheint mir besser, wenn du nichts mehr willst.'

‚Darin bin ich nicht so gut, das weißt du ...'
‚Ich wohl', sagte er trocken. ‚Du weißt sicher noch, wie wir das voriges Jahr gemacht haben.'
‚Ja. Damals durfte ich nichts', sagte sie halb dickköpfig, halb fröhlich.
‚Nun, dann weißt du, was du jetzt nicht wollen darfst.'
Sie seufzte.
‚Warum ist meine Energie nicht in Übereinstimmung mit meiner physischen Kraft?'
Er brach in Lachen aus.
‚Dann bekommen wir diesen Frontsoldaten, weißt du. Es ist gut, dass dein Frau-Sein dich etwas dämpft ...'
‚Du kannst eher sagen: dein Mann-Sein. Du verbietest mir alles!'
‚Weil du nicht selbst aufhörst mit Wollen ...'
Sie schlug mit ihrer zierlichen Hand auf den Tisch und sagte lachend:
‚Komm, lass uns einmal etwas tun!'
Er wurde ernst und hielt sie auf, als sie wirklich aufstehen wollte.
‚Liebling, es ist mir ernst. Tu es nun selbst ... dann kann ich meine Strenge in der Kiste lassen.'
‚Die ist schon heraus ...', meckerte sie und blieb brav sitzen. ‚Sprich nur, mein Herr ... ich bin wie immer Ihre Dienerin.'
Der Meister saß amüsiert dabei. Sie schafften es, mit Humor die Rollenmuster zu umschiffen ... Er sah seinen Freund an. Der schaute mit zwinkernden Augen auf seinen Liebling, so wie nur er das konnte – bis sie davon verlegen wurde, wie nur sie es konnte ... Der Professor sagte zweideutig:
‚Du dienst mir am besten, wenn du deine eigene Weisheit zeigst.'
‚Ich hasse es, beherrscht zu werden – und ich finde es dennoch auch schön ... Ich bin schon sonderbar ...'
‚Herrsche über dich selbst, ist unsere Devise, nicht wahr', sagte er.
Sie sah ihn direkt an und sagte mit leichtem Spott:
‚Gut ... dann gehe ich jetzt ein paar Stunden schlafen. Ihr seht mal zu, wie du zum Einkaufen kommst, und kochen tue ich auch nicht. Und heute Abend gehe ich um zehn Uhr ins Bett.' Sie war aufgestanden und kassierte einen Klaps von ‚ihrem Herrn'. Lachend sagte er:
‚So braucht es nun auch wieder nicht sein! Ich werde euch heute Abend ausführen ...'
Aber der Meister ließ die Geliebten allein ...

‚Was kannst du doch unangenehm sein!', sagte sie zu dem Professor, als der Meister weg war. Nicht gewohnt, so angesprochen zu werden, sah er sie unschuldig verwundert an.

‚Was denn?', fragte er.

‚Du stellst mich in die Ecke. Das finde ich ärgerlich, ja.'

Er dachte nach.

‚Wenn ich das getan habe, dann tut es mir leid ...', sagte er ruhig.

‚Du weißt doch wohl, was du tust?', sagte sie bissig.

Sie rührte ihn, wie sie da stand ... Ein zartes, heftiges Mädchen ... tapfer. Aber er lächelte nicht, um sie nicht zu reizen. Er sah sie an, in seinem Blick lag seine intensive Liebe zu ihr. Er sagte:

‚Ich fand es alles nicht so schwerwiegend ... aber wenn du dich beherrscht gefühlt hast ... dann tut mir das wirklich leid. Ich bin nur sehr erschrocken, als ich dich auf dem Flugplatz sah. Der erste Blick ... verstehst du das nicht?'

Ihr Ärger sackte. Sie sagte:

‚Ich habe dich so vermisst ... es war schön zu Hause ... aber die Liebe meines Vaters verzehrt mich ... er kann sie nicht äußern, früher konnte er noch schlagen ... nun fließt er davon über ...'

‚Dein Vater ist ein tief fühlender Mann, Liebling. Eigentlich sucht er viel mehr im Leben, als was die Oberfläche bietet. Er sieht das in dir, denke ich.'

Sie stand ihm noch immer in kampfbereiter Haltung gegenüber, aber entspannte sich nun einigermaßen. Sie sagte:

‚Warum äußerst du deine Besorgtheit so ... stramm, als ob du der Boss bist. Ich fühle mich bestraft ... ich habe genug davon!'

Er hob leicht die Schultern und sagte hilflos:

‚Ich will noch ein drittes Mal meine Entschuldigung dafür anbieten ...'

‚Du sagst immer: das nützt mir nichts. Wenn du es nicht einsiehst, ändert sich nichts ...'

‚Ich sehe es wohl ein ... und diese Einsicht bereitet mir Kummer und lässt es mich bedauern ... aber ich weiß auch nicht, wie es sonst gehen soll. Wie kriege ich dich so weit, das du dich selbst in Acht nimmst, ohne es dir aufzuerlegen? Kannst du mir das einmal erklären?'

Sie war durch seine Antwort entwaffnet ... Sie hatte sein Interesse an ihr so vermisst ... aber dazu gehörte auch seine Besorgtheit. Dennoch sagte sie:

‚Du weißt, dass ich tiefen Respekt vor dir habe ... aber ich will dem in unserem gewohnten Leben nicht mehr eine Rolle geben ... es gehört zu deinem Wesen, nicht zu unserem Eheleben.'

Aber ihre eigenen Worte weckten diesen Respekt in ihr ... Sie sah ihn an, sah seine Liebe und seine Reue ... Ach ... man konnte innerliches Leben und Eheleben doch nicht so krampfhaft trennen. Sie waren in Entwicklung, es würde schon kommen ... Er sagte:

‚Du gibst mir keine Antwort ... wie kriege ich diesen Wildfang zur Ruhe, ohne den geringsten Zwang?'

‚Du bist abhängig von mir, Junge ... das sehe ich wohl. Ich muss mich selbst zähmen – und weiß, dass ich das noch nicht kann, nicht gut genug. Das Einzige, was daraus folgt, ist, dass ich dir vorläufig freiwillig die Zügel in die Hand gebe ... Halte mich nur im Zaum, Liebling. Ich werde versuchen zu fühlen, wie ich das selbst tun muss ... Welche Maßregeln findest du nötig?'

Gerührt nahm er sie in seine Arme. In ihrem Eheleben lebte das Wunder der stets nach Harmonie und Gleichgewicht strebenden Polarität. Er sagte:

‚Vor allem Mittagsruhe ... und nicht zu viel Umfang mit anderen – du bist zu empfindsam.'

Sie seufzte und sagte leise:

‚Könnte ich das nur nicht als ein Verbot fühlen, könnte ich es mir nur zu Eigen machen. Ich mag so sehr die Menschen, Kontakt ...'

‚Dem steht doch auch nichts entgegen, es geht nur um ein paar Monate. Die Schwangerschaft ist eine Periode von Verinnerlichung, von Erwartung ... Du wirst dazu gezwungen ... das ist doch nicht so schlimm?'

Sie drückte sich an ihn und sagte:

‚Es ist so schön, dass du wieder da bist! Sie wird dich wohl vermissen!'

Er lachte wegen dieser plötzlichen Wendung und küsste sie. Dann sagte er:

‚Es ist doch schön, wenn man vermisst wird ... dein Vater vermisst dich, meine Kollegin vermisst mich. Und wir dürfen einfach so beieinander sein ...'

Der Meister verbrachte zum dritten Mal einen Samstag mit seiner Freundin. Dieses Mal nahmen sie den Zug ans Meer ... Der Meister war noch nie dort gewesen, er hatte sich auf das Leben in der Stadt beschränkt. Aber sie wusste den Weg, sie nahmen zuerst die Tram zum Bahnhof, stiegen in den Zug und waren in einer guten halben Stunde in einem kleinen Badeort.

Sie führte ihn zum Boulevard ...

Er blieb bei dem ersten Anblick des Meeres erstaunt stehen. Der schmale Streifen Sand und dann eine endlos strudelnde, graue, schäumende Masse. Es war Flut, und er fühlte sich aufgenommen in die stauende Kraft des Wassers. Die Luft war bewölkt, hier und da gab es Lücken in der Wolkendecke. Es ging ein frischer Wind ...

Sie stand neben ihm, ihren Arm eingehakt in seinem ... und war tief beeindruckt von ihm. Sie fühlte, wie er mit der Umgebung eins wurde ... und erstaunte darüber, dass er sie neben sich duldete. Später liefen sie über den Strand, wanderten gegen den Wind an.

‚Ich habe viel nachgedacht über Sie ... über dich, Meister', begann sie.

Er drückte ihren Arm und lief in kräftigen Schritten weiter.

‚Was denn?'

‚Ich merkte, dass ich mich sehr auf heute gefreut habe. Und ich dachte: was geschieht nun eigentlich? Ich bin noch nie einem Menschen begegnet, der mich so fesselte ... wie du. Ich kann Ihnen nicht sagen, wie groß meine Bewunderung ist ... Ich habe mir vorgestellt, wo du herkommst ... und wie du in dieser harten Welt zurechtgekommen bist. Du bist so ganz anders als wir, Meister. Wir sind so nüchtern ... du bist warm und beweglich, du hast so viel Liebe ...'

‚So, so', sagte er.

Sie brach in Lachen aus.

‚Meine Freundinnen sagen, dass du in den Bergen viel strenger bist ... Dass da ein straffes Regime herrscht, worauf du strikt die Hand hältst. Darunter kann ich mir nichts vorstellen ... nichts.'

Wieder drückte er ihren Arm, wie um seine Vertrautheit mit ihr fühlen zu lassen. Er sagte:

‚Das hat sich in den letzten Jahren gehörig abgeschwächt. Früher war das wohl so ... es gab strenge Regeln, Übertretung wurde bestraft. Ich wollte den Schülern etwas von Demut beibringen, von Anerkennung des Höheren, von Devotion, von Disziplin ...'

‚Das scheint mir sehr gut ... warum haben sich die Regeln gelockert?'

‚Nicht gelockert ... verändert. Wir legen großen Wert auf die Freiheit und versuchen, Zwang zu vermeiden ... aber es darf auch kein Ferienaufenthalt werden, es ist ein Institut für spirituelle Entwicklung, und ich bin der Meister, verstehst du ... Also Freiheit da, wo es geht, Gebundenheit, wo es nötig ist.'

,Wie soll ich mich da fühlen? Ich will dein Schüler sein, bin das schon ein paar Jahre ... nun werden wir Freunde ... Wie soll das gehen?'

Er hielt an und fasste sie bei den Schultern. Seine dunklen Augen träumten in die ihrigen. Er sagte:

,Mein Haus ist groß ... es gibt da ein schönes Zimmer für dich, du wirst bei mir wohnen und mit mir am Tisch sitzen ... Wenn du willst, gebe ich dir persönlich Unterricht. Der Professor kommt auch wieder drei Wochen, er bekommt dann die Leitung, ich bin seine rechte Hand. Du kannst bleiben, solange du willst ... eine Woche oder vier Monate.'

Sie war eine selbstbewusste Frau, die ihre Emotionen zu zügeln wusste. Sie fühlte eine ungeahnte Rührung und auch Dankbarkeit ... aber sie beugte ihren Kopf nicht. Sie sah ihn stolz an und sagte:

,Ich werde bleiben, solange es gut ist ...'

Unterwegs nach Hause stiegen sie in einer alten Stadt aus und nahmen da die Abendmahlzeit. Der Meister genoss es ... Er saß ihr an einem kleinen Tisch gegenüber ... ihr Gesicht wurde durch Kerzenlicht erleuchtet. Liebe für eine Frau ... für ihre Ehrlichkeit, ihre Energie, ihre Liebe zum Leben – auch wenn es hart war. Aber auch Liebe für ihre klaren Augen, ihr plötzliches Lachen ...

Und sie? Er fühlte ihre Sympathie, auch ihren Respekt ... ihren Willen, seinesgleichen zu sein ... Aber Liebe? Er wusste es nicht. Einmal hatte er zu dem Professor gesagt: Wenn dir so etwas über den Weg kommt, dann höre auf dein Herz ... es hatte ihm unmöglich geschienen, dass eine Frau je irgendein Interesse an seinem Leben haben würde ... Keine Erotik, er wusste noch immer nicht, was das war. Nein ... Liebe für eine Frau. Er legte seine Hand auf ihre. Überrascht sah sie auf, aber sagte nichts. Auch zog sie ihre Hand nicht zurück. Er sagte:

,Ich habe nie ein persönliches Leben, ein Privatleben gehabt – bis vor einigen Jahren. Ich war eine Art Allgemeinbesitz ... Mit meinem Freund und seiner Frau habe ich wohl wirklich ein Privatleben, ein persönliches Band, eine tiefe Freundschaft. So etwas fühle ich auch für dich, meine liebe Meisterin ... Ich betrachte diese Stunden mit dir als die schönsten in meinem Privatleben ... verstehst du.'

Das konnte ihre Selbstbeherrschung nicht aushalten.

Sie hatte so viele Jahre in Einsamkeit stark sein müssen ... und nun erklärte dieser innig fühlende Mensch ihr seine Liebe. Sie fühlte sich fast beschämt ... wollte dennoch aufrichtig sein, keine falsche Scham ...

Sie schlug die Augen nieder vor so viel Liebe ... sie war mit ihrem nüchternen Verstand dazu niemals imstande ... Sie holte ihre Hand unter seiner heraus ... und legte sie auf diese, drückte sie und fühlte die Sanftheit ... als ob seine Knochen nachgaben ... Zögernd fragte sie:

‚Wie soll ich das auffassen ... was ist die Konsequenz deiner Worte?'

Er lächelte, schaute schließlich ihre Antwort ... Er machte die Gebärde, die er so oft bei dem Professor gesehen hatte: Er hob mit seiner freien Hand ihr Gesicht hoch ... sie errötete tief ... Er sagte:

‚Nimm zuerst meine Worte auf ... ohne an Konsequenzen zu denken. Das erfordert die Aufrichtigkeit.'

‚Ich habe deine Worte aufgenommen ... sie stimmen mich freudvoll ... und beschämt. Aber dann denke ich an die Folgen ...'

‚Die gibt es nicht, Marie. Es gibt keine Folgen. Die machen wir selbst, wenn wir wollen.'

Sie nickte und beugte erneut ihren Kopf, nachdenklich. Seine Innigkeit berührte sie, befreite sie aus ihrem strengen Stolz. Sie musste nun auch ehrlich sein ... aber wie fand man den wahren Weg in diesem Wirrwarr von Emotionen? Sie sah kurz auf und sagte hilflos:

‚Ich kann nur in Ursache und Folge denken. Ich habe dich lieb, Meister ... aber ich fürchte die Folgen.'

Sie ließ ihn los. Er sah sie tief durchdringend an. Er schüttelte vorwurfsvoll den Kopf und sagte:

‚Willst du deine Gefühle aus Angst vor den Folgen negieren? Es gibt keine Folgen, außer die, die wir selbst wollen ...'

Zögernd hob er seine Hand hoch ... und streichelte kurz ihre Wange, ganz kurz nur. Sie errötete wieder und beugte zum dritten Mal den Kopf. Leise sagte sie, den Blick abgewendet:

‚Ich könnte sehr viel sagen ... über ... wie kann so ein großer, weiser, inniger Mann wie du nur etwas für so eine ganz gewöhnliche Hausfrau wie mich empfinden ... Aber ich fürchte die falsche Bescheidenheit ...

denn ich finde, dass ich doch etwas wert bin ... Ich empfinde für dich, wie ich nie zuvor fühlte ... aber gib mir Zeit, Meister. Zeit, um mich an deine fremde Welt zu gewöhnen, du bist so anders ...'

Er fühlte einen stechenden Schmerz in seiner Seele. Rassen-Unterschied?

‚Meine dunkle Haut?', fragte er streng.

Erschrocken sagte sie:

‚Nein, nein. Das meine ich überhaupt nicht. Du bist ein prächtiger Mensch, prächtig anzusehen ... und mit dir zusammen zu sein. Aber dein ganzes Dasein atmet eine andere Welt ... ich liebe sie, aber fürchte sie auch ... Dein tiefes Gemüt, deine intensive Gesten ... Vergib mir!'

‚Komm nur!', sagte er und stand auf. ‚Wir gehen mal nach draußen, an die frische Luft.'

Er half ihr in ihren Mantel und ließ sie vorgehen. Aber als sie dann draußen waren, fasste er sie beim Arm. Er sagte:

‚Du bekommst alle Zeit der Welt, ich habe noch nie Eile gehabt. Ich selbst brauchte Jahre, um meinen Freund verstehen zu lernen, auch wenn ich ihn von dem allerersten Moment an liebte ... Wir werden zusammen wandeln ... in deinem Tempo, meine liebe Meisterin. Es gibt keine Folgen!'

Sie streckte stolz ihren Rücken und lachte ihm zu:

‚Es sei denn, dass wir sie wollen!'

Nach einigen Wochen sagte der Professor zu seiner Frau:

‚Du hast mir die Zügel in die Hand gegeben, aber ich musste sie noch nicht einmal anziehen ...'

Sie saß neben ihm auf der Bank und rückte dicht an ihn heran.

‚Nein ... Ich will auch nicht, dass das geschieht ... Du hast sie in der Hand, das ist offensichtlich genug. Ich will, dass du sie locker lassen kannst, ohne dass ich darunter hinweg galoppiere ... Auf einmal scheine ich zu wissen, wo meine Grenzen liegen. Hast du etwas Geheimnisvolles mit mir gemacht?'

Er legte seinen Arm um ihre zarten Schultern und lachte.

‚Nein, natürlich nicht! Das wäre erst recht ein Eingriff in deine Freiheit. Du tust es wirklich selbst ...'

Sie sah sein Profil an, ein Bild von Apollo ... Sie sagte:

‚Trotzdem stimmt noch immer etwas nicht. Ich will nicht, dass du mich kurz halten musst, aber ich habe auch Angst davor ... Angst vor dir, wenn du böse wirst, Angst, dass ich auf die Knie gehen muss.'

Er küsste ihr Haar, zog sie fest an sich und sagte:

‚Das weiß ich, Liebste ... ich weiß es. Ich hasse mich selbst, wenn ich mich so durch deine Augen sehen muss, in deinem Herzen fühlen muss. Ich weiß, dass ich meine Geisteskraft im Leben nie völlig frei entfalte, außer bei dir ... auch wenn ich böse werde. Dann ist meine Macht groß ... ich verstehe, dass ich dich dann auf die Knie zwinge. Ich wollte dieses Element ausreißen ... aber es lässt sich nur allmählich überwinden.'

‚Ich gebe dir nicht allein die Schuld ... ich weiß, dass es niemanden gibt, der dich so heftig reizen kann wie ich. Und wir haben schon einen Großteil überwunden. Aber die Angst ist noch da ... das finde ich schlimm, und ich musste dir das doch sagen.'

Er schwieg eine Weile. Dann fragte er:

‚Wovor genau hast du Angst? Was ist das denn?'

Sie legte ihren Kopf auf seine Brust und sagte:

‚Wie du jetzt bist, gibt es nichts, vor dem man Angst haben muss. Aber wenn du böse wirst, dann nimmst du Abstand, du stellst dich außerhalb von mir und über mir auf. Und dann bekomme ich eins drauf ... bis ich ins Gras beiße.'

Er seufzte.

‚Na, na. So schlimm ist es doch nicht? Das kommt doch nie mehr vor?'

‚Es ist ein Bild ... nein, so stark kommt es nicht mehr vor. Aber als Bild stimmt es noch immer. Und ich weiß wohl, dass ich es dann verdiene ... Unrecht tust du mir nie. Aber ich habe Angst davor.'

Er schwieg, fühlte Tränen in seiner Kehle ... Nichts in ihm wollte dies ... und doch war es so. Der Kummer kroch hoch, in seine Augen ... eine Träne lief über seine Wange, er wischte sie weg ... Sie sah erschrocken zu ihm auf, küsste ihn auf die geliebten Wangen und sagte:

‚Liebster! Das wollte ich nicht ... Du beherrschst dich immer und überall, dass muss hier nicht *auch* noch sein. Ich bekomme immer und überall eins drauf, *sogar* von dem Meister ... das liegt also an mir! Ich habe dich gebeten, mich zu deiner Entwicklung hinaufzuheben. Du tust das, wir tun das zusammen. Ich weiß, dass wir daneben auch noch zusammen an das Schicksal gebunden sind ... das lässt mich vor dir beugen ... Glaube mir, ich weiß das sehr gut. Aber ich will manchmal mit dir darüber sprechen, das macht es so viel leichter. Aber es macht dir Kummer ...'

‚Wenn du nur keine Angst hättest ...'

‚Ich habe vor dem Teufel keine Angst ... vor dir schon ... ich habe mehr Angst vor dem immensen Respekt, den ich dann fühle ... als vor dir. Ich muss lernen, darin standzuhalten ... man kann doch Respekt haben und doch aufrecht bleiben? Und manchmal suche ich deinen Ärger, wie damals nach diesem Abend mit deiner Kollegin. Dann wollte ich, dass du mir eine Tracht Prügel gäbst ... um mich darin dann nachher zu verlieren ...'

Er schüttelte seinen Kopf ... in einem Versuch, so etwas zu verstehen. Es war *der Kampf um das Ich*. Nimm die Freiheit und die Verantwortung für das Ich auf dich, oder gib dich machtlos den wildesten Trieben hin ... die dann natürlich durch eine Autorität bestraft werden. Meist war sie ein munteres, enthusiastisches Mädchen mit einem positiven Willen zur Selbstentwicklung. Aber manchmal ergriff sie die andere Seite der Menschenseele ... Er stieß einen Seufzer aus, der wie ein Schluchzen klang ... Sie setzte sich auf seinen Schoß und nahm seinen Kopf in ihre Hände, sie liebkoste und tröstete ihn.

‚Ich werde meine Angst überwinden, Liebster. Ich werde Respekt und Angst vor dem Teufel haben. Ich habe diesen Teufel noch viel zu lieb ... mich selbst viel zu lieb.' Sie lachte. ‚Aber dich habe ich noch ‚lieber'.'

Es traten Lachfältchen um seine traurigen Augen, wie die Sonne, die nach einem schweren Regenfall durchbrach. Er ließ sich von ihr lieben ... betrachtete sie mit Wohlgefallen. Sie blieb das frische, zarte Mädchen, das nach Rosen duftete ... Er streichelte ihren sich wölbenden Bauch, sie trug sein Kind ... einen zweiten Sohn, ihrer Meinung nach ... Der erste war gerade ein Jahr alt geworden, er begann zu laufen und zu brabbeln und hatte überall seine Händchen dran ... Er forderte von seiner Mutter viel ... aber der Meister kam weiterhin, um ihr die Gelegenheit zu geben, zu studieren und zu ruhen. Sie führte als Frau ein Doppelleben: Mutter und Studentin ... und Ehefrau eines ernsten Mannes ...

Er schloss sie fest in seine Arme und erstickte all ihre weiteren Worte in einem innigen Kuss ...

An einem Donnerstagabend im Institut in der Stadt saßen sie zu dritt im Zimmer des Meisters, um nach dem Vortrag des Professors noch kurz miteinander zu sprechen. Der Meister sah seine Freundin jeden Samstag, aber während der Zusammenkünfte im Institut hielt er Abstand ... Nun, heute Abend, hatte er das als außergewöhnlich unnatürlich erlebt. Er sagte zu seinem Freund:

‚Ich habe in den vergangenen Wochen einige angenehme Begegnungen mit dieser Dame gehabt, die um diese Vorträge gebeten hat ... wir sind befreundet geworden ...'

Lachfältchen ... klare blaue Augen mit einem Zwinkern ... Eine gezielte Frage:

‚Befreundet?'

‚Mach dich nur lustig über diesen alten Meister! Ja, befreundet ... sogar ‚geliebt' ... nicht verliebt.'

‚Hm.'

Klänge bedeuteten manchmal mehr als ein Wort ... Der Meister sah seinen Freund an und fragte:

‚Was ist ‚hm'?'

Nun lachte der Professor und sagte:

‚Mein lieber Freund, es kommt mir nicht in den Sinn, dich zu verspotten! Aber erstaunt bin ich schon.'

‚Ich auch ...', sagte der Meister unschuldig.

‚Ich habe auch nichts davon gemerkt. Hier auch nicht, sie ist doch jedes Mal da.'

‚Darum fange ich jetzt davon an. Ich finde, dass sie nicht bei unseren Gesprächen dabeisein kann ... so weit sind wir noch nicht. Aber vielleicht können wir das nächste Mal erst zusammen etwas trinken. Sie ist mir sehr teuer.'

Der Professor nickte. Der Meister und eine Frau ... es schien etwas Unmögliches. Er fragte:

‚Was macht ihr zusammen?'

‚Vor allem viel spazieren, aber vorige Woche habe ich ein Konzert mit ihr besucht. Die Ideen kommen meist von ihr, die Initiativen zu den Begegnungen von mir. Ich lerne die Umgebung ganz gut kennen ... und sie auch. Sie ist natürlich und geradeheraus, selbstständig und stolz. Eine echte westliche Frau, Witwe mit drei studierenden Kindern. Sie lebt in einer Art reiner Armut, die dennoch nicht ‚arm' aussieht.

Ich ... bezahle immer alles, denn sie könnte nur einmal pro Woche eine Tasse Kaffe und ein Brötchen in einem Café bezahlen ... und auch das nur mit Mühe ... Und so werde ich nun also wirklich einer von euch ... Ach ... ich quatsche einen Haufen und versäume den Kern ...'

‚Ist das unser Wesens-Merkmal?', fragte der Professor.

Der Meister brach in Lachen aus.

‚Das eine folgte ohne Verbindung auf das andere ... Ich bin etwas verlegen.'

‚Das steht dir gut, Meister ... kommt sie diesen Sommer in die Berge?'

‚Ja. Sie lässt mich noch im Ungewissen, wann genau ... wir sind beide etwas verlegen mit den Gefühlen füreinander ...'

„‚Höre auf dein Herz ...' war einmal dein Rat an mich.' Der Professor legte seinen Arm um die Taille seiner Frau. Sie sagte:

‚Warum sollten Sie nicht mit einer Frau Freundschaft haben können? Das sehe ich nicht ein.'

‚Ich auch nicht', sagte der Meister. ‚Und doch ist es ungewöhnlich, viel mühsamer als mit ihm.' Er wies auf den Professor.

‚Wir haben es auch nicht ganz geschafft, es nur bei Freundschaft zu lassen, meine liebste Dame!', sagte der Professor.

Sie lachte neckend:

‚Du bist nicht der Meister!'

‚Warum schaust du nicht, ob sie jetzt noch da ist?', fragte der Professor.

Nach einem kurzen Zögern lief der Meister aus der Tür, um nachzusehen ...

Er fand sie in der Halle unten. Sie hatte ihren Mantel schon an und sprach mit einigen Menschen. Es wurde still, als man ihn kommen sah ...

Er sprach sie an:

‚Hast du Zeit, noch kurz mit nach oben zu kommen?' Und mit einem Lachen: ‚Der große Meister hat nach dir gefragt ...'

Er sah an den Blicken der anderen, dass niemand etwas von ihrer Freundschaft wusste. Das tat ihm gut ... Sie nickte und er streckte seine Hand aus, um sie vorgehen zu lassen.

Als sie außer Sicht waren, fragte sie:

‚Was ist?'

‚Nichts ... das heißt, ich habe über uns erzählt ... es störte mich, dass wir an diesen Abenden wie Fremde aneinander vorbeilaufen ...'

‚Mich auch ...'

Er legte kurz seine Hand in ihren Rücken und fuhr fort:

‚Dann fragte er, ob du vielleicht noch kurz kommen wolltest ...'

Er ließ sie vorgehen, ins Zimmer. Sie ging direkt auf den Professor zu, aufrecht wie immer, und streckte die Hand aus.

‚Guten Tag, Doktor', sagte sie, ‚Guten Tag, meine Dame,' zu dem Mädchen neben ihm.

Sie war seine Patientin ... und sagte daher ‚Doktor'. Aus dem einen oder anderen Grund rührte das den Meister sehr. Der Professor half ihr aus ihrem Mantel und bat sie, sich zu setzen. Es trat eine verlegene Stille ein. Das Mädchen stand auf und bot etwas zu trinken an. Marie sagte:

‚Doktor, haben Sie gesehen, dass heute Abend ein Kollege von Ihnen anwesend war?'

Der Professor schaute erstaunt.

‚Ich sprach zufällig mit ihm. Es ist der medizinische Direktor des Krankenhauses!'

‚Ach ...', sagte der Professor. ‚Das hatte ich jetzt nicht erwartet ... das er das wirklich tun würde. Was sagte er?'

‚Dass Sie auch auf diesem Gebiet ein formidabler Redner sind ... und dass er nicht viel verstanden hat. Ich fand das nett, denn ich verstehe es gut ... und er ist so ein gebildeter Mann.'

‚Das hat nicht viel mit dem IQ zu tun ... obwohl es schon helfen kann ... aber meist ist es ein Hemmnis. Menschen sind stolz auf ihr akademisches Niveau ... und meinen, dass sie das Höchste im Leben erreicht haben. Sie brauchen also nicht an sich selbst zu arbeiten.'

Sie sah ihn mit großen Augen an und fragte:

‚Und Sie?'

Er brach in Lachen aus.

‚Ich ... habe immer Fragen gehabt. Über alles. Und diese Fragen fanden in meiner Wissenschaft keine Antwort. Und ich habe Ideale ... und die finden nur sehr schwer einen Ort, an dem sie sich selbst verwirklichen können. Diese Unvollkommenheit im Leben hält einem Augen und Ohren offen ... Aber erzählen Sie einmal ... wie finden Sie diese Abende? Sie sind schließlich Ihre Idee!'

Sie nickte nachdenklich, sie wollte nicht nur schnell ‚gut' sagten.
‚Ich finde es atemberaubend, was Sie erzählen, Doktor. Man fühlt, dass Sie hinter jedem Wort, was Sie aussprechen, stehen ... dass Sie es durchlebt haben. Nur rufen Ihre Worte so viele Fragen auf ... dass ich damit nichts anzufangen weiß ...'
‚Nennen Sie einmal etwas?'
‚Zum Beispiel ... was hat es für einen Sinn, dem aktiven Denken in sich auf die Spur zu kommen, zu fühlen, was es ist, einen Gedanken zu entfalten. Macht das zu einem besseren Menschen?'
‚Ja.'
‚Das verstehe ich nicht.'
‚Wenn Sie nicht wissen, wie Ihre Gedanken sich formen, wie *Sie* sie formen, sind Sie unfrei. Sie sind der Sklave Ihrer Gedanken und ihnen damit untergeordnet. Es geht darum, sich selbst zu finden, dort, wo man ganz frei und ungebunden, aber auch vollkommen rein seinen Willen entfaltet. Das tut man, wenn man *aktiv* einen Gedanken formt.'
‚Doch nicht nur dann?!'
‚Frei, ungebunden und rein bewusst ... doch, in erster Linie nur dann. Später kann sich dieser Punkt erweitern ...'
Sie schwieg, niemand sagte mehr etwas. Dann sah sie auf und sagte seufzend:
‚Sehen Sie ... so eine Antwort ruft neue Fragen hervor.'
‚Haben Sie einmal etwas von dem Meister des Abendlandes gelesen?'
‚Nein ... wohl versucht, aber es ist mir zu schwer. Und was Sie erzählten, verstehe ich schon ... aber zu Hause habe ich alles vergessen. Sie müssten es einmal aufschreiben, ein Buch darüber schreiben ...'
Der Meister sah sie an. Er liebte ihr leidenschaftliches Verlangen, ein besserer Mensch zu werden ... und ihre naive Art zu fragen. Sie hatte keinerlei Neigung, sich selbst wichtig zu machen oder sich besser zu zeigen als sie war. Dadurch schlug ihre Frage nach einem Buch ein wie eine Bombe. Der Professor sah sie erstaunt an ... aber nach nur einigen Sekunden sagte er:
‚Ja ... das werde ich tun. Ich werde ein Buch für Sie schreiben.' Und nach einer kurzen Stille: ‚Wir würden es schön finden, wenn Sie sich nach meinen Vorträgen hier zu uns gesellen würden ...' Er sah den Meister an. ‚Nicht wahr, Meister?'
Als der Meister sie später nach unten brachte, fragte sie ihn:

‚War es nicht verrückt, was ich alles gesagt habe?'
Er blieb stehen und hielt sie an, indem er ihre Arme fest packte. Verlegen ließ er sie gleich wieder los.
‚Wie kannst du das nun sagen ... du warst ... süß.'
‚Ich war ernsthaft!'
Sein Lächeln war nun nicht unergründlich ... Langsam hob er seine Hand hoch und streichelte nachdrücklich ihre Wange. Sie wusste sich keinen Rat und schaute zu Boden. Er sagte sanft:
‚Dein Ernst ist aufgeweckt ... das macht diesen Ernst süß. Du bist so echt!'
‚Ich schäme mich über diese Bemerkung über das Schreiben eines Buches ...'
Wieder kam seine sanfte braune Hand ... die nun auf ihrer Schulter liegen blieb. Er sagte:
‚Ich bin dir dankbar für diese Frage ... Er ist ein großer Mann ... viel größer als dieser Doktor, dieser Professor vermuten lässt. Du siehst das, das tut ihm gut. Bleib, wie du bist, Marie!'
‚Nein, Meister ... ich will mich entwickeln ...'
Er lachte sein polterndes Lachen ... wegen ihrer Entschlossenheit, und sagte:
‚Du kannst du selbst bleiben und dich trotzdem entwickeln ...'
Zum ersten Mal berührte sie ihn aus eigenem Antrieb. Mit ihren beiden Händen griff sie seine Hand und drückte diese dankbar. Sie sagte, mit Tränen von Zuneigung in ihrer Stimme:
‚Wie ist mein Leben anders, Meister ... mit dir.'

Der Meister sah eine Aura von Traurigkeit um seinen Freund ... Bei der ersten Gelegenheit fragte er:
‚Was ist mit dir los, mein Freund? Was stimmt dich so betrübt?'
Die Frage eines echten Freundes ... Die Augen des Professors leuchteten auf. Er sagte:
‚Es gibt Zeiten, in denen man allen Schwierigkeiten mit Leichtigkeit die Stirn bietet ... und dann auf einmal ... wird alles bleischwer und scheinbar unlösbar. Ich habe mich selbst wieder einmal durch die Augen meiner Frau gesehen ... einerseits sieht sie mich vielleicht zu groß ...'
‚Nein!'
‚Ich fühle mich nicht groß ... ich fühle mich gewöhnlich, wie die an-

deren um mich herum ...'

‚Darum bist du so groß!'

Der Professor lächelte traurig und fuhr fort:

‚Ja, ja. Aber andererseits flößt ihr diese sogenannte Größe Angst ein. Ich meinte, dass wir das hinter uns hätten ... aber muss dann plötzlich einsehen ... dass die Wurzel noch da ist. Dass ich mit derselben Kraft, womit ich meine niedere Natur bezwinge, die ihre im Zaum halte ... obwohl sie einen Teil der Arbeit selbst übernommen hat, das schon, immer mehr nimmt sie sich selbst in die Hand ... Dennoch schlüpft dieser alte Dämon ab und zu herein ... während ich stets über ‚Freiheit' spreche!'

Der Meister schüttelte entrüstet den Kopf.

‚Komm schon, Junge! Handhabe das richtige Urteil ... auch über dich selbst! Seit wann machst du dich selbst herunter?'

‚Ich mache mich nicht herunter ... ich stelle mir nur kritische Fragen. Das ist auch nicht die Quelle meines Kummers. Indem ich hierüber nachdenke, habe ich plötzlich etwas eingesehen ... das stimmt mich traurig.'

‚Was, mein junger Meister?'

‚Ich dachte an sie, an meine Allerliebste ... an ihre fast vollkommene Gestalt, ihr lebendiges Gesicht ... und begriff auf einmal, dass der Mensch seiner Natur nicht vertrauen kann, auch wenn diese noch so schön ist!'

Der Meister schaute verständnislos.

‚Sie ist so spontan, so enthusiastisch ... und oft so launisch und unbesonnen gewesen ... das waren die Kräfte aus ihrer Natur, ihrem Körper. Wenn man die Pflanzen anschaut ... dann sieht man, dass sie freiheraus ihrer Natur folgen können, ohne dem Bösen zu verfallen. Aber die Natur des Menschen ist korrumpiert. Selbst der schönste Körper kann sich nicht frei entfalten. Ich wusste das natürlich, aber es war Theorie ... auch wenn gerade dies der unmittelbare Beweggrund für meine Abreise seinerzeit war, von dir fort. Du hast mich auf meinen Leib verwiesen, hast mich unvorbereitet in diesen eintauchen lassen ... und ich stieß auf einen grauenhaften Egoismus. Der menschliche Körper ist korrumpiert ... Schauplatz von Irrtum, von Krankheit und Tod. Die Einsicht hat mein Herz gebrochen ... auch wenn ich ein tieferes Verständnis für den Sinn meines Faches bekommen habe. Ein Mensch kann auf seine natürliche Spontaneität nicht vertrauen ...'

Der Meister hatte angestrengt zugehört. Er fragte einfach:

‚Und ich?'

‚Du ... bei dir ist es anders. Deine Natur ist durch die Erziehung, durch deinen Meister, durch die Initiation gereinigt. Du bist rein, eine empfindsame, mitlebende Natur ... dein physisches Herz ist wirklich ein Herz ... Auch du wirst dich aus deiner ... reinen ... Natur befreien müssen, wenn du diese Reinheit über den Tod hinaus bewahren willst ... Aber hier und jetzt ist deine Spontaneität verlässlich und gut, herzerwärmend. Ich bin nicht spontan, ich wage es nicht. Ich gehe den Weg der Meisterschaft über meine Natur, ein Weg von Beherrschung ... und am Ende dessen werde ich es wagen, spontan zu sein. Aber sie ... hat ihren natürlichen Mut zur Spontaneität. Und was bekommt sie? Von ihren Erziehern Strafe, von den Männern erregte Aufmerksamkeit ... die sich letztlich auch in Herrschsucht verkehrt. Tragik ist das, Meister. Nur in der Kunst kann sie sich frei entfalten. Darum stehe ich auch ganz hinter ihrer Absicht, ihr Klavierstudium wieder aufzunehmen. Darin kommen ihre Natur und ihr ästhetisches Gefühl in Harmonie zusammen. Und das Denken ist eine läuternde Kraft ... sie macht darin gute Fortschritte. Aber ich leide unter ihrer vorläufigen Ohnmacht ... unter meiner eigenen Neigung, ihre Natur zu bezwingen ... eine Natur, die ich doch auch so sehr liebe. Aber wenn wir auf einem Fest sind, oder einem Empfang ... und sie lässt sich gehen ... dann bekommt sie zu Hause etwas zu hören ... und ... dann bin ich wirklich nicht eifersüchtig, dessen bin ich sicher. Ich muss dann reagieren ... ich will es nicht, ich muss es dennoch ... es wird leicht zu scharf ... verstehst du mich, Meister?'

Ja, er verstand ... Es gab Menschen, die den Professor unsympathisch fanden und sie sympathisch ... weil er sich selbst in der Hand hatte und sie sich so frei äußerte. Der Mensch hängt an seiner Natur und sieht nicht gern, dass ein anderer sich daraus befreit ... um letztlich geläutert dahinein zurückzukehren ... Die Selbstdisziplin, die dafür nötig ist, wird von manchem gehasst ... der Träger dieser Disziplin ebenso. Der Meister stellte die Frage, die nötig war:

‚Mein Junge ... worin findet deine Kraft ihren Ursprung? Wie bringst du diese Selbstzucht auf? Wie erträgst du den Widerwillen all dieser ‚natürlichen' Menschen?'

‚Manchmal kommt einer zur Einsicht … wie mein jüngerer Kollege, der erst eine Abneigung gegen mich hatte und nun meine größte Stütze in der Klinik ist … Die Kraft zur Läuterung? Du weißt wohl, Meister, worin diese ihren Ursprung findet … Der Weg ist gebahnt … aber alles scheint dagegen zu sein.'

‚Nicht für dich …'

‚Nein … aber man möchte anderen diesen Weg zeigen.'

‚Du tust, was du kannst.'

Der Professor sah ihn ernst an und fragte:

‚Wirklich?'

Bei dem Professor konnte man nie einfach so etwas sagen … Der Meister fragte:

‚Unterlässt du etwas?'

‚Ja.'

‚Was? Was, mein Junge?'

‚Ich habe einige Milde entwickelt … aber ich suche … das Mitleid, die Wärme deiner Natur, die Innigkeit.'

‚Du hast diese mehr als du denkst, mein Freund …' Der Meister spürte in sich Worte, die er selbst kaum begriff … dennoch sprach er sie aus, zu dem Mann, der nie ein Wort sprach, ohne es zuerst begreifend gedacht zu haben … ‚Du musst deinen kräftigen Willen, der so kennzeichnend für dich ist, in deiner Meditation bis zum Äußersten als Denken entfalten und ihn dann bewusst zurücknehmen. In dieser Leere betritt man das Innere der Dinge …'

Verwundert sah der Professor diesen Freund an, der auf einmal wieder sein Meister war. Er wusste, dass dessen Worte aus seiner Liebe für ihn entsprungen waren, für seinen einsamen, selbstständigen Weg. Er sagte, begreifend:

‚Du führst mich erneut in meine Natur? Aber nun nicht unvorbereitet?'

Der Meister erschauderte. Er war sich mehr denn je bewusst, dass er nicht durch und durch wusste, was er sagte … dass seine Natur ihn führte. Korrumpierte Natur?

Der Zeitpunkt der Abreise zu den Bergen nahte. In einigen Wochen würde er mit Doktor Stern in das Auto steigen.

Seine Freundin ließ ihn im Ungewissen, wann und wie lange sie kommen würde. Einmal hatte er danach gefragt, und sie hatte gesagt, dass sie es nicht wusste ...

Er ging täglich zum Arzthaus, weil das Mädchen hart für ihr Arztexamen lernte. Mittags ruhte sie, und danach tranken sie zusammen Tee, während der kleine Junge um sie herumlief und mitbrabbelte ...

‚Was wirst du im nächsten Jahr machen?', fragte er einmal.

‚Im September kommt das Baby ... danach werde ich ein Jahr lang Hausfrau und Mutter sein ... und Frau. Im Oktober beginne ich mit Klavierunterricht. Im Jahr danach werde ich mich meinem Fach widmen ... oder vielleicht noch ein Jahr später, wenn noch ein Kind kommen würde. Zuerst wollte ich alle Kurse besuchen ... aber darauf verzichte ich. Meine Kräfte sind hier zu Hause sehr nötig.'

‚Ist er sehr beschäftigt?'

‚Immer, Meister. Es ist ganz normal, dass er nur vier Stunden schläft. Er kann das auch ... aber es wird in der Klinik immer schwerer für ihn. Sie müssen ihn einmal danach fragen ...'

Als er seine Freundin wieder sah, fragte er geradeheraus:

‚Wann kommst du in die Berge? Mein Abschied rückt immer näher, und dieser nahende Abschied bedrückt mich.'

Sie drückte seinen Arm.

‚Ich wollte erst wissen, wie meine Kinder dazu stehen ... Wollen sie in den Ferien nach Hause kommen oder nicht? Nun, das haben sie nicht geplant. Sie haben alle drei eine Beziehung ... also sind sie froh, dass Mutter selbst Ferienpläne hat.' Sie sah ihn von der Seite an und sagte:

‚Ich kann kommen, wann du willst.'

‚Fahr mit mir mit ...', sagte er mutig.

Aber da war nichts von ... spontan sagte sie:

‚Das wäre schön!'

Sie liefen eine Weile schweigend weiter durch die sanfte Frühlingsluft. Es begann schon zu dämmern ... sein Herz war voll Glück, sie ging mit ihm mit! Zögernd sagte sie:

‚Möchtest du nicht ... einmal meinen Kindern begegnen?'

Er fühlte, wie er erschrak ... drei selbstbewusste, westliche junge Leute, die den Freund ihrer Mutter musterten ...

‚Was wissen sie von mir, von uns?'

Zu seinem großen Erstaunen fühlte er ihren Arm um seine Taille. Sie berührte ihn selten ... Sie sagte:

‚Mein Meister ... sie wissen, dass wir echte Freunde sind. Nicht mehr ... aber auch nicht weniger.'

Er blieb stehen. Es war, als ob alle Liebe, die er je gefühlt hatte, wozu er imstande war, sich um diesen Menschen konzentrierte ... eine Frau. Sie sahen ab von einer körperlichen Beziehung, wollten das beide nicht ... Dadurch war eine zarte Berührung eine Liebestat. Noch immer lag ihr Arm um seine Taille. Sehr kurz umarmte er sie ... sagte dann:

‚Ich will deine Kinder sehr gern sehen. Vereinbare nur etwas, ich werde da sein.'

Sie hatte großen Respekt vor ihm als Meister, kannte ihn vor allem als Freund ... Ihr Respekt untergrub nie ihr Selbstbewusstsein. Ihre schönsten Stunden waren die mit ihm!

Eines Mittags tranken der Meister und das Mädchen zusammen Tee. Der kleine Junge saß auf dem Boden und stapelte Würfel, um sie mit einem Knall wieder umzuwerfen. Plötzlich sprang er auf seine kleinen Beinchen und rannte zur Zimmertür. Papa! Er hatte die Vordertür gehört!

Kurz danach kam Papa tatsächlich herein ... und es war erst fünf Uhr! Der Junge streckte seine Ärmchen aus und Papa hob ihn hoch, hielt ihn hoch über seinen Kopf und setzte ihn wieder ab. Noch einmal! Der Meister sah gerührt zu. Er sah Vater und Sohn nie zusammen ... Papa setzte sich, den Jungen auf seinem Schoß.

‚Was bist du früh!', sagte die Mutter.

Er zog das Kind dicht an sich ... es spielte mit seiner Krawatte, berührte vorsichtig die Krawattennadel.

‚Ich bin müde ... auch mutlos. Ich habe mir vorgenommen, den Rest der Woche jeden Tag um halb fünf zu gehen. Eben mal keine Kommissionen, Sitzungen, Besprechungen, oder Umtrunk ... und was es noch alles gibt. Ich bin ein ‚Alien', ich komme von einem anderen Planeten ...' Er sah seinen Freund an. ‚Nach dem Essen will ich gern darüber sprechen. Nun werde ich mit meinem Kind spielen ...' Er lachte müde, zog seinen Mantel aus, löste seine Krawatte und setzte sich mit ihm auf den Boden ... Es dauerte nicht lang und sie hatten den größten Spaß. Weg war die Form, die Strenge, die Beherrschung ...

Der Meister fühlte sich zu viel und ging ein bisschen spazieren ... das Mädchen ging in die Küche, um zu kochen. Später gab Papa dem Kind sein Essen, in der Küche.

‚Könntest du nur einmal eine Weile so normal zu Hause sein!', seufzte sie. ‚Es tut dir so gut, wenn ihr zusammen seid ...'

Er schwieg, es gab keine Antwort. Er brachte ihn ins Bett, sie hörte ihn oben singen. Er rührte sie, wenn er so ganz Vater war und sie die Anhänglichkeit des kleinen Jungen sah ... Meistens sah er Papa nur am Wochenende.

Der Meister kam zurück und sie aßen zu dritt. Nach dem Abwasch bat sie die Herren um Zustimmung, sich zurückziehen zu dürfen. Sie musste noch studieren ... und wollte außerdem gern, dass sie zusammen sprechen würden. Ihr Mann stand auf, umarmte sie kurz, sagte sanft: ‚Du bist lieb!' und ließ sie gehen ...

‚Hast du noch immer Sorgen um sie?', fragte der Meister.

‚Nein ... ich sagte schon, meist bieten wir unseren Problemen mutig die Stirn und es kommt nichts zwischen uns ... Ach ... wenn ich abends nach Hause komme, umgibt sie mich mit ihrer lieblichen Anwesenheit ... nicht nur physisch ... vor allem in der Andacht. Ich habe sie dann so nötig! Sie ist meine Lebensgefährtin, der ich all meine Sorgen, meine Einsamkeit anvertraue. Und nie enttäuscht mich ihre Reaktion, nie. Sie hat keine stereotypen Antworten, kein bisschen Formalität oder Konvention. Sie lebt sich ein ... und kommt dann mit solchen originellen Gesichtspunkten, dass ich es genieße ... auch wenn das Thema noch so elend ist. Oder sie spielt Klavier ... deine Lieblingsballade zum Beispiel. Dann kann man doch nicht anders als ihr Wesen bewundern?'

‚Was belastet dich dann nur so? Als du nach Hause kamst, sahst du zehn Jahre älter aus ... Nun geht es schon wieder.'

‚Nach Hause kommen zu Menschen, die einen lieb haben ... das lässt einen genesen. Aber meine Arbeit ... fällt mir schwerer als jemals. Ich werde krank davon! Das einzige wirklich Gute ist die Sorge für die Patienten ... wenn ich einfach der Doktor sein kann. Aber selbst das wird gestört ... es müssen Computer auf den Schreibtisch ... die stehen zwischen dem Doktor und dem Patienten, saugen alle Aufmerksamkeit weg. Alles ist Organisation, Kommission, Information ... Ich werde total verrückt davon. Sogar meine wissenschaftliche Arbeit muss automatisiert werden, mein Unterricht auch. Ich sehe etwas darin ... als ausgedehntes administratives System. Schnelle Registrierung von Tatsachen, von Ergebnissen ... aber dies läuft einem völlig aus der Hand, ist auch nicht aufzuhalten. Freundlichkeit und Aufmerksamkeit sind kommerzielle Dinge geworden ... nötig, um die Organisation gut laufen zu lassen, um die Kundschaft zufrieden zu stellen. Wahnsinn! Das Herz ist eine Maschine geworden, regulierbar ... programmierbar.'

Er zitterte vor Abscheu.

‚Und deine neue Kollegin?'

Der Professor nahm den Kopf in die Hände.

‚Diese Frau besteht aus zwei Welten ... Wir haben einen hervorragenden Kontakt, überlegen viel miteinander. Wir haben es sogar gesellig ... sie ist energisch und ehrgeizig, setzt sich zu zweihundert Prozent ein.'

‚Das ist die eine Welt?'

Er sah auf, sah den Meister an. Die Verzweiflung in diesen immer so ruhigen Augen war fast unerträglich ... Er sagte:

‚Ja, in aller Freundlichkeit ist sie mein größter Gegner. Sie rennt, um mit mir mitzukommen ... und kann es nicht. Das weckt Missgunst, Meister. Sie läuft bei meinen Visiten mit, bewundert meinen Umgang mit den Menschen ... will das auch können ... aber kann es nicht. Sie ist sehr enthusiastisch über die Automatisierung, organisiert darauf los ... anerkennt meine Gegenargumente ... und hasst sie. Sie besucht meine Vorlesungen, weil sie meine Arbeitsweise bewundert ... aber kann es selbst nicht auf diese Weise ... Sie setzt mir eine Krone auf und sucht mich auszustechen. Sie stellt sich unter mich ... und versucht verzweifelt, mich zu beherrschen.'

‚Ist sie verliebt in dich?'

Er hob als Antwort die Schultern.

‚Das wird sie wohl ... ja.'

Der Meister schwieg. Er wusste nichts zu sagen ... Nach einer Weile fragte er:

‚Was sagt deine Frau dazu?'

‚Sie hilft mir, diese für mich unbegreiflichen Prozesse zu durchschauen. In gewisser Hinsicht bin ich einfältig und naiv ... ich kann so etwas nicht glauben. Aber sie fühlt mit ihrer Weiblichkeit fein, was sich da alles abspielt. Sie sind einander ein paar Mal begegnet, und sie wurde dann ziemlich überheblich behandelt ... Was sie sich nicht gefallen lässt. Frauen! Nun ja, ich weiß mir hiermit keinen Rat. Es ist zu Tode ermüdend ... Ich habe zwei Stützen in der Klinik, den Chefarzt und unseren jungen Freund. Zu dritt bilden wir einen Block Beton, das schon ... Es ist für sie auch nicht einfach. Ich tue, was ich kann, um ihr entgegenzukommen. Aber mit ihrer Missgunst weiß ich mir keinen Rat ...'

‚Bereust du, dass du sie angenommen hast?'

Stille.

‚Ja ... nein. Ich weiß es nicht. Ich mag sie schon ... und sie macht es nicht schlecht. Aber manchmal jucken meine Hände ... dann denke ich: Muss ich mir hier nun auch noch ein Gefecht mit den sexuellen Kräften liefern? Das geht nicht, Meister. Ich bestärke und bekräftige sie so viel wie möglich ... aber sie verträgt keine einzige Kritik ... und ich gebe ihr diese natürlich trotzdem, wenn es nötig ist. Dann wird sie sehr untertänig, ich glaube, sie genießt das ... und daraus entsteht dann Widerstand, untergründiger Widerstand. Meine Frau ist ein unkompliziertes, unschuldiges

Kind, verglichen mit dieser Frau. Und was ich dann in mir aufkommen fühle ... ist nicht viel Gutes. Aber ich beherrsche mich natürlich und suche immer wieder ihre guten Seiten ... die gibt es absolut.'

Der Meister seufzte. Seine Gefühle drohenden Unheils wurden wahr ... Hier gab es keine Lösung, es sei denn, die Frau würde sich selbst erziehen wollen ... und das würde wahrscheinlich nicht so sein ... Sein Freund fügte hinzu:

‚Muss ich, Meister, mein Licht unter den Scheffel stellen, um sie nicht zu reizen? Wird das von mir erwartet?'

Der Meister schüttelte den Kopf. Er wusste es nicht.

‚Ich durchschaue es nicht, Junge. Ich fühle schon lange Unheil ... so etwas wie dies kann dir das Arbeiten völlig unmöglich machen. Nichts ist so erschöpfend und entmutigend wie emotionales Chaos. Dennoch muss eine Aufgabe darin verborgen liegen ... Nichts kommt von nichts ... Du bist immer Alleinherrscher gewesen ... nun teilst du die Macht mit jemandem, der dir nicht das Wasser reichen kann. Wie gehst du damit um? Es gehört zu dieser Zeit, zu dieser Kultur ...'

‚Ich schätze sie wirklich ... sie rührt mich oft, und ich bewundere ihren Einsatz, ja sogar ihren Ehrgeiz. Sie hat einen bärenstarken Willen. Viele Mitarbeiter mögen sie nicht, die Studenten fürchten ihre Heftigkeit. Aber sie kann wirklich was, auch als Arzt, als Internist.'

‚Diese Liebe müsste doch überwinden ... schließlich.'

Der Professor schaute bedenklich.

‚Ich weiß es nicht ... Liebe wird schnell verkehrt aufgefasst und weckt Sehnsüchte ... Nicht zu befriedigende Sehnsüchte sind gefährlich ...'

Der Meister fühlte sich durch *blitzende Kräfte* bestürmt, Kräfte die ihn seines Gleichgewichtes berauben wollten, die seinen Mittelpunkt anfraßen. Es wurde schwarz vor seinen Augen. Panik ... eine Sackgasse ... unauflösbare emotionale Konflikte ... Liebe, Hass ... Eifersucht ... wilde, zügellose Aggression ... Mit äußerster Kraftanstrengung nahm er sich in die Hand und sagte sehr langsam und nachdrücklich, die Augen in die Ferne gerichtet:

‚Sei wachsam, Professor! Pass auf ... verliere nie dein Selbstbewusstsein, keinen einzigen Moment ... Du hast deine Hände in brennendem Feuer ... ein Moment von Unbedachtsamkeit ... kann sie unbarmherzig verkohlen lassen ... Pass auf!'

Der Professor war nüchtern ... und hatte eine mutige Natur. Er liebte den Menschen, wer es auch war. Aber nun sah er kurz in eine brennende Hölle ... die ihn verzehren wollte ...

Als der Meister nach Hause gegangen war, suchte er seine Frau. Aber sie lag bereits im Bett, es war schließlich schon spät ...

Er setzte sich auf den Rand ihres Bettes und sah sie an. Ihr Gesicht war entspannt, ihr Atem regelmäßig. Sie hielt mit ihrer Hand ihre andere Schulter fest, wie in einer einsamen Umarmung. Er fühlte sich müde, schwach, hilflos ... dadurch rührte ihn der Anblick so, dass er zu weinen begann ... schmerzlich ... Er legte seine Hand auf die ihre, hoffte, dass sie wach wurde ... und wollte doch ihre Ruhe nicht stören. Sie öffnete ihre Augen, fuhr hoch, als sie seine Tränen sah. Ihre zarten Arme umarmten ihn, sie streichelte sein Haar, seinen Nacken, seinen ermüdeten Rücken ... Er weinte und weinte ... wie er einmal geweint hatte, als er an der Bahre eines gestorbenen Mädchens gestanden hatte ... Machtlosigkeit ... unerträgliche Machtlosigkeit. Guter Wille ... gerichtet auf das Nichts, nutzlos ... Liebe ... verkehrt empfangen oder verweigert ... immer wieder. Nicht immer ... seine Frau, sein Kind ... der Meister, sein junger Freund ...

Sie streichelte sein Gesicht, küsste seine Tränen ... ohne Worte wusste sie, was los war ... so gut wusste sie es!

‚Zieh dich aus und komm ins Bett!', sagte sie sanft.

‚Ich muss noch arbeiten, ich habe noch nichts gemacht ...'

Sie kam aus dem Bett und begann, sein Hemd aufzuknöpfen. Er lächelte, ließ sie machen.

‚Du kannst nicht arbeiten, du musst schlafen. Morgen stehst du wieder um halb sechs neben deinem Bett, du hältst das nicht durch!'

Mit sanfter Hand steckte sie ihn ins Bett. Kurz war er ihr Kind ... und gab sich hin.

‚Ich werde mein Examen sehr gut machen, du wirst stolz auf mich sein ... und dann gehen wir weg, zum Meister ... und auf Ferien. Wenn du im September zurückkommst, bist du fit ... dann ist alles wieder neu. Dann kommt unser Kindlein ... Du kannst es, Liebling ... sei du selbst, dagegen kann niemand etwas machen ...'

In ihren Armen fiel er in den Schlaf ...

Der Meister lief trübselig gestimmt nach Hause. Mitleid mit seinem großen Freund erfüllte ihn, wurde größer als er selbst ... Es gab keinen Platz für einen Mann wie seinen Freund ... oh, man wollte wohl von seinen Qualitäten Gebrauch machen ... aber man wollte den Menschen nicht! Und er selbst? Erinnerte er sich nicht seiner eigenen Missgunst, seines Widerstandes gegen die selbstbewusste Haltung ... Hatte auch er ihn nicht vollkommen verkehrt beurteilt ... während er doch tiefer sehen konnte ... Sein Freund war für das Glück, für den Erfolg geboren ... solange er seine Qualitäten in den Dienst der Welt stellte, in den Dienst der ‚Zeit'. Aber er hatte sich für den Geist entschieden ... und die Welt würde ihn strafen! Er war schon jetzt an Händen und Füßen gebunden ... aber die Marter sollte erst noch beginnen ... Pfui! Er durfte sich nicht so mitschleifen lassen ... da war mehr als nur die Hölle, sogar mehr als nur der Himmel ... Es war Herrschaft über diese Kräfte des Chaos möglich ... durch diese Herrschaft wurden Himmel und Erde eins ... Er hatte seinen Freund umarmen wollen, ihn trösten wollen ... und hoffte nun, dass seine Frau das tat ... oh, Einsamer! Ein Gralsritter ... ein Bekämpfer des Unrechts ... Aber frage nie nach seinem Namen ... zweifle nie!

Am folgenden Morgen stand der Professor tatsächlich schon um halb sechs neben seinem Bett. Er verrichtete seine Meditation, nahm sein Frühstück am Küchentisch und radelte zu seiner Arbeit.

Sein erster Gang war immer zur Abteilung. Er war doch vor allem Doktor ... und nun, wo es eine zweite Professorin gab, die sich mehr mit der Organisation beschäftigte, widmete er sich mit noch mehr Einsatz der medizinischen Arbeit. Zusammen mit den Assistenten besprach er eventuelle Probleme und besuchte er, wenn nötig, die Kranken. An diesem Morgen sagte sein junger Freund zu ihm:

‚Vielleicht wollen Sie nach unserer Runde noch kurz zu Zimmer 402 gehen? Frau Professor hat gestern darum gebeten, sie braucht Ihren Rat.'

Er nickte ... es begann schon wieder mittendrin. Sobald er mit seiner Arbeit auf seiner Abteilung fertig war, ging er zu Zimmer 402. Ja, seine Kollegin war schon da ...

Sie stand an dem Bett eines älteren Mannes, der ganz entkleidet dalag. Sie war damit beschäftigt, seine Brust zu untersuchen. Sie erhob sich, als ihr Kollege neben ihr stand. Am Fußende stand eine Schwester.

Der Professor gab dem Mann die Hand und nahm das Laken, um den Unterleib zu bedecken. Er hatte wirklich keine einzige andere Absicht, als den Mann aus seinem beschämenden Zustand zu erlösen ... er hatte keineswegs eine Zurechtweisung im Sinn ... Aber er fühlte, wie die Frau neben ihm sich versteifte, als sie sah, dass der Mann dankbar lächelte ... Mit Absicht wandte er sich zuerst an den Kranken. Er konnte kollegiale Überlegungen über den Kopf des Patienten hin nicht leiden. Er machte eine kurze Anamnese, führte dann eine kompetente Untersuchung durch, winkte der Schwester für die weiteren Informationen im Dossier und kam zu einer Schlussfolgerung. Aber er schwieg und wandte sich endlich an seine Kollegin.

‚Und? Was ist die Schwierigkeit?'

Er wusste sehr gut, was er tat ... er verhielt sich mit Absicht autoritär. Sie sah ihn direkt an und sagte:

‚Ich habe auch schon mit dem Chefarzt überlegt. Wir verstehen nicht, dass das Röntgenbild keine Abweichungen zeigt. Das reimt sich nicht mit der physischen Diagnostik.'

Er sah scharf zurück.

‚Auge und Ohr sind verschiedene Instrumente. Ich würde auf die physische Diagnostik vertrauen und wie der Blitz eingreifen! Je intimer die Wahrnehmung, desto zuverlässiger.'

‚Und desto subjektiver ...'

‚Nicht wenn man objektiv interpretiert. Aber komm, wir wollen den Herrn hier nicht mit unseren erkenntnistheoretischen Diskussionen ermüden.'

‚Ich wollte den Lungenarzt konsultieren ...'

‚Warum?'

‚Weil ich zweifle.'

Er gab dem Kranken die Hand, machte ein paar Witze mit ihm und verließ das Zimmer. Auf dem Gang sagte er:

‚Was ist die Diagnose?'

Sie errötete. Er behandelte sie wie eine Studentin! Böse sagte sie:

‚Ist das ein Examen?'

Er brach in Lachen aus und sagte:

‚Nein ... eine interkollegiale Konsultation.'

‚Oh', sagte sie sauer. ‚Ich denke, dass da eine Obstruktion vorliegt, und dahinter ein Infiltrat. Eine Malignität ... oder Tbc oder so etwas.

Aber wie kann das Thoraxbild sauber sein?'

‚Die Blutwerte weisen in die Richtung einer Entzündung, nicht wahr. Und man hört es doch mit den Ohren? Warum dieser Zweifel? Was denkst du, dass er hat?'

‚Wie meinst du das? Wenn ich es wüsste ...'

‚Du weißt es. Du weißt es unmittelbar.'

Sie sah ihn an. Sie hätte ihn nicht herrufen dürfen ... das machte sie schwach ... sie verhielt sich selbst wie eine Assistentin. Aber er hatte so einen starken klinischen Blick, so eine echte Doktor-Intuition ... während sie immer unsicher war ... immer in den Daten Bestätigung suchte ... Sie sagte:

‚Ich denke ... Tuberkulose.'

Er nickte und sagte:

‚Das denke ich auch. Dann erweitere die Diagnostik in diese Richtung und beginne so schnell wie möglich die Therapie und die Untersuchung der Menschen um ihn. Mit oder ohne Lungenarzt.'

Sie tat ihm leid, mit ihrem immer verletzten Stolz ... Er legte seinen Arm um ihre Schulter und sagte:

‚Um halb eins bin ich fertig mit meinen Vorlesungen. Sollen wir zusammen essen ... außerhalb der Klinik?'

Sie nickte erstaunt und sagte, dass sie am Hörsaal auf ihn warten würde.

‚Wohin willst du?', fragte er sie.

Sie hob ihre Schultern und sagte:

‚Ein ruhiges Café oder so ... ich bin müde.'

Kurz danach saßen sie einander an einem Tischchen gegenüber und bestellten ein Brötchen und eine Tasse Kaffee. Sie sah prächtig aus in ihrem teuren, geschmackvollen Sommerkleid ... aber er fühlte, wie aufgeschmissen sie sich fühlte.

‚Wie gefällt dir diese neue Stelle?', fragte er dann nur.

‚Es ist hart ... ich muss sehr hart arbeiten. Manchmal denke ich: Ich bin dem doch nicht gewachsen ... vor allem mit so einem brillianten Kollegen neben mir. So begabt bin ich nicht ... und ich muss trotzdem ebenso viel leisten.'

‚Deine Leistungen sind prima.'

‚Ja, ja ... das sagst du jetzt.' Sie sah ihn an. ‚Weil du ein freundlicher Mensch bist. Aber du sahst es heute Morgen wieder ... Zuerst mit dem

Laken ... und dann mit der Diagnostik.'

Er hörte auf mit essen und lehnte sich zurück. Es war gut, dass er sie mitgenommen hatte ... in einem informellen Gespräch lief alles besser. Er sagte:

‚Ich verstehe dich nicht. Du bist gerade eingearbeitet ... gib dir selbst doch den Raum, die Zeit. Du bist höchster Boss ... niemand steht über dir. Du hast so viel Erfahrung ... diese muss langsam eins werden mit dieser neuen Situation.'

Sie lachte spöttisch und sagte:

‚Niemand steht über dir! Formal nicht, nein. Aber du bist ein leuchtendes Vorbild ... dagegen kann niemand an ... Du bist der Boss, und das weißt du sehr gut!'

Er grinste und spottete zurück:

‚Wenn das so ist ... dann sagt der Boss nun, dass er sehr zufrieden ist.'

Sie verschloss sich ... verschwand hinter ihrer Maske von weiblicher Schönheit. Sie beugte sich so zu ihm hinüber, dass er ihren schwarzen spitzen BH sehen konnte. Mit einer zierlichen, durchdachten Bewegung legte sie ihre Hand auf die seine. Er fühlte, wie sein Körper antwortete, aber legte ihm strenges Schweigen auf. Sie sagte sanft:

‚Bist du wirklich zufrieden?'

Schmeichelei ... Er zog seine Hand weg, aber legte sie doch kurz auf die ihre, um sie nicht giftig zu machen. Dann legte er beide Hände in den Schoß und sagte freundlich:

‚Du bist gut in deinem Fach, das ist schön. Und ich kann nun einmal ab und zu früh nach Hause ...' Es war nicht genug, er fühlte es. Aber er wollte nicht mitmachen in der Schmeichelei, sie trotzdem auch nicht zu viel abweisen. ‚Weißt du ... du musst selbst zufrieden sein. Bist du das?'

Er lenkte ihre Gefühle ab ... Sie sagte:

‚Nein ... ich bin nie zufrieden. Ich bin ein Perfektionist.'

Er nickte und schwieg. Seine Anwesenheit fachte diesen Perfektionismus an, das verstand er gut. Vorsichtig sagte er:

‚Vielleicht musst du deine Maßstäbe nicht außerhalb von dir suchen ...'

‚Wieso?'

‚Versuche, deine eigenen Ideale zu verwirklichen ... und mache nicht den anderen zum Ideal ...'

Er sah, dass sie böse wurde ... die Katze verwandelte sich in einen Tiger ... schön, beeindruckend ... und lebensgefährlich. Sie richtete sich hoch auf, machte eine arrogante Bewegung mit ihrem Kopf und sagte kühl:

‚Ach ... ich komme schon zurecht. Wir haben alle so unsere Mängel ... du auch!'

Sie holte eine Klaue heraus und schaute, ob er bange wurde. Aber obwohl er die Nägel in seinem Fleisch fühlte ... gab er nicht nach. Er machte sich zum Löwen ... der doch immer der König war ... Er rief den Kellner, zahlte für sie beide und stand schweigend auf. Sie genoss seine Machtentfaltung, folgte ihm gefügig und spielte, dass sie nichts mehr zu sagen wagte. Mit einiger Abneigung fühlte er das alles ... aber überwand sich selbst erneut und klopfte ihr auf die Schulter. Sie liebte es, einen Mann zur Entfaltung seiner Männlichkeit aufzuwecken ... um ihn dann darum zu hassen ... und sich dennoch davor zu beugen. Er machte noch einen Versuch, packte sie bei den Schultern, sah sie direkt an und sagte:

‚Ich schätze es, geradeheraus miteinander umzugehen. Wenn dir etwas nicht passt, wenn du etwas gegen mich hast ... sag es mir!'

Sie schaute empört.

‚Oh nein! Überhaupt nicht!', rief sie aus. ‚Ich bewundere und respektiere dich!'

Er seufzte und ließ sie los. Schweigend gingen sie zurück zur Klinik. Sie fühlte, dass sie ihn böse gemacht hatte ... und konnte es doch auch wieder nicht ertragen. Nervös sagte sie:

‚Es war nett von dir, mich mitzunehmen. Ich hatte es wirklich nötig ...'

Wüsste er nur, wann sie aufrichtig war! Er dankte Gott, dass er sich nie Hals über Kopf in äußerliche Schönheit verliebt hatte ... Sie brachte es fertig, sehr gemischte Gefühle in ihm zu wecken ... Sympathie, Antipathie ... Besorgtheit, Ärger, eine Neigung, sie zu trösten ... aber auch, ihr ordentlich eins drauf zu geben. Das Letztere musste er am stärksten unterdrücken ... davon durfte nichts in seiner Seele leben ... nichts! Darum tat er das Umgekehrte, er legte in einer freundschaftlichen Gebärde kurz seine Hand in ihren Rücken und sagte zum Abschied:

‚Wir werden es noch einmal machen ...'

Er nahm seine Hand weg und ging an die Arbeit ...

Der Meister war die ganze Woche nervös, weil er am Sonntag bei Marie essen würde, um ihren zwei Söhnen und ihrer Tochter zu begegnen. Es gelang ihm zwar, wie ein amüsierter Zuschauer neben seiner Nervosität zu stehen aber ab und zu schien sein Gefühl aufgeblasen zu werden ... wie ein Ballon ... dann nahm es ihn kurz mit ...

Am Sonntag kleidete er sich in seinen anthrazitfarbigen Anzug mit blütenweiß gewaschenem und gestärktem Oberhemd ... und einer von seinem Freund geliehenen dunkelroten Seidenkrawatte. Das letztere war für ihn etwas Ausgefallenes, er trug immer grau und schwarz, wie ein Priester. Sein üppiges grauschwarzes Haar war ordentlich geschnitten ... Mit Heiterkeit betrachtete er sich selbst in seinem Spiegel. Der Meister wurde noch eitel ... er sah schick aus!

Für dieses eine Mal bestellte er ein Taxi, er wollte nicht windzerzaust ankommen.

Marie hatte darauf bestanden, selbst zu kochen ... ihre Tochter kam helfen. Sie hatte sein Angebot, einen Tisch in einem Restaurant zu reservieren, entschieden ausgeschlagen. Die Begegnung sollte zu Hause stattfinden.

Pünktlich klingelte er ... seine Emotionen waren zu einem Orkan angeschwollen ... er schaukelte wie ein hilfloses Blatt mit auf den Windböen. Dennoch blieb er lächelnd Zuschauer ...

Sie stand in einem schönen Kleid oben an der Treppe und wartete auf ihn. Er sah, dass sie auch gespannt war ... das machte ihn ruhig, er wollte sie beruhigen. Er berührte kurz ihre Wange und schenkte ihr ein Augenzwinkern, während er seinen Mantel auszog. Sie sah auf, als sie sah, wie er sich gepflegt hatte ... und sagte:

‚Meister! Was bist du für ein schöner Mann!'

‚Sind sie alle da?'

‚Ja. Alle drei. Komm ... ich werde vorgehen.'

Die so vertrauten Zimmer schienen übervoll ... Drei unbekannte Bekannte ... Zwei große Männer und eine junge Frau. Er schüttelte ihnen die Hand, nahm sie in seine zurückgekehrte innerliche Ruhe auf und setzte sich. Er bekam etwas zu trinken und spürte einen Moment die gespannte Stille. Dann sagte er:

‚Nun ... wie nett von Ihnen, sich so gleichzeitig auf einen Sonntag frei zu machen. Wer von Ihnen ist der Älteste?'

Von dem Augenblick an war die Atmosphäre gemütlich. Das aufrichtige Interesse des Meisters nahm alle Reserve fort ... Er saß entspannt zurückgelehnt auf seinem Stuhl, fühlte sich vollkommen beruhigt ... und fühlte ebenso seine gewaltige Überlegenheit. Die drei jungen Leute standen unter dem Eindruck seiner Erscheinung, seiner Ausstrahlung. Erst sehr viel später stellte der älteste Sohn selbst einige Fragen. Sie genossen das Dessert ... als er plötzlich fragte:

‚Woher kennen Sie meine Mutter eigentlich?'

Der Meister lächelte. Er sah, dass der Junge es als seine Pflicht empfand, einige kritische Fragen zu stellen. Er sagte:

‚Ich bin ein östlicher Meister ... ein buddhistischer Lehrer. Vielleicht habt ihr davon einmal gehört ... seit einigen Jahren gibt es in dieser Stadt eine ... sagen wir mal Abteilung der Schule in den Bergen, die schon etwa zwanzig Jahre besteht. In den Herbst- und Wintermonaten gebe ich hier in der Stadt Unterricht und Vorlesungen. Eure Mutter nimmt an diesen Kursen teil. Daher kennen wir einander. Sie ist eine aktive Person, die nicht irgendwo hinten sitzen bleibt ...' Er zwinkerte. ‚Sie ist nicht gerade bange davor, Fragen zu stellen, es wäre unmöglich, sie nicht zu kennen!'

Die Kinder lachten mit seinem ansteckenden Lachen mit. Dann fragte der Sohn:

‚Aber Sie haben doch auch privat mit ihr Umgang?'

Die Augen des Meisters funkelten.

‚Sonst säße ich hier nicht ... mit ihren drei Kindern.'

‚Und sie geht diesen Sommer mit Ihnen mit zu diesem Institut?'

‚Wenn sie darf ... von euch aus', sagte der Meister trocken.

Der Junge lachte verlegen.

‚Ich meine es nicht als ... Kritik. Ich will es nur gern wissen.

‚Ja. Ich habe sie eingeladen. Meine Freunde wohnen immer in meinem Haus ... nicht in einem Zimmer im Institut. Sie bekommt ein schönes Zimmer mit einem Balkon auf der Rückseite, wo sie herrlich über die Weiden und die Hügel sehen kann. Wir werden zusammen Mittag und Abend essen ... aber sonst hat der Meister da eine Menge Arbeit. Es kommen Hunderte von Menschen in der Hoffnung, da etwas zu lernen ... ich fühle mich sehr verantwortlich dafür.'

Der Junge, ein blonder Bursche mit einer hohen Stirn und einer Brille, war zufrieden. Der Meister sagte noch:

‚Wenn Ihr in die Ferien geht und ihr seid in der Nähe ... schaut dann ruhig einmal vorbei. Es ist immer noch ein Zimmer übrig.'

Marie sah und hörte mit Wohlgefallen zu. Sie war stolz auf ihre drei Kinder ... aber sie war auch stolz auf diesen wunderlichen Freund ... den Meister. Er sah so edel aus, mit seiner prächtigen dunklen Haut im Kontrast mit seinem weißen Oberhemd ... und dann diese Milde in seinen Augen und in seinen Handbewegungen ... die Art, wie er seine Brille aus seiner Innentasche holte und aufsetzte, um ein Foto anzuschauen ... Sein tiefes Interesse an dem Wohl und Wehe der drei ihm unbekannten jungen Leute, ihrer Kinder. Sie sah den Respekt ihrer Kinder vor diesem Mann, dem Meister. Er hatte eine natürliche Väterlichkeit ... man würde es nicht wagen, ihn zu kritisieren oder anzugreifen. Und wenn eine Stille eintrat, die etwas zu lange dauerte, wusste er mit seinem Humor oder mit der einen oder anderen Geschichte die Spannung wegzunehmen. Ja ... sie war stolz auf ihn ... sie fühlte ein intensives Glück in ihrer Brust ... sie bekannte sich nun ... wie innig sie ihn liebte.

Nach dem Kaffee stand er entschlossen auf. Er fand, dass Mutter und Kinder noch etwas nachbesprechen müssten. Er gab den Kindern die Hand, das Mädchen küsste ihn spontan auf beide Wangen. Marie begleitete ihn hinaus ... Sie half ihm in seinen Mantel, fühlte seine große Wärme und fragte ein bisschen verlegen:

‚Darf ich dich morgen kurz anrufen? Es ist so abrupt, dieser Abschied ...'

Er zog sie kurz an sich, sah sie dann mit seinen innigen dunklen Augen an und sagte:

‚Tagsüber bin ich bei dem Professor ... abends bin ich zu Hause. Du darfst mich immer anrufen ...'

Sie wollte nicht, dass er ging ...

‚Wie fandest du es, Meister?'

Er schüttelte lächelnd das edle Haupt und sagte sanft:

‚Das weißt du doch wohl, mein Kind! Diese Äpfel sind nicht weit vom Baum gefallen ... und du kannst verdammt gut kochen!'

Ihre soeben entdeckte große Liebe machte sie verlegen. Sie wollte ihn festhalten ... aber er musste gehen. Mit beiden Händen nahm sie seine liebe Hand und drückte sie. Er beantwortete ihre Gebärde und sagte noch einmal:

‚Ich warte auf deinen Anruf … Machs gut!'
Wie ein junger Mann verließ er das Haus.

Noch bevor der Meister in die Berge abreiste, machte seine junge Freundin ihr Arztexamen. In einer Woche musste sie in drei Fächern das Examen ablegen ...

Sie hatte sich die letzten Wochen mit ihrer ganzen Begabung ihrem Studium gewidmet. Sie wollte zeigen, was sie konnte ... nicht so sehr, um sich selbst zu bestätigen, als vielmehr um ihrem Mann Freude zu bereiten ... Er erwartete keine Topleistung von ihr, jetzt, wo sie im fünften Monat schwanger war ... er war schon sehr zufrieden, dass sie einen Versuch wagen wollte.

Mit Spannung wartete sie den Brief ab, in dem angegeben war, bei wem sie die Examensprüfungen ablegen musste. Es wurde ihr schließlich nicht einfach gemacht ... Chirurgie bei dem Freund ihres Mannes, der ihr seinerzeit besonders viel Aufmerksamkeit geschenkt hatte; Geburtshilfe bei dem Professor, mit dem sie einen Konflikt gehabt hatte; und schließlich Gynäkologie bei einem Arzt in einem peripheren Krankenhaus, der auch nicht als einfach bekannt war.

‚Was denkst du nun?', fragte sie ihren Mann, der das Briefchen las.

Er hob die Schultern und sagte:

‚Dass es dir nicht leicht gemacht wird. Du wirst dreimal ein schweres Examen machen müssen ...' Er lächelte. ‚Was machen wir, wenn du Erfolg hast?'

‚Was meinst du?'

‚Werden wir dann nicht einmal ein großes Fest geben? Dieses Haus kennt nur den Ernst ... ich würde einmal Musik hören wollen ... Festlichkeit.'

Sie sah sein ermüdetes Gesicht an und sagte:

‚Lassen wir es lieber zu viert ...'

Er sah ihr in die Augen ... sie liebte Geselligkeit so!

‚Nein! Wenn du durchkommst, gebe ich ein Fest ... das hast du wirklich verdient!'

Sie gab nach ... *wenn* sie durchkäme ...

Am Montag machte sie Chirurgie. Sie untersuchte auf der Abteilung einen Patienten und wurde danach durch den Professor darüber befragt. Wie sie schon erwartete, bestritt er seine zu große Sympathie für sie, indem er es ihr extra schwer machte. Aber sie hatte nun einmal viel Mut ... und beantwortete seine Fragen ohne Zögern. Danach fragte er nach einigen Operationstechniken. Für sie war das einfache Gedächtnisarbeit ... Schließlich gab er sich geschlagen. Er stand auf und ging auf sie zu ... sie stand auch auf ... Er schüttelte ihr die Hand und sagte:

‚Ich werde einmal kurz meine Sekretärin bitten ... dass sie deinen Mann anruft.'

Er ging in das Zimmer neben dem seinen ... und kam wieder zurück. Es gelang ihr nicht mehr, ihr Selbstbewusstsein aufrecht zu halten ... sie fühlte, wie ein ‚Rausch' Besitz von ihr nahm. Er konnte doch wohl sagen, dass sie es geschafft hatte! Aber er tat es nicht ... immer stellten diese Kerle sie auf die Probe!

Binnen einiger Minuten ... die wie eine Ewigkeit dauerten ... war ihr Mann da. Da stand sie nun ... und errötete wie ein kleines Kind ... Aber der Chirurg schlug ihrem Mann jovial auf die Schulter und sagte:

‚Da hast doch eine verdammt begabte Frau! Sie hat eine ausgezeichnete Leistung abgegeben ... aber weil eine Zehn* für Unseren Lieben Herrn ist ... gebe ich ihr eine neun!'

Sie vertrug so schwer Lob ... der Boden schwand unter ihren Füßen ... Hilflos sah sie ihren Mann an, der auch etwas verlegen schien. Aber er hatte sich schnell wieder in der Hand und schlang seinen Arm um sie. Er sagte:

‚Ja, Junge ... ich kenne ihre Qualitäten, es freut mich, dass du sie auch erkennst ...'

Kurz danach standen sie auf dem Flur.

‚Nein, nein!', wehrte sie ihn ab, als er sie umarmen wollte. ‚Komm bitte mit ... ich muss hier weg! Warte eben, bis wir draußen sind, wo man uns nicht kennt!'

Lächelnd ließ er sich mitführen, die Treppen hinab, durch die Türen.

‚Sollen wir nicht kurz unsere weißen Kittel ausziehen? Sonst ist die Anonymität sehr schwierig!'

Sie brachten sie in sein Zimmer ... aber auch hier wollte sie nicht bleiben. Nach draußen! Erst als sie ein paar Hundert Meter außerhalb gelaufen waren, blieb sie stehen und warf sich in seine Arme. Sie schwankte zwischen Lachen und Weinen ... sie lachte. Er umarmte sie und flüsterte ihr alle Komplimente zu, die ihm einfielen ... dann machte er sich los, sah sie an und sagte:

‚Aber auch wenn du eine Sechs geholt hättest ... oder selbst wenn

* In den Niederlanden ist dies die höchste Note.

du durchgefallen wärst ... wäre ich noch nicht enttäuscht gewesen ... glaubst du mir das? Ich weiß, wie gut du bist!'

Sie beugte ihren Kopf, um ihre Verlegenheit zu verbergen ... Sein Urteil war ihr schließlich viel, viel mehr wert als diese Neun ... und doch war auch diese Anerkennung ein Triumph ...

Er hob ihren Kopf auf und küsste ihre geröteten Wangen, ihre Lippen. Sie erschauderte ...

Am Mittwoch brachte er sie für das Examen in der Gynäkologie zu dem anderen Krankenhaus und verbrachte seine Zeit mit der Zeitung in der Kantine.

Auch nun musste sie einen Patienten untersuchen und sich danach in Bezug auf ihre Befunde verantworten.

Sie kam zu ihrem Prüfer, der sie außergewöhnlich gleichgültig empfing. Er hatte ganz deutlich keine Lust. Uninteressiert stellte er Routinefragen ... aber sie fühlte, wie er auf eventuelle Stockungen achtete. Das rief ihre Kampfeslust auf ... und sie antwortete prompt und mit Begeisterung auf seine trägen Fragen.

Schritt für Schritt erhob er sich auf seinem Stuhl ... wunderte sich doch über das frische Mädchen ... das, wie man sagte, mit einem Professorenkollegen verheiratet war ... Er hatte erwartet, dass sie ihren Status zeigen würde ... und er würde ihr kurz und achtlos darum mal die Daumenschrauben andrehen ... aber sie schraubte sich fröhlich wieder los ... Er vergaß sein Vorhaben und stellte eine Frage nach der anderen ... bis sie keine Antwort mehr hatte. Dann lachte er und sagte:

'Wenn du diese Frage auch noch beantwortet hättest, hättest du eine Zehn* bekommen. Nun ist es eine Neun ... Mein Kompliment, meine Dame ... ich habe sogar kurz vergessen, wie langweilig Examinieren ist!'

Sie fühlte eine Welle von Übelkeit aufkommen. Es war ein Duell gewesen ... kein Examen. Sie hatte mit etwas kämpfen müssen ... und sie wusste nicht genau womit. Und nun war es vorbei ... und sie fühlte sich krank. Sie dankte dem Arzt und ging auf den Gang. Er war nicht da ... Liebling, wo bist du! Fang mich auf, ich kann nicht mehr!

Sie ging um die Ecke ... da saß er, auf einer Bank an der Mauer, um sie nicht in Verlegenheit zu bringen ... Sie ließ sich neben ihm fallen und

* In den Niederlanden ist dies die höchste Note.

brach in Schluchzen aus. Er umarmte sie, dachte, dass sie durchgefallen wäre und sagte:

‚Es macht nichts ... Liebling!'

‚Nein!', schluchzte sie. ‚Ich habe wieder eine Neun ... aber es war abscheulich!'

Er nahm sie mit, weg von diesem Ort ... zu einem ruhigen Teehaus in der Stadt. Unterwegs schluchzte sie noch immer.

Als sie saßen, fragte er:

‚Was ist nun bloß ...'

Sie erzählte ihm von dem Duell. Er hörte zu und sagte dann nachdenklich:

‚Ja, Liebste ... die Welt mit den Menschen droht eine Maschine zu werden, ein Apparat ... alles ist Phrase, ist Konvention ... ist Routine. Es wird nicht mehr geglaubt an Willen, an Einsatz, an Originalität, an Liebe für das Studium, für die Arbeit. Pflicht und Recht ... sonst nichts. Du hast mit diesem Wesen kämpfen müssen, statt ein Examen bei einem Mann zu machen, von dem du etwas lernen kannst, der für deine Entwicklung und die von anderen lebt. Aber du hast gewonnen, Kind! Vergiss nicht, dass du gewonnen hast!'

‚Dieser Sieg macht mich krank ... ich will so nicht mehr!'

‚Ich auch nicht ... es ist auch mein tägliches Los ... aber wir müssen, Mädchen ... du und ich. Wir können uns doch nicht anpassen? Auch dieser Maschine untertan werden? Du weißt nicht, wie stolz ich auf dich bin ... nicht wegen der hohen Ziffer allein ... denn das ist auch viel wert ... sondern auch wegen deiner Kampfeslust. Ich liebe dich so sehr ... *so* sehr!'

‚Ja ... ich werde kämpfen ... das schwerste Examen kommt noch. Bei diesem ekelhaften Kerl ... der sieht natürlich, dass ich schwanger bin ... und dass ich nun für die Entbindung nicht zu ihm komme. Das ist schon mal ein schöner Anfang ...' Sie seufzte und fasste seine Hand. ‚Lade nur ein, wen du willst ... wenn ich es schaffe, dann feiere ich ein Fest wie noch nie!'

Er brach in Lachen aus. Er war gespannt, wie sie diese letzte Hürde nehmen würde ...

Er empfing sie von oben herab. Er würde dieser Frau Professor einmal kräftig auf den Zahn fühlen ... ein schönes Fräulein, aber so leicht wie eine Feder! Er sah unmittelbar die Wölbung ihres Bauches ... die Dame trug ihr zweites Kind. Hatte er sie schon in seiner Sprechstunde gehabt? Er dachte doch nicht ... Er wies ihr einen Stuhl an und setzte sich ebenfalls. Er blätterte umständlich in dem Bericht, den sie geschrieben hatte, ließ sie erstmal nur eine Weile einfach da sitzen. Hm ... es war schon akkurat ... eine gepflegte Handschrift, alles sorgfältig notiert. Er nahm seine eigenen Notizen und begann zu fragen ...

Sie fühlte, wie sie die Nerven zu verlieren drohte ... bei diesem Mann konnte sie es nicht aushalten. Er hatte eine Art Verachtung für sie, die sie nicht aushielt ... So stark wie die Sympathie des Chirurgie-Professors war, so heftig war seine Antipathie. Wie sollte sie sich davon lösen? Mit Gewalt versuchte sie, sich auf den Patienten, den sie untersucht hatte, zu konzentrieren. Die größte Gefahr bei einem Examen lag in der Selbstbezogenheit. Denk an die arme Frau, die schon wochenlang Bettruhe halten musste. Mit einer Scheinfreundlichkeit, die vor Arroganz troff, begann er, ihr Fragen zu stellen. Sie sah ins Nichts, aus dem einfach so, wie von selbst, trotzdem die richtigen Antworten erschienen. Der Stoff saß so gut, dass die Antworten sich ohne ihr Zutun formten ... Sie sah ihn jedes Mal nicken, ja ... das war gut ... das auch ... dadurch fand sie etwas von sich selbst zurück ... einen dünnen, schwankenden Punkt ... auf dem sie stehen konnte ... Die Fragen waren wie Schläge ... links, rechts, wieder links. Kein Duell, nun ... sie kassierte sie, ohne etwas zurückzugeben, brauchte schon ihre ganze Kraft, um stehen zu bleiben ... Sie erhielt keinen Augenblick Ruhe, um sich zu besinnen ... weiter musste sie, weiter, weiter! Aber dann wurde sie durch das Telefon gerettet. Er nahm böse ab:

‚Ich habe doch gesagt, dass ich nicht gestört werden darf!' Er hörte zu, sagte dann: ‚O ... richtig. Ja, ja ...', und so ging es noch etwas weiter.

Sie holte tief Atem ... und kam zu sich. Sie sah ihn ... und hasste ihn! Es ging hier absolut nicht um Beherrschung des Faches ... Ihr Status als Frau eines Professors wurde ihr kräftig eingeschärft ... Ihre Aufsässigkeit erwachte. Sie würde es ihm zeigen?! Er legte auf und sah wieder in die Papiere. Aber nun war *er* aus dem Konzept. Er begann wieder zu fragen, aber hatte nun eine selbstbewusste junge Ärztin gegenüber, die ihr Fach lieben wollte ... Aufgerichtet und sicher gab sie ihre Meinung über den Patienten ab ... wusste viel von den Hintergründen zu erzählen ... und demonstrierte schließlich mit großer Sicherheit auf dem Phantom', wie man eine Steißgeburt machen musste ...

Noch immer hatte sie das Gefühl, dass ihr durch eine unsichtbare Macht geholfen wurde, dass alles doch wie von selbst gut ging ... Aber sie war wieder da ...

Schließlich seufzte er und stand auf. Er sagte:

‚Nun ja ... ehrlich ist ehrlich. Du hast dich rehabilitiert. Wie geht es mit deiner Schwangerschaft?'

Eine verräterische Frage ... Sie sah ihn unbefangen an und sagte:

‚Gut. Weil der erste Partus so gut ging, haben wir uns nun für eine Hausgeburt entschieden. Ich besuche eine Hebamme.'

Er nickte. Er war Befürworter von Hausgeburten ... Er sagte:

‚Nun ... ich fand deine Koassistentenschaft nicht so gut ... aber das darf ich hier nicht einbeziehen. Du hast es geschafft. Äh ... du bekommst eine Neun.'

Eine tiefe Röte färbte ihre Wangen, ihr wurde heiß ... Er lehrte sie doch noch eine Lektion ... sie hatte keine Ehrlichkeit erwartet.

‚Vielen Dank', sagte sie unbeholfen.

Er schüttelte ihr die Hand und sagte:

‚Nein, nein! Es ist deine Leistung ... Sollen wir deinen Mann rufen?'

Sie wusste sich keinen Rat mit seiner plötzlichen Aufrichtigkeit. Ihr Mann sagte oft mahnend zu ihr, wenn sie zu viel Kritik an jemandem hatte: ‚In jedem Menschen lebt ein moralischer Kern, eine potentielle Güte ... vergiss das nie!' Aber das Telefon hatte sie gerettet ... sonst wäre es ein verkrampftes Aufsagen des Gelernten geworden ... Sie nickte und schwieg.

‚Setz dich noch kurz', sagte er, während er das Telefon nahm. ‚Was ist die Nummer von seinem Pieper?'

Er rief ihren Mann selbst an und sagte:

‚Kommst du kurz zu meinem Zimmer? Hier ist jemand, der dir etwas mitzuteilen hat!'

Mit einem Lachen legte er auf. Sie dachte an hartgekochte Eier ... Als ihr Mann hereinkam, sagte er zu ihm:

‚Ich glaube, dass wir eine neue Kollegin begrüßen können!'

Er blieb stehen, gerührt.

‚Hat sie ...'

‚Und wie! Ich habe ihr eine Neun geben müssen, Kollege! Sie ist ein Star im Examenmachen ...'

Er legte seinen Arm um ihre Taille ... und sagte nichts.

‚Nun ... äh ...', sagte der Gynäkologe verlegen. ‚Ich werde bei der Verleihung sein. Ich sehe euch dann ...'

Still liefen sie nebeneinander, hängten ihren weißen Kittel in sein Zimmer und verließen das Krankenhaus für einen freien Tag. Er legte seinen Arm um ihre Schultern und sagte:

‚Das wird also das Prädikat: cum laude ...'

‚Ich bin ... vollkommen ... außer mir', sagte sie leise. ‚Ich verstehe ... nicht ... wie das sein kann.'

‚Du hast höhere Noten, als ich hatte ...', grinste er.

‚Sie haben mich alle drei ... gequält ... Was für ein Hochmut ... Muss das so sein? Wie machst du es ...'

Er blieb stehen und hielt sie fest. Er strich ihr das schwarze glänzende Haar aus der Stirn, strich ihre Falten glatt. Er sagte:

‚Examen abnehmen verleitet zu Machtgefühl ... Ich fühle das auch ... und weise es mit aller Kraft zurück. Aber ich kenne alle Gefühlsschattierungen dabei ... Es muss ganz anders sein. Wenn ich dich drei Monate bei der Arbeit gesehen habe ... dann weiß ich, was du wert bist, ohne Examen.'

‚Dann hätte ich die Prüfung Geburtshilfe nicht geschafft ... er fand mich nicht gut.'

Er dachte nach, sagte dann:

‚Es würde nur gehen, wenn Sympathie und Antipathie schweigen ...'

‚Ich habe mich geschämt ... über meinen Hass gegen diesen Mann. Er hat mich trotzdem ehrlich beurteilt ...'

‚Bist du nicht froh?'

Sie seufzte.

‚Das kommt noch ... gleich, wenn es wirklich zu mir durchdringt. Ich muss erst wieder in Ordnung kommen ... meine Rüstung ausziehen und so. Pfff ... Was für eine Aufgabe! Cum laude ... Denkst du das wirklich?'

‚Da hört alles Denken auf, Mädchen ... und beginnen die Fakten. Vier Neunen – du hattest schon eine für Inneres ... bedeuten cum laude. Und ich werde auch noch derjenige sein, der zu dir spricht ... als Vorsitzender der Examenskommission ...'

Er erwog noch die Gelegenheit, den Vorsitz an seinen Kollegen aus der Chirurgie zu übergeben, so dass er mit seiner Frau und der Familie mitkommen konnte ... Aber nach innerlicher Überlegung beschloss er doch, zu tun, was das Schicksal ihm nun einmal in die Hände gab.

Es war seltsam, so von Zuhause wegzugehen, während seine Eltern, seine Brüder und Schwestern und auch ihre Eltern und Brüder und Schwester mit ihr in seinem Haus den Moment abwarteten, um zur Aula der Universität zu gehen. Aber er ging und bereitete sich mit seinen Kollegen gründlich auf die Feierlichkeit vor.

Als sie ihn heiratete, war sie so außer sich gewesen durch die Freude, die vielen Menschen, den feierlichen Vollzug ... dass viel an ihr vorübergegangen war. Nun wollte sie dabei sein ... fühlen, dass sie ihr Studium abgeschlossen hatte und dass sie es cum laude geschafft hatte. Ihre Hilfe im Haushalt war da, um ihr alle Sorgen des Haushalts abzunehmen ... der Meister war bei ihr, um sie zu stärken ... Er stand ihr fortwährend bei in dem emotionalen Sturm, der durch die Anwesenheit dieser vielen Familienmitglieder entfacht wurde.

Sie richtete sich vor allem auf ihren Vater und ihre Schwiegermutter. Von ihnen ging die größte Anteilnahme aus ... Ihr Vater hatte gejubelt, als er das Resultat hörte. Dieses verflixte Mädchen machte wahr, was er immer in ihr gesehen hatte. Nun lief er als der stolze Vater herum ... wie sie ihn von früher kannte, war er der Mittelpunkt mit seinen Geschichten und seinen Scherzen. Ihre Schwiegermutter war, genau wie der Meister, stets in ihrer Nähe, und sorgte dafür, dass sie Ruhe hatte ...

Schließlich begab sich die Gesellschaft zur Aula der Universität.

Sie fühlte, wie die Spannung sich ihrer bemächtigte ... Ihr Herz schlug zum Halse, ihr war übel und sie fühlte, wie sich ihr Kind heftig bewegte.

Sie vermisste ihn ... und fühlte, wie er ihr stets half, ihren Mittelpunkt zu finden. Aber er wollte es so ... und sie auch.

Die Aula wurde voll ... da waren die rund zwanzig Mitstudenten, die ebenfalls ihr Diplom überreicht bekamen. Inmitten von ihnen saß sie, in der ersten Reihe. Es dauerte und dauerte ... Schließlich kamen eine Reihe Professoren herein, sie nahmen auf dem Podium Platz, der Professor für innere Medizin als Vorsitzender in der Mitte ... Es war totenstill geworden ...

Sie sah ihn, als ob er ein Fremder war ... und doch so bekannt. Dies machte er zweimal pro Monat ... es könnte Routine sein. Aber bei ihm war nie etwas Routine ... Durch den Abstand sah sie ihn auf einmal so anders ... Er war etwas schwerer geworden, seit er mit ihr zusammen war, aber war doch noch schlank. Schlank und stolz ... das Haupt von Apollo ... verlebendigt durch kleine Unregelmäßigkeiten ... Eine kräftige, sonore Stimme. Ja, er hatte das Wort ergriffen ... sprach den neuen Kollegen herzlich zu, wies auf das Besondere des Medizinstudiums ... Nicht nur eine Zunahme in dem Wissen ... sondern eine Vorbereitung auf Dienstbarkeit an dem leidenden Menschen. Es drang tief zu ihr durch ... Einst, in früheren Zeiten war das Arzt-Werden ein Einweihungsweg gewesen ... Nun bekam man ein Papier, ein Diplom. Aber man durfte nicht vergessen, dass all dieses Wissen mit dem Herzen, mit dem Gefühl, mit dem Mitleben verbunden bleiben musste. Wissenschaft im Dienst des Menschen ... niemals der Mensch im Dienst der Wissenschaft! Man musste wachen vor der drohenden Nüchternheit, die nun einmal mit Wissen Hand in Hand ging. Es war ein Weg zurückgelegt, bis zum Arztexamen. Aber den eigentlichen Weg betraten sie jetzt erst! Sie mussten an sich selbst arbeiten, um Mitgefühl mit dem Patienten zu entwickeln und Ehrfurcht vor diesem großen Mysterium: dem menschlichen Körper.

Seine Worte machten großen Eindruck. Es war so deutlich, dass dieser Mann leidenschaftlich für diese zwei Ideale lebte: Mitleid und Ehrfurcht ... in der nüchternen Maschine der medizinischen Wissenschaft.

Danach wurden sie einzeln aufgerufen, um den Amtseid abzulegen, den Eid des Hippokrates. Nach einem kurzen persönlichen Wort wurde das Diplom überreicht.

Sie tat ihr Bestes, um Wort für Wort zu verfolgen, was gesagt wurde, während sie darauf wartete, dass sie an der Reihe war. Er war ruhig wie immer ... sie in heftigem emotionalem Aufruhr.

Er nannte ihren Namen, bebend stand sie auf ... Es war, als ob es noch stiller wurde ... Die meisten Anwesenden kannten die Verbindung zwischen dem Sprecher und der Studentin, die da stand, nicht ... dennoch wurde die Aufmerksamkeit von allen schärfer und das Gefühl gerührt ...

Mit klarer Stimme schwor sie bei Gott dem Allmächtigen ... in Bezug auf das Prinzip der Kollegialität, die Unantastbarkeit des Lebens, das Berufsgeheimnis und die Reinheit im Umgang mit Patienten und ihren Hausgenossen.

Danach sprach er kurz zu ihr.

Ach ... sie kannte ihn so gut ... Nein, er war jetzt nicht ruhig, sondern in seiner Ruhe tief bewegt ... Seine Selbstbeherrschung machte es ihm möglich, ihr aus seiner Hand das Diplom in die ihre zu reichen ... Es war ein großartiges Bild für ihr Verhältnis ... und die Aufmerksamkeit aller Anwesenden war auf dieses Bild gerichtet, wie die Andacht von *einem* Mann ... Er sagte:

‚Meine Dame, mit größter Freude überreichen wir Ihnen das Arztdiplom, mit der Erwähnung, dass Sie cum laude bestanden haben. Jeder Arzt legt einen Eid ab, der zurückgeht auf den Eid von Hippokrates. Ihnen allen, aber Ihnen, meine Dame, im Besonderen, will ich berühmte Worte von Hippokrates als ... Aufgabe, als Ideal mitgeben: ‚*Iatros gar philosophos isotheos* ... Der Arzt, der zugleich Philosoph ist, ist einem Gott ähnlich'.'

Er schwieg, seine Worte senkten sich auf sie nieder, drangen in ihr Gemüt. Er stand da als das große Vorbild: Arzt und Philosoph zugleich ... nicht ein trockener Intellektueller, sondern ein Mann ... ein Mensch ...

Das Kollegium zog sich zurück, die Menschen verließen den Saal ... Der Professor war still, inmitten seiner Kollegen. Der Chirurg kam zu ihm, klopfte ihn jovial auf den Rücken und sagte:

‚Na, Kerl! Das war mir was ... ich musste fast weinen. Du hast das verdammt gut gesagt!' Er schwieg kurz und sagte dann etwas rau: ‚Es ist ein schönes Mädchen, deine Frau. Und ... sorg dafür, dass sie ihr Talent nicht an die Windeln verliert! Ich sehe dich dann heute Abend.'

Die anderen folgten, ihn zu beglückwünschen. Manche kamen abends auf das Fest ...

Sie wartete in der Halle auf ihn. Überall um sie herum wurde durcheinander gesprochen, man zog die Mäntel an ... sie sehnte sich nach ihm. Da war er ... die Menschen blickten auf ... der Mann, der gerade so schön gesprochen hatte. Jemand sprach ihn an ... Alle anderen verloren sich ... da war nur er ... und sie. Aus der Ewigkeit kommend, in die Ewigkeit gehend ... zusammen. The most wonderful sunset-child ... Worte des Meisters ... ihres Mannes. Ein Vorbild für alle ... die die Bescheidenheit aufbringen konnten, sich an einem Mitmenschen ein Beispiel zu nehmen ...

Da kam er ... direkt auf sie zu. Diese Augen ... Licht und Liebe ...

Philosoph und Arzt ...

Die Menschen machten Platz, sahen gerührt, wie dieser vornehme Mann seine schwangere Frau in die Arme nahm ... Sie hielt es nicht mehr ... komm! Komm mit nach draußen ... Er führte sie nach draußen und lief ein Stück mit ihr.

‚Geht es wieder?', fragte er besorgt. ‚Du wurdest fast ohnmächtig!'

Sie blieb stehen, zog ihn am Ärmel. Lächelnd hielt er an. Sie sagte:

‚Dies war doch mehr als eine Diplomüberreichung ... Viel mehr ... ich musste kurz allein mit dir sein ... mein Apollo ...'

‚Ist es so denn gut? Oder sollen wir zu zweit abhauen?'

Sie brach in Lachen aus.

‚Nein ... Es wird Zeit für Dionysos ... mein Vater zum Beispiel. Ich will ein Fest!'

Zu Hause war die ganze Familie anwesend. Es gab Brötchen mit Kaffee ...

‚Es ähnelt einem Begräbnis!', flüsterte sie ihrem Mann zu, als sie hereinkamen. Aber sie sah ihren Vater stehen und lief spontan zu ihm. Sie umarmte ihn enthusiastisch und sagte, so dass jeder es hörte:

‚Paps! Ich bin dir dankbar, dass du mich bis hierher gebracht hast!'

Er wusste sich keinen Rat ... winkte in die Richtung seines Schwiegersohns und sagte:

‚Äh ... ich habe einen würdigen Nachfolger. Übrigens, es ist deine Leistung, Kind! Ich bin stolz auf dich ...'

Der Meister sah zu. Was können die Menschen tiefgehende Gefühle doch schwer ertragen, dachte er. Schönheiten des Lebens sind solche Momente ... und jeder macht, dass er wegkommt! Leere Körper mit einem dünnen Span innerlichen Lebens ... alle auf der Flucht ... und der Leib diktiert. Nein, seine zwei Freunde waren echt. Der Professor war immer da, füllte mit seinem großen Geist diesen kräftigen Körper ganz aus ... und seine Frau lebte immer mehr bewusst in ihrer enthusiastischen Seele. Sie war ein strahlender Mittelpunkt, sie genoss die Geselligkeit, die Aufmerksamkeit für sie ... und warf für dieses eine Mal alle Zweifel, ob sie das wohl wert war, über Bord.

Ihr Schwiegervater setzte sich neben sie. Ein langer Mann, schon über die Achtzig hinaus, aber doch noch mit einer gewissen Geschmeidigkeit und Klarheit. Er hatte dieselbe Strenge, die den jüngsten Sohn auch so auszeichnete, und sie war in seiner Gesellschaft immer etwas zaghaft. Aber er mochte sie gern. Sein durch die Jahre weise gewordener Blick sah ihre aufrichtige Liebe für seinen Sohn.

‚Wie hast du das gemacht? Du bist schwanger, du hast schon eine Familie ... und dann so ein vortreffliches Examen! Das ist für meine Sohn doch auch etwas Gewaltiges ...'

Sie hob die Schultern.

‚Ich weiß es nicht ... ich habe immer leicht lernen können. Und ich versuche, in so einem Examen zu zeigen, was ich kann. Ich bin nicht so ängstlich ... das macht sehr viel aus. Bleiben Sie heute Abend auch noch? Dann können Sie einigen von diesen gewichtigen Herren begegnen, Kollegen, Freunde von ihm ... ja, es ist schön für ihn, auch eine Art Triumph. Der Professor mit seiner jungen Frau ... Sie wissen wohl, wie da gedacht wird.'

Der alte Her lächelte und legte seine Hand auf ihr Knie.

‚Und nun stellt sich heraus, dass das junge Fräulein selbst auch noch etwas kann?'

Sie lachte.

‚So ist es ungefähr, ja ...'

Sie ruhte mittags noch etwas. Um sieben Uhr begann das Fest, mit einem Buffet ... sie musste ausgeruht sein.

An diesem Abend war das stattliche Arzthaus auf dem Platz mit Menschen gefüllt. Zum ersten Mal kamen viele Kollegen und andere Mitarbeiter mit ihren Partnern zu dem Professor zu einem Fest ... Er hielt sich gut ... empfing jeden mit der richtigen Aufmerksamkeit und blieb stets dicht in der Nähe seiner Frau. Er liebte das hier nicht so ... er tat es für sie. Und wenn er sie ansah, sah er, dass es gut war. Er fühlte Stolz und Freude ... endlich bekam sie ein Übermaß an Lob für ihre Qualitäten. Seine Kollegen bewunderten sie überschwänglich, und sie nahm das alles an, ohne sich selbst in ihrer Spontaneität zu verlieren. Später am Abend fragte der Meister, ob sie nicht etwas für sie spielen wollte ... Nach einiger Ermutigung stimmte sie zu. Und es entging ihm nicht, wie erschüttert viele waren, als sie *so* ihrem künstlerischen Talent freien Lauf ließ. Sein Freund, der Chirurg, kam später zu ihm und sagte:

‚Ich kann einfach nicht damit aufhören ... was für eine Begabung! Was soll man nun sagen: Sie hätte Pianistin werden müssen? Das wäre ein

Verlust für unsere Berufsgruppe gewesen ... aber es ist auch ein Jammer, dass niemand sie spielen hören kann.'

Der Professor stand aufrecht, unerschütterlich ... Er grinste und sagte:

‚Sie wird das Staatsexamen machen ... in ein paar Jahren. Aber ich glaube, dass sie immer Künstlerin ist ... was sie auch tut. Sie kocht auch sehr originell ... und sie ist mit Herz und Seele Mutter.'

Der Chirurg schaute von der Seite auf diesen Mann, dessen Entwicklung er all die Jahre verfolgt hatte. Sie, das Mädchen, hatte ihn befreit ... hatte einen echten Mann aus ihm gemacht ... auch wenn er noch immer nur Wasser trank. Er sagte mit einem Grinsen:

‚Nun ja ... du musst sie nicht beneiden. Du selbst bist auch nicht gerade ohne Talent, nicht wahr. Nach dem heutigen Tag werden ganz andere Geschichten über euch die Runde machen ...'

Der andere Professor für Innere war auch da. Sie hatte es schwer ... Sie sah den Tiefgang der Ehe, sie sah auch die Begabtheit der jungen Frau. Man unterschätzte sie sehr leicht, sie schien ein oberflächliches schönes Mädchen ...

Tief in der Nacht kehrte die Ruhe zurück ... Jeder war weg, sie saßen inmitten von Gläsern und Aschenbechern, halbvollen Weinflaschen und Schüsseln mit verwelkten Salatblättern. Sie war todmüde ... und glücklich.

‚Ich hoffe', sagte sie, ‚dass es noch zu mir durchdringen wird, dass ich fertig studiert habe ... Ich darf nun ‚Kollege' zu dir sagen!'

‚Ich habe es lieber, wenn du etwas anderes zu mir sagst', sagte er trocken. Sie sagte:

‚Was ist es schlimm, wenn Menschen viel getrunken haben ... und man selbst ist nüchtern. Ein Mensch ist eigentlich etwas sehr Hässliches ...'

Er lächelte wegen ihrer Gedanken und setzte sich direkt neben sie. Er sagte:

‚Meine kleine Arzt-Philosophin ... du musst ins Bett.'

Sie sah ihn an, er sah noch immer frisch aus ... als ob sein Anzug eben erst gebügelt worden war. Sie sagte:

‚Du bist ein ‚appetitlicher' Mann, nicht so ein verschwitzter Stinker ... wie diese Kerle heute Abend.'

Er brach in Lachen aus.

‚Du kommst auch vom Hölzchen aufs Stöckchen ...'

Sie zog seinen Arm um sich.

‚Komm ... halt mich fest. Es war herrlich ... aber nun brauche ich so etwas nicht mehr. Lass uns all unsere Energie dieser anderen Form von Leben weihen ... mein Liebster.'

Er hob ihr Gesicht zu sich auf, küsste sie sanft und sagte:

‚Das werden wir dann tun ... ich freue mich auf die Ferien beim Meister, auf die gewaltige Vertiefung, die das zwischen uns und ihm zustande bringt. Wir haben ein schönes Leben, Mädchen ...'

Sie nahm sein Kinn zwischen ihren Daumen und Zeigefinger, wie um ihn zu ermahnen ... und sagte:

‚Aber du ... musst dich selbst in Acht nehmen. In der letzten Zeit mache ich mir Sorgen ... du arbeitest zu hart, du hast zu viele Probleme mit diesem Menschen ... Pardon, ich meine, äh ... deine Kollegin. Sogar du hältst das nicht durch!'

‚Ja ... ich brauche Ruhe, das fühle ich auch. Ruhe ...'

Als sie einschliefen, wurde es schon hell ...

An einem Samstagmorgen in aller Frühe hielt das Auto mit Doktor Stern am Steuer bei dem Haus von Marie. Wie ein junger Mann rannte der Meister immer zwei Stufen auf einmal die Treppe hinauf ... musste auf halbem Wege dann doch kurz stoppen. Doktor Stern folgte ihm gesammelt, verwundert. Sie nahmen jeder einen Koffer ... Sie folge ihnen, schloss die Tür hinter sich und nahm neben dem Meister auf der Rückbank Platz.

Sie schwiegen eine Weile. Doktor Stern fuhr noch nicht schnell, und sie fühlten sich nicht frei. Wohl lächelten sie einander zu ... und manchmal suchte die Hand des Meisters kurz ermutigend die ihre.

Aber auf der Autobahn kam das Gespräch in Gang. Sie erzählte, wie aufgeregt sie war, wie ein kleines Mädchen ... Wochenlang von zu Hause weg! In einem fremden Haus, bei ‚fremden Menschen', vielleicht für lange Zeit ... Wie würde man sie da sehen? Die Freundin des Meisters? Eine Geistesverwandte? Würde er wohl Zeit für sie haben ...

Und er erzählte, dass er mit sehr gemischten Gefühlen die Stadt verließ. Einerseits sehnte er sich nach seinem Haus in den Bergen, nach dem Institut, nach seiner Arbeit dort ... und freute er sich auf ein tägliches Zusammenleben mit Marie. Aber der Abschied von seinem großen Freund war ihm schwer gefallen. Besonders schwer ... Es hing noch immer Tragik um ihn, er war ermüdet und seine übliche aufgeweckte Energie schien verwelkt. Das bereitete dem Meister große Sorgen und machte, dass er bei ihm bleiben wollte, um von Tag zu Tag für Erleichterung sorgen zu können ... für Wärme und Freundschaft. Er hatte ein ernstes Gespräch mit seiner Frau geführt ... und ihr ans Herz gelegt, sich ganz für ihn einzusetzen. Sie hatte nun glücklicherweise Zeit ... Das Mädchen war von seinem Ernst erschrocken gewesen und hatte ängstlich gefragt, wovor er Angst hatte. Er war ihrer Frage mit einer allgemeinen Antwort ausgewichen ... Besorgnis, sonst nichts.

Sie übernachteten in einem schönen Hotel, auf einem Hügel gelegen, wo Doktor Stern drei Zimmer reserviert hatte. Marie genoss die Versorgung, die Schönheit der Landschaft ... ihre Augen strahlten und sie saß noch aufrechter als sonst. Der Meister war gerührt durch ihre Dankbarkeit ... und Doktor Stern saß unbeirrbar dabei, mit einer ausgeprägten östlichen Unergründlichkeit. War er eifersüchtig, dass der

Meister so viele Freunde hatte, mit denen er mehr umging als mit ihm, seinem ältesten Gefährten? Oder liebte er seinen Meister so sehr, dass er es ihm gönnte ...? Nur er selbst wusste es ...

Am zweiten Tag erreichten sie das Institut. Doktor Stern fuhr direkt weiter zum Chalet, half mit dem Gepäck und ging danach mit der Haushälterin in die Küche Kaffee trinken.

Still lief Marie hinter dem Meister her ... Er zeigte ihr das Haus, seinen Meditationsraum ... eine östliche ‚Enklave' ... sein Studierzimmer, sein Schlafzimmer ... die Gästezimmer. Schließlich brachte er sie zu ihrem Zimmer.

Sie war tief, tief beeindruckt. Hier war er wirklich Meister ... überall spürte man seine Größe, seine ... Macht. Aber er war nett wie immer, ging ihr voraus ins Zimmer, öffnete die Türen zum Balkon, zeigte ihr, wie man das Telefon benutzen musste und setzte sich dann ruhig auf einen der Stühle. Verlegen mit seiner großen Anwesenheit lief sie etwas umher, wunderte sich über das eigene Badezimmer ... und setzte sich dann auch. Er lächelte beruhigend und sagte:

‚Sei nun von Herzen mein Gast! Ich habe wegen der elementaren Existenzbedürfnisse nie Sorgen gehabt, genieße du das auch einmal, mein Kind. Lege alle Einwände ab ... ich werde dir herrliche Tage ... Wochen ... vielleicht Monate geben. Ich liebe dich, Marie ... nimm den materiellen Wohlstand hin, der dazu gehört. Ich lebe einfach, in einer kleinen Ecke dieses großen Hauses. Ich brauche nicht viel ... Aber man gibt mir viel, und ich nehme das an, ohne mich dem untergeordnet zu fühlen. Mach du es ebenso ...'

Sie saß aufrecht, ihre strahlenden Augen erstaunt auf ihn gerichtet. Ihre Wangen waren leicht gerötet durch die Aufregung ... Alter spielte keine Rolle bei Schönheit ... es war die Seele, die die Materie aufleuchten ließ ... Sein tiefer, warmer Blick ließ sie den Kopf leicht beugen. Sie hatte nicht gewusst, mit wem sie mitging ... zu Hause war er ein netter, weiser Mann. Sanft und gutmütig, großmütig. Aber hier kam ein großer Adel in ihn ... oder dieser zeigte sich ihr hier erst wirklich. Er saß da einfach, wie ein ganz gewöhnlicher freundlicher Mann ...

‚Was ist, Kind?', fragte er, ihre Verlegenheit sehend.

Selbst seine Stimme klang anders, weit und getragen ... Vielleicht beugte sie zum ersten Mal in ihrem Leben ihr Haupt ... fühlte Bescheidenheit. Ihr Mann war gut zu ihr gewesen, aber er war kein echter Freund gewesen. Dieser Mann wohl ... aber nun schien er dieser Freundschaft zu entsteigen, wurde er ein Meister ... Sie sagte langsam, den Blick abgewendet:

'Du bist so anders ... hier. Du bist der ... Meister.'

Er lächelte. Menschen waren immer am Messen, am Vergleichen ... Ruhig stand er auf und lief zu ihr, legte seine sanfte Hand auf ihren Kopf. Sie beugte ihn noch tiefer ... Er schüttelte seinen Kopf.

'Nun, nun ... Wo ist jetzt bloß deine stolze Selbstsicherheit. Die hast du doch wohl noch bei dir?'

Seine Hand lag noch auf ihrem Kopf. Sie sagte:

'Es ist keine Schwäche, Meister. Auch keine Kleinheit ... Es ist Respekt. Für etwas, was ich nicht kenne, aber was mich rührt. Lass mich ...'

Seine Hand glitt hinab, über ihren Kopf zu ihrem Rücken. Sie erschauderte. Sie hielt sich an der Lehne ihres Stuhls fest ... seine Hand strich über ihre Schulter, an ihrem Hals entlang, unter ihr Kinn. Sie musste aufsehen ... in die Tiefe seiner dunklen Augen ...

'Komm, richte dich auf', sagte er ernst und half ihr hoch.

Eine kleine, tapfere Frau ... Zum ersten Mal fühlte er, wie ein Mann eine Frau in Schutz nehmen wollte ... fühlte er eine Wirkung des anderen Geschlechts ... Er sah diese Gefühle an ... warum sollten sie in ihm nicht sein dürfen ... Wenn sie nur rein blieben.

'Stell dich nicht unter mich ... das würde ich nicht ertragen können', bat er sie.

Sie sah ihn nun wieder stolz an und sagte:

'Das tue ich nicht. Aber ich fühlte kurz, wer du bist ... das musst du mir zugestehen. Es ist gut ... dich so zu kennen.'

Seine warme Hand tippte ein paar Mal gegen ihre Wange, wie ein Bestätigen ihrer Worte. Er setzte sich wieder und sagte:

'Ich will hier mit dir wohnen, Marie ... wie zwei vertraute Freunde. Du kannst immer zu mir kommen, schäme dich nicht ...'

Sie nickte und fühlte Glückseligkeit in ihrer Brust. Das Leben brachte ihr einen Meister ...

Er ließ sie allein und versuchte, ein Gefühl dafür zu bekommen, wieder 'zu Hause' zu sein. Das Haus war geräumig und hell, die Aussicht von einer überwältigenden Schönheit. Es war noch still ... die Kurse würden erst in einer Woche beginnen. Eine Woche ...

Seine Haushälterin hatte alle seine Koffer ausgepackt, alles wurde schließlich für ihn getan. Er ging zu seinem Meditationsraum. Über zwanzig Jahre ... schienen nun fremd. War er sich selbst entwachsen ...?

Er konnte nicht dazu kommen zu sitzen. Er ging in sein Studierzimmer und tat, was er noch nie zuvor getan hatte. Er nahm das Telefon und rief seinen Freund in dieser Stadt im fernen Norden an. Es war Sonntag, am späten Nachmittag ...

Er nahm selbst ab, nannte kurz angebunden seinen Namen ... Der Meister war kurz still von dieser Stimme. Er meldete sich und erfuhr die große Freude, die sein Telefonat hervorrief.

‚Wie ist es besonders, mein Meister, dass du anrufst! Du, der so eine Abneigung gegen diese Form von Kommunikation hat ...'

‚Ich fühle mich wie ein Fremder in meinem eigenen Haus, mein Freund ... ein Feriengast. Da ... bei dir, bin ich zu Hause. Alles verändert sich, wenn ich hier bin. Marie sieht in mir auf einmal den großen Meister ... nächste Woche muss ich das wieder sein.'

‚Du bist das immer!'

Der Meister grinste. Sie sprachen noch etwas miteinander, und der Meister versprach, dass er nun regelmäßig anrufen würde ... Er legte auf. Obwohl das Gespräch sehr gut gewesen war, hatte er dennoch eine tiefe Traurigkeit in sich. War es sein eigener Kampf ... oder war es die unerklärliche Veränderung in der Stimme seines Freundes ... Er war es, und doch war da etwas Fremdes ... Hätte er doch nur dableiben können ... Er schaute seine Traurigkeit ... Verwelkung, durch zu große Aktivität ... Er wollte ihn wiederum anrufen ... um ihn zu warnen. Aber das ging doch nicht ... Komm, er musste stark sein ...

Er lief in den Garten hinaus, versuchte, die Natur zu genießen ... lief zum Institut, das nun geschlossen war ... Morgen begannen die Vorbereitungen. Sitzungen, Gespräche ... Er lief zurück. Marie würde nun wohl eine Wanderung machen wollen.

Er klopfte an ihre Tür ... es dauerte kurz, bevor sie ihn herein rief. Sie saß auf ihrem Bett, hatte etwas geruht ...

Er lächelte, als er sie sah. Eine kleine, tapfere Frau mittleren Alters mit den verwunderten Augen eines kleinen Mädchens ... Diese Augen hatten seine Liebe geweckt ... eine rein persönliche Liebe ... von ihm für sie. Sie hatte ihn gelehrt, ihre Stadt zu lieben, ihr graues Meer mit dem hellen Strand. Ihre klassische Musik, der er auf rotsamtenen Stühlen in einem alten Konzertsaal gelauscht hatte ... Er hatte ihre Fürsorglichkeit erregt ... ein Meister im innerlichen Leben, aber nicht an das äußerliche Leben gewöhnt ... sein internationaler Ruf war da nicht so deutlich ... hier wohl. Und die tapfere Frau stand unter dem Eindruck dessen, sie schämte sich etwas für ihren Übermut ... für ihr Urteilen über diesen Fremdling, der so warm und gut zu ihr war ... Er fand es bedauerlich, dass sie sich klein fühlte ... aber dennoch hatte es auch etwas Gutes ... Er fühlte sich als ein Mann, stark und bereit, für sie zu sorgen ... Er lächelte, auch über seine eigenen Gefühle. Dieser Meister!

‚Hast du geschlafen?', fragte er.

‚Nein ... dafür bin ich zu aufgeregt. Ich habe etwas gelegen. Ich wollte nach draußen, in den Garten ... aber wusste nicht, ob ich das durfte. Du musst mir sagen, woran ich mich zu halten habe.'

Er schüttelte den Kopf und setzte sich neben sie.

‚Du darfst alles und du musst nichts!'

Er legte seinen Arm um ihre Schultern. Sie versteifte sich ... Er sagte:

‚Aber ich finde es schön, dir die Umgebung zu zeigen. Ich freue mich auf deine Bewunderung ... komm ... tu nicht so eisig!'

Sie erschlaffte und seufzte sehr tief.

‚Ich weiß mir keinen Rat ... was soll ich hier? Deine Position beängstigt mich ... was sollst du mit mir?'

Es war merkwürdig ... sein Freund hatte sich bei ihm so oft über seine Gefühle von Zorn beklagt ... wenn sein Mädchen sich minderwertig fühlte. Er wurde dann böse über die Unwahrhaftigkeit ... Musste er nun denselben Weg gehen? Aus Tiefen wogte Zorn herauf ... so ein Prachtmensch ...! Er stand auf und stellte sich vor sie ... er blieb außerhalb seines Ärgers, war ihn wohl gewahr ... aber ließ seine Hand nicht dadurch führen ... Er beugte sich vor und legte ruhig seine Hand auf ihre Schulter. Sie sah nicht auf ... Wie konnte das jetzt nur so sein! Der Zorn schwoll an, erfasste seine Hand ... die sie hochzog und leicht schüttelte. Macht ... Ohnmacht!

Sie stand aufrecht, das wohl. Aber ihr abgewendeter Blick warf einen Wall zwischen ihnen auf. Dies hatte er nun überhaupt nicht erwartet ...

Er musste es umkehren, umkehren! Jetzt! Seine Handlungen mussten seinen Gefühlen entgegengesetzt sein! Er kämpfte ... und zog sie sanft an sich. Ein Brett war sie ... ganz und gar Widerstand. Aber er umarmte sie kräftig, wie einen geliebten Bruder ... und legte ihren Kopf auf seine Schulter. Erst sträubte sie sich noch, aber seiner Wärme konnte sie nicht widerstehen ... und sie gab nach. Sie weinte ...

‚Wo ist nur deine Tapferkeit, meine liebe Marie? Was ist mit dir geschehen?' Er flüsterte sanft in ihr Haar.

‚Es ist so ... fremd ... Meister! Ich fühle mich außer mir selbst. Ist dies *mein* Leben? Ich erkenne nichts mehr davon wieder. Auch dich nicht. Ein bisschen ... Ich habe mich in dir getäuscht ... Ich kann nicht mit dir leben. Du wirst meine Einfalt entdecken ... bevor dies passiert, will ich weg sein! Ich bin keine Partnerin für dich ... eine Frau ... ohne Entwicklung.'

Sein Atem stockte. Er erkannte auch nichts mehr in ihr ... ein bisschen ... Hätte sie zu Hause bleiben sollen? War dies zu schnell gegangen? Körperliche Kräfte nahmen Besitz von seinem Zorn ... war dies Sexualität? Umkehren!

Er drückte sie noch kräftiger an seine Brust, fühlte die Rundungen ihres Körpers. Nein ... diese reizten ihn nicht. Es war ihre Kleinmütigkeit, die nicht zu ihr passte. Er seufzte sehr tief. Er klopfte ihr auf den Rücken und ließ sie los.

‚Was sollen wir nun mit dir machen ...', meckerte er. ‚Du bist auf einmal ein kleines Mädchen. Warum wirst du auf einmal so klein ... und machst mich so groß. Das finde ich ärgerlich ... und es macht mich böse.'

‚Ich mache dich nicht groß ... ich hatte nicht gesehen, dass du es warst ...'

‚Ist das schlimm ... bin ich dadurch auf einmal nicht mehr dein Freund?'

Sie machte einen Schritt auf ihn zu, nahm verlegen seine Hände.

‚Ich wollte ... dass so ein großer Mann mein Freund sein könnte. Aber ich habe Angst ... dass das nicht geht. Es geht nicht ... ich kann wohl ein bisschen mit dir umgehen ... aber nicht ... ein Meister sein. Und Freundschaft geht nur ... zwischen zwei Meistern.'

Es waren seine eigenen Worte ... Ihre Hände um die seinen rührten ihn, sein Zorn verebbte ... Er sagte:

‚Haben wir nicht schöne Tage gehabt, zusammen? Ist da je etwas von Ungleichwertigkeit gewesen? Du bringst diese da nun herein ... Das steht im Widerstreit mit deiner meisterlichen Natur, meine Dame. Wenn du mein Kind wärst, bekämst du dafür was auf den Hintern!'

Nun brach sie in Lachen aus ...

‚Wie gleichwertig!'

Sie sah nach ihm auf, ihre Augen noch verweint ... aber so unschuldig.

‚Wir haben uns gestritten ...', sagte sie erstaunt.

Er legte seine meisterliche Hand unter ihr Kinn, mahnend ... doch auch mit einem Lächeln, und sagte:

‚Du hast Glück gehabt ... dass dieser Meister geübt ist, sich zu beherrschen.'

‚Denn sonst ...?', fragte sie mit einem Lachen.

Er wurde ernst, sah sie durchdringend an und fragte:

‚Wirst du dies niemals mehr tun? Ich weiß nicht, ob es ein zweites Mal gut gehen wird ... Du bist meine Freundin, ich habe dich lieb. Und ich will von solchem Blödsinn nichts mehr sehen oder hören!'

Ihre Mädchenaugen empfingen ihn nun mutig. Sie schluchzte kurz und sagte dann aufrecht:

‚Ich ... werde es nie mehr tun!'

Er hatte eine Frau ... Sie übten die Liebe nur im Wort ... seine Hände gingen nie weiter als eine flüchtige Berührung. Auch schliefen sie in eigenen Zimmern. Aber die Innigkeit zwischen ihnen beiden wuchs mit jedem Tag. Sie gestand sich keine Kleinmütigkeit mehr zu ... und der Meister ließ sie deutlich fühlen, dass sie sein Liebling war ... Sie aßen immer zusammen, wanderten viel, und täglich gab er ihr eine Stunde Unterricht. Vorläufig unterwies er sie nur inhaltlich, er gab ihr noch keine Übungen. Und auch wenn sie in diesen Stunden seine Meisterschaft wie nie zuvor fühlte, sie blieb nun aufrecht, in dem festen Vertrauen auf seine Achtung für sie.

Er war glücklich ... er liebte jede kleine Äußerung von ihr, freute sich auf das Zusammensein mit ihr wie auf das Aufgehen der Sonne. Die ferne Stadt hatte er fast vergessen ...

Die Kurse liefen schon wieder eine Woche, als er per Telefon gebeten wurde, schnellstens seinen Freund im Norden anzurufen. Er war gerade in einem Gespräch, brach dies aber unmittelbar ab und griff zum Telefon ...

Das Mädchen nahm ab, ihre Stimme klang zerbrechlich und unsicher.

‚Was ist, Kind!', fragte beunruhigt.

Es war kurz still. Dann sagte sie:

‚Er ist krank. Ernstlich krank.' Sie schwieg. Er hörte, dass sie weinte.

‚Was ist! Was hat er?'

Wieder fühlte er diese Melancholie, das Welken ... Warum hatte er daran vorbeigelebt?? Sie sagte:

‚Meister ... er hat heute Morgen gebeten, Sie anzurufen ... Er leidet ... sehr schlimm.'

‚Was *hat* er!', fragte er aufs Neue.

‚Es ... ging ihm schon eine Woche nicht gut, das sagte er jetzt. Ich habe es nicht gemerkt, Sie kennen seine Disziplin. Aber ... vor ein paar Tagen bekam er ... arbeiteten seine Nieren nicht mehr, er konnte nicht mehr ... keinen Urin mehr produzieren, es ging ihm sehr schlecht. Er wollte nicht ins Krankenhaus ... sein Chefarzt ist hierher gekommen, hat alle Untersuchungen machen lassen ... aber er wusste natürlich selbst die Diagnose. Er hat einen extrem hohen Blutdruck und überall Stauungen ... Meister, ich habe solche Angst!'

Der Meister fühlte das Leiden ... keine Ausscheidungen mehr ... Ihm wurde schlecht ...

‚Wird er behandelt? Schlägt die Behandlung an?'

‚Ja ... es ist etwas besser. Aber bestimmte Medikamente verweigert er ... und ... er betet viel, liest viel in der Bibel.'

E fühlte ihre Verzweiflung und fragte:

‚Und du, Kind? Wie soll es nun mit dir gehen?'

‚Das geht ... meine Hilfe kommt jeden Tag. Er schickt mich mittags ins Bett, ins Gästezimmer. Und sonst ... versorge ich ihn, versuche, sein Leiden zu lindern ... er hat Durst ... und darf nichts trinken ...'

‚Kann ich ihn sprechen?'

Stille. Sie sagte zögern:

‚Ich denke schon ... Hilf uns, Meister!'

Sie verband ihn ... Eine leise, heisere Stimme.

‚Was ist jetzt, mein Junge!', fragte der Meister schüchtern.

‚Es ... geht nicht gut, Meister. Ich möchte gerne deinen Rat haben ... ich schaffe es nicht mit der normalen Therapie allein ... Irgendetwas stimmt nicht ... überhaupt nicht!'

Der Meister war durch die Stimme niedergeschlagen. Schwere Krankheit ... Gefahr für sein Leben oder in jedem Fall die Möglichkeit bleibenden Schadens. Tief ergriffen sagte er:

‚Dies ist doch nichts für dich! Eine Nierenerkrankung passt nicht zu dir!'

‚Offensichtlich doch ...', erklang es heiser, gelassen. ‚Was soll ich tun?'

Tausend Gedanken schossen durch seinen Kopf, wirbelnd um einen Kern, einen Impuls. Er sagte:

‚Ich komme. Morgen bin ich bei dir.'

Kein einziger Protest ... nur leise und heiser:

‚Danke dir ... mein Freund.'

Die Kraft des Schicksals ... um ihn herum, mitten durch sein Herz ... seine Nieren.

Konnte dieser Mann sterben? Ein Mann mit einer so großen Aufgabe, die noch lange nicht vollbracht war ... Was war das! Er war doch so stark, auch sein Körper war es. Und warum war der Meister dem nicht zuvorgekommen! Er hätte es schauen können ... oder nicht? Nein, es durfte jetzt nicht an einem guten Ausgang gezweifelt werden. Kämpfen würden sie!

Er ließ seine Marie im Chalet zurück, nahm zum ersten Mal in seiner langen Laufbahn allein das Flugzeug ... denn Doktor Stern musste seine Aufgabe wahrnehmen. Genau vierundzwanzig Stunden nach dem Telefongespräch klingelte er an der Vordertür des Arzthauses ...

Sie war abgemagert, ihr Gesicht war blass und ängstlich ... Er umarmte sie und hielt sie eine Weile in seiner Wärme fest. Der kleine Junge sprang herum, um von ihm hochgehoben zu werden. Er nahm ihn und trat in das Zimmer.

‚Er ist gerade eingeschlafen ... er hat fast ständig wach gelegen. Ihre Ankunft beruhigt ihn so!'

‚Wie ist er?'

Sie sah ihn an, Tränen liefen über ihre Wangen.

‚Gelassen, ruhig ... heilig.' Sie beugte ihren Kopf. ‚Während es in seinem Körper stürmt ... ist er duldsam und voll Vertrauen. Aber ich nicht! Ich habe solche Angst! Und ich habe zu ihm gesagt: Lass dich doch einmal gehen ... gib deine Beherrschung jetzt auf, Junge! Wenn du so krank bist, darfst du doch wohl einmal egoistisch sein! Aber er sah mich nur an und gab mir die einzige Zurechtweisung, die über seine Lippen gekommen ist, er sagte: ‚Muss ich in mir Ärger erwecken, um dir einen Gefallen zu tun?' Ich schämte mich ... Ich pflegte ihn mit Kompressen, mit Einreibungen ... ich regele all seine geschäftlichen Angelegenheiten, ich tue mein Bestes ... Aber mein Herz bricht bei dem Gedanken an ...'

Der kleine Junge sah seine Mutter andächtig an. Sie schwieg, beherrschte sich. Der Meister nickte ihr ermutigend zu.

‚Eine der Grundregeln einer wahrhaftigen Heilkunst, Kind, ist: Nicht solche negativen Gedanken zulassen. Hoffen und genesen gehören zueinander!'

Sie schwiegen eine Weile. Der Meister spielte mit dem Jungen, der so froh war, ihn wieder zu sehen ... Er fragte:

‚Wie reagiert dieses Kerlchen?'

Sie lachte ein bisschen.

‚Ach ... er ist von Natur aus noch so, dass er nicht durch Gedanken gequält wird. Wenn ich mittags schlafe, schläft er auch ... aber er wird eher wach, und meine Hilfe holt ihn dann aus dem Bett. Dann darf er ein Stündchen zu Papa ... ruhig auf dem Boden spielen. So finde ich ihn dann. Er findet es herrlich, bei seinem Vater zu sein, und ist dann sehr ruhig und brav. Wir haben sehr viel Glück, dass er so bequem ist.'

‚Kommt viel Besuch?'

‚Nein, er will keinen Besuch. Nur seine zwei besten Freunde ... den Klinikchef und meinen früheren Freund ... sie kommen täglich, auch zur medizinischen Kontrolle. Aber er hat sehr viele Briefe und Blumen bekommen ... und es wird viel für ihn angerufen. Aber ich halte alles zurück ...'

Sie stand auf.

‚Ich gehe nachsehen, ob er wach ist.'

Sie war rasch wieder unten und winkte ihm. Mit schwerem Schritt lief er die Treppe hoch, ängstlich, was er antreffen würde ... Die Tür stand offen ... das Zimmer strahlte von den Blumen ... Zurückgelehnt in den Kissen lag er da ...

Die Wärme des Meisters fühlte unmittelbar das Leiden ... nicht als eine Vorstellung ... er fühlte es wirklich. Schwerer Kopfschmerz, Stauung, Übelkeit ... Sein Gesicht war etwas dicker als normal, es ging noch ... Er lag in einem blütenweißen Bett, sein Pyjama frisch gewaschen und sorgfältig gebügelt ... Das Zimmer roch nach Krankheit ... vermischt mit Rosenduft ... Überwältigt blieb er stehen, als ob er ihm zum ersten Mal begegnete. Ein Lachen erschien auf dem leidenden Gesicht ... Es gab keinen Menschen auf der Welt, den er so mit seinem ganzen Wesen liebte ... wie diesen Mann ... ein einsamer Mensch inmitten von tierischer Gewalt ... von Dschungel ... Er kam in Bewegung, nahm die Hand in seine Hände ... und hielt sie fest, während er sich aufsetzte. Diese Hand erzählte ihm viel ...

‚Was für eine Ruhe kommt aus deinen Händen ...', seufzte der Professor. ‚Wie gut, dass du da bist.'

‚Darf ich dich untersuchen ... auf meine Art?'

Der Professor nickte.

Er legte seine Hände auf dessen Kopf, in seinen Nacken, auf seine Brust, seinen Bauch, seine Lenden ... fühlte die Wärmeunterschiede, den Feuchtigkeitsgrad, das Pulsieren.

‚Leg dich einmal auf den Bauch ...' Er nahm die Kissen weg, half ihm sich umdrehen. Dann legte er seine warmen, trockenen Hände in die Nierengegend.

‚Das ist eine Wohltat ...', murmelte der Professor.

Der Meister nahm unerträgliche Energie in sich auf, Energie, die nicht weg konnte ... aber die nun in seine liebevollen Hände ausstrahlte ... Er zitterte vor Mitleid mit diesem Held ... der seine Kraft beherrschen musste ... bis sie ihn aufblies. Er nahm seine Hände weg, als er selbst die Spannung nicht mehr aushielt ... trieb sie aus seinem Körper und legte erneut die ruhigen Hände in die Lenden. Er fühlte, wie sein Freund leise schluchzte ... Schluchzen vor Erleichterung ... Seine Liebe wogte durch ihn hindurch, aus ihm heraus, um ihn. Sanft massierte er die Nierengegend. Der Mann wurde schlaff unter seinen Händen ... die Spannung wich ... Sanft fragte er:

‚Wovor hast du Angst ... Junge.'

Die Worte kamen wie von selbst, wie eine Naturerscheinung. Der Mann seufzte mit einem Schluchzen und schüttelte den Kopf.

‚Ich ... habe keine ... Angst. Gefangen bin ich ... das wohl.'

Gefangen in einem Käfig von astraler Gewalt: Missgunst ... Eifersucht.

‚Still ...', sagte der Meister sanft. Er machte massierende Bewegungen mit der Ausscheidung mit ... sanft den Körper zur gesunden Funktion zwingend ... Die Liebe wies ihm den Weg. So behandelte er später Brust und Bauch ... Füße und Beine ... so lange, bis die Blase gefüllt war ...

Der Mann richtete sich auf und kam aus dem Bett ... schwach ... Der Meister half ihm zur Toilette. Er liebte ihn ... wollte alles geben, was er hatte ... damit er gesund würde. Er schrieb auf, welche Massageöle er haben wollte ... danach half er ihm wieder ins Bett. Endlich konnte ein Gespräch geführt werden ... Der leidende Körper ...

Der Professor saß nun etwas aufrechter in den Kissen, seine Augen waren etwas klarer.

‚Hast du noch Kopfschmerzen?'

‚Ja ... aber weniger heftig. Meister ... was ist mit mir geschehen ... was soll ich nun tun ... ich fühle die Therapie, die ich mir selbst verordne, als etwas vollkommen Wesensfremdes. Mein Körper ... kämpft damit, auch wenn es etwas hilft. Echte Erleichterung habe ich erst gerade eben gefühlt ... unter deinen Händen.'

Der Meister saß mit gebeugtem Kopf am Bett. Er fühlte die große Tragik im Leben seines Freundes, überschaute diese auch ... aber wusste keine Worte, um sie auszudrücken.

‚Was soll ich tun ...', fragte der Professor erneut, drängend.

Der Meister sah auf.

‚Ich werde ... dich dreimal pro Tag behandeln, bis dein Körper wieder weiß, wie es sein muss. Ich werde dir auch Heilmittel verschreiben. Du wirst gesund, ganz gesund ... aber du darfst dann keinesfalls arbeiten, einige Monate nicht. Wirst du mir das versprechen? Wenn es dir besser geht, nehme ich dich mit, in die Berge ... da wirst du deine Kräfte wieder finden ... und dich darauf besinnen, wie es weitergehen soll.'

‚Weißt du, was mit mir los ist?'

Der Meister sah ihn direkt an und sagte:

‚Ja. Du weißt das auch. Wir dürfen nicht mehr daran vorbeileben ... dein Körper ist dein Instrument ... es muss gut sein!'

Er sah einen Schimmer von Mut in den Augen seines geliebten Freundes, dann sagte er:

‚Gut, Meister. Ich werde tun, was du sagst. Diesen Sommer, in den Bergen, werde ich dich fragen: Meister, lehre mich etwas von deinen heilkundigen Gaben ... ich will gerne Arzt werden!'

Der Meister brach in sein polterndes Lachen aus ...

Er blieb drei Wochen ... Zum ersten Mal wohnte er im Arzthaus, war er als Familienmitglied aufgenommen. Mit einem unbeirrbaren Rhythmus behandelte er dreimal pro Tag den kranken Körper ... der langsam, aber mit Hoffnung weckender Sicherheit das eigene Funktionieren wieder aufnahm. Es entstand dadurch ein unzerbrechliches Band zwischen beiden Freunden ... ein Band für die Ewigkeit, weil dieses bis in den Leib geschmiedet war. Der Professor unterließ das Meditieren völlig, um seine Kräfte nicht außerhalb des Körpers zu halten ... Wohl aber betete er aus seinem Gefühl heraus und las täglich in den Evangelien. Auch sprachen sie nicht über das geistige Leben ... sie arbeiteten zusammen an der Genesung dieses geliebten Instruments: des Körpers des Professors. Durch die Anwesenheit des Meisters fand auch das Mädchen die Ruhe wieder, die sie so brauchte. Sie konnte ihren Sohn ruhigen Herzens bei ihm lassen, wenn sie schlafen wollte. Aber sie pflegte ihren Mann wie eine voll ausgebildete Pflegerin. Oft wusste sie sich keinen Rat mit ihren Gefühlen der Dankbarkeit ... Er wurde langsam gesund! Ab dem Moment, wo der Meister ins Haus gekommen war, war die Angst von ihr gewichen ... Er, der Professor, war schließlich ein starker, noch junger Mann! Warum sollte er einen bleibenden Nierenschaden behalten ... Die Dankbarkeit lebte in ihrer Ausstrahlung, verlieh ihr Würde und Schönheit.

Der Meister rief täglich seine Marie an, fragte sie, ob sie nicht nach Hause kommen wollte. Aber sie wollte bleiben ... sie hatte mit Doktor Stern Freundschaft geschlossen, aß mit ihm ... und sie fühlte sich im Institut langsam zu Hause. Es war gut für sie, da ihren Weg zu finden, aus eigener Kraft, ohne den Schutz des Meisters ...

Erst als die Nieren ihre Funktion wieder völlig aufgenommen hatten, traf er Vorbereitungen für seine Abreise.

‚Wann kommt ihr in die Berge?'

Der Professor war wieder völlig aus dem Bett heraus, ruhte nur noch jeden Mittag. Sie saßen wie seit jeher am Tisch. Seine Augen waren wieder hell und klar, seine Gestalt schlank ... Er grinste ...

‚Mein Doktor hat mir drei Monate Ruhe verschrieben und mir befohlen, so schnell wie möglich abzureisen, Meister. Ich sehne mich nach einer anderen Luft ... nach anderen Gedanken.'

Der Meister nickte zufrieden.

‚Ok, ich nehme das Flugzeug, so dass ich euch wie ein echter Gastgeber werde empfangen können ...'

Er sah sie auf dem Flugplatz wieder, wo sie mit Doktor Stern auf ihn wartete. Es war wie ein Blitzschlag ... Sie war braungebrannt, hatte einen Sommerrock und eine weiße Bluse an und war in einem lebendigen Gespräch mit Doktor Stern. Er lächelte ... sie schaffte es, diesen reservierten Doktor aus seiner Schale zu holen! In diesen paar Wochen war sie zehn Jahre jünger geworden ... Alle Sorgen um das Dasein waren schließlich zu Hause geblieben. Der Blitzschlag rührte sein Herz ... War der alte Meister verliebt?

Er umarmte sie und gab ihr einen Kuss auf jede Wange. Zum ersten Mal berührten seine Lippen ihre Haut ... Danach schüttelte er Doktor Stern die Hand.

‚So', sagte er. ‚Ihr seid Freunde geworden! Das gefällt mir.'

Sie gingen zusammen zum Auto, Marie in der Mitte. Doktor Stern erzählte lachend:

‚Wir haben eine Mutter Oberin im Institut, Meister. Sie hat sich einmal im Gebäude erkündigt ... und kam nicht mehr zurück. Sie hat den Haushaltsdienst reorganisiert, die Leitung in der Freiwilligenarbeit übernommen, die Bibliothek in Ordnung gebracht und dem alten Verlag neues Leben eingehaucht.'

Der Meister blieb stehen, perplex. Einigermaßen schüchtern sagte sie:

‚Du musst nur gucken ... wenn du es nicht gut findest, höre ich sofort damit auf ...'

Das polternde Lachen des Meisters erklang, vorübergehende Reisende schauten erstaunt ...

‚Ich bin der Meister! Du musst nur gucken ... wenn du es nicht gut findest, höre ich sofort damit auf!' Er lachte schallend.

‚Na ...', sagte sie böse. ‚Du bist wirklich nicht nett!'

Er fühlte eine unbezwingbare Lust in seiner Hand ... sie neckend in Besitz zu nehmen ... aber er führte seine Hand zu ihrer Schulter und kniff sie kräftig in den Oberarm.

‚Au!', sagte sie böse.

Er lachte noch immer und sagte:

‚So, so. Eine Mutter Oberin. Man kann Frauen auch keinen Moment allein lassen ... Dann beginnt ihre Regelungssucht alle Schranken zu durchbrechen.'

Er zwinkerte einem grinsenden Doktor Stern zu, bekam dann aber doch Mitleid mit ihr. Seine Hand sank abwärts, lag in ihrem Rücken, und er sagte:

‚Vielleicht kannst du eine kleine Stelle kriegen, mein Fräulein ...'

Sie standen auf dem Parkplatz. Er neckte so gerne ... sie sah auf einmal, dass es nur Neckerei war. Er stand da und schüttete sich aus vor Lachen ... sie war auch viel zu ernst! Spontan fasste sie seine warmen Hände und sagte mit einem Lachen:

‚Meister ... komm schnell mit nach Hause!'

Im Auto legte er seine Hand auf ihren Oberschenkel, danach um ihre Schultern.

‚Was hast du!', flüsterte sie.

‚Du bist auf einmal keine Dame mehr ... du hast dich total verändert! Wie kann das sein?'

Sie lehnte sich ein bisschen an ihn.

‚Das kommt durch die Sonne ... die alle Sorgen vergessen lässt. Ich habe vergessen, dass das Leben auch so sein kann ... so ... munter und energisch.'

‚An Energie fehlte es dir zu Hause auch nicht ...'

‚Aber hier bin ich sorglos ... und darum will, muss ich etwas zu tun haben. Du bist doch nicht böse?'

Er tätschelte ein paar Mal sanft gegen ihre Wange und neckte wieder:

‚Wir werden sehen ... ob es gut ist. Sonst ...'

Sie kicherte.

‚Du hast dich auch verändert ... dir sitzt der Schalk im Nacken.'

‚Ich habe drei Wochen in einem vollkommenen Eheleben Unterricht gehabt. Man hat keine Ahnung, dass es so etwas gibt! Diese zwei sind vollkommen eins und trotzdem vollkommen sie selbst. Er ist ein echter Herrscher ... eigentlich. Diese überwältigende Denkkraft dieses Mannes ... aber er hat gelernt, sie das sein zu lassen, was sie eigentlich ist: Liebe. Und sie ... steht aufrecht, trotzt dieser Kraft, ja nimmt sie in sich auf, nimmt sie dankbar zu sich ... und wird selbst stärker und stärker. Und inzwischen ist ihr Verhältnis ganz offen ... es gibt keinerlei Reserve zwischen ihnen.'

‚Aber ... das alles erklärt deine Schalkhaftigkeit nicht ... das ist alles ‚Tugend'!'

Er lachte aus vollem Halse.

‚Es gibt keine bessere Medizin gegen diese Krankheit des Männlichen gegenüber dem Weiblichen ... als den *Humor*, die Neckerei ... Diese zwei haben auch sehr viel Spaß miteinander ... darin entspannt sich seine Herrschsucht ... und ihre ... tja, wie soll ich es sagen ... nun, aufsässige Untertänigkeit. Das sind Wunder ...'

Sie legte nun ihren Kopf an seine Schultern, ungewohnt, aber doch sehnsüchtig.

Zu rasch waren sie zu Hause ... Sie sprang aus dem Auto und ging ihm voraus nach drinnen. Er grinste in sich hinein ... er kam nach Hause! Sie packte seine Koffer aus, während er zusah. Sie erzählte von allem, was sie getan hatte ... Ihre raschen, konzentrierten Bewegungen rührten ihn. Er hatte Tränen in den Augen ...

Kurz danach saßen sie zusammen auf der Terrasse. Er betrachtete noch immer mit Erstaunen ihre Metamorphose. In der Stadt war sie eine beherzte Frau mittleren Alters ... gekleidet in Kostüme mit Nylonstrümpfen und festen Schuhen. Hier war sie eine lebendige, noch junge Frau, die viel lachte, flink herumlief und sich in leicht fallende Röcke mit schönen Blusen kleidete. Die Beine blieben frei ... Mit ihr verglichen fühlte er sich wie ein Koloss, in seinem dunklen Anzug und seinen schwarzen Schuhen ... Was geschah ihm nur ... Konnte der Meister noch Meister sein? Oder wurde er schließlich ein ganz normaler, im Westen eingebürgerter Kerl? Er grinste über seine Gedanken.

‚Was lachst du?', fragte sie.

‚Ich lache mich selbst aus ... das tue ich oft. Wann führt die Mutter Oberin mich in ihrem Kloster herum?'

Sie wurde rot und wurde noch anziehender.

‚Hör auf ... ich schäme mich. Und trotzdem ... habe ich da wirklich etwas Gutes getan. Es war auch sehr notwendig.'

‚Warum schämst du dich dann?'

‚Weil ihr mich mich selbst fühlen lasst ... jemand, der alles regeln will ...'

‚Es war nur Neckerei, Kind. Es ist eine Qualität ...'

Sein Herz war voll ... Er stand auf und half ihr hoch, führte sie an den Rand der Terrasse, wo sie die Aussicht über das Tal hatten. Seine Hand lag um ihre Hüfte, er fühlte die Wärme ihres Körpers durch den dünnen Rock ... Wieder grinste er und schüttelte den Kopf mit dem dicken Busch schwarzgrauen Haares. Es war gut, so zu fühlen

... es gehörte zum Leben. Etwas anderes war es, dem nachzugeben ... Wenn er nachgab, würde es immer weiter gehen ... Durfte ein Meister in der modernen Zeit Umgang mit einer Frau haben? Oder gab es noch immer das strenge Gebot der absoluten Keuschheit? Dann ging er jetzt schon zu weit. Und sein Freund? Der schon sein zweites Kind bekam? Er sagte in strengem Ton, während die Strenge eigentlich ihm selbst galt:

‚Nun ... lass mich deine Arbeit einmal sehen. Ich bin sehr neugierig.'

Sie liefen nebeneinander zum Institut. Überall waren viele Menschen, jeder grüßte voll Respekt. Sie zeigte ihm zuerst die Bibliothek, die vor Bohnerwachs glänzte. Die Bücher waren staubfrei und standen übersichtlich nach Thema und Alphabet geordnet. Danach brachte sie ihn zur Küche und in die Wäschekammer, zur Wäscherei und zum Bügelraum, zum Büro des Verlages, zeigte ihm den Esssaal und den Frühstücksraum.

‚Tja ...', sagte er jedes Mal. ‚Tja.'

‚Kannst du nur ‚tja' ... sagen?'

Er grinste.

‚Was soll man sagen, wenn man für etwas keine Worte hat? Es ist vor allem dein Umgang mit den Menschen ... dadurch bekommst du alles von ihnen getan. Du liebst Menschen wirklich, hm?'

Sie schwieg ... Er sagte:

‚Erst taten sie ihre Arbeit, weil es nun einmal sein musste ... nun tun sie ihre Arbeit gut ... für dich.'

‚Ich habe eine Abscheu gegen nüchterne Disziplin, Meister ... gegen pure Pflichterfüllung. Es muss doch Liebe für das da sein, was man tut ... sonst verwahrlost alles ... auch wenn man alles abstaubt.'

Sie kamen wieder auf die Terrasse zurück, der Zauber legte sich erneut über sie ...

Sie drehte sich zu ihm und fragte:

‚Darf ich es weiter machen, Meister?'

Er tat einen tiefen, tiefen Seufzer ...

‚Ich würde ein vollkommener Narr sein, wenn ich jemandem verbieten würde, sein Talent zu entfalten!'

‚Aber ... willst du es? Du fühlst dich vielleicht ... beherrscht.'

Er brach in Lachen aus.

‚Das wird dir nicht so schnell gelingen, mein Fräulein!' Er wurde ernst und legte seine Hände auf ihre Schultern. ‚Ich finde es gut ... sehr gut.

Mach dich nur unersetzlich, Kind ... ich kann dich bereits nicht mehr missen ...' Er beugte das edle Haupt und seufzte. Sie sagte:

‚Ich bin so glücklich ... warum bist du so traurig?'

Er sah auf, seine milden dunklen Augen waren feucht.

‚Ich bin nicht traurig ... überhaupt nicht. Ich bin ... gerührt ... und ein bisschen ... verwirrt. Ich muss mich auf meine Gefühle besinnen.'

Er legte eine warme Hand um ihr Gesicht und sagte:

‚Mädchen ... du warst eine gute, liebe, herzhafte Frau ... und ich liebte dich darum. Aber nun ... bist du auch noch so ... hübsch, so lebendig ... so schön ... so voll guter Initiative. Das macht mich nicht traurig ... sondern verwirrt meine Gefühle. Gib dem Meister ein bisschen Zeit ... um sich selbst zu kennen und zu unterweisen ...'

Sie sah ihm beunruhigt in die Augen.

‚Kann es geschehen ... dass du mich darum wegschicken wirst?'

Seine Hand glitt liebkosend zu ihrer Wange ...

‚Nein ... Der Meister wird nachgeben oder sich beherrschen ... ich muss etwas mit mir selbst ausmachen. Niemals werde ich dich wegschicken. Nie!'

Sie wollte ihn umarmen ... aber sah seinen Kampf. Sie hatte diesen nicht ... sie liebte seine verlegenen Hände, seine zarte Umarmung ... das war schließlich genug ...

Der Professor und seine Frau und das Kind nahmen sich drei Tage für eine Reise, die notfalls in einem Tag gemacht werden konnte. Er war schnell ermüdet, konnte selbst nicht fahren ... und seine Frau war im sechsten Monat schwanger ... Aber sie genossen jedes Mal die nicht zu langen Fahrt und die Pause in ruhigen Hotels ... So kamen sie nicht allzu ermüdet beim Meister an ...

Der kleine Junge sah ihn schon, als sie noch im Auto saßen, und begann zu brabbeln, zu winken und zu rufen! Der Meister rannte lachend auf ihn zu, öffnete die Tür und befreite den Kleinen aus seiner Gefangenschaft. Er knuddelte ihn ausführlich und kam dann erst zu den Eltern. Er nahm seinen Freund lange auf ... nickte dann zufrieden.

‚Du wirst hier wieder ganz du selbst, Freund! Die Bergluft verrichtet Wunder. Du musst nur gleich Marie sehen!'

Er wandte sich dem Mädchen zu, gab ihr einen Kuss und klapste mit seiner Hand auf ihre Wange. Sie errötete ... Er lachte.

‚Ja, ja ... der Meister wird immer mehr Mann! Wie geht es meiner lieben Freundin?'

‚Glücklich, hier zu sein ... Wo ist Marie?'

‚Sie ist an der Arbeit ...' Er lachte. ‚Wenn du mich als spirituellen Leiter betrachtest ... dann darfst du sie von jetzt ab als ‚materiellen' Leiter betrachten. Es weht ein frischer Wind in der Organisation des Instituts. Dieser Wind heißt Marie!'

Er brachte sie zu ihrem Zimmer an der Vorderseite des Hauses, die kleine Kleiderkammer daneben war nun als Kinderzimmer eingerichtet.

‚Nun habe ich noch *ein* Zimmer übrig, in diesem großen Haus', grinste er. ‚Früher saß ich hier allein, jahrein, jahraus.' Er sah seinen Freund an. ‚Du ruhst dich jetzt aus? Willst du, wenn du wieder auf bist, in mein Zimmer kommen ... ich brauche dich dringend!'

Er ließ sie allein und zog sich in sein Zimmer zurück. Er hatte den Frühling in seiner Seele ... keimende Kraft ... aufgehende Sonne. Jung und stark fühlte er sich ... und er wusste, wie das kam. Eros verjüngt ... aber stürzt Persephone ins Unheil ... Wie konnte ihm dies nun widerfahren ... zuerst war da die reine Liebe für Marie gewesen, Liebe wie für den Professor, für das Mädchen, für das Kind ... Nein, er wollte nicht mit ihr ins Bett ... das war es nicht. Er wollte sie nicht einmal küssen ... aber seine Hände wollten sie fühlen lassen, dass sie zu ihm gehörte. Nicht nur Worte ... Es kam auch durch Doktor Stern ... Er hatte gesehen, wie dieser von ihr entzückt war, dieser trockene, nüchterne Doktor Stern! Das fand er nicht schlimm ... aber es gab ihm das Gefühl, dass sie die seine war ... Auch in ihm lebte offenbar die männliche Wahnvorstellung, dass so etwas durch die sexuelle Tat bekräftigt werden musste ...

Sein Freund kam ... und setzte sich zu ihm.

‚Ich hoffe, dass du es nicht schlimm findest ... dass ich dich sofort sprechen will ...'

‚Red' keinen Unsinn!', sagten die klarblauen Augen.

Der Meister grinste.

‚Ich stelle dir eine vielleicht indiskrete Frage. Warum bist du seinerzeit mit dem Mädchen ins Bett gegangen?'

Der Professor brach in ein Gelächter aus.

‚Indiskret! Ziemlich ... ja! Aber du wirst wohl einen guten Grund dafür haben ... Du kennst die Antwort übrigens. Sie brauchte das ... sie konnte nicht mehr weiter. Und ich liebte sie zu sehr, um ihr das vorzuenthalten. Es erwies sich übrigens als nicht unangenehm ...', sagte er trocken.

‚Und wenn sie das nicht gehabt hätte? Wenn du ... Hattest du selbst keine Gefühle in dieser Richtung?'

‚Doch ... natürlich. Darum bin ich hier weggerannt, weißt du noch? Und zu Hause ... hatte ich sie auch, aber ich hätte mich vielleicht beherrscht. Ich weiß es nicht ...'

‚Findest du, dass das sein muss? Eigentlich?'

Der Professor verstand sehr gut, warum er diese Fragen bekam. Er versank in Nachdenken. Schließlich sagte er zögernd:

‚Ich weiß es nicht, ich weiß es wirklich nicht. Es erschwert den Weg, das ist sicher, es ist auf jeden Fall eine Gegenkraft. Aber es ist doch auch Liebe. Es ist natürlich deutlich, dass es früher absolut verboten war ... das weißt du auch. Aber wie das in unserer Zeit liegt, in der man alles gerade mit *Bewusstsein* durchdringen muss ... Konfrontationen angehen muss ... Wenn einem so etwas wirklich auf seinem Weg begegnet ... ist das etwas anderes, als wenn man es sucht. Es ist mir begegnet ... und ich habe dadurch Wesentliches gelernt ... was ich nie gelernt hätte, wenn ich allein geblieben wäre. Das weißt du sehr gut ... Du hast damals zu mir gesagt: Tu, was dein Herz dir eingibt. Das sage ich nun zu dir ... es muss allein das *Herz* sein ... nicht der Unterleib!'

‚Kann man sich darin irren?'

‚Na und ob ... dieser Unterleib dringt von unten herauf ins Herz, nicht wahr ... Die *Lichtseite* des Herzens muss entscheiden!'

Sie fühlten beide, wie Abgründe sich öffnen wollten ... wie ungewohnt ihr Gespräch war ... wie Dämonen von Gefühlen und Worten Besitz nehmen wollten ...

‚Was du nun fühlst ...', sagte der Professor, *‚das* ist die Gefahr. Sie ihr direkt in die Augen ... und fühle dann, was dein Herz noch sagt ...'

Der Meister beugte den Kopf, in tiefer Überlegung. Eros im Licht ... und Eros in der Finsternis ... Ja ... er wusste, was er zu tun hatte.

Er stand auf.

‚Komm ... wir gehen sie suchen. Du wirst verstehen, was ich meine ...'

Spätabends saß der Meister in seinem Meditationsraum und schaute zurück auf den ‚persönlichsten' Tag in seinem Leben ... ein Tag, an dem das Ich, das überwunden schien, gesiegt hatte. Er wusste sehr gut, dass er es in den letzten Jahren erneut genährt hatte ... indem er sich in das Denken vertiefte, aber auch durch seine sehr persönliche Zuneigung zu seinem Freund. Nun war da die Liebe für eine Frau hinzugekommen ... immer mehr hatte sein Ich sich ihrem Wesen verbunden ... bis er sogar durch ihre körperliche Erscheinung angezogen wurde. Sein Freund war gekommen ... er hatte das Gespräch genossen, die kurze Wanderung zusammen, die gemeinsame Mahlzeit. So lebten die Menschen ... sie gingen auf in ihren persönlichen Vergnügungen und Nöten ... und kamen nicht an das tiefere Dasein heran. Aber er ... hatte nicht gelebt ... kein Familienleben als Kind, kein Familienleben später, keine materielle Sorgen ... nur innerliche Arbeit und Hilfe für andere ... Und nun? Er suchte sein persönliches Ich, etwas, was er stets als eine vergängliche Sekunde gesehen hatte ... Zusammenfluss vieler Faktoren in dem eisernen Gesetz von Ursache und Wirkung ... Nun suchte er es ... als kostbares Mysterium ... Der Herr hatte gesagt: Meine Zeit ist noch nicht gekommen ... und er verwandelte Wasser in Wein. Wein war das persönliche Ich ... Wasser musste es werden ... aber nicht bevor *die Zeit gekommen* war ... Er hatte vermeiden wollen, dass er wirklich ein ‚Ich' wurde ... Angst vor der Sünde, vor dem Rad des Schicksals ... Nun saß er hier, seine felsenfeste Andacht gestört durch die Wirbel seines Ich ... und er wusste, dass es gut war ... Arbeiten würde er ... um sein Ich in Denkkraft umzuformen ... zusammen mit seinem Freund würde er hier drei Monate hart arbeiten ... Gerade diese verwirrende persönliche Liebe gab ihm die Kraft und die Lust dazu ...

Er stand auf, schloss die Tür hinter sich und lief zum Zimmer von Marie. Er dachte nicht an Zeit ... Er klopfte. Es dauerte kurz ... dann hörte man:

‚Wer ist da?'

‚Der Meister!'

‚Komm herein!'

Sie trug ein altes seidenes Nachthemd, das ihr ein königliches Äußeres verlieh.

‚Darf ich mich kurz zu dir setzen?', fragte er.

Sie nickte.

‚Soll ich mich kurz ankleiden?'

‚Nein, nein ... leg nur etwas um, wenn dir kalt ist.'
‚Mir ist nicht kalt.'
Sie setzte sich auf den Rand des Bettes, er auf den Stuhl.
‚Was ist?', fragte sie verlegen. ‚Stimmt etwas nicht? Bist du so spät immer noch auf?'
‚Ich achte nie auf die Zeit ... ich gehe schlafen, wenn ich fertig bin ... Nein, es ist alles in Ordnung. Ich wollte dich nur fragen ...' Er sah sie an, auch verlegen. Konnte man so etwas fragen? Vorwärts ... ‚Bist du ... äh ... nun meine Frau?'
Ihre Augen wurden groß, sie errötete bis tief hinab ... sie schluckte ... und sagte dann leise:
‚Wenn du das willst ... ja.'
Er räusperte sich, beugte den Kopf ... sah wieder auf und fragte:
‚Findest du ... dass das bekräftigt werden muss ... durch ... äh ... eine sexuelle Tat?'
Sie wusste sich keinen Rat ... so ungewohnt war dies, solche direkten Fragen über so etwas. Das *tat* man, oder man tat es nicht ... Sie stand in Flammen vor Scham ... fühlte ihre bloßen Schultern, ihre Nacktheit unter ihrer dünnen Schicht Seide. Aber sie sagte tapfer:
‚Nein, Meister.'
Er sah sie fragend an. Sie fuhr fort:
‚Ich habe das mit einem Mann gehabt ... und ich fand es nicht so ... besonders. Ich würde es nicht gerne sehen, dass du dich zu so etwas ... ich finde es nicht unbedingt erhaben ...'
Er lächelte. Er saß da, in einem dreiteiligen grauen Kostüm ... und sie saß fast ohne Kleider auf dem Rand ihres Bettes.
‚Was lachst du?', fragte sie.
‚Ich lache nie wegen dir ... ich lache dich nie aus. Aber ich sehe den Humor dieser Situation ...' Sein Lachen verschwand. Er fragte:
‚Wie sollen wir dann zusammen leben, Marie?'
Wie um eine Stütze zu suchen, fasste sie den Rand des Bettes. Sie fühlte sich in ihrer Scham gefangen ... Sie sagte, unsicher:
‚Ich ... weiß es ... nicht, Meister.'
Er sagte schüchtern:
‚Ich würde dich so gerne einmal ... ein bisschen festhalten ... um zu fühlen ... dass du wirklich meine Frau bist.'
Tu es dann! schrie es in ihr ... aber sie blieb steif sitzen.

Er hatte ihren Ruf vernommen ... und stand langsam auf. Er war ein schöner Mann ... mit seiner dunklen Haut und seinem schneeweißen Oberhemd ... seinen strahlenden Augen, seinem enormen Haarschopf ... Langsam ging er zu ihr, es war, als ob es ewig dauern würde, bevor er sie erreichte ... Er streckte seine Hände nach ihr aus, zog sie hoch ... Sie stand noch einen Meter von ihm weg, nicht ganz frei von Leidenschaft zog er sie zu sich, an sich. Seine Hand strich durch ihre Haare, an ihrem Rücken hinab. Es war die einzige Unkeuschheit, die er beging ...

Sie sah erschaudernd zu ihm auf, zeichnete mit ihrem Finger an der Linie seiner Haare entlang, seinen Augen, seiner Nase, seinem Mund. Sie sagte:

‚Ich bin glücklich ... Meister. Bleibst du heute Nacht ... bei mir?'

Er legte seine Hand um ihr Gesicht und sagte lächelnd:

‚Der Meister schläft nie in seinem Gästezimmer ...'

Er neckte sie ... sie fragte:

‚Darf ich dann mit ... zum Zimmer des Meisters?'

Er sagte kopfschüttelnd:

‚Was soll man denken ... morgen früh!'

Sie beharrte.

‚Daran müssen sie sich gewöhnen ...'

Er zog sie an einem Ohr und sagte mit einem Augenzwinkern:

‚Dann pack deine Sachen ... und komm!'

Flüsternd glitten sie über den Gang, in sein Zimmer. Sie legte ihre Kleider über einen Stuhl, ihren Kulturbeutel in das Badezimmer. Dann blieb sie stehen und fragte beschämt:

‚Was nun, Meister?'

Er brach in sein polterndes Lachen aus.

‚Ssst!', sagte sie böse. ‚Musst du jeden wach machen!'

Er nahm sie beim Arm und führte sie zum Bett.

‚Sie, meine Dame! Ihr Brautbett!', grinste er. ‚Asmodeus wird bei uns keine Chance bekommen ...'

Er legte sie in sein Bett, kleidete sich auch aus und glitt sanft neben sie. Er hielt sie an sich, streichelte dann und wann sanft ihr Haar ...

In einer glücklichen Reinheit fielen sie schließlich in einen tiefen Schlaf.

Er erwachte mit einer schlafenden Frau in seinen Armen ... seiner

Frau! Er sah ihr Gesicht mit der hohen Stirn an, die klaren Augen nun verborgen ... Er schlug das Deckbett etwas zurück und sah ihren Körper an, gebräunte kräftige Schultern, ein voller Busen, doch schlank ... Verführung ... der zu widerstehen war. So würde er alt mit ihr werden, er würde ihr auch seine physische Wärme schenken ... sie würde in seinem Schutz baden ... und er würde in ihrer nüchternen Durchsetzungsfähigkeit, ihrer natürlichen Aufmerksamkeit ... ihrem ungewohnt klaren, praktischen Verstand wachsen ...

Sie bewegte sich, öffnete die Augen, war sofort ganz wach. Sie richtete sich auf und sagte:

‚Wie ist es möglich!'

Er schüttete sich aus.

‚Ssst!', meckerte sie. ‚Du machst viel zu viel Krach!'

Er grinste sanft und zog sie wieder hinab.

‚Da hast du es schon! Der alte Meister muss seinen Platz kennen!'

Sie zog hart an seiner Nase, die Tränen schossen in seine Augen.

‚So machen sie das in Japan ... glaube ich.'

Aber schließlich sagte er:

‚Mein Kind ... ich darf nicht vergessen, dass ich eine spirituelle Aufgabe habe. Ich gehe zu meinem Meditationsraum für meine Morgenarbeit.'

‚Wie spät ist es?'

‚Halb Sechs. Ruhe noch etwas ... Wohl aber lege ich wert darauf, dich beim Frühstück zu sehen. Sieben Uhr!'

Kopfschüttelnd kleidete er sich an und begab sich zu seinem Zimmer. Wie sollte man in Gottes Namen das eine mit dem anderen vereinen? Wie machte sein Freund das? Er hatte sich in der Hand gehabt und war auch aus sich heraus gegangen ... Nein ... er würde nicht in die Sexualität abgleiten ... das wusste er nun. Sie wollte das auch nicht. Aber die Erotik war nicht zu vermeiden ... Wie sollte man dann danach wieder den Ernst finden ...

Das Frühstück wurde durch die Haushälterin im Esszimmer serviert. Sie schenkte Kaffee und Tee ein, brachte frisches Brot und zog sich still wieder zurück. Marie sagte:

‚Findest du das nun nötig? Ich kann das am Besten selbst besorgen ... ich fühle mich aufgeschmissen ...'

Seine dunklen Augen hatten einen unergründlichen Blick. Er sagte:

‚Es geht schon zwanzig Jahre so ... länger sogar. Lassen wir es nur so ...'

‚Bist du böse?', fragte sie erstaunt.

‚Nein, Kind. Ich verstehe dich schon. Aber es gibt Dinge, die nun einmal so sind ... du kannst nicht *alles* verändern.'

‚Du findest, dass ich zu viel eingreife?'

‚Nein, nein. Das würdest du tun, wenn diese Dame weg müsste.'

‚Ich fühle mich wie eine Königin.'

‚Das kommt, weil du die Frau des Königs bist ...'

Er grinste. Sie schwieg, ein bisschen verdutzt ... fand sich wieder und fragte:

‚Darf ich mich um den Einkauf ... im Institut kümmern? Wenn du Armut gewöhnt bist, ist diese Verschwendung nicht mit anzusehen. Jeden Tag wird dieselbe Menge Brot eingekauft ... und dieselbe Menge weggeworfen. Gemüse und Obst ... und Eier kommen vom eigenen Land ... aber der Rest wird viel zu großzügig eingekauft.'

‚Ich ernenne dich zum allgemeinen materiellen Direktor. Solange du den spirituellen Teil nur mir überlässt.'

‚Du neckst!'

‚Ja ... aber ich meine es auch. Mach nur, Kind. Ich habe in allem das letzte Wort ... aber mit diesen Dingen habe ich mich nie beschäftigt. Es ist gut ... man mag dich gern, du kannst dir schon etwas erlauben.'

Wie an den ersten Tagen hier fühlte sie, dass er der Meister, der Leiter war ... er ließ sie das nun fühlen ... und gab ihr etwas von seiner Verfügungsgewalt. Sie fühlte sich unbehaglich. Aber er sagte das sehr ruhig, gelassen ... und warm, mit fröhlichen Augen. Sie seufzte leise.

‚Du bist mir einer ...', sagte sie.

Er gab ihr ein Augenzwinkern ... und schwieg.

‚Du siehst gut aus, Meister', sagte sein Freund später. ‚Es gehen hier im Haus alle möglichen Gerüchte ...'

‚Wer verbreitet die?'

‚Die Mauern ...'

Der Meister lachte aus vollem Herzen und sagte:

‚Ja, ja. Nun, ich habe meine Ehre behalten – und das wird so bleiben. Aber darum braucht sie nicht auf Abstand zu bleiben ... Wie, mein Freund, komme ich wieder in meine innerliche Disziplin ... mit all dem Herrlichen um mich herum?'

‚Wenn der Denker und das Gedachte ein und dasselbe sind, dann ist das Wort der Begriff und ein Abbild des Geistes, aus dem es hervorgeht. Wenn das Gedachte sich in ‚all dem Herrlichen' verliert, trennen sich Geist und Wort ... forme also Gedanken, mit denen du eins bist ... wie dieser nun ausgesprochene Gedanke selbst ... und du *bist* Disziplin.'

Der Meister lächelte.

‚Du bist wieder gesund!'

‚Nicht ganz ... ich bin sehr schnell müde, das habe ich nie gehabt. Ich gebe dem nach – und frage mich, ob das wohl gut ist.'

‚Jetzt schon noch. Du bist in der Rekonvaleszenz. Die dauert einige Monate. Warum bist du krank geworden?'

Die Augen des Professors wurden groß. Er sagte:

‚Übermüdung ... verbunden mit einer zweifellos anwesenden Anlage. Aber die Übermüdung ist erst entstanden, seitdem ich eine hochgelehrte Frau als Kollegin habe. Emotionale Überbelastung. Ich mag sie, sie ist versessen auf mich. Sie arbeitet ... ziemlich gut. Aber sie ist nicht rational im Umgang. Alles ist launisch, und unter der Oberfläche lebt eine immense Welt ... von Hass, Liebe, Missgunst und Bewunderung. Und das alles gerichtet auf ... mich! Ich kann an sich gut damit umgehen, aber ich werde todmüde davon. Physische Erschöpfung ... also mache ich doch etwas falsch. Und das sehe ich nicht klar ...'

Der Meister setzte sich aufrecht hin. Er sagte:

‚Der Weg der Mitte ... mein Freund, ist der goldene Pfad. Einmal warst du hart und streng, obwohl rein und gut und gerecht. Die Milde fehlte. Nun bist du milde, sogar lieb. Du hast die Strenge vergessen ...'

Der Professor wollte protestieren, aber der Meister legte ihm mit seiner Hand Schweigen auf.

‚Zu Hause bist du das wohl einmal ... das habe ich selbst gesehen. Als deine Frau einige wichtige Dinge vergessen hatte ... oder wenn der kleine Junge alles durcheinander wirft ... dann nimmst du ihn mit einer Hand hoch und setzt ihn in den Laufstall ... Dann ist es vorbei! Das Kind weint nicht einmal darum, sondern setzt sich hin und spielt ... Das sehe ich. Das ist sogar schön anzusehen.'

Der Professor grinste.

‚Soll ich meine Kollegin auch einmal mit einer Hand in den Laufstall setzen?'

‚So ungefähr, ja. Fass sie streng an, dann ist es vorbei.'

‚Das findet sie herrlich ...'

‚Wenn du wirklich böse wirst, dann findest sie das nicht mehr herrlich!'

‚Ich kann mich nicht über meine Kollegin stellen ...'

‚Das würde ich aber sehr wohl tun ... du *stehst* schließlich über ihr!'

‚Formal nicht ...'

Der Meister sprang auf und begann, hin und her zu laufen. Er gestikulierte heftig.

‚Wir haben schon früher einmal so ein Gespräch gehabt ... Mann! Was kümmert dich Formalität!'

‚Ich setze meine Stelle aufs Spiel ...'

‚Das tust du nun auch!'

Der Professor schwieg. Der goldene Pfad ... das richtige Wort, die richtige Tat ... Milde und Strenge am richtigen Platz. Gelassenheit, wenn es geht ... seine Rechte verteidigen, wenn es sein muss. Er sah auf und fragte:

‚Wie war noch dieser Spruch ... den du so schön findest ... ich glaube, dass er von ... war es nicht Franziskus von Assisi ... stammt?'

Der Meister nickte und sagte langsam, während er sich wieder setzte:

‚Lord ... grant me the serenity to accept the things I cannot change, the courage to change the things I can ... and the wisdom to know the difference.'

‚Ruhe, Mut und Weisheit ... Liebe, Kraft und Weisheit. Ich würde so auf der Stelle zurück nach Hause wollen! Um es zu versuchen ...'

‚Ho, ho! Du kannst drei Monate an uns üben.' Der Meister grinste. ‚Wie ist es mit unserem jungen Freund? Kommt er auch noch?'

‚Das ist noch nicht sicher. Er braucht eine Zustimmung, um in der Hochsaison Urlaub zu nehmen. Kollegen mit Kindern im Schulalter gehen vor. Es hängt von meiner Kollegin ab, ob sie ihm die Zustimmung gibt.'

‚Er braucht es dringend!' Der Meister sah ihn an. ‚Hier ist deine erste Möglichkeit, eine kleine Übung zu machen ...'

Der Professor nickte. Ja ... er war das Kämpfen müde, sehnte sich nach Ruhe und Harmonie. Aber die fand man auf Erden nicht ... da ist immer Streit, um etwas von Himmel zu verwirklichen ... Er sagte:

‚Ok! Darf ich anrufen?'

Der Meister schob ihm einen Apparat zu und lehnte sich zurück. Der

Professor wählte die Nummer, meldete sich und fragte nach seiner Kollegin. Es dauerte kurz, aber dann meldete sie sich. Sie sprachen zuerst etwas über seine Genesung ... sie war froh, seine Stimme zu hören, nach so einer langen Zeit ... Dann sagte er:

‚Ich rufe dich wegen folgendem an. Ich würde es gerne sehen, dass du einem der älteren Assistenten, du weißt schon, meinem Freund, erlaubst, seinen Urlaub in der letzten Juliwoche und den ersten beiden Wochen im August zu nehmen. Er kann dann mit seiner Frau und seinem Kind hierher kommen ... Das würde mir gut tun.'

‚Natürlich ... das ist kein Problem. Es ist gut, dass du anrufst, denn ich habe ihn im September eingetragen. Aber das lässt sich schon regeln.'

Sie tauschten noch einige Informationen aus. Schließlich sagte der Professor:

‚Ich werde dich regelmäßig anrufen ... um etwas auf dem Laufenden zu bleiben.' und legte auf.

‚Keine Strenge nötig gehabt!', grinste er.

Aber der Meister sagte:

‚Doch ... du merkst es nicht einmal. Dein erster Satz war außergewöhnlich streng und selbstsicher. Der Ton, die Wortwahl ... alles. Dagegen wendet man nichts ein. Und deine abschließende Freundlichkeit, indem du sagtest: das würde mir gut tun.'

Der Professor nickte nachdenklich ... konnte ein Mensch *zu* nachgiebig werden ... aus ermüdeter Kampfeslust? Kurz hatte er seine alte Kraft gefühlt ... sehr kurz. Er sagte trotzdem:

‚Ich bekomme das leidige Gefühl, dass ich eine ‚Rolle' spielen muss. Dass ich manipuliere.'

‚Komm schon! Du warst immer so, du warst zu stark so, nun schlägst du zur anderen Seite aus. Der goldene Pfad, Junge!'

Sie schwiegen eine Weile.

Der Professor fragte:

‚Mein Freund. Willst du mich in deine heilkundigen Gaben einweihen? Du hast ein Wunder an mir verrichtet!'

Der Meister lachte verlegen und sagte:

‚Ich wollte, ich wüsste, was ich getan habe ... Ich habe noch nie so etwas getan ... aber ich fühlte, wie du littest, und ich wollte dir das abnehmen ... dann folgte ich ... dem Impuls meiner Liebe für dich – die durch nichts übertroffen wird, durch nichts – und ... ich tat einfach etwas!'

‚Das ist natürlich Unsinn!', sagte der Professor streng. ‚Du tatest, was die Liebe dir eingab – nur hast du es nicht mit deinem Bewusstsein verfolgt. Du darfst das nicht so herabsetzend sagen, es war großartig, was du tatest. Die ersten Minuten wirkte es schon ...'

Der Meister nahm die Zurechtweisung lachend an. Er lernte schnell, dieser Junge! Er sagte:

‚Gut, gut. Aber ich kann dich also nichts darüber lehren, denn ich weiß nichts davon.'

‚Außer *die Liebe als Impuls ...*'

Der Meister nickte bedächtig.

‚Ja ... ich fühlte eine Kraft in mir ... ich bin dankbar, dass ich diese habe fühlen dürfen ... sie kam in meine Hände, führte sie mit ... später fügte sich Dankbarkeit hinzu ...'

‚Du hast solche starken Gefühle ... ich bewundere dich, Meister. Und ich danke dir.'

Der Meister wollte diesen Dank abweisen ... aber gerade rechtzeitig hielt er sich zurück ... es hätte ihm erneut einen Tadel eingebracht. Er sagte:

‚Ja ... ich fühle mich durch dein Lukasevangelium inspiriert. In aller Bescheidenheit natürlich ... Kennst du diese Kraft?'

‚Ja ... aber nicht in meinen Händen ... noch nicht. In meinem Denken, wenn der denkende Geist und der Gedanke ein und dasselbe sind ... Dann, wenn ich selbst keinen Inhalt mehr forme, sondern in dieser Geisteskraft verweile ... gießt sich moralische Wirkung darin aus. Ein Liebesimpuls, der einem die Ruhe und die Kraft schenkt, es besser zu machen, das Gute zu bewirken ... Es ist eine moralische Realität ... keine Moral, keine Dogmen, keine Gebote ... sondern Liebe zum Guten.'

Die Kraft, mit der der Professor seine Gedanken dachte und seine Worte aussprach, brachte die moralische Realität zwischen sie beide, in ihre Mitte ...

Das Mittagessen wurde auf der Terrasse serviert. Der Meister und der Professor waren in einem lebendigen Gespräch, der kleine Junge brachte die nötige Fröhlichkeit, und die beiden Frauen machten nähere Bekanntschaft miteinander. Marie vermisste die Intimität mit dem Meister ... In der Stadt waren sie entweder getrennt oder zusammen – aber dann auch wirklich zu zweit. Nun ging er auf in der Arbeit und in dem

Kontakt mit seinem großen Freund. Sie fühlte ein heftiges Verlangen nach seinem Blick, seiner Aufmerksamkeit ... Nach dem Essen nahm er sie kurz beiseite und sagte:

‚Pack deine Sachen und bring sie auf der rechten Seite meines Schrankes unter ...', und mit einem Augenzwinkern: ‚wenn du bei mir bleiben willst.'

Das war alles ...

So ging es auch während des Abendessens ... würde ihr Leben mit ihm hier aus einem Frühstück und einem nächtlichen Zusammensein bestehen? Nach dem Essen gab er einen Vortrag, sie saß im Saal und hörte zu. Danach liefen sie zu viert zurück zum Chalet ... es wurde noch etwas getrunken. Ihr Verlangen wurde so groß, dass sie still und steif auf ihrem Stuhl saß. Endlich sagte er:

‚Komm, Marie. Wir gehen nach oben ...'

Er brachte sie zu seinem Zimmer, aber sagte dann:

‚Ich muss meine innerliche Arbeit noch verrichten. Geh nur schön schlafen.'

Ihre Seele wurde geschockt durch plötzliche Einsamkeit. Fühlte er denn nichts ... sie sagte mit niedergeschlagenen Augen:

‚Meister ... ich warte, bis zu kommst. Ich werde noch etwas lesen ...'

Er legte kurz seine Hand auf ihren Kopf und sagte, dass das gut wäre ...

Sie war stark gewesen ... immer. Mit ihrem Mann hatte es keine Romantik gegeben, es war wie es war. Sie hatte sich auf ihre Kinder konzentriert, aber nicht mit Egoismus ... Sie wusste, dass sie nur zeitweise bei ihr waren, dass sie ‚ein Stück mit ihnen mitlaufen durfte'. Sie konnte sehr gut allein sein, sie war nie einsam ... Nun schon. Auch gegenüber ihm war sie stark gewesen, sie hatte gefühlt, dass er sie mochte ... und ihn dennoch etwas ferngehalten. Das Leben mit ihm war herrlich ... aber sie musste selbstständig bleiben. Erst hier, in den Bergen, war sie ihm ganz ‚verfallen'. Und nun brannte seine Abwesenheit ein Loch in ihr Herz ...

Nach einer Stunde kam er, entspannt und mit einem breiten Lachen.

‚So', sagte er. ‚Die Dame ist noch angezogen ...'

Sie war so voller Erwartung, dass sie kein Wort herausbringen konnte.

Sie verwünschte ihre Schwäche! Sie schwieg ...

‚Es ist lieb von dir, so lange zu warten', sagte der Meister sanft.

Was nun? Dachte sie. Was soll ich nun tun ... Er grinste und sagte:

‚Zieh dich nur aus.', und setzte sich.

Sie stand auf, nahm ihr Nachthemd und ging zum Badezimmer. Er rief sie zurück und sagte:

‚Du kannst dich hier ausziehen'

Er spielte so gern ein bisschen ... das Leben war nichts, wenn man nur das Nützliche und Notwendige tat. Für sie war alles ernst ... er wollte, dass sie einmal etwas davon loskam. Es gelang ihr nicht, trotzdem zum Badezimmer zu gehen ... sie fühlte seine Neckerei ... aber fühlte auch die Romantik. Er war ein Romantiker, dieser Meister!

‚Willst du zusehen!', sagte sie empört.

‚Ja', grinste er. ‚Ich habe eine Frau ...'

Rasend schnell zog sie ihre Kleider aus, ihr Nachthemd an. Er lachte auf.

‚Halt doch still!', sagte sie aus Gewohnheit. ‚Zieh dich lieber aus! Es ist spät genug.'

Er sprang auf und hatte sie in seinen Armen, bevor sie ihn abwehren konnte.

‚Du neckst mich ...', klagte sie. ‚Während ich so nach dir verlangt habe!'

Er hob zärtlich ihren Kopf hoch, sah sie mit seinen dunklen Augen warm an und sagte:

‚Ich auch, Mädchen. Ich auch. Aber du bist so streng! Lass all deine Sorgen doch los ... ich gebe dir ein gutes Leben.'

‚Ich brauche kein ‚gutes' Leben ... ich will dich!'

Seine Hand klopfte ein paar Mal gegen ihre Wange, es machte ihre Leidenschaft noch größer. Sie sagte:

‚Und ich bin nicht streng ... du bist das. Du hast mich den ganzen Tag auf Abstand gehalten. Mich fühlen lassen, dass du der Meister bist.'

Hatte er das getan? Vielleicht unbewusst ... ihre Bemerkung über seine Haushälterin hatte ihn irritiert. Aber er wollte ihr keinen Kummer machen ...

‚Was erwartest du denn von mir?'

‚Nur ab und zu einen Blick, ein Wort. Mehr nicht ... Ich sehe auch, dass du sehr viel Arbeit hast ... und ich weiß, dass deine Liebe für den Doktor über alles geht. Das finde ich nicht schlimm ... Aber ...'

Er drückte seine Lippen auf ihre Stirn. Er begriff, dass er eine große Verantwortung auf sich nahm. Sie fasste Liebe zu ihm, wurde anhänglich. Es wuchs Verlangen nach ihm ... Aber er würde die ‚Arbeit' nun auch fertig machen.

Er nahm sie kräftig in seine unbeholfenen Arme und sagte:

‚Es tut mir leid, Mädchen. Ich muss mich noch ein bisschen gewöhnen ... sag mir vor allem alles ... damit nichts zwischen uns kommt.'

Er hob das leichte Fräulein auf und legte sie ins Bett.

Später fragte sie ihn:

‚Wie soll das nun gehen ... nachher, in der Stadt? Gehen wir dann wieder auseinander ... und sehen wir einander nur am Samstag?'

‚Sorgen, Sorgen, Sorgen! Wie kannst du jetzt so etwas denken ... das geht doch nicht mehr ... Ich suche eine größere Wohnung, wo wir zusammen wohnen können.'

‚Du bist verrückt! Ich will wohnen, wo du *jetzt* wohnst!'

‚Und wenn dann eins deiner Kinder kommen will ... ich habe nur ein Zimmer übrig.'

Sie zog ihn an seiner Nase.

‚Du bist ein unglaublich verwöhnter Meister! Dieses eine Zimmer ist doch genug? Ich will am Fluss wohnen ...'

Er rieb seine Nase und meckerte:

‚Was ist mit meiner Nase? Ist sie zu groß?'

Sie grinste neckend und sagte:

‚Du hast eine selbstbewusste Frau, Meister ... keine Dienerin.'

Er brach in ein polterndes Lachen aus.

‚Das werden wir einmal sehen!', rief er.

‚Du machst alle wach!', flüsterte sie. Aber er polterte:

‚Gleich, wenn du um Gnade rufst ... machst *du* alle wach!'

Er schlief mit einem süßen Geschmack in seinem Gemüt ein. Er hatte das Spiel genossen ... und sie hatte ihre Reserve vergessen. Sie war noch jung, gerade erst über die Fünfzig ... aber sie hatte ihre Jugend in den Sorgen vergessen. Nun gesellte sich ihre Jugend zu ihrer Tapferkeit ... und rührte ihn süß ...

Morgens früh weckte er sie und sagte:

‚Heute Mittag nehme ich ein Stündchen frei ... dann gehen wir nach unten ins Tal ein paar neue Kleider für dich kaufen ...'

Gewohnheitsmäßig sträubte sie sich, sie konnte so etwas nicht annehmen! Aber ihre Argumente prallten an seinem unergründlichen Lächeln ab. Es geschah, wie er es wollte ...

‚Warum tust du das?', fragte sie ihn unterwegs.

‚Ich will deine Ausgelassenheit sehen, das Korsett muss weg ... lache dein strahlendes Gemüt einmal nach draußen, Kind, ohne Angst, dass es dir alles wieder abgenommen wird ... Wage es! Ich werde dich beschützen ...'

Still lehnte sie sich an ihn. Sie dachte an ihre erwachsenen Kinder, ihr altes Leben schien weit weg ... Sie sagte:

‚Ich mag Sparsamkeit, Bescheidenheit ...'

Nein, er neckte sie jetzt nicht. Er suchte ihre Augen und sagte:

‚Das ist gut ... das ist eine Tugend. Aber schenke mir die Ehre, dich zu verwöhnen. Gib *ein* Mal nach ... der Lust, dem Behagen ...'

Sie seufzte und weinte ein bisschen, machte Flecken auf seinem teuren Anzug ...

‚Wie kann ein Meister einen so verführen wollen ...'

‚Ich suche den Menschen ... mein Kind. Den Menschen in seiner Ganzheit. Wandelnd auf dem goldenen Pfad ... der Mitte.'

Todmüde kniete er nieder. Der Weg war lang, hart und schmerzlich ... Vorsichtig sah er sich um, über seine Schulter. Ganz in der Ferne, am Horizont, lag ein Tor ... sein Herz wurde Heimweh ... Dahinter lag ein Leben, das ihm vertraut war ... Glückseligkeit der Befreiung ...

Aber er hatte diesen Pfad betreten, ein einsamer Fußgänger ... Die Lilien färbten sich rot durch das Blut seiner Füße ... lang war der Weg, der hinter ihm lag ... ein Weg über Dornen.

Er sah nach vorne ... auf einen Berg von Finsternis. Der Pfad wand sich den Abhang empor, verschwand im Unsichtbaren, nicht Tastbaren ... Man musste selbst vor Licht strahlen, wollte man nicht der Macht des Dunklen zur Beute fallen. Wo ist mein Licht ... Er hob das Haupt, faltete die Hände zum Gebet und richtete den Blick zur Bergspitze, wo diese sein musste ... Nun, wo er sich so dicht genähert hatte, sah er das Licht viel weniger deutlich ... sein Herz sank tief in Devotion ... Hoch dort oben ... glänzte und glitzerte es ... in seligem Sein ... Shamballah ...? Flügel müsste man haben ... der Pfad war zu finster, zu gefährlich ... Dennoch musste er sich auf den Weg machen ... Er fühlte etwas neben sich ... es war niemand da ... sie konnte nicht mit ihm mit ... dennoch war sie da ... Sie war hier zu Hause, kannte jeden Dorn auf dem Pfad, wusste, wie sie auszuweichen hatte ... Sie unterstützte ihn dabei, auch wenn sie nicht mit hinauf konnte ... Hinauf!

Langsam erhob er sich aus seiner knienden Haltung. Er setzte den ersten Schritt auf den sich empor windenden Pfad ... nun gab es keinen Weg zurück ...

Er musste sein eigenes Licht sein ... seine Füße fanden keinen Boden ... keinen Grund! Abgrund aus Finsternis ... war der Pfad Schein?

Jeder Schritt hinauf führte in die Tiefe ... Licht! Wo ist mein Licht!

Sein Freund erholte sich schnell. Die Bergluft und die Sonne taten Wunder. Er nahm seine innerliche Arbeit wieder auf ... und sein Blick wurde von Tag zu Tag kräftiger und klarer. Er schrieb täglich zweimal eine Stunde an dem Buch, nach dem Marie gefragt hatte. Die Anstrengung wurde zu wachsender und blühender Leibeskraft. Nach einer Woche war er stärker als je zuvor ...

‚Deine Ausstrahlung ist blendend, mein Freund ... blendend und versengend ...'

Der Professor lachte mit seinen Augen.

‚Das scheint mir für die Umgebung nicht angenehm ...'

‚Doch ... in deiner Nähe erlahmen alle Sünden ...'

‚Das wird nicht jeder schätzen.'

‚Ach ... die Menschen sind ja blind und taub. Sie wagen sich übermütig in deine Nähe, haben sogar einen großen Mund ...'

‚Und du, Meister?'

Der Meister strich seine Hose glatt. Er sah auf und sagte leise:

‚Ich ...? Ich erreiche dich ganz und gar nicht ... Ich habe keinen Übermut ... wohl Sehnsucht. Und ich gebe mich nicht zufrieden mit einer Freundschaft, die ausschließlich persönlich ist ... wie ich sie mit Marie sehr wohl hinnehme. Ich will geistig dein Partner sein, dein bester Freund ...'

Der Professor saß zurückgelehnt, entspannt, aber sehr aufmerksam. Der Meister erwartete einen strengen Tadel ... aber er sagte:

‚Ich verstehe, was du meinst, Meister. In gewissem Sinne steht meine Frau mir näher ... *sehr* nahe. Sie ist die Einzige ...'

Der Meister beugte bekümmert den Kopf.

‚Was versäume ich ... warum lässt jeder Schritt zu deinem Element hin mich tiefer in undurchdringliche Finsternis sinken?'

Der Professor sah voller Mitleid seinen liebsten Freund an. Zögernd sagte er:

‚Alles, was du in deiner innerlichen Arbeit tust, Meister, ist Arbeit an deiner Seele, du strebst nach einer Katharsis ... das ist ein harter, einsamer Weg. Dieser Weg führt zum Geist ... es ist schließlich der Geist, der an der Seele arbeitet. Dieser Geist lebt erhaben über all dem Irdischen, in himmlischer Glut ... Er ist nicht zu erreichen ... außer er weiß den Blick auf sich selbst zu richten. Suche, wer an deiner Seele arbeitet, und werde dir dessen bewusst ... und du wirst die Kraft haben, dich aus der Finsternis zu befreien ... empor!'

Der Meister gestikulierte geschockt.

‚Aber ... das ist ... nicht erlaubt! Der Geist darf das Dasein erleuchten ... aber nicht sich selbst anschauen. Denk an Isis ... an Orpheus und Eurydike!'

‚Wenn der Denker und der Gedanke ein und dasselbe sind ... Der Gedanke ist die Seele ... aber der Denker ist der Geist.'

‚Der Denker sieht den Gedanken ... aber der Gedanke darf nie den

Denker sehen!'
‚Der Denker darf wohl den Denker sehen, Meister.'
Der Meister saß kopfschüttelnd da, schwach gegenüber ihm.
‚Grant me the courage to change the things I can!', sagte er. ‚Wie soll ich dies verstehen ...'
Der Professor beugte sich nach vorn, um die Aufmerksamkeit des Meisters zu fesseln.
‚Meister ... du bist in einer großen Lehre aufgewachsen, darin erzogen ... dein Gewohnheitsleben ist dadurch geformt. Die Lehre geht zurück auf eine Zeit, in der das göttliche Wort noch nicht die Erde durchdrungen hatte. Halte das gut fest, Meister! Alles ist seitdem verändert, *alles* ... auch deine Lehre. Sie verlor ihre Gültigkeit nicht ... sondern gewann eine Dimension!'
‚Muss ich Ihn höher achten als Buddha?'
‚Buddhas Lehre ist ein Teil von Ihm. Er ist keine Lehre, sondern eine Realität. Diese Realität gibt dem Menschen das Vermögen, mit dem Denken Licht auf den Denker zu werfen ... auf den Geist. Was einmal verboten war ... ist nun Aufgabe. Das Reinste der Sinnesorgane, das reine Licht ... und das Reinste des Stoffwechsels, die reine Liebe ... Fasse Mut, Meister! Erleuchte deine Liebeskraft, erwärme dein Denkerlicht! Und du stehst neben mir!'
Dem Meister war kalt, er zitterte.
‚Wie ... entzünde ... ich ... mein Licht?'
‚Bis jetzt warst du vollkommen Zuschauer deiner Seele. Erhebe dich zum *Zuschauer des Zuschauers*.'
Grau war sein Gesicht ... fort wollte er! Aber die Erinnerung an die Angst erweckende Finsternis unter seinen verwundeten Füßen ... ließ ihn in Verzweiflung erstarren. Er wollte nicht mehr zurück ... vor ihm saß ein heiliger Mann. Für andere war dieser Mann einfach ein Mann ... aber er wusste besser, er *sah* schließlich! Standhalten musste er ... in dem erblindenden und versengenden Licht ... Die Scham über seine Unwissenheit würde ihn stärken ... eine brennende Hölle von Scham ... Scham ... und Angst. Wenn *der Geist den Geist schaute* ... verbrannte die Illusion ... dann trat an deren Stelle Verantwortung in Freiheit. Keine Führung mehr von ... wem auch immer. Sein Körper war eiskalt ... wie im Tode. Seine Seele brannte ...
‚Warum hilfst du mir nicht ...', fragte er.

‚Ich bin bei dir.', sagte der Professor einfach.

‚Ich sterbe ... und verbrenne!', schluchzte er leise, den Kopf in den Händen.

‚Aus der Asche erhebt sich dein Geist', antwortete der Professor ruhig.

Der Meister beruhigte sich. Der Geist lernt den Geist zu schauen ... er fühlte keine Angst mehr, nur Verwunderung. Ein frischer Wind wehte in seiner Seele ... ein kaltes Bad kühlte ... duftendes Öl auf den Wunden, Balsam ... Klarheit, ungeahnte Klarheit ... Sein Geist war ein Vogel in der wolkenlosen Luft, ein Adler ... unbekannte Augen schauten den Adler ... Dieser Unbekannte ... war das er? Sein Wille zu lernen, seine Sehnsucht nach Reinheit, sein Ertragen von Schmerz, sein Durchhalten der Einsamkeit, sein Üben des achtfachen Pfades, seine strammen Versuche in der Mathematik ... er, der das alles wollte ... er sah ihn nun ... Er sah seinen Willen, diesem Meister zu folgen ... sein Vermögen, ihn als Meister zu erkennen ... Dieser Wille, das Vermögen ... das war er! *Tat tvam asi* ... Alle Zweifel waren zu Asche verbrannt, machtlos nun. Auf den Flügelschlägen erhob er sich ... klares Licht verbreitend. Kurz sah er die Burg aus der Nähe ... sehr kurz nur. Strenge mahnte ihn: Folge Schritt für Schritt deinem Weg! Auf dass du jeden Schritt kennst ... auf dass du den Weg zurück nicht vergisst. Folge deinem Meister, der wie dein Freund ist ... der dich zur Selbstständigkeit führt statt dir diese zu nehmen!

Er kam langsam zu sich, seine Körperwärme kehrte zurück. Nach einer Pause des Schweigens fragte er:

‚Warum ist *sie* weiter als ich?'

‚Ihr Denken ist so leicht und beweglich wie die Töne ihrer Musik. Sie ist so bescheiden wie der blaue Himmel und so selbstbewusst wie eine strahlende Burg ... sie wird nicht durch eine ‚Lehre' zurückgehalten ... Sie kennt die Gehorsamkeit, aber auch den Willen zur Freiheit. Sie ist Mutter und Frau, aber sie hat auch einen außergewöhnlich klaren Verstand, der sehr entwickelt ist. Aber vor allem: Sie musste sich beugen und ist stets wieder aufgestanden. Diese Kraft macht es ihr leicht, mit dem Geist den Geist anzuschauen, unbefangen, ohne Vorurteil und mit heiliger Klarheit.'

Der Meister nickte. So hatte er sie schließlich angeschaut ... und ihre Schönheit nahm durch die Entwicklung zu ... Er fragte:

‚Und die Keuschheit? Oder die Armut?'

‚Sie hat, wie wir Menschen in dieser Kultur, unter der Armut an Geist gelitten ... Im Verstand lebt der Geist nicht ... Du weißt, wie groß ihr Verlangen ist und wie sehr sie sich nach dem Verständnis dafür gesehnt hat ... Die Keuschheit ... entwickelt sie in ihrem Denken, indem sie es von jedem Sinneseinfluss befreit. Körperlich kann sie dieses Gelöbnis nicht tun ... das ist bestimmt ein Hemmnis ... aber unser körperliches Verhältnis wird durch echte, tiefe Liebe getragen, Meister.'

Wie ein völlig neuer Mensch ging der Meister an seine Arbeit ...

Gerade an diesem Mittag hatte sie einen Termin in seiner Sprechstunde. Sie kam schon am längsten von allen hierher ... und besuchte jedes Jahr, wenn sie hier war, wöchentlich seine Sprechstunde, wie seit jeher.

Er saß mit seinem Rücken zum Fenster, das Licht schien von hinter ihm auf ihre Gestalt. Es gab kein einziges Element von Gewöhnung in seinem Schauen, er sah sie wie zum ersten Mal.

Würdig trug ihre zarte Gestalt das ungeborene Kind ... würdig war auch ihr Kleidung, die geschmeidig um sie herum fiel und leicht gebräunte Arme und Beine zeigte. Ihr Kopf mit dem schwarzen Haar stand stolz auf dem Rumpf, doch hielt sie ihn leicht gebeugt, im Abwarten seiner Zustimmung, sich zu setzen.

Hier, in seinem Sprechzimmer, war ihr Verhältnis anders als da draußen. Sie kam als Schülerin, verhielt sich auch so. Königin der Empfänglichkeit ... immer offenherzig bereit zu empfangen. Nun empfing er sie ... in seinem neuen Gemüt, seinem neugeborenen Denken. Mit diesem Denken schaute er zum ersten Mal das ihre ... Shamballah ... durch das Leid sanft wogendes Licht ... klar und zart, zögernd und doch entschlossen.

‚Setz dich, mein Kind', wies er ihr mit einer Geste.

Zierlich setzte sie sich, faltete ihren Rock um ihre Beine und legte die feinen Hände übereinander in ihren Schoß. Sie saß mit niedergeschlagenen Augen. Er sagte sanft:

‚Du bist die schönste Frau ... ein Wunder der Schöpfung.'

Sie errötete und beugte ihren Kopf. Man pries sie immer um ihr Äußerliches, was sie nicht als ihr Verdienst sehen konnte ... Aber er sagte:

‚Vor allem deine Seele, mein Kind ... ist die schönste von allen. Begeisterung und Hingabe.'

Sie ertrug dieses Lob nicht ... sie bekam das Bedürfnis zu beichten. Sie war schließlich lange nicht vollkommen. Sie wollte wie früher eine Liste ihrer Sünden machen ... und diese ehrlich beichten. Dann bekam man eine Bußübung – und war wieder rein und frei.

‚Ich bin nicht schön, Meister. Ich mache einen Fehler nach dem anderen.'

‚Er schüttelte den Kopf und sagte:

‚Darüber spreche ich nicht. Ich sage nicht, dass du vollkommen bist ... Dein größter Fehler ist, dass du dich immer heruntermachst!'

Sie sah auf, die großen blauen Augen voller Frage.

‚Wie werde ich das los ...?'

Der Meister stand auf und ging auf sie zu. Der Kontrast zwischen der Hoheit ihrer Seele und ihrem eigenen Urteil darüber rührte und erweichte ihn. Vielleicht lag in diesem Kontrast gerade ihre Schönheit ... Er nahm einen Stuhl und setzte sich direkt neben sie. Es gab keinen Abstand mehr zwischen Meister und Schüler. Er streichelte ihr Haar und tippte leicht gegen ihre Wange. Er sagte:

‚Du bist für mich wie eine Tochter, Kind. Ich liebe dich um deiner selbst willen, nicht weil du die Frau meines Freundes bist. Ich habe deine Entwicklung gesehen, deinen Kampf. Es ist gut ... wie du bist. Du beschützt dich gegen Hochmut ...'

‚Aber man muss doch eigentlich so von sich selbst überzeugt sein ... dass ein anderer es nicht wagt, einem zu ... befehlen oder einen zu tadeln oder was auch immer ...'

‚Davon bist du doch nicht mehr weit weg? Alles ist Entwicklung, Kind!'

Sie nickte. Sie strömte über von Gefühlen der Dankbarkeit. Sie wollte diese zeigen ... und sagte dann nur:

‚Ich finde es so schön, dass Sie Marie gefunden haben, Meister. Sie ist eine ungewöhnliche Frau. So selbstständig und tatkräftig.'

Er grinste

‚Ja, ja. Der Meister muss sehen, dass er noch etwas zu sagen hat! Hast du etwas Kontakt mit ihr?'

‚Sehr viel ... Sie kann sehr gut mit Kindern umgehen ... viel besser als ich. Manchmal bin ich müde und gerade dann ist er so ungezogen. Dann bekommt er wohl einmal einen Klaps – so habe ich es schließlich gelernt. Als sie das sah, war sie höchst empört. So ein kleines unschuldiges Kerlchen ... so heilig noch. Wie kann man nur so etwas tun! Dann sprechen wir darüber ... und dann hänge ich an ihren Lippen. So viel mütterliche Weisheit ... Sie ist wirklich ganz auf den anderen gerichtet, ihre Aufmerksamkeit ist etwas Herrliches.'

Der Meister hörte lächelnd zu. Seine Frau war pur ... in allem. In der Aufmerksamkeit, im Verstand, im Handeln ... und in der Hingabe. So geradeaus und klar wie ein Wasserfall in den Bergen ... und nicht ganz ‚ungefährlich' ...

Er hatte Marie gebeten, auch einmal in seine Sprechstunde zu kommen. Sie arbeitete hart an der Reorganisation im Institut, wohnte auch allen Versammlungen bei. Er selbst war dann gewöhnlich auch da, und sie bewunderte seine ‚gelassene Autorität'. Er hörte still und andächtig zu, aber regelte die Dinge dann mit einigen Worten nach seinem Willen ... immer ruhig, aber nicht an Widerspruch gewöhnt. Die Arbeit, die sie auf sich genommen hatte, drohte, ihr spirituelles Interesse beiseite zu drücken ... aber nun kam sie in seine Sprechstunde ...

Sie trug ein gelbes Seidenkleid, das sie zusammen für sie gekauft hatten. In der Stadt war sie eine Frau von beinahe Sechzig gewesen, nun schien sie wie Vierzig ... Sie hatte eine schnell bräunende Haut und das dunkle Haar war heller durch die Sonne, es machte sie weniger barsch ... Er betrachtete sie mit Wohlbehagen und musste sich einige Mühe geben, seine Andacht von ihrer physischen Erscheinung zu lösen ...

Sie war überhaupt nicht schüchtern, setzte sich freimütig und wartete ab, was ihr geliebter Freund sagen würde.

Es dauerte eine Weile, bevor er etwas sagte ... er war in ihre Ausstrahlung vertieft. Selbstlosigkeit war der Kern ihrer Seele ... schlichte Aufrichtigkeit. Sie hatte wenig intellektuelle Formung, aber eine große, reiche Intelligenz ... die sich ganz im Umgang mit Menschen entfaltete. Kam er beim Schauen der empfänglichen Königin in allerlei blaue Farbtöne ... bei ihr fühlte er helles ... Gelb in vielerlei Glanz, auch Grün ... Rot ... aber immer sprühendes Licht. Keine Lüste, wenig Leidenschaft ... manchmal zu wenig Freude ... aber hier, bei ihm, strahlte sie ... Er sagte:

‚Meine liebe Marie ... was sollte der Meister dich lehren ... als nur was ... Ausgelassenheit? Zufriedenheit? Sorglosigkeit? Du hast eine ... lass mich sagen ungeschulte buddhistische Natur. Aber du bist zu bange vor dem Leben, vor dem Schicksal ... Du bist streng zu dir selbst, sogar asketisch. Neben mir wirst du den Überfluss kennen lernen ... sei nicht bange, dem zu verfallen, Kind. Ich werde dich lehren, vor Freude zu lachen und zu tanzen ... Bei dem Professor kannst du lernen, wie du deine Askese auf die richtige Weise äußern kannst, so dass sie spirituelle Kraft wird. Er schreibt ein Buch ... für dich.' Er zwinkerte, sagte dann ernst: ‚Du kannst in dem Verlag hier dafür sorgen, dass es eine schöne Form bekommt, wir werden es sicher auch auf Englisch herausgeben. Aber bei mir kannst du lernen, dich von der Angst zu befreien. Kannst du es aufbringen, fünf Minuten pro Tag innerliche Arbeit zu tun?'

Sie nickte. Sie würde es versuchen ...

‚Sieh in diesen fünf Minuten auf eine deiner Sorgen und stelle dir vor, dass jemand anders als du sie hat. Schaue darauf, als ob du auf einen anderen siehst ... Mache das drei Tage und komm dann wieder hierher.'

Sie mochte keine Aufträge ... und überwand den Widerwillen in sich selbst. Er war ein Meister für viele ... warum nicht auch für sie. Sie musste ihren Stolz ihm gegenüber nur fahren lassen ... Eine Welle von Respekt überspülte ihre Seele, vertiefte ihr Gemüt. Er sah das Blau, die Tiefe ... Sie sagte:

‚Gut, Meister. Ich werde tun, was du sagst. Du wirst eine treue Schülerin in mir haben, denn wenn ich mir etwas vornehme, dann tue ich es auch. Aber außerhalb dieses Zimmers ... sind wir einfach ... du und ich?'

Er lachte. Sie war lieb, seine Marie. Er sagte:

‚Wir haben herrliche Nächte, in denen wir dennoch rein bleiben ... wir haben unsere Ausflüge ins Tal ... unsere gemeinsame Mahlzeiten ... ja sogar unsere Versammlungen. Das eine soll das andere nicht stören. Ich lehre dich, fröhlich und kühn zu sein ...' Er grinste. ‚Nimm den Meister nur bei der Nase!'

Ernst sagte sie:

‚Was siehst du nun ... wenn du mich so lang und tief anschaust?'

Er lächelte über diese Frage ... die hatte noch nie jemand zu stellen gewagt.

‚Ich sehe Liebe und Mitleid ... und Klarheit. Aber hier und da ist die Konzentration zu stark ... dann sehe ich Sorge und Angst. Selbstlosigkeit, die zur Selbstvernachlässigung werden kann.'

Sie nickte und seufzte. Er sah richtig ...

‚Wir kennen einander nun über vier Jahre, Junge. Worauf blicken wir zurück?'

Sie saßen zusammen im Meditationsraum. Die Mittagssonne erleuchtete den schweren Teppich. Sie saßen beide auf ihrem Stuhl, schräg gegenüber voneinander. Zwei Männer ...

Er liebte diese Lachfältchen so sehr ... die auf ein Älterwerden, aber auch auf das Wohlwollen hinwiesen. Marie sagte immer: Ich finde ihn so einen lieben Mann! Dann lachte der Meister ... endlich gab es jemanden, der seine Strenge nicht sah – weil sie selbst so viel davon hatte?

Lachfältchen ... Morgenrot nach einer Nacht harten Arbeitens ... Der Professor wiederholte:

‚Tja ... worauf blicken wir zurück! Auf eine grandiose Freundschaft ... das in jedem Fall. Auf einen erfrischenden Dialog, der unser Leben fortwährend begleitet ... auf eine gegenseitige Abhängigkeit, die uns verletzbar macht. Auf eine Polarität, die Vitalität schenkt ...' Er sah den Meister direkt an. ‚Aber vor allem ... auf eine Verehrung der Qualitäten des anderen, auf eine diagonale Meister-Schülerschaft.'

Der Meister beantwortete seinen Blick mit Wärme. Er ließ die Worte tief zu sich durchdringen und sagte dann:

‚Ja ... aber für mich im Besonderen gibt es noch etwas, um zu bedenken. Eine Einsicht, nenne es eine ‚Bekehrung' ... aber ohne die alten Überzeugungen aufgeben zu müssen ... Aus unserer Tradition kennen wir Ihn auch, auch wenn wir sein Land anders nennen ... Shamballah ... die große Sehnsucht nach Shamballah, dem verschwundenen Königreich ... Es ist nicht verschwunden, es ist überall um uns herum. Wir brauchen nur aufs Neue sehen zu lernen. Wir sind blind ... ‚Mein Königreich ist nicht von dieser Welt' ... und weil wir nur diese Welt sehen und nicht das Neue, das in dieser Welt wirkt, werden wir dieses Königreich nicht gewahr ... Aber ich durfte es erfahren, mein Freund ... ein einziges Mal ... Kurz wurde die Nacht mit Morgenrot erleuchtet, blühten Rosen auf gestorbenem, dürrem Holz ... kamen tote Buchstaben zum Leben. Und später ... als ich schmerzlich dein Leiden fühlte ... wallte mein Blut vor Selbstlosigkeit auf, vor Kraft, vor Wille, dir Erleichterung zu bringen ... Ach, wie gerne würde ich Wort für Wort das Lukasevangelium mit dir durcharbeiten ... Das liegt noch in der

Zukunft, mein junger Meister ... der alte Meister muss erst reifen, sein Denken weiter aus den Fesseln des Leibes befreien, die Bilder verblassen sehen, mutig den Zuschauer anschauen. Wenn ich so über meine ‚Meisterlichkeit' hinausgewachsen sein werde ... dann werde ich neben dir stehen, Freund. Ich werde neben dir stehen!'

Der Professor hatte ihn ununterbrochen angesehen, gerührt durch die leidenschaftlichen Worte des Meisters. Sehr ernst besann er sich auf sich selbst, auf seine eigene Entwicklung. Er sprach:

‚Du weißt, dass ich bereits lange in einem Denken lebe, das überpersönlich ist, das ‚über den Professor hinausgewachsen ist'. Da ist Licht ... da ist Freiheit, da ist absolute Selbstständigkeit, aber auch absolute Verantwortlichkeit. Da ist auch Wille, und Kraft. Das Denken erfüllt meine ganze Menschlichkeit, wie ein ‚zweiter' Mensch. Ich bin es selbst ... aber es ist absolut nicht mein Körper. Ein neues Selbstbewusstsein also ... ein neuer Körper, ein geistiger Leib. Dieser Leib will beseelt werden ... mit ... Geist von außen ... Das bin ich nicht mehr, das ist Erfüllung mit ... lass mich sagen ... dem König von Shamballah. Mein Geistleib wird Mutter ... eines Königs.

Isis ist entschleiert, mein Freund ... sie darf gesehen werden. Und in dem Sehen tritt der König in sie ein ... So fühle ich mich erfüllt von ‚moralischer Impulsivität' ... So haben wir beide die Gnade des Schauens ... von Christus in der Ätherwelt ... Unsere Zusammenarbeit hat gerade erst begonnen!'

In der Intimität des beidseitigen Bekenntnis wurden ihrer beider Worte wahr ...

Noch lange saßen sie schweigend beieinander.